Hendrik Conscience
Der Löwe von Flandern

SEVERUS Verlag

ISBN: 978-3-95801-591-3
Druck: SEVERUS Verlag, 2016
Nachdruck der Originalausgabe von 1912

Der SEVERUS Verlag ist ein Imprint der Diplomica Verlag GmbH.

Bibliografische Information der Deutschen Nationalbibliothek:
Die Deutsche Nationalbibliothek verzeichnet diese Publikation in der
Deutschen Nationalbibliografie; detaillierte bibliografische Daten
sind im Internet über http://dnb.d-nb.de abrufbar.

© SEVERUS Verlag, 2016
http://www.severus-verlag.de
Printed in Germany
Alle Rechte vorbehalten.
Der SEVERUS Verlag übernimmt keine juristische Verantwortung
oder irgendeine Haftung für evtl. fehlerhafte Angaben und deren
Folgen.

Hendrik Conscience

Der Löwe von Flandern

MIX
Papier aus verantwortungsvollen Quellen
Paper from responsible sources
FSC® C105338

Inhalt

Erstes Hauptstück 3

Zweites Hauptstück 15

Drittes Hauptstück.. 32

Viertes Hauptstück 48

Fünftes Hauptstück... 59

Sechstes Hauptstück... 73

Siebentes Hauptstück 97

Achtes Hauptstück.. 111

Neuntes Hauptstück 128

Zehntes Hauptstück 144

Elftes Hauptstück 160

Zwölftes Hauptstück... 171

Dreizehntes Hauptstück 193

Vierzehntes Hauptstück.. 207

Fünfzehntes Hauptstück... 234

Sechzehntes Hauptstück... 252

Siebzehntes Hauptstück.. 271

Achtzehnter Hauptstück... 289

Neunzehntes Hauptstück 305

Zwanzigstes Hauptstück 320

Einundzwanzigstes Hauptstück 335

Zweiundzwanzigster Hauptstück............................... 350

Dreiundzwanzigstes Hauptstück 369

Vierundzwanzigstes Hauptstück................................ 409

Historischer Verlauf bis zur Befreiung
Robrechts van Bethune 429

Hendrik Conscience... 446

Erstes Hauptstück

Die rote Morgensonne glänzte schüchtern im Osten und war noch mit einem Kleid von Nachtwolken verhangen, derweil ihr siebenfarbig Bild sich blitzend in jedem Tautropfen spiegelte. Der blaue Dunst der Erde hing gleich einem unfassbaren Schleier an den Wipfeln der Bäume, und die Kelche der erwachten Blumen öffneten sich mit Liebe, um den ersten Strahl des Tageslichtes zu empfangen. Die Nachtigall hatte ihre süßen Lieder während der Dämmerung schon mehrmals her gesandt, aber nun übertönte lebhaftes Geschmetter geringerer Sänger ihre wehmütigen Töne.

Ein Trupp Ritter trabte stillschweigend durch die Felder von Rousselaere. Das Klirren ihrer Waffen und die schweren Tritte ihrer Traber erschreckten die friedfertigen Bewohner der Wälder, denn von Zeit zu Zeit warf ein Hirsch sich aus dem Unterholz und floh, schneller als der Wind, vor dieser nahenden Gefahr.

Kleidung und Gewaffen dieser Ritter waren so kostbar, dass man sie beim ersten Anblick für Grafen oder noch höhere Herren halten mochte. Ein seidener Koller hing in schweren Falten um ihren Körper, während ein versilberter Helm ihr Haupt mit purpurnen und lasurblauen Federn bekrönte. Ihre Handschuhe, mit eisernen Schuppen bedeckt, und ihre mit Gold eingelegten Kniekacheln glänzten auch nicht wenig im Morgenlicht. Die schäumenden und unrastigen Pferde würgten das Gebiss mit Mut zwischen den Zähnen, und dann wogten die silbernen Troddeln und die seidenen Schnüre des Reitzeugs gar lieblich. Obwohl die Rüstung dieser Ritter nicht zum Krieg bestimmt war, da sie keinen Harnisch trugen, so konnte man doch wohl bemerken, dass sie sich gegen Feinde vorgesehen hatten, denn die Ärmel ihrer Kettenhemden schauten unter den Kollern hervor. Auch hingen große Schlachtschwerter an ihren Sätteln, und die Schildknappen führten ihren Herren mächtige Schilde nach. Jedweder Ritter trug sein Wappen auf der Brust gestickt, so dass man das Geschlecht eines jeden erkennen mochte. Die Kühle des Morgens hatte ihnen die Lust zum Sprechen benommen, und die beklemmende Nachtluft beschwerte ihre Augenlider. Sie ertrugen die Last des Wachens mit Mühe und blieben, in ein halbwaches Ungefühl versunken.

Ein junger Mann schritt zu Fuß vor ihnen auf der Straße. Langes, glänzendes Haar rollte auf seine breiten Schultern, blitzblaue Augen standen flammend unter seinen blonden Wimpern, ein junger Bart krollte sich um sein Kinn. Ein wollener Koller mit einem Gürtel war sein Kleid, ein Kreuzmesser er in lederner Scheide sein Gewaffen. Sichtbar stand in seinem Gesicht, dass die Gesellschaft, der er als Leitsmann diente, ihm nicht angenehm war.

Er wahrte gewiss irgendein Geheimnis zu seinem Busen, denn er wandte oft mal die Augen mit linkischem Blick nach den Rittern. Hoch von Gestalt und über die Maßen stark von Gliedern, schritt der Jüngling so schnell vorwärts, dass die Pferde Mühe hatten, mit ihm Schritt zu halten und aufzubleiben. Nachdem der Zug eine Weile so fortan geritten war, strauchelte das Pferd eines der Ritter über den Stumpf eines abgehackten Baumes und stürzte unversehens zu Boden. Hierbei fiel der Ritter mit der Brust auf den Hals seines Trabers und wäre nahezu aus dem Sattel geraten.

„Bei Unserer Frau", rief er in der französischen Sprache, „dass mir Gott helfe! Mein Pferd schläft unter mir."

„Herr von Chatillon", antwortete sein Gesell lachend, „dass einer von euch beiden schlief, das glaube ich gewisslich."

„Dass Euch die Zunge verbrenne, Spötter!", rief von Chatillon aus, „ich schlief nicht. Seit zwei Stunden richtete ich meine Augen auf die verzauberten Türme, die sich, je länger je mehr, entfernen, aber man wird sich am Galgen sehen, als ein gutes Wort aus Euerm Munde hören."

Derweil die beiden Ritter einander solcherweise scherzend zusprachen, lachten die anderen lustig über den Zufall, und der ganze Zug erwachte mit einem Mal aus dem, dumpfen Brüten.

Chatillon, der jetzt sein Pferd wieder auf die Beine gebracht hatte und einsah, dass man sich im Lachen nicht stören ließ, geriet dadurch in so hitzigen Zorn, dass er das Tier heftig mit dem scharfen Sporn in die Weiche stieß. Darüber stieg es zornig in die Höhe und flog dann wie ein Wurfspieß zwischen den Bäumen hin. Keine hundert Schritte weiter lief es gegen den Stamm einer starken Eiche und stürzte, schwerverwundet, zur Erde. – Es war ein Glück für Chatillon, dass er bei dem Anprall" seitwärts aus dem Sattel gefallen oder gesprungen war. Trotzdem schien er sich ernstlich an den Lenden verletzt" zu haben, denn er blieb einen Augenblick rührungslos liegen.

Sobald die anderen zu ihm gekommen waren, stiegen sie von ihren Pferden und hoben ihn mitleidig von der Erde. Der ihm erstlich am meisten zugesetzt hatte, schien jetzt am innigsten um ihn besorgt, denn eine aufrichtige Teil sprach aus seinen Mienen.

„Mein lieber Chatillon", seufzte er, „ich beklage Euch von Herzen. Vergeht mir meine losen Worte. Ich wollte Euch nicht verhöhnen.

„Lasst mich in Ruhe", rief Chatillon, indem er sich aus den Armen seiner Helfer riss. „Ich bin noch nicht tot, ihr

Herren! Denkt ihr, dass die Sarazenen mich geschont haben, um mich wie einen Hund im Busch sterben zu lassen? Rein, ich lebe noch, Gott Dank! Hört, ich schwöre Euch, dass Ihr mir diese Spötterei auf der Stelle büßen soll, denn ich werde mich an Euch rächen."

„Seid ruhig, ich bitt' Euch", erwiderte St.-Pol. „Ach, Ihr ist verwundet, mein Bruder! Es fließt Blut aus Euerm Kettenhemd!"

Chatillon schob den Ärmel von seinem rechten Arm etwas zurück und bemerkte, dass ein Ast ihm die Haut ausgerissen.

„Da schaut!", sprach er halb getrost, „es ist nichts eine Schramme. Aber beim Himmel, ich glaube, dass der Vlaming uns mit Absicht diesen behexten Weg führt. Das will ich wissen ich will keine Gnade finden für meine Sünden, wenn ich ihn nicht an die verfluchte Eiche henke!"

Der Vlaming hörte diese Worte, tat aber, als verstünde er die französische Sprache nicht, und sah Chatillon mit stätem Blick in die Augen.

„Ihr Herren", rief der Ritter, „seht, wie dieser Bauer mich anstarrt! Komm mal her, Lümmel! Näher, hier vor mich!"

Der Jüngling kam langsam näher und hielt seine Augen fest auf den Ritter gerichtet. Es zuckte sonderbar in seinen Zügen, ein Ausdruck, in dem Zorn und List miteinander verschmolzen: etwas so Drohendes, Verborgenes, dass Chatillon durch einem Anflug von Angst befangen wurde. Einer der anwesenden Ritter wandte sich ab und verließ den Ort, wo dies geschah. Er ging etliche Schritte abseits ins Gehölz und ließ wohl bemerken, dass ihm dieser Vorfall nicht behage.

„Willst du mir sagen", fragte Chatillon den Führer, „warum du uns solche Wege führst, und warum du uns nicht gewarnt hast, dass ein abgehackter Baum auf der Straße lag!"

„Herr", antwortete der Vlaming in schlechtem Französisch, „ich kenne keinen anderen Weg nach dem Schloss, Wijnendaal[1] und wusste nicht, dass es Euer Edlen beliebte, um diese Stunde zu schlafen."

Bei diesen Worten kam ein bissiges Hohnlächeln über seine Züge. Es schien, als ob er den Ritter reizen wolle.

„Bei Gott!", rief Chatillon ihm zu, „du lachst, du spottest über mich. Holla, meine Knappen, dass ihr mir den Bauern in der Luft baumeln lasst, damit er den Raben zum Futter werde!"

Jetzt hohnlächelte der Jüngling nicht mehr, seine Mundwinkel zogen sich zusammen, Purpur färbte plötzlich seine Wangen, und der Zorn bleichte sie.

„Einen Vlaming aufhängen?", knurrte er. „Wartet ein wenig."

Hierauf trat er einige Schritte rückwärts, stellte sich mit dem Rücken gegen einen Baum, streifte die Armel seines Kollers bis zu den Schultern hinauf und zog sein blankes Kreuzmesser aus der Scheide. Die runden Sehnen seiner bloßen Arme waren gespannt, und sein Angesicht bekam etwas, das an den Löwen erinnert.

„Weh dem, der mich anrührt!", rief er mit Kraft. „Die Raben von Flandern werden mich nicht essen. Sie fressen lieber Franzenfleisch."

„Packt ihn, Bursche!", rief Chatillon seinen Knappen zu, „so packt ihn doch! Schaut, die Memmen! Seid ihr bange vor einem Messer! Möchte ich meine Hände an diesem Bauern beschmutzen, aber ich bin adelig. Pack gegen Pack, das ist eure Sache. So geht ihm doch auf den Leib!"

Einige der Ritter suchten Chatillon zu beruhigen, doch die meisten gefielen sich in dieser Tat und hätten den

---

1 Die Ruinen des Schlosses Wijnendaal (Wynendaele) liegen unweit des gleichnamigen Dorfes, südlich der Eisenbahn von Thorhout nach Ostende, etwa fünf Kilometer westlich von Thorhout.

Vlaming gern am Strick gesehen. Ohne Zweifel würden die Knappen, durch ihren Herrn aufgereizt, den Jüngling angefallen und überwunden haben, aber nun näherte sich der Ritter, der einige Schritte abseits in tiefem Nachdenken umhergegangen war. Seine Kleidung und Ausrüstung übertraf die der anderen Ritter bei weitem an Pracht. Das Wappen, das auf seiner Brust gewirkt war, zeigte drei goldene Lilien im blauen Feld unter einer Grafenkrone. Das bedeutete, dass er von königlichem Blute war.

„Halt ein!", rief er mit strengem Angesicht den Knappen zu, und indem er sich Chatillon zuwandte, sprach er: „Mein Herr! Ihr scheint zu vergessen, dass ich Flandern von meinem Bruder, dem König Philipp, zu Lehen habe. Der Vlaming ist mein Vasall. Ihr habt kein Recht auf sein Leben, da es mir allein zugehört."

„Muss ich mich denn von einem schlechten Bauern verspotten lassen?", fragte Chatillon mit Schärfe.

„Wahrlich, Graf, ich versteh nicht, warum Ihr allzeit dem gemeinen Volk gegen den Adel beisteht. Soll der Vlaming sich rühmen, dass er einen französischen Ritter ungestraft verhöhnt hat? Was sagt ihr dazu, ihr Herren, hat er den Tod nicht verdient?"

„Mein Herr von Valois", antwortete St.-Pol, „vergönnt meinem Bruder die kleine Genugtuung, diesen Vlaming baumeln zu sehen. Was gilt das Leben dieses dickköpfigen Bauern Euer fürstlichen Hoheit?"

„Hört, ihr Herren", rief Charles von Valois im Zorn „mir sind eure losen Reden höchst zuwider. Das Leben eines Untertan ist für mich von großem Gewicht, und ich begehre, dass man den Jüngling ungehindert lasse! Es ist schon zu viel Zeit damit vertan."

„Kommt nur, Chatillon", brummte St.-Pol seinem Bruder der zu, „steigt auf das Ross Eures Schildknappen und lasst uns gehen, denn unser Herr von Valois ist ein ungläubiger Zuhörer." Inzwischen hatten die Schildknappen ihre Waffen in die Scheide gesteckt und waren nun dabei, ihren Herren die Pferde vorzuführen.

„Seid ihr bereit, ihr Herren?", fragte Herr von Valois, „nun, dann rüstig voran, das bitt ich euch, denn sonst kommen wir zu spät für die Jagd. Du, Vasall, geh mir zur Seite und sage uns an, wo wir kehren müssen. Wie weit ist noch bis Wijnendaal?"

Der Jüngling nahm höflich seine Mütze vom Kopf, beugte sich vor seinem Retter und antwortete: „Noch eine kurze Meile, Euer Herrschaft."

„Bei meiner Seele", sprach St.-Pol, „ich glaub, der ist ein Wolf in einem Schaffell."

„Das hab ich mir schon lange gedacht", antwortete der Kanzler Pierre Flotte, „denn er belauert uns wie ein Wolf und horcht wie ein Hase."

„Haha! nun weiß ich, wer er ist", rief Chatillon.

„Habt ihr nicht hören sagen von einem Weber mit Namen Piete de Coninc, der zu Brügge wohnt?"

„Ihr Herren, ihr täuscht euch wahrlich", bemerkte Raoul von Nesle.

„Ich habe selber den berühmten Weber zu Brügge gesprochen und obschon er diesen an Schalkheit übertrifft, so hat er nur ein Auge, und unser Geleitsmann hat zwei der allergrößten. Ohne Zweifel liebt er den alten Grafen von Flandern und sieht mit einem argen Auge, dass wir als Sieger hergekommen sind. Das ist die Sache. Vergebt ihm die Treue, die er seinem unglücklichen Fürsten bewahrt."

„Davon ist nun lange genug gesprochen worden", fiel Chatillon ein, „lasst uns von anderen Dingen reden. Zu guter Stunde! Wisst ihr, was unser gnädiger König Philipp mit diesem Lande Flandern tun sollte? Denn auf, mein Wort: wenn unser Fürst seine Schatzkisten so dicht hielte als Valois seinen Mund, so wär es ein armes Leben, an seinem Hof zu sein."

„Das sagt Ihr gut", antwortete Pierre Flotte, „aber er ist nicht mit jedem so schweigsam. Haltet eure Pferde etwas zurück, ihr Herren, so will ich euch Dinge sagen, die ihr nicht wisst." Die Reiter hielten voll Neugier dichter beieinander und ließen den Grafen von Valois ein wenig vorausreiten.

Als er weit gering war, um ihre Worte nicht mehr verstehen zu können, sprach der Kanzler: „Hört, unser gnädiger König Philipp der Schöne hat kein Geld mehr. Enguerrand von Marigny hat ihn glauben machen, dass Flandern eine Goldmine ist, und das ist nicht böse gemeint, denn in dem Lande, darin ihr nun seid, ist mehr Gold als in ganz Frankreich."

Die Ritter lachten in sich hinein und nickten mit den Köpfen zum Zeichen der Zustimmung.

„Hört weiter", fuhr Pierre Flotte fort, „unsere Königin Johanna ist zum höchsten erbittert über die Vlaminge. Sie hasst dies hochmütige Volk, das ist nicht zu sagen. Ich habe aus ihrem Mund gehört, dass sie den letzten Vlaming am Galgen sehen möchte."

„Das heißt sprechen wie eine Königin", rief Chatillon.

„Wenn ich einst Herr über dieses Land werde, wie meine" gnädige Nichte mir versprochen hat, dann will ich ihre Schatzkisten wohl füllen und Pieter de Coninc mit Dienst Mannen und Zünften und der ganzen Volksregierung zu Nichte machen. Aber was lauscht der nichtsnutzige Bauer auf unser Reden?"

Der Vlaming war unvermerkt nähergekommen und hatte die Worte der Ritter mit einem fleißigen Ohr wahrgenommen. Sobald man ihn bemerkte, lief er mit einem sonderbaren Lächeln unter die Bäume des Waldes, blieb in einiger Entfernung stehen und zog sein Messer aus der Scheide.

„Herr von Chatillon!", rief er drohend, „beschaut Euch dies Messer wohl, auf dass Ihr es erkennen mögt, wenn es Euch zwischen Hals und Nacken fahren wird!"

„Ist denn da keiner von meinen Dienern, der mich rächen will?", schrie Chatillon voller Wut.

Ehe er diese Worte gesprochen hatte, sprang ein schwerer Leibknecht von seinem Pferd und lief den Jüngling mit bloßem Degen an. Dieser, anstatt sich mit seinem Messer verteidigen zu wollen, steckte es in die Scheide und wartete mit geschlossenen Fäusten auf seinen Feind.

„Du musst sterben, verfluchter Vlaming!", rief der Leibknecht und richtete seine Waffe auf ihn.

Der Jüngling antwortete nicht, aber er heftete seine großen Augen wie zwei flammende Bolzen auf den Leibknecht. Dieser, von der Gewalt des Blickes bis in die· Seele betroffen, blieb einen Augenblick stehen, als entsänke ihm der Mut.

„Zu, stich tot, stich tot!", rief Chatillon ihm zu.

Aber der Vlaming wartete nicht, bis sein Feind ihm näherkam. Er sprang in einem Satz vor dem Degen zur Seite, fasste den Leibknecht mit seinen zwei starken Händen um die Hüften und schlug ihn so unbarmherzig mit dem Kopf gegen einen Baum, dass er bewusstlos auf den Grund stürzte. Ein letzter Todesschrei klang durch den Wald, und der Franzmann schloss die Augen für immer, derweil seine Glieder ein letztes Zucken durchlief. Mit einem bösen Lachen brachte der Vlaming seinen Mund an das Ohr des leblosen Körpers und sprach mit Spotten: „Geh und sag deinem Herrn, dass das Fleisch von Jan Breidel nicht für die Raben ist. Das Fleisch der Fremden ist besser für sie."

Und damit lief er ins Gebüsch und verschwand in der Tiefe des Waldes.

Die Ritter, die auf der Straße hielten und dieses Schauspiel mit Entsetzen angesehen hatten, fanden nicht einmal die Zeit, sich dies Wort oder jenes zuzurufen. Doch, sobald sie sich von ihrer Überraschung erholt hatten, sprach Herr von St.-Pol: „In Wahrheit, mein Bruder, ich glaube, dass Ihr mit einem Zauberer zu tun habt, denn so wahr mir Gott helfe, das ging nicht mit rechten Dingen zu."

„Behextes Land!", antwortete Chatillon verdrießlich, „mein Pferd bricht sich den Hals, mein treuer Leibknecht bezahlt es mit dem Leben, es ist ein unglücklicher Tag. Knappen, nehmt den Körper eures Genossen, tragt ihn, so gut ihr's könnt, ins nächste Dorf, damit man ihn heile oder begrabe. Ich bitt euch, ihr Herren, lasst den Grafen von Valois nichts von dem Vorfall wissen."

„O, das versteht sich", fiel Pierre Flotte ein, „aber, ihr Herren, gebt euren Trabern den Sporn und eilt vorwärts, denn dort sehe ich den Herrn von Valois zwischen den Bäumen verschwinden."

Sie ließen ihren Trabern die Zügel schießen und holten den Grafen, ihren Feldherrn, bald ein. Dieser ritt sachte fürbass, ohne ihr Näherkommen zu bemerken. Sein Haupt mit dem silbernen Helm hing nachdenklich nach vorn und seine eisernen Handschuhe ruhten mit dem Zügel achtlos auf der Mähne seines Trabers die andere Hand umfasste. Das Gefäß des Schlachtschwertes, das an dem Sattel hing.

Derweil er also in tiefes Nachdenken versunken war und die anderen Ritter mit Augenzwinkern über seinen Trübsinn scherzten, entschleierte sich vor ihnen Schloss Wijnendaal mit seinen himmelhohen Türmen und riesenhaften Wällen.

„Noël!", rief Raoul von Nesle jauchzend, „da sehe ich das Ende unserer Fahrt. Wir sehen Wijnendaal trotz des Teufels und der Zauberei."

„Ich möchte es wohl brennen sehen", brummte Chatillon, „es kostet mich ein Pferd und einen treuen Diener."

Nun wandte der Ritter, der die Lilien auf der Brusttrug, sich um und sprach: „Ihr Herren, dies Schloss ist der Aufenthalt des unglücklichen Landesherrn Gwide von Flandern, eines Vaters, dem man sein Kind entführt hat und dessen Land wir durch das Glück der Waffen gewonnen haben. Ich bitt euch, zeigt ihm nicht, dass ihr als Überwinder kommt und vermehrt sein Leid nicht durch hochmütige Worte."

„Aber, Graf von Valois", siel Chatillon heftig aus, „denkt Ihr, dass wir die Sitten der Ritterschaft nicht kennen? Weiß ich nicht, dass es einem französischen Ritter geziemt, sich nach dem Sieg edelmütig zu bezeigen?"

„Ich höre wohl, dass Ihr das wisset", antwortete Valois mit Nachdruck.

„Ich ersuche Euch, nun auch danach zu handeln. Die Ehre bewährt sich nicht in eitlen Worten.

„Herr von Chatillon! Was nützt es, dass die Sitten der Ritterschaft auf der Zunge liegen, wenn sie nicht ins Herz geschrieben sind? Wer mit seinen Untertanen nicht edelmütig ist, kann's mit seinesgleichen nicht sein. Ihr versteht mich, Herr von Chatillon!"

Chatillon geriet durch diesen Verweis in eine heftige Wut und wäre gewiss mit ungestümen Worten ausgefallen, aber sein Bruder St.-Pol hielt ihn zurück und flüsterte ihm leise zu: „Schweigt, Chatillon, schweigt doch, denn unser Feldherr hat Recht. Ist es denn ehrenhaft, dass wir das Leid des alten Grafen mehren? Er ist unglücklich genug. Der ungetreue Lehensmann hat unserm König den Krieg anzusagen gewagt und unsere Nichte Johanna von Navara so heftig gereizt, dass sie beinahe krank wurde. Und wir sollten ihm noch Verdruss sparen?"

„Ihr Herren", rief Valois nochmals, „ihr kennt meine Bitte. Ich glaube nicht, dass es euch an Edelmut gebrechen wird. Nun vorwärts! Ich höre die Hunde kläffen. Man hat uns schon gesehen, denn die Brücke sinkt, und die Sturmegge wird aufgezogen."

Das Schloss Wijnendaal, erbaut durch den edlen Grafen Gwide von Flandern, war eins der schönsten und stärksten Lustschlösser, die zu jener Zeit standen. Aus den breiten Gräben, die es umringten, stiegen mächtige Mauern empor. Mannigfaltige Wachttürmchen hingen darüber hinaus. Hinter den Sturmscharten konnte man die Augen der Kreuzbogenschützen mit den Spitzen der eisernen Bolzen sehen. Innerhalb der Wälle erhoben sich die Dächer des gräflichen Wohnhauses mit ihren schwankenden Wetterfahnen. Sechs runde Türme standen auf den Ecken der Mauern und inmitten des Vorhofes. Von ihnen konnte man mit allerlei Wurfzeug den Feind im Felde treffen und s ihm die Annäherung an das Schloss verwehren. Eine einzige Fallbrücke verband dieses starke Eiland mit den umliegenden Tälern.

Sobald die Ritter ankamen, gab der Wächter von dem Turme das Zeichen an die Binnenwache, und gleich knirschten die schweren Tore auf ihren Angeln. Unterdessen dröhnten die Hufschläge der Pferde widerhallend über die Brücke, und die französischen Ritter zogen zwischen zwei Reihen flämischer Fußknechte in die Burg. Die Tore wurden hinter ihnen geschlossen, die Egge mit ihren eisernen Spitzen siel nieder, und die Brücke ging langsam in die Höhe.

Zweites Hauptstück

Der Himmel war mit einem so reinen Blau überzogen, dass das Auge seine Tiefe nicht zu ermessen vermochte. Die Sonne stieg strahlend herauf, und die verliebte Turteltaube trank den letzten Tautropfen von, den grünen Blättern der Bäume. Aus dem Schloss Wijnendaal klang das Gekläff der Hunde unaufhörlich herauf. Das Wiehern der Pferde vermengte sich mit dem süßen Laut des Jagdhorns. Doch war die Fallbrücke noch aufgezogen, und die vorbeigehenden Landleute konnten nur erraten, was drinnen vorging. Zahlreiche Wachen mit Kreuzbogen und Schild wandelten auf den Außenwällen, und durch die Sturmegge sah man, dass viele Waffenknechte in den Mauern hin und her liefen.

Endlich erschienen mehrere Männer über dem Tor und ließen die Brücke nieder. Zu gleicher Zeit wurden die Schlagtore aufgedreht, um den Jagdzug hinauszulassen. Der prächtige Zug, der langsam über die Brücke kam, bestand aus den folgenden Herren und Frauen: Zuvorderst ritt der achtzigjährige Gwide, Graf von Flandern, auf einem braunen Traber. Sein Angesicht trug die Zeichen stiller Unterwerfung von Alter und Trauer niedergebeugt, hing sein Haupt schwer nach vorn, seine Wangen waren von langen Runzeln durchfurcht. Ein purpurner Koller fiel von seinen Schultern auf den Sattel und seine schneeweißen Haare waren mit einem gelben Seidentuch umbunden. Diese Hülle schien um sein Haupt gleich einem goldenen Reif um eine silberne Vase. Auf seiner Brust stand, in einem herzförmigen Schild ein schwarzer, steigender Löwe im goldenen Feld.

Der unglückliche Fürst sah sich nun auf das Ende seines Lebens, wo die Ruhe als Preis die Arbeit lohnen sollte, um seine Krone beraubt. Seine Kinder waren durch das Los der Waffen von ihrem Erbteil verstoßen, und Armut wartete ihrer, die unter den Fürsten Europas die reichsten gewesen wären. Siegprahlende Feinde umringten den unglückseligen Landesherrn, und so hatte die Verzweiflung in seinem Herzen Raum gewonnen.

Neben ihm ritt Charles von Valois, der Bruder des fränkischen Königs. Er redete dem alten Gwide eindringlich zu, doch schien es, als ob dieser seiner Meinung nicht beistimme. Jetzt hing kein Schlachtschwert mehr von dem Sattel des fränkischen Heerführers. Ein langer Degen hatte die schwere Waffe ersetzt. Auch blinkten die Eisenschienen nicht mehr an seinen Schenkeln. Hinter ihm ritt ein Ritter, der ein ungemein stolzes und finsteres Wesen zeigte. Seine Augen drohten unverwandt in die Runde. Und so oft sein Blick auf einen fränkischen Ritter fiel, zogen seine Lippen sich heftig zusammen und seine Zähne knirschten. Um fünfzig Jahre alt, aber noch in der vollen Kraft seines Lebens, von breiter Brust und starken Gliedern, musste er für den stärksten der Ritter angesehen werden. Auch war das Pferd, das er ritt, viel größer als die anderen, dergestalt, dass er den Zug überragte um Haupteslänge. Ein blanker Helm mit blauen und gelben Federn, ein schwerer Wappenrock und ein gebogenes Schwert waren die Stücke seiner Rüstung. Der Koller, der von seinem Rücken auf das Pferd hing, trug auch den flämischen Löwen im goldenen Feld. Die Ritter, . die in jener Zeit lebten, würden unter tausend anderen diesen stolzen Ritter als Robrecht van Bethune, Gwides ältesten Sohn, erkannt haben.

Seit etlichen Jahren war ihm von dem Grafen, seinem Vater, die innere Verwaltung Flanderns übertragen worden. In allen Feldzügen hatte er die flämischen Heerhausen geführt und einen unsäglichen Ruhm bei den Fremden erworben. In dem Sizilianischen Krieg[2], als er mit seinem Volk im Heer der Franken war, verrichtete er so wunderbare Waffentaten, dass man ihn seit jener Zeit den Löwen von Flandern zu nennen begann. Das Volk, das allezeit den Helden liebt und bewundert, besang die Unverzagtheit des Löwen in seinen Sagen und prahlte mit Stolz von ihm, der einst die Krone von Flandern tragen sollte. Weil Gwide seines hohen Alters wegen das Schloss Wijnendaal selten verließ und von den Vlamingen nicht sonderlich geliebt wurde, erhielt auch Robrecht den Namen eines Grafen und wurde vom ganzen Lande als ein Herr und Meister gehalten und geachtet. An seiner rechten Seite ritt Willem, sein jüngster Bruder dessen bleiche Wangen und trübseliges Angesicht neben den braunen Wangen seines Bruders Robrecht an das Wesen eines schlanken Mädchens erinnerten. Seine Kleidung unterschied sich in nichts von der seines Bruders, abgesehen von dem Krummschwert, das man bei niemand als bei Robrecht bemerkte.

Hierauf folgten viele andere Herren, sowohl fränkische als flämische. Die vornehmsten unter den letzten waren: Walter, Herr van Maldeghem, Karel, Herr van Knesselare, Noegaert, Herr van Axpoele, Jan, Herr van Gavere, Nase Mulaert, Diederik die Vos und Geeraert die Moor.

---

2   Karl von Anjou wurde 1265 vom Papst mit Neapel und Sizilien belehnt und siegte in den Kämpfen gegen die Hohenstaufen 1266 bei Benevent über Manfred, 1268 bei Tagliacozzo über Konradin. Der achtzehnjährige Robrecht van Bethune war Oberbefehlshaber seiner Heere. Nach der italienischen Chronik des Sismonde de Sismondi habe Robrecht den Richter, der Konradin zum Tode verurteilte, im Zorn und aus Empörung angesichts des Königs erstochen.

Die Ritter Jacques von Chatillon, Gui von St.-Pol, Raoul von Nesle und ihre Gefährten ritten ohne Ordnung unter den vlämischen Herren und sprachen höflich mit denen, die sie umgaben. Der letzte war Adolf van Nieuwland, ein junger Ritter aus einem der edelsten Geschlechter der reichen Stadt I Brügge. Sein Angesicht nahm nicht durch weibische Schönheit gefangen, er war keiner von den Männern mit rotfarbigen Wangen und lachendem Mund, denen nichts fehlt als ein Mieder, um sie als Weib erscheinen zu lassen. Rein, die Natur hatte ihn nicht so geschaffen. Die Sonne hatte seine Wangen ein wenig versengt und mit einem dunkeln Ton gefärbt. Seine Stirn zeigte schon zwei Falten, die frühzeitige Nachdenklichkeit verrieten. Sein Angesicht war ausdrucksvoll und männlich, und die scharfen Linien, die es einfassten, gaben ihm das Aussehen eines" griechischen Bildwerks. Seine Augen, die halb von den Wimpern bedeckt waren, hatten den Ausdruck einer warmen und einsamen Seele. Obgleich er hinter den anderen" Rittern an Adel nicht zurückstand, hielt er sich doch zurück und ließ weniger Vornehme vorausreiten. Mehrmals hatte man ihm Raum gegeben, um ihn vorzulassen, doch er achtete nicht auf diese Höflichkeit und schien in tiefes Nachdenken versunken. Beim ersten Anblick hätte man diesen Adolf van Nieuwland für einen Sohn Robrechts van Bethune halten mögen, denn abgesehen von ihrem Alter, darin sie sehr verschieden waren, glich er Robrecht auf eine seltene Art: die gleiche Gestalt, die gleiche Haltung, die gleichen Gesichtszüge. Auch die Farbe der Kleidung unterschied sich, und das Wappen, das auf der Brust Adolfs van Nieuwland gewirkt stand, wies drei Mägdlein mit goldenem Haar im roten Felde auf. Über dem Schild las man diesen Wahlspruch: „Pulchrutn pro patria mori."

Dieser junge Edelmann war seit seinen Kinderjahren in Robrechts Hause aufgezogen worden. Nun war er sein.

Vertrauter und wurde von ihm wie ein geliebter Sohn gehalten. Er verehrte seinen Wohltäter als seinen Vater und Fürsten und hegte für ihn und seine Kinder eine Liebe ohne Grenzen.

Dicht hinter ihm folgten die Frauen, so prächtig, dass die Augen vom Glanz des Goldes und des Silbers auf ihren Kleidern flimmerten und geblendet wurden. Sie alle waren auf leichte Zelter gesessen, ein langes Reitkleid fiel über ihre Füße an den Seiten ihrer Zelter fast bis zur Erde hinab. Schnürleiber von Goldtuch hielten ihre Brüste, und an hohen Hauben, mit Perlen verziert, hingen flatternde Bänder von ihren Köpfen. Die meisten hatten einen Raubvogel auf der Hand.

Unter diesen Edelfrauen war eine, die durch Pracht und Schönheit die anderen verdunkelte. Ihr Name war Machteld und Robrecht nannte sie seine jüngste Tochter. Dies Mägdlein war außerordentlich jung, denn sie zählte nach dem Augenschein nicht mehr als fünfzehn Jahre, aber die große, straffe Gestalt, die sie aus dem mächtigen Blut ihrer Eltern geerbt hatte, der Ernst ihrer Züge und ihre aufrechte Haltung gaben ihrem Wesen etwas Königliches, das ihr bei den Männern Ehrerbietung erwarb. Obgleich die Ritter ihr alle Höflichkeit erwiesen, um ihr Wohlgefallen zu erwerben, so ließ doch keiner eitle Liebe in seinem Busen aufkommen. Denn sie wussten wohl: nur Fürst konnte hoffen, Machteld von Flandern als Braut zu gewinnen.

Das junge Mägdlein schwebte mit ihrem schlanken Leib wie ein lieblicher Traum an der Seite ihres Zelters und trug das Haupt stracks aufrecht. Derweil ihre Linke leicht den Zügel hielt, ruhte ein Habicht mit roter Kappe und goldenen Glöckchen auf ihrer Rechten. Dicht auf die prächtigen Edelfrauen folgten mancherlei Schildknappen und Hofknechte, alle halben Leibes in Seide von verschiedener Farbe gekleidet. Die Knechte, die zu dem Hause des Grafen Gwide gehörten, konnte · man leicht aus den anderen erkennen, denn ihre Gewandung war an der rechten Seite schwarz und an der linken goldgelb. Etliche waren purpur und grün, andere rot und blau, je nach den Wappenfarben ihrer Herren. Zuletzt folgten die Jäger und Falkner. Vor den ersten liefen etliche fünfzig Hunde an ledernen Koppeln. Es waren Windhunde, Braken und, Spürhunde jeden Schlages. Verwunderlich war der Eifer dieser ungeduldigen Tiere. Sie zogen so heftig an den Koppeln, dass die Jäger sich nach hintenüber lehnen mussten.

Die Falkner trugen auf Querstangen allerlei Falken und Jagdvögel, als Habichte, Steinfalken, Geier, Sperber. Die Vögel hatten rote Kappen mit Glöcklein auf den Köpfen und weichlederne Höschen an den Beinen. Auch trugen die Falkner künstliche Lockvögel mit scharlachroten Flügeln, um die Falken während der Jagd zurückzurufen. Sobald der Zug in einer gewissen Entfernung von der Brücke auf einer breiteren Straße ritt, mischten sich die Herren ohne Unterschied des Ranges untereinander. Jeder suchte seinen Freund oder Gesellen, um die Fahrt durch Zwiesprache zu verkürzen, sogar viele Frauen näherten sich den Rittern.

Unterdes war Gwide von Flandern mit Charles von Valois noch vorauf, denn niemand war unhöflich genug gewesen, an ihnen vorbeizureiten. Robrecht van Bethune und sein Bruder Willem hatten ihre Traber an die Seite ihres Vaters gelenkt. Raoul von Nesle und Chatillon ihrerseits hatten sich neben Charles von Valois, ihren" Feldherrn, begeben. Dieser richtete seine Augen voll Mitleid auf die weißen Haare Gwides und das niedergeschlagene Gesicht seines Sohnes Willem und sprach: „Ich bitt Euch, edler Graf, glaubt, dass Euer schmerzliches Los mich bedrückt. Ich fühle Eure Trauer, als ob Euer Unglück mich selber getroffen hätte. Alle Hoffnung ist nicht verloren.

Mein königlicher Bruder wird, auf meine Bitte, das Vergangene vergeben und vergessen."

„Herr von Valois", antwortete Gwide, „Ihr täuscht Euch. Euer Fürst hat geäußert, dass Flanderns Untergang sein höchster Wunsch ist. Hat er nicht meine Untertanen gegen mich aufgestachelt? Hat er mir nicht meine Tochter Philippa unmenschlich entrissen und in einen Kerker gesetzt. Und wie denkt Ihr denn, dass er den Bau, den er mit so vielen Blutopfern umgestürzt hat, wieder aufrichten werde? Fürwahr, Ihr täuscht Euch! Philipp der Schöne, Euer Bruder und König, wird mir das Land, das er mir genommen hat, nimmer wiedergeben. Euer Edelmut, Herr, wird bis zum Ende meines Lebens in meinem Busen geschrieben bleiben, aber ich bin zu alt, um mich noch mit eitler Hoffnung zu täuschen. Mein Reich ist aus. So will es Gott."

„Ihr kennt meinen königlichen Bruder Philipp nicht", erwiderte Valois, „es ist wahr, seine Taten zeugen wider ihn, aber ich versichere Euch, dass sein Herz so edelmütig ist als das des besten Ritters."

Robrecht van Bethune fiel Valois in die Rede und rief mit Ungeduld: „Was sagt Ihr? Edelmütig wie der beste Ritter! Bricht ein Ritter jemals sein gegebenes Wort, seine Treue? Als wir mit der unglücklichen Philippa ohne Argwohn nach Corbeil kamen, hat Euer König die Gastfreundschaft geschändet und uns alle eingekerkert. Geziemt diese verräterische Tat einem ehrenhaften Ritter, sagt?"

„Herr van Bethune", antwortete Valois mit Schärfe, „Eure Worte sind sehr hitzig. Ich denke nicht, dass Ihr die Absicht habt, mich zu höhnen oder zu bedrohen?"

„O nein, bei meiner Ehre", sprach Robrecht, „Euer Großmut hat mich zu Euerm Freund gemacht, aber wie könnt Ihr denn mit Überzeugung sagen, dass Euer König ein getreuer Ritter sei?"

„Hört", erwiderte Valois, „ich sage Euch, dass Philipp

der Schöne das beste Herz auf der Welt hat. Aber feile Schmeichler umgeben und beraten ihn. Enguerrand von Marigny ist ein eingefleischter Teufel, der ihn zum Bösen treibt und eine andere Person verleitet ihn zu unerhörten Übeltaten. Die Ehrerbietung hält mich ab, sie zu nennen: sie allein trägt die Schuld an Euerm Unglück."

„Wer ist sie doch?", fragte Chatillon mit Nachdruck.

„Ihr fragt nach einer bekannten Sache, Herr von Chatillon," rief Robrecht van Bethune, „achtet auf meine Worte, ich will's Euch sagen: Eure Nichte Johanna von Navara ist es, die meine unglückliche Schwester gefangen hält, Eure Nichte Johanna ist es, die die Münze Frankreichs fälscht, Eure Nichte Johanna ist es, die den Untergang Flanderns beschworen hat"

Chatillon errötete vor Zorn, er warf sein Pferd heftig vor Robrecht und schrie ihm ins Gesicht: „Das lügt Ihr fälschlich!"

Durch diese Schmach an seiner Ehre angetastet, riss Robrecht sein Pferd schnell zurück und zog sein Krummschwert aus der Scheide. In dem Augenblick, als er auf Chatillon einsprengen wollte, bemerkte er, dass sein Feind keine Waffen hatte. Er steckte mit merkbarem Missvergnügen sein Schwert wieder ein, ritt wieder zu Chatillon heran und sprach mit gedämpfter Stimme: „Ich halte es nicht für nötig, Herr, Euch meinen Handschuh hinzuwerfen. Ihr wisst, dass Eure Beleidigung ein Flecken für mich ist, der durch Blut allein getilgt werden kann. Ich werde vor Sonnenuntergang von Euch Rechenschaft für Euern Schimpf fordern."

„So sei es", antwortete Chatillon, „ich bin bereit, die Ehre meiner königlichen Nichte gegen alle Ritter der Welt zu verteidigen."

Hierauf schwiegen sie und nahmen ihre vorigen Plätze wieder ein. Während dieses kurzen Zwistes hatten die anderen Ritter mit geteilten Gefühlen auf die stolzen Worte Robrechts gehört.

Viele der Franzosen waren erzürnt über die Worte des Vlamings, aber die ritterlichen Sitten erlaubten nicht, sich in den Streit zweier Feinde zu mischen. Charles von Valois schüttelte ungeduldig sein Haupt, und in seinen Zügen war wohl zu lesen, dass der Streit ihm ernstlich missfalle. Ein seliges Lächeln lag über dem Angesicht des Grafen Gwide. Er sprach leise zu Valois: „Mein Sohn Robrecht ist ein mutiger Ritter. Das hat Euer König Philipp erfahren müssen, denn bei der Belagerung von Rijssel ist mancher tapfere Franzmann durch Robrechts Schwert gefallen. Die von Brügge, die ihn mehr als mich lieben, heißen ihn den Löwen von Flandern und diesen Ehrennamen hat er in der Schlacht bei Benevent gegen Manfred wohl verdient."

„Ich kenne Herrn Robrecht seit langem", war die Antwort, „weiß doch jedermann, mit welcher Kühnheit jenes Damaszenerschwert den Händen des Unterdrückers Manfred entrissen wurde. Seine Waffentaten werden unter den Rittern meines Landes hoch gerühmt. Der Löwe von Flandern gilt bei uns als unbesiegbar, und ist er auch. Der alte Vater lächelte erst vor Genügen, aber plötzlich verdüsterte sich sein Angesicht, sein Haupt sank wieder und er seufzte wehmütig: „Herr von Valois, ist es nicht ein Unglück, dass ich einem solchen Sohn kein Erbe hinterlassen kann? Ihm, der das Haus von Flandern zu so viel Ruhm und Glanz bringen könnte! Oh! dies und die Gefangenschaft meines unglücklichen Kindes Philippa sind die zwei Gesichte, die mich ins Grab stoßen."

Charles von Valois antwortete nicht auf Gwides Klage. Lange Zeit blieb er in tiefes Nachdenken versunken und ließ den Zaum seines Trabers auf den Sattelknopf fallen. Gwide sah ihn an in dieser Haltung und wunderte sich über den Edelmut des Herrn von Valois, als er verstand, dass das Unglück des Hauses Flandern den fränkischen Edelmann betrübte.

Mit einem Mal richtete Charles von Valois sich mit heiterem Gesicht im Sattel auf und legte seine Hand auf die Hand Gwides und sprach: „Eine Eingebung des Herrn!"

Gwide sah ihn voller Neugier an.

„Ja", fuhr Valois fort, „ich will, dass mein königlicher Bruder Euch wieder auf den Thron Eurer Väter setze."

„Und welches Mittel dünkt Euch stark genug, dieses Wunderwerk zu vollbringen, da er mein Land doch an Euch gegeben hat?"

„Hört, edler Graf, Eure Tochter sitzt trostlos im Kerker des Louvre, Euer Erbteil ist verloren, und Eure Kinder haben kein Lehen mehr. Ich weiß ein Mittel für Euch, um Eure Tochter zu erlösen und Eure Grafschaft wieder zu erhalten."

„Ja?", rief Gwide voller Zweifel. „Ich kann es nicht glauben, Herr von Valois, es sei denn, dass Eure Königin Johanna von Navara abgeschieden wäre."

„Nein, das nicht. Unser König Philipp der Schöne hält offenen Hof zu Compiègne. Meine Schwägerin Johanna ist zu Paris und Enguerrand von Marigny mit ihr. Geht mit mir nach Compiègne, lasst die besten Edlen Eures Landes sich Euch zugesellen und fallt meinem Bruder zu Füßen, um ihm zu huldigen als ein dienstbereiter Lehensmann."

„Und dann?", fragte Gwide verwundert.

„Er wird Euch gnädiglich empfangen und das Land Flandern und Eure Tochter freigeben. Seid überzeugt von meinen Worten, denn in der Abwesenheit der Königin ist mein Bruder der großmütigste Fürst."

„Dank sei Euerm guten Engel für die glückliche Eingebung und Euch, Herr von Valois, für Euern Edelmut", sprach Gwide voller Freude.

„O Gott, möchte ich durch dieses Mittel die Tränen meines armseligen Kindes getrocknet sehen. Aber, wer mag wissen, ob die Bande des Kerkers nicht auch meiner Warten in dem gefährlichen Frankreich!"

„Fürchtet nicht, Graf, fürchtet nicht", erwiderte Valois", ich selber will Euch verteidigen und Euch beistehen. Ein Freigeleit mit meinem Siegel und mit meiner Ehre bekräftigt, wird Euch nach Rupelmonde zurückbringen, wenn unser Bemühen fruchtlos bleiben sollte."

Gwide ließ den Zaum seines Trabers los, fasste die Hand des fränkischen Ritters und drückte sie in tiefer Dankbarkeit. „Ihr seid ein edler Feind", sagte er. Derweil sie in ihrer Zwiesprache fortritten, kam der ganze Zug in eine Ebene von großer Ausdehnung, die er Kretelbach murmelnd durchströmte. Jeder machte sich fertig zur Jagd."

Etliche flämische Ritter nahmen ihren Falken auf die Faust. Die Hunde wurden in mehrere Haufen geteilt Hund die Leitbänder der Falken gelöst. Die Frauen waren nun zu den Rittern gekommen und es fügte sich, dass Charles von Valois sich neben der schönen Machteld fand.

„Ich glaube, freundliche Edelfrau", sprach er, „dass der Preis der Jagd Euer sein wird, denn noch nie sah ich einen schöneren Vogel als diesen. So ebenmäßig gefiedert, solch starke Schwingen, so gelbgeschuhte Klauen. Wiegt er auch schwer auf der Hand?"

„O ja, sehr schwer, Herr", antwortete Machteld, „und obschon er nur auf den niederen Flug gezogen ist, würde er doch wohl Reiher und Kraniche in der Luft stellen."

„Es scheint mir", bemerkte Valois, „als ob Euer Edlen ihn zu sehr ins Fleisch wachsen ließet. Es wäre wohl besser, sein Futter etwas einzuweichen."

„Ach nein, Herr von Valois, seid mir nicht gram darum," rief das Mägdlein frohgemut, „aber Ihr täuscht Euch und das nicht wenig: mein Falk ist gerade recht. Ich bin in der Falknerei nicht unkundig. Ich selber habe diesen schönen Vogel aufgefüttert, zur Jagd abgerichtet und des Nachts bei

Kerzenlicht bewacht. Aus dem Weg, Herr von Valois, aus dem Weg! Denn es fliegt eine Schnepfe aufwärts über dem Bach."

Derweil Valois seine Augen nach dem angesagten Ort richtete, zog Machteld die Kappe vom Kopf des Habichts und warf ihn aus.

„Flieg zu, mein lieber Habicht!", rief Machteld.

Auf den Befehl stieg der Vogel wie ein Pfeil himmelwärts, so dass die Augen ihm nicht folgen konnten. Etliche Zeit hing er bewegungslos auf seinen Schwingen und suchte mit seinen durchdringenden Augen nach dem bezeichneten Wild. Bald sah er in der Ferne die Schnepfe fliegen. Schneller als ein Stein fällt, stieß der Falk auf den armen Vogel herab und schlug seine scharfen Krallen in ihn.

„Seht Ihr, Herr von Valois?", rief Machteld voll Freude, „seht Ihr, dass die Hand einer Frau auch Falken wohl ausziehen mag? Da kommt mein treuer Vogel so lieblich mit meinem Fang zurück."

Sie hatte diese Worte noch nicht vollendet, da sank der Habicht mit der Schnepfe schon auf ihre Hand.

„Darf ich die Ehre haben, das Wild aus Eurer schönen Hand zu empfangen?", fragte Charles von Valois.

Bei dieser Frage trübte sich das Angesicht der Jungfrau, sie sah den Ritter bittend an und sprach: „O Herr von Valois, nehmt es mir nicht übel: ich habe meinen ersten Fang versprochen an meinen Bruder Adolf, der dort bei meinem Vater steht."

„Euerm Oheim Willem, wollt ihr sagen, edle Frau?"

„Nein, unserm Bruder Adolf van Nieuwland. Er ist so gut, so freundlich gegen mich. Er hilft mir beim Abrichten meiner Falken, er lehrt mich Lieder und Sagen und schlägt für mich die Harfe. Wir alle lieben ihn so sehr."

Charles von Valois hatte während dieser Worte sein Auge fest auf Machteld gerichtet, doch er erkannte bei

dieser Prüfung, dass allein Freundschaft in dem Busen der Jungfrau wohnte.

„Dann verdient er gewisslich diese Gunst", sprach er lächelnd, „lasst Euch durch meine Frage also nicht zurückhalten, ich bitte Euch."

Ohne auf die Gegenwart der anderen Ritter zu achten, rief Machteld, so laut sie konnte: „Adolf, Herr Adolf!"

Und sie schwang, selig und ausgelassen wie ein Kind, die Schnepfe in die Höhe. Auf ihren Ruf kam der Junker zu ihr.

„Hier, Adolf", rief sie, „das ist Eure Belohnung für die schönen Sprüche, die Ihr mich gelehrt habt." Der junge Ritter beugte sich ehrerbietig vor ihr und fing die Schnepfe mit Freuden. Die Ritter sahen auf mit neidischer Neugier, und mehr als einer suchte in Adolfs Gesicht den Ausdruck eines geheimen Gefühls zu entdecken. Doch vergebens. Da wurden sie mit einem Mal aus ihrem Nachsinnen aufgeschreckt.

„Rasch, Herr van Bethune!", rief der Oberfalkner, „macht Euerm Geierfalken die Kappe los und werft ihn aus, denn drüben läuft ein Hase." Einen Augenblick später schwebte der Vogel schon über den Wolken und fiel lotrecht auf das flüchtende Tier.

Sonderlich war das zu sehen, denn als der Falke seine Krallen in den Rücken des laufenden Hasen geschlagen hatte, hielt er sich aufrecht, und so flogen sie beide wie der Wind fortan. Doch dauerte diese Fahrt nicht lange. Sobald sie an einer Hainbuche vorbeikamen, schlug der Falk die eine Kralle in den Baum und hielt mit der andern das Wild so fest, dass es trotz allem Zappeln und Zerren nicht weiter konnte. Hierauf wurden etliche Hunde von den Koppeln gelöst. Diese liefen stracks auf den Hasen zu und übernahmen ihn von dem Falken. Der mutige Vogel umflog siegprahlend die Hunde und begleitete sie bis zu den Jagdknechten. Dann erhob er sich hoch in die Luft und gab durch besondere Wendung seinen Stolz zu erkennen.

„Herr van Bethune", rief Valois, „das ist ein Vogel, der sein Werk wohl ausrichtet. Es ist ein schöner Geierfalk."

„Ja, Herr, einer der allerbesten", antwortete Robrecht, „ich will Euch sogleich seine Adlerkrallen bewundern lassen." Bei diesen Worten hielt er den Lockvogel empor. Der Falk sah dies und sank im Augenblick auf die Faust seines Meisters herab.

„Seht Ihr?", fuhr Robrecht fort, indem er Valois den Vogel wies, „seht Ihr, was für schöne blonde Federn, was für eine saubere weiße Brust, und was für hohe blaufarbene Griffel."

„Ja, Herr Robrecht", antwortete Valois, „es ist in der Tat ein Vogel, der einem Adler nicht nachsteht, aber mir scheint, dass Blut von seinem Schwanz tropft."

Robrecht beschaute die Beine des Falken und rief mit, Ungeduld: „Kommt schnell her, Falkner! Mein Vogel hat sein Bein geschunden und ist ernstlich verletzt. Ach Gott, das arme Tier hat sich zu gewaltsam mit seinen Krallen festgehalten. Dass man ihn wohl pflege! Heilt ihn, Steven! Denn sein Tod würde mich sehr verdrießen."

Er gab Steven den verletzten Falken. Dieser weinte schier um den Vorfall. Denn weil es sein Amt war, die Falken zu lehren und abzurichten, standen diese Tiere seinem Herzen nah wie Kinder.

Nachdem die vornehmsten Herren ihre Falken ausgeworfen hatten, begann die allgemeine Jagd. Man fing innerhalb zweier Stunden allerlei Wild von hohem Flug, als Enten, Pfauen, Reiher, Kraniche und auch viel Wild von niederem Fluge, worunter Rebhühner, Wachteln und Drosseln waren. Als die Sonne im Mittag stand, klangen die Jagdhörner mit hellem Ton über das Feld. Der ganze Zug kam zusammen, und man ritt in mäßigem Schritt zurück nach Wijnendaal. Unterwegs nahm Charles von Valois sein Gespräch mit, dem alten Gwide wieder auf. Und obgleich der Graf von Flandern nicht ohne Misstrauen an seine

Reise nach Frankreich dachte, wollte er diesen gefährlichen Zug doch unternehmen aus Liebe zu seinen Kindern. Auf das Zureden des Herrn von Valois beschloss er, sich mit allen Edlen, die ihm geblieben waren, dem König Philipp dem Schönen zu Füßen zu werfen. Die Abwesenheit der Königin Johanna erfüllte ihn mit der frohen Hoffnung, Philipp den Schönen nicht unerbittlich zu finden.

Robrecht van Bethune und Chatillon begegneten einander nicht mehr. Sie vermieden jeden Schritt, der sie hätte zusammenführen können und keiner von beiden sprach noch ein Wort. Adolf van Nieuwland ritt diesmal neben Machteld und ihrem Oheim Willem. Die Jungfrau gab sich sichtlich Mühe, ein Lied zu lernen, das Adolf ihr vor sprach, denn von Zeit zu Zeit riefen die verwunderten Edelfrauen: „O, welch schöner Sprecher! Welch gelehrter Sänger ist doch der Herr Adolf van Nieuwland!"

So kamen sie endlich nach Wijnendaal. Der ganze Zug ritt in das Schloss. Man holte hinter ihnen die Brücke nicht nieder und auch die Egge fiel nicht. Etliche Augen blicke später verließen die fränkischen Ritter gewappnet das schloss. Als sie über die Brücke ritten, sprach Chatillon zu seinem Bruder: „Ihr wisst, dass ich heute Abend die Ehre unserer Nichte" zu verteidigen habe. Ich rechne darauf, dass Ihr mein Waffenträger sein werden"

„Gegen diesen ungestümen Robrecht van Bethune?", fragte St.-Pol. „Ich weiß nicht, aber mir dünkt, dass:" Ihr schlecht dabei abkommen würdet. Denn der Löwe von Flandern ist keine Katze, die man ohne Handschuhe anfassen mag. Das wisst auch Ihr wohl."

„Was soll das?", fiel Chatillon heftig aus. „Ein Ritter vertraut seiner Gewandtheit und seinem Mut und nicht auf seinen Körper."

„Ihr habt recht, mein Bruder, ein Ritter soll vor niemand weichen, aber es ist besser, sich nicht unbesonnen" bloßzustellen. Ich an Eurer Stelle hätte den grimmigen Robrecht reden lassen. Was gelten seine Worte, da er ohne Lehen und unser Gefangener ist?"

„Schweigt, St.-Pol, Ihr redet unverantwortlich. Fehlt es Euch an Mut?", Während sie diese Worte gesagt hatten, verschwanden sie mit den anderen Rittern zwischen den Bäumen. Nun ließen die Waffenknechte die Egge fallen, holten die Brücke auf und gingen fort.

Drittes Hauptstück

Der Ritter oder der Sänger, der von den Bewohnern Wijnendaals aus Gastfreundschaft oder Mitleid eingelassen wurde, fand sich erstlich auf einem viereckigen Platz unter blauem Himmel. Zur Seite sah er die Ställe, darin bequemlich hundert Pferde stehen konnten, daneben die Dungstätte, mit zahllosen fressenden Tauben und Enten bedeckt. Zur Linken das Gebäude, in dem die Waffenleute und Trossknechte ihre Hausung hatten. Weiter zurück lagerte das Sturmgezeug, das man für den Krieg gebrauchte: erst die großen Rammen und Böcke mit ihren Schragen und Wagen, dann die Geschütze, mit denen man Pfeile in die belagerten Städte schoss und die Wurfgezeuge, mit denen man große Steine auf Türme und Ställe schleudern konnte, ferner noch Sturmbrücken, Fußangeln, Feuertonnen und mancherlei anderes Kriegsgezeug.

Rechts vor dem eintretenden Fahrenden erhob sich der gräfliche Palast mit seinen Türmen stattlich über die niederen Gebäude, die ihn umgaben. Eine steinerne Treppe, an deren Fuß zwei schwarze Löwen lagen, führte zum ersten Geschoß und in eine lange Reihe von viereckigen Sälen. Viele davon waren mit einem Bett ausgestattet, um ankommende Gäste zu empfangen. Andere waren mit den alten Waffen der heimgeschiedenen Grafen oder mit eroberten Bannern und Wimpeln geschmückt.

Zur rechten Seite, an der Ecke des geräumigen Bauwerkes, war ein kleiner Saal, der sich von den übrigen, sehr unterschied. Auf dem Teppich, mit dem die Wände behängt waren, konnte man den ganzen Verlauf der Kreuzfahrt in lebensgroßen Bildern dargestellt sehen. Auf T" der einen Seite stand Gwide, vom Haupt bis zu den Füßen in Eisen gekleidet und umgeben von Rittern, denen er das Kreuz zureichte. In der Tiefe bemerkte man eine Schar Kriegsknechte, die sich schon auf den Weg gemacht hatten. Die zweite Seite schilderte die Schlacht von Massura[3], die im Jahre 1250 geschah und in der die Christen den Sieg behielten. Der heilige Ludwig, König von Frankreich, und der Graf Gwide waren aus den anderen an ihren Bannern zu erkennen. Die dritte Seite bot ein grässliches Schauspiel: viele Christenritter, von der Pest angefallen, lagen mit dem Tode ringend auf einem wüsten Felde, zwischen Leichen von Menschen und Pferden. Schwarze Raben flogen über diesem grauenvollen Lager und warteten des Augenblickes, wo sie sich am Fleisch der Toten sättigen könnten. Die vierte Seite stellte die" glückselige Heimkehr des Grafen von Flandern dar. Seine erste Frau Fogaats van Bethune, lag weinend an seiner Brust, derweil seine Söhne Robrecht und Balduin seine Hände voll Liebe drückten. Dies war die letzte Tafel. An dem Marmorkamin, in dem ein kleines Holzfeuer schwelte, saß der alte Graf von Flandern in einem schweren Armstuhl. Tiefem Nachdenken hingegeben, stützte er das Haupt in seine rechte Hand und sah teilnahmslos auf seinen Sohn Willem, der aus einem Buch mit silbernen Schließen Gebete las. Machteld, Robrechts van Bethune junge Tochter, stand mit ihrem Falken an der anderen Seite des Zimmers. Sie streichelte den Vogel, ohne auf den alten Gwide und seinen Sohn zu achten.

Derweil also der Graf mit düstern Aussichten an sein erlittenes Unglück dachte und Willem den Himmel um

---

3   Die Schlacht von Massura war während des ersten Kreuzzuges Ludwigs des Heiligen nach Ägypten. Nach anfänglichen Vorteilen wurde der König gefangen, und das Kreuzheer musste sich nach der Küste zurückziehen

Gnade anflehte, spielte Machteld mit ihrem geliebten Falken und dachte nicht daran, dass ihres Vaters Erbteil durch die Franzen genommen und verloren war. Doch darum war das kindliche Mädchen nicht gefühllos, aber ihre Trübsal dauerte nicht länger als der Anfall, der ihr hart zustieß. Als man ihr mitgeteilt hatte, dass alle standrischen Städte vom Feinde genommen seien, brach sie in überreiche Tränen aus und weinte bitterlich, aber schon am Abend desselben Tages wurde der Falk aufs Neue geliebkost, und des Mägdleins Tränen waren getrocknet und vergessen. Nachdem Gwide lange Zeit seinen Sohn mit unsteten Blicken angestarrt hatte, ließ er plötzlich die Hand, die sein Haupt stützte, sinken und fragte: „Willem, mein Sohn, was erflehst du so ungestüm von Gott?"

„Ich bete für meine arme Schwester Philippa", war des Jünglings Antwort. „Gott weiß, o mein Vater, ob" nicht die Königin Johanna sie bereits ins Grab gestoßen hat, aber dann sind meine Gebete für ihre Seele." Er beugte sein Haupt tief bei diesen Worten, als ob er die zwei Tränen, die ihm entfielen, verbergen wolle.

Der alte Vater seufzte schmerzvoll. Er fühlte, dass Willems düstere Ahnung sich erfüllen könnte, denn Johanna von Navara war eine böse Frau. Doch ließ er sich sein Befürchten nicht merken und sprach: „Es ist nicht gut getan, Willem, sich trüben Ahnungen hinzugeben. Dem Sterbenden auf Erde ist Hoffnung als ein Trost gegeben. Warum solltest du nicht hoffen? Seit dem deine Schwester gefangen ist, trauerst und klagst du, ohne dass nur ein einziges Lächeln über deine Züge, ginge. Es ist löblich, dass du das Los deiner Schwester nicht fühllos ansiehst, aber, um Gottes willen, erhebe dich aus deiner düsteren Verzweiflung!"

„Lächeln, sagt Ihr, Vater, lächeln. Derweil unsere arme Philippa im Kerker sitzt? Rein, das kann ich nicht. Ihre Tränen fließen im Verborgenen auf den kalten Grund ihres

Kerkers, sie klagt dem Himmel ihre Trübsal, sie ruft uns alle um Erlösung an und wer antwortet ihr? Die düstern unterirdischen Höhlen des Louvre! Seht Ihr sie nicht, bleich wie der Tod, schwach und abgemagert wie eine welkende Blume, die ihre Arme zu Gott er hebt! Hört Ihr sie nicht, wie sie ruft: O mein Vater, meine Brüder, erlöst mich, ich sterbe in den Ketten! Das sehe und höre ich in meinem Herzen, das fühle ich in meiner Seele, und ich soll lächeln?"

Machteld, die dieser trüben Rede mit halbem Ohr gelauscht hatte, setzte ihren Falken rasch auf die Rücklehne eines Sessels und fiel mit ungestümem Tränenstrom und traurigem Schluchzen zu den Füßen ihres Großvaters. Sie drückte den Kopf an seine Knie und rief: „Ist meine liebe Muhme tot? O Gott, welch ein Unglück! Ist sie tot? Soll ich sie nimmer wiedersehen?"

Der Graf hob sie zärtlich vom Boden und sprach mit Güte: „Sei still, meine liebe Machteld, weine nicht. Philippa, ist nicht tot."

„Nicht tot?", fragte das Mägdlein verwundert, „warum" redet mein Herr Willem denn vom Sterben?"

„Du hast ihn nicht wohl verstanden", antwortete der Graf, „mit Philippa steht es noch wie vor dem." Derweil die junge Machteld ihre Tränen trocknete warf sie einen vorwurfsvollen Blick auf Willem und sprach schluchzend: „Ihr betrübt mich stets ohne Grund, Herr Ohm! Man sollte fast glauben, dass Ihr jedes tröstende Wort vergessen hättet, denn Ihr sprecht allezeit schreckenerregend, dass Eure Worte mich erschauern machen. Mein Falk fürchtet sich vor Eurer Stimme, so hohl klingt sie! Das ist nicht artig von Euch, Herr Ohm, und es plagt mich sehr."

Willem schaute das Mägdlein mit Augen an, die um Verzeihung zu flehen schienen für seinen Schmerz. Sobald Machteld diesen traurigen Blick aufgefangen hatte, lief sie zu ihm und umfasste seine Hand mit der ihren.

„O, vergebt mir, lieber Willem", sagte sie, „ich hab Euch sehr lieb. Aber mit dem leidigen Wort sterben, das Ihr immerfort in meine Ohren klingen lasst, dürft Ihr mich nicht mehr quälen. Vergebt mir, ich bitte Euch!"

Bevor Willem ihr antworten konnte, lief sie schon zu ihrem Falken und begann ihr Spiel wieder, obgleich sie noch fortweinte.

„Mein Sohn", sprach Gwide, „lass dich durch die Worte der Jungfer Machteld nicht irren. Du weißt, dass nichts Arges in ihr ist."

„Ich vergebe ihr aus ganzem Herzen, Herr Vater, denn ich liebe sie wie meine Schwester. Die Trauer, die sie um Philippas vermuteten Tod bekundet hat, ist mir tröstlich gewesen."

Bei diesen Worten öffnete Willem das Buch aufs Neue und las, diesmal mit lauter Stimme: Jesu Christe, Seligmacher, erbarme dich meiner Schwester! Durch dein bitteres Leiden erlöse sie, O Herr!"

Beim Aussprechen des Namens unseres Herrn entblößte der alte Gwide sein Haupt, faltete die Hände zusammen und stimmte in Willems Gebet ein. Machteld ließ ihren Falken auf dem Stuhl sitzen und kniete nieder in einer Ecke des Zimmers, wo vor einem großen Kreuzbild ein Kissen lag. Willem fuhr fort: „Sankta Maria, Mutter Gottes, ich bitt dich, erhöre mich! Tröste sie in dem dunkeln Kerker, o heilige Magd! O, Jesu, süßer Jesu voll Barmherzigkeit, erbarme dich meiner armen Schwester!"

Gwide wartete, bis das Gebet zu Ende war, und dann fragte er, ohne auf Machteld zu warten, die nun wieder zu ihrem Falken gegangen war: „Aber sag mir eins, Willem! Meinst du nicht, dass wir dem Herrn von Valois großen Dank schuldig sind?"

„Herr von Valois ist der würdigste Ritter, den ich kenne", antwortete der Jüngling, „hat er uns nicht mit Edelmut behandelt? Er hat Eure grauen Haare geehrt und hat Euch selber getröstet. Ich weiß wohl, dass unser Elend und die Gefangenschaft meiner Schwester bald enden würden, wenn es in seiner Macht stünde. Gott gebe ihm die ewige Seligkeit für seine edle Gesinnung!"

„Ja, Gott sei ihm gnädig in seiner letzten Stunde!", fuhr Graf Gwide fort. „Begreifst du, mein Sohn, dass er, unser Feind, edelmütig genug ist, um für uns sich selber in Gefahr zu begeben und sich den Hass Johannas von Navara auf den Hals zu ziehen?"

„Ja, das begreife ich, Herr Vater, da Ihr von Charles von Valois sprecht. Aber was vermag denn er für uns und unsere Schwester zu tun?"

„Hör, Willem, als er diesen Morgen mit uns zur Jagd ritt, hat er mir einen Weg gewiesen, auf dem ich, mit Gottes Hilfe, den König Philipp den Schönen versöhnen mag." Der Jüngling schlug in frohem Erstaunen die Hände zusammen und rief: „O Himmel, sein guter Engel hat aus seinem Mund gesprochen! Und was sollt Ihr dazu tun, mein Vater?"

„Mit meinen Edlen den König zu Compiègne aufsuchen und einen Fußfall vor ihm tun."

„Und die Königin Johanna?"

„Die ungnädige Johanna von Navara ist mit Enguerand von Marigny in Paris. Nie war ein günstigerer Augenblick als dieser.

„Gebe der Herr, dass Eure Hoffnung nicht betrogen werde! Wann wollt Ihr diesen gefährlichen Zug unternehmen, mein Vater?"

„Übermorgen wird Herr von Valois mit seinem Gefolge nach Wijnendaal kommen, um uns zu geleiten. Ich habe die Edlen, die mir in meinem Unglück noch treu geblieben sind, berufen lassen, um ihnen Kenntnis davon zu geben. Aber dein Bruder Robrecht kommt nicht"

„Warum mag er so lange aus dem Schloss bleiben? Habt Ihr seinen Zwist von diesem Morgen schon vergessen, Herr Vater? Er hat sich von einem Schimpf zu reinigen. Jetzt ist er gewiss mit Chatillon zusammen."

„Du hast recht, Willem, es war mir entfallen. Dieser Zwist kann uns schädlich werden, denn Herr von Chatillon ist mächtig am Hofe Philipps des Schönen."

In jenen Zeiten waren Ehre und Ruf die kostbarsten Güter des Ritters, er durfte auch nicht den geringsten Vorwurf eines Fehlers auf sich kommen lassen, ohne Rechenschaft dafür zu fordern. Deshalb waren Ehrenzwiste alltägliche Ereignisse, auf die man wenig achtete. Gwide stand auf und sprach: „Da höre ich die Brücke fallen. Gewisslich sind meine Lehensmannen bereits gekommen. Komm, wir gehen in den großen Saal!" Sie gingen aus dem Gemach und ließen die junge Machteld allein.

Gleich darauf kamen die Herren van Maldeghem, van Roode, van Kortrijk, van Oudenaarde, van Hehle, van Nevele, van Roubais, der Herr Walter van Lovendeghem mit zwei Brüdern und mehr andere, ungefähr zweiundzwanzig an der Zahl, zu dem alten Grafen in den Saal. Einige herbergten zu der Zeit in dem Schloss, andere hatten ihre Herrlichkeit in der nahliegenden Ebene. Sie alle warteten begierig auf die Zeitung oder den Befehl, den der Graf ihnen mitteilen würde, und standen mit entblößten Häuptern vor ihrem Herrn.

Etliche Zeit nachher begann dieser seine Rede und sprach: „Ihr Herren, es ist euch bekannt, dass die meinem Lehensherrn, dem König Philipp, gelobte und in weitestem Umfang gehaltene Treue der Grund zu meinem Unglück geworden ist. Als er mir auflegte, von den Gemeinden die Rechenschaft von der Verwaltung zu fordern, habe ich, als ein untertaner Lehensmann, seinen Befehl erfüllen wollen. Brügge hat mir den Gehorsam verweigert, und meine

Untertanen sind gegen mich aufgestanden. Als ich mit meiner Tochter nach Frankreich gekommen war, um dem König zu huldigen, hat er uns alle gefangen genommen. Mein unglückliches Kind trauert noch in den Kerkern des Louvre. Das alles wisst ihr, denn ihr wart die treuen Gefährten eures Fürsten. Ich habe, wie es meinem Stande geziemt, mein Recht mit den Waffen verteidigen wollen, aber das Los war gegen uns: der meineidige Eduard von England brach das Bündnis, das wir geschlossen hatten, und verließ uns in der Not. Nun ist mein Land erobert, ich bin der geringste unter euch geworden, und meine grauen Haare dürfen die gräfliche Krone nicht mehr tragen. Ihr habt einen anderen zum Herrn!"

„Noch nicht!", rief Walter van Lovendeghem, „denn dann bräche ich meinen Degen für immer. Ich erkenne keinen andern Herrn als den edlen Gwide van Dampierre."

„Herr van Lovendeghem, Eure treue Liebe ist mir sehr willkommen, aber hört mich mit kühlem Blut bis zum Ende. Herr von Valois hat Flandern mit den Waffen gewonnen und von seinem königlichen Bruder als Lehen empfangen. Wäre er nicht so edelmütig, so würde ich jetzt nicht auf Wijnendaal bei euch sein, denn er war es, der mich aus Rupelmonde an diese angenehme Wohnstatt berufen hat. Noch mehr: er hat beschlossen, das Haus von Flandern wieder aufzurichten und mich wieder auf den gräflichen Stuhl zu setzen. Das ist die Sache, über die ich mit euch zu reden habe, denn ich bedarf eurer Hilfe."

Auf die letzte Mitteilung wuchs die Verwunderung der Herren, die mit Aufmerksamkeit gefolgt waren. Dass Charles von Valois das Land, das er gewonnen hatte, wieder freigeben wollte, schien ihnen unglaublich. Sie sahen den Grafen voll Staunen an. Nach einer kurzen Pause fuhr dieser fort: „Ihr Herren, ich zweifle keineswegs an eurer Liebe zu mir, deshalb spreche ich aus der vollen Hoffnung, dass ihr mir diese letzte Bitte erfüllen werdet und die besteht darin: Übermorgen reise ich nach Frankreich, um dem König zu Füßen zu fallen, und ich begehre, dass ihr mich dahin begleitet."

Einer nach dem anderen erwiderten die Herren, dass sie zu dieser Reise bereit seien und ihren Grafen überall hin begleiten und ihm beistehen wollten. Nur einer erwiderte nicht, und das war Diederik die Bos.

„Herr Diederik", fragte der Graf, „wollt Ihr nicht mit uns gehen?"

„Ja, ja, bei meiner Ehr!", rief Diederik, „der Fuchs[4] geht mit, und wäre es in den Rachen der Hölle. Aber ich sage Euch, edler Graf, vergebt es mir, ich sage Euch, dass man hier kein Fuchs zu sein braucht, um zu merken, wo der Strick liegt. Man hat Eure Hoheit schon einmal gefangen und Ihr lauft doch wieder auf der alten Spur. Gott gebe, dass es gut ausgehe! Aber das versichere ich Euch: den Fuchs wird Philipp der Schöne nicht fangen."

Ihr urteilt und redet zu leichtfertig, Herr Diederik!", erwiderte Gwide. „Charles von Valois schreibt uns ein Freigeleit und gelobt bei seiner Ehre, dass er uns wieder ungehindert nach Flandern zurückbringen wird."

Die Herren, die die Rechtschaffenheit des Grafen von Valois kannten, trauten dem Gelöbnis und fuhren fort, mit ihrem Grafen zu beraten. Unterdes schlüpfte Diederik die Vos unbemerkt aus dem Saal und ging auf dem Hofe nachdenklich hin und her. Etliche Augenblicke später wurde die Brücke niedergelassen, und Robrecht van Bethune betrat das Schloss. Nachdem er von seinem Pferd gestiegen war, trat Diederik auf ihn zu und sprach: „Es ist nicht nötig zu fragen, Herr Robrecht, wie Ihr Euern Feind abgefertigt

---

4 Das Wortspiel des Vlämischen „die Vos" (der Fuchs) geht natürlich in der Übersetzung verloren.

habt: das Schwert des Löwen hat noch nie gelogen. Sicher ist Herr von Chatillon auf der Reise in die andere Welt!"

„Nein", antwortete Robrecht, „mein Schwert ist mit solcher Wucht auf seinen Helm gefallen, dass er in drei Tagen nicht sprechen wird, doch tot ist er nicht, Gott sei Dank. Aber ein anderes Unglück ist uns zugestoßen. Adolf van Nieuwland, mein Waffengefährte, focht gegen St.-Pol. Adolf hatte ihn schon am Kopfe verwundet, als der Harnisch des unglücklichen Junkers nachgab und die feindliche Waffe ihn tödlich verwundete. In wenigen Augenblicken werdet Ihr ihn sehen, denn meine Knappen bringen ihn auf das Schloss."

„Aber, Herr van Bethune", fragte Diederik, „denkt Ihr nicht, dass die Reise nach Frankreich eine unverantwortliche Sache ist?"

„Welche Reise? Ihr setzt mich in Erstaunen."

„Wisst Ihr nicht davon?"

„Kein Wort."

„Nun, wir ziehen übermorgen mit unserm Grafen nach Frankreich."

„Was ist das, Freund Diederik? Ihr scherzet. Was, nach Frankreich?"

„Ja, ja, Herr Robrecht, um den fränkischen König mit einem Fußfall um Vergebung zu bitten. Ich habe noch nie gesehen, dass eine Katze von selber in den Sack kriecht, aber in Compiègne werde ich's erleben, oder es fehlt mir am gesunden Verstand."

„Seid Ihr des sicher, was Ihr da sagt, Diederik? Spottet nicht, denn Ihr macht mich traurig."

„Sicher? Da geht doch nur in den Saal! Da finde Ihr die Herren alle bei dem Grafen, Euerm Vater. Übermorgen reisen wir in die Gefangenschaft. Glaubt mir und macht ein Kreuz auf das Tor von Wijnendaal." Robrecht konnte seinen Zorn über diese Nachricht nicht meistern.

„Mein Freund Diederik", sagte er, „ich bitt Euch, lässt den verwundeten Adolf in meine Kammer auf das Bett zur Linken legen und versorgt ihn, bis ich wiederkomme. Lasst Meister Rogaert rufen, damit er die Wunde verbinde." Derweil er das sagte, lief er voll Ungeduld in den Saal, wo die Herren mit dem Grafen waren, und drängte sich ungestüm zwischen ihnen durch zu seinem Vater. Die Ritter verwunderten sich aus den Maßen, denn Robrecht war noch im Harnisch und ganz in Eisen gekleidet.

„O mein Herr Vater", rief ihn, „was sagt man mir? Ihr wollt Euch in die Hände Eurer Feinde liefern, auf dass sie Eure grauen Haare mit Schmach bedecken, auf dass die schnöde Johanna Euch in den Kerker werfe."

„Ja, mein Sohn", antwortete Gwide mit Festigkeit, „ja, ich gehe nach Frankreich, und du mit mir, das ist der Wille deines Vaters."

„Wohlan, so sei es", erwiderte Robrecht, „ich werde mit Euch gehen. Aber der Fußfall, der schändliche Fußfall?"

„Den Fußfall werde ich tun, und du mit mir", war die", unerbittliche Antwort.

„Ich", rief Robrecht voller Wut, „ich den Fußfall tun? Ich, Robrecht van Bethune, unserm Feind zu Füßen fallen! Was, soll der Löwe von Flandern seinen Rücken beugen vor einem Franzmann, vor einem Falschmünzer, vor einem Meineidigen?"

Der Graf ließ einige Augenblicke vergehen. Und als er dachte, dass Robrecht sich beruhigt habe, fuhr er fort: „Und du wirst ihn auch tun, mein Sohn!"

„Nein, nie!", rief Robrecht, „nie kommt diese Schmach auf mein Wappen! Ich vor einem Fremdling bücke? Kennt Ihr Euern Sohn nicht, mein Vater?"

„Robrecht", erwiderte Gwide mit Ruhe, „der Wille deines Vaters ist eine Macht, gegen die du dich nicht auflehnen darfst. Ich will es!"

„Nein", rief Robrecht nochmals, „der Löwe von Flandern beißt, aber er streichelt nicht. Gott allein und Ihr, Herr Vater, habt mein Haupt gebeugt gesehen. Nie, nie werde ich es vor einem andern auf der Erde beugen!"

„Aber, Robrecht", fuhr der Vater fort, „hast du kein Mitleid mit mir, mit deiner armseligen Schwester Philippa, mit deinem Vaterland, da du das einzige Mittel, das uns retten kann, verwirfst?" Von Schmerz und Zorn gepeinigt, rang Robrecht seine Hände mit Ungestüm.

„Was fordert Ihr, mein Herr und Vater", antwortete „dass ein Franzmann auf mich nieder sehe als auf einen Sklaven? Der Gedanke ist genug für mich, um vor Scham. zu sterben. Nein, nein, niemals! Euer Befehl, selbst Euer Bitten ist nutzlos. Ich werde es nicht tun."

Zwei Tränen glänzten auf den hohlen Wangen des alten Grafen. Der sonderbare Ausdruck seiner Züge ließ die anwesenden Ritter zweifeln, ob es Freude oder Schmerz war, was ihn erregte, denn ein trostvolles Lächeln schien auf seinem Angesicht zu schweben. Robrecht wurde durch die Tränen seines Vaters tief getroffen er fühlte in seinem Herzen eine Hölle und all ihre Marter und Pein. Seine Aufregung stieg noch mehr, und er rief wie von Sinnen: „Vermaledeit, verflucht mich, o mein Fürst und Vater, aber ich versichere Euch, dass ich niemals vor einem Franzmann kriechen oder bücken werde. Ich kann Euer Gebot nicht erfüllen!"

Robrecht van Bethune erschrak ob seiner eigenen Worte. Er wurde bleich, und alle seine Glieder bebten. Seine Finger pressten sich krampfhaft in seinen Händen, dass man hörte, wie die eisernen Schuppen seiner Handschuhe knirschten. Er fühlte, wie ihm aller Mut entsank und wie er mit tödlicher Angst den Fluch seines Vaters erwartete. Derweil die Ritter in der größten Bestürztheit auf die Antwort des Grafen warteten, schlang dieser seine schwachen Arme um Robrechts Hals und rief mit Tränen der Freude und der Liebe: „O, mein edler Sohn! Mein Blut, das Blut des Grafen von Flandern fließt rein in deinen Adern. Dein Ungehorsam hat mir den glücklichsten Tag meines Lebens gegeben. Nun kann ich sterben! Umhalse mich noch einmal, mein Sohn, denn ich fühle ein unaussprechliches Glück."

Bewunderung und Mitleid rührten die harten Herzen aller anwesenden Herren. Mit teilnehmendem Stillschweigen schauten sie dieser Umarmung zu. Der alte Graf ließ seinen Sohn los und wandte sich mit Bewegung seinen Lehensmannen zu.

„Seht, ihr Herren", sprach er, „so war auch ich in „meinen jungen Jahren. So waren die Dampierre alle Zeit. Urteilt nach dem, was ihr gehört und gesehen habt, ob nicht Robrecht die gräfliche Krone verdient! O Flandern, so sind deine Männer! Ja, Robrecht, du hast recht: ein Graf von Flandern kann sein Haupt nicht beugen vor einem Fremdling. Aber ich bin alt, bin der Vater der gefangenen Philippa und der Eure, mein tapferer Sohn. Ich werde meine Knie beugen vor Philipp dem Schönen, so will es Gott! Ich unterwerfe mich seinem heiligen Willen. Du wirst mit mir gehen. Beuge dein Haupt nicht, halt es aufrecht, damit der Graf, der mir nachfolgt, frei sei von Schmach und Schande!"

Hierauf wurden die Vorbereitungen zur Reise weitläufig beraten: man sprach über mehr als eine bedeutende Frage. Robrecht van Bethune, der nun ruhig geworden war, verließ den Saal und ging in das kleine Gemach, wo Machteld sich aufhielt. Er nahm das junge Mädchen bei der Hand und führte sie zu einem Lehnstuhl. Dann zog er, ohne dass er ihre Hand losließ, einen andern Sessel heran und setzte sich neben sie.

„Meine liebe Machteld", sprach er, „du hast deinen Vater gern, nicht wahr?"

„O ja, das wisst Ihr doch wohl", rief das Mägdlein und strich mit ihrer zarten Hand über die raue Wange des Ritters.

„Aber", fuhr Robrecht fort, „wenn ein anderer sein „Leben wagte, um das meine zu verteidigen, würdest du diesen nicht auch lieben?"

„Ja, gewiss", war die Antwort, „und ich würde ihm dafür ewig dankbar bleiben."

„Nun wohl, meine Tochter, ein Ritter hat deinen Vater gegen einen Feind verteidigt und ist tödlich verwundet worden."

„Ach Gott", rief Machteld aus, „ich will vierzig Tage für ihn beten und noch länger, damit er genese."

„Ja, bete auch für mich, mein gutes Kind, aber ich verlange noch mehr von dir."

„Sprecht, Herr Vater, ich bin Eure gehorsame Dienerin."

„Versteh mich wohl, Machteld. Ich gehe für einige Tage auf Reisen, und dein Großvater und alle Edelleute, die du kennst, verreisen auch. Wer wird dem armen verwundeten Ritter dann zu trinken geben, wenn er Durst hat?"

„Wer? Ich, Herr Vater. Ich will ihn gar nicht verlassen, bis dass Ihr wiederkommt. Ich will meinen Falken mit in seine Kammer nehmen und ihm allzeit Gesellschaft leisten. Fürchtet nicht, dass ich ihn den Dienstboten überlassen werde. Mit eigener Hand will ich ihm die Trinkschale reichen. O, es wird mir eine große Freude. sein, wenn er heil wird."

„Das ist sehr lieb, mein Kind, ich kenne dein liebreiches Herz, aber du musst mir noch versprechen, dass du in den ersten Tagen seiner Krankheit kein Geräusch in seiner Kammer machen und es auch den Dienstboten nicht erlauben wirst."

„O nein, fürchtet das nicht, Herr Vater. Ich will meinem Falken ganz leise zusprechen, damit der kranke Ritter es nicht höre."

Robrecht nahm die junge Machteld bei der Hand und, führte sie aus der Kammer. „Ich will dir den Kranken zeigen", sagte er, „aber sprich nicht laut in seiner Gegenwart."

Adolf van Nieuwland war von den Knappen in einen Saal in Robrechts Wohnung getragen und auf ein Bett gelegt worden. Zwei Ärzte hatten die Wunde verbunden und standen mit Diederik die Vos bei der Bettkante. Der Leidende gab kein Lebenszeichen, sein Angesicht war bleich und seine Augen geschlossen.

„Nun, Meister Rogaert", fragte Robrecht den einen Arzt, „wir geht es unserm unglücklichen Freunde?"

„Schlecht", antwortete Rogaert, „gar schlecht, Herr van Bethune. Ich kann noch nicht sagen, ob er Hoffnung hat, aber nach meinem Gefühl wird er nicht sterben."

„Ist die Wunde nicht tödlich?"

„Nun tödlich und nicht tödlich. Die Natur ist der beste Heilmeister. Sie wirkt noch, wo Kräuter und Steine nichts vermögen. Ich habe einen Dorn von der wahrhaftigen Krone auf seine Brust gelegt. Die heilige Reliquie wird uns helfen."

Während dieses Gespräches hatte Machteld sich dem Kranken langsam genähert. Von Neugier bewegt, suchte sie das Gesicht des verwundeten Ritters zu sehen. Plötzlich erkannte sie Adolf van Nieuwland. Mit einem Rotschrei wich sie zurück. Tränen brachen in Strömen aus ihren Augen, und sie begann, laut auf zu weinen.

„Was ist das, meine Tochter?" sprach Robrecht. „Kannst du dich nicht mäßigen? Am Bette eines Kranken musst du gefasst und ruhig sein."

„Gefasst sein!", schluchzte das Mägdlein, „gefasst sein, wenn Herr Adolf sterben muss? Er, der mich solch schöne Lieder lehrte! Wer soll nun der Sänger von Wijnendaal sein? Wer wird mir helfen, meine Falken abrichten, und wer mein Bruder sein?"

Dann zwang sie sich, trat bis an das Bett, besah mit Weinen den bewusstlosen Ritter und rief schluchzend: „Adolf! Herr Adolf! Mein guter Bruder!" Als sie keine Antwort erhielt, schlug sie beide Hände vor das Angesicht und sank in einen Stuhl. Robrecht dachte, seine Tochter würde mit Schluchzen nicht aufhören und ihre Gegenwart so mehr schädlich als nützlich sein. Er fasste die junge Machteld bei der Hand. „Komm, mein Kind", sprach er, „Verlass die Kammer, bis deine Trauer etwas gestillt ist."

Machteld wollte das Gemach nicht verlassen. Sie antwortete: „O nein, Vater, lasst mich hier! Ich werde nicht mehr weinen. Lasst mich meinen Bruder Adolf pflegen! Ich will die feurigen Gebete, die er mich gelehrt, an seinem Bette sprechen."

Als sie das gesagt hatte, nahm sie das Kissen von einem Sessel, legte es am Kopfende des Bettes auf den Boden und begann in der Stille zu beten, derweil stumme Seufzer aus ihrer Brust ausstiegen und Tränen aus ihren Augen sielen.

Robrecht van Bethune blieb bis zur Nacht bei dem Bette Adolfs, denn er hoffte, dass er Bewusstsein und Sprache wiedergewinnen würde, aber diese Hoffnung wurde getäuscht. Der Verwundete atmete schwach und langsam, und nicht die geringste Bewegung ließ sich an seinem Körper spüren. Meister Rogaert begann, ernstlich für sein Leben zu fürchten, denn schon meldete sich ein leichtes Fieber und glühte auf den Schläfen des Kranken.

Die edlen Herren, die nicht auf Wijnendaal wohnten, verließen das Schloss voll Zufriedenheit. Als treue Ritter waren sie glücklich, dass sie ihrem alten Fürsten noch eins Mal beistehen und dienen konnten. Die aber im Schloss des Grafen wohnten, begaben sich in ihre Schlafkammern. Zwei Stunden später hörte man auf Wijnendaal nichts mehr als den Ruf der Wachen, das Gekläff der Hunde und den Schrei der Nachteulen.

Viertes Hauptstück

Die Reise, die Graf Gwide auf den Rat des Herrn Von Valois unternahm, war für ihn und das Land Flandern sehr gefährlich, denn es gab für Frankreich zu wichtige Ursache, das reiche Flandern so lang als möglich besetzt zu halten. Philipp der Schöne und Johanna von Navara hatten, um ihr verschwenderisches Leben weiterführen zu können, alles Geld aus dem Lande in ihren Schatz gezogen. Aber die übergroßen Summen, die das Volk ihnen dargebracht hatte, waren noch nicht hinreichend gewesen, um ihre unersättlichen Begierden zu erfüllen. Als er kein anderes Mittel, sich Geld zu schaffen, mehr finden konnte, fälschte Philipp die Münzen des Staates und legte den drei Ständen[5] des Landes unerträgliche Lasten auf, aber auch jetzt hatte er noch nicht genug. Seine habsüchtigen Minister, vor allem Enguerrand von Marigny, drängten ihn täglich, neue Schatzungen und Steuern auszulegen, ohne Rücksicht auf das Murren des Volkes und die Anzeichen einer Empörung. Unbegreiflich ist es, dass Philipp der Schöne, der auch die Juden oftmals aus Frankreich vertrieb, um ihnen die Erlaubnis zur Rückkehr gegen große Summen zu verkaufen, trotz seiner Erpressungen allzeit solch großen Mangel an Geld hatte.

Das Fälschen der Münze war eine verderbliche Tat, denn die Kaufleute wollten ihre Ware nicht gegen ungangbare Münze verkaufen und verließen Frankreich Das Volk

---

5   Die drei Stände: Adel, Geistlichkeit, freie Bürger und Bauern.

verarmte, die Steuern wurden nicht bezahlt und der König befand sich in der peinvollsten Lage. Flandern dagegen blühte durch den Fleiß seiner Bewohner. Alle Nationen der bekannten Welt betrachteten es als ihr zweites Vaterland und legten auf unserem Boden den allgemeinen Stapel ihrer Güter an. In Brügge allein wurde mehr Geld und Gut verhandelt als in ganz Frankreich, und die Stadt war eine wahre Goldmine. Das wusste Philipp der Schöne. Auch hatte er seit einigen Jahren alles darauf angestellt, um das Land Flandern in seinen Besitz zu bringen. Erst hatte er an den Grafen Gwide unerfüllbare Forderungen gestellt, um ihn zum Gehorsam zu zwingen, dann hatte er seine Tochter Philippa in Haft genommen und endlich Flandern durch die Gewalt der Waffen eingenommen und erobert.

Der alte Graf hatte das alles bedacht und verhehlte sich die wahrscheinlichen Folgen seiner Reise nicht, aber die Trauer, die er über die Gefangenschaft seiner Tochter empfand, erlaubte ihm nicht, das einzige Mittel zu ihrer Erlösung zu verwerfen. Das Freigeleit, das Charles von Valois ihm gegeben hatte, beruhigte ihn auch einigermaßen.

Also begab er sich mit seinen zwei Söhnen Robrecht und Willem und mit fünfzig vlämischen Edelleuten auf den Weg, Charles von Valois mit einer großen Zahl fränkischer Ritter begleitete ihn auf der Reise.

Als der Graf und seine Edlen nach Compiègne gekommen waren, wurde er auf Veranlassung des Herrn von Valois in eine prächtige Herberge geführt, bis ein königlicher Befehl ihn zu Hof rufe. Bei dem König, seinem Bruder, bewirkte der edelmütige Franzmann so viel, dass er zur Gnade neigte und Gwide allein an den Hof entbot.

Voll froher Hoffnung und mit Vertrauen begab sich der alte Graf in den königlichen Palast.

Hier wurde er in einen großen, prächtigen Saal geführt. In der Tiefe des Gemachs stand der königliche Thron.

Vorhänge von lasurblauem Samt, mit goldenen Lilien durchwirkt, fielen zu beiden Seiten bis auf den Boden und ein mit goldenen und silbernen Fäden gewebter Teppich lag auf den Stufen vor dem reichen Sessel.

Philipp der Schöne ging mit seinem Sohn Louis Hutin[6] im Saale hin und her. Hinter ihnen schritten viele fränkische Herren, unter ihnen einer, mit dem der König oftmals seinen Rat pflog. Dieser Günstling war Herr von Rogaret, der den Papst Bonifazius auf Philipps Befehl zu fangen und zu misshandeln gewagt hatte.

Sobald Gwide angekündigt wurde, trat der König zurück bis an den Thron, aber er bestieg ihn nicht. Sein Sohn Louis blieb an seiner Seite, die anderen Herren ordneten sich in zwei Reihen längs der Wand. Dann näherte sich der alte Graf von Flandern mit langsamen Schritten und bog ein Knie vor dem König.

„Vasall", sprach dieser, „Euch geziemt die demütige Haltung nach all dem Verdruss, den Ihr Uns verursacht habt. Ihr habt den Tod verdient und seid verurteilt, aber in königlicher Gnade gefällt es Uns, Euch zu hören. Steht auf und sprecht!"

Der alte Graf richtete sich auf und antwortete: „Mein Herr und Fürst, mit Vertrauen in Eure königliche Gerechtigkeit habe ich mich zu den Füßen Eurer Majestät begeben, auf dass Sie mit mir nach Ihrem Wohlgefallen handele."

„Die Unterwerfung", fuhr der König fort, „kommt spät. Ihr habt Euch mit Eduard von England, meinem Feind, gegen mich verbunden, Ihr seid als ein ungetreuer Vasall gegen Euern Herrn ausgestanden und hochmütig genug gewesen, Uns den Krieg zu erklären. Euer Land ist wegen Eures Ungehorsams verfallen."

---

6   Der Beiname bedeutet „der Zänker". Der junge Fürst trug ihn mit Unrecht, denn die Geschichte kennt ihn als edelmütig und gut.

„O Fürst", sprach Gwide, „lasst mich Gnade vor Euch finden. Dass Eure Majestät bedenke, wieviel Pein und Leid einen Vater heimsucht, dem man sein Kind entführt hat! Habe ich nicht aus tiefem Wehmut gebeten? Habe ich nicht gefleht, um sie wieder zu erhalten? O König, wenn man Euren Sohn, meinen zukünftigen Herrn Louis, der nun so mannhaft an Eurer Seite steht, wenn man Euch diesen entführte und in fremdem Lande einkerkerte, würde der Schmerz Eure Majestät dann nicht antreiben, alles zu versuchen, um das Blut, das dem Euern entsprang, zu rächen oder zu erlösen? Oh ja, Euer Vaterherz versteht mich ich werde Gnade Finden zu Euren Füßen."

Philipp der Schöne sah seinen Sohn voller Zärtlichkeit an. In diesem Augenblick erwog er die Schwere von Gwides Unglück und empfand ein inniges Mitleid für den unglücklichen Grafen.

„Sire", rief Louis gerührt. „O, seid ihm gnädig um meinetwillen! Habt doch Erbarmen mit ihm und seinem Kind, ich bitte Euch!"

Der König besann sich und nahm einen strengen Ausdruck an. „Lass dich nicht so leicht verleiten durch die Worte eines ungehorsamen Vasallen, mein Sohn", sprach er. „Aber trotzdem will ich nicht unerbittlich sein, wenn man mir beweisen kann, dass es nur die Vaterliebe und nicht Trotz gewesen ist, was ihn gegen mich aufgebracht hat."

„Herr", fuhr Gwide fort, „es ist Eurer Majestät bekannt, dass ich alles, was ich vermochte, ins Werk gerichtet habe, um mein Kind wiederzubekommen. Keine Bemühung ist mir geglückt. Mein Bitten und Flehen wurde verworfen und alles, auch die Vermittlung des Papstes, blieb fruchtlos. Was blieb mir noch übrig? Ich habe mir mit der Hoffnung geschmeichelt, dass die Waffen die Erlösung meiner Tochter bewirken könnten, aber das Los war mir nicht günstig, und Eure Majestät gewann den Sieg."

„Aber, was vermögen Wir für Euch zu tun?", fiel der König ein. „Ihr habt allen Unseren Vasallen ein verderbliches Beispiel gegeben. Wenn Wir Euch gnädig wären, würden sie alle gegen Uns aufstehen, und Ihr würdet Euch sicher wieder mit Unseren Feinden verbinden."

„O mein Fürst", antwortete Gwide, „es gefalle Eurer Majestät, die unglückliche Philippa ihrem Vater zurückzugeben, und ich versichere Euch, dass eine unverbrüchliche Treue mich an Eure Krone fesseln soll."

„Und wird Flandern die geforderten Summen aufbringen, und werdet Ihr das Geld hergeben, das nötig ist, um die Kosten zu decken, die Euer Ungehorsam Uns verursacht hat?"

„Die Gnade, die Eure Majestät mir erzeigen will, wird mir nicht zu teuer erkauft sein. Eure Befehle werde ich ehrerbietig erfüllen. Aber mein Kind, o König, mein Kind?"

„Euer Kind?", wiederholte der König mit Zweifeln. Nun erinnerte er sich an Johanna von Navara, die des Grafen von Flandern Tochter nicht willig freilassen würde. Er durfte der guten Eingebung seines Herzens nicht folgen, denn er fürchtete den Zorn der trotzigen Königin Johanna gar zu sehr. Und da er deshalb nicht willens war, dem Grafen Gwide etwas Gewisses zu versprechen, sagte er: „Nun wohl, die guten Worte Unseres geliebten Bruders haben viel für Euch vermocht. Habt gute Hoffnung, denn Euer Unglück geht Mir nahe. Ihr seid schuldig, aber Eure Strafe ist bitter. Ich werde trachten, sie zu versüßen, aber dieser Sache muss weitere Untersuchung vorausgehen. Wir begehren auch, dass Ihr in Gegenwart aller Herren, Unserer Vasallen, Eure Unterwerfung bekundet, damit sie ein Beispiel an Euch nehmen. Geht und verlasst Uns nun, damit Wir erwägen können, was Wir für einen ungetreuen Lehensmann tun mögen."

Auf diesen Befehl ging der Graf von Flandern aus dem

Saal. Er hatte den Palast noch nicht verlassen, als unter allen fränkischen Herren das Gerücht umlief, dass der König ihm sein Land und seine Tochter wiedergeben würde. Viele wünschten ihm von Herzen Glück, andere, die auf die Eroberung Flanderns ihre eigennützigen Erwartungen gerichtet hatten, empfanden darüber inneren Zorn, aber weil sie sich nicht gegen den Willen des Königs setzen wollten, ließen sie nichts davon merken.

Fröhlichkeit und Vertrauen herrschten unter den flämischen Herren, sie schmeichelten sich mit süßer Hoffnung und freuten sich im Voraus auf die Erlösung ihres Vaterlandes. Es schien ihnen, als ob nichts den guten Ausgang ihres Unternehmens hindern könne. Denn außer dem guten Bescheid, den der König ihrem Grafen gegeben, hatte er dem Herrn von Valois noch die besondere Versicherung gegeben, dass er Gwide mit Großmut behandeln wolle.

Ihr, die gegen das Unglück gekämpft und in diesem Streit gelitten und geweint habt, wie leicht überfällt die Freude euer lange beklommenes Herz! Wie rasch vergesst ihr eure Pein, um ein unsicheres Glück zu umfangen, als ob der Kelch der Trübsal für euch geleert sei, derweil euch das Bitterste, der Grund, noch erwartet! Ihr seht ein Lächeln auf jedem Angesicht und drückt die Hand von allen, die an eurer Vorfreude teilzuhaben scheinen. Aber traut nicht auf das Wandelrad der trügerischen Glücksfrau, noch auf die schönen Worte derer, die im Unglück eure Feinde waren. Denn Neid und Verrat lauern unter doppelten Gesichtern gleich der Otter unter Blumen und dem Skorpion unter der goldenen Ananas. Denn umsonst sticht man die Spur der Schlange auf dem Felde. Man fühlt ihren giftigen Biss und weiß nicht, woher sie gekommen. So schaffen ab günstige und neidische Menschen im Dunkel, denn sie kennen ihre eigene Bosheit und schämen sich ihrer Taten. Ihre Pfeile treffen uns ins Herz, und wir halten sie für unsere Freunde, weil wir ihre schwarzen Absichten von ihrem freundlichen Gesichte nicht ablesen können. Geheimnis und Doppelsinn sind ihr undurchdringlicher Mantel, denn das giftige Gewürm wagt sich wohl einmal in das Licht der Sonne, aber sie noch niemals. Der Graf Gwide traf schon die nötigen Anordnungen, um nach seiner Rückkehr nach Flandern die Befehle des Königs auszuführen und seine Untertanen durch einen langen Frieden den Krieg vergessen zu machen. Robrecht van Bethune zweifelte keineswegs an der verheißenen, denn seitdem sein Vater am Hofe gewesen war, bezeigten die fränkischen Herren den Vlamingen die größte Liebe und Freundlichkeit. Dies war, so glaubten sie, ein Beweis für die Gutwilligkeit des Königs. Sie wussten, dass die Ansichten und Gedanken der Fürsten allzeit auf „I den unsteten Gesichtern der Höflinge zu lesen sind.

Chatillon hatte den Grafen auch manchmal aufgesucht, und ihn mit Glückwünschen begrüßt, aber er hütete in seinem Herzen ein teuflisches Geheimnis und lächelte, um es zu verbergen. Johanna von Navara, seine Nichte, hatte ihm das Land Flandern als Lehen versprochen. All seine herrschsüchtigen Entwürfe hatten kein anderes Ziel gehabt, als die reiche Grafschaft zu erlangen, und nun verging diese Aussicht gleich einem Traum. Es gibt keinen Trieb, der den Menschen leichter zum Bösen führt, als die Prunksucht. Sie vernichtet unbarmherzig, was ihren Lauf hindert, und lässt sich nicht aufhalten durch begangene Gräuel, denn ihre Augen sind stets hartnäckig auf das verfolgte Ziel gerichtet. Von diesem Trieb besessen, beschloss Chatillon eine verräterische Tat, die sein Eigennutz ihm eingegeben hatte, und die er vor seinem Gewissen mit dem Namen Pflicht beschönigte. Den gleichen Tag, an dem er mit den anderen Herren aus Flandern an den Hof gekommen war, rief er einen seiner treuesten Diener, gab ihm sein bestes Pferd und schickte ihn in aller Hast nach Paris. Ein Brief, den er ihm mitgab, sollte die Königin und Enguerrand von Marigny über alles unterrichten und sie nach Compiègne rufen. Seine verräterische Absicht glückte ihm vollkommen.

Johanna von Navara geriet über dem Lesen des Briefes in eine heftige Wut. Die Vlaminge in Gnaden empfangen! Sie, die ihnen ewigen Hass geschworen hatte, sollte ihre Beute so fahren lassen! Und Enguerrand von Marigny, der die Gelder, die man mit Gewalt aus Flandern erpressen wollte, bereits im Voraus verspielt und vertan hatte! Diese beiden Personen hatten in allem einen zu großen Vorteil am Verderben Flanderns, um seine Befreiung dulden zu können. Sobald sie also die Nachricht empfangen hatten, reisten sie mit der größten Eile nach Compiégne und erschienen unerwartet in dem Gemach des Königs.

„Sire", rief Johanna, „bin ich Euch denn nichts mehr, dass Ihr meine Feinde ohne mein Wissen und Wollen in Gnade empfangen könnt? Oder hat der Verstand Euch so verlassen, dass Ihr diese flämischen Schlangen zu Eurem eigenen Verderb auszuziehen wollt?"

„Frau", antwortete Philipp der Schöne mit Festigkeit, „es geziemte Euch, Euerm Gemahl und König mit mehr Ehrerbietung zu begegnen. Wenn es mir beliebt, den alten Grafen von Flandern in Gnaden zu belehnen, wird mein Wille geschehen."

„Nein", rief Johanna, rot vor Zorn, „es wird nicht geschehen! Ich will es nicht, hört Ihr, Sire! ich will es nicht! Was sollen die Empörer, die meine Ohme geköpft haben[7] unbestraft bleiben? Sollen sie sich ungestraft rühmen, das Blut der Königin von Navara geschändet zu haben?"

---

[7] Zwei in Gefangenschaft geratene Bastardohme der Königin hatte Philipp von Elsass in Flandern köpfen lassen.

„Der Zorn irrt Euch, Frau", antwortete der König, „überlegt in Ruhe und sagt mir, ob es nicht billig sei, Philippa ihrem Vater zurückzugeben?"

Nun wurde Johannas Wut noch heftiger. „Philippa freigeben?" fuhr sie aus, „aber Sire, daran denkt Ihr doch nicht. Dann heiratet sie den Sohn Eduards von England, und Eurem eigenen Kinde ist diese Hoffnung verwehrt. Und was mehr ist: Philippa ist meine Gefangene. Ihr habt nicht die Macht, sie meinen Händen zu entreißen."

„Aber, Frau", rief Philipp, „Ihr vergesst Euch. Bedenkt, dass diese hochmütige Sprache mir sehr missfällt und dass es mir freisteht, Euch deswegen gram zu sein. Mein Wille ist der Wille eines Fürsten."

„Und Ihr wollt Flandern dem trotzigen Gwide wiedergeben? Ihr wollt ihn wieder in Macht setzen, um Euch noch einen Krieg zuzuziehen. Diese unbedachte Tat wird Euch trübe Nachgedanken erwecken. Was mich angeht, so will ich, weil ich wohl sehe, dass eine so wichtige Sache ohne mein Zutun beschlossen ist, mich in mein Königreich zurückziehen, und Philippa wird mir folgen."

Die letzten Worte wirkten niederschmetternd auf das Gemüt des Königs. Navara war der beste Teil von Frankreich, und Philipp der Schöne hätte sich seiner nicht gern beraubt gesehen. Da Johanna ihm schon mehrmals mit diesem Abzug gedroht hatte, fürchtete er, sie würde ihn doch einmal ausführen. Nach etlichem Bedenken sprach er: „Ihr regt Euch auf ohne Grund, Frau. Wer sagte Euch, dass ich Flandern herausgeben wolle? Ich habe über diese Sache noch nichts beschlossen."

„Eure Worte geben Anlass genug, so zu denken", antwortete Johanna. „Aber dem sei, wie es will. Ich sage Euch, wenn Ihr mich so verachtet, dass Ihr meinen Rat verwerft, so werde ich Euch verlassen. Denn ich will nicht bloßgestellt werden durch die Folgen Eurer Unvorsicht.

Der Krieg gegen Flandern hat die Schatzkammer des Reiches erschöpft und jetzt, wo Ihr ein Mittel habt, um dem allen aufzuhelfen, nun wollt Ihr die Empörer in Gnade aufnehmen. Noch nie sind unsere Geldmittel in schlechterem Zustand gewesen. Herr von Marigny kann es Euch beweisen."

Auf diese Worte trat Enguerrand von Marigny vor den König. „Sire", sprach er, „es ist unmöglich, die Söldner länger zu bezahlen. Das Volk will die Lasten nicht mehr aufbringen. Der Vorsteher der Kaufleute von Paris hat die Zulage verweigert, und bald werde ich die Ausgaben des königlichen Haushalts nicht mehr bestreiten können. Die Verschlechterung der Münze kann auch nicht mehr weiter getrieben werden. Flandern allein kann uns heraushelfen. Die Zöllner, die ich dorthin gesandt habe, sind dabei, die Gelder einzutreiben, die uns ans diesem Zustand retten müssen. Erwägt doch, Sire, dass die Freigabe des Landes Euch in große Verlegenheit und Unheil bringen wird."

„Sind alle Gelder, die man dem dritten Stand aufgelegt hat, schon ausgegeben?", fragte Philipp misstrauisch.

„Sire", antwortete Enguerrand, „ich habe die Gelder, die der Zollpächter von Paris Eurer Majestät vorgeschossen hatte, an Etienne Barbette zurückgezahlt. Es bleibt nichts oder sehr wenig im Reichsschatz." Die Königin Johanna sah mit Freuden, wie sehr diese Nachricht den König betrübte. Nun glaubte sie, dass eine Verzeihung für Gwide nicht mehr möglich sei. Sie näherte sich ihrem Gemahl mit listigen Gedanken und sprach: „Sire, Ihr seht wohl, dass mein Rat von Vorteil für Euch ist. Wie könntet Ihr auch, um die Aufständischen zu begünstigen, das Heil Frankreichs aus dem Auge verlieren? Sie haben Euch und mich gehöhnt, unseren Feinden geholfen und unsere Befehle verachten dürfen. Das Geld, das sie besitzen, macht sie trotzig und ausgeblasen. Nichts ist leichter zu tun, als ihnen das überflüssige Geld abzunehmen, dann mögen sie Eure königliche Hand noch küssen, weil Ihr ihnen das Leben lasst, denn sie haben alle den Tod verdient."

„Aber, Herr von Marigny", fragte der König, „wisst Ihr kein Mittel, um die Ausgaben des Reiches noch für etliche Zeit zu bestreiten? Denn ich denke nicht, dass die Gelder aus Flandern so schnell einkommen werden. Die Lage macht mir die größte Ungelegenheit."

„Ich weiß kein Mittel, Sire. Wir haben ihrer bereits zu viele versucht."

„Hört," fiel Johanna ein, „wenn Ihr meinem Rat folgen und mit Gwide nach meinem Begehr verfahren wollt, werde ich eine außerordentliche Anleihe auf mein Königreich Navara aufnehmen, und dann brauchen wir uns für lange Zeit nicht um diese unangenehmen Sachen zu sorgen."

Es sei nun, ob Schwäche des Gemüts oder Geldgier den König bewog: er bewilligte Johannas Verlangen und der alte Graf Gwide wurde ihr überliefert. Die verräterische Frau beschloss, den Grafen von Flandern den Fußfall tun und ihn nicht in sein Vaterland heimkehren zu lassen.

Fünftes Hauptstück

Es war spät am Abend gewesen, als Johanna von Navara in Compiègne ankam. Derweil sie mit List und Trug dem König die Befreiung der Vlaminge ausredete, saß Grawaide mit seinen edlen Lehensmannen in einem Saal seiner Wohnung. Der Wein wurde oftmals in silbernen Schalen rumgereicht und sie redeten miteinander von der fröhlichen Hoffnung und der tröstlichen Voraussicht.

Sie hatten den Plan zu einer geruhsamen Heimfahrt schon mehrmals geändert, als Diederik die Bos, der als Robrechts Busenfreund im Hause des Grafen geherbergt wurde, in den Saal kam und in die Gesellschaft trat. Ohne ein Wort zu sagen, blieb er stehen und sah den alten Grafen und seine Söhne prüfend an seinen Zügen war tiefer Schmerz und inniges Mitleid eingeprägt. Da er stets fröhlich und leichtherzig war, erschraken die Ritter nicht wenig über dieses Zeichen der Traurigkeit, denn sie dachten wohl, dass eine böse Zeitung sein Gesicht also verdüstert habe. Robrecht van Bethune war der erste, der seine Vermutung durch Worte zu erkennen gab. Er rief: „Ist Euch die Zunge ausgefallen, Diederik? Sprecht! Und macht keine losen Worte, wenn Ihr eine traurige Botschaft bringt, ich bitt Euch."

„Das hat keine Not, Herr Robrecht", antwortete Diederik, „aber ich weiß nicht, wie ich die Zeitung anbringen soll. Es tut mir leid, dass ich ein Unglücksbote sein muss."

Die Angesichter der Zuhörer drückten Furcht aus, sie sahen Diederik mit ängstlicher Neugier an. Dieser nahm eine Schale, goss sie voll Wein, und nachdem er getrunken hatte, sprach er: „Das soll mir den nötigen Mut geben. So hört denn und vergebt, dass Euer treuer Diener, der Fuchs, es sein muss, der Euch solche Zeitung bringt. Ihr habt geglaubt, dass Philipp der Schöne Euch in Gnaden empfangen werde und dazu hattet Ihr Grund, denn er ist ein edelmütiger Fürst. Vorgestern fühlte er sich glücklich, Euch den Großmut seines Herzens zu zeigen, aber da war er nicht von bösen Geistern besessen wie heute."

„Was sagt Ihr?", riefen die Ritter erstaunt, „ist der König besessen?"

„Herr Diederik", sprach Robrecht streng, „lasst die verblümten Worte, Ihr habt uns wohl anderes zu berichten, wie's scheint, Dinge, die nicht gern über Eure Lippen wollen."

„Ihr habt es gesagt, Herr van Bethune", antwortete" Diederik. „Seht, das ist die Sache, die mich tödlich betrübt! Johanna von Navara und Enguerrand von Marigny sind in Compiègne."

Diese Namen übten eine furchtbare Wirkung auf die Ritter. Sie waren wie mit Stummheit geschlagen, ließen die Köpfe hängen ohne ein Wort zu sprechen. Endlich warf der junge Willem die Arme empor und rief verzweifelt: „Himmel! die böse Johanna, Enguerrand von Marigny! O, meine arme Schwester! Mein Vater, wir sind verloren!"

„Seht Ihr", seufzte Diederik, „das sind die Teufel, von denen der gute König besessen ist. Seht Ihr, durchlauchter Graf, dass Euer Diener Diederik es nicht schlecht vorhatte, als er Euch auf Wijnendaal vor diesem Strick warnte?"

„Wer hat Euch gesagt, dass die Königin von Navara nach Compiègne gekommen ist?", fragte der Graf, als ob er noch an der Sache zweifele.

„Meine eigenen Augen, Herr", antwortete Diederik.

„Weil ich fürchtete, dass man verräterisch mit uns umgehen würde, denn ich traute ihren doppelsinnigen Worten nicht. Habe ich beständig gemacht, gespäht und gehorcht. Ich habe Johanna von Navara gesehen, ich habe ihre Stimme gehört. Ich verpfände meine Ehre für die Wahrheit meiner Worte."

„Hört, ihr Herren", sprach Walter van Lovendeghem, „Diederik sagt uns die Wahrheit. Johanna von Navara ist beim Könige, denn er hat es mit seiner Ehre verbürgt. Die ungnädige Fürstin wird alles aufwenden, um unsere Sache zu verderben und Gott weiß, welche Mittel sie dazu hat. Das Beste, was wir tun können, ist dies: mit Hast zu überlegen, wie wir uns aus dem Strick ziehen können. Wenn man uns gefangen hat, ist es zu spät."

Der alte Graf war traurig und verzweifelt. Er sah in diesem traurigen Augenblick nichts mehr, das Rettung bringen konnte. Aus der Mitte des königlichen Machtbereichs schien die Flucht nach Flandern ihm unmöglich.

Robrecht van Bethune raste und verfluchte innerlich die Reise, die ihn so wehrlos in die Hände seiner Feinde geführt hatte. Derweil sie alle in düsterem Stillschweigen den trostlosen Grafen ansahen, kam ein Hofknappe an die Tür des Saales und rief: „Der Herr von Nogaret, Gesandter des Königs!"

Eine plötzliche Bewegung verriet deutlich die B:stürzung, die die Vlaminge bei der Ankündigung befiel. Herr von Nogaret war der bekannte Ausführer der geheimen Befehle des Königs und nun dachten sie, dass er von Leibknechten begleitet käme, um sie zu verhaften.

Robrecht van Bethune zog seinen Degen und legte ihn vor sich auf den Tisch. Auch die anderen Herren brachten die Hand an ihre Waffen, derweil sie mit starren Augen auf die Tür blickten. In der Haltung standen sie, als der Herr von Nogaret eintrat. Er beugte sich höflich vor den Rittern, kehrte sich zu dem Grafen Gwide und sprach: „Graf von Flandern! Mein gnädiger König und Herr begehrt, dass Ihr morgen, um elf Uhr vor Mittag, mit Euren Lehensmannen zu Hofe kommt, um öffentlich Verzeihung Eures Verbrechens zu erbitten. Die Ankunft der durchlauchtigen Königin von Navara hat diesen Befehl beschleunigt. Sie selber hat bei ihrem Gemahl, dem König, um Gnade gebeten und hat mir anbefohlen, Euch zu sagen, dass Eure Unterwerfung ihr sehr willkommen ist. Bis morgen denn, meine Herren! Vergebt mir, dass ich Euch so eilig verlasse. Ihre Majestät erwartet mich, ich kann nicht verweilen. Der Herr halte Euch in seiner Hut!" Mit diesem Gruß verließ er den Saal.

„Dem Himmel sei Dank, ihr Herren", sagte Gwide", „der König ist uns gnädig. Nun können wir getrost und sicher zur Ruhe gehen. Ihr habt den Befehl des Königs gehört. Beliebt, euch bereit zu machen, um ihm zu folgen."

Die Fröhlichkeit kehrte unter die Ritter zurück. Sie sprachen noch etliche Zeit über Diederiks Furcht und den glücklichen Ausgang, den es genommen hatte. Die letzte Schale Wein wurde geleert auf das Heil ihres Grafen.

Als sie sich trennen wollten, fasste Diederik Robrechts Hand und sprach mit gedämpfter Stimme: „Lebt wohl, mein Freund und Herr! Ja, lebt wohl, denn vielleicht wird meine Hand die Eure niemals mehr drücken. Denkt, dass Euer Diener Diederik Euch allzeit beistehen und trösten wird, an welchem Ort oder in welchem Kerker Ihr Euch immer befinden mögt."

Robrecht sah unter Diederiks Augenlid eine Träne blinken und verstand, wie tief bewegt sein treuer Freund war.

„Ich begreife Euch, Diederik", flüsterte er ihm ins Ohr. „Was Ihr fürchtet, erwarte ich auch. Aber da gibt's keinen Ausweg. Lebt wohl denn bis auf bessere Tage!"

„Ihr Herren", sagte Diederik zurücktretend, „wenn ihr noch Zeitungen an eure Blutsverwandten in Flandern auszurichten habt, so ist's an der Zeit, sie bereit zu machen. Ich will euer Bote sein."

„Was sagt Ihr?", rief Walter van Lovendeghem. „Wollt Ihr nicht mit uns zu Hofe gehen, Diederik?"

„Das wohl, ich werde unter und neben euch sein, doch sollt weder ihr noch die Franzen mich erkennen. Ich habe euch gesagt: Philipp wird den Fuchs nicht fangen. Gott beschirme euch, ihr Herren!"

Er war schon zur Tür hinaus, als er ihnen diesen letzten Gruß bot. Der Graf ging mit seinem Hofknappen hinaus, und auch die anderen verließen den Saal, um sich zu Bett zu begeben.

Zur gesetzten Stunde konnte man in einem weiten Saal. Des königlichen Palastes die flämischen Ritter mit ihrem alten Grafen stehen sehen. Ihre Waffen hatten sie im Vorzimmer abgeben müssen. Fröhlichkeit und Zufriedenheit glänzten auf ihrem Angesicht, als ob sie sich im Voraus für die versprochene Gnade bedankten. Das Angesichts Robrechts van Bethune zeigte einen von allen anderen verschiedenen Ausdruck: bitterer Zorn und innerliche Empörung waren darauf zu lesen. Der mutige Vlaming konnte die trotzigen Blicke der fränkischen Herren nicht ertragen. Wäre es nicht um die Liebe zu seinem Vater gewesen, er hätte wohl von manchem Rechenschaft dafür gefordert. Er fühlte qualvoll den Zwang, den ihm die Not auferlegte, und manchmal hätte ein neugieriges Auge bemerken können, wie seine Fäuste sich verkrampften, als ob sie Fesseln zerreißen wollten.

Charles von Valois stand bei dem alten Gwide und sprach freundlich mit ihm. Er wartete auf den Augenblick, da er auf Befehl des Königs, seines Bruders, die Vlaminge vor den Thron führen würde. Auch etliche Abte und Prälaten waren im Saale zugegen. Bei ihnen befanden sich viele der vortrefflichsten Bürger von Compiègne, die man mit Absicht zu diesem Schauspiel zugelassen hatte. Derweil jeder seine Meinung über die Sache des alten Gwide beim andern anzubringen suchte, kam ein alter Pilgrim in den Saal. Sein Haupt mit dem breiten Pilgerhut war demütig geneigt, so dass man von seinen Gesichtszügen wenig sehen konnte. Eine braune, mit Muscheln verzierte Kutte verbarg seine Körperformen und ein langer Stock mit einer Trinkflasche stützte seine straffen Glieder. Sobald die Prälaten ihn bemerkten, kamen sie, zu ihm und überschütteten ihn mit mancherlei Fragen.

Der eine begehrte zu wissen, wie es um die Christen in Sprien bestellt wäre. Der andere, wie es mit dem Kriege in Italien stünde. Ein Dritter fragte ihn, ob er nicht köstliche Reliquien von den Heiligen mitgebracht habe und so noch mehr Dinge, um die man die Pilger zu fragen pflegte. Er antwortete auf das alles gleich einem, der diese Länder unlängst verlassen hatte, und erzählte so viele wunderliche Dinge, dass die Umstehenden ihm mit Andacht und Neugier zuhörten. Obgleich seine Aussagen zumeist ernsthaft und richtig waren, so kamen doch etliche Mal so seltsame Worte aus seinem Munde, dass die Prälaten lachen mussten. Bald hatten sich mehr als fünfzig Personen um ihn geschart und etliche trieben Ehrfurcht und Bewunderung so weit, dass sie verstohlen ihre Hände über seine Kutte gleiten ließen und dachten, das würde ihnen Segen bringen. Dennoch war der vermeintliche Pilgrim kein Wanderer. Die Länder, die er so wohl zu kennen schien, hatte er nur in seiner Jugend besucht und er wusste nicht mehr viel von dem, was er gesehen hatte, aber wenn sein Erinnern ihm nicht gehorchen wollte, kam ihm seine Einbildung zu Hilfe. Dann erzählte er übernatürliche Dinge und lachte bei sich selber über die, welche ihm glaubten.

Es war Diederik die Vos. Niemand besaß gleich ihm die Kunst, sich zu verstellen und alle Gestalten anzunehmen. Er konnte sein Gesicht mit Wasser und Farben älter oder jünger machen, und das mit solcher Kunst, dass selbst seine Freunde ihn nicht erkennen mochten. Weil er zu dem Versprechen des fränkischen Fürsten nicht das geringste Vertrauen hatte, und weil er, wie er zu dem Grafen gesagt hatte, nicht zugeben wollte, dass man den Fuchs fange, hatte er sich also verkleidet, um nicht in die Hände seiner Feinde zu fallen. Kurze Zeit darauf kamen der König und die Königin mit einem zahlreichen Zug von Rittern und Ehrendamen in den Saal und nahmen Platz auf dem Thron.

Die meisten fränkischen Herren stellten sich längs der Wand in zwei Reihen auf, die anderen blieben in der Nähe der Bürger stehen. Zwei Wappenboten mit den Bannern von Frankreich und Navara stellten sich zu beiden Seiten des Thrones. Auf ein Zeichen des Königs trat Charles von Valois mit den vlämischen Edlen näher. Diese bogen ein Knie auf samtene Kissen vor dem Thron und verharrten in Stillschweigen in dieser demütigen Haltung. An der rechten Seite des Grafen befand sich sein Sohn Willemund an der linken, an Stelle Robrechts van Bethune, Walter van Maldeghem, ein vornehmer Herr.

Robrecht war zwischen den fränkischen Rittern stehen geblieben und es glückte erstmals, dass Philipp der Schöne es nicht bemerkte.

Die Kleider der Fürstin Johanna schillerten von Gold und Gesteinen und die königliche Krone, die ihr Haupt umfing, glänzte im Tageslicht mit Tausenden von Diamanten. Hochmütig und streng warf die trotzige Frau verachtende Blicke auf die Vlaminge, die vor ihr knieten, und lächelte mit einem hässlichen Ausdruck. Derweil ließ sie den alten Grafen mit Absicht so lange warten. Endlich flüsterte sie einige Worte in das Ohr Philipps des Schönen, und dieser sprach mit lauter Stimme zu Gwide: „Ungetreuer Vasall! In Unserer königlichen Gnade haben Wir es für billig erachtet, Euer Verbrechen unter- suchen zu lassen, um zu sehen, ob es Uns gestattet wäre, Euch Vergebung zu schenken. Aber Wir haben befunden, dass die Vaterliebe Euch nur zum Deckmantel Eurer Widerspenstigkeit gedient hat, und dass frevelhafter Hochmut Euch zum Ungehorsam angespornt hat."

Derweil der König diese Worte sprach, sanken Bestürzung und Schrecken in die Herzen der Ritter. Nun merkten sie den Strick, vor dem Diederik die Vos sie gewarnt hatte. Da Gwide sich nicht regte, verharrten auch sie auf den Knien. Der König fuhr fort: "Ein Vasall, der hinterlistig gegen seinen Lehensherrn und König aufsteht, verliert sein Lehen, und einer, der sich mit den Feinden Frankreichs verbindet, verliert sein Leben. Ihr habt mit Eduard von England, Unserm Feind, die Waffen gegen Uns erhoben und Krieg gegen Uns geführt. Darum habt Ihr als ein falscher Lehensmann Euer Leben verwirkt. Dennoch wollen Wir dieses Urteil nicht hastig zur Ausführung bringen, sondern wollen die Sache bis zu einem reifen Spruch untersuchen. Darum sollt Ihr und die Edlen, die Eure Widerspenstigkeit geteilt, haben, in Haft gehalten werden, bis dass es Uns beliebe, andere Weisung über Euer Schicksal zu geben."

Charles von Valois, der diese Rede mit tiefem Gram in seinem Herzen angehört hatte, trat vor den Thron und sprach: "Mein Herr und König! Es ist Euch bekannt, mit welcher Treue ich Eurer Majestät, als der geringste Eurer Untertanen, gedient habe. Noch nie hat einer sagen können, dass ich meine Waffen durch einen Schein von Feigheit oder Falschheit befleckt habe. Und Ihr selbst, o König! wollt es nun sein, der meine Ehre, die Ehre Eures Bruders, schändet? Wollt Ihr mich zum Verräter machen, und soll das Haupt Eures Bruders sich unter dem Namen eines falschen Ritters beugen müssen? O, Sire, überdenkt, dass ich Gwide von Flandern ein Freigeleit gegeben habe, und dass Ihr mich zu einem Meineidigen macht."

Bei diesen Worten war Charles von Valois ganz in Zorn geraten. Sein Blick hatte solche ungemeine Kraft, dass Philipp der Schöne auf dem Punkte war, sein Urteil zu widerrufen. Weil er selber die Ehre für das höchste Gut eines Ritters schätzte, fühlte er in seinem Herzen, welche Schmach er seinem treuen Bruder antat. Unterdessen waren die Vlaminge ausgestanden. Sie hörten ängstlich auf den Ausfall des Herrn von Valois. Die übrigen Zuschauer regten sich nicht und warteten mit Schrecken auf das, was nun folgen musste.

Die Königin Johanna gab ihrem Gemahl keine Zeit zum Antworten. Da sie fürchtete, ihre Beute möchte ihr entschlüpfen, rief sie mit hässlichem Eifer: „Herr von Valois, es ist Euch nicht erlaubt, die Feinde Frankreichs zu verteidigen. Ihr macht Euch einer Untreue schuldig. Dies ist nicht das erste Mal, dass Ihr Euch gegen den Willen des Königs setzt."

„Herrin", fiel Charles heftig aus, „es geziemt Euch nicht, den Bruder Philipps des Schönen der Untreue zu bezichtigen. Soll denn um Euretwillen gesagt werden, dass Charles von Valois einen unglücklichen Landesherrn verraten habe? Soll die Schande auf mein Wappen kommen? Nein, o Himmel! Das wird nicht geschehen. Ich beschwöre Euch, Philipp, mein Bruder, könnt Ihr es dulden, dass das Blut des heiligen Ludwig in mir geschändet werde? Soll das die Belohnung meiner treuen Dienste sein?"

Man konnte bemerken, dass der König bei Johanna anhielt, um das strenge Urteil zu mildern, doch unerbittlich in ihrem Hass gegen die Vlaminge, wies sie die Bitte des Königs mit Trotz ab und errötete bei diesen Worten des Herrn von Valois so heftig, dass ihr Angesicht zu glühen erschien. Und plötzlich rief sie mit Kraft: „Holla, Leibwachen! Der Wille des Königs geschehe. Man verhafte die falschen Lehensmannen!" Auf diesen Ruf drangen durch alle Türen zahlreiche Wachen in den Saal. Die flämischen Ritter ließen sich ohne Gegenwehr in Haft nehmen. Sie wussten, dass Gewalt sie nicht retten konnte, denn sie waren ungewappnet und von vielen Feinden umringt. Einer der Leibwächter trat zu dem alten Gwide und sagte, indem er die Hand auf seine Schulter legte: „Herr Graf, ich verhafte Euch auf Befehl des Königs, meines Herrn."„Der Graf von Flandern sah ihn traurig an, kehrte sich Robrecht zu und sprach: „O mein unglücklicher Sohn!" Robrecht van Bethune stand regungslos und mit nassen Augen unter den fränkischen Rittern, die ihn erwartend ansahen. Als hätte eine unsichtbare Hand ihn mit der Zauberrute berührt, so lief ein krampfartiges Zucken über seinen Leib. All seine Sehnen spannten sich, und gleich Blitzen strahlte es aus seinen Augen. Wie ein Löwe sprang er vorwärts, und der ganze Saal dröhnte unter dem Klang einer Stimme. Er schrie: „Unselige! Ich habe eine unedle Hand auf der Schulter meines Vaters gesehen. Sie soll davon bleiben, oder ich sterbe den Tod!"

In seinem Lauf riss er mit Gewalt die Helmbarte aus der Hand eines Söldners. Ein erschreckter Ausruf entrang sich den anwesenden Rittern, und alle zogen ihre Degen, denn sie dachten, das Leben des Fürsten sei in Gefahr. Doch sogleich entschwand diese Furcht. Robrechts Schlag war gefallen. Er hatte getan, wie er gesagt hatte. Der Arm, der seinen Vater berührt hatte, lag mit der Frevler Hand auf dem Boden, und überflüssiges Blut strömte aus der schrecklichen Wunde.

Die Leibwachen liefen in großer Zahl auf Robrecht zu, um ihn zu bemeistern, doch er, blind und unsinnig vor Wut, schwang die Helmbarte in schnellen Kreisen um sich. Nicht einer wagte sich in ihren Bereich. Und es wäre wohl noch mehr Unglück geschehen, wenn nicht der alte Gwide, der für das Leben seines Sohnes fürchtete, ihm bittend zugerufen hätte: „Robrecht, mein großmütiger Sohn, ergib dich um meinetwillen, ergib dich, ich befehle es dir!"

Bei diesen Worten, die er miterschütterndem Ausdruck gesprochen hatte, schlang er seine Arme um Robrechts Hals und drückte sein Gesicht an die Brust seines Sohnes. Dieser fühlte die Tränen seines Vaters auf seine Hand niederfallen. Da begriff er die Größe seiner Unbesonnenheit. Er löste sich aus den Armen des Grafen und schleuderte die Helmbarte mit Kraft über die Köpfe der Wachen gegen die Wand und rief: „Kommt, verfluchter Mietlinge, nun mag man den Löwen von Flandern fangen. Fürchtet nichts mehr, er ergibt sich."

In großer Zahl fielen die Leibwachen über ihn her und nahmen ihn gefangen. Derweil er mit seinem Vater aus dem Saal geführt wurde, rief er Charles von Valois zu: „Eure Waffen sind unbefleckt! Ihr wäret und seid noch der edelste Ritter Frankreichs. Eure Treue bleibt unbeschadet. Das sagt der Löwe von Flandern, dass man es höre."

Die fränkischen Ritter hatten ihre Degen wieder in die Scheide gesteckt, sobald sie bemerkt hatten, dass das Leben des Fürsten nicht bedroht war. Um die Festnahme der Vlaminge wollten sie sich nicht bemühen. Das war ein Werk, das ihrem Adel Abbruch getan hätte. In den Herzen des Königs und der Königin waren sehr verschiedene Gefühle.

Philipp der Schöne war traurig und bedauerte das gefällte Urteil. Dagegen war Johanna froh über den Widerstand Robrechts. Er hatte gewagt, in den König Gegenwart einen seiner Diener zu verwunden. Dies war eine Tat, die sie in ihren rachsüchtigen Plänen kräftig unterstützen würde. Der König konnte seine Trauer und Rührung nicht verbergen und wollte gegen den Wunsch seiner trotzigen Gemahlin den Thron und den Saal verlassen. Er stand auf und sprach: „Ihr Herren, Wir bedauern das Ungestüm dieses Verhörs aus der Maßen und hätten euch bei dieser

Gelegenheit lieber den Ausdruck Unserer Güte gegeben, aber zu Unserer großen Trauer konnte es, um das Ansehen Unserer Krone, nicht geschehen. Unser königlicher Wille ist, dass ihr darauf achtet, dass die Ruhe in Unserm Palast nicht gestört werde."

Die Königin erhob sich auch und wollte mit ihrem Gemahl die Stufen des Thrones hinabsteigen. Aber eine neue, unerwünschte Schwierigkeit hielt sie zurück. Charles von Valois hatte lange im tiefen Nachdenke am Ende des Saales gestanden. Ehrfurcht und Liebe die er seinem Bruder darbrachte, stritten lange in ihm gegen den Zorn, den dieser Verrat in ihm erregte. Mit einem Mal brach seine Wut durch. Er wurde rot, blau und bleich im Gesicht und lief wie ein Rasender der Königin in den Weg: „Herrin", schrie er, „Ihr sollt mich nicht ungestraft entehren! Hört, ihr Herren, ich spreche vor Gott, unser aller Richter. Ihr, Johanna von Navara seid es, die das Vaterland aussaugt durch Eure Verschwendung. Ihr seid es, die das Reich meines edlen Bruders zuschanden macht. Ihr seid die Schmach und die Schande Frankreichs. Ihr habt die Untertanen des Königs durch das Fälschen der Münze und durch unbillige Erpressungen unglücklich gemacht. Und Euch sollte ich noch dienen? Nein, Ihr seid eine falsche, eine verräterische Frau!"

Wütend zog seinen Degen aus der Scheide, brach ihn auf seinem Knie entzwei und warf die Stücke mit solcher Wucht auf den Boden, dass sie bis zu den Stufen des Thrones zurückprallten.

Johanna war unsinnig vor Wut und Zorn. Ihre Gesichtszüge hatten nichts Weibliches mehr, zu einem so teuflischen Ausdruck hatten sie sich verzerrt. Man hätte glauben können, der Schlag werde sie rühren.

„Nehmt ihn fest! Nehmt ihn fest!", brach sie aus. Die Leibwachen, die noch im Saal waren, wollten den Befehl ausführen. Und schon hatte der Hauptmann sich dem

Herrn von Valois genähert, aber der König, der seinen Bruder auf das höchste liebte, wollte das nicht dulden.

„Wer Herrn von Valois anrührt, wird heute noch sterben!", rief er. Auf die Drohung blieben die Wachen regungslos stehen. Valois verließ ungehindert den Saal, trotz des Schreiens der wütenden Königin.

So endete diese ungestüme Zusammenkunft. Gwide wurde zu Compiègne gefangen gesetzt. Man führte Robrecht nach Bourges im Lande Berry und seinen Bruder Willem nach Nonen in der Normandie. Die übrigen flämischen Herren wurden jeglicher in einer besonderen Stadt eingekerkert, sodass jeder allein, ohne den andern trösten zu können, in Gefangenschaft sein musste. Diederik die Vos war der Einzige, der nach Flandern zurückkehrte, denn unter seiner Kutte hatte ihn niemand erkannt. Charles von Valois zog mit Hilfe seiner Freunde nach Italien. Er kehrte erst nach dem Tode Philipps des Schönen, als dessen Sohn Louis le Hutin den Thron bestiegen hatte, zurück. Und sogleich verlangte er Enguerand von Marigny wegen vieler Verbrechen gegen den Staat und ließ ihn zu Montfaucon an den Galgen henken. In Wahrheit aber war der Tod des Ministers eine Strafe für die Verhaftung des Grafen Gwide und weniger für seine eigenen Missetaten, denn Charles von Valois ließ ihn heulen, um sich für jenen Verrat zu rächen.

Sechstes Hauptstück

Zu jener Zeit bestanden in Flandern zwei Parteien, die gegeneinander stritten und nichts sparten, um einander den größten Schaden zuzufügen. Die meisten Edlen und Vornehmen hatten sich bei allen Gelegenheiten für die fränkische Oberhoheit erklärt und bekamen deshalb den Namen Leliaarts, weil sie dem Lilienwappen Frankreichs zugetan waren. Warum sie also die Feinde des Vaterlandes begünstigten, das wird aus den folgenden Worten wohl zu verstehen sein. Vor Jahren hatten die köstlichen Ritterspiele, die inneren Kriege und die weiten Kreuzfahrten die meisten Edelleute verarmt. Hierdurch waren sie genötigt worden, ihre Rechte in Städten oder Herrschaften an die Einwohner gegen große Summen zu verkaufen und ihnen Freiheiten und Privilegien zu bewilligen. Die Städte verarmten wohl für den Augenblick, aber bald trug die erkaufte Freiheit die schönsten Früchte. Das niedere Volk, das früher mit Leib und Gütern dem Adel eigen war, begriff nun, dass der Schweiß seiner Mühe nicht mehr für ungerechte Herren strömte. Es wählte sich Bürgermeister und Ratsherren und bildete eine Regierung, der die Herren des Landes nicht das Geringste mehr reinzureden hatten. Die Zünfte wirkten einträchtlich für die allgemeine Wohlfahrt und stellten Vormänner auf, die Leiter ihrer Angelegenheiten waren. Durch günstige Gastfreiheit angelockt, kamen die Fremden aus allen Ländern nach Flandern, und der Kaufhandel gewann ein Leben, eine Regsamkeit, die unter der Regierung der Lehensherren unmöglich gewesen waren.

Die Gewerbe blühten. Das Volk wurde reich und stolz über seinen so lange verkannten Wert und erhob sich mehrmals mit gewaffneter Hand gegen seine ehemaligen Herren.

Die Edlen, die ihre Rechte und ihre Güter hierdurch beträchtlich eingeschränkt sahen, versuchten durch List und Gewalt, die wachsende Macht der Volksgemeinden zu mindern. Das war ihnen aber noch nie gelungen, denn der Reichtum erlaubte den Städten, ein Heer auf die Beine zu bringen und also die erworbenen Freiheiten zu verteidigen und unbeschädigt zu bewahren. In Frankreich war es nicht so bestellt. Aus Geldnot hatte Philipp der Schöne wohl einmal den dritten Stand – das sind die Bürger der guten Städte – zu einer allgemeinen Tagung berufen. Aber das verlieh dem Volke nur ein vorübergehendes Gewicht, weil es nicht unmittelbar durch die Lehensherren geschah.

Die übriggebliebenen Edlen, die in Flandern nicht mehr viel zu sagen hatten und wie jeder andere nur Rechte auf ihr Eigentum besaßen, bedauerten den Verlust ihrer Macht sehr. Das einzige Mittel, sie wieder zu erlangen, war die Unterwerfung der blühenden Gemeinden. Weil die Freiheit in Frankreich noch nicht aufgegangen und die Herrschaft der Lehensherren dort noch nicht im Erlöschen und Verschwinden war, hofften sie, dass Philipp der Schöne die Zustände in Flandern umgestalten und sie wieder in ihre früheren Rechte einsetzen würde. Deswegen begünstigten sie Frankreich zum Schaden Flanderns und erhielten den Namen Leliaarts als Schandmal. Sie waren in Brügge, das damals mit Venedig die reichste Handelsstadt der Welt war, sehr zahlreich. Selbst der Bürgermeister und manche Ratsherren waren durch fränkischen Einfloss gewonnen und Leliaarts.

Die Verhaftung des alten Grafen und der ihm treu gebliebenen Edelleute vernahmen sie mit großer Freude, denn nun war Flandern völlig der Gewalt Philipps des Schönen verfallen, und dieser hatte es in der Gewalt, die Macht und die Vorrechte zu vernichten.

Das Volk vernahm den Verrat des fränkischen Hofes mit größter Niedergeschlagenheit. Die Liebe, die es seinem Grafen allezeit dargebracht hatte, wurde durch das Mitleid noch verstärkt, und es brach in Murren aus gegen den Eidbruch. Aber die fränkischen Kriegsscharen, die überall in Menge lagen, und die Uneinigkeit unter den Bürgern entmutigten zeitweise die standhaften Klauwaarts.[8]

Philipp der Schöne blieb im ungestörten Besitz von Gwides Erbteil. Sobald die traurige Zeitung nach Flandern gekommen war, begab Maria, die Schwester Adolfs van Nieuwland, sich mit zahlreichen Dienern nach Wijnendaal, um ihren verwundeten Bruder in einer Tragsänfte nach Brügge zu holen. Die junge Machteld, die sich nun so schmerzlich von allen Blutsverwandten getrennt sah, folgte der neuen Freundin und verließ das Schloss Wijnendaal, das eine fränkische Besatzung bekommen hatte.

Das Haus van Nieuwland war in der Spaansche Straat zu Brügge gelegen. An den beiden Seiten des Giebels erhoben sich zwei runde Türme mit ihren Wetterfahnen über das Dach und überragten alle benachbarten Gebäude. Zwei Pfeiler aus Werkstein von griechischer Form trugen das Gewölbe, das den Eingang bildete. Darüber stand der Schild der van Nieuwland mit dieser Aufschrift über dem Helm: Pulchrum pro patria mori.

An jeder Seite des Schildes war ein Engel mit Palmzweigen in der Hand. In einem Gemach, das tief genug gelegen war, um von dem ununterbrochenen Geräusch der Straße nicht erreicht zu werden, lag der kranke Adolf auf einem köstlichen Bett. Er war über die Maßen bleich, und der

---

8   Die Freunde Frankreichs („Leliaarts") und die vlämischen Patrioten („Klauwaarts") trugen als Abzeichen auf ihren Ärmeln die französische Lilie und die Klaue des flandrischen Löwen.

Schmerz, den seine Wunde ihn leiden ließ, hatte ihn so abmagern lassen, dass er unkenntlich geworden war. Auf einem Tischchen am Kopfende des Bettes standen ein kleiner Krug und eine silberne Trinkschale. An der Wand hing der Harnisch, der unter dem Speer St.-Pols versagt hatte und durch den Adolf seine Wunde empfangen hatte. Daneben eine Harfe mit entspannten Saiten. Um ihn war alles totenstill. Da die Fenster halb geschlossen waren, wurde das Gemach nur durch einen schwachen Schein erhellt und es war nichts zu hören als das mühsame Atmen des Ritters und das Rauschen eines seidenen Kleides.

In einer Ecke der Kammer saß Machteld, schweigend und mit niedergeschlagenen Augen. Der Falke, der auf der Rücklehne ihres Stuhles saß, schien nicht teilnahmslos an der Trauer seiner Herrin, denn er hielt den Kopf missmutig zwischen seinen Federn und saß regungslos da. Das junge Mägdlein, das vormals so goldherzig und frohsinnig gewesen, dass kein Schmerz sie berühren konnte, war nun gänzlich verändert. Die Gefangenschaft von allen, die ihr teuer waren, hatte ihr fröhliches Herz so sehr erschüttert, dass vor ihren Augen alles schwarz und düster geworden war. Der Himmel war für sie nicht mehr blau, die Felder nicht mehr grün, ihre Träume waren nicht mehr von goldenen und silbernen Fäden durchweht. Nun fanden allein Betrübnis und stille Verzweiflung den Weg in ihrem Busen. Bei der quälenden Erinnerung an die Gefangenschaft ihres Vaters vermochte nichts, sie zu trösten. Als sie einige Zeit so bewegungslos gesessen hatte, stand sie langsam auf und nahm ihren Falken auf die Hand.

Sie besah den Vogel mit Weinen und sagte mit leiser Stimme, während sie zeitweilig eine Träne von ihren bleichen Wangen trocknete: „O, mein treuer Vogel, traure nicht so. Unser Herr Vater wird bald wiederkommen! Die böse Königin von Navara wird ihm kein Leid tun, denn ich habe zum Herrn Sankt Michael so feurig für ihn gebetet. Und Gott ist immer gerecht. Darum traure nicht mehr, mein lieber Habicht!"

Das Mägdlein weinte heiße Tränen. Obgleich ihre Worte voll Trost und Hoffnung zu sein schienen, war es in ihrem Herzen doch nicht so. Die tiefste Trübnis hatte es eingenommen. Sie fuhr fort: „Mein armer Falke, nun kannst du nicht mehr zur Jagd gehen in den Tälern des väterlichen Schlosses, denn die Franzen wohnen in unserm schönen Wijnendaal. Sie haben unsern unglücklichen Vater in einen Kerker gesetzt und in schwere Ketten geschlossen. Nun sitzt er in einem düstern Loch und seufzt vor Elend und wer weiß, ob die harte Johanna ihn nicht umbringen lässt! O, mein lieber Vogel, dann sterben wir auch vor Angst! Der Gedanke allein, der schreckliche Gedanke nimmt mir die Kraft. O, setz' dich nieder, denn meine bebende Hand kann dich nicht mehr tragen."

Das verzweifelte Kind sank ermattet in den Sessel, doch ihr Angesicht wurde nicht bleicher, denn die Rosen auf ihren Wangen waren seit langem verwelkt und ihre Augenlider waren von anhaltendem Weinen rot geworden. Die Lieblichkeit ihrer Züge war verschwunden, und ihre Augen waren ohne Feuer und Leben.

Sie blieb lange in ihre Trübseligkeit versunken. Sie grübelte über alles, was sie in noch tiefere Verzweiflung versenken konnte. Dann trug das düstere Nachdenken ihr die nahliegenden Bilder zu: sie sah ihren unglückseligen Vater in einem feuchten Käfig gefesselt und hörte das Klirren der Ketten und den Widerhall der Seufzer, die das grausige Verlies ihm einpresste. Das Gift, das man in Frankreich so oftmals gebrauchte, spielte auch nachhaltig in ihre Einbildung, und die schrecklichsten Vorstellungen trieben wechselnd vor ihren Augen. Auf diese Weise wurde das Mägdlein unaufhörlich gefoltert und auf den Tod betrübt.

Von der Schlafstelle kam ein dumpfer Seufzer. Machteld trocknete hastig die Tränen von ihren Wangen und eilte mit banger Sorge zu dem Kranken. Sie goss den Trank in die silberne Schale, schob ihre rechte Hand unter das Haupt Adolfs, hob es etwas und brachte die Schale an seinen Mund. Die Augen des Ritters öffneten sich weit und hefteten sich mit einem fremden Ausdruck auf das junge Mägdlein. Aus seinen schwachen Blicken sprach Dankbarkeit und ein unaussprechliches Lächeln glitt über sein bleiches Gesicht. Der Ritter hatte seit seiner Verwundung noch nicht verständlich gesprochen, ja es schien, dass er die Worte, die man an ihn richtete, nicht hörte. Das war aber nicht so. Wenn Machteld ihm in den ersten Tagen seiner Krankheit freundlich zusprach: „Genese, mein armer Adolf, mein lieber Bruder, ich werde für dich beten, denn dein Tod würde mich noch unglücklicher machen auf Erden", und mehr andere Worte die sie ohne Hintergedanken an seiner Schlafstätte flüsterte, dann hatte Adolf das jedes Mal wohl verstanden, obgleich es ihm an Kraft zu sprechen gebrach. Während der letzten Nacht war eine merkliche Besserung in Adolfs Zustand eingetreten. Die Natur hatte ihm nach langem Streit einen heilsamen Schlaf verliehen und dadurch war seine Lebenskraft gewachsen. Der Seufzer, der bei seinem Aufwachen aus seiner Brust kam, war lauter und länger als die Atemzüge, die seine Wunde, bisher zugelassen hatte.

Sobald Machteld die Trinkschale von seinem Mund genommen hatte, erstaunte sie nicht wenig, denn er sprach mit schwacher, aber doch klarer Stimme: „O, edles Mädchen! O, mein Schutzengel Ich danke dem guten Gott für den Trost, den er mir durch Euch verliehen hat! Bin ich Eurer Sorge würdig, o, Edelfrau, dass Eure durchlauchtige Hand mein armes Haupt so freundlich unterstützt? Seid gesegnet um Eure Sorge für einen armen Ritter." Das Mägdlein betrachtete ihn mit Verwunderung und als sie bemerkte, wie sehr er an Kraft gewonnen hatte, warf sie fröhlich ihre Arme empor und gab ihre Freude durch Jubelrufe zu erkennen.

„Ha, Ihr werdet genesen, Herr Adolf!", rief sie. „O, nun will ich nicht mehr trauern, denn nun werde ich doch wenigstens einen Bruder haben, der mich tröstet."„

Als ob sie sich in dem Augenblick einer vergessenen Sache erinnere, stockte sie plötzlich. Ihr Gesicht wurde ernst, und sie warf sich auf die Knie vor das Kreuzbild, das am Kopfende des Bettes stand. Sie faltete ihre Hände und schickte ein langes Dankgebet zum Herrn, der ihren Freund und Bruder hatte genesen lassen. Dann stand sie auf, sah den Ritter noch einmal an und sprach mit froher Stimme zu ihm: „Haltet Euch still, Herr Adolf, und rührt Euch nicht, denn Meister Rogaert hat es verboten."

„Was habt Ihr nicht alles für mich getan, durchlauchtige Tochter meines Herrn!", sprach Adolf. „Eure Gebete haben stets in meinen Ohren geklungen, Eure tröstende Stimme hat mir so oft das Herz gestärkt! Ja, es schien mir in meinem Schlummer, als wehre ein Engel Gottes dem Tod von meinem Bette. Ein Engel, der mir das Haupt stützte, der meinen brennenden Durst mit Milde labte und mir unaufhörlich versicherte, dass ich nicht sterben würde. O, möge Gott mir einst gesunde Tage schenken, damit ich mein Blut vergießen kann für die Euren!"

„Herr van Nieuwland", antwortete das Mägdlein, „Ihr habt Euer Leben für meinen Vater gewagt, Ihr liebt ihn so, wie ich ihn liebe. Geziemt es da mir nicht, Euch meine Dankbarkeit zu beweisen und Euch wie einen Bruder zu versorgen? Der Engel, den Ihr gesehen habt, war der Herr Sankt Michael, den ich für Euch gebeten habe, auf dass er zu Euerm Beistand käme. Nun will ich schnell Eure gute Schwester Maria rufen, dass sie sich mit mir über Eure Besserung freue."

Sie verließ den Ritter und kam einige Augenblicke von Maria begleitet in die Kammer zurück. Die Freude, die sie über das günstige Befinden Adolfs empfand, war in ihren Gesichtszügen und in ihrer ganzen Haltung zu sehen. Ihre Tränen flossen nicht mehr, und der treue Vogel bekam wieder fröhlichere Worte zu hören. Sobald sie mit Maria in die Kammer getreten war, hatte sie den Falken vom Stuhl auf den Arm genommen und war mit ihm an das Bett Adolfs gegangen.

„Mein lieber Bruder", rief Maria und küsste ihn auf die bleiche Wange, „du genesest! Nun sollen die schweren Träume mich verlassen. O, ich bin so fröhlich! Wie oft habe ich an deinem Bette mit bitterem Herzweh geweint. Wie oft habe ich gedacht, dass du sterben müsstest! Aber, nun schwindet meine Trauer. Willst du trinken, Bruder?"

„Nein, gute Maria", antwortete Adolf, „ich habe in meiner Krankheit noch nie Durst gelitten. Die edelmütige Machteld hat mich mit so viel Sorge gelabt. Darum wird auch, wenn ich fürs erste Mal wieder nach Sinte-Kruis werde gehen können. Mein Gebet Gottes Segen über sie herabrufen, damit kein Unglück sie treffe."

Derweil er das sagte, war Machteld bemüht, ihrem Vogel die fröhliche Besserung ins Ohr zu flüstern. Der Vogel, der seine Herrin so fröhlich sah, schüttelte seine Federn, als ob er sich zur Jagd rüsten möchte.

„Sieh, mein treuer Vogel", rief das Mägdlein, indem sie den Falken mit dem Kopf gegen Adolf kehrte, „sieh, nun genest Herr van Nieuwland, den wir so lange kraftlos haben liegen sehen. Nun dürfen wir wieder zusammen sprechen und werden nicht mehr immer im Düstern sitzen. So schwindet diese Furcht, und so werden wohl unsere anderen Schmerzen auch schwinden, denn nun siehst du wohl, dass Gott barmherzig ist. Ja, mein schöner Habicht, so endigt auch die bittere Gefangenschaft mein."

Hier begriff Machteld, dass sie etwas sagen wollte, dass der kranke Ritter nicht wissen durfte. Und wie schnell sie ihre Rede auch abgebrochen hatte, so klang das Wort Gefangenschaft den Ohren Adolfs doch sehr fremd. Die Tränen, die er bei seinem Erwachen auf den Wangen des Mägdleins bemerkt hatte, gaben ihm eine ängstliche Ahnung.

„Was sagt Ihr, Machteld?", rief er, „wessen Gefangenschaft? Ihr weint! Himmel! Was mag geschehen sein?"

Machteld wagte nicht zu antworten, aber Maria, die mit mehr Vorsicht begabt war, näherte ihren Mund seinem Ohr und flüsterte: „Die Gefangenschaft ihrer Muhme Philippa. Sprich ihr nicht mehr davon, sie weint fortwährend. Nun, da es dir besser geht, will ich, sobald Meister Rogaert es erlaubt, mit dir über wichtige Sachen reden. Aber die junge Herrin darf uns nicht hören. Auch erwarte ich den Meister Rogaert. Nun halte dich still, mein Bruder. Ich werde Machteld in ein anderes Gemach führen."

Der Ritter legte sein Haupt auf das Kissen, als wenn er ruhen wolle. Hierauf wandte Maria sich zu Machteld und sprach: „Fräulein, es gefalle Euch, mit mir zu gehen, denn Herr Adolf will schlafen. Seine Dankbarkeit für Euch lässt ihn zu viel sprechen."

Das Mägdlein folgte willig ihrer Freundin. Ein wenig später kam der Wundheiler Rogaert an die Tür und wurde durch Maria zu ihrem Bruder geführt.

„Wohl, Herr Adolf", rief Rogaert, derweil er seine Hand fasste, „ich sehe, es geht gut! Nun alle Furcht zur Seite! Es ist nicht nötig, dass ich jetzt Eure Wunde verbinde. Trinkt nur reichlich von diesem Wasser und haltet Euch so ruhig, wie Ihr könnt. In weniger als einem Monat werden wir einen Spaziergang miteinander machen. Das ist meine Meinung, aber noch können unvorhergesehene Zufälle uns schaden. Aber da Euer Geist nicht so krank ist wie Euer Leib, erlaube ich, dass Fräulein Maria Euch von dem traurigen Ereignis berichte. Aber ich bitte Euch, Herr Adolf, erregt Euch nicht zu sehr und haltet Euch ganzruhig."

Maria hatte schon zwei Stühle herbeigezogen, sie setzte sich mit Meister Rogaert an das Kopfende. Der kranke Ritter sah mit der größten Neugier zu und auf seinem Gesicht stand zu lesen, dass schon die Erwartung ihn traurig machte."

„Lasse mich bis zu Ende sprechen", fing Maria an, „unterbrich meine Rede nicht, und verhalte dich klug, mein Bruder. An dem Abend, der uns so viel Unglück brachte, rief unser Graf seine getreuen Lehensmannen zusammen und erklärte ihnen, dass er nach Frankreich reisen wolle, um dem König Philipp zu Füßen zu fallen. Das wurde also beschlossen und Gwide von Flandern zog mit den Edlen nach Compiègne aber dort angekommen, wurden sie alle verhaftet und nun ist unser Land unter fränkischer Gewalt: Raoul von Resle herrscht in Flandern."

Die Erschütterung, mit welcher diese kurze Rede den Ritter ergriff, war über alles Erwarten heftig. Er antwortete nicht und schien in tiefes Nachdenken versunken.

„Ist das nicht unglücklich?", fragte Maria.

„Du großer Gott!", rief Adolf aus, „welche süße Seligkeit hast du für Gwide bestimmt, dass er auf dieser Welt so viel Demütigung ertragen muss! Aber sag mir, Maria, ist der Löwe von Flandern auch gefangen?"

„Ja, mein Bruder, Herr Robrecht van Bethune sitzt gefangen in Bourges und Herr Willem in Rouen. Von all den Edlen, die mit und bei dem Grafen waren, ist nur einer dem traurigen Los entronnen, und das ist kein anderer als der listige Diederik."

„Nun begreife ich die abgebrochene Rede und die Tränen der unglücklichen Machteld. Ohne Vater, ohne Familie muss die Tochter des Grafen von Flandern bei Fremden um Unterkunft bitten."

Bei diesem Ausruf glänzte ein helles Feuer in seinen Augen. Sein Gesicht zeigte einen Ausdruck von Entschlossenheit, und er fuhr fort: „Das teure Kind meines Herrn und Meisters hat mich bewacht als mein Schutzengel. Sie ist verlassen und der Verfolgung preisgegeben. Aber ich will mich der Wohltaten des Löwen erinnern, ich will sie bewachen wie ein Heiligtum! O, welch schöne, welch erhabene Ausgabe ist mir vergönnt! Wie kostbar ist mir nun das Leben, da ich es gänzlich der Ergebenheit und Dankbarkeit widmen kann!"

Nach einem kurzen Augenblick tiefen Nachdenkens verdüsterte sich plötzlich sein Gesicht. Er sah den Wundheiler prüfend an und sprach: „O Gott, wie peinlich ist mir jetzt meine Wunde, wie unerträglich das Niederliegen! Mein werter Freund Rogaert, ach, heilt mich rasch, um Gottes willen, damit ich etwas tun kann für die, welche mir in meiner Krankheit so liebevoll beigestanden hat. Spart kein Geld, gebraucht die kostbarsten Kräuter, die edelsten Gesteine, damit ich das Bett verlassen kann. Denn jetzt gibt es keine Ruhe mehr für mich."

„Aber, Herr van Nieuwland", antwortete Rogaert, „es ist nicht möglich, die Heilung Eurer Wunde zu beschleunigen. Die Natur muss immer Zeit haben, um die verwundeten Teile wieder zu verheilen. Geduld und Ruhe werden Euch besser helfen als Kräuter und Gesteine. Aber dies ist nicht alles, was wir Euch sagen wollten. Wisset, dass die Franzen überall die Herren sind, und dass sie je länger je stärker werden. Bis jetzt haben wir die junge Machteld ihrer Kenntnis verborgen, aber wir fürchten, dass sie einmal entdeckt werde und es ist möglich, dass die arme Jungfrau dann auch an Johanna von Navara überliefert werden wird."

„O Gott!", rief Adolf aus, „Ihr habt Recht, Meister Rogaert, sie werden sie nicht schonen. Aber was sollen wir tun? Wie elend liege ich nun hier ausgestreckt. Indes sie meine Hilfe nötig hat."

„Ich weiß einen Ort" fuhr Rogaert fort, „wo Machteld in Sicherheit sein würde."

„O, Ihr rettet mich aus der Verzweiflung. Nennt den Ort doch schnell."

„Dünkt es Euch nicht, Adolf, dass sie bei ihrem Neffen Wilhelm im jülicher Land in aller Ruhe sich aufhalten könne?"

Bei dieser Frage erschrak der Ritter sichtlich. Sollte er Machteld in ein fremdes Land ziehen lassen? Sollte er es sich selber unmöglich machen, ihr zu helfen und sie zu verteidigen? Dazu konnte er sich nicht entschließen, da er sich im Geiste schon die Ausgabe gestellt hatte, Machteld ihrem Vater selber zurückzugeben und sie vor aller Schmach zu bewahren. Unterdessen spannte er alle Kräfte seiner Seele an, um ein anderes Mittel zu finden, das sie nicht so weit von ihm entfernen sollte. Er antwortete: „Wahrlich, Meister Rogaert, dieser Aufenthalt würde der allergünstigste sein, aber nach Euren Reden sind die fränkischen Truppen über ganz Flandern verbreitet. Deswegen scheint es mir für eine Frau sehr gefährlich, diese Reise zu wagen. Und ein Geleit kann sie nicht mitnehmen. Das wäre noch schlimmer. Und sollte ich Fräulein Machteld nur mit etlichen Dienern reisen lassen? O nein, ich muss sie bewachen wie meine Seligkeit, denn Robrecht van Bethune wird einst von mir seine Tochter verlangen."

„Aber, Herr Adolf, lasst Euch sagen, dass Ihr das Fräulein noch mehr der Gefahr aussetzt, wenn Ihr sie in Flandern haltet. Wer soll sie denn beschirmen? Ihr nicht, Ihr könnt es nicht. Die Herren der Stadt werden es auch nicht tun, denn sie sind Frankreich gar zu sehr ergeben. Was soll denn aus der armen Edelfrau werden, wenn sie von den Franzen entdeckt wird?"

„Ich habe ihren Beschirmer schon gefunden, antwortete Adolf, „Maria, willst du einen Knecht zum Dekan der Wollenweber senden, dass er mich besuchen komme? Meister Rogaert, ich habe vor, unsere junge Edelfrau unter den Schutz der Gemeinde zu stellen. Denkt Ihr nicht, dass dies eine gute Eingebung ist?"

„O ja, das ist kein schlechter Gedanke, aber es wird Euch nicht glücken, denn das Volk ist auf alles, was sich edel nennt, sehr erbittert. Es mag nichts davon hören. Und wahrlich, Herr Adolf, sie haben kein Unrecht, denn die meisten Edelleute halten mit unseren Feinden und wollen die Rechte der Gemeinde vernichten."

„Das kann mich in meinem Vorhaben nicht stören, des seid gewiss, Meister Rogaert. Mein Vater hat durch seine Vermittlung der Stadt Brügge viel Vorrechte verschafft und das hat der Dekan der Weber nicht vergessen und seine Gesellen auch nicht. Sollte aber mein Versuch nicht gelingen, so werden wir ein sicheres Mittel suchen, das Fräulein in das jülicher Land bringen zu lassen."

Nachdem sie wohl eine halbe Stunde über diese Sache gesprochen hatten, trat Meister de Coninc, der Hauptdekan der Wollenweber, in Adolfs Kammer. Ein Rock von braunem Wolltuch fiel ihm vom Hals bis zu den Füßen. Dieses Kleid, ohne Zierat oder Stickerei, unterschied sich gänzlich von der prächtigen Kleidung der Edlen. Es war wohl zu merken, dass der Dekan der Weber alle Pracht verschmähte mit der Absicht, seinen niederen Stand anzuzeigen und so Hochmut gegen Hochmut zu stellen. Denn dieser wollene Rock bedeckte den mächtigsten Mann Flanderns.

Auf dem Kopfe trug er eine flache Mütze, darunter seine Haare einen halben Fuß lang über die Ohren fielen. Ein Gürtel fasste die weiten Falten des Rockes um die Hüften zusammen, und das Gefäß eines Kreuzmessers glänzte an seiner Seite. Weil er ein Auge verloren hatte, waren seine

Gesichtszüge nicht sehr angenehm. Eine außergewöhnliche Bleichheit, hagere Wangen und die Falten in seiner Stirn gaben seinem Gesicht einen nachdenklichen Ausdruck. Gewöhnlich war nichts an ihm zu merken, das ihn von anderen unterschieden hätte, aber sobald etwas seine Aufmerksamkeit besonders erregte, wurde sein Blick durchdringend und lebendig. Dann schossen Strahlen von Verstand und Mannhaftigkeit aus dem Auge, das ihm geblieben war und seine Haltung bekam Stolz und Größe. Bei seinem Eintritt besah er gleich einem misstrauischen Fuchs die Personen, die in dem Gemach waren, und ganz besonders den Meister Rogaert. Denn er bemerkte in ihm mehr List als bei den anderen.

„Meister de Coninc", sprach Adolf, „beliebt, näher zu kommen. Ich habe Euch um etwas zu bitten, das Ihr mir nicht weigern werdet, da meine Hoffnung sich auf Euch gründet. Aber Ihr müsst mir erst versprechen, dass Ihr das Geheimnis, das ich Euch vertrauen werde, niemand offenbaren werdet."

„Die Gerechtigkeit und die Gunst der Herren van Nieuwland sind unter den Wollenwebern noch nicht vergessen", antwortete de Coninc, „deswegen mag der edle Herr auf mich als auf einen dankbaren Diener rechnen. Sollte dagegen Euer Verlangen den Rechten der Volksgemeinde widerstreiten, so würde ich raten, das Geheimnis zu hüten und mich nicht zu fragen."

„Seit wann", rief Adolf etwas gereizt, „seit wann, Meister, hätten die Herren van Nieuwland die Rechte des Volkes geschädigt? Die Rede kränkt mich."

„Verzeiht mir, Herr, wenn meine Worte Euch gekränkt haben", antwortete der Dekan, „es ist so schwer, die Guten aus den Bösen zu kennen, so dass man mit Recht allen misstraut. Erlaubt mir, Euch etwas zu fragen, damit jeder Zweifel in mir verschwinde: Ist Euer Edlen ein Leliaart?"

„Ein Leliaart?", rief Adolf mit Entrüstung aus, „nein, Meister de Coninc, in mir schlägt ein Herz, das den Franzen insgesamt nicht günstig ist. Die Bitte, die ich an Euch richten wollte, richtet sich gerade gegen sie."

„O, dann sprecht Euch frei aus, Herr, ich bin zu Euerm Dienst bereit."

„Nun wohl, Ihr wisst, dass unser Graf Gwide mit allen seinen Edlen gefangen ist, aber es ist jemand in Flandern geblieben, die nun, von aller Hilfe und von jedem Beistand beraubt, um ihres Unglücks- und ihrer Durchlauchtigkeit willen das Mitleid aller Vlaminge verdient."

„Ihr sprecht von Fräulein Machteld, der Tochter des Herrn van Bethune", fiel de Coninc ein.

„Wie, das wisst Ihr?", fragte Adolf bestürzt.

„Noch mehr weiß ich, Herr. So heimlich habt Ihr Machteld nicht in Eure Wohnung können bringen lassen, dass de Coninc es nicht erfahren hätte und ohne meine Kenntnis würde sie dies Haus auch nicht verlassen haben. Aber beruhigt Euch, denn ich kann Euer Edlen versichern, dass wenige Personen in Brügge das Geheimnis mit mir teilen."

„Ihr seid wunderlich, Meister. Euer Edelmut überzeugt mich, dass Ihr die junge Tochter des Löwen von Flandern gegen die Übermacht der Franzosen beschützen würdet, wenn es nötig wäre.".

De Coninc war ein Mann, aus dem Volke geboren, aber eine jener seltenen Seelen, die durch ihre Begabung mit Geist und Verstand der Welt als Beschirmer ihrer Zeitgenossen erscheinen. Sobald die Jahre seine Anlagen hatten reifen lassen, rief er seine Brüder aus ihrem sklavischen Hindämmern auf, lehrte sie die Macht der Einigkeit begreifen und stand mit ihnen gegen die Zwingherren auf. Diese wollten das Erwachen ihrer vormaligen Sklaven mit Gewalt niederhalten, aber es war ihnen unmöglich. Durch seine Beredsamkeit hatte de Coninc die Herzen seiner

Brüder so stark gemacht, dass sie kein Joch mehr tragen mochten.

Und wenn sie wieder einmal durch die Gewalt der Waffen waren niedergeworfen worden, beugten sie alle den Nacken, und de Coninc stellte sich zeitweilig, als ob er Sprache und Verstand verloren habe. Aber darum schlief der Fuchs doch nicht, denn wenn er in der Stille den Mut seiner Brüder wieder gestählt hatte, warfen sie sich gemeinsam gegen die Beherrscher auf, und die Gemeinde befreite sich wieder gänzlich aus ihren Banden. Alle staatsklugen Anschläge der Edelleute vergingen wie Rauch vor dem Scharfsinn de Conincs, und sie sahen sich durch ihn aller ihrer Rechte auf das Volk beraubt, ohne dass sie solches hindern konnten. Man kann in Wahrheit sagen, dass de Coninc einer der größten Umgestalter in den rechtlichen Beziehungen zwischen dem Adel und der Volksgemeinde gewesen ist. Und die Träume, dieses berühmten Mannes bestanden einzig in der Größe seines Volkes, das so lange in der düsteren Sklaverei der Lehensherren gelegen hatte. Als Adolf van Nieuwland die junge Machteld unter seinen Schutz stellte, lächelte er vor Genügen, denn dies war ein Siegzeichen für das Volk, das er vertrat. Er berechnete die Vorteile, welche die Gegenwart des durchlauchtigen Fräuleins zu der Ausführung des großen Befreiungsplanes beitragen konnte.

„Herr van Nieuwland", antwortete er, „Euer Antrag ist mir sehr ehrenvoll. Nichts soll zum Schutze eines so edlen Sprösslings gespart werden."

Und in der Absicht, noch mehr Vorteil für die Volksgemeinde zu gewinnen, fügte er bedächtig hinzu: „Aber es wäre möglich, dass sie von hier entführt würde, bevor ich ihr zur Hilfe kommen könnte." Diese Bemerkung verdross Adolf sehr. Er merkte, dass der Dekan sich dieser Sache nicht an ganzem Herzen annehmen wolle und erwiderte: „Wenn

Ihr uns nicht mit der Tat helfen könnt, Meister, so bitte ich Euch, dass Ihr mir ratet, was am besten zum Schutze der Tochter unseres Landesherrn geschehen kann."

„Die Weberzunft ist stark genug, um die Edelfrau gegen jedes Unheil zu sichern", antwortete de Conincs mit List, „ich kann Euch versichern, dass sie hier in Brügge ebenso sicher wohnen soll, als in Deutschland, wenn ich ihr Beschützer sein kann."

„Aber wer hindert Euch, es zu sein?", fragte Adolf.

„O Herr, es ist einem geringen Knecht nicht gestattet, über seine Landesherrin zu gebieten, aber wenn es ihr gefallen wollte, sich meiner Anordnung zu fügen, so wollte ich verantwortlich für sie bleiben."

„Ich verstehe Eure Absicht nicht ganz. Was könntet Ihr von dem Fräulein verlangen? Ihr wollt sie doch nicht an einen andern Ort bringen?"

„O, nein, aber dass sie sich nicht ohne meine Kenntnis auf die Straße begebe, und dass sie sich auch nicht weigere, auszugehen, wenn ich es für nötig halte. Übrigens soll es Euch freistehen, mir diese Macht zu entziehen, sobald Ihr an meiner Aufrichtigkeit zweifelt."

Da de Coninc in Flandern als einer der klügsten Männer galt, so dachte Adolf, dass sein Verlangen durch Vorsicht begründet sei, und deshalb stand er ihm alles zu unter der Bedingung, dass er sich persönlich für die Jungfrau verbürge. Hierauf erklärte der Dekan, dass er die edle Machteld nicht kenne. Darauf wurde sie durch Maria in das Gemach geführt. De Coninc beugte sich tief und sehr demütig vor ihr. Währenddessen sah das Mägdlein ihn mit Staunen an, denn sie wusste nicht, wer er war. Derweil er in dieser Haltung vor ihr stand, hörte man plötzlich ein lautes Reden aus dem Flur, als wenn zwei Menschen miteinander zankten.

„Wartet doch!", rief der eine von ihnen, „damit ich frage, ob Ihr eintreten dürft."

„Was?", rief eine andere, kräftigere Stimme, „wollt Ihr die Beinhauer ausschließen, während die Weber drinnen sind? Rasch, packt Euch aus dem Weg, oder es soll Euch gereuen!"

Die Tür öffnete sich, und ein junger Mann von starken Gliedern und mit offenem Angesicht trat in das Gemach. Er trug einen Rock gleich dem des de Coninc, nur mit mehr Geschmack verziert und ein großes Kreuzmesser hing an seinem Gürtel. In dem Augenblick, da er in das Gemach trat, warf er seine blonden Haare über die Schultern zurück und blieb bestürzt an der Tür stehen. Er hatte gedacht, dass er den Dekan der Weber mit etlichen Gesellen finden werde, aber da er nun dieses prächtige Fräulein und de Coninc gebeugt vor ihr stehen sah, wusste er nicht, was er davon denken sollte. Doch ließ er sich weder hierdurch, noch durch die fragenden Blicke Meister Rogaerts aufhalte. Er entblößte sein Haupt, beugte sich flüchtig vor den anwesenden Personen und trat auf de Coninc zu, klopfte ihm vertraulich auf die Schulter und sprach: „He, Meister Pieter, ich suche Euch schon seit zwei Stunden. Die ganze Stadt habe ich abgelaufen und konnte Euch nirgend finden. Ihr wisst nicht, was im Gange ist und welche Zeitung ich Euch bringe."

„Nun, was wisst Ihr denn, Meister Breidel?", fragte de Coninc angehalten."

„Schaut mich doch nicht so steif an mit Euerm grauen Auge, Weberdekan!", rief Breidel, „denn Ihr wisst wohl, dass ich vor Euerm Katzenblick keine Angst habe. Aber das hat nichts zu sagen. Doch hört, König Philipp der Schöne und die verfluchte Johanna von Navara kommen morgen nach Brügge. Und die schönen Herren vom Rat haben hundert Weber, vierzig Beinhauer, und ich weiß nicht, wieviel anderes Volk zum Anfertigen von Prunkbögen, Wagen und Schaugerüsten verlangt."

„Was findet Ihr denn so wunderlich daran, dass Ihr Euch außer Atem lauft?"

„Was, Dekan, was das bedeutet? Mehr, als Ihr denkt, denn da ist kein einziger Beinhauer, der eine Hand drum rühren wollte, und mehr als dreihundert Weber stehen vor dem Pand[9] und warten auf Euch. Was mich angeht, so sollen meine Arme lahm werden, bevor ich sie für etwas rühre. Die Goedendags [10] stehen bereit, die Messer sind geschliffen, und so weiter. Ihr wisst wohl, Dekan, was das in meiner Zunft bedeutet."

Die Anwesenden horchten mit Neugier auf die heftigen Worte des Dekans der Beinhauer. Seine Stimme war angenehm und wohllautend, obgleich sie den schwachen Frauenton nicht hatte. De Coninc, der glaubte, dass Breidels Absicht Schaden anrichten werde, antwortete: „Meister Jan, ich geh mit Euch, wir wollen die nötigen Maßregeln miteinander beraten. Aber erst müsst Ihr diese edle Frau als die Tochter des Herrn Robrecht van Bethune begrüßen."

Ganz erstaunt warf Breidel sich vor Machteld auf die Knie, erhob seine Augen zu ihr und sprach: „O, meine durchlauchtige Herrin, vergebt mir die uns besonnenen Worte, die ich in Unkenntnis vor Euch gesprochen habe. Die edle Tochter des Löwen, unsers Herrn, nehme einem Knecht das nicht übel."

„Steht auf, Meister", antwortete Machteld freundlich","Eure Worte haben mich nicht gekränkt. Liebe zum Vaterland und Hass gegen unsere Feinde haben sie Euch eingegeben. Ich danke Euch für Eure Treue!"

„Gnädige Gräfin", erwiderte Breidel aufstehend, „Euer

---

9   „Pand" (Pfand) heißen die vlämischen Zunfthäuser, weil außer dem Zunftinventar auch die von den Meistern eingezahlten Bürgschaften dort verwahrt wurden.

10   Die Hauptwaffe des vlämischen Fußvolkes, ein langer, schwerer Spieß mit kurzer Spitze, wurde spottweis-ironisch „Goedendag" geheißen.

Edlen können nicht glauben, wie gram ich den Snackers[11] und Leliaarts bin. Vermöchte ich, das Leid, das dem Hause Flandern angetan worden ist, zu rächen! O, könnte ich! Aber der Dekan der Wollenweber ist mir allzeit entgegen. Doch hat er wohl recht, denn aufgeschoben ist nicht aufgehoben, aber ich kann mich nur schwer zurückhalten. Morgen kommt die falsche Königin von Navara nach Brügge. Gott gebe mir andere Gedanken oder sie wird ihr verhasstes Frankreich nicht wiedersehen!"

„Meister", sprach Machteld, „wollt Ihr mir etwas versprechen?"

„Ich Euch etwas versprechen, Edelfrau? Wie freundlich sprecht Ihr mit Euerm unwürdigen Diener! Jeder Gedanke von Euch sei mir ein heiliges Gebot, durchlauchtes Fräulein."

„Nun, ich verlange, dass Ihr die Ruhe nicht stört, so lang Eure neuen Fürsten hier sein werden."

„Es sei so", antwortete Breidel traurig, „ich hätte lieber gehört, dass Euer Edlen meinen Arm und mein Messer verlangt hatten. Aber was nicht ist, kann noch kommen."

Dann bog er nochmals ein Knie vor der jungen Machteld und fuhr fort: „Ich bitte und ersuche Euch, edle Tochter des Löwen, dass Ihr Euern Diener Breidel nicht vergesst, wenn Ihr mutige Mannen gebrauchen solltet. Die Beinhauerzunft wird ihre Goedendags und Messer zu Euerm Dienst geschliffen halten."

Das Mägdlein erschrak erstlich bei diesem blutigen Angebot, aber die Gesichtszüge dessen, der es ihr machte, deuchten ihr sehr angenehm.

„Meister", antwortete sie, „ich werde meinem Herrn Vater, falls Gott ihn mir wiedergibt, Eure Treue kennt-

---

11 „Snakher" nannten die Vlamen die verhassten Zolleinnehmer, weil diese ihnen das Zollgeld mit heftigen Worten abforderten. Die Brücke am Zollhaus heißt heute noch Snaggaartsbrugge.

lich machen. Ich vermag nichts, als Euch meinen Dank auszusprechen."

Nach diesen Worten stand der Dekan der Beinhauer auf und zog de Coninc beim Arm mit sich fort. Als die beiden das Gemach und das Haus der Nieuwland verlassen hatten, sprachen die Zurückgebliebenen noch lange über diesen unerwarteten Besuch. Als die zwei Dekane auf der Straße waren, begann de Coninc.

„Meister Jan, Ihr wisst, dass der Löwe von Flandern allzeit ein Freund des Volkes gewesen ist, deshalb ist es unsere Pflicht, seine Tochter wie ein Heiligtum zu bewachen."

„Schweigt nur", antwortete Breidel „der erste Franzmann, der sie nur schief ansieht, soll mein Kreuzmesser kennenlernen. Aber, Meister Pieter, wäre es nicht besser, wenn wir die Tore schlössen und Johanna nicht in die Stadt ließen? Alle Beinhauer sind bereit. Die Goedendags stehen hinter den Türen, und auf den ersten Ruf sollen die Leliaarts zur…"

„Hütet Euch, etwas Gewaltsames zu unternehmen!", widersprach de Coninc. „Den Landesherrn mit Pracht einzuholen, ist überall Sitte, das kann die Gemeinde nicht entehren. Es ist besser, seine Macht für wichtigere Dinge zu sparen. Das Vaterland ist gänzlich besetzt von fränkischen Kriegsscharen, gegen die wir sicherlich den Kürzeren ziehen würden."

„Aber, Meister, das währt schon so lange. Lasst uns lieber den Knoten mit einem guten Messer durchschneiden, als uns so lange abmühen, um ihn zu lösen. Ihr versteht mich doch!"

„Ja, aber das ist nicht klug gedacht. Die Vorsicht, Breidel, ist das stärkste Messer. Es schneidet wohl langsam, aber es wird nicht stumpf, noch bricht es. Warum wollt Ihr denn die Tore schließen? Damit wäre nichts gewonnen. Lasst Euch gesagt sein: erst in Ruhe das Unwetter etwas verziehen lassen, die Kriegsknechte zum Teil nach Frankreich zurückkehren lassen, den Franzen und den Leliaarts etwas nachgeben, auf dass ihre Wachsamkeit einschlafe…"

„Nein", fiel Breidel ein, „das darf nicht sein. Sie fangen schon an, frech und zudringlich zu werden. Sie rauben bei den Bauern im offenen Land und misshandeln uns Bürger, als ob wir ihre Sklaven wären."

„Je mehr, desto besser, Meister Jan, je mehr, desto besser!"

„Je mehr, desto besser! Was soll das heißen? He, Meister, habt Ihr Euern Rock umgekehrt, und solltet Ihr Euren Fuchsverstand gebrauchen wollen, um uns zu verderben? Ich weiß nicht, aber es scheint mir, als singt Ihr an, nach den Leliaarts zu riechen!"

„Nein, nein, Freund Jan, überlegt mit mir, dass, je mehr sich die Gemüter erbittern, je schneller die Befreiung kommen wird. Wenn sie dagegen ihre Taten beschönigten und unter dem Schein der Gerechtigkeit herrschten, würde das Volk unter dem Joch einschlafen und das Gebäude unserer Freiheit für immer zusammenstürzen. Bedenkt, dass die Tyrannei der Herren die Mutter der Volksfreiheit ist. Aber sollten sie es wagen, die Vorrechte unserer Stadt i anzutasten, so würde ich der erste sein, zum Widerstand zu ermahnen, aber auch dann noch nicht durch offene Gewalt. Es gibt andere Waffen, die man mit mehr Sicherheit gebrauchen kann."

„Meister", unterbrach ihn Jan Breidel, „ich verstehe Euch. Ihr habt allzeit Recht, als wenn Eure Worte auf Pergament geschrieben stünden. Es fällt mir nur sehr schwer, die trotzigen Franzen so lang zu dulden, denn lieber sarazenisch als wälsch. Aber Ihr sagt ganz mit Recht, je mehr ein Frosch sich aufbläht, je eher platzt, er. Ich muss mit Dank bekennen: der Verstand ist bei den Webern."

„Gut, Meister Breidel, so sind auch Unverzagtheit und Heldenmut unter den Beinhauern. Wenn wir diese beiden

Tugenden, Vorsicht und Mut, stets zusammen gebrauchen, so werden die Franzen keine Zeit haben, die Ketten an unsere Füße zu legen."

Der Dekan der Beinhauer äußerte durch ein heiteres Lächeln seine Freude über dieses Lob.

„Ja", antwortete er, „in meiner Zunft sind tapfere Mannen, Meister Pieter. Und das werden die Walen eines Tages erfahren, wenn der bittere Apfel reif sein wird. Alles zu seiner Stunde. Aber wie wollt Ihr die Tochter des Löwen, unseres Herren, der Kenntnis der Königin entziehen?"

„Ich werde sie ihr im Sonnenlicht zeigen."

„Wieso, Meister? Das Fräulein Machteld der Johanna von Navara zeigen? Ihr schlagt daneben. Ich glaube fast, Ihr habt eins auf den Kopf bekommen."

„Nein, doch nicht. Morgen, beim Einzug des fremden Herrn, werden alle Wollenweber unter Waffen sein. Was vermögen die Walen denn? Nichts, das wisst Ihr. Seht, dann stelle ich das Fräulein Machteld voran, damit Johanna von Navara sie wohl bemerke. Auf diese Weise erfahre ich, was die Königin in ihrem Busen hegt und was wir für Machteld zu fürchten haben."

„Recht, so ist es, Meister Pieter. Ihr habt zu viel Verstand für einen sterblichen Menschen. Ich werde die Tochter des Löwen bewachen und ich wünschte wohl, die Franzen möchten sie beleidigen, denn die Fäuste jucken mich gewaltig. Aber heute muss ich noch etliches Hornvieh kaufen gehen. Also habt Ihr die Wacht über die junge Gräfin."

„Nun, beruhigt Euch, Freund Jan, und lasst Euer heißes Blut nicht überkochen. Da sind wir am Pand der Weberzunft."

Wie Breidel gesagt hatte, standen die Weber in Haufen vor der Tür. Alle trugen Röcke und Mützen von der gleichen Form wie ihr Dekan. Hier und da stand ein junger Gesell mit längeren Haaren und mehr Verzierung an seinen Kleidern, doch es ging damit nicht weit, denn man duldete wenig Eitelkeit in der Zunft. Jan Breidel sprach noch etliche leise Worte mit de Coninc und dann verließ er ihn zufrieden. Als ihr Dekan näher kam, öffneten die Weber ihre Reihen und entblößten ehrfurchtsvoll ihre Häupter. Dann folgten alle ihrem Meister in das Pand.

Siebentes Hauptstück

Die Leliaarts hatten außergewöhnliche Anstrengungen gemacht, um die Stadt zu schmücken. Sie wollten dadurch ihrem neuen Fürsten gefallen und seine Gunst erwerben. Alle Zunftgesellen waren beim Errichten von Prunkbögen beschäftigt, und kein Geld war dabei gespart worden. Man hatte die reichsten Stoffe hervorgeholt und vor die Giebel der Häuser gehängt, man hatte in den Feldern eine große Zahl junger Bäume abgehauen, um die Straßen gleich grünen Triften zu bepflanzen. Am anderen Tag um zehn Uhr war alles fertig.

Auf dem großen Markt hatte die Zunft der Zimmerleute einen stattlichen Thron errichtet und mit lasurblauem Samt überzogen. Da waren Sessel mit goldenen Stickereien und gewirkten Kissen. Daneben standen zwei künstliche Bildsäulen. Der Friede und die Macht, die in ihren vereinigten Händen eine Krone aus Lorbeer und Olivenzweigen über den Häuptern Philipps des Schönen und Johannas von Navara halten mussten. Schwere Vorhänge umgaben den Thron, und reiche Teppiche bedeckten den Markt bis zu einer gewissen Entfernung.

Am Eingang der Steenstraat standen vier marmorne Fußsockel und auf jedem ein Posaunenbläser, als Ruhmesengel in Purpur gekleidet und mit langen Flügeln. Gegenüber der großen Fleischhalle, am Anfang der Vrouwestraat, war ein prächtiger Triumphbogen mit gotischen Pfeilern errichtet. Oben, von der Krone des Gewölbes hing der Wappenschild von Frankreich auf Purpurgrund tiefer an beiden Pfeilern hingen die Schilde von Flandern und von Brügge. Überall auf dem Rahmen waren Sinnbilder gemalt, um dem fremden Herrscher zu gefallen. Hier kroch Flanderns schwarzer Löwe vor einer Lilie, daneben ähnliche fade Bilder, welche die Bastardvlaminge erfunden hatten. Wenn Jan Breidel beim Zunftmeister der Weber nicht auf Widerstand gestoßen wäre, würden die schändlichen Darstellungen das Volk nicht erbittert haben. Aber nun unterdrückte er seinen Zorn und sah das alles mit dumpfer Geduld an. De Coninc hatte ihm begreiflich gemacht, dass der Augenblick noch nicht gekommen war. Die Cathelijnenstraat war auf ihrer ganzen Länge mit schneeweißer Leinwand und langen Laubkränzen behangen. Die Häuser der Leliaarts trugen Willkommensprüche. Auf kleinen, vierkantigen Ständern brannte allerlei Räucherwerk in prächtig getriebenen Vasen und junge Mädchen streuten die Blätter der Feldblumen auf die Straße. Die Cathelijnenpoort, durch welche die Fürsten in die Stadt ziehen mussten, war außen mit einem Behang von kostbarem Scharlach überdeckt. Gemalte Sinnbilder kündeten darauf das Lob der Fremden und lästerten den Löwen, das segenreiche Zeichen der Vorfahren. Acht Engel waren heimlich auf den Wall am Tor gestiegen, um den Willkomm zu blasen und den König anzukündigen.

Auf dem Groote Markt standen die Zünfte mit ihren Goedendags in dichten Gliedern längs der Häuser geschart. De Coninc, an der Spitze der Weber, hatte seinen rechten Flügel an den Eiermarkt gelehnt. Breidel stand mit den Beinhauern nach der Steenstraat hin. Die anderen Zünfte standen in kleineren Scharen nach der entgegengesetzten Seite hin. Die Leliaarts und die vornehmsten Edlen der Stadt hatten sich unter der Halle, auf einer prächtigen Bühne versammelt. Um elf Uhr gaben die Engel auf dem Wall das Zeichen für die Ankunft der

Fürsten, und endlich kam der königliche Zug durch die Cathelijnenpoort in die Stadt.

Voraus ritten vier Wappenboten auf schönen weißen Pferden. An ihren Posaunen hing das Banner Philipps des Schönen, ihres Herrn: goldene Lilien im blauen Feld. Sie bliesen eine wohltuende Weise und unterhielten die Anhörer durch ihre geschickte Zusammenstimmung. Zwanzig Schritt hinter diesen Wappenboten kam der König, Philipp der Schöne, auf einem hohen Traber stattlich angeritten. Unter allen Rittern, die ihn begleiteten, war kein einziger, der ihn an Schönheit der Gesichtszüge übertraf. Feines schwarzes Haar rollte in sanften Locken auf seine Schultern und umrahmte die sanftesten Wangen, die jemals einem Frauenantlitz gelächelt hatten. Das zarte Braun, das sein ganzes Gesicht färbte, gab ihm genug Männlichkeit und Nachdruck. Sein Lächeln war süß und sein ganzes Wesen überaus lieblich. Dazu machten seine hohe Gestalt, wohlgeformte Glieder und stolze Haltung ihn zum vollkommensten Ritter seiner Zeit. Darum wurde er auch in ganz Europa le Bel, der Schöne, genannt. Seine Kleider waren mit Gold und Silber durchwirkt, aber nicht mit Zierrat überladen. Es war wohl zu sehen, dass sie mit seinem Geschmack und nicht mit Dünkel gewählt waren. Von dem versilberten Helm, den er trug, fiel ein großer Federbusch bis auf den Rücken seines Pferdes.

Neben ihm ritt die trotzige Johanna von Navara, seine Gemahlin. Sie saß auf einem falben Zelter und war ganz mit Gold und Gestein überdeckt. Ein langes Staatskleid aus Goldtuch, das auf der Brust mit silbernen Schnüren geschlossen war, fiel in schweren Falten bis zur Erde und glänzte und strahlte mit Tausenden von schimmernden Zierraten. Perlen und allerlei Knöpfe und Eicheln, aus den kostbarsten Stoffen gewirkt, bedeckten im Überfluss sie und den Zelter, der diese Schätze trug. Die Fürstin war hochmütig und dünkelhaft. Auf ihrem Gesicht war zu lesen, dass der siegprahlende Eintritt ihrem Herzen mit einem neidischen Genügen schmeichelte. Sie warf ihre Blicke mit Hochmut und Überhebung auf das überwundene Volk, das in die Fenster, auf die Brunnen, sogar auf die Dächer gestiegen war, um den Zug anschauen zu können.

An der andern Seite des Königs ritt Louis le Hutin, sein Sohn. Der junge Fürst war demütig in seiner Größe und eines guten Gemütes. Aus seinem Angesicht sprach Mitleid mit den neuen Untertanen und die Augen der Bürger trafen stets ein liebreiches Lächeln auf seinem Gesicht. Er besaß die guten Eigenschaften seines Vaters, ohne das gehässige Gemüt seiner Mutter zu haben. Dem König folgten unmittelbar etliche Schildknappen, Hofjunker und Hofdamen. Dann ein ganzer Zug von Rittern, aufs prächtigste ausgestattet. Unter diesen waren die Herren Enguerrand von Marigny von Chatillon, von St.-Pol·, von Resle, von Nogaret und andere.

Die königliche Standarte und mannigfaltige Wimpel schwebten lieblich über dem edlen Ritterzug.

Nun folgte noch eine Schar Leibwachen zu Pferd, an die dreihundert stark. Ihr Körper war vom Haupt zu den Füßen mit Eisen bedeckt. Lange Speere ragten bei zwanzig Fuß über ihre Scharen. Sie trugen Helme, Harnische, Waffenröcke, Schilde, Halsberge und eiserne Handschuhe. Ihre schweren Pferde waren auch mit eisernen Schutzplatten bedeckt.

Die Bürger, die überall in Menge versammelt waren, sahen diesem Aufzug mit feierlichem Stillschweigen zu, kein einziger Willkommruf stieg ans ihren Scharen und kein einziges Zeichen der Freude ließ sich unter ihnen spüren. Durch diese kühle Aufnahme fühlte Johanna von Navara sich schwer gekränkt, es erbitterte sie noch mehr, als sie bemerkte, dass vieler Augen sie unehrerbietig beschauten und viele durch abweisendes Lächeln ihren Hass zu erkennen gaben.

Sobald der Zug auf den Markt kam, brachten die beiden Ruhmesengel auf-den Fußsockeln ihre Posaunen an den Mund und sandten den Willkommgruß schmetternd über den Platz. Hierauf erhoben die Herren vom Rat mit etlichen anderen Leliaarts den Ruf: „Frankreich! Frankreich! Es lebe der König! Es lebe die Königin!"

Die trotzige Johanna entbrannte vor innerer Wut, als sie keine einzige Stimme aus dem Volke, noch aus den Zunftleuten erklingen hörte. Alle Bürger blieben bewegungslos stehen, ohne das kleinste Zeichen von Ehrerbietung oder Freude zu äußern. Die erzürnte Königin verschluckte ihren Grimm für den Augenblick und nur aus ihrem Gesicht war tiefer Unmut zu lesen.

Ein wenig seitwärts von dem Throne hielten viele Edelfrauen, alle saßen auf den schönsten Zeltern, man sehen mochte. Um die Königin Johanna herrlich zu empfangen, hatten sich alle so reich mit Edelsteinen und s Schätzen geschmückt und behängt, so dass das geblendete Auge den Glanz ihrer Kleider nicht ertragen konnte.

Machteld, die schöne, junge Tochter des Löwen von Flandern, hielt vorne und fiel der Königin zuerst in die Augen. Ihre Kleidung bestand aus den folgenden Stücken: Ein langer spitzer Hut aus gelber Seide, in seiner ganzen Länge mit rotsamtenem Band überflochten, schwebte mit leichter Zierlichkeit auf ihrem Haupte. Unter ihm fiel ein Tuch aus feinster Leinwand über ihre Wangen, Hals und Schultern bis zur Mitte des Rückens. Oben an der Spitze der Haube hing von einem goldenen Knopf ein durchsichtiger Schleier, in den Tausende von goldenen und silbernen Tüpfeln gewirkt waren und flatterte bei jeder Bewegung des Fräuleins über den Rücken des Zelters. Ihr Oberkleid war auf der Brust offen und ließ ein Leibchen aus himmelblauem

Sammet mit silbernen Schnüren sehen. Es reichte nur bis zu den Knien und war vom kostbarsten Goldtuch. Unter diesem Überkleid kam ein Frauenrock aus grünem Satin zum Vorschein, der so lang war, dass die Falten, die andere Seite ihres Zelters herabhingen, öfters die Erde streiften. Das reiche Gewand gab einen artigen Widerschein. Bald schien es im Sonnenglanz hell wie das feinste Gold zu glänzen. Bald wieder blau und dunkel. Auf der Brust der Edelfrau, wo die Enden einer köstlichen Perlenschnur sich vereinigten, glänzte eine Platte aus getriebenem Golde, auf welcher der schwarze Löwe von Flandern künstlich aus Achatstein geschnitten war. Ein mit goldenen Schüppchen bedeckter Gürtel, von dem silberne Fransen hingen, hielt mit einem Schloss von zwei Rubinen ihr Gewand zusammen.

Der Zelter, den die prächtige Jungfrau ritt, war an seinem ganzen Gezeuge mit goldenen und silbernen Plättchen und schwingenden Eicheln verziert. Auch die anderen anwesenden Fräulein waren ebenso köstlich in verschiedene Stoffe und Farben gekleidet. Die Königin von Navara kam mit dem ganzen Zug in mäßigem Schritt angeritten und wandte die Augen mit verdrießlicher Neugier nach den Frauen, die so sehr im Sonnenlicht glänzten. Als sie dann bis zu einem gewissen Abstand nähergekommen waren, ritten die Edelfrauen ihr stattlich entgegen und begrüßten die neue Fürstin mit vielen höflichen Reden. Nur Machteld schwieg und sah Johanna trotzigen Gesichtes an. Es war ihr nicht möglich, die Frau zu ehren, die ihren Vater in den Kerker hatte werfen lassen. Der Unmut stand in ihrem Gesicht zu lesen und Johanna täuschte sich auch nicht darüber. Sie warf ihren trotzigen Blick in Machtelds Augen und wollte das Mägdlein mit ihrem scharfen Ausdruck einschüchtern, aber sie täuschte sich, denn das Fräulein ließ ihre Augenlider nicht sinken und sah der hochmütigen Königin unerschrocken ins Gesicht.

Diese, die schon durch die ungewöhnliche Pracht der Edelfrauen verärgert war, vermochte sich nun nicht länger zu bezwingen. Mit sichtbarem Verdruss wandte sie ihren Zelter um, und derweil sie den Kopf noch einmal den Frauen zukehrte, rief sie: „Seht, ihr Herren, ich meinte allein Königin zu sein in Frankreich, aber mich dünkt, dass die aus Flandern, die in unseren Gefängnissen liegen, alle miteinander Prinzen sind, da ich ihre Frauen alle hier gleich Königinnen und Prinzessinnen gekleidet sehe."

Diese Worte hatte sie so laut gerufen, dass alle umstehenden Ritter, sogar etliche Bürger sie verstanden hatten. Dann fragte sie mit schlecht verhehltem Missvergnügen den Ritter, der ihr folgte: „Aber, Herr von Chatillon, wer ist das trotzige Fräulein, die hier vor mir steht? Sie trägt den Löwen von Flandern auf der Brust. Was bedeutet dies?"

Chatillon näherte sich der Königin und antwortete: „Es ist die Tochter des Herrn van Bethune, sie heißt Machteld."

Bei diesen Worten legte er den Finger an den Mund, um der Königin Verstellung und Schweigen zu raten. Sie verstand ihn und gab ihre Zustimmung durch ein Lächeln zu erkennen, ein Lächeln voll grausamer Falschheit und gehässiger Rachsucht. Wer in diesem Augenblick den Zunftmeister der Weber angesehen hätte, würde bemerkt haben, wie sein Auge unverwandt auf die Königin gerichtet war. Kein Fältchen war auf ihrer Stirn erschienen oder verschwunden oder de Coninc hatte es bemerkt und seinem Gedächtnis anvertraut. In ihren verzerrten Gesichtszügen hatte er ihren Zorn, ihre Gier und ihre Anschläge schon gelesen. Ja, er wusste sogar, dass Chatillon der Vollstrecker ihrer Befehle sein sollte und er überlegte schon in diesem Augenblick, welche Mittel nötig waren, um die List oder die Gewalt der Feinde zu vereiteln.

Kurz darauf saßen die Fürsten von ihren Pferden ab und bestiegen den Thron, der auf der Mitte des Marktes vorbereitet war. Die Schildknappen und Hofdamen scharten sich in zwei Reihen auf den Stufen. Die edlen Ritter blieben zu Pferd um die Aufstellung halten. Nachdem jeder den ihm bestimmten Platz eingenommen hatte, traten die Ratsherren mit dem Mägdlein, welches die Stadt Brügge vorstellen sollte, herzu und boten auf einem köstlichen Samtkissen den fremden Fürsten die Schlüssel der Stadt an. Zugleich stießen die Ruhmesengel nochmals in ihre Posaunen, und die Leliaarts riefen zum zweiten Mal: „Es lebe der König! Es lebe die Königin!"

Unter den Bürgern herrschte Totenstille und es schien, dass sie sich gleichgültig stellten, damit man ihren Unmut besser merke. Hiermit erreichten sie denn auch ihr Ziel völlig, denn Johanna überlegte bereits in ihrem beleidigten Gemüt, wie sie diese unehrerbietigen Untertanen am besten strafen und demütigen könne.

König Philipp der Schöne war eines sanften Gemütes und empfing die Ratsherren mit der größten Gutwilligkeit und gelobte, für Flanderns Wohlfahrt aufs kräftigste besorgt zu sein. Dieses Versprechen war bei Philipp nicht erheuchelt. Er war ein edelmütiger Fürst und ehrenwerter Ritter und würde vielleicht in Frankreich wie in Flandern zum Glück seine Untertanen regiert haben. Aber zwei böse Ursachen ließen diese guten Vorsätze nicht zur Reife kommen und Frucht bringen. Die erste und die ärgste war die Herrschaft seiner hochmütigen Gemahlin Johanna. Wenn Philipp der Schöne ein gutes Vorhaben hatte, kam sie wie ein böser Geist, trieb ihn zum Bösen an und zwang ihn, all ihre verderblichen Pläne gut zu heißen.

Die zweite Ursache seiner schlechten Taten war die Verschwendung, die ihn alle Mittel, gute oder schlechte, gebrauchen ließ, um das verlorene Geld durch anderes zu ersetzen. Jetzt äußerte er die innigsten Wünsche für die Wohlfahrt Flanderns, aber was mochte dies helfen, da Johanna von Navara bereits anders darüber bestimmt hatte. Nachdem die Schlüssel übergeben waren, blieb der König noch einige Zeit und hörte auf die Ansprachen der Ratsherren und stieg dann von dem Throne. Jeder saß zu Pferde und die Fürsten ritten langsam durch die übrigen Straßen der Stadt, bis sie endlich in den Prinsenhof kamen, um mit den vornehmsten Herren und Leliaarts das Mittagmahl zu halten. Inzwischen kehrten die Zunftgesellen zu den Ihrigen zurück, und das Fest nahm ein Ende.

Am Abende, als die Gäste längst fortgegangen waren, weilte die Königin Johanna mit ihrer Hofdame allein in der Kammer, in der sie schlafen sollte. Schon hatte sie ein gutes Stück ihres lästigen Prachtgewandes abgelegt und war eben dabei, sich ihrer Juwelen zu entledigen. Die heftige Bewegung ihrer Hände und der verdrießliche Ausdruck ihres Gesichts waren Zeichen ihrer größten Ungeduld.

Die Hofdame wurde schnippisch angefahren und ihr Verhalten mürrisch getadelt und bekrittelt, Halsbänder und Ohrringe wurden gleich wertlosen Dingen hier oder dort hingeworfen, während sie sich ununterbrochen in unzufriedenen Bemerkungen äußerte.

Sie hatte ein weißes Nachtgewand angelegt und lief nun in diesem Kleid in der Kammer hin und her und zeigte nicht die geringste Lust zum Schlafen. Ihre blitzenden Augen irrten unruhig auf und ab. Die Hofdame, die sich dies sonderbare Wesen nicht erklären konnte, näherte sich der Fürstin mit ehrerbietiger Höflichkeit und fragte: „Beliebt es Eurer Majestät noch länger zu wachen, und soll ich einen größeren Leuchter mit mehr Wachslichtern holen?"

Die Königin antwortete heftig: „Nein, es ist hell genug. Ihr haltet mich auf durch Eure lästigen Fragen. Lasst mich allein! Geht hinaus sage ich! Geht in den Vorsaal und erwartet meinen Ohm Chatillon. Er soll schnell kommen. Geht!"

Während die Hofdame auf diesen barschen Befehl hinausging, setzte Johanna sich an einen Tisch und ließ ihren Kopf in die Hände sinken. In dieser Haltung blieb sie einige Augenblicke und gedachte der Kränkung, die ihr geschehen war. Dann stand sie wieder auf, ging hastig auf und ab in der Kammer und bewegte unruhig ihre Hand. Endlich sprach sie mit leiser Stimme: „Was? Ein kleines, elendes Volk soll mich, die Fürstin von Frankreich, zu kränken wagen! Eine trotzige Frau soll mich die Augen vor ihr niederschlagen lassen! Dieser Hohn, diese Lästerung!"

Eine Träne des Zornes glänzte auf ihrer heißen Wange. Sie warf den Kopf heftig zurück und lachte mit giftiger Freude wie ein böser Geist. Dann fuhr sie fort: „O, ihr dünkelhaften Vlamen, ihr kennt Johanna von Navara noch nicht! Ihr wisst nicht, wie schrecklich ihre Rache euch treffen kann. Ruht und schlaft ohne Furcht in eurer Verwegenheit. Ich weiß Mittel, um euch zu foltern. Wie viel Tränen werdet ihr durch mich vergießen, wie viel Bitterkeit wird meine Hand euch bereiten! Dann sollt ihr meine Macht erkennen. Ihr sollt kriechen und bitten, verwegene Knechte, aber ich werde euch nicht erhören. Ich werde eure stolzen Häupter mit Freuden unter meine Füße treten. Vergebens werdet ihr weinen und nutzlos sollt ihr klagen, denn Johanna von Navara ist unerbittlich. Das ahnt ihr nicht."

Da hörte sie die Schritte der Hofdame vom Eingang. Die verstörte Fürstin eilte vor einen Spiegel und stellte ihre Haltung wieder her. Sie gab ihrem Angesicht einen ruhigen Ausdruck, und nun sah sie ganz gefasst aus.

In der Kunst der Verstellung, der größten Untugend der Frauen, war Johanna von Navara Meisterin. Gleich darauf trat Chatillon in die Kammer und bog sein Knie vor der Königin.

„Herr Von Chatillon", sprach sie, indem sie ihm die Hand zum Aufstehen reichte, „es scheint, dass Ihr meine

Befehle wenig achtet. Hab ich Euch nicht vor zehn Uhr entboten?"

„Es ist wahr, Herrin, aber der König, mein Herr, hat mich gegen meinen Willen bei sich gehalten. Ich bitte, glaubt mir, durchlauchtige Nichte, dass ich auf glühenden Kohlen gestanden habe, so sehr verlangte ich Euer königliches Begehren zu erfüllen."

„Euer guter Wille ist mir sehr angenehm, Herr, und ich habe mir vorgenommen, ihn heute zu belohnen."

„Gnädige Fürstin, es ist mir schon eine große Gunst, Eurer Majestät folgen und dienen zu dürfen. Vergönnt mir, überall bei Euch zu sein. Der Knecht mag höheren Ämtern nachjagen, für mich ist Euer liebliches Angesicht das größte Glück. Ich verlange nichts mehr."

Die Königin lächelte und sah mit Missfallen auf den Schmeichler, denn sie begriff, wie sehr sein Herz seine Worte verleugnete. Sie sprach mit Nachdruck: „Und wenn ich Euch das Land Flandern zum Lehen geben wollte?"

Chatillon, der für den Augenblick nicht auf eine solche Gabe gerechnet hatte, bereute seine Worte und wusste erst nicht zu antworten. Aber er fasste sich schnell und sagte: „Wenn es Eurer Majestät gefiele, mich mit solchem Vertrauen zu beehren, so würde ich es nicht wagen, Ihrem königlichen Willen zu widerstreben. Mit Dankbarkeit und Unterwerfung würde ich diese Gunst empfangen und Eure großmütige Hand mit ehrerbietiger Liebe küssen."

„Hört, Herr von Chatillon", rief die Königin mit Ungeduld, „es gefällt mir jetzt nicht, Proben Eurer Höflichkeit anzuhören. Deswegen würde es mir besser gefallen, wenn Ihr Eure gemachten Reden unterließet und ohne Ziererei mit mir sprechen wolltet, denn Ihr könnt nichts sagen, was ich nicht besser wüsste. Was denkt Ihr von meinem Einzug? Hat Brügge die Königin von Navara nicht überherrlich empfangen?"

„Ich bitt Euch, durchlauchtige Nichte, lasst die bitteren Scherze! Mir ist die Kränkung, die Euch widerfahren ist, tief zu Herzen gegangen. Ein schlechtes und verächtliches Volk hat Euch ins Angesicht getrotzt, und Eure Würde ist missachtet worden. Doch betrübt Euch nicht, denn es fehlt uns nicht an Mitteln, um die verwegenen Untertanen zu zähmen und zu bezwingen."

„Kennt Ihr Eure Nichte, Herr von Chatillon? Ist Euch die Eifersucht der Königin von Navara bekannt?"

„Wahrlich, Herrin, die edelste und löblichste Eifersucht, denn wer eine Krone trägt und ihr keine Achtung zu verschaffen weiß, verdient sie nicht länger. Jeder bewundert mit Recht Euer königliches Gemüt."

„Wisst Ihr auch, dass eine geringe Rache mir nicht getrügt? Die Strafe derer, die mich beleidigt haben, muss meiner Würde entsprechen. Ich bin Königin und Frau, das sei Euch genug, um zu wissen, welche Wünsche Ihr mir zu erfüllen habt, wenn ich Euch als Landvogt über Flandern setze."

„Es ist nicht nötig- Herrin, dass Eure Majestät sich hiermit länger aufhalte. Seid versichert, dass Ihr völlig gerächt werden sollt. Vielleicht werde ich mehr tun, als Ihr begehrt, denn ich habe nicht allein Eure Kränkung zu rächen, sondern auch die Lästerung, die der Krone Frankreichs von diesem starrköpfigen Volke widerfahren ist."

„Herr von Chatillon, lasst Euch von List und Staatsklugheit lenken. Zieht den Strick um ihren Hals nicht mit einem Mal zu, sondern entmutigt sie durch langsame Unterdrückung. Nehmt ihnen nur das Geld, das sie zum Widerstand antreibt und wenn Ihr sie an den Pflug gewöhnt haben werdet, dann schnallt ihnen das Joch so fest, dass ich ihre Sklaverei als ein Siegeszeichen anschauen kann. Seid nicht zu hastig, wenn das Ziel damit sicherer erreicht werden kann, denn ich habe Geduld genug. Um schneller vorwärts zu kommen, wird es ratsam sein, dass Ihr zuerst einen gewissen de Coninc als Zunftmeister der Weber abschafft und niemals andere als Franken oder ihre Freunde zu wichtigen Ämtern einsetzet."

Chatillon hörte mit Andacht auf den Rat der Königin und verwunderte sich innerlich über ihre arge Staatsklugheit. Und weil seine eigene Rachsucht ihn zu böser Tyrannei antrieb, freute er sich über die Maßen, dass er also seine eigenen Gelüste und zugleich den Willen seiner Nichte erfüllen könnte. Er antwortete mit sichtlicher Freude: „Ich nehme die Ehre, die Eure Majestät mir erweist, mit Dankbarkeit an und werde nichts versäumen, um als ein getreuer Diener dem Rat meiner Herrin zu folgen. Gefällt es Euch, noch weitere Befehle zu geben?", Mit dieser Frage deutete er auf die junge Machteld.

Chatillon wusste wohl, dass die Jungfrau sich den Grimm der Königin zugezogen hatte, und mochte deshalb wohl erraten, dass sie nicht ungestraft bleiben werde. Johanna antwortete: „Ich glaube, es wäre nicht unbillig, die Tochter des Herrn van Bethune nach Frankreich bringen zu lassen, denn sie ist von der vlämischen Halsstarrigkeit angesteckt. Es wird mir angenehm sein, sie am Hofe zu haben. Doch jetzt genug hiervon. Ihr versteht meine Absichten. Morgen verlasse ich dies verfluchte Land, denn ich habe dies Ärgernis zu lang ertragen. Raoul von Resle folgt uns. Bleibt als Oberhaupt in Flandern mit der Vollmacht, das Land nach Euerm Willen in Treuen zu regieren."

„Oder nach dem Willen meiner königlichen Nichte", fiel ihr Chatillon schmeichelnd in die Rede.

„Es sei so", bekräftigte Johanna, „ich verlasse mich auf Eure Dienstwilligkeit. Zwölfhundert Reiter sollen Euch bleiben, um Eure Befehle auszuführen. Es beliebe Euer Edlen nun, mich der nötigen Ruhe genießen zu lassen. Ich wünsche Euch gute Nacht, mein lieber Ohm!"

„Der gute Engel bewache Eure Majestät!", sprach Chatillon, indem er sich beugte, und damit verließ er die Kammer der bösen Frau.

Achtes Hauptstück

Die Herren vom Rat hatten mit Gutheißen der Leliaarts übergroße Ausgaben für den Empfang der fränkischen Fürsten gemacht. Das Aufrichten von Siegesbogen und Prunkbühnen mit den nötigen Stoffen hatte viel Geld gekostet. Dazu war jeder von den königlichen Leibwachen mit einem guten Maß vom besten Wein bedacht worden. Weil diese Ausgaben von der Verwaltung befohlen waren und darum aus dem gemeinen Schatz bezahlt werden mussten, hatten die Bürger dem zumeist mit Gleichgültigkeit zugesehen. Schon waren alle die Prunkstücke aus dem Weg geräumt. Chatillon war zu Kortrijk und der Einzug der fremden Herrscher fast vergessen, als eines Morgens um zehn ein Ausrufer auf dem Rufstein am Rathaus erschien und mit etlichen Posaunenstößen das Volk zusammenrief. Sobald er sich von genug Zuhörern umgeben sah, zog er einen Bogen Pergament aus der Schriftentasche, die an seiner Seite hing, und las mit lauter Stimme: „Jedem Bürger kund und zu wissen, dass die Herren vom Rat beschlossen haben, wie folgt: dass eine außerordentliche Umlage festgesetzt worden ist zur Bezahlung der Kosten, die der Einzug unsers gnädigen Herrn Philipp, des Königs von Frankreich, verursacht hat, dass jeder Eingesessene der Stadt Brügge hierzu acht vlämische Groschen zu zahlen hat für jeden Kopf, ohne Unterschied des Alters, dass die Zollboten die genannten Beträge am Samstag an den Türen in Empfang nehmen werden, und dass alle welche die Bezahlung dieser Steuer durch List oder Gewalt weigern, durch den Herren Büttelvogt dazu gezwungen werden sollen."

Die Bürger, die diese Ankündigung hörten, sahen einander verwundert an und murrten im Stillen gegen das willkürliche Gebot. Auch etliche Gesellen von der Weberzunft waren unter ihnen. Ohne sich lange aufzuhalten",gingen sie eilig fort, um ihrem Dekan Nachricht zu bringen. De Coninc vernahm die Zeitung mit innerlichem Unmut. Ein solch schwerer Schlag gegen die Vorrechte der Gemeinde erregte ihm das größte Misstrauen. Er erkannte in dem Gebot ein Vorzeichen der Zwingherrschaft, welche die Edlen unter fränkischer Oberhoheit dem Volke aufs Neue auflegen wollten, und beschloss, den ersten Versuch durch List oder Gewalt zu vereiteln. Obgleich er das Opfer seiner Liebe zum Vaterlande werden konnte, weil das fremde Heer noch in Flandern lag, vermochte diese Aussicht nicht, ihn zurückzuhalten, denn er fühlte sich dem Wohl seiner Vaterstadt mit Leib und Seele ergeben.

Sogleich ließ er den Zunftdiener zu sich rufen und gab d ihm den folgenden Befehl: „Geh flink zu allen Meistern und ersuche sie in meinem Namen, sich nach dem Pand zu begeben. Sie sollen ihre Stühle unmittelbar verlassen, denn die Sache gebietet Eile."

Das Weberpand war ein geräumiges Gebäude mit einem runden Giebel. Ein einziges großes Fenster, über dem das Wappen der Zunft angebracht war, öffnete dem Licht einen Weg in das erste Stockwerk. Über dem weiten Tor befand sich ein Bild Sankt Georgs mit dem Drachen, künstlich in Stein gehauen. Sonst war der Giebel des Bauwerks einfach und ohne Schmuck und es wäre schwerlich zu erraten gewesen, dass es der reichsten Zunft in Flandern zu ihren Versammlungen diente, denn viele der umstehenden Häuser überragte es bei weitem an Pracht. Obgleich das Gebäude manche große und kleine Räume enthielt, war von allen keiner leer und unbenutzt geblieben. In einer großen Kammer des zweiten Stockwerks waren zu sehen die Probestücke der Freigesellen und Meister und Muster der kostbarsten Tuche, die damals in Brügge gewebt wurden. In einem Raum daneben lagen die Werkzeuge, die Weber, Walker und Färber gebrauchen, ausgestellt, damit man nach diesen Mustern neue anfertigen könne. Der dritte Raum war die Verwahrkammer für die Prachtkleider und Festwaffen der Zunft.

Der große Versammlungssaal der Meister lag vorn an der Straße. Seine Wände waren mit gemalten Bildern geschmückt, die in anmutigen Gestalten die Bearbeitung der Wolle darstellten, vom Schafscherer und Weber bis zum fremden Kaufmann, der aus fernen Ländern kam, um flandrische Tuche gegen Gold einzuhandeln. Mehrere Tische aus Eichenholz und zahlreiche Sessel standen auf dem steinbelegten Boden. Die mit Samt ausgeschlagenen Lehnstühle in der Tiefe des Saales bezeichneten die Plätze der Dekane und Beisitzer. Kurze Zeit nach der Aussendung des Boten war schon eine große Anzahl Weber in dem Saal versammelt. Sie redeten mit großem Eifer über die Sache, die sie beraten sollten, und aus ihren Gesichtern sprach der größte Unmut. Und obgleich sich die meisten in zornigen Worten gegen die Ratsherren äußerten, so waren doch etliche unter ihnen, die sich einem Ausstand nicht sehr geneigt zeigten. Während die Zahl der Meister ständig wuchs, kam de Coninc in den Saal und schritt langsam zwischen den Gesellen durch bis zu dem großen für ihn bestimmten Sessel. Die Beisitzer nahmen neben ihm Platz. Die übrigen blieben zumeist neben ihren Sesseln stehen, damit sie aus der gefurchten Stirn ihres Dekans den Sinn seiner mutigen Worte besser erfassen könnten. Sobald de Coninc die Aufmerksamkeit seiner Gesellen auf sich gerichtet sah, streckte er mit einer kräftigen Bewegung seine Hand aus und sprach: „Ihr Brüder, achtet auf meine Worte, denn die Feinde unserer Freiheit, die Feinde unserer Wohlfahrt schmieden Ketten für unsere Füße. Die Ratsherren und Leliaarts haben dem fremden Herrscher mit ungewöhnlicher Pracht geschmeichelt. Sie haben uns gezwungen, Prunkbühnen aufzurichten und nun fordern sie, dass wir ihre eitle Verschwendung mit dem Lohn unserer Arbeit bezahlen. Das widerstreitet den Vorrechten der Gemeinde und der Zunft. Aber, Brüder, versteht mich wohl und schaut mit mir in die Zukunft. Wenn wir dies eine Mal dem willkürlichen Gebot gehorchen, wird unsere Freiheit bald unter die Füße getreten werden. Dies ist der erste Versuch, das erste Stück des Sklavenjoches, das man auf unsern Nacken legen will. Die untreuen Leliaarts, die ihren Grafen, unsern rechtmäßigen Herrn, bei den Fremden im Kerker schmachten lassen. Um uns desto bequemer unterdrücken zu können, haben den Schweiß unseres Angesichtes lang genug getrunken. Lange hat das Volk als verächtliches Lasttier für sie gearbeitet, aber euch, Brüggelingen, meinen Stadtgenossen, ist es vergönnt gewesen, den Strahl des Himmels zuerst zu empfangen und zuerst eure Ketten zu zerbrechen. Groß und mannhaft habt ihr euch j aus der Sklaverei erhoben, und eure Häupter beugen sich nicht mehr vor den Zwingherren. Nun neiden uns die Völker unsere Blüte, sie bewundern unsere Größe. Ist es darum nicht unsere Pflicht, die Freiheit, die uns zum edelsten Volk der Welt macht, ungeschändet zu bewahren? Ja, es ist eine heilige Pflicht! Und wer sie vergisst, ist ein Bube, der seine Würde als Mensch wegwirft. Er ist wie ein schlechter Sklave, zur Verachtung geboren!"

Ein Weber, namens Brakels, der schon zweimal Zunftmeister gewesen war, erhob sich von seinem Sessel und unterbrach die Rede de Conincs mit diesen Worten: „Ihr sprecht allzeit von Sklaverei und Rechten! Aber wer sagt

Euch, dass die Herren vom Rat uns unrecht tun? Ist es nicht besser, die acht Groschen zu bezahlen und den Frieden zu behalten? Denn Ihr könnt wohl voraussetzen, dass Blut dabei vergossen werden wird. Mancher von uns wird den Leib seiner Kinder oder Brüder zu begraben haben, und das alles um acht Groschen! Wenn man Euch glauben sollte, würden die Weber mehr mit dem Goedendag als mit dem Schiffchen arbeiten haben, aber ich hoffe, dass unter unseren Meistern mehr kluge Leute sind, die Euerm Rat nicht folgen werden."

Diese Rede verursachte unter den Webern das größte Entsetzen Etlicher, doch nur eine kleine Zahl, gaben durch ihre Gebärden zu erkennen, dass sie die gleiche Ansicht hätten. Die meisten aber waren über den Ausfall Brakels angehalten. Mit der größten Aufmerksamkeit hatte de Coninc sein Auge über die Gesichter der Anwesenden gehen lassen und die Zahl seiner Anhänger gezählt. Es war ihm eine freudige Überzeugung, dass nur wenige die Furcht seines Gegners teilten. Er antwortete: „Es steht ausdrücklich im Gesetz, dass man keine neue Belastung auf das Volk legen darf ohne seine Zustimmung. Wir bezahlen diese Freiheit nur zu teuer, und es ist keiner, wie vornehm er auch sei, berechtigt, sie zu schädigen. Für einen Menschen, der nicht in die Zukunft sieht, mag es wohl eine geringe Sache scheinen, die acht Groschen zu bezahlen, das ist wahr, aber für mich sind es auch nicht die acht Groschen, die mich zum Widerstand bringen, sondern unsere Vorrechte, die uns als Brustwehr stark machen gegen die Herrschsucht der Leliaarts. Sollten wir die verderben lassen? Nein, das wäre eine feige, eine sehr unvorsichtige Tat. Wisset, Brüder, dass die Freiheit ein zarter Baum ist, der vergeht und stirbt, sobald man einen seiner Zweige abbricht. Wenn ihr zugebt, dass die Leliaarts den Baum auf diese Weise beschneiden, so werden sie uns bald die Macht nehmen, den verdorrten

Stamm zu verteidigen. Lasst euch gesagt sein, wer ein Mannesherz hat bezahle die acht Groschen nicht. Wer das echte Klauwaartsblut in sich fühlt strömen, erhebe den Goedendag und verteidige die Rechte des Volkes! Die Abstimmung beschließe hierüber, denn mein Rat ist kein Befehl."

Darauf fing der Weber, der schon einmal geredet hatte, wieder an: „Euer Rat ist ein verderblicher Rat. Ihr habt Freude an Empörung und Blutvergießen, damit Euer Name in der Umwälzung als Anführer genannt werde. Wäre es nicht viel weiser, als getreue Untertanen die fränkische Herrschaft zu dulden und dabei unseren Kaufhandel über das große Land auszubreiten? Ja, ich sage Euch: die Regierung Philipps des Schönen wird unsere Wohlfahrt vermehren, und jeder wohldenkende Bürger muss die fränkische Herrschaft als ein Glück ansehen Unsere Ratsherren sind achtbare und weise Leute."

Unter den Webern zeigte sich die größte Bestürzung und viele warfen zornige und verachtende Blicke auf den, der diese Worte gesprochen hatte. De Coninc entflammte in Zorn, denn seine Liebe zum Volk kannte keine Grenzen und eben weil der ein Weber war, den er also sprechen hörte, schien ihm, als sei die ganze Zunft entehrt.

„Was", rief er, „ist denn alle Liebe zu Freiheit und Vaterland in Eurer Brust erstorben? Wollt Ihr aus Durst nach Gold die Hand küssen, die Euch Ketten an die Füße legt? Und sollen die Nachkommen sagen, die Brüggelinge hätten das Haupt vor den Fremden und ihren Sklaven gebeugt? Nein, Brüder, duldet es nicht, beschmutzt Euren Namen nicht mit dieser Nachrede. Überlasst es den weibischen Leliaarts, für Geld und Ruhe ihre Freiheiten aufzugeben! Wir bleiben rein von Schande und Makel! Noch einmal ströme das Blut der freien Kinder Brügges für das Recht! Umso schöner glänze das blutgerötete Banner, umso fester werde das Recht des Volkes besiegelt!"

Meister Brakels ließ de Coninc nicht die Zeit fortzufahren und sprach: „Was Ihr auch sagen mögt, so wiederhole ich, es ist keine Schande für uns, einem fremden Fürsten untertan zu sein. Im Gegenteil, wir sollten uns freuen, da wir nun ein Teil des großen Frankreich geworden sind. Was bedeutet es für ein handeltreibendes Volk, wie es sich bereichert? Mohammeds Gold ist so gut wie das unsere!"

Die Erbitterung gegen Brakels war nun aufs höchste gestiegen, und seine Rede fand keine Antwort. De Coninc seufzte mit schmerzlichem Ausdruck: „O Schande, ein Leliaart, ein Bastard hat im Weberpand gesprochen. Die Schmach ist unaustilgbar!"

Eine ungestüme Bewegung entstand unter den Webern und viele zornige und flammende Augen waren auf Brakels gerichtet. Plötzlich erhob sich eine Stimme aus dem Lärm und schrie: „Er sei ausgestoßen, der Leliaart!"

„Kein Franschgesinnter unter uns!", wurde von vielen wiederholt.

De Coninc musste allen Einfluss, den er auf seine Gesellen hatte, aufbieten, um sie zu beruhigen, denn es schien, als seien viele geneigt, Gewalt zu gebrauchen. Darauf wurde die Frage gestellt, ob man den Meister Brakels aus der Zunft ausstoßen oder ihn zu einer Buße von vierzig Pfund verurteilen solle. Während der Schreiber die Stimmen aufnahm, stand Brakels in ruhiger Erwartung vor dem Dekan. Er verließ sich auf die, welche seiner ersten Rede zugestimmt hatten, doch damit betrog er sich sehr, denn der Name Leliaart, der von allen für den hässlichsten Schandfleck gehalten wurde, hatte ihm keinen einzigen Freund gelassen. Alle Stimmen sprachen das Urteil: „Gebannt!" Und die Verkündigung wurde mit allgemeinem Zujubeln begrüßt.

Nun entbrannte der Zorn des Leliaarts. Aus seinem Munde strömten ungestüme Scheltworte und Drohungen gegen de Coninc. Der Dekan blieb mit der größten Gleichgültigkeit auf seinem Stuhl sitzen und antwortete nicht auf die Lästerungen seines Gegners. Hierauf kamen zwei kräftige, als Türwächter angestellte Gesellen zu dem Gebannten und befahlen ihm, das Pand sofort zu verlassen. Von bitterem Zorn erfüllt, gehorchte dieser dem Gebote und lief voll Rachsucht zu Johannes van Gistel, dem Oberzollmeister, dem er den Widerstand des Zunftmeisters der Weber anzeigte.

Pieter de Coninc sprach noch lange mit seinen Gesellen, um sie zur Verteidigung ihrer Rechte zu ermutigen, doch verlangte er nicht, dass sie sich empören, sondern riet ihnen, dass sie sich damit begnügen sollten, die acht Groschen zu verweigern, bis dass er sie zu den Waffen rufen würde.

Hierauf verließen sie das Pand, und jeder schlug den Weg zu seinem Hause ein. Pieter de Coninc ging allein und voll Gedanken durch die Oude-Zackstraat, um sich zu seinem Freunde Breidel zu begeben. Er sah die Bemühungen voraus, die die Lehensherren machen würden, um ihre Herrschaft über das Volk wieder zu gewinnen und bedachte die Mittel, die seine Brüder vor der Sklaverei behüten könnten. In dem Augenblick, als er in die Beenhouwersstraat eintreten wollte, wurde er von etwa zehn bewaffneten Männern umringt. Derweil er sich also überrascht sah, trat der Herr Büttelvogt auf ihn zu und gebot ihm, den Dienern des Gesetzes ohne Widerstand zu folgen. Gleich einem Missetäter wurden ihm die Hände auf dem Rücken gebunden und eine Flut von höhnenden Schimpfworten zugerufen.

Das alles ertrug er mit der größten Geduld und ohne Widerrede, denn wusste, dass hier jeder Widerstand nutzlos war. Er ließ sich zwischen den Helmbarten der Gerichtsdiener durch vier oder fünf Straßen führen und schien keine Acht zu haben auf die verwunderten Ausrufe des Volkes. Endlich brachte man ihn in den oberen Saal des Prinsenhofs. Hier waren die vornehmsten Leliaarts mit den Ratsherren der Stadt versammelt. Johannes van Gistel, der Großzollmeister, bekleidete unter ihnen den vornehmsten Rang und war der wärmste Franschgesinnte in Flandern. Sobald er de Coninc vor sich sah, sprach er in zornigem Ton: „Wie dürft Ihr die Herrschaft der Ratsherren bekämpfen, Ihr trotziger Bürger? Eure Empörung ist uns bekannt und es wird nicht lange dauern, so sollt Ihr Euern Ungehorsam am Galgen büßen."

De Coninc antwortete mit ruhigem Ausdruck: „Die Freiheit des Volkes ist mir teurer als das Leben. Ich werde die schändlichste Todesstrafe ohne Furcht erleiden, denn das Volk stirbt doch nicht mit mir. Es bleiben noch Männer, die das Joch nicht mehr gewöhnt sind."

„Das ist ein Traum", antwortete van Gistel. „Das Reich des Volkes ist aus. Unter der Herrschaft der Franzen muss der Untertan seinem Herrn gehorchen. Die Vorrechte, die ihr schwachen Menschen mit Gewalt entrissen habt, werden nicht mehr geachtet, sondern vernichtet werden, denn ihr wart hoffärtig geworden durch die Vergünstigungen, die wir selber euch gewährt hatten und habt euch als undankbare und verächtliche Diener gegen uns empört."

Ein Strahl des Zornes brach aus dem Auge de Conincs. „Verächtlich!", fuhr er auf. „Das weiß Gott, wer von beiden verächtlich ist: das Volk oder die verbastardeten Leliaarts. Ihr vergesst Vaterland und Ehre, um als Feiglinge dem neuen Herrn zu schmeicheln. Ihr kniet in Demut vor einem Herrscher, der den Untergang Flanderns geschworen hat. Und warum das? Um eure Gewaltherrschaft über das Volk wieder zu erlangen: aus Habsucht! Ha, das glückt nicht, denn wer einmal die Frucht der Freiheit gekostet hat, den ekelt vor eurer Gunst. Seid ihr nicht die Sklaven der Fremden? Und denkt ihr, dass die Brüggelinge die Sklaven der Sklaven sein würden? O, ihr rauscht euch, ihr

Herren! Mein Vaterland ist groß geworden, das Volk hat seine Würde erkannt und ist dem eisernen Joch für ewig entrungen."

„Schweigt, aufrührerischer Knecht!" rief van Gistel, „die Freiheit gebührt Euch nicht. Ihr seid nicht dazu geboren."

„Die Freiheit", antwortete de Coninc, „haben wir mit dem Schweiß unseres Angesichts und mit dem Blut unserer Adern erkauft. Und ihr solltet sie vernichten?"

Van Gistel lächelte spöttisch über diese Rede und fuhr fort: „Eure Worte und Drohungen sind eitel Rauch, Dekan. Wir werden uns der fränkischen Scharen bedienen, um die Flügel der Missgeburt zu stutzen. Andere Gesetze werden in der Gemeinde gelten, denn die Halsstarrigkeit hat lang genug gedauert. Seid sicher, dass alles so wohl überlegt ist, dass Brügge in Demut den Nacken beugen wird und Ihr sollt das Sonnenlicht nicht mehr sehen."

„Tyrann!", rief der Dekan der Weber, „Schande Flanderns! Ist das Grab Eurer Väter nicht in diesen Boden gegraben? Ruht ihr heiliges Gebein nicht im Schoße des Landes, das Ihr den Fremden verkauft, Bastard? Die Nachkommen werden Euch verdammen für diesen Handel. Eure eigenen Kinder sollen Euch ihren Fluch als eine Verleugnung auf die Blätter der Chroniken schreiben."

„Es ist Zeit, dass die lächerliche Lästerrede ein Ende habe", fuhr van Gistel auf. „Mannen, man werfe ihn in den Kerker der Übeltäter, bis dass der Galgen ihn empfange!"

Auf diesen Befehl wurde de Coninc aus dem Saal die Treppe hinab in ein unterirdisches Verlies geführt. Ein eiserner Gürtel umgab seinen Leib, und eine Kette fesselte seinen linken Fuß an seine rechte Hand. Nach dem man ihm das nötige Brot und Wasser gegeben hatte, wurde der Kerker zugeschlossen, und er blieb allein in dem finstern Gelass. Die Worte des Zollmeisters hatten ihn in die tiefste Trauer versetzt, denn er sah die Freiheit seiner Geburtsstadt ernstlich bedroht. In seiner Abwesenheit mochte es den Leliaarts mit Hilfe der fränkischen Kriegsscharen wohl glücken, das Gebäude, an dem er sein ganzes Leben gearbeitet hatte, zu vernichten. Das war eine schreckliche Voraussicht für den Volksfreund. Wenn er seine Hände rang und die Ketten klingen hörte, schien es ihm, als sähe er seine Brüder also gebunden und der schändlichsten Sklaverei verfallen. Und eine Träne glänzte auf seiner Wange.

Die Leliaarts hatten seit langem einen verräterischen Anschlag vorbereitet. Sie vermochten ihre Herrschaft in Brügge auf keinem festen Grund zu errichten, denn weil alle Bürger bewaffnet waren, war es ihnen nicht möglich, die Ausführung ihrer Befehle zu erzwingen. Sobald die Ratsherren Gewalt gegen die Bürger gebrauchen wollten, kamen die schrecklichen Goedendags zum Vorschein und dann waren alle ihre Versuche umsonst, denn die Zünfte waren zu mächtig. Um dieses mächtige Hindernis nun mit einmal und für immer aus dem Weg zu räumen, waren die Leliaarts mit dem Landvogt von Chatillon übereingekommen, die Bürger in der Frühe des nächsten Tages zu überfallen und zu entwaffnen. Zu derselben Zeit sollte Chatillon mit fünfhundert fränkischen Reitern vor den Toren stehen. De Coninc allein hätte diesen Anschlag, wie verhohlen er auch war, entdecken. Er hatte dazu geheime Mittel, deren Quellen die Franschgesinnten bis jetzt vergeblich gesucht hatten, denn Dekan der Weber war listiger als sie alle. Dies wussten sie, und deshalb hatten sie ihn gefangen, um dem Volke seinen klugen Beschützer zu rauben und es hierdurch stark zu schwächen. Was Brakels ihnen über den Widerstand der Weber überbracht hatte, diente ihnen nur zum Verwand.

Nachdem sie auf diese Weise die Stadt Brügge durch seinen feigen Anschlag der Geldsucht der Fremden ausgeliefert hatten, wollten sie auseinander gehen. Aber plötzlich flog die Tür des Saales auf und ein Mann drängte sich mit Gewalt durch die Türwärter. Er trat trotzigem Schritt vor die Ratsherren und rief: „Die Zünfte von Brügge lassen euch fragen, ob ihr de Coninc freilassen wollt oder nicht! Bedenkt euch nicht lang, das rat ich euch!"

„Meister Breidel", antwortete van Gistel, „es ist nicht erlaubt, diesen Saal zu betreten. Verlasst ihn sofort!"

„Ich frage euch", wiederholte Jan Breidel, „ob ihr den Dekan der Wollenweber freilassen wollt?"

Van Gistel flüsterte einem der Ratsherren etwas zu und dann rief er: „Wir beantworten die Drohungen eines störrischen Knechtes mit der Strafe, die sie verdienen. Man nehme ihn fest!"

„Ha! ha! man nehme ihn fest!", wiederholte Breidel lachend. „Wer wird mich fangen? Lasst euch warnen, dass die Gemeinde sich mit Gewalt zum Herrn des Prinsenhofs machen wird, und dass euer aller Leben bürgt für das Leben de Conincs. Ihr werdet gleich eine andere Kirmes erleben. Die Weise des Liedchens wird sich stark verändern, das versichere ich euch."

Inzwischen hatten sich etliche Wachen genähert und hatten den Dekan der Fleischhauer beim Hals gefasst. Ein anderer entwirrte bereits die Stricke, mit denen er gebunden werden sollte.

Solange er sprach, hatte Breidel wenig auf diese Vorbereitungen geachtet, aber sobald er sein Gesicht von den Leliaarts abwandte und den Wächtern zukehrte, kam ein dumpfer Ton, gleich dem Brüllen eines Stiers aus seiner Brust. Er schaute die, welche ihn fangen sollten, mit flammenden Augen an und rief: „Meint ihr, dass Jan Breidel, dass ein freier Beinhauer von Brügge sich wie ein Kalb binden lässt? Haha! Dazu wird es heute noch nicht kommen!"

Bei diesen Worten, die er in einem rasenden Grimm ausgestoßen hatte, hieb er den Söldner, der ihn bei seinem Koller angefasst hatte, so gewaltig mit seiner schweren

Faust auf den Kopf, dass er wankte und hinstürzte. Gleich einem Blitz stürmte er durch die verdutzten Wachen und schleuderte ihrer eine gute Zahl zu Boden.

Als er an die Tür gekommen war, drehte er sich um und schrie den Leliaarts zu: „Das sollt ihr büßen, ihr Bösewichte! Einen Brügger Metzger binden! O Schande! Weh euch, verfluchte Tyrannen! Horcht, die Trommel der Beinhauer schlägt. Euren Leichenzug…"

Er würde mit seinen Drohungen noch fortgefahren haben, aber gegen die herbeilaufenden Wachen konnte er sich nicht mehr halten und lief schimpfend die Treppe hinab. In diesem Augenblick hörte man von der andern Seite der Stadt her ein dumpfes Getöse, gleich einem fernen Donner. Die Leliaarts erbleichten Furcht überfiel sie beim Drohen dieses Unwetters. Trotzdem wollten sie ihren Gefangenen nicht loslassen, sondern versammelten mehr Wachen vor dem Hof, um ihn gegen den Anfall des Volkes zu verteidigen. Auch ließen sie sich in ihren Wohnungen durch Kriegsleute beschützen. Eine Stunde später war die ganze Stadt in Aufruhr. Die Notglocke wurde geläutet, die Trommeln der Zünfte liefen durch alle Straßen und ein Geheul hing über der Stadt, gleich dem unbeschreiblichen Gebrause eines Sturmes. Türen und Fenster wurden geschlossen und die Wohnungen öffneten sich nicht mehr, als um den bewaffneten Hausvater auszulassen. Die zahlreichen Hunde kläfften wütend, als hätten sie den Notschrei verstanden, und paarten ihre raue Stimme mit dem Schreien ihrer rachsüchtigen Herren. Zahlreiche Volkshaufen liefen mit unrastigen Schritten hin und her: der eine trug eine Waffenkeule, der andere einen Goedendag oder eine Helmbarte. Aus den strömenden Scharen konnte man die Beinhauer an ihren blinkenden Beilen erkennen. Die Schmiede mit ihren schweren Vorhämmern begaben sich auch nach ihrem Sammelplatz am Weberpand. Da standen schon unzählbare Zunftgesellen in ihren Gliedern und ihre Zahl wuchs unablässig, sowie die ankommenden Freunde sich unter ihre Fähnlein begaben.

Als der Haufen groß genug war, stieg Jan Breidel auf einen Wagen, der zufällig auf dem Platz stand, und schwang sein Schlachtbeil in furchtbaren Kreisen über seinem Haupte.

„Männer von Brügge!", schrie er, „nun geht es um Leben und Freiheit! Wir wollen die Verräter einmal lehren, wie die Brüggelinge gesinnt sind, und obwohl ein Pfund Sklavenfleisch unter uns zu finden ist, wie sie's glauben. Meister de Coninc liegt in Ketten. Unser Blut ströme für seine Erlösung. Das ist die Pflicht für alle Zünfte und eine Kirmes für die Metzger! Rasch die Rockärmel aufgestreift!"

Während die Beinhauerzunft diesen Befehl ausführte, entblößte er selber seine sehnigen Arme bis zu den Schultern, sprang vom Wagen und rief: „Vorwärts! Und heil, heil de Coninc!"

„Heil de Coninc!", war der allgemeine Ruf. „Vorwärts! Vorwärts!"

Gleich den Wogen der wütenden See strömten die Scharen zum Prinsenhof. Mordgeschrei und das Klirren und Krachen von Waffen begleiteten den grauenhaften Zug. Das Heulen der Männer und das Kläffen der Hunde mengten sich mit dem Dröhnen der Glocken und dem Rasseln der Trommeln. Es schien, als habe allgemeine Raserei die Bürger ergriffen. Angesichts der tollwütigen Menge flüchteten die Wachen vor dem Prinsenhof nach allen Seiten hin und ließen so. Das Gebäude ohne Verteidigung, aber nicht alle hatten sich durch die Flucht retten können, denn im Augenblick lagen mehr als zehn Leichen auf dem Vorplatz.

Ungestüm und wütend gleich einem gereizten Löwen lief Breidel die Treppe hinauf und warf einen fränkischen Diener, den er auf dem Flur fand, von oben unter das Volk hinab. Das unglückliche Schlachtopfer wurde mit den Spitzen der Goedendags empfangen und sogleich mit Keulen zerschlagen. Bald war der ganze Hof mit Volk erfüllt. Breidel hatte etliche Schmiede zu sich gerufen und ließ sie die Türen der Kerker mit Gewalt einschlagen. Zu ihrer größten Enttäuschung fanden sie alle leer, und nun schworen sie in noch größerem Zorn, dass sie de Conincs Tod rächen wollten. Eben als Breidel, die Seele von Verzweiflung und Rachsucht erfüllt, den Prinsenhof verlassen wollte, kam ein alter, grauer Walker zu ihm und sprach: „Meister Breidel, Ihr sucht nicht richtig. Es ist noch Kerker am anderen Ende des Gebäudes, ein tiefes Loch, in dem ich zu Zeiten des großen Moerlemye[12] ein Jahr meines Lebens gesessen habe. Kommt und folgt mir!"

Nachdem sie viele Gänge durchlaufen hatten, kamen sie n eine kleine eiserne Tür. Der alte Walker nahm einen Vorhammer aus den Händen eines beistehenden Schmiedegesellen und hieb mit wenigen Schlägen das Schloss auf, doch ließ die Tür sich noch nicht öffnen. Ungeduldig riss Jan Breidel den Hammer aus der Hand des Walkers und schlug so gewaltig gegen die Tür, dass alle Angeln zugleich aus der Mauer sprangen. Als die Tür gefallen war, konnte man in den Kerker sehen.

De Coninc stand in einer Ecke gegen die Mauer, an eine schwere Kette gefesselt. Mit hastiger Freude lief Jan Breidel zu ihm hin und flog seinem Freunde gleich einem wiedergefundenen Bruder um den Hals.

„O Meister", rief er, „wie glücklich ist diese Stunde für mich! Ich wusste nicht, wie sehr ich Euch liebte."

„Ich danke Euch, tapferer Freund", antwortete de Coninc, indem er den Kuss des entzückten Beinhauers

---

12   De groote Mocrlemye, eine der großen patriotischen Kampfbanden, die 1282 einen Ausstand gegen den Stadtvogt des Grafen erregten.

erwiderte. „Ich wusste wohl, dass Ihr mich nicht im Kerker lassen würdet, Euer Edelmut ist mir gar wohl bekannt. Wer Euch gleicht, ist ein Vlaming vom edlen Stamm."

Dann wandte er sich zu den umstehenden Zunftgesellen und rief mit einer Begeisterung, die die Herzen der Zuhörer mächtig erfüllte: „O Brüder, ihr habt mich heute vom Tode erlöst. Für euch mein Blut, für eure Freiheit meine ganze Geisteskraft! Betrachtet mich nicht mehr als einen Dekan, als einen Weber, der unter euch wohnt, sondern als einen Menschen, der vor Gott geschworen hat, eure Freiheiten zu verteidigen. Mögen die dunkeln Gänge meines Gefängnisses diese Worte als einen unverbrüchlichen Eid wiederholen: Mein Blut, mein Leben, mein Friede, meinem Vaterlande!"

Der Ruf: „Heil de Coninc! Heil! Heil!", übertönte seine Stimme und erfüllte lange den Kerker. Der Schrei lief von Mund zu Mund nach außen und bald hörte man nichts anderes mehr in der ganzen Stadt. Sogar die Kinder stammelten: „Heil de Coninc!"

Der eiserne Gürtel wurde abgefeilt, und der Dekan der Weber trat mit Jan Breidel unter das Vorportal des Hofes. Aber kaum hatte das wartende Volk die Ketten an seinen Händen und Füßen bemerkt, da stieg wütendes Mordgeschrei aus allen Kehlen. Tränen der Freude und des Zornes wurden da geweint, und der Schrei:"Heil de Coninc!", erhob sich mit neuer Kraft. Mit einmal liefen unzählige Weber zu ihrem Dekan und hoben ihn in ihrer Begeisterung an den blutigen Schild eines erschlagenen Kriegsknechtes. Wie heftig der Dekan sich auch gegen diese Ehre wehren mochte, so musste er doch dulden, dass man ihn auf diese Weise durch alle Straßen der Stadt trug.

Seltsam war der wilde Zug. Tausende Menschen mit „Messern, Beilen, Speeren, Hämmern, Keulen und anderen zufälligen Waffen liefen schreiend und wie toll über den Markt. Über ihren Häuptern auf dem Schilde saß de Coninc, an Händen und Füßen gefesselt. Neben ihm schritten die Beinhauer mit bloßen Armen und blinkenden Beilen. Als dies wohl eine geraume Stunde gedauert hatte, verlangte de Coninc, die Dekane und Führer der Zünfte zu sprechen, und teilte ihnen mit, dass er über eine Sache, die von der größten Wichtigkeit für die Gemeinde sei, mit ihnen zu verhandeln habe. Demgemäß forderte er sie auf, am Abend in seine Wohnung zu kommen, um die nötigen Maßregeln zu beraten.

Kurz darauf dankte er dem Volke und gebot, dass jeder sich bereithalten solle, um zu jeder Zeit zu den Waffen greifen zu können. Nachdem die Fesseln von seinen Händen und Füßen entfernt worden waren, wurde er unter dem Zujauchzen der Brüggelinge bis zur Tür seiner Wohnung in der Wolstraat begleitet.

Neuntes Hauptstück

Am andern Tag vor Sonnenaufgang hielt Jan van Gistel mit den Leliaarts in voller Rüstung aus dem Groenselmarkt. Etwa dreihundert Reiter und Waffenknechte waren da versammelt. Das größte Stillschweigen herrschte unter der kleinen Schar. Sollte ihr Anschlag glücken, so durften sie die Bürger von Brügge nicht merken. Sie erwarteten in Geduld die ersten Strahlen der Morgensonne, um das Volk zu überfallen und alle Waffen aus den Behausungen zu nehmen. Hierauf wollten sie de Coninc und Breidel wegen ihres Aufruhrs henken lassen und die Zünfte zur Unterwerfung zwingen. Auf denselben Tag sollte Chatillon in die entwaffnete Stadt ziehen und für alle Zeit eine andere Form der Regierung in Brügge einrichten. Zum Unglück hatte de Coninc ihr Geheimnis entdeckt und sich auf den Streit vorbereitet.

In dem gleichen Augenblick und in derselben Stille standen die Weber und Beinhauer mit etlichen anderen Zünften in der Vlaamsche Straat. De Coninc und Breidel gingen allein in etlicher Entfernung von den Scharen und berieten den Plan, nach dem sie ans Werk gehen H wollten. Derweil die Weber und Beinhauer die Leliaarts angriffen, sollten die anderen Gesellen sich zu Herren der Stadttore machen und sie geschlossen halten, damit der Feind von außen keine Hilfe bekäme.

Kurz nachdem das so beschlossen war, schlug die Morgenglocke auf St.-Donaskerk und die Hufschläge der Reiterei van Gistels erdröhnten aus der Ferne.

Sofort setzten sich auch die Scharen der Zünfte in Bewegung und zogen in der größten Stille den Leliaarts entgegen.

Es war gerade auf dem Markte, wo die beiden feindlichen Scharen einander zu Gesicht kamen. Die Franschgesinnten kamen eben aus der Breidelstraats, während die Zünfte noch in der Vlaamsche Straat waren. Als die Leliaarts merkten, dass ihr Anschlag verraten war, überfiel sie große Bestürzung. Doch standen sie darum nicht k ab von ihrem Vorhaben, denn sie waren Ritter und mutige Männer.

Sogleich erhob die Kriegstrompete ihre hinreißenden Klänge, und die Pferde flogen mit ihren Reitern gegen die Bürger, die noch in der Vlaamsche Straat eingeengt waren. Die gefällten Speere der Leliaarts begegneten den Goedendags der Weber, die regungslos den Stoß erwarteten. Wie groß auch Mut und Behändigkeit der Zünftler sein mochten, so konnten sie doch der Gewalt nicht widerstehen, und zwar wegen der Ungunst ihrer Stellung. Die Leute des ersten Gliedes stürzten tot oder verwundet zu Boden, und so wurde es den Reitern möglich, eine Lücke in ihre Schlachtordnung zu brechen. Drei Scharen wichen zurück und die Leliaarts, die sich schon als Herren des Schlachtfeldes wähnten, erhoben den Schrei: „Monjoie Saint-Denis! Frankreich!" in siegprahlenden Rufen. Sie stachen und hieben links und rechts unter die Weber und besäten den Platz, auf dem sie standen, mit den Leichen der Bürger. De Coninc, der vornan war, wehrte sich tapfer mit einem langen Goedendag und stellte für einige Zeit die Ordnung in den ersten Gliedern wieder her. Diese waren es, die allein die Macht der Franschgesinnten bekämpfen mussten, denn weil sie in der Straße eingeengt waren, konnten die hinteren Glieder nicht in den Streit kommen. Die Worte und das Beispiel des Dekans hielten das Schicksal nicht lange auf: die Leliaarts fielen mit neuer Kraft die vorderen Glieder an und trieben sie in Unordnung gegeneinander.

Dies war so schnell geschehen, dass bereits viele gefallen waren, bevor Jan Breidel, der mit seiner Zunft in der Tiefe der Straße stand, den Kampf bemerken konnte. Eine auf de Conincs Befehl ausgeführte Bewegung ließ die Glieder sich öffnen, damit er den Zustand und die Gefahr der Weber erkenne. Er brüllte einige unverständliche Worte mit heiserer Stimme, wandte sich zu seinen Mannen und rief: „Vorwärts! Schlächter, vorwärts!"

Wie rasend flog er quer durch die Weber und lief mit allen seinen Mannen die Reiter an. Der erste Schlag seines Beiles ging durch die Nasenplatte und den Kopf eines Pferdes und der zweite Schlag warf den Reiter vor seine Füße. In einem Augenblick schritt er über vier Leichen und kämpfte wütend weiter, bis dass er selber eine leichte Wunde am linken Arm erhielt. Der Anblick seines eigenen Blutes machte ihn sinnlos: Schaum kam auf seinen Mund, er sah den Ritter, der ihn verwundet hatte, mit einem flüchtigen Blicke an und warf sein Beil fort. Er blickte sich vor dem Speer seines Feindes und sprang in rasender Wut an dem Pferd hinauf und umklammerte den Leib des Leliaarts. Wie fest dieser auch im Sattel saß, so musste er doch dem Ungestüm des tollen Breidel folgen, wurde aus dem Sattel gerissen und stürzte an den Grund. Derweil der Dekan der Beinhauer also seine Rache sättigte, waren seine Gesellen und die anderen Zünftler zugleich über die Franschgesinnten hergefallen und hatten ihrer viele niedergehauen. Und weil die Streitenden lang auf einem Platz kämpften, lagen die Leichen von Menschen und Pferden dicht gesät, und Ströme Blutes färbten die Straße mit dunklem Rot. Jetzt vermochte nichts mehr der Gewalt der Zünfte zu widerstehen, denn nachdem die Leliaarts zurückgewichen waren, hatten ihre Feinde Raum gefunden, sich auf dem Markt auszubreiten. Es war zu erkennen, dass sie danach trachteten, ihre Feinde in einem Kreis zu umschließen, und deshalb ihren rechten Flügel gegen den Eiermarkt ausdehnten. Sogleich wandten die überwundenen Ritter ihre Pferde und flohen eilends davon, um der Todesgefahr zu entkommen. Die Weber und Beinhauer liefen ihnen mit Siegesgeschrei nach, konnten sie doch nicht einholen, weil sie auf guten Pferden gesessen waren.

Von dem Klang der Trompeten und dem Getöse des Kampfes war die ganze Stadt in Aufruhr gekommen. Bald war alles auf den Beinen. Tausende von gewaffneten Bürgern kamen aus allen Straßen zugelaufen, um ihren Brüdern zu helfen, doch der Sieg war schon erkämpft. Da die Leliaarts auf die Burg geflohen waren, wurde diese von allen Seiten durch die Zunftgesellen umgeben und bewacht.

Während dies auf dem Markt vorfiel, umritt der Landvogt von Chatillon die aufrührerische Stadt mit fünfhundert fränkischen Reitern. Er hatte wohl vorausgesehen, dass die Brüggelinge nach ihrer alten Gewohnheit die Tore geschlossen halten würden und hatte sich vorbereitet, auch dieses Hindernis wegzuräumen. Sein Bruder Gui von St.-Pol sollte ihm zahlreiches Fußvolk und das nötige Sturmgerät zuführen. Während er diese Hilfe erwartete, formte er bereits den Plan für den, Sturm und erspähte die schwächste Stelle der Stadt. Und obwohl er nur wenig Volk auf den Wällen bemerkte, hielt er es doch nicht für ratsam, mit seinen Reitern allein etwas zu unternehmen, denn er wusste wohl, was für ein unzähmbares Volk in Brügge wohnte. Eine halbe Stunde nach seiner Ankunft erschien der Zug St.-Pols in der Ferne. Die Spitzen der Speere und der Helmbarten glänzten von weitem in den ersten Strahlen der Sonne, und ein undurchdringlicher Staub bedeckte die Pferde, welche das Sturmgerät auf der Straße zogen.

Die wenigen Brüggelinge, die Tore und Wälle bewachten, sahen dieses zahlreiche Heer nicht ohne Angst herankommen. Als sie die schweren Balken und die Sturmwerkzeuge näherkommen sahen, ergriff sie ein banges Vorgefühl. In wenigen Augenblicken lief die traurige Kunde durch die ganze Stadt und erfüllte die Herzen der Frauen mit Angst und Schmerz· Die bewaffneten Zunftgesellen waren noch um die Burg versammelt, als die Kunde von der Ankunft des Sturmheeres ihrem Werke Einhalt gebot. Als sie etliche Gesellen bestimmt hatten, um einen Ausfall der verschanzten Leliaarts abzuwehren, liefen sie eilig nach der Umwallung und verteilten sich auf bedrohten Mauern. Nicht ohne Furcht für ihre bedrohte Geburtsstadt sahen sie, dass die fränkischen Söldner schon beschäftigt waren, die Balken ineinanderzufügen, die sich bald als schreckliche Sturmzeuge erheben würden.

Die Belagerer arbeiteten in geraumem Abstand von den Mauern außerhalb der Schussweite von Pfeilen, die ihnen aus der Stadt zugesandt werden konnten.

Während Chatillon mit seinen Reitern jeden Ausfall der Bürger verhinderte, fuhren sie ruhig an ihrem Werke fort. Es dauerte nicht lange, da erhoben sich im fränkischen Lager hohe Türme mit Fallbrücken, Sturmrammen und Springhalen[13] waren auch bald fertig und das alles verkündete den Brüggelingen einen bösen Ausgang. Wie groß die Gefahr auch so sein mochte, so konnte man im Gesicht der Zünftler doch keine feige Furcht lesen. Sie hielten ihre Augen starr und unverwandt auf den Feind gerichtet, ihre Herzen klopften stark und ihr Atem ging kurz. Dies war bei dem ersten Eindruck, den der Anblick des feindlichen Heeres ihnen verursachte. Aber bald, während ihre Augen auf den

---

13 „Springhalen" sind die schwere Artillerie der mittelalterlichen Heere. Sie schleuderten schwere Steine und Brandfässer in hohem Bogen, während die Blinden als leichtbewegliche Flachbahngeschütze Pfeile und Spieße schossen. Beide wirkten mit mechanischer Kraft.

Feind geheftet blieben, strömte ihnen das Blut freier durch die Adern, ein männliches Feuer glühte auf ihren Wangen, und jeder Bürger fühlte die Macht der Rachsucht und des Heldenzorns in seinem Herzen brennen.

Ein einziger Mann stand fröhlich auf dem Walle. An seinen unruhigen Bewegungen und dem Lächeln der Zufriedenheit, das sein Gesicht überlief, konnte man wohl vermeinen, dass er eine glückliche Stunde gekommen glaubte. Bisweilen wandte er sein flammendes Auge vom Feinde auf sein Schlachtbeil, das in seiner starken Mannesfaust glänzte, und dann streichelte er den Mordstahl voller Zärtlichkeit. Der Mann war der unverzagte Jan Breidel.

Die Dekane der Zünfte kamen alle zu de Coninc und warteten schweigend auf seine Befehle. Wie es seine Gewohnheit war, überlegte der Dekan der Weber lange Zeit und schaute nachdenklich auf das fränkische Heer. Diese Wartezeit wurde dem unrastigen Jan Breidel sehr lästig. Er rief voller Ungeduld: „Nun, Meister de Coninc, was befehlt Ihr? Sollen wir aus dem Tor stürmen und den fränkischen Schergen auf den Pelz gehen oder werden wir sie auf unseren Wällen totschlagen?"

Der Dekan der Weber antwortete nicht. Er schaute in tiefem Nachdenken auf das feindliche Werk und zählte mit Aufmerksamkeit die Sturmwerkzeuge, die in großer Zahl gebaut wurden. Und obwohl die umstehenden Zunftgesellen aus seinen Gesichtszügen den Inhalt einer Antwort zu erraten versuchten, so vermochten sie doch nichts zu lesen als kühle Überlegung. In de Conincs Herzen war wohl genug Ruhe und Kälte, aber weniger Hoffnung und Zuversicht.

Er begriff, dass es unmöglich war, der Gewalt der Feinde zu widerstehen, denn die riesigen Springhalen und hohen Türme gaben den Franzen zu viele Vorteile über die Bürger, die mit solchem Kriegsgerät nicht versehen waren. Und als er sich überzeugt hatte, dass die Stadt im Falle einer Bestürmung durch Feuer und Schwert vernichtet werden würde, entschloss er sich zu einem traurigen Mittel: er wandte sich zu den Dekanen und sprach langsam: „Gesellen, die Not ist groß! Unsere Stadt, die Blume Flanderns, ist verraten worden und wir haben es nicht gewusst. Unter diesen Umständen kann allein die Vorsicht uns helfen. Wie sehr die Aufopferung eurer edlen Gefühle euch auch peinigen möge, so bitte ich euch, wohl zu bedenken, dass bei allem löblichen Heldensinn, der sein Blut für die Rechte seiner Mitbürger vergießt, es doch ruchlos wäre, das Vaterland durch Verwegenheit in Gefahr zu bringen. Hier hilft kein Kämpfen."

„Was? was?", fuhr Jan Breidel auf, „hier hilft kein Kämpfen? Wer gibt Euch solche Worte ein?"

„Die Vorsicht und die Liebe zu meiner Geburtsstadt", antwortete de Coninc. „Wir mögen als Vlaminge mit den Waffen in der Hand auf den rauchenden Trümmern unserer Stadt sterben, wir mögen jubelnd niedersinken zwischen den blutigen Leichen unserer Brüder. Wir sind Männer. Aber unsere Frauen, unsere Kinder, sollten wir die, wehrlos und verlassender, Rache und der Wollust der Feinde überlassen? Nein, der Mut ist dem Manne geworden zum Schutze seiner schwächeren Mitmenschen. Wir müssen die Stadt übergeben."

Als hätte ein vernichtender Donnerschlag zwischen ihnen eingeschlagen, so erschraken die Umstehenden über diese Worte und sahen den Dekan mit großem Zorn an. Dies schien ihnen eine kränkende Lästerung. Mit der größten Bestürzung riefen sie zugleich: „Die Stadt übergeben? Wir?"

De Coninc hielt ruhig ihren unwilligen Blicken stand und antwortete: „Ja, Gesellen, wie sehr es euren freien Herzen auch missfallen möge, denn es ist der letzte Ausweg, der uns bleibt, um unsere Stadt vor Zerstörung zu bewahren."

Jan Breidel war während dieser Worte in zornigem Unmut hin und her gerast. Als er jetzt bemerkte, dass schon viele Dekane schwankten und zur Unterwerfung neigten, trat er heftig vor und rief: „Leute, den ersten von euch, der es wagt, noch von Übergabe zu sprechen, den strecke ich als einen Verräter vor meine Füße. Lieber will ich auf der Leiche eines Feindes mit Lachen sterben, als ein ehrloses Leben retten. Was, glaubt ihr denn, dass meine Schlächter vor irgendeiner Gefahr zittern? Nein, da seht sie an, mit ihren aufgestreiften Ärmeln! Das Herz pocht sie ungestüm, so sehr lechzen sie nach dem Schlachten. Und ich soll ihnen sagen: Übergebt die Stadt! Ha, die Sprache verstehen sie nicht. Ich sage euch: wir verteidigen unsere Vaterstadt, und wer sich fürchtet, gehe heim zu den Frauen und Kindern. Die Hand, die das Tor öffnet, soll nie mehr erhoben werden, mein Beil wird über solche Feigheit richten!"

Voll Mut lief er zu seinen Beinhauern und trat mit schnellem Schritt vor die Scharen der Zunft.

„Die Stadt übergeben? Wir die Stadt übergeben?", wiederholte er oftmals mit einem Ausdruck von Zorn und Verachtung.

Etliche von den Führern der Zunft hatten das gehört und fragten ihn mit Bestürzung, was dies heißen solle. Da brach er aus: „Der Himmel sei uns gnädig, Männer! Mein Blut kocht mir, dass die Adern sich spannen. Schande, unerträgliche Schande! Ja, die Weber wollen die Stadt den Snackern übergeben. Aber ich beschwöre euch, Brüder, bleibt bei mir. Wir wollen als echte Vlaminge sterben. Seht den Boden, der eure Füße trägt, hier fielen die Schlächter, eure Väter. Sprecht, das soll auch unser Grab werden! Ja, unser Grab und das der Franzen! Unser Tod werde den Webern zur ewigen Schande! Wer kein Beinhauerherz hat, mag heimgehen. Lasst hören, wer kämpft mit mir bis zum Tode?"

Die Stimmen der Beinhauer erhoben sich zu einem grässlichen Geheul und dreimal dehnte sich das dumpfe Wort „Tod!", gleich einem Stöhnen, das aus der Tiefe der Brust wie aus einem dunkeln Abgrund aufsteigt. „Bis zum Tode!", war der Schrei, der aus siebenhundert heißen Herzen aufstieg, und der blutige Eid mengte sich mit dem Kreischen der Schlachtbeile, die auf dem stählernen Pfriem gewetzt wurden. Unterdes hatten die meisten Dekane sich von de Coninc überzeugen lassen und sich zum letzten traurigen, aber heilsamen, Mittel entschlossen und würden die Stadt wohl übergeben haben, aber nun war es durch Breidels Widerstreben unmöglich geworden. Angesichts des schrecklichen Sturmgezeugs, das sich in großer Zahl aus dem feindlichen Lager erhob, beschlossen sie, gegen den Willen des Meisters der Beinhauer mit dem Feind in Unterhandlung zu treten.

Aber der aufmerksame Breidel bemerkte ihre Absicht. Er brüllte vor Wut unverständliche Worte gleich einem verwundeten Löwen und lief so auf de Coninc zu. Die Beinhauer, die den Zorn ihres Dekans verstanden, folgten ihm ungestüm und rachedurstig.

„Schlagt tot! Schlagt tot!", heulten die rasenden Scharen, „schlagt tot den Verräter de Coninc!"

Das Leben des Zunftmeisters der Weber war in der größten Gefahr. Trotzdem sah er das Näherkommen der wütenden Menge, ohne die geringste Erschütterung in seinen Gesichtszügen erkennen zu lassen. Gleich einem, der mit Mitleid auf die Vernunftlosen herabsieht, kreuzte er die Arme auf der Brust und sah den nahenden Beinhauern gleichgültig entgegen. Aus der Mitte der tobenden Schar stieg der schreckenerregende Ruf: „Schlagt ihn tot, den Verräter!" mit wachsender Wut auf, und schon war das Beil nicht mehr weit vom Haupte des großen Mannes. Er stand unerschütterlich wie eine Eiche, die der Gewalt des

Sturmes trotzt und von dem Bollwerk, auf dem er stand, herrschte er über die Menge gleich einem Richter.

In diesem Augenblick lief ein seltsamer Ausdruck über Breidels Züge. Man hätte meinen sollen, er sei plötzlich allen Gefühls beraubt worden, und das Beil hing vergessen an seiner Seite. Er bewunderte die Größe des Mannes, dessen Rat er widerstreiten wollte. Das dauerte nicht länger als ein flüchtiger menschlicher Gedanke. Denn in diesem Augenblick bemerkte er die Gefahr seines Freundes. Er schleuderte den Beinhauer, der schon sein Beil über dem Haupte de Conincs erhoben hatte, vor seine Füße und schrie: „Haltet ein, Männer! Haltet ein!" Man hörte erstlich nicht auf den Befehl, denn in diesem Meer von Mordgeschrei war es unmöglich, die Stimme eines einzelnen zu unterscheiden. Breidel stellte sich drohend vor den Dekan der Wollenweber und schwang sein Beil um sich gleich einem Unsinnigen. Jetzt erst verstanden seine Gesellen, dass er de Coninc beschützen wolle. Sie ließen die Waffen sinken und warteten mit drohendem Murren auf den Ausgang.

Derweil Breidel sich bemühte, sie zu beruhigen, kam aus dem fränkischen Lager ein Waffenbote bis an den Fuß der Mauer, auf der dieser Aufruhr stattfand. Die Aufmerksamkeit der rasenden Brüggelinge wurde hierdurch unmittelbar von de Coninc und dem Boten zugewandt. Dieser rief den Belagerten zu: „Im Namen unseres mächtigen Fürsten Philipp von Frankreich lässt mein Feldherr Chatillon euch aufrührerische Untertanen fragen, ob ihr die Stadt auf seine Gnade übergeben wollt? Wenn ihr nach einer Viertelstunde dieser Aufforderung nicht geantwortet haben werdet, wird die Gewalt des Sturmgezeuges eure Feste umstürzen und alles durch Schwert und Feuer vernichtet werden."

Die Augen aller, die diese Aufforderung gehört hatten, richteten sich auf de Coninc und nun schienen sie denselben Mann, den sie eben noch töten wollten, um Rat zu flehen. Selbst Breidel sah ihn fragend an, doch keiner vernahm die gewünschte Antwort. Der Dekan der Weber stand in Schweigen, als ginge ihn alles, was da vorging, gar nichts an.

„Nun, Freund de Coninc, was ratet Ihr uns?", fragte Breidel.

„Dass man die Stadt übergebe", war die kühle Antwort. Die Beinhauer begannen aufs Neue zu murren und zu rasen, doch ein befehlender Wink Breidels brachte sie zur Ruhe.

„De Coninc, glaubt Ihr", fragte er, „dass wir mit Mut und Unverzagtheit die Stadt nicht werden behaupten können? Ist die höchste Tapferkeit hier ohnmächtig? O, unglückselige Stunde!"

Aus den Gesichtszügen Breidels war deutlich zu lesen, wie sehr diese Frage ihn peinigte. So sehr seine Augen im Verlangen nach Kampf geflammt hatten, so düster waren sie nun und des Heldenfeuers beraubt, das sonst in ihnen glühte.

De Coninc erhob seine Stimme über die umstehenden Scharen und sprach: „Ihr alle seid mir Zeugen, dass die Liebe zum Vaterlande allein mich bewegt. Für meine Vaterstadt habe ich eurer tollen Wut standgehalten und also wäre es mir auch nicht schwer geworden, durch Feindeshand zu sterben, aber die Perle Flanderns zu bewahren ist meine heilige Aufgabe. Ladet alle Lästerung auf mich, höhnt und spottet meiner als eines Verräters, ich weiß, welche Pflicht ich zu erfüllen habe. Nichts, und sei es noch so Schmerzliches, kann mich von dieser Pflicht abhalten. Und ich werde euch noch einmal befreien, und wäre es auch gegen euren Dank. Ich wiederhole es zum letzten Mal: es ist unsere Pflicht, wir müssen die Stadt übergeben."

Wer während dieser kurzen Ansprache das Gesicht Breidels gesehen hätte, hätte wechselnde Gefühle daraus lesen können: Zorn, Wut, Trauer wechselten immerfort in ihm und am Ringen seiner Hände war zu erkennen, dass er gegen seine eigenen Triebe kämpfte. In dem Augenblick, als der Satz: „Wir müssen die Stadt übergeben!" noch einmal gleich einem Todesurteil in seinem Ohre klang, wurde er von so tiefer Betrübnis befallen, dass er für eine kurze Weile wie betäubt stand. Die Beinhauer und die andern Zunftgesellen ließen ihre Augen fragend von einem Dekan zum andern gehen und warteten in feierlichem Stillschweigen.

„Meister Breidel", rief de Coninc, „wenn Ihr nicht die Ursache unseres Untergangs werden wollt, dann gebt rasch Euer Jawort. Da kommt der Waffenbote der Franzen zurück. Die Zeit ist schon vorüber."

Breidel richtete sich heftig auf aus seinem tiefen Nachdenken und antwortete in trübem Ton: „Ihr, wollt es, Meister? Muss es denn sein? Wohlan, übergebt die Stadt ..."

Bei diesen Worten erfasste er die Hand de Conincs und drückte sie mit Bewegung. Zwei Tränen innigen Schmerzes rollten aus seinen blauen Augen und ein dumpfer Seufzer entfuhr ihm. Die zwei Dekane sahen einer den andern mit jenem Blicke an, in dem die ganze Seele sich darstellt. Auf einmal verstanden sie sich, und ihre Arme verschlangen sich in enger Umhalsung. Da lagen die zwei größten Männer Brügges, Heldenmut und Verstand, Brust an Brust in gegenseitige Bewunderung versunken. „O, tapferer Bruder!", rief de Coninc, „Eure Seele ist groß! Welchen Kampf in Euerm Busen habt Ihr bestanden! Und doch habt Ihr ihn gewonnen."

Angesichts dieses rührenden Schauspiels lief ein Schrei der Freude durch die Scharen, und jeder Neid verschwand aus den Herzen der streitbaren Vlaminge. Auf den Befehl de Conincs blies der Posaunenbläser der Weber dreimal in schmetternden Tönen und fragte den fränkischen Herold: „Gibt Euer Feldherr unserm Wortführer freies Geleit?"

„Er gibt Freigeleit nach Krieges Brauch und auf seine Treu", war die Antwort.

Nach dieser Zusicherung wurde die Sturmegge aufgezogen, und die Brücke siel nieder, um zwei Bürger aus I der Stadt zu lassen. Der eine war de Coninc und der andere der Waffenbote der Zünfte. Als sie im fränkischen Lager angekommen waren, wurden sie in das Zelt des Feldherrn Chatillon geführt. Der Dekan der Weber trat stolzen Angesichts vor den Feldherrn und sprach: „Herr von Chatillon, die Bürger der Stadt Brügge lassen Euch durch mich, ihren Gesandten, wissen, dass sie, um nicht nutzlos kostbares Blut zu vergießen, beschlossen haben, Euch die Stadt zu übergeben. Und da nichts anderes als dieses edle Gefühl sie zur Unterwerfung zwingt, lassen sie Euch die folgenden Bedingungen zur Kenntnis bringen: dass die Kosten des königlichen Einzugs nicht durch eine neue Belastung des dritten Standes sollen aufgebracht werden, dass die Ratsherren abgesetzt werden sollen und dass keine Verfolgung irgendwelcher Art aus Ursache dieses Aufruhrs soll angestellt werden. Beliebt nur zu sagen, ob Ihr diese Bedingungen annehmt oder nicht?"

Die Gesichtszüge des Landvogts erfüllten sich mit innerem Zorn. „Was für eine Sprache ist das? Wie dürft Ihr es wagen mir Bedingungen abzufordern, da ich nur mein Sturmgezeug vorzubringen brauche, um Eure Mauern zu zertrümmern?"

„Das mag sein", antwortete de Coninc, „aber ich sage Euch, und wägt meine Worte wohl, die Gräben unserer Stadt werden mit den Leichen Eurer Mannen gefüllt werden, bevor ein Franzmann unsere Wälle ersteigt. Wir haben auch keinen Mangel an Kriegswerkzeug, und die Chroniken beweisen auch, dass die Brüggelinge für die Freiheit zu sterben wissen."

„Ja, ich weiß, dass Halsstarrigkeit Euer Kennzeichen ist,

aber das macht mir wenig aus, denn der Mut der Franzen kennt kein Hindernis. Das ist meine Antwort." Chatillon hatte angesichts der unzähligen Zunftgesellen und ihrer trotzigen Haltung auf den Wällen ein ängstliches Vorgefühl für die bevorstehende Schlacht bekommen. Vorsicht ließ ihn die Übergabe der Stadt wünschen, denn er kannte die Unverzagtheit der Brüggelinge, darum war er sehr froh, dass die Ankunft de Conincs seinen Wunsch erfüllte. Aber die angebotenen Bedingungen behagten ihm keineswegs. Er würde diese vielleicht zugebilligt haben mit dem Hintergedanken, sich mit irgendeinem Vorwand ihrer Erfüllung zu entziehen, doch misstraute er dem Dekan der Weber und zweifelte an der Aufrichtigkeit seiner Worte. Darum war er entschlossen, zu prüfen, ob die Brüggelinge beabsichtigten, sich bis auf den Tod zu verteidigen, und gab also mit lauter Stimme den Befehl, das Sturmgerät vorzubringen.

De Coninc hatte während der Unterhaltung mit scharfem Blick den Gesichtsausdruck des Feldherrn abgewogen und in seiner Sicherheit etwas Gemachtes befunden. Das genügte ihm, um zu wissen, dass Chatillon den Kampf nicht wünschte. Darum blieb er bei seinen Bedingungen, trotz den Zurüstungen zum Sturmlauf, die getroffen wurden.

Die kühle Standhaftigkeit de Conincs täuschte den fränkischen Feldherrn. Er blieb überzeugt, dass die Brüggelinge ihn nicht fürchteten und die Stadt hartnäckig verteidigen würden. Da er nicht Willens war, sein ganzes Heer und das Land Flandern an diese einzelne Sache zu wagen, so begann er, mit de Coninc über die Bedingungen zu verhandeln. Nach langem Wortwechsel kamen sie endlich überein, dass die Ratsherren in ihren Ämtern bleiben sollten. Die anderen Punkte wurden den Brüggelingen zugestanden. Der Landvogt hatte von seiner Seite die Forderung durchgesetzt, dass er in die Stadt so viele Söldner legen dürfe, als ihm gefiele. Sobald der Siegelbrief von beiden anerkannt und unterzeichnet war, kehrte der Dekan der Weber mit dem Waffenboten in die Stadt zurück. Die Bedingungen wurden allerorts ausgerufen. Eine halbe Stunde später hielt das fränkische Heer mit klingenden Posaunen und wehenden Bannern seinen siegreichen Einzug, und die Zunftgesellen kehrten, mit Zorn und Trauer im Herzen, in ihre Wohnungen zurück. Die Ratsherren und Leliaarts kamen von der Burg, und die Stadt lag in scheinbarer Ruhe.

Zehntes Hauptstück

Nachdem die Stadt Brügge sich gänzlich in die Gewalt der Franzen begeben hatte, begann Chatillon ernstlich an das Verlangen der Königin zu denken. Sie hatte ihm geboten, die junge Machteld van Bethune nach Frankreich entführen zu lassen. Obwohl es schien, als könne ihn nichts an der Ausführung dieses Befehles hindern, weil er durch seine Kriegsknechte die Stadt beherrschte, so wurde er doch durch eine staatskluge Einsicht zurückgehalten Erst wollte er s eine Macht in Brügge , befestigen, die Zünfte einschläfern, eine Zwingburg bauen und dann erst wollte er die Tochter des Löwen von Fladern gefangen nehmen und der Königin überliefern.

Adolf van Nieuwland war bei dem Einzug der Franzen von der größten Furcht erfüllt gewesen, denn er sah Machteld jetzt ohne Gegenwehr ihren Feinden preisgegeben. Der tägliche Besuch und die unermüdliche Wachsamkeit de Conincs vermochten ihn erstlich nicht zu beruhigen. Später, als er nach etlichen Wochen von den Franzen noch nicht beunruhigt worden war, begann er i zu denken, dass sie das Fräulein van Bethune vergessen hätten und nichts gegen sie unternehmen wollten. Sein gesunder, starker Körper und die kundige Pflege Meister Rogaerts hatten seine Wunden heilen lassen. Er gewann wieder Leben und Farbe, doch lag eine große Traurigkeit auf ihm. Der unglückliche Ritter sah die Tochter seines Fürsten und Wohltäters jeden Tag bleicher werden, abgemagert und krank, gleich einer verdorrten Blume, lebte Machteld dahin, von traurigen

Gedanken gefoltert. Und er, der sich mit seinem Leben verpflichtet fühlte, sie edelmütig zu bewachen, konnte ihr nicht helfen, sie nicht I trösten! Seine freundlichsten Worte machten keinen Ein. druck auf die unglückliche Jungfrau, die immerfort um" ihren Vater seufzte und weinte. Noch keine einzige Nachricht war ihr von ihren gefangenen Verwandten zugekommen, und es schien, als sei sie für ewig von ihren Hausgenossen geschieden. Adolf versuchte unermüdlich, ihre Trauer zu mildern, er machte für sie Sprüche und Lieder, spielte auf der Harfe und besang dazu Robrechts Heldentaten, aber das alles blieb ohnmächtig am Gemüt des Mägdleins, nichts konnte ihre schwarzen Träume vertreiben. Sie war sanft, freundlich und dankbar, doch ohne Lebendigkeit, Lust und Neigung für alles, sogar der Falke trauerte verlassen und vergessen.

Wenige Wochen nach seiner vollständigen Genesung entfernte Adolf sich langsamen Schrittes von der Stadt und wanderte bei Sevecote nachdenklich auf den schmalen Pfaden zwischen den Feldern. Die Sonne stand nahe vor dem Untergang und schon färbte sich der Westen in glühenden Farben. Adolf schritt mit gebeugtem Haupt und erfüllt von bittern Erinnerungen seinen Weg dahin, ohne sonderlich zu achten, wohin er kam. Eine düstere Träne glänzte unter seinem Augenlid und von Zeit zu Zeit kam ein Seufzer aus seiner Brust. Er spannte seinen Geist mit tausend Gedanken, wie er das Los der jungen Machteld lindern könne und jedes Mal wurde seine Verzweiflung größer. Denn er fand nichts, dass sie hätte trösten können. Jeden Tag sah er sie weinen, er sah ihr welkendes Hinsterben und mit gefesselten Armen und ratlos musste er das Traurige ansehen. Die Ohnmacht war für einen mutigen Ritter, der er war, qualvoll, und manchmal knirschte er in innerem Zorn mit den Zähnen. Doch was mochte es helfen? Es blieb ihm nichts, als eine schmerzliche Träne für sie zu vergießen und ihr bessere Tage zu erträumen. In solchen Gedanken entfernte er sich weit von der Stadt, ohne darauf zu achten und da er ermüdete, setzte er sich ‚von dumpfem Weh erfüllt, am Wegrand auf die Erde und hing mit gesenktem Haupte seinem traurigen Sinnen nach. Während er so gebeugt dasaß, kam in der Ferne ein anderer Mensch daher gegangen.

Eine braunwollene Mönchskutte mit einer auf dem Rücken hängenden weißen Kapuze war sein Gewand. Ein grauer Bart fiel ihm auf die Brust und seine schwarzen glänzenden Augen lagen tief unter dichten Brauen. Sein hageres Gesicht war braun und seine Stirn von tiefen Furchen durchzogen. Mit dem schweren Schritt des müden Wanderers näherte sich der Mönch der Stelle, wo Adolf saß, und blieb plötzlich vor ihm stehen. Ein Ausdruck starker Freude überflog sein Gesicht, woraus man erraten mochte, dass er Adolf kenne. Doch bald sah er wieder ernst und kühl drein, als ob er sich verstellen wolle." Nun erst merkte Adolf die Gegenwart des Mönches, stand auf und grüßte ihn mit höflichen Worten. Seine Stimme hatte noch den traurigen Nachklang seiner trüben Gedanken, aus denen er aufgeschreckt war, und es kostete ihn Mühe zu reden.

„Herr", antwortete der Mönch, „eine weite Reise hat mich ermattet und die Gelegenheit des Ortes, den Ihr zur Ruhestatt erwählt habt, nötigt mich zu rasten. Ich bitt' Euch, lasst Euch durch mich nicht stören."

Er setzte sich ins Gras und forderte Adolf durch ein Zeichen auf, das gleiche zu tun. Dieser nahm ehrerbietig seinen vorigen Platz wieder ein und saß also neben dem Fremden. Der Klang seiner Stimme berührte ihn seltsam, es schien ihm, als habe er sie früher öfter gehört. Doch da er sich nicht zu erinnern vermochte, wies er die Vermutung als unbegründet fort.

Der Mönch sah den jungen Ritter mit scharfen Blicken an und fuhr nach einer kurzen Pause fort: „Herr, es ist schon geraume Zeit verflossen, dass ich Flandern verlassen habe. Es würde mir angenehm sein, aus Eurem Munde zu erfahren, wie es in Brügge aussieht. Lasst meine Kühnheit Euch nicht kränken."

„O nein, Vater", antwortete Adolf, der an keine Täuschung dachte, „es wird mir eine Freude sein, Euch zu gefallen. In unserer Stadt Brügge geht es schlecht: die Franzen sind dort die Herren."

„Das scheint Euch nicht zu gefallen, Herr? Habe ich denn nicht gehört, dass die meisten Edlen ihren rechtmäßigen Grafen verleugnet und die Fremden mit Liebe empfangen haben?"

„Leider, das ist nur allzu wahr, Vater. Viele seiner Untertanen sind dem unglücklichen Grafen Gwide untreu geworden und viele andere haben ihren alten Ruhm vergessen, aber das flämische Blut ist nicht in allen Herzen entartet und noch sind viele den Fremden feindlich."

Bei diesen Worten äußerte sich eine innere Befriedigung in den Gesichtszügen des Mönches. Hätte Adolf etwas mehr Menschenkenntnis besessen, so würde er gespürt haben, dass die Sprache dieses fahrenden Geistlichen verstellt und gemacht war, und dass auch in seinem Gesicht die Verstellung zu lesen war. Der Mönch antwortete: „Herr, Eure Gefühle sind löblich und verdienen meine Achtung. Es ist mir eine wahre Freude, einen edelmütigen Menschen anzutreffen, in dessen Herzen noch nicht alle Liebe für den unglücklichen Fürsten vergangen ist. Gott lohne Eure Treue!"

„O Vater", rief Adolf, „wenn Ihr auf den Grund meines Herzens sehen, wenn Ihr die Liebe erkennen könntet, die ich meinem Herrn, dem unglücklichen Gwide, und seinem Hause entgegenbringe! Ich schwöre Euch, dass es der glücklichste Augenblick meines Lebens sein würde, wo ich mein Blut bis zum letzten Tropfen für ihn vergießen könnte."

Der Mönch kannte das Menschenherz genug, um zu verstehen, dass die Worte des jungen Ritters nicht geheuchelt waren, und dass er dem gefangenen Gwide die innigste Liebe entgegenbrachte. Nach kurzem Nachdenken fing er an: „Wenn ich Euch Gelegenheit gäbe, den Eid, den Ihr geleistet habt, zu erfüllen, würdet Ihr dann nicht zurückweichen, sondern wie ein Mann allen Gefahren trotzen?"

„Ich bitt' Euch, Vater", rief Adolf flehend, „ich bitt' Euch, zweifelt nicht an meiner Treue, auch nicht an meinem Mute! Sprecht rasch, Euer Schweigen quält mich."

„So hört mich in Ruhe an. Ich schulde dem Hause Gwides von Flandern den größten Dank für empfangene Wohltaten und das Gefühl von Dankbarkeit und Liebe, das ich allzeit für meinen gnädigen Fürsten gehegt habe, ließ mich beschließen, ihm in seinem Unglück zu Hilfe zu kommen. Mit diesem Vorhaben verließ ich mein Kloster und begab mich nach Frankreich. Dort habe ich durch Geld, durch Bitten und durch den Einfluss meines priesterlichen Kleides all die edlen Gefangenen besuchen können. Ich habe dem Vater die Worte seines Sohnes überbracht und dem Sohne den Segen seines Vaters. Im Kerker des Louvre habe ich mit der armen Philippa geseufzt und geweint. Also habe ich ihre Schmerzen gelindert und den Abgrund, der sie trennt, für eine Weile verkürzt. Ich habe ganze Nächte auf Reisen verbracht und meine Füße blutig gelaufen. Oftmals wurde ich abgewiesen, gekränkt und verspottet, aber dies war nichts gegen das Glück, meinen rechtmäßigen Fürsten in ihrem Unglück dienen zu können. Eine dankbare Träne, die meine Ankunft über ihre Wangen rollen ließ, war mir eine Belohnung, die ich gegen alles Gold der Welt nicht vertauscht hätte."

„Seid gesegnet, edelmütiger Priester!", rief Adolf, „Eurer wartet ein seliges Leben! Aber ich bitt' Euch, wie geht es dem Herrn van Bethune?"

„Lasst mich fortfahren, ich werde Euch mehr von ihm sagen. Er sitzt in einem düstern Turm zu Bourges im Lande Berry. Sein Los hätte wohl unglücklicher sein können, denn er ist frei von Banden und Ketten. Der Schlossvogt, der ihn bewachen muss, ist ein alter Krieger, der sich im Sizilianischen Krieg ritterlich gehalten und unter dem Banner des Schwarzen Löwen gefochten hat. Auch ist er dem Herrn van Bethune viel eher ein Freund als ein Wächter."

Adolf horchte mit der größten Neugier, und manchmal kamen Worte der Freude ans seine Lippen, doch er beherrschte sich. Der Mönch fuhr fort: „Sein Gefängnis würde darum kein unerträglicher Aufenthalt für ihn sein, wenn sein Herz ihn nicht anders fühlen ließe. Aber er ist Vater und alle trüben Befürchtungen martern ihn. Seine Tochter ist in Flandern geblieben und er fürchtet, Johanna, die neidische und grausame Königin von Navara, werde sein Kind auch verfolgen und ins Grab stoßen. Dieser schmerzliche Gedanke foltert den zärtlichen Vater und macht ihm die Gefangenschaft unerträglich. Die bitterste Verzweiflung erfüllt ihn, und die Tage seines Lebens sind schmerzlicher als die einer verdammten Seele."

Adolf wollte sein Mitleid durch Worte ausdrücken und würde gewiss von Machteld gesprochen haben, aber ein Zeichen des Mönches hemmte das Wort auf seinen

„Erwägt nun", fuhr dieser in feierlichem Ton fort, „ob Ihr es wagen wollt, Euer Leben für den Löwen, Euren Herrn, einzusetzen. Der Schlossvogt von Bourges will ihn auf sein Ehrenwort für einige Zeit freilassen, aber ein treuer und liebreicher Untertan muss sich an seiner Stelle einkerkern lassen."

Der junge Ritter ergriff die Hände des Priesters und küsste sie mit Tränen.

„O, selige Stunde!", rief er. „Werde ich Machteld diesen Trost erwerben? Wird sie ihren Vater sehen? O Gott! Und soll ich es sein, der diese heilige Aufgabe vollbringt! O, Vater, der glücklichste Mensch auf Erden sitzt vor Euch. Wisst Ihr, welch glückseligen Augenblick, welche reine Freude Eure Worte mir bereiten? Ja, ich werde die Ketten mit Dank auf mich nehmen. Kein Gold kann mir lieber sein als dieses Eisen. O, Machteld, Machteld! Möge der Wind dir die frohe Kunde bringen!"

Der Mönch ließ das Entzücken des Ritters vorübergehen und stand auf. Adolf trat zu ihm auf die Straße, und sie gingen beide langsam der Stadt zu.

„Herr", fing der Priester wieder an, „Eure edlen Gefühle erregen mir Staunen. Ich zweifle durchaus nicht an Euerm Mute, aber habt Ihr auch erwogen, in welche Gefahr Ihr Euch begeben werdet? Sobald die List entdeckt würde, müsstet Ihr Eure Aufopferung mit dem Tode büßen."

„Ein flämischer Ritter fürchtet den Tod nicht", antwortete Adolf. „Nichts kann mich zurückhalten. Wenn" Ihr wüsstet, dass mich seit sechs Monaten meine Einbildung bei Tag und Nacht foltert, um zu entdecken, wie ich mein Leben für das Haus Flandern wagen könnte, dann würdet Ihr nicht von Gefahr und Furcht reden.

Noch in dem Augenblick, als ich dort trostlos an der Straße saß, bat ich den Herrn um seine Eingebung, und Ihr, Vater, seid sein Bote geworden."

„Es ist nötig, dass wir noch in dieser Nacht abreisen, damit das Geheimnis nicht entdeckt werde!"

„Je eher, je lieber. Denn meine Gedanken sind schon in Bourges bei dem Löwen von Flandern, meinem Herrn und Fürsten."

„Ihr seid so jung, Herr Ritter, Eure Gesichtszüge, machen Euch wohl dem Herrn Robrecht ähnlich, aber der Unterschied der Jahre ist zu groß. Doch das soll kein Hindernis sein, denn meine Kunst wird Euch das fehlende Alter in wenigen Augenblicken geben."

„Was soll das heißen? Könnt Ihr mich älter machen, als ich bin?"

„Nein, aber ich kann Euer Gesicht so verändern, dass Ihr selber Euch nicht mehr erkennen sollt. Dazu gebrauche ich Kräuter, deren Kräfte mir bekannt sind. Denkt nicht, dass ich mich eines gottlosen Geheimnisses bedienen werde. Aber, Herr, nun werden wir der Stadt Brügge nahe sein. Solltet Ihr mir sagen können, wo ein gewisser Adolf van Nieuwland wohnt?"

„Adolf van Nieuwland?", rief der Ritter, „das ist Euer Begleiter. Ich selber bin's."

Die Verwunderung des Priesters schien groß. Er blieb auf der Straße stehen und besah den Ritter mit erheucheltem Staunen.

„Was, Ihr seid Adolf van Nieuwland? Dann ist Machteld van Bethune in Euerm Hause!"

„Diese Ehre ist meinem Hause zuteil geworden", antwortete Adolf. „Eure Ankunft, Vater, wird sie hoch erfreuen. Der Trost, den Ihr für sie bringt, kommt spät, denn sie trauert und welkt, als ob sie sterben wollte."

„Hier ist ein Brief von ihrem Vater, den Ihr ihr geben könnt, denn ich höre wohl, dass es Euch eine Freude sein wird, ihren Schmerz dadurch zu lindern."

Hierbei holte er ein mit Seidenfaden und Siegel verschlossenes Pergament aus dem Untergewand und gab es dem Ritter. Dieser beschaute es schweigend mit dem größten Entzücken. Seine Gedanken führten ihn schon vor Machteld, und er genoss im Voraus das Glück, das die Freude des Mägdleins ihm bereiten würde. Nun war der Schritt des Mönches ihm zu langsam, und er war immer einen Schritt voraus, so sehr trieb ihn die Ungeduld.

Als sie vor der Wohnung Adolfs in der Stadt angekommen waren, beschaute der Priester die umstehenden Gebäude, als ob er sie erkennen musste, und sprach: „Herr van Nieuwland, ich wünsche Euch Lebewohl. Noch heute werde ich wiederkommen, vielleicht etwas spät. Lasst inzwischen Eure Rüstung klarmachen."

„Wollt Ihr nicht mit mir zu dem Fräulein gehen? Ihr seid so müde. Darf ich Euch mein Haus mit allem, was zur Ruhe nötig ist, anbieten? Ich bitt Euch."

„Ich danke Euch, Herr, meine Pflichten als Priester" rufen mich anderswohin. Um zehn Uhr werde ich Euch wiedersehen. Gott habe Euch in seiner Hut!"

Mit diesen Worten verließ er den verwunderten Ritter und ging auf die Wolstraat zu, wo er im Hause de Conincs verschwand.

Außer sich vor Freude über das unerwartete Glück, das ihm wie ein goldener Traum gekommen war, klopfte Adolf in der größten Ungeduld an seine Tür.

„Wo ist Machteld, wo ist Fräulein Machteld?", fragte er in einem Ton, der schnelle Antwort verlangte.

„In dem Saale nach der Straße hin", sagte der Dienstbote. Der Ritter flog die Treppe hinauf und stieß die Saaltüre mit Ungestüm auf.

„O, Edelfrau! Machteld!", rief er, „trocknet Eure Tränen! Lasst die reinste Freude Euer Herz erfüllen! Unser Unglück ist vorüber."

Bei Adolfs Eintritt saß die junge Gräfin trostlos seufzend am Fenster, sie sah den aufgeregten Junker mit einem seltsamen Ausdruck an, in dem Zweifel und Unglück zu lesen waren.

„Was sagt Ihr?", rief sie endlich, indem sie aufstand und ihren Falken auf den Stuhl setzte. „Unser Unglück sei überstanden?"

„Ja, mein edles Fräulein, „ein besseres Los erwartet Euch. Hier ist ein glückbringender Brief. Sagt das Klopfen Eures Herzens Euch nicht, von welcher teuren Hand..."

Bevor er diesen Satz endigen konnte, sprang Machteld

mit klopfendem Busen nach dem Brief und riss ihn aus seinen Händen. Eine heftige Röte hatte ihre Wangen gefärbt, und Glückstränen brachen aus ihren Augen.

Sie riss das gräfliche Siegel und die Fäden von dem Briefe und las ihn dreimal, bevor sie seinen Sinn begriff. Dann verstand sie ihn nur zu wohl, das unglückliche Mägdlein. Ihre Tränen hörten nicht auf, doch nun flossen sie aus einer andern Ursache, denn jetzt war es nicht mehr die Freude, sondern bitteres Weh, das das Wasser des Schmerzes aus ihren Augen presste.

„Herr Adolf", rief sie in schmerzlichem Ton, „Eure Freude zerreißt mir das Herz. Unser Unglück sei überstanden, sagt Ihr? Da lest und weint mit mir über meinen unglücklichen Vater."

Der Ritter nahm das Schriftstück aus Machtelds Händen und beim Lesen sank ihm das Haupt auf die Brust. Er dachte zuerst, der Priester habe ihn betrogen und als Boten eines schrecklichen Unglücks benutzt, aber als er den Inhalt gänzlich kannte, verging dieser Verdacht. Er gedachte einen Augenblick seines unvorsichtigen Ausrufes, doch sagte er nichts. Machteld fühlte ein Mitleid mit ihm, als sie ihn so traurig auf den Brief starren sah, verwies sie sich innerlich die zornigen Worte, die sie an ihn gerichtet hatte. Sie näherte sich dem nachsinnenden Junker und sprach mit einem Lächeln unter Tränen: „Vergebt mir, Herr Adolf, seid nicht traurig. Denkt nicht, dass ich Euch böse sei, weil Ihr mir zu viel Glück verheißen habt. Ich kenne die feurigen Wünsche, die Ihr für das Glück eines armen Mädchens hegt. Glaubt mir, dass ich nicht undankbar bleibe bei Eurer edelmütigen Aufopferung."

„O, edle Machteld", rief er, „ein großes Glück kann ich Euch versprechen. Nein, meine Freude ist nicht vorüber. Den Inhalt des Briefes kannte ich, aber er war nicht die Ursache meiner Freude. Trocknet Eure Tränen, Fräulein!

ich wiederhole Euch: trauert nicht mehr, denn Ihr werdet in kurzem an der Brust Eures Vaters ruhen."

„Heil", seufzte Machteld, „sollte das wahr sein? Soll ich meinen Vater sehen und sprechen? Aber warum quält Ihr mich, Herr? Warum löst Ihr mir das Rätsel nicht? Sprecht doch, damit der Zweifel in mir verschwinde!"

Ein leichter Unmut verdunkelte die hellen Gesichtszüge des Junkers. Wohl hätte er die verlangte Erklärung Machteld gern gegeben, aber seine edle Seele vermochte es nicht, das eigene Verdienst an den Tag zu stellen. Er antwortete in einem Ton, der seine Unzufriedenheit darüber wohl erkennen ließ: „Ich bitt Euch, Durchlauchtiges Fräulein, deutet mein Schweigen nicht böse. Seid versichert, dass Ihr Euern Vater sehen werdet, und dass er seine teure Tochter auf vaterländischem Boden sprechen und umarmen wird, aber es ist mir nicht erlaubt, Euch mehr zu sagen."

Die junge Gräfin ließ sich durch diese Antwort nicht befriedigen. Ein doppeltes Gefühl trieb sie an, das Rätsel zu lösen. Die weibliche Neugier und der Zweifel, der ihr noch blieb. Ein sichtbarer Zorn zog ihre Lippen zusammen und sie sprach: „Herr Adolf, sagt mir doch die Sache, die Ihr verbergen wollt. Denkt nicht, dass ich unbesonnen genug sei, sie zu meinem Schaden bekannt zu machen."

„Ich bitt Euch um Verzeihung, Edelfrau, ich kann es nicht."

Machtelds Neugier wuchs mehr und mehr bei den Worten des Ritters. Sie fragte ihn noch mehrmals nach dem Geheimnis, doch alles war vergeblich. Endlich begann sie ungeduldig zu werden und als sie alle Bitten erschöpft hatte, begann sie wie ein Kind vor Zorn zu weinen.

Angesichts ihrer Tränen beschloss er, ihr alles zu sagen, was das Bekenntnis seiner Aufopferung ihn auch kosten möge. Machteld las aus seinem Gesicht, dass sie gewonnen hatte, und kam mit fröhlicher Neugier zu ihm. Unterdes sprach er: „Hört, Machteld, wie wunderlich ich zu dem Briefe und zur Kenntnis dieser glücklichen Kunde gekommen bin. Ich saß in tiefes Nachdenken versunken bei Sevecote und bat feurig um die Gnade des Herrn für meinen unglücklichen Landesherrn, aber wie groß war meine Verwunderung, dass ich einen Priester vor mir stehen sah, als ich mein Haupt erhob. Im Augenblick dachte ich, mein Gebet sei erhört und durch diesen Menschen müsse mir Trost zukommen. Es war auch so, Edelfrau, denn aus seinen Händen empfing ich den Brief und aus seinem Munde vernahm ich die selige Nachricht. Euer Vater kann sein Gefängnis für etliche Tage verlassen, aber ein anderer Ritter muss die Ketten für ihn tragen."

„O Freude", rief Machteld aus, „ich werde ihn sehen und sprechen! Ach Vater, mein teurer Vater, wie sehnt mein Herz sich nach Euern Küssen! Adolf, Ihr macht mich sinnlos vor Freude, Eure Worte sind so süß, Bruder! Aber, wer wird den Platz meines Vaters einnehmen?"

„Der Mann ist gefunden", war des Ritters Antwort.

„Der Segen des Herrn komme über ihn!", rief das Fräulein. „Wie edelmütig ist er, der meinen Vater also erlösen will und mir das Leben zurückgibt. Ich will ihn allzeit lieben und ihm allzeit danken, denn er verdient noch mehr. Aber, wer ist doch dieser edelmütige Ritter?"

Adolf bog sein Knie vor der Jungfrau und rief: „Wer anders als Euer Diener Adolf, edle Tochter des Löwen, meines Herrn."

Machteld sah den Jüngling mit Entzücken an, sie hob ihn auf und sprach: „Adolf, guter Bruder, wie kann ich Eure Aufopferung lohnen? O, ich weiß alles, was Ihr getan habt, um mein Los zu erleichtern. Ich habe es wohl bemerkt, mein Wohlbefinden war der einzige Traum Eures Lebens. Nun geht Ihr, um die Ketten meines Vaters zu tragen. Ihr müsst vielleicht sterben, um mir einen glücklichen Augenblick zu verschaffen. Das habe ich verdrießliches und trauriges Mädchen nicht verdient."

Ein außergewöhnliches Feuer der männlichen Kraft funkelte in den Augen des Ritters. Begeistert von dem edlen Gefühl, das ihn zu dieser Tat antrieb, rief er: „Fließt nicht in Euren Adern das Blut meines Grafen, Edelfrau? Seid Ihr nicht der teure Spross des Löwen, jenes Fürsten, der meines Vaterlandes Ruhm ist? O, nie, nie vermag ich seine Wohltaten ganz zu vergelten. Mein Blut, mein Leben habe ich Euerm durchlauchtigen Hause geweiht. Alles, was der Löwe liebt, ist mir heilig."

Während Machteld ihn mit Bewunderung ansah, kam ein Diener, um die Ankunft des Priesters zu melden und dieser wurde auf Adolfs Befehl in den Saal geführt.

„Seid gegrüßt, Durchlauchtige Tochter des Löwen, unseres Herrn", sprach er, beugte sich ehrerbietig und warf die Kappe seiner Kutte auf den Rücken.

Machteld besah den Mönch mit gespannter Aufmerksamkeit und folterte ihr Gedächtnis, um sich des Namens dessen zu erinnern, dessen Stimme sie so seltsam berührte. Plötzlich fasste sie ihn bei der Hand und rief mit Heftigkeit, während ihre Augen vor Freude glänzten: „O Gott, ich sehe den Busenfreund meines Vaters! Diederik! Ich dachte, dass alle, außer dem Herrn van Nieuwland, uns verlassen hätten, aber nun habe ich dem Himmel zu danken, dass er mir einen zweiten Beschirmer zugesandt hat. Und ich habe es gewagt, Euch im Geiste der Untreue zu beschuldigen! Vergebt mir diese Anwandlung meines verzweifelten Herzens, Herr die Vos!"

Diederik stand betroffen, weil ein Frauenauge seine Kunst durchschaut hatte. Zornig nahm er seinen Bart ab und stand nun kenntlich vor dem Fräulein. Adolf brach in Danksagung aus und drückte ihm mit zärtlicher Freundschaft die Hand. Diederik wandte sich zu Machteld und sprach: „Fürwahr, Fräulein, ich muss bekennen, dass Ihr scharfe Augen habt. Nun bin ich gezwungen, meine natürliche Sprache zu reden. Doch wäre ich lieber unerkannt geblieben, denn die Verkleidung, die Ihr durchschaut habt, ist höchst wichtig für das Heil meines Herrn, des Löwen.

Ich bitte Euch deshalb, meinen wahren Namen vor niemand auszusprechen, denn es könnte mir vielleicht das Leben kosten. Euer Aussehen, Fräulein, bezeugt Euern langen Schmerz, aber wenn unsere Aussichten sich erfüllen, soll er nicht ewig dauern. Sollte die Gefangenschaft Eures Vaters sich aber gegen unsere Hoffnungen verlängern, so gebietet Euch das Gottvertrauen, auf die Gerechtigkeit des Herrn zu hoffen. Ich habe den Herrn van Bethune gesehen und gesprochen, sein Los wird erleichtert durch den guten Willen des Burgvogts, und er bittet Euch, um seinetwillen nicht zu trauern."

„Erzählt mir doch, was er gesagt hat, Herr die Vos! Lasst mich wissen, wie sein Kerker ausschaut und was er tut, damit das Hören seines teuren Namens mich erquicken möge."

Diederik die Vos begann eine weitläufige Beschreibung des Turmes von Bourges und wiederholte dem Mägdlein alles, was er selber wusste. Mit der größten Dienstwilligkeit beantwortete er ihre geringsten Fragen und tröstete sie mit glücklichen Vorspiegelungen. Unterdessen war Adolf aus dem Saal gegangen, um seine Schwester Maria über seine Abreise zu unterrichten und hatte geboten, dass man sein Pferd und seine Waffen für die Reise rüste. Auch hatte er einem treuen Diener sein Vorhaben mitgeteilt, damit er de Coninc und Breidel von allem benachrichtige und ihre Wachsamkeit auf die junge Gräfin lenke. Doch wäre das nicht nötig gewesen, da Diederik die Vos schon mit geheimen Befehlen bei dem Zunftmeister der Weber gewesen war. Sobald Adolf in den Saal zurückkehrte, stand Diederik von seinem Sessel auf und sprach: „Herr van Nieuwland, ich kann nicht mehr lange hier bleiben, deshalb ersuche ich Euch, mich in Eurem Gesicht die nötigen Veränderungen vornehmen zu lassen.

Fürchtet nicht, dass es Euch schaden wird, und lasst mich ohne Störung beginnen."

Der Ritter setzte sich vor Diederik auf einen Sessel und neigte seinen Kopf nach hinten. Machteld, die nicht begriff, was dies bedeuten möge, stand mit vor Verwunderung weitgeöffneten Augen neben ihm. Sie folgte neugierig den Fingern Diederiks, die mancherlei graue Flecken und dunkele Linien in Adolfs Gesicht zeichneten. Bei jedem Zug verstand das Mädchen mehr und mehr, dass die Züge sie nun an ihren Vater erinnerten. Das Herz des Fräuleins pochte ungestüm bei diesem Wunderwerk. Nachdem alle Linien und Züge richtig gezeichnet waren, befeuchtete Diederik Adolfs Stirn und Wangen mit einem bläulichen Wasser und gebot ihm dann aufzustehen.

„Es ist gelungen", sprach er, „Ihr gleicht dem Herrn van Bethune, als ob der gleiche Vater Euch gezeugt hätte und hätte ich selber Euch nicht so verändert, so würde ich Euch mit dem durchlauchtigen Namen des Löwen begrüßen. Euer neues Gesicht erfüllt mich mit Ehrfurcht, glaubt mir."

Die junge Machteld stand sprachlos und wie verwirrt vor Adolf. Ihre Augen konnten sich nicht ersättigen und sie sah die beiden Ritter fragend an wie jemand, der nach dem Schlüsselwort eines unverständlichen Vorgangs fragt. Nun glich Adolf dem Herrn van Bethune so genau, dass sie zu glauben geneigt war, ihr Vater stehe wesenhaft vor ihr.

„Herr van Nieuwland", sprach Diederik die Vos, „wenn Ihr Euer Vorhaben glücklich vollbringen wollt, ist es ratsam, diesen Ort zu verlassen und eilig abzureisen. Wenn ein Feind oder ein untreuer Diener Euch in dieser Gestalt sähe, kämet Ihr in Gefahr, Euer Leben nutzlos preiszugeben."

Adolf verstand die Wahrheit dieser Worte.

„Fahrt wohl, edles Fräulein", rief er, „fahrt wohl und denkt bisweilen an Euern Diener Adolf."

Es ist unmöglich, zu sagen, wie sehr das Mädchen bei diesen Worten bewegt wurde. Als der junge Ritter ihr mitteilte, dass er nach Bourges reisen werde, um Herrn Robrecht im Kerker zu vertreten, hatte sie nur die schöne Seite, die Rückkehr ihres Vaters, bedacht. Aber nun sie sah, dass ihr guter Bruder, wie sie ihn nannte, sie stehenden Fußes verlassen werde, zog gramvolle Trauer ihr Herz zusammen. Sie bezwang die Tränen, die schon in ihren Augen glänzten und knüpfte den grünen Schleier ab, der um ihr Haar hing.

„Hier", sprach sie, „empfangt dies aus den Händen Eurer dankbaren Schwester. Es sei Euch eine Erinnerung an die, die Eure großmütige Tat nie vergessen wird. Es ist meine Lieblingsfarbe."

Der Ritter empfing das Pfand mit gebogenem Knie und führte es mit einem dankbaren Blick an die Lippen.

„O, Machteld", rief er, „ich habe diese Gunst nicht verdient, aber einmal, wenn der Augenblick kommt, dass mein Blut für das Haus Flandern strömen darf, dann werde ich mich Eurer Freundschaft und Güte würdig machen."

„Herr, es ist Zeit, ich bitte Euch, hemmt Eure Danksagungen", fiel Diederik ein. Und er fügte eine Gebärde dazu, die gleich einem unwiderruflichen Urteil die jungen Leute mit Schmerz ergriff.

„Lebt wohl, Machteld."

„Lebt wohl, Adolf."

Und der Ritter ging eilig aus dem Saal. Als sie auf dem Vorhof waren, stiegen Diederik und er in den Sattel. Etliche Augenblicke später sprengten zwei Pferde mit widerhallendem Hufschlag durch die einsamen Straßen der Stadt, bis dass sie aus der Genterpoort verschwunden."

Elftes Hauptstück

Im Jahre 1280 hatte ein schrecklicher Brand die alte Halle am Markte ganz vernichtet. Der hölzerne Turm, der sie krönte, ward mit allen Handfesten der Stadt Brügge von den Flammen zerstört. Doch waren etliche schwere Mauern des untern Teiles erhalten geblieben und zwischen diesen ein paar Räume, die man hin und wieder als Wachstuben benutzte. Die fränkischen Kriegsknechte hatten die Kammern der alten Halle zu ihrem Sammelplatz erwählt, und dort verbrachten sie ihre müßigen Stunden mit Trinken und Würfeln.

Einige Zeit nach der Abreise Adolfs van Nieuwland befanden sich acht fränkische Söldner in dem entlegensten Gemach dieser Trümmer. Eine große irdene Lampe ergoss ihre gelben Strahlen über die dunkeln Gesichter der Krieger, und ein wirbelnder Rauch stieg von der Flamme zum Gewölbe. Im grellen Licht der Lampe wurden etliche verstümmelte Verzierungen romanischer Herkunft sichtbar. Ein Frauenbild ohne Hände, dessen Gesicht die Zeit zerstört hatte, stand in einer Nische in der Tiefe des Gemaches. An einem Tisch aus schweren Eichenplanken saßen vier Söldner und spielten eifrig mit den Würfeln. Etliche andere standen dabei und folgten den Würfen mit Neugier. Dem Anschein nach waren die Männer nicht einzig zum Würfeln dahin gekommen, denn auf ihren Köpfen glänzten Helme, und breite Degen hingen an ihren Gürteln, als hätten sie sich für den Krieg gerüstet.

Nach einigen Augenblicken erhob sich einer der Spieler vom Tische und warf zornig die Würfel von sich.

„Ich wünsch euch alle zum Teufel!", rief er, „ich glaube, die Hand dieses alten Bretonen ist nicht sauber, denn es müsste doch wunderlich hergehen, sollte ich in fünfzig Würfen nicht einmal gewinnen. Heut glückt mir kein Spiel. Ich pfeif drauf!"

„Er wagt kein Spiel mehr!", rief der Gewinner mit prahlendem Lachen. „Was, zum Kuckuck, Jehan, Eure Tasche ist doch noch nicht leer? Also Flucht vor dem Feinde?"

„Wage es noch einmal", sprach ein anderer, „vielleicht ändert sich das Spiel diesmal."

Der Söldner, der Jehan genannt wurde, blieb lange im Zweifel, ob er das Schicksal noch einmal herausfordern solle. Endlich steckte er die Hand unter sein Panzerhemd und zog einen kostbaren Schmuck heraus. Es war ein Halsband von den schönsten Perlen und mit goldenen Schlössern. „Hier", sprach er, „diese Perlen setze ich gegen alles, was Ihr von mir gewonnen habt, das schönste Halsband, das jemals auf dem Busen einer flämischen Frau geglänzt haben mag. Sollte ich dies eine Mal wieder verlieren, so bleibt mir nichts von der Beute übrig."

Der Bretone nahm den Schmuck in die Hand und besah ihn neugierig.

„Wohl, das Spiel geht an", sprach er. „In wieviel Würfen?"

„In zweien", antwortete Jehan, „werft Ihr zuerst."

Ein Haufen Goldstücke lag neben dem kostbaren Schmuck auf dem Tische. Alle Augen folgten mit Spannung den rollenden Würfeln, und die Herzen der Spieler klopften vor Furcht. Bei dem ersten Wurf schien das Los sich für Jehan zu erklären, denn er warf zehn und sein Gegner fünf. Während er in seinem Innern die Hoffnung hegte, sein Geld wiederzugewinnen, sah er, dass der Bretone die Würfel heimlich an den Mund brachte und sie an einer Seite Nass machte. Innerer Zorn und Rachsucht färbten seine Wangen mit heftigem Rot, als er entdeckte, dass falsche List die Ursache seines Verlustes war. Aber er beherrschte sich, als ob er nichts bemerkt habe, und sprach: „So werft doch! Was zögert Ihr? Habt Ihr Furcht?"

„Nein, nein", rief der Bretone, indem er die Würfel geschickt aus der Hand rollen ließ. „Das Spiel kann sich wenden. Seht Ihr wohl, zwölf!"

Darauf warf Jehan die Würfel nachlässig auf den Tisch doch diesmal unglücklich: nur sechs. Der Bretone nahm mit fröhlichen Ausrufen den Schmuck und verbarg ihn unter der Rüstung. Jehan wünschte ihm mit erheuchelten Worten Glück zu seinem Gewinn und schien um den Verlust nicht bekümmert, aber in seiner Brust glühte ein innerer Zorn, und er vermochte nur mühsam seine Ruhe zu bewahren. Während der frohe Gewinner mit einem andern sprach, flüsterte Jehan denen, die bei ihm standen, etwas in die Ohren und seine Blicke verrieten, dass er ihnen zuredete, den Bretonen zu beobachten. Dann rief er: „Gesell, da du alles von mir gewonnen hast, solltest du dich nicht weigern, das Glück noch einmal zu versuchen. Ich setze das Geld, das wir heute Abend verdienen werden, gegen die gleiche Summe. Willst du?"

„Gewiss, gewiss, ich schlage nie aus."

Jehan nahm die Würfel und warf mit zwei Würfen achtzehn. Während der andere über den Tisch nach den Knöcheln langte und sie, scheinbar achtlos, beim Sprechen in der Hand hielt, gaben die Söldner, die bei Jehan standen, aufs schärfste acht auf ihn. Sie sahen deutlich, dass der Bretone die Würfel wieder an seine Lippen brachte, und mittels dieser List einmal zehn und dann zwölf warf.

„Ihr habt verloren, Freund Jehan!", rief er.

Ein schrecklicher Faustschlag war die Antwort, die er bekam. Das Blut sprang aus seinem Munde und er blieb einen Augenblick betäubt, so sehr hatte der Schlag sein Gehirn erschüttert.

„Ihr seid ein Schelm, ein Dieb!", schrie Jehan. „Habe ich nicht gesehen, dass Ihr die Steine nass machtet und mir mein Geld unredlich abgenommen habt? Ihr werdet mir alles zurückgeben, oder…"

Der Bretone ließ ihm keine Zeit, fortzufahren, sondern zog seinen breiten Degen vom Gürtel und stürzte unter grässlichen Schimpfworten vorwärts. Jehan hatte sich auch zum Streit fertiggemacht und schwor, dass er sich blutig rächen werde, doch es kam nicht so weit. Schon funkelten die Klingen im Schein der Lampe, und alles ließ ein unmittelbares Blutvergießen erwarten, als ein anderer Kriegsmann in den Raum trat.

Die stolzen und befehlenden Blicke, die er auf die Streitenden warf, ließen ihn für den ersten Augenblick als einen Obersten erkennen. Sobald die Söldner ihn bemerkten, verstummten Flüche und Schimpfreden und die Degen wurden eingesteckt. Jehan und der Bretone sahen einander an, als wollten sie sich auf eine andere Zeit vertrösten, und näherten sich mit den anderen dem Obersten, der sie fragte: „Seid ihr bereit, Leute?"

„Wir sind fertig, Herr von Cressines", war die Antwort.

„Die größte Stille!", fuhr der Oberste fort. „Erinnert euch, dass das Haus, zu dem dieser Bürger uns führt, unter dem Schutze unseres Feldherrn Chatillon steht. Der erste, der seine Hände an etwas legt, wird es bitter bereuen. Folgt mir!"

Der Bürger, der den fränkischen Kriegsknechten als Führer dienen musste, war kein anderer als Meister Brakels, der aus der Weberzunft gebannte Leliaart. Als die Söldner mit ihrem Obersten auf die Straße getreten waren, ging Brakels schweigend voraus und führte sie durch die Dunkelheit in die Spaansche Straat an die Tür der Wohnung des Herrn van Nieuwland. Hier stellten die Söldner sich längs der Mauer auf und gaben keinen Laut von sich, damit ihre Gegenwart nicht bemerkt werde. Meister Brakels ließ den Hammer leise auf die Tür fallen. Nach einigen Augenblicken kam eine Dienstmagd in den Flur und fragte misstrauisch, wer so spät anklopfe.

„Macht schnell auf", war Brakels Antwort, „ich komme von Meister de Coninc mit einer eiligen Botschaft für Frau Machteld van Bethune. Zögert nicht, denn das Fräulein ist in der größten Gefahr."

Die Magd, die keinen Verrat vermutete, zog die Riegel fort und öffnete hastig die Tür. Aber wie groß war ihr Staunen, als hinter dem Vlaming acht fränkische Söldner in den Flur drangen. Ein lauter Schrei drang bis in die tiefsten Säle des Hauses und die Magd wollte sich durch die Flucht retten, doch Herr von Cressines hinderte sie daran und sie musste schweigend stehen bleiben.

„Antwortet mir ohne Furcht. Wo ist Eure Herrin, Machteld van Bethune?", fragte Cressines mit Ruhe.

„Es ist schon zwei Stunden her, dass meine Herrin sich zur Ruhe begab, und jetzt schläft sie", stammelte die erschrockene Magd.

„Geht zu ihr", fuhr der Oberste fort, „und sagt ihr, dass sie sich ankleide, denn sie muss das Haus sogleich verlassen und mit uns gehen. Seid gehorsam, denn es würde mir Leid tun, Gewalt brauchen zu müssen."

Die Magd lief ängstlich die Treppe hinauf und weckte Adolfs Schwester.

„Ach, Frau", rief sie aus, „steht schnell vom Bette auf! Euer Haus ist voll Soldaten."

„Himmel!", seufzte Maria, „was sagt Ihr? Söldner in unserm Hause? Was wollen sie?"

„Sie wollen das Fräulein van Bethune im Augenblick fortführen. Ich bitt Euch, Herrin, beeilt Euch, denn sie schläft noch. Ich fürchte, dass die Söldner in ihre Kammer gehen werden"

In hastiger Eile und ohne zu antworten warf die bestürzte Maria einen weiten Rock über und ging mit der Magd zu dem Herrn von Cressines, der noch im Flur wartete. Zwei Knechte des Hauses waren auf den Schrei der Dienstmagd herzu gelaufen und standen nun traurig zwischen den fränkischen Soldaten. Man hatte sie gefasst und festgehalten.

„Herr", fragte Maria den Obersten, „beliebt es Euch, mir zu sagen, warum Ihr also nachts in mein Haus kommt?"

„Ja, edle Frau", war die Antwort, „es ist ein Befehl des Landvogts. Fräulein Machteld van Bethune, die hier wohnt, muss sofort mit uns gehen. Fürchtet keine üble Behandlung. Ich verpfände meine Ehre, dass ich nicht zugeben werde, dass ein Wort sie kränke."

„Ach, Herr", rief Maria, „wüsstet Ihr, welches Los Ihr dem unglücklichen Fräulein bereitet, so würdet Ihr fortgehen, denn ich höre, dass Ihr ein ehrenwerter Ritter seid."

„Da habt Ihr wohl Recht, Frau, solche Unternehmungen behagen mir keineswegs, aber das Gebot meines Feldherrn werde ich genau erfüllen. Darum beliebe es Euch uns das Fräulein Machteld auszuliefern. Wir können nicht länger warten. Spart mir unangenehme Worte."

Maria sah wohl, dass nichts den Schlag abwenden konnte, auch verbarg sie ihren inneren Schmerz vor den fremden Kriegsknechten und weinte nicht. Mit sichtbarem Zorn wandte sie ihre Augen zu dem Vlaming, der in einer Ecke des Hausflurs stand, und schien ihm seinen Verrat durch Blicke zu verweisen. Meister Brakels war nicht mutig genug, um dem zornigen Fräulein in die Augen zu sehen. Er zitterte, denn er sah die Rache voraus, die ihn verfolgen würde, und trat etliche Schritte zurück, als ob er zur Tür hinausgehen wolle.

„Bewacht den Vlaming!", sagte Cressines zu seinen Leuten. „Hindert ihn am Gehen, denn wer seine Freunde verrät, ist zu allem fähig."

Meister Brakels wurde am Arm gefasst und mit Gewalt in die Mitte der Söldner gebracht. Das Wort „Verräter" war der Name, den sie ihm gaben, und die Verachtung derer, denen er gedient hatte, war sein Lohn.

Maria verließ den Gang und trat mit beklommenem Herzen in die Schlafkammer. Sie blieb wie gebannt vor dem Bette stehen und sah das unglückliche Mädchen an, das so tief zu schlafen schien. Eine helle Perle glänzte unter Machtelds Augenlidern und ihr Atem ging keuchend und schwer. Plötzlich zog sie ihre Hand unter der Decke hervor und bewegte sie mit Angstgebärden über dem Bette, als ob sie etwas, das sie bedrohte, verjagen wolle. Unverständliche Seufzer mischten sich mit dem Namen Adolfs in ihrem Munde und das wiederholte wie mehrmals wie einer, der um Hilfe fleht.

Die Tränen sprangen aus Marias Augen, denn dieser Anblick ging ihr tief zu Herzen und ihr Mitleid wuchs beim Gedanken an das Leid, das der jungen Edelfrau noch bevorstand. Aber wie schwer es ihr auch werden mochte, ihrer Freundin die unglückliche Kunde mitzuteilen, so durfte sie doch nicht zögern, die Zeit war kostbar. Jeden Augenblick konnten die Söldner in die Kammer treten. Welche Schmach wäre das für die edle Machteld gewesen. Von diesem Gedanken getrieben, nahm Maria die Hand ihrer Freundin und weckte sie mit den Worten: „Mein liebes Fräulein, wacht auf! Ich habe Euch etwas Eiliges zu sagen."

Die Berührung durch Maria hatte das Mägdlein heftig erschreckt, sie öffnete die Augen weit und zitterte, während sie ihre Freundin fragend ansah."

„Seid Ihr es, Maria, die mich angerufen hat?", fragte sie, indem sie mit den Händen über ihre feuchten Wimpern fuhr, „was führt Euch zu so ungelegener Zeit zu mir?"

„Ach, unglückliche Freundin", sagte Maria und brach in Tränen aus, „steht auf, damit ich Euch ankleide. Steht schnell auf, denn ein großes Unglück wartet Eurer."

Die bestürzte Machteld sprang aus dem Bette und schaute Maria mit Angst in die Augen. Diese schluchzte bitterlich, während sie Machteld ankleidete und antwortete nicht auf die Fragen des Mädchens bis zu dem Augenblick, da sie ihr ein langes Reitkleid anbot und mit einem trüben Seufzer sprach: „Ihr geht auf Reisen, Edelfrau. Unser Herr Sankt Georg beschirme Euch!"

„Warum das Reitkleid, liebe Maria? Nun sehe ich wohl, welches Los meiner wartet. Mein bitterer Traum hat nicht gelogen, denn als Ihr mich wecktet, wurde ich nach Frankreich geführt zu Johanna von Navara. Ach, Herr, nun ist alle Hoffnung verloren! Ich werde das schöne Land Flandern nicht wiedersehen und Ihr, o Löwe, mein Vater, Ihr werdet Euer Kind wohl nicht mehr auf Erden finden."

Maria hatte sich, von bitterem Schmerz erfüllt, in einen Sessel niedergelassen und schluchzte schweigend unter Tränen. Sie hatte nicht die Kraft, die Furcht ihrer Freundin durch Worte zu bestätigen. Nach einigen Augenblicken fiel die Bange Machteld ihr um den Hals und sprach: „Weint nicht so, meine süße Freundin. Unglück und Elend sind mir vertraut. Für das Haus Flandern gibt es keine Ruhe, noch Freude mehr."

„Unglückliches edles Kindl" seufzte Maria. „Ihr wisst nicht, dass unten fränkische Söldner auf Euch warten, und dass ihr sogleich weggeführt werden sollt."

Das Mägdlein erbleichte und zitterte heftig bei diesen Worten.

„Söldner? Soll ich der Unhöflichkeit unedler Mietlinge preisgegeben werden? Liebe Maria, beschützt mich! O Gott, könnte ich sterben! O Robrecht, Robrecht, wüsstet Ihr, welche Schande Euerm Blute angetan wird!"

„Erschreckt nicht so, Edelfrau, es ist ein ehrenwerter Ritter bei ihnen."

„Die Schicksalsstunde ist also gekommen! Ich muss Euch verlassen, Maria, und die böse Königin von Navara wird mich gleich meinem Vater einkerkern. Es sei denn, es ist ein Richter im Himmel, der mich nicht verlassen wird..."

„Schnell, Fräulein, zieht das Reitkleid an. Ich höre die Schritte der Söldner."

Während Maria das Kleid überzog, ging die Tür auf und die Dienstmagd kam herein und sagte: „Herrin, der fränkische Herr lässt Euch fragen, ob das edle Fräulein van Bethune reisefertig sei, und ob es ihm erlaubt sei, vor Euch zu erscheinen."

„Er komme", war die Antwort."

Herr von Cressines war der Magd die Treppe hinauf gefolgt und trat unmittelbar nach ihr in die Kammer. Er beugte sich höflich vor dem Fräulein und gab durch seine mitleidigen Blicke zu erkennen, dass er diesen Auftrag mit Unwillen erfülle.

„Herrin", sprach er, „nehmt es mir nicht übel, dass ich Euer Edlen ersuche, sofort mit mir zu gehen. Ich kann keinen Augenblick mehr warten."

„Ich werde Euch gehorsam folgen", antwortete Machteld, indem sie ihre Tränen zurückhielt. „Ich hoffe, Herr, dass Ihr, als ein ehrenwerter Ritter, mich vor jeder Kränkung behüten werdet."

„Ich versichere Euch, Edelfrau", rief Herr von Cressines, der von der Gefügigkeit Machtelds betroffen war, dass Euch keine Kränkung widerfahren soll, solang Ihr unter meinem Schutz steht."

„Und Eure Söldner, Herr?"

„Meine Söldner werden kein Wort zu Euch sagen, Herrin. Diese Versicherung sei Euch genug. Wir brechen auf!"

Die zwei Mädchen umarmten einander mit ängstlicher Zärtlichkeit und überfließende Tränen rollten über ihre Wangen. Das bittere Lebewohl wurde oftmals wiederholt. Zuletzt folgten sie dem Obersten in den Flur.

„Ach, Herr", sagte Maria, „sagt mir doch, wohin Ihr meine unglückliche Freundin führt?"

„Nach Frankreich", antwortete Cressines, wandte sich zu den Söldnern und befahl: „Merkt euch meine Worte: wer ein unziemliches Wort gegen diese Edelfrau wagen sollte, wird strengstens bestraft werden. Ich befehle, dass sie gemäß ihrer Durchlaucht mit Ehrfurcht behandelt werde. Holt die Pferde, die in der Halsestraat stehen!"

Machteld stand stumm bei den Söldnern, und ihre Tränen flossen still unter dem Schleier, der ihr Angesicht bedeckte. Eine ihrer Hände hielt Marias Hand, und beide standen ohne Bewegung, gleich zwei Bildern auf einer Säule. Worte hätten nicht hingereicht, um den Schmerz, der ihre Herzen bei diesem bitteren Abschied verfüllte, auszudrücken.

Als die Pferde vor der Tür angekommen waren, half Herr von Cressines dem Fräulein auf einen leichten Traber. Meister Brakels und die Knechte wurden freigelassen und der Zug sprengte schnell durch die Straßen von Brügge. Einige Stunden später waren sie im weiten Felde und auf Wegen, die Machteld nicht zu erkennen vermochte. Die Nacht war dunkel, und eine feierliche Stille hing über der schlummernden Natur.

Herr von Cressines hielt sich stets an Machtelds Seite, aber er redete nicht mit dem Fräulein, weil er sie in ihrem Schmerz nicht stören wollte. So wäre die Reise vielleicht in Stillschweigen verlaufen, wenn Machteld nicht zuerst gefragt hätte: „Ist es mir erlaubt, Herr, etwas von dem zu erfahren, was meiner wartet? Und darf ich Euch fragen, woher der Befehl, mich aus meiner Wohnung zu entführen, gekommen ist?"

„Ich habe den Befehl von dem Herrn von Chatillon erhalten", antwortete Cressines, „aber wahrscheinlich hat er ihn von einer höheren Stelle bekommen, denn Eure Reise endigt in Compiègne."

„Ja", seufzte das Fräulein, „Johanna von Navara erwartet mich. Es war ihr nicht genug, meinen Vater und meine Blutsverwandten einzukerkern, ich fehlte ihr noch. Nun ist ihre Rache erfüllt. Ach, Herr, Ihr habt eine böse Königin."

„Ein Mann sollte mir das nicht sagen! Aber es ist wahr, Edelfrau, unsere Königin behandelt die Vlaminge sehr streng und ich fühle das größte Mitleid für den tapferen Herrn van Bethune, aber ich kann meine Fürstin nicht kränken lassen."

„Vergebt mir, Herr, Eure Treue als Ritter verdient meine Achtung. Ich werde nicht mehr klagen über Eure Königin und schätze mich für glücklich, dass ich in meinen Elend einen ehrenwerten Ritter als Geleitsmann habe."

„Es würde mir eine große Genugtuung sein, Euer Edlen bis nach Compiègne zu begleiten, aber die Ehre ist mir nicht zuerkannt. Nach einer Viertelstunde erhaltet Ihr andere Gesellschaft, Fräulein. Doch das soll Eure Lage nicht verändern. Die fränkischen Ritter vergessen nie, was sie den Frauen schuldig sind."

„Es ist wahr, Herr, die fränkischen Ritter sind höflich und ehrbar gegen uns, aber wer sagt mir, dass ich immer eine Wache haben werde, die meinem Blut geziemt?"

„Doch, das wird geschehen, Herrin. Ich bringe Euch auf das Schloss Male und muss Euch dem Burgvogt St.-Pol übergeben. Soweit geht mein Auftrag."

Sie redeten noch einige Zeit, bis sie endlich vor der Schlossbrücke von Male ankamen. Bei ihrer Ankunft rief die Schildwache auf dem Turm die Söldner und die Egge wurde hochgewunden. Kurz darauf fiel die Brücke polternd nieder, und der ganze Zug ritt in das Schloss.

Zwölftes Hauptstück

Seit der Übergabe der Stadt Brügge waren schon Monate vergangen. Chatillon hatte den Herrn von Mortenay zum Stadtvogt ernannt und war nach Kortrijk zurückgekehrt, denn er traute den Brüggelingen nicht genug, um in ihren Mauern zu wohnen. Die Söldner, die er in der eroberten Stadt gelassen hatte, begingen allerlei Untaten und plagten die Bürger auf boshafte Weise. Als die fremden Kaufleute diesen Zwang erfuhren, kehrten die meisten in ihre Heimat zurück, und der Handel von Brügge verging täglich mehr und mehr. Die Zunftleute sahen den Untergang ihrer Wohlfahrt mit Schmerz und innerer Rachlust, aber die Maßregeln, die die Franzen ergriffen hatten, waren streng genug, um ihre Wut einzudämmen. Ein Teil der Festungswerke war geschleift worden, und man baute eine starke Burg, um die Stadt zu beherrschen und im Zaum zu halten. Zur größten Verwunderung seiner Mitbürger ließ de Coninc dies alles ohne Widerstreben geschehen und wandelte ruhig und scheinbar gleichgültig durch die Straßen. In den Versammlungen der Weber verhieß er die Befreiung des Vaterlands und hielt so die Herzen seiner Brüder warm und in der Hoffnung.

Breidel war nicht mehr zu erkennen. Ein finsteres Nachdenken hatte seine jugendlichen Züge gealtert und seine Brauen waren fast über die Wimpern gesunken. Das trotzige Haupt des tapferen Vlamings hing gebogen, als ob eine peinliche Last es herabdrücke. Die Unterwerfung angesichts der aufgeblasenen Franzen war gleich Ottern, die sein Herz umringten und es grausam drückten. Es gab für ihn weder Freude noch Zufriedenheit und selten verließ er seine Wohnung, denn das überwundene Brügge war für ihn ein Kerker, dessen Lust ihn erstickte. Dieser tiefe Schmerz verließ ihn keinen Augenblick, und seine Brüder konnten ihn durch nichts trösten und erheitern. In den Augen eines jeden Franzen stand für ihn, gleich einem Schimpf, das eine Wort zu lesen: Sklave.

An einem Morgen stand er sehr früh in seinem Laden und setzte das nächtliche Grübeln fort. Er lehnte mit der linken Hand auf dem Haustock und seine unsteten Blicke irrten über die Fleischstücke an der Wand, ohne, dass er sie sah, denn sein Geist war von anderen Gedanken erfüllt. Nachdem er so eine geraume Zeit regungs-los dagestanden hatte, umfasste seine Rechte ungewollt" ein Schlachtbeil, das viel größer war als die anderen und zu einem besonderen Zweck bestimmt schien. Sobald ihm der blinkende Stahl zu Gesicht kam, lief ein unaussprechliches Lächeln über sein zorniges Gesicht, und erstarrte lange Zeit auf das Mordgerät. Plötzlich wurde sein Ausdruck trüb und finster. Er schaute sich wie verstört im Laden um und klagte dann mit langsamen Worten: „Es ist vorbei, keine Hoffnung mehr auf Befreiung! Wir müssen das Haupt beugen und weinen über unser unterworfenes Vaterland. Nun laufen die siegprahlenden Franzen täglich durch die Stadt, kränken und verspotten jeden... und wir, wir Vlaminge, wir müssen es dulden und ertragen! O, Gott, wie grausam ist der Wurm der Verzweiflung, der mein Herz zernagt."

Er presste das Beil mit grimmigem Zorn in der Faust und sprach, indem er das Mordgerät anschaute, zwei blinkende Tränen auf seine Wangen, Tränen des Zorns und der Rachgier: „O, Löwe von Flandern", brach er aus, „so handeln sie an deinen Kindern! Und soll ich das ertragen? Nein, nein! Es ist genug, de Coninc, es ist genug! Ich höre auf nichts mehr. Heute muss ich Blut sehen, viel Blut, oder ich sterbe."

„Ruhig, mein Freund", antwortete de Coninc, „bleibt ruhig, und sprecht Euch aus, denn Euer Leben gehört Euerm Vaterland und Ihr dürft es nicht unnütz aufs Spiel setzen."

„Ich will nichts hören", wiederholte Breidel, „ich danke für Euern weisen Rat, aber ich kann und werde ihm nicht folgen. Spart Eure Worte, sie sind nutzlos."

„Aber, Meister Jan, lasst Euch nicht so hinreißen. Ihr könnt die Franzen doch nicht allein verjagen." „Darauf kommt es nicht an. Soweit denke ich gar nicht. Rache für die Tochter des Löwen, und dann den Tod! O, nun bin ich glücklich, mein Geist hat sich losgerissen und das Herz schlägt mich wieder stark und frei! Aber ich will ruhig bleiben und erzählt Ihr mir, was Ihr von dem Vorfall wisst."

„Nicht viel. Man weckte mich heute Morgen sehr früh, damit ich eine Dienstmagd des Herrn van Nieuwland empfange. Von ihr vernahm ich, dass die edle Machteld in der Nacht entführt worden ist, und dass der Verräter Brakels den Franzen als Führer gedient hat."

„Brakels!", rief Breidel. „Noch einer mehr für mein Beil. Er wird den Franzen nicht mehr dienen!" „Wohin man das Fräulein geführt hat, weiß ich nicht. Man könnte höchstens vermuten, dass es das Schloss Male sei, denn die Magd hat diesen Namen zweimal durch die Soldaten nennen hören. Ihr seht wohl, Breidel, dass es besser wäre, gewissere Nachrichten zu erwarten, als so unbesonnen ans Werk zu gehen. Es ist vielleicht sicher, dass das Fräulein schon nach Frankreich gebracht wurde."

„Ihr klopft an eines Tauben Tür, mein Freund", rief Breidel, „ich sage Euch fürwahr, dass nichts mich beeinflussen kann. Ich will und werde ausgehen. Verzeiht mir, dass ich Euch sofort verlasse."

Er verbarg das Beil unter dem Koller und wandte sich mit eiligem Schritt zur Tür, aber de Coninc hatte sich ihm durch eine schnellere Bewegung in den Weg gestellt und hinderte ihn so am Ausgang. Gleich einem Tiger, der in einen Strick gefallen ist, ließ Breidel seine unsteten Blicke durch den Laden schweifen, als suche er einen Ausweg. Sein Leib beugte sich nach vorn, und seine Muskeln spannten sich, als ob er sich bereit mache, sich auf das Hindernis seiner Flucht zu stürzen.

„Lasst die nutzlosen Versuche", redete de Coninc ihm zu. „Ich versichere Euch, dass Ihr mit dem Beil nicht ausgehen werdet. Ihr seid mir ein gar zu teurer Freund und ich halte es für meine Pflicht, Euch vor Unheil zu bewahren."

„Lasst mich durch, Meister Pieter", rief der Dekan der Beinhauer, „ich bitt' Euch, lasst mich ausgehen. Ihr peinigt mich unbarmherzig."

„Nein, darin bin ich unerbittlich. Denkt Ihr, dass Ihr Herr über Euch selber seid, dass Ihr Euer Leben nach Wohlgefallen aufs Spiel setzen mögt? O nein, Meister. Gott hat Euch mit einer großen Seele begabt, und das Vaterland hat Eure mächtigen Glieder genährt, um Euch als eine Brustwehr der allgemeinen Freiheit zu gebrauchen. Gedenkt dieses hohen Berufes, Meister und verspielt Eure Gaben nicht in nutzlosen Rachetaten."

Während de Coninc dies sagte, beruhigte sich das Ungestüm des Beinhauers. Seine Haltung wurde gemessen, und man sollte gesagt haben, er hätte sich von den weisen Reden seines Freundes überzeugen lassen. Dies war wohl keine Verstellung, doch auch nicht der echte Ausdruck seiner Stimmung. Er schwankte zwischen Rachgier und Überlegung, ohne mit sich selber einig werden zu können.

„Ihr habt recht, Freund", sprach er, „ich lasse mich leicht hinreißen, aber Ihr wisst doch, das sind Begierden, deren Antrieb man nicht widerstehen kann. Darum will ich meine Waffe wieder an die Wand hängen, aber nun müsst Ihr mich auch hinaus lassen, denn ich muss noch heute um Vieh nach Thorhout."

„Nun will ich Euch nicht länger zurückhalten, obgleich ich weiß, dass Ihr nicht nach Thorhout gehen werdet."

„Sicher, Meister, ich habe kein Vieh mehr in meinen Ställen, ich muss mir noch vor dem Abend solches besorgen."

„Ihr könnt mich nicht täuschen, Meister Jan, ich kenne Euch zu lang. Durch Eure Augäpfel sehe ich bis auf den Grund Eurer Seele. Ihr geht geradeswegs nach Male."

„Ihr seid ein Zauberer, Meister Pieter, denn Ihr kennt meine Gedanken besser als ich selber. Ja, ich gehe nach Male, aber ich versichere Euch, dass ich nur hingehe, um mich nach der unglücklichen Tochter unseres Herrn zu erkundigen. Ich verspreche Euch, die Rache auf einen günstigeren Tag zu verschieben."

Die zwei Dekane schritten miteinander die Tür hin" aus und trennten sich dann, nachdem sie auf der Straße noch eine Zeitlang gesprochen hatten. Breidel kam nach einer guten halben Stunde in das Dorf Male.

Die Herrschaft Male liegt eine kurze halbe Meile von Brügge. Zur Zeit unserer Geschichte bestand sie hauptsächlich aus etwa dreißig Strohhütten, die zerstreut im Gebiet der Herrschaft lagen. In dem undurchdringlichen Gebüsch, mit dem das Dorf umgeben war, waren durch fleißige Arbeit die fruchtbarsten Äcker entstanden. Und weil die Erde an diesem Ort den Fleiß mit dem reichsten Herbst lohnte, sollte man erwartet haben, dass die Bauern von Male sich eines sichtbaren Wohlstandes erfreuten. Aber die Kleidung und das ganze Äußere der Bewohner trugen die Zeichen der Dürftigkeit. Sklaverei und eine harte Regierung waren die Quellen ihrer Armut. Der Schweiß ihrer Arbeit floss weder für sie noch für ihr Hauswesen. Alles war für ihren Grundherrn und sie hielten sich für glücklich, wenn ihnen nach der Leistung von Abgaben und Pachten noch genug blieb, um ihren Körper das Jahr hindurch für seine schwere Arbeit zu ernähren.

In einigem Abstand von der Burg war ein viereckiger Platz, um den etliche steinerne Häuser dicht beieinander erbaut waren. In der Mitte war eine schmale Steinsäule errichtet mit Ketten und einem eisernen Halsband. Dies war das Merkzeichen der gräflichen Gerichtsbarkeit. Der Ort, an dem man gewöhnlich die Übeltäter zur Schau stellte. An der einen Seite war eine ärmliche Kapelle erbaut, und der Kirchhof schob seine Mauern etliche Schritte in den Markt hinein.

Daneben stand ein ziemlich hohes Haus, der einzige Krug oder Schenke, wo man in Male Wein oder Bier verkaufte. Der Name der Herberge war über der Tür ausgehauen, aber so grob und ungeschickt, dass es Mühe gemacht hätte, aus dem steinernen Bilde einen Sankt Martin zu erkennen. Der Flur oder das unterste Gemach füllte den ganzen Raum zwischen den Außenmauern. Ein breiter, ungestalter Feuerplatz, der mit seiner Feuerplatte etliche Fußbreit in dem Raum vorkam, nahm die ganze Tiefe der Stube ein und ließ an jeder Seite nur eine kleine Ecke übrig, in denen Wurzeln zum Trocknen hingen. Die anderen Wände waren mit Kalk geweißt und mit allerlei hölzernem und zinnernen Küchengerät behängt. An einem besonderen Platz hingen eine Helmbarte und etliche große Messer in ledernen Scheiden.

Der Rauch der Feuerstätte, der den Raum beständig erfüllte, hatte die Balken dunkel gebeizt, so düster und braun wie die Finsternis, die überall herrschte, so dass die Stube keinen wohnlichen Eindruck machte. Obgleich die Sonne klar schien, war die Beleuchtung unbestimmt, denn die Fenster, von halb romanischer und halb gotischer Form, lagen sieben Fuß über dem Boden und hatten kleine

Scheiben. Schwere Sessel und noch schwerere Tische standen hier und da in dem Gemach.

Die Wirtin lief hin und her, um die zahlreichen Gäste, die sich beim Trank belustigten, zu bedienen. Die zinnernen Hanapse oder Becher standen nicht still, und das frohe Rufen der Gäste klang zusammen zu einem Summen und Brummen, aus dem man nichts verstehen konnte. Aus den männlichen und festen Lauten in der Nähe der Herdstätte konnte man merken, dass dort Flämisch gesprochen wurde, derweil aus der Mitte des Raumes mehr das Lispeln fränkischer Zungen zu vernehmen war. Unter denen, die in dieser fremden Sprache sich unterhielten und wohl zur Besatzung des Schlosses gehörten, war einer mit Namen Lerroux der seine Worte mit mehr Selbstgefühl vorbrachte und wie ein Vorgesetzter zu seinen Untergebenen sprach. Doch war er nur ein einfacher Soldat gleich ihnen, aber sein außergewöhnlich starker Körper und die Kräfte, die er besaß, hatten ihm dieses Ansehen verschafft.

Während die fränkischen Kriegsknechte ihre Hanapsen unter fröhlichen Reden leerten, trat ein anderer Söldner in den Krug und sprach zu ihnen: „Ha, Kameraden, ich bring gute Nachricht. Wir werden in dieser Nacht das Verfluchte Land Flandern verlassen und vielleicht sehen wir schon morgen unser schönes Frankreich wieder."

Die Söldner erstaunten über diese Worte und richteten ihre Augen fragend auf den Boten.

„Ja," wiederholte dieser, „morgen verreisen wir mit der schönen Edelfrau, die uns letzte Nacht so unzeitig zu Besuch kam."

„Ist es wahr, was Ihr sagt?" fragte Lerroux.

„Sicher ist es wahr. Unser Herr von St.-Pol hat mich geschickt, um es euch zu sagen."

„Nun, so wünsch ich die Edelfrau und Euch an den Galgen von Montfaucon!", rief Lerroux.

„Na, warum erbittert die Nachricht Euch? Kehrt Ihr nicht gern zurück nach Frankreich?"

„Beim Teufel, nein! Hier genießen wir die Früchte des Sieges, und es gelüstet mich nicht, sie so früh aufzugeben."

„Ach, stellt Euch nicht so sehr an. In etlichen Tagen kommen wir zurück. Wir sollen den Herrn von St.-Pol nur bis Rijssel begleiten."

In dem Augenblick, als Lerroux antworten wollte, ging die Tür auf und ein Vlaming trat in den Krug. Er sah die Franzen mit freiem Stolz an, setzte sich allein an einen Tisch und rief: „He, Wirt, einen Schoppen Bier! Schnell, denn ich hab's eilig!"

„Sogleich, Meister Breidel", war die Antwort.

„Das ist ein hübscher Vlaming", flüsterte ein Söldner Lerroux ins Ohr. „Er ist zwar nicht so lang wie Ihr, aber welch mächtiger Körper und welche Stimme! Der ist kein Bauer."

„Wahrlich", antwortete Lerroux, „er ist ein strammer Kerl und Augen hat er wie ein Löwe. Ich fühle mich freundschaftlich zu ihm hingezogen."

„Wirt", rief Breidel, indem er aufstand, „wo bleibt Ihr? Die Kehle brennt mir schrecklich."

„Sagt, Vlaming", fragte Lerroux „versteht Ihr Französisch?"

„Mehr als mir lieb ist", antwortete Breidel in derselben Sprache.

„Nun gut, weil ich Euch so ungeduldig sehe und Ihr Durst habt, biete ich Euch meinen Hanaps an. Trinkt! Ich wünsch, dass es Euch wohl bekomme!"

Breidel nahm den Hanaps mit einem Dankeszeichen aus der Hand des Söldners, brachte ihn an die Lippen und sprach: „Auf Eure Gesundheit und Euer Glück im Krieg!"

Aber sobald einige Tropfen von dem Wein in seinen Mund gekommen waren, stellte er den Becher mit Abscheu auf den Tisch.

„Zum Teufel, Ihr erschreckt Euch vor dem edlen Trank? Das sind die Vlaminge wohl nicht gewöhnt?" rief Lerroux lachend."

„Es ist Franzenwein!", antwortete Breidel so gleichgültig, als ob sein Widerwille ein natürliches Gefühl sei. Die Söldner sahen einander verwundert an, und sichtlicher Zorn färbte die Wangen Lerroux'. Der kühle Ausdruck von Breidels Gesicht machte aber eine solche Wirkung auf ihn, dass er den Vlaming ohne ein weiteres Wort zu seinem Platz zurückgehen ließ. Mittlerweile hatte der Wirt das gewünschte Bier gebracht und der Dekan der Beinhauer trank mehrmals, ohne auf die Franzen zu achten.

„Nun, Gesellen", rief Lerroux und hob seinen Becher, „lasst uns noch einen darauf trinken, damit keiner sagen kann, dass wir mit trockener Kehle verreisen. Auf die Gesundheit der schönen Edelfrau, in Erwartung, dass das Feuer sie brennen möge."

Jan Breidel bezwang sich bei dem Wort, denn eine plötzliche Bewegung hatte ihn ergriffen und seine Augen hatten sich mit Verachtung auf die Söldner gerichtet, obgleich sie es nicht bemerkt hatten.

„Wenn nur nichts vorfällt in unserer Abwesenheit", sagte Lerroux zornig. „Die Brüggelinge fangen wieder an zu murren und zu mucken. Man könnte die Stadt plündern, während wir in Frankreich sind."

Breidel knirschte vor innerer Wut mit den Zähnen, aber sein Versprechen und die Worte de Conincs hatte er noch nicht vergessen. Er lauschte mit mehr Aufmerksamkeit, als Lerroux in seinen Reden fortfuhr: „Den Verlust würden wir der schönen Edelfrau verdanken. Doch wer mag sie wohl sein? Ich denke mir, dass sie die Frau eines mächtigen Ritters sein wird und zu den anderen nach Frankreich geführt werden soll. Sie wird noch bitteres Brot essen müssen!

Der Dekan der Beinhauer war von seinem Sessel aufgestanden, und während er scheinbar gleichgültig in der Stube hin und her ging, um seine Bewegung zu verbergen, sang oder murmelte er mit leiser Stimme die , Worte eines Volksliedes, das so lautete:[14]

> *„Seht ihr den schwarzen Löwen prangen*
> *so stolz und kühn auf goldenem Feld?*
> *Seht ihr die grimmen Riesenklauen,*
> *davon ein Schlag den Feind anhält?*
> *Seht ihr die blutigen Augen glühen,*
> *seht ihr die Mähne wild und breit?*
> *Der Leu ist unser Leu von Flandern,*
> *er trotzt der Welt in jedem Streit."*

Sobald die Franzen diese Töne hörten, hoben sie zugleich die Köpfe und schienen sich alle sehr zu wundern.

„Horcht", sagte einer von ihnen, „das ist das Lied der Klauwaarts. Verwegenheit, dass der Vlaming es in unserer Gegenwart zu singen wagt."

Obgleich Jan Breidel diese Worte gehört hatte, fuhr er in seinem Gesang fort, ja er erhob sogar seine Stimme, als ob er die Franzen ärgern wolle:

> *„Einst zückt' die Krallen er gen Osten,*
> *dass ostwärts flohn, ohn Sieg und Glück,*
> *die ungezähmten Sarazenen.*
> *Den Halbmond brach sein kühner Blick.*
> *Dann kehrt er siegreich heim zum Westen*
> *und krönt, der Tapferkeit zum Lohn,*
> *den allerkühnsten seiner Söhne mit Königs oder Kaisers Kron'."*

---

14   Das „Lied vom schwarzen Löwen" ist von Consciences Jugendfreund Jan De Laet gedichtet.

„Was bedeutet doch dieses Lied, das sie ewiglich im Munde führen?", fragte Lerroux einen Vlaming aus dem Schlosse, der neben ihm saß.

„Nun, es bedeutet, dass der schwarze Löwe von Fladern seine Klauen in den Halbmond der Sarazenen geschlagen und den Grafen Balduin zum Kaiser gemacht hat."

„Hört einmal, Vlaming," rief Lerroux Breidel zu, „Ihr müsst doch zugeben, dass der schreckliche schwarze Löwe vor den Lilien unseres mächtigen Fürsten Philipp des Schönen hat weichen müssen, und jetzt ist er sicher für immer tot."

Meister Jan lächelte mit scherzhafter Verachtung und antwortete: „Das Lied hat noch einen Vers mehr; hört nur:

> *Er schlummert jetzt! Der Welschen König*
> *hält ihn gefasst in Schloss und Band*
> *und schickt frech seine Räuberhorden*
> *bis in des Löwen Vaterland.*
> *Doch wann der Leu erwacht, ihr Räuber,*
> *die Tatze trifft euch fest und gut,*
> *dann wird die stolze weiße Lilie*
> *herabgezerrt in Schlamm und Blut.'*
> *Nun mögt Ihr fragen, was das heißt!"*

Nachdem Lerroux sich die Worte hatte erklären lassen, warf er seinen Sessel heftig zurück, goss seinen Hanaps voll bis zum Rand und rief: „Ich will mein Leben lang ein Feigling heißen, wenn ich Euch nicht den Hals breche, falls Ihr noch ein Wort sagt!"

Jan Breidel lachte spöttisch über diese Drohung und antwortete: „Schwört doch nicht, denn Ihr macht die Rechnung ohne den Wirt. Denkt Ihr, dass ich vor Euch schweigen werde? Vor all den Welschen der Welt hielte ich kein Wort zurück. Und seht, um Euch das zu beweisen, trinke ich zur Ehre des Löwen und allen Franzen zum Trotz. Hört Ihr das?"

„Kameraden", sagte Lerroux, der vor Wut zitterte, „lasst mich allein mit dem Vlaming anbinden. Er soll von meinen Händen sterben."

Während er diese Worte sprach, trat er auf Breidel zu und rief: „Ihr lügt, es lebe die Lilie!"

„Ihr lügt selber, und, Heil dem schwarzen Löwen von Flandern!", rief Breidel ihm entgegen.

„Komm her!", rief der Franzmann. „Ihr seid stark: ich will Euch beweisen, dass die Lilie vor keinem Löwen zu weichen braucht. Wir kämpfen auf Tod und Leben."

„Das mein' ich auch", antwortete Jan Breidel. „Lasst uns nur schnell machen. Ich bin froh, einen mutigen Feind gefunden zu haben. Das ist der Mühe wert."

Als sie diese Worte sprachen, hatten sie den Krug schon verlassen und schritten knurrend unter die Bäume. Sobald sie einen gelegenen Platz gefunden hatten, traten sie etliche Schritte auseinander und rüsteten sich zu einem furchtbaren Ringen. Breidel warf sein Messer zu Boden und rollte die Ärmel seines Kollers auf bis zu den Schultern. Die Söldner staunten über seine sehnigen Arme und stellten sich zur Seite, um dem Kampf zuzusehen. Weil Breidel außer einem Kreuzmesser keine Waffen hatte, warf auch Lerroux Schwert und Dolch von sich und war nun auch ohne Waffen. Er wandte sich zu seinen Gesellen und sprach: „He, was auch geschehen möge: ich will nicht, dass man mir helfe. Der Kampf muss ehrlich ausgefochten werden, denn mein Feind ist ein mutiger Vlaming."

„Seid Ihr fertig?", rief Breidel.

„Ich bin bereit!", war die Antwort.

Auf dieses Wort zogen die zwei Kämpfer die Köpfe zwischen die Schultern und beugten sich vor. Ihre Augen blitzten unter den gesenkten Brauen, ihre Zähne und Lippen pressten sich zusammen und dann flogen sie gleich zwei wütenden Stieren aufeinander los.

Ein schwerer Faustschlag fiel auf die Brust eines jeden Kämpfers, gleich dem Hammer auf den Amboss, so dass beide zurücktaumelten. Aber das entfachte ihre Wut noch mehr. Mit dem ausgestoßenen Atem drang ein dumpfes Brüllen aus ihren Kehlen und sie schlangen einander die Arme gleich eisernen Gürteln um den Leib. Mit schrecklicher Kraft bog einer den andern nieder: Arme, Beine, Schenkel, alle Glieder ihrer Körper schienen eine Kraft zu gewinnen, denn all diese Glieder rangen entsetzlich miteinander und mehrmals stöhnten die Kämpfer unter den schmerzlichen Quetschungen, welche das Drücken und Wenden ihnen verursachten.

Die Glut der Raserei brannte auf ihren Wangen, und das Weiße ihrer Augen war mit roten Blutadern durchwirkt. Doch vermochte keiner von beiden den andern von seinem Platz zu verdrängen. Man hätte glauben können, dass ihre Füße im Erdboden wurzelten. Auf den Armen Breidels lagen die Adern gleich Stricken, so sehr waren sie geschwollen. Der dampfende Schweiß strömte von ihren Wangen, und ihr Atem wurde kurz und keuchend. Man sah, wie ihre Lungen heftig auf und ab wogten, doch hörte man nichts als hin und wieder einen gemurmelten Fluch unter dumpfem Ächzen.

Nachdem sie einander eine Zeitlang so gepresst und gedrückt hatten, stemmte der Franzmann seine Beine rückwärts, schlug seine Arme um den Hals Breidels und drückte ihm den Kopf mit solcher Gewalt nieder, dass er wankte und nach vorn taumelte. Ohne ihm Zeit zu lassen, sich aufzurichten, nutzte Lerroux seinen Vorteil aus, indem er durch einen weiteren Druck Breidel mit unwiderstehlicher Gewalt auf die Knie zwang.

„Da kniet der Löwe schon!", rief Lerroux, und damit versetzte er Breidel einen so furchtbaren Schlag auf den Kopf, dass ihm das Blut aus dem Mund sprang. Aber bei dem Schlage hatte der Franzmann Breidel mit einer Hand loslassen müssen. In dem Augenblick, als er die Hand wieder erhob, um den Vlaming vollends zu töten, sprang dieser auf und drei Schritte zurück. Schnell wie der Blitz flog er auf den Franzmann und umarmte ihn in solcher Wut, dass die Rippen in seinem Leib krachten. Dieser aber schlang seine Glieder gleich Schlangen um Breidel und zwar mit einer Kraft, die durch Kunst und Übung noch verstärkt war.

Der junge Vlaming fühlte, dass seine Beine unter dem Druck der Knie seines Gegners sich zur Erde bogen. Der lange Kampf, in dem ihm zum ersten Mal in seinem Leben der Mut zu sinken begann, war ihm qualvoller als die Hölle. Der Schaum kochte auf seinen Lippen und er wurde sinnlos vor Wut. Plötzlich ließ er den Franzmann los, bückte sich, zog den Kopf zwischen die Schultern und rannte gegen ihn. Gleich der Sturmramme, die gegen eine Mauer schmettert, stieß Breidels Stirn so gewaltig wider die Brust seines Feindes, dass dieser wankend zurücktaumelte. Und jetzt sprang ihm das Blut aus Mund und Nase. Ehe er sich wieder aufraffen konnte, fiel die Faust des Vlamings gleich einem wuchtigen Stein auf seinen Schädel, und mit einem Schmerzensschrei sank er ausgestreckt zur Erde.

„Ihr habt die Tatze des Löwen gefühlt", ächzte Breidel.

Die Söldner, die dem Kampfe zusahen, hatten ihren Kameraden durch Worte und Ausrufe ermutigt, aber sonst hatten sie sich nicht eingemischt. Während sie den sterbenden Lerroux vom Boden hoben, verließ Breidel den Ort und kehrte in den Krug zurück. Er forderte einen neuen Krug Bier und trank mehrmals, um den heißen Durst, der ihn befallen hatte, zu löschen. Er saß schon einige Zeit am Tische, und seine Müdigkeit begann nachzulassen, als die Tür hinter seinem Rücken ausging. Ehe er sich hatte umkehren können, um zu sehen, wer eintrat, wurde er von vier starken Männern ergriffen und zu Boden geworfen. In einem Augenblick war das Haus voll bewaffneter Franzen. Breidel rang eine geraume Zeit mit nutzloser Anstrengung gegen seine Feinde und endlich blieb er kraftlos und ermattet liegen und sah die Franzen mit jenen Blicken an, die Vorboten des empfangenen oder des gegebenen Todes sind. Viele der Söldner beteten beim Anblick des ausgestreckten Vlamings, denn während sein Körper bewegungslos am Boden lag, irrten seine flammenden Augen so stolz und drohend rundum, dass die Herzen der Zuschauer sich mit banger Ahnung erfüllten.

Ein Ritter, den man an seiner Kleidung als Obersten erkannte, näherte sich Breidel vorsichtig, nachdem er befohlen hatte, dass man diesen seine Bewegung gestatte. Er sprach zu dem Vlaming: „Wir kennen einander von früher her, ruchloser Bube! Ihr habt im Wijnendaaler Busch den Schildknappen des Herren totgeschlagen und uns Ritter mit dem Messer zu drohen gewagt. Und nun habt Ihr es gewagt, auf dem Boden meines Rechtgebiets einen meiner Mannen zu ermorden. Es soll Euch nach Verdienst geschehen. Man wird noch heute über den Mauern von Male einen Galgen aufrichten, damit die Empörer von Brügge sich ein Beispiel an euch nehmen."

„Ihr seid ein Verleumder", rief Breidel, „ich habe mein Leben im ehrlichen Streit verteidigt und wenn ihr mich nicht durch verräterischen Überfall daran gehindert hättet, würde ich bewiesen haben, dass ich das nicht bereue."

„Ihr habt gewagt, das Wappenzeichen Frankreichs zu verhöhnen."

„Ich habe den schwarzen Löwen meines Vaterlands gerächt und würde es noch tun. Aber lasst mich nicht gleich einem geschlachteten Ochsen am Boden liegen, sondern bringt mich lieber auf der Stelle um."

Auf Befehl von St.-Pol ließen die Söldner Breidel aufstehen, ohne ihn jedoch loszulassen, und führten ihn mit aller Vorsicht zur Tür. Langsam schritt der gefangene Vlaming zwischen den Kriegsknechten daher. Zwei der stärksten hielten ihn an den Armen, vier andere gingen vor und hinter ihm, so dass jede Flucht unmöglich war. Während der Gefangene so fortgeführt wurde, gefielen sich die Söldner darin, ihn mit Spottreden zu kränken. Breidel empfand bei ihren höhnischen Worten einen unaussprechlichen Zorn und wünschte sich innerlich den Tod, doch tat er sich Gewalt an, als man ihm also zusprach: „He, schöner Vlaming, wenn Ihr morgen am Strick hübsch vor uns tanzen werdet, wollen wir die Raben von Eurer Leiche verjagen."

Der Dekan der Beinhauer warf dem Söldner, der dies sagte, einen verachtenden Blick zu. Dieser fuhr fort: „Seht mich doch nicht immer so an, verfluchter Klauwaart oder ich hau Euch ins Gesicht."

„Feigling", rief Breidel, „so ist diese Sorte. Einen gefangenen Feind höhnt und verspottet Ihr, nichtsnutzige Mietlinge eines elenden Herrn."

Ein Backenstreich, den ein Söldner ihm gab, unterbrach seine Rede. Er schwieg plötzlich und senkte das Haupt, als ob ihn der Mut verlassen habe. Aber das war nicht so. Eine heftige Wut brannte in seiner Seele und gleich dem Feuer, das im Schoß der Vulkane glüht, kochte die Rachsucht in der Seele des Vlamings. Die Söldner fuhren mit ihren Schimpfreden fort und ereiferten sich jetzt noch mehr, weil er schwieg.

An der Schlossbrücke hörten sie plötzlich auf zu lachen und ihre Gesichter erbleichten vor Angst und Schrecken. Breidel sammelte in diesem Augenblick alle Kraft, die er so reichlich von der Natur empfangen hatte, und riss seine

Arme aus den Händen der Wachen. Wie ein Leopard warf er sich auf die beiden Söldner und schlug seine Hände gleich zwei würgenden Klauen um ihre Kehlen.

„Für dich, Löwe von Flandern, will ich sterben!", rief er. „Aber nicht an einem Galgen, noch ungerächt."

Während er das sagte, presste er den Söldnern die Gurgel so fest zu, dass ihre Wangen bleich und bleifarbig wurden, und mit der unwiderstehlichen Kraft seiner Arme schmetterte er die Köpfe seiner Gegner widereinander. Betäubt durch das Würgen, vermochten sie sich nicht zu wehren, denn ihre Arme hingen schlaff neben dem Körper. Diese Tat war viel schneller geschehen, als wir sie beschreiben konnten.

Angesichts der Gefahr ihrer Kameraden liefen die Söldner fluchend herbei, aber Breidel ließ die Erwürgten zu Boden fallen und flüchtete schnell. Die Söldner folgten ihm bis an einen breiten Graben. Er, der gewöhnt war, in den Weiden und Wiesen sich zu tummeln, sprang wie ein Hirsch über das Wasser und lief nach Sinte-Kruis. Zwei Söldner, die auch über den Graben zu springen versuchten, fielen bis an den Hals hinein und mussten nun jede Verfolgung aufgeben.

Der Dekan der Beinhauer kam in voller Wut nach Brügge und ging geradeswegs in seine Wohnung. Er fand niemand daheim als einen jungen Gesellen, der sich eben zum Ausgehen anschickte.

„Wo sind meine Gesellen?", rief Breidel ungeduldig.

„Ja, Meister", antwortete der Junge, „sie sind aufs Pand gegangen, denn die Beinhauer sind in aller Eile zusammengerufen worden."

„Was ist denn vorgefallen?"

„Ich weiß nicht recht, Meister, aber der Stadtbote hat vom Rufstein ein Gebot abgelesen, dass alle Bürger, die ihren Unterhalt mit Handarbeit verdienen, am Samstag jeder Woche den Zollknechten einen Silberpfennig von ihrem Lohn bezahlen müssten. Wie man sagt, ist das die Ursache der Zunftversammlung, die der Dekan der Weber befohlen hat."

„Bleib hier und schließ den Laden", sprach Breidel.

„Sag meiner Mutter, dass ich diese Nacht nicht heimkomme. Sie braucht nichts zu fürchten."

Er nahm sein gewohntes Beil von der Wand, verbarg es unter seinem Koller, verließ die Wohnung und begab sich auf das Pand seiner Zunft. Sobald er den Saal betrat, lief ein freudiges Murmeln durch die Reihen der Gesellen.

„Ha, da ist Breidel, unser Dekan!"

Der Beinhauer, der bis jetzt seine Stelle vertreten hatte, stand auf und bot ihm den großen Sessel an. Aber anstatt sich auf seinen gewöhnlichen Platz am oberen Ende zu setzen, nahm Breidel einen kleinen Stuhl, auf den er sich mit einem bitteren Lächeln niedersinken ließ.

„O, Brüder", rief er, „kommt und gebt mir die Hand, denn ich habe eure Freundschaft nötig. Mir und unserer unbefleckten Zunft ist heute eine blutige Schmach widerfahren."

Die Meister und Gesellen drängten sich um Breidels Sessel. Noch nie hatten sie ihn so traurig und fassungslos gesehen. Er schien eine unaussprechliche Folter zu erleiden. Alle Augen waren fragend auf ihn gerichtet. Nach einem tiefen Seufzer fuhr er fort: „Ihr echten Söhne von Brügge, gar zu lang habt ihr den Hohn mit mir ertragen. Die Sklaverei ist auch für euch unausstehlich. Aber, beim Himmel, wüsstet ihr, was mir heute geschehen ist, so würdet ihr weinen wie die Kinder. O, nagende Schande! Ich vermag es nicht zu sagen, so brennt mich die Scham."

Die gebräunten Gesichter der Männer hatten sich schon mit Zornesröte gefärbt, obgleich sie noch nicht wussten, worüber sie zürnen sollten. Trotzdem ballten sie ingrimmig die Fäuste und stießen wilde Flüche aus.

„Hört", fuhr Breidel fort, „und lasst euch durch die Schmach nicht umbringen. Meine tapferen Brüder, hört mich wohl... Die Franzen haben euren Dekan ins Gesicht geschlagen. Diese Wange ist mit einem schmählichen Kinnbackenschlag geschändet."

Der Zorn, der die Beinhauer bei dieser Mitteilung überfiel, lässt sich nicht aussprechen. Ein wildes Rachegeheul ließ das Gewölbe des Saales erdröhnen, und jeder schwur mit einem Eid, diese Schmach zu rächen.

„Womit", fragte Breidel, „wischt man einen solchen Schandfleck ab?"

„Mit Blut!", war der allgemeine Schrei.

„Ihr versteht mich, Brüder", fuhr der Dekan fort, „ja, nur Blut, der Tod des Schänders kann mich rein waschen.

„So wisset, es war die Besatzung des Schlosses von Male, die mich so behandelt hat. Darum sprecht es mit mir: Die Sonne von morgen soll kein Schloss Male mehr finden!"

„Sie soll es nicht mehr finden!", wiederholten die Beinhauer mit freudiger Rachlust.

„Kommt", sprach Breidel, „lasst uns gehen. Jeder kehre in seine Wohnung zurück und rüste sich in der Stille mit seinem besten Beil. Besorgt euch andere Waffen, soweit es möglich ist, sowie auch Gerät zum Abhauen von Schanzholz, denn wir müssen das Schloss erstürmen. Des Nachts um elf Uhr wollen wir alle im Eksterbosch hinter Sinte-Kruis zusammenkommen."

Nachdem er den Untermeistern noch etliche besondere Anweisungen gegeben hatte, verließ er das Pand und nach ihm gingen auch die Gesellen fort.

In der Nacht, kurz bevor die Uhr von St.-Kruis die gesetzte Stunde schlug, konnte man beim schwachen Schein des wachsenden Mondes viele Menschen auf den Pfaden und zwischen den Bäumen in der Nähe des Dorfes sehen. Alle bewegten sich nach der gleichen Richtung und verschwanden im Eksterbosch. Etliche von ihnen trugen Kreuzbogen, andere Keulen. Doch die meisten hatten keine sichtbaren Waffen. Jan Breidel stand im Dunkel des kleinen Gehölzes bei den Zunftmeistern, und sie berieten, von welcher Seite man den Überfall des Schlosses versuchen solle.

Endlich wurden sie sich einig, dass sie den Burggraben an einer Seite mit Holz füllen wollten, um so die Mauer zu ersteigen. Der Dekan ging eifrig zwischen den Gesellen hin und her. Sie waren in großer Zahl damit beschäftigt, das Strauchwerk zu fällen und zu Bündeln zu binden. Sobald er sich überzeugt hatte, dass es nicht an Leitern fehlte, gab er den Befehl zum Vorrücken und die Beinhauer verließen den Busch, um das Schloss Male zu zerstören.

Nach dem Zeugnis der Chroniken waren ihrer gegen siebenhundert. Doch waren sie in ihrem Vorhaben, sich zu rächen, so einig, dass kein einziger unvorsichtiger Laut aus dieser Menge aufstieg. Man hörte nichts, außer dem Rauschen der fortgeschleppten Zweige und dem Klassen der Hunde, die durch das fremdartige Geräusch aufgeschreckt wurden. Einen Bogenschuss vom Schloss, machten sie halt und Breidel ging mit etlichen Gesellen voraus, um die Feste zu bespähen. Die Schildwache, die über dem Tor wachte, hatte das Geräusch ihrer Schritte gehört. Doch weil sie im Zweifel war, trat sie hinaus auf die Mauer und lauschte mit mehr Aufmerksamkeit.

„Wartet", sprach einer von Breidels Gesellen, „ich will diesem lästigen Aufpasser eins hineinschicken."

Mit diesen Worten spannte er die Feder seines Kreuzbogens und legte auf die Schildwache an. Er traf auch sein Ziel, denn der Bolzen zersplitterte an der Brustplatte des Franzmannes. Durch den Schlag erschreckt, lief dieser von der Mauer und schrie aus aller Kraft: „Frankreich! Der Feind! Zu den Waffen! Zu den Waffen!"

„Vorwärts, Gesellen!", rief Breidel, „vorwärts! Her mit den Bündeln!"

Die Beinhauer kamen einer nach dem andern und warfen Ä ihre Büsche und Bündel in den Graben und er war bald so angefüllt, dass sie wie über eine Brücke an den Fuß der Mauer gehen konnten. Die Leitern wurden angelegt, und ein Teil der Vlaminge erstieg die Mauer, ohne Gegenwehr zu finden.

Auf den Ruf der Schildwache waren die Söldner der Besatzung aus den Betten gesprungen, und nach etlichen Augenblicken waren ihrer mehr als fünfzig gekleidet und gewappnet. Ihre Anzahl vermehrte sich schnell, denn, das Geschrei der Beinhauer hatte die Schlafenden besser geweckt als der Ruf der Wache.

Jan Breidel befand sich mit nicht mehr als dreißig seiner Gesellen im Innern des Schlosses, als er von einer Menge Ritter und Söldner angegriffen wurde. Beim ersten Zusammenstoß stürzten viele Beinhauer zu Boden, denn weil sie keine Panzerhemden hatten, drangen die Pfeile der Franzen ungehindert in ihre Körper. Doch das währte nicht lange, denn in kurzer Zeit waren alle Vlaminge binnen den Mauern.

„Seht, Brüder", rief Breidel, ich beginne das Schlachten! Folgt mir nach!"

Gleich dem Pfluge, der seine Spur in die Erde gräbt, so bahnte Breidel sich einen Weg durch die Franzen. Jeder Schlag seines Beils kostete einem Feind das Leben und das Blut seiner Schlachtopfer strömte in Bächen über seinen Koller. Gleich wütend wie er, fielen die anderen Vlaminge von allen Seiten über die Söldner her. Ihr jauchzendes Brüllen erstickte das Todesstöhnen der sterbenden Franzen.

Während auf den Wällen und im Vorhof des Schlosses also gekämpft wurde, hatte der Burgvogt, Herr von St.-Pol, in aller Hast etliche Pferde satteln lassen. Sobald man ihm berichtete, dass keine Hoffnung mehr sei und dass die meisten Söldner niedergehauen seien, ließ er die Hilfspforte öffnen. Dann holte man mit Gewalt eine schreiende Frau aus dem Gebäude, und nachdem sie auf ein Pferd und in die Arme eines Söldners gehoben worden war, schwammen die Reiter miteinander durch den Graben und verschwanden zwischen den Bäumen des Gehölzes.

Es war den Franzen unmöglich, der Gewalt der Beinhauer zu widerstehen, besonders da diese ihren Feinden auch in der Zahl überlegen waren. Und eine Stunde später war keine einzige Seele in Schloss Male mehr lebendig, außer denen, die ihr Leben auf vlämischer Erde empfangen hatten. Man suchte länger als zwei Stunden mit Fackeln in allen Räumen des Schlosses, doch fand man keine Feinde mehr, denn die entschlüpft waren, hatten sich durch die Hilfspforte ins Feld geflüchtet. Nachdem Breidel sich von einem Schlossdiener in alle Gemächer der Burg hatte führen lassen, glaubte er mit Recht, dass das Fräulein Machteld entführt worden sei. Nun überließ er sich gänzlich seiner Wut und steckte das herrliche Schloss an allen vier Ecken in Brand. Während die Flammen himmelhoch stiegen und die Mauern schon mit grässlichem Krachen stückweise einstürzten, hieben die Beinhauer Bäume, Brücken und alles, was vernichtet werden konnte, zusammen, so dass das Schloss völlig zerstört wurde.

Die Glocken der umliegenden Dörfer stürmten um Hilfe, und die Bauern verließen ihre Hütten, um den Brand zu löschen, aber es war zu spät. Von der gräflichen Burg blieb nichts stehen als vier glühende Mauern. Man hörte Breidels helle Stimme, die rief: „Ja, ja, so suche die Sonne von morgen vergeblich das Schloss von Male!"

Da die Rache nun vollzogen war, kamen die Beinhauer wieder zusammen und verließen Male unter jubelndem Gesang. Sie sangen das Lied vom schwarzen Löwen.

Dreizehntes Hauptstück

An dem Kriege von 1296, als die Franzen schon ganz Flandern eingenommen hatten, bot das Schloss Nieuwenhove ihnen hartnäckigen Widerstand. Unter Robrecht van Bethune hatte sich eine große Zahl Ritter dort festgesetzt, und sie wollten sich nicht ergeben, solang sie sich verteidigen konnten. Aber die große Überzahl der Feinde machte diesen Heldenmut nutzlos. Die meisten fielen auf den Mauern der Feste. Als die Franzen durch die gebrochenen Mauern ins Schloss drangen, fanden sie nichts als Leichen und da sie also ihre Wut nicht an den Feinden auslassen konnten, steckten sie die Burg in Brand, stürzten die Mauern um und füllten die Gräben mit Schutt.

Die Trümmer von Nieuwenhove lagen zwei Meilen von Brügge in der Richtung nach Kortrijk, weit von den Wohnungen der Landleute in einem dichten Gehölz. Es geschah sehr selten, dass ein menschlicher Fuß die wildüberwachsenen Trümmer betrat, auch darum, weil das immerwährende Krächzen der Nachtvögel die abergläubischen Dörfler glauben gemacht hatte, dass die Geister der hier gefallenen Vlaminge um Rache und Erlösung riefen.

Obgleich die Flammen das ganze Schloss erfasst hatten, so war es doch nicht völlig zerstört. Die stehenden Mauern gaben dem Auge ein Bild seiner früheren Gestalt. Das Bauwerk stand noch, wenn auch mit zahllosen Spalten und Lücken. Die Dächer waren neben den Mauern, die sie hätten tragen müssen, niedergestürzt und von den scheibenlosen Fenstern war nichts geblieben als die langen steinernen Rippen. Alles das kennzeichnete eine hastige Verwüstung, denn etliche Teile waren unversehrt geblieben, während andere wieder gründlich zerstört waren. Auf dem Vorhof, der durch die halb umgestürzte Ringmauer umgeben war, lagen viele zerstreute Schutthaufen, wie der Zufall sie geschaffen hatte.

In dem Augenblick, wo wir dies beschreiben, war Nieuwenhove seit sechs Jahren in diesem Zustand. Die Kräuter, deren Samen der Wind zwischen die Trümmer gestreut hatte, waren üppig aufgeschossen, und überall wucherten saftige Grashalme und die Feldblumen. Die geliebkosten Kinder der Natur, schaukelten ihre Silberkelche über die Trümmerhaufen. Die Mauern hinauf krochen lange Efeuranken und wurzelten in den aus gebrannten Fugen. Andere Pflanzen, wie wilder Wein, warfen sich von einer Mauer zur andern und bildeten so ein Gewölbe von angenehmstem Grün über den tiefen Gemächern.

Es war um die vierte Morgenstunde, ein schwacher Schimmer färbte den Osten mit fahlem Gelb, und ein Kranz von goldenen Lichtstrahlen glänzte als ein Vorbote der Sonne am Horizont. Aber die Ruinen von Nieuwenhove waren noch mit grauen Schatten bedeckt. Überall lagen unbestimmte Töne, die man nicht als Farben bezeichnen konnte, auf der noch schlafenden Natur, während das aufsteigende Tageslicht sich schon im Blau des Himmels spiegelte. Hier und da huschte eine träge Nachteule zu ihrer Höhle und kreischte neidisch gegen die Helle, die sie verscheuchte.

In diesem Augenblick saß ein Mensch auf einem Schutthaufen inmitten der Trümmer. Ein Helm ohne Federbusch war mit zwei Kinnriemen auf sein Haupt geschnallt. Ein Panzer umgab seinen mächtigen Körper und Stahlplatten bedeckten seine Glieder. Mit seinen eisernen Handschuhen lehnte er auf dem Schild, dessen Wappenzeichen man vergeblich gesucht haben würde, denn es war nichts darauf außer einem braunen Streifen. Seine Rüstung, sogar der lange Speer, der neben ihm lag, war schwarz angestrichen. Vielleicht mochte der Ritter sich aus Trauer und Verzweiflung also ausgerüstet haben. In einer kleinen Entfernung stand ein Pferd, noch schwärzer als der Ritter und weil es ganz mit eisernen Schuppen bedeckt war, ließ es seinen Kopf vor Müdigkeit bis zur Erde hängen und graste die feuchten Spitzen der Kräuter ab. Das Schlachtschwert, das am Sattel hing, war zum Wundern groß und schien in seine Riesenhand zu gehören.

In der Totenstille, die über den Ruinen hing, seufzte der Ritter manchmal vor Trostlosigkeit und bewegte seine Hände, als ob er mit jemand spräche. Von Zeit zu Zeit wandte er sein Haupt misstrauisch nach den Büschen und Wegen vor dem Schlosse und als er sich überzeugt hatte, dass er allein war, schob er das Vorstück seines Helmes empor. Dadurch entblößte er seine Züge. Er war ein Mann in hohem Alter, mit gerunzelten Wangen und ergrauendem Haar. Obgleich sein Angesicht die Zeichen der Trauer ausgedrückt waren, so blieb doch noch genug Feuer in seinem Busen, um seinen Augen ein außerordentliches Leben zu verleihen. Nachdem er für einige Augenblicke auf die gebliebenen Mauern von Nieuwenhove gestarrt hatte, stieg ein bitteres Lächeln auf seine Lippen. Er ließ das Haupt nach vorn sinken und schien etwas zwischen dem Grase zu suchen. Zwei Tränen glänzten unter seinen Lidern und rollten blinkend zu Boden.

Dann sprach er: „O Helden, meine Brüder, euer edles Blut ist zwischen diesen Steinen vergossen worden. Unter mir ruhen eure Leichen im endlosen Schlaf des Todes, und die einsamen Blumen wurzeln gleich heiligen Marterkronen über eurem Gebein. Glücklich ihr, die ihr das kummervolle Leben fürs Vaterland habet opfern können, denn die Sklaverei Flanderns habt ihr nicht gesehen. Frei und herrlich seid ihr gefallen. Eure Seelen tragen nicht das Schandmal, das die Fremden den Vlamingen aufgedrückt haben. Das Blut dessen, dem ihr den stolzen Namen des Löwen gegeben habt, hat mit dem euren diesen Boden genetzt. Sein Schwert war ein vertilgender Blitz, sein Schild eine Mauer. Nun aber, oh Schande! Nun sitzt er seufzend auf euren stillen Gräbern als ein verworfener Mensch und seine ohnmächtigen Tränen fließen gleich denen einer schwachen Frau über seine Wangen…"

Der Ritter erhob sich plötzlich und zog das Vorstück seines Helmes rasch über das Gesicht, wandte sich nach der Straße und schien aufmerksam auf etwas zu lauschen.

Ein Geräusch wie von Hufschlägen ließ sich aus der Ferne hören. Als er sich überzeugt hatte, dass sein Ohr ihn nicht betrog, hob er den Speer vom Boden und lief mit schnellen Schritten zu seinem Traber, legte ihm das Gebiss in den Mund, stieg in den Sattel und ritt hinter seine Mauer, die ihn verbergen sollte. Aber er hielt noch nicht lang an diesem Schutzplatz, als andere Töne auf ihn zukamen. Aus dem Gerassel der Waffen und dem Wiehern von trabenden Pferden hörte er das Weinen einer Frau. Beim Anhören dieser Notschreie erbleichte der Ritter unter dem Helme. Die Blässe kam nicht aus Furcht auf seine Wangen, denn Furcht war ihm ein unbekanntes Gefühl, doch Ehre und Pflicht eines Ritters befahlen ihm, dieser Frau zu Hilfe zu eilen. Sein mutiges Herz erglühte schon vor Verlangen, eine Unglückliche zu retten, obgleich gewichtige Gründe und ein feierliches Gelöbnis ihm verboten, sich jemand zu erkennen zu geben. Er erbleichte unter dem Kampf, den er in seinem Innern überstand. Nach kurzer Weile kam der Zug näher und nun vermochte der Ritter die Klagen des Mägdleins zu verstehen.

„O, Vater, Vater!", rief sie in einem Ton, der ihre Angst verriet.

Nun fühlte der Ritter sich jedes weitern Nachdenkens enthoben. Diese Stimme hatte etwas in ihrem Klang, das ihn aufs tiefste bewegte. Er stieß seinem Traber den Sporn in die Weiche und sprengte über die Schutthaufen der Straße zu. Hier sah er den Zug in geringer Entfernung herankommen. Sechs fränkische Ritter ohne Speer, aber sonst wohl gewappnet, sprengten mit verhängtem Zügel auf der Straße. Einer von ihnen hatte eine Frau vor sich und hielt sie mit Gewalt in seinen Armen. Sie wehrte sich verzweifelt gegen den, der sie umfasst hielt, und erfüllte die Luft mit Wehgeschrei. Der schwarze Ritter hielt auf der Straße an und legte den Speer ein, um die Entführer zu erwarten. Über das unvermutete Hindernis verwundert, hemmten diese den Lauf ihrer Pferde und sahen den schwarzen Kämpen nicht ohne innere Furcht an. Der Reiter, der ihr Anführer zu sein schien, ritt etwas voraus und rief: „Aus dem Weg, Herr Ritter! aus dem Weg, oder wir reiten Euch nieder!"

„Ich fordere euch auf, dass ihr die Frau loslasst, ihr falschen und ehrlosen Ritter", war die Antwort. „Wenn nicht, so erkläre ich mich als ihr Kämpfer!"

„Vorwärts! vorwärts!", rief der Anführer seinen Mannen zu.

Der schwarze Ritter ließ ihnen keine Zeit, näher zu kommen. Er beugte sich über den Hals seines Pferdes und fiel plötzlich unter die bestürzten Franzen. Mit dem ersten Stoß seines Speeres durchbohrte er Sturmhut und Kopf eines Franzmanns und warf ihn, tödlich verwundet, aus dem Sattel. Aber während es ihm so gelang, einen Feind zu überwinden, schwangen die anderen von allen Seiten ihre Schwerter über seinem Haupt, und schon hatte der Anführer St.-Pol mit einem furchtbaren Schlage die Schulterplatte des schwarzen Ritters losgehauen. Da dieser sich von so vielen Feinden bedrängt sah, ließ er seinen Speer fallen und zog sein Riesenschwert aus der Scheide. Er fasste das Gefäß mit beiden Händen und schlug so wild um sich, dass kein Franzmann sich ihm zu nahen wagte, denn jeder Schlag seiner Waffe fiel gleich einem schmetternden Hammerschlag auf die Rüstung seines Feindes. Der Reiter, der die Frau hielt, wehrte sich mit einem langen Degen und drückte mit dem andern Arme das sprachlose Mädchen gegen seine Brust. Durch die große Erregung Kund die fürchterliche Angst zwischen Furcht und Hoffen hatte das Mädchen keine Kraft mehr, um zu sprechen oder zu klagen. Ihre Augen standen mit grässlicher Starrheit im Kopfe, und ihre zarten roten Wangen waren von zitternden Furchen durchzogen. Dann und wann streckte sie ihre Arme wie bittend aus nach dem, der sie erlösen sollte, doch bald hing sie schwach und regungslos über dem Rücken des Pferdes.

Die vielen Schläge der Schwerter auf Helm und Schild schallten aus dem Gehölz zurück und das Blut floss unter den Harnischen hervor, doch in der Wut des Kampfes achteten die Kämpfer nicht darauf und stritten weiter fort. Ihre Rüstungen waren an vielen Stellen zerhauen und zerbrochen und das Pferd St.-Pols hatte eine breite Wunde im Nacken und ließ sich nicht wohl lenken, so dass sein Reiter die größte Mühe hatte, den Schlägen des schwarzen Ritters auszuweichen. Da er sah, dass der Kampf für seine Leute einen üblen Verlauf nahm, gab er dem Söldner, der die Frau hielt, ein Zeichen. Der Reiter verstand dies und versuchte, vom Kampffeld zu flüchten. Aber der schwarze Ritter erriet seine Absicht, spornte seinen Traber und sprengte plötzlich dem Reiter in den Weg. Während er die Hiebe der anderen · Feinde geschickt abwehrte, rief er: „Bei Euerm Leben, setzt die Frau auf die Erde!"

Ohne auf den Ruf zu achten, wandte der Söldner sein Pferd seitwärts und suchte von der Straße zu kommen, aber das Schwert des Ritters fiel mit verdoppelter Kraft auf seinen Helm und zerklob ihm das Haupt bis zu den Schultern. In dicken Strahlen sprang das Blut aus seinem Hals auf den Kopf und das weiße Kleid des Mädchens, ihre zarten blonden Locken wurden ganz durchnässt und färbten sich mit dunklem Rot. Der erschlagene Franzmann fiel aus dem Sattel, und obgleich er tot war, so blieben seine Muskeln doch so kräftig angezogen, dass das Mädchen fest gegen den Harnisch gedrückt wurde. Doch nach einem flüchtigen Augenblick ließen die Totenarme los, und Frau und Leiche rollten beide zu Boden.

Unterdes hatte der schwarze Ritter auf der Straße noch einen andern Franzmann niedergeworfen, und nun blieben ihm nur noch drei Feinde über. Der Kampf schien aber noch hartnäckiger zu werden, denn von dem Anblick des rauchenden Blutes wurden die tapferen Mannen wie von Raserei ergriffen. Die hin und her gezügelten Pferde wieherten bei jedem Schlag, der auf ihre eiserne Rüstung sieh und das Mägdlein lag bewusstlos zwischen ihren Hufen. Bei dem Sturz aus dem Sattel war die Leiche des Söldners auf sie gefallen, und so lag sie unter dem blutenden Körper. Es blieb ein Wunder, dass die Pferde sie nicht verletzten. Sie stampften über sie hinweg und berührten doch ihre ausgestreckten Glieder nicht, aber die Erde spritzte auf vom Stampfen ihrer Hufe und bedeckte die Wangen des Mägdleins mit Schlamm und Staub.

Die Kämpfer leuchten um Atem, und alle waren sie geschwächt durch Wunden und Blutverlust, dennoch ließen sie nicht ab und schrien, dass sie auf den Tod kämpfen wollten. Der Traber des schwarzen Ritters wich plötzlich zurück und blieb stehen. Die Franzen frohlockten innerlich angesichts der weichenden Bewegung ihres Feindes. Sie glaubten, er sei ermüdet und würde den Kampf bald aufgeben. Aber sie täuschten sich, denn wieder fiel er sie mit verhängtem Zügel an und hatte seinen Hieb so gut berechnet, dass Helm und Haupt des vordersten Söldners über die Straße flogen. Durch diese wunderbare Tat erschreckt und bestürzt, floh St.-Pol mit dem übriggebliebenen Söldner in aller Eile vom Schlachtfeld. Sie trieben ihre Pferde zum schnellsten Lauf und verließen den schwarzen Ritter mit dem festen Glauben, dass er sich teuflischer Kunst bedient habe.

Das Gefecht hatte nur einige Augenblicke gedauert, denn die Schläge der Ritter waren ununterbrochen gefallen, darum stand die Sonne noch nicht über dem Horizont, und die Felder waren noch nicht von ihren Strahlen beleuchtet, aber die Nebel erhoben sich schon aus dem Gehölz, und die Wipfel der Bäume färbten sich mit lieblichem Grün.

Als der Ritter sich als Herr des Schlachtfeldes sah und keinen Feind mehr gewahrte, stieg er von seinem Pferde, band es an einen Baum und näherte sich dem regungslosen Mädchen. Sie lag ausgestreckt unter der Leiche des Söldners und gab kein Lebenszeichen. Rund um sie war der Boden von den Hufen der Rosse gepflügt und zerstampft. Es war dem schwarzen Ritter nicht möglich, ihre Züge zu erkennen, das Blut des Franzmanns war darauf mit Erde vermengt geronnen und die Hufe der Rosse hatten ihre langen Locken in den Boden getreten. Ohne lange Untersuchung hob der schwarze Ritter das unglückliche Schlachtopfer vom Boden und trug es auf seinen Armen in die Ruinen von Nieuwenhove. Hier legte er sie behutsam auf das Gras des Vorhofes und trat in den erhaltenen Teil des Gebäudes. Zwischen den stehenden Mauern fand er noch i einen Saal, dessen Gewölbe nicht eingestürzt war und der zum Schutzplatz dienen konnte. Die Fensterscheiben waren wohl in den Flammen gesprungen und geschmolzen, aber die übrigen Teile waren noch ganz. Lange Stücke von zerrissenen Teppichen hingen an der Wand und auf dem Boden lagen Teile von zerbrochenen Schränken. Der Ritter raffte etliche von diesen Überbleibseln zusammen, schichtete einen Stapel von Brettern auf und bildete so eine Art Lagerstätte, dann riss er die Teppiche völlig von der Mauer und legte sie auf die Bretter.

Erfreut, diesen Platz gefunden zu haben, kehrte er zu dem bewusstlosen Fräulein zurück und trug sie in den Saal. Mit ängstlicher Sorgfalt legte er sie ausgestreckt auf die seltsame Lagerstätte und legte noch ein Stück Teppich unter ihren Kopf. Kein anderes Gefühl als die edelste Menschenliebe und Ritterpflicht trieben ihn zu diesen Mühen und Sorgen. Um sich zu überzeugen, ob sie verwundet sei, besah er ihre Kleider sorgfältig und fand zu seiner größten Freude, dass das Blut die Kleider nur äußerlich bedeckte und ihr Herz noch fühlbar klopfte. Die. Ehrfurcht, die er vor dieser Frau empfand, gestattete ihm nicht, die Untersuchung weiter auszudehnen. Nachdem er ihr Mund und Augen abgewischt hatte, verließ er die Ruine und kehrte zurück auf die Straße, wo die Leichen seiner Feinde lagen. Er nahm den Helm eines toten Franzmanns und schöpfte ihn voll Wasser aus dem Bache, der vorbeiströmte. Dann er, griff er den Zaum seines Trabers und führte ihn in eine Ecke des Burghofes. Als er in den Saal zu dem Fräulein zurückgekommen war, riss er ein Stück von seinem Leibrock, den er unter dem Harnisch trug und benutzte es als ein Tuch, um das Gesicht des Mägdleins zu waschen. Obgleich draußen der Tag völlig aufgegangen war und die Felder schon in klaren Farben strahlten, war es unter dem Gewölbe des Saales noch ziemlich dunkel, und der Ritter vermochte nicht zu er- kennen, ob die Wangen der Jungfrau völlig von Schmutz und Blut gesäubert waren. Er wusch ihr Haupt, Hals und Hände und bedeckte sie gegen die Kühle mit einem großen Stück Teppich, das er hierzu von der Wand riss.

Nachdem er also alle Mittel, die ihm zur Verfügung standen, angewandt hatte und überzeugt war, dass das Mädchen lebte, überließ er sie der Ruhe und der Natur, damit diese sie stärkten und kehrte zu seinem Pferde zurück. Er wischte die Rüstung mit Kräutern ab, um die blutigen Spuren des Kampfes so viel wie möglich zu vertilgen, und zu diesem Zweck riss er auf dem Vorhof einen Haufen der größten Gräser ab. Diese Arbeit kostete ihn eine geraume Zeit, doch ließ er sich nicht verdrießen und gebrauchte seine edlen Hände demütig zu dieser niederen Arbeit, und zuletzt brachte er seinem Traber einen Armvoll vom saftigsten Futter.

Inzwischen war die Sonne über den Horizont gestiegen, und ihre Strahlen erleuchteten die Felder mit bunten Farben. Durch das Fenster kam auch Helligkeit in den Saal, um alles zu unterscheiden, was auf dem Boden lag. In der Hoffnung, das junge Mädchen besser zu erkennen, trat der Ritter in den Saal. Sie saß aufrecht auf dem Lager und schaute mit stieren Blicken und Bestürzung auf ihre wüste Umgebung, öffnete die Augen weit und schien verwirrt. Ihre Lider hoben und senkten sich nicht, sondern blieben starr und weit aufgerissen. Sobald der Ritter seine Augen auf sie gerichtet hatte, lief ein plötzliches Zittern durch alle Glieder seines Leibes. Er erbleichte und fühlte, dass ein kalter Schrecken ihm die Sprache nahm. Statt der Worte, die er sprechen wollte, kamen unverständliche Töne aus seinem Munde. In dieser Bewegung stürzte er vorwärts, umhalste das Mädchen und drückte es mit heißer Liebe an sein Herz.

„Mein Kind! meine unglückselige Machteld!", rief er mit Verzweiflung. „Musste ich mein Gefängnis darum verlassen, um dich so, in den Armen des Todes wiederzufinden!"

Das Mägdlein stemmte ihre Hand zur Abwehr gegen die Brust des Ritters und stieß ihn heftig von sich.

„Verräter!", sprach sie, „wie dürft Ihr es wagen, die Tochter des Grafen von Flandern zu misshandeln? Ihr schämt

Euch nicht, eine wehrlose Frau mit Gewalt zu entführen, aber Gott wacht über mich. Der Himmel hat noch Blitze. Hört, Eure Strafe naht. Horcht, Bösewicht, wie der Donner grollt!"

Beim Anhören dieser Worte sprangen zwei Tränenströme aus den Augen des Ritters, er riss den Helm ungestüm vom Haupte und nun konnte man das Schmerzwasser über seine Wangen rollen sehen.

„O, meine vielgeliebte Machteld", rief er, „erkenne mich doch! Ich bin Robrecht, dein Vater, der dich so lieb hat und der in seiner Gefangenschaft sich nach dir sehnte. Himmel, du stößt mich von dir?"

Ein schroffes Lächeln lief über die Wangen des Mädchens, und sie antwortete: „Nun zittert Ihr, ehrloser Entführer! Nun beklemmt die Angst des Übeltäters Euer Herz. Aber es gibt keine Gnade für Euch. Der Löwe, mein Vater, wird mich rächen. Nicht ungestraft sollt Ihr das Blut der Grafen von Flandern gekränkt haben. Still! ich höre das Brüllen des Löwen... mein Vater kommt... merkt! Die Erde dröhnt unter seinen Schritten. Für mich einen Kuss, für Euch den Tod... o, Freude!"

Jedes Wort ging gleich einem vergifteten Pfeil durch das Herz des Ritters. Alle Qualen der Hölle wühlten in seinem Busen, und eine unsagbare Trauer überfiel ihn, heiße Tränen liefen durch die Furchen seiner Wangen und er schlug verzweifelt an seine Brust.

„O, erkenne mich doch, mein armes Kindl" rief er, „und stirb mir nicht. Lach nicht so bitter, deine Blicke treiben den Tod in meine Seele. Ich bin der Löwe, den du liebst, der Vater, den du riefst."

„Ihr, der Löwe?", antwortete Machteld mit Verachtung. „Ihr, der Löwe? O, Verleumder! Höre ich aus Euerm Munde nicht die Sprache der Königin Johannas. Die Sprache, die schmeichelt und verrät... Der Löwe ist auch gegangen...

man sagte ihm, komm! und Ketten und Kerker, ein goldener Becher und Gift! O, Frankreich, Frankreich! ...sein Blut...und ich auch...ich, sein Kind... Aber Ihr bedenkt nicht, dass das Grab eine Schutzstatt ist. Eine Seele kann bei Gott im Himmel nicht entehrt werden."

Der Ritter konnte seine Verzweiflung nicht bezwingen, er umarmte das Mädchen nochmals und rief: „So hör doch, mein Kind, dass ich die Sprache meiner Väter rede! Welch bitteres Leiden hat dich denn gefoltert, dass dein Geist irre ist? Erinnere dich, dass unser Freund, Herr Adolf van Nieuwland, mich erlöst hat, und heiß mich nicht Verräter oder Bösewicht, denn deine Worte brechen mir das Herz."

Bei dem Namen Adolfs erhellten sich die zuckenden Wangen des Mädchens. Ein sanftes Lächeln vertrieb den schmerzlichen Ausdruck ihres Gesichtes, und ohne den Ritter von sich zu stoßen, antwortete sie in ruhigem Ton: „Adolf, habt Ihr gesagt? Adolf ist gegangen, den Löwen zu holen. Habt Ihr ihn gesehen? Er hat Euch von der unglücklichen Machteld gesprochen, nicht wahr? Oh ja, er ist mein Bruder! Er hat einen Spruch für mich gedichtet... Still, ich höre die Saiten seiner Harfe... Welch schönes Lied! Aber was ist das? Ja, mein Vater kommt... Schon sehe ich einen Strahl... ein heiliges Licht... Fort, Ehrloser!"

Ihre Worte erstickten in dumpfen Tönen und ihre Rede wurde unverständlich. Ein trauriger Ausdruck verdüsterte ihre Züge. Der Ritter erschrak vor den zornigen Blicken, mit denen sie ihn ansah. Von innerem Schmerz gequält, wusste er nicht, was er tun sollte, und fühlte seinen Mut vergehen. Ohne ein Wort zu sagen, nahm er die Hand des kranken Mädchens und bedeckte sie mit Tränen der Liebe und es Schmerzes. Aber sie riss ihre Hand aus der seinen und rief: „Diese Hand ist nicht für einen Franzmann! Ein falscher Ritter, ein Frauenräuber wie Ihr soll mich nicht anrühren. Eure Tränen sind Flecken, die der Löwe mit

Blut abwaschen wird. Erschrick, Schlange, zittere, denn Augenblick naht. Seht Ihr das Blut auf meinem Kleid? Es ist auch Franzenblut."

Der Ritter konnte dem marternden Schmerz nicht mehr widerstehen. Er fiel mit flehendem Ausdruck vor dem Fräulein auf die Knie und seufzte: „Um Gottes willen, meine unglückliche Machteld, stoß die Liebe deines Vaters nicht länger zurück. Lasse meine traurige Reise nicht nutzlos sein. Kannst du meine Tränen so gleichgültig ansehen, und soll deine teure Stimme mir kein einziges tröstendes Wort sagen? Willst du mich aus Schmerz vor deinen Füßen sterben lassen? O, ich bitt dich, die ich liebe wie mein Leben, einen Kuss, einen Kuss von deinem Munde!"

Das Fräulein sah ihn mit Abscheu an.

„Ein Wort", fuhr der Ritter fort, „heiß mich deinen Vater, stoß mich nicht länger von dir! Unglückliches Kind, wenn du wüsstest, was für grausame Schmerzen deine Abwehr mir zufügt, wenn du den Kummer deines Vaters kenntest... Aber nein, du bist irre. Die Verfolgung der Franzen hat deinen Geist getroffen. O, Verzweiflung!"

Er wollte sein irres Kind in die Arme drücken, aber sie erschrak heftig bei diesem Versuch und rief mit schneidender Stimme: „Geht fort, streckt Eure Arme nicht so nach mir aus! Es sind Schlangen, die das Gift der Schande in sich tragen. O, rührt mich nicht an, halt ein, Bösewicht! Hilfe, Hilfe!"

Durch eine kräftige Bewegung riss sie sich aus den Armen des Ritters und sprang schreiend von dem Lager. In ihrer Verwirrung lief sie nach dem Ausgange des Saales und wollte entfliehen. Der Ritter bebte und sprang ängstlich vorwärts, um sie aufzuhalten. Wie grässlich war dieses Schauspiel, wie unfassbar die Qual des Ritters! Er umfasste seine unglückliche Tochter mit banger Sorge und versuchte, sie zu der Lagerstätte zurückzubringen, aber in ihrem Irresein sah sie einen Feind in ihm und rang mit heftigem Widerstand gegen ihren verzweifelten Vater. Mit einer Kraft, die unnatürlich schien, riss sie sich mehrmals aus seinen Händen und zwang ihn, sie durch den Saal zu verfolgen. Sie schrie erbärmlich und schlug ihn in ihrem Widerstreben mit zorniger Kraft. Um ihr den Ausweg zu verlegen, sah der Vater sich gezwungen, sie mit Gewalt zu halten und fest in die Arme zu nehmen. Und indem er seine Manneskraft gebrauchte, hob er das schreiende Mädchen vom Boden auf und legte sie wieder auf das Lager. Sie sah ihn mit abweisenden Blicken an und begann bitterlich zu weinen.

„Ihr habt die Kräfte eines armen Mädchens überwunden", seufzte sie, „Ihr falscher Ritter! Was zögert Ihr nun? Niemand sieht Euer Verbrechen als Gott! Aber Gott hat den Tod zwischen uns beide, gestellt. Ein Grab gähnt zwischen uns. Darum weint Ihr…"

Der unglückliche Vater war von Schmerz und Pein so bewegt, dass er diese Worte nicht hörte. Noch einmal setzte er sich voller Verzweiflung auf den Stein und besah sein weinendes Kind mit irrenden Blicken unerträgliche Foltern machten ihn sprachlos und der Mut verging ihm. Sein Haupt sank kraftlos auf seine Brust. Unterdes hatten Machtelds Augen sich geschlossen, und sie schien zu schlafen. Ein leichter Hoffnungsstrahl drang in das Herz des Vaters. Die Ruhe konnte das Leid und die Schmerzen seiner Tochter lindern. In diesem Gedanken verhielt er sich unbeweglich und störte den Schlaf des Mädchens nicht, sondern sah sie nur mit liebevollen Blicken an und fühlte einigen Trost in seinen Qualen.

Vierzehntes Hauptstück

Einige Stunden nachdem Breidel das zerstörte schloss Male verlassen hatte, kam er mit seinen Beinhauern nach Sinte-Kruis. Schon unterwegs waren ihm etliche Brüggelinge begegnet und hatten ihm mitgeteilt, dass die fränkische Besatzung von Brügge zu den Waffen gelaufen war, um ihn zu erwarten. Noch ganz berauscht von seinem Sieg, achtete er auf keine Warnung und hielt sich für stark genug, um trotz der Franzen in Brügge einzudringen. Aber wenige Schritte hinter dem Dorf Sinte-Kruis wurde er mit seinen Beinhauern durch ein unerwartetes Hindernis aufgehalten.

Die Straße war von dort an bis an das Stadttor so mit Menschen bedeckt, dass es unmöglich gewesen wäre, gegen die dichtgedrängten Scharen weiter vorzudringen. Obgleich es noch dunkele Nacht war, so konnte man an den Tausenden von Stimmen, die brausend zusammen klangen, wohl erkennen, dass eine zahllose Menge aus der Stadt floh. Verwundert und erstaunt besah Breidel das Volk, das gleich einer wogenden See vorwärts drängte und er begab sich mit seinen Gesellen an den Rand der Straße.

Die Flüchtlinge liefen nicht verwirrt durcheinander, sondern jeder Haushalt bildete einen besonderen Trupp und mengte sich nicht unter die anderen. Eine weinende Frau war in der Mitte eines jeden Häufleins, auf ihre Schulter stützte sich ein steinalter Vater und an ihrer Brust hing ein Säugling. An ihren Händen liefen schreiende und ermattete Kinder. Hinter ihr schritten ältere Söhne, gebückt unter der Last von Hausgerät und Bettzeug. Solcher Häuflein waren unzählig viele. Etliche führten kleine Wagen mit geflüchteten Waren, anderes saßen zu Pferde, doch war die Zahl derer, die über Tragtiere verfügten, sehr gering.

Voller Neugierde nach der Ursache dieses wunderlichen Zuges, fragte Breidel viele der Vorbeigehenden, wohin .sie sich begeben wollten und weshalb sie ihre Stadt so verließen, aber die klagenden Ausrufe der Frauen konnten ihm das Rätsel nicht lösen.

„O Herr", schrie die eine, „die Franzen wollen uns lebendig verbrennen! Wir fliehen vor einem bitteren Tod."

„O, Meister Breidel", rief eine andere mit größerem Schmerz, „geht doch um Euers Lebens willen nicht nach Brügge, denn es steht ein Galgen für Euch über der Smedepoort."

Und als der Dekan sich mit einer zweiten Frage diese Sache aufklären lassen wollte, erhob sich, gleich dem Geheul eines Wolfes, eine kräftige Stimme über den Trubel und brüllte: „Vorwärts! vorwärts! Wir Unglücklichen! Die fränkischen Reiter verfolgen uns."

Da warf jeder sich voll Verzweiflung vorwärts, und die Köpfe der Menge trieben im Dunkel mit unglaublicher Schnelligkeit vorbei. In diesem Augenblick vereinigten sich viele klagende Stimmen und riefen: „Wehe! wehe! Sie verbrennen unsere Vaterstadt... Seht ihr, die Flammen erheben sich über den Dächern. O weh! o weh!"

Breidel, der bis jetzt bestürzt stehen geblieben war, wandte sein Angesicht der Stadt zu und gewahrte züngelnde Flammen und rötlichen Rauch über den Mauern. Wut und Schmerz brannten in seinem Busen. Er zeigte nach der Stadt und rief: „Ihr Männer, ist einer unter euch so feig, dass er seine Stadt vertilgen lassen kann? Nein, sie sollen sich an diesem Freudenfeuer nicht ergötzen! Auf, auf! Werft alles aus dem Weg! Wir müssen durch."

Von seinen Gesellen gefolgt, drang er mit unwiderstehlicher Gewalt zwischen die Scharen und trieb die erschrockenen Familien auseinander. Ein enges Gedränge und ein schreckliches Heulen entstand, und die Flüchtlinge liefen eilends nach allen Seiten von der Straße, denn sie dachten, die fränkischen Reiter rückten ihnen auf den Leib. Jan Breidel fiel es leicht, zwischen den irrenden Frauen und Kindern durchzudringen, und es gelang ihm, schnell vorwärts zu kommen. Doch wunderte er sich sehr, keinen streitbaren Männern noch Zunftgesellen zu begegnen. Während er erfolglos nach diesen ausschaute, wurde er in seinem Lauf unerwartet durch eine geschlossene Schar gehemmt.

Sie bestand aus einer großen Zahl Gesellen der Weberzunft. Alle waren bewaffnet, wenn auch nicht in gleicher Weise. Sie führten Kreuzbogen, Messer, Beile oder andere aufgegriffene Waffen. Ein Dekan oder Hauptmann ging im festen Schritt vor diesen Scharen, die also die Straße gleich einem Querbaum abschlossen.

Noch mehrere solche Scharen kamen nacheinander aus" der Stadt, und die Zahl dieser Mannen belief sich wohl. Eben wollte Breidel sich dem Hauptmann nähern, doch da hörte er etwas weiter eine Stimme, die den Lärm der Waffen übertönte. An ihrem Klang erkannte er de Coninc: „Dass Ruhe und Mut in euren Herzen sei, Gesellen! Keiner verlasse sein Glied, und drängt nicht zu heftig voran, damit keine Unordnung unter euch komme. Vorwärts, dies dritte Schar! Schließt euch an den Tross! Hauptmann Lindens, lasst Euern linken Flügel abbrechen!"

„Aber was bedeutet dies?", rief Breidel, als er de Coninc erreicht hatte. „Ihr unterhaltet euch mit schönen Bewegungen! Wollt ihr denn dulden, dass unsere Stadt verbrannt wird und wollt ihr gleich Feiglingen hinter euren Frauen und Kindern her fliehen, ihr elenden Hasenfüße!"

„Immer heftig, immer der Heißsporn!", antwortete de Coninc. „Was redet Ihr doch vom Brennen? Seid versichert, dass die Franzen nichts verbrennen werden."

„Aber, seid Ihr denn blind, Meister Pieter? Seht Ihr nicht, wie die Flamme über die Mauern steigt?"

„Ja, das ist das Stroh, das wir angezündet haben, um unsere Trosswagen unangefochten durch das Tor zu bringen. Die Stadt hat keine Not, Freund. Kommt mit mir zurück nach Sinte-Kruis, ich habe Euch gewichtige Geheimnisse mitzuteilen. Jetzt ist die Zeit gekommen. Ihr wisst, dass ich die Sache mit kühlem Blut beurteile und darum manchmal Recht habe. Folgt meinem Begehren und lasst Eure Beinhauer in Ordnung vorausgehen. Wollt Ihr?"

„Ich muss wohl, da ich nicht weiß, was los ist. Haltet Eure Weber etwas zurück!"

De Coninc befahl den Anführern, dass sie ihre Leute zurückhalten sollten. Dann erhob sich die Stimme Breidels und rief: „Schlächter, schart euch in Gliedern an die Spitze des Zuges! Jeder zu seinem Hausen! Macht schnell!"

Währenddessen lief er zwischen den Beinhauern umher und ordnete sie. Als er das getan hatte, kam er wieder zu de Coninc und sprach: „Wir sind fertig, Meister, Ihr könnt befehlen."

„Nein, Breidel", antwortete der Dekan der Weber, „ich überlasse Euch den Oberbefehl des Zuges. Gebt Ihr den Marschbefehl! Ihr gleicht eher als ich einem Feldobersten."

Der Dekan der Beinhauer freute sich über die Huldigung und schrie mit Donnerstimme: „Schlächter und Weber, in mäßigem Tritt...vorwärts!"

Auf den Befehl setzten die Scharen sich in Bewegung und das kleine Heer zog langsam voran auf der Straße. Nach kurzer Zeit kamen sie nach Sinte-Kruis zu den Frauen und Kindern, die sich mit ihren Gütern dort niedergelassen hatten. Das verwirrte Lager bot einen wunderlichen

Anblick. Unzählige Familien hatten sich auf dem ausgedehnten Felde gelagert. Es war unmöglich, weiter als etliche Schritte von sich etwas zu erkennen, so dunkel war die Nacht, aber schon waren viele Feuer angezündet, so dass man die einzelnen Haushalte von ferne gleich gedrängten, glühenden Kreisen sehen konnte.

Die Flammen beleuchteten die beklagenswerten Mütter mit einem roten Glanz und zeigten, mit welch banger Liebe sie den Säugling an ihren Busen drückten. Andere Kinder lagen ermattet auf ihren Knien und weinten bitterlich vor Hunger und Durst und doch konnte ihnen keine Labung gegeben werden, und die armen Mütter mussten diesem Elend machtlos zuschauen. Die Unruhe, die über dem Lagerplatz schwebte, wurde noch verwirrender durch den Zauberglanz des Lichtes. Das Geschrei der Kinder, das dumpfe Klagen der Frauen beklemmten die Seelen gleich dem letzten Gebet, das am Grab eines Freundes gesungen wird. Dies alles übertönten die gellen Schreie der Buben, die ihre Mütter verloren hatten, und noch lauter erscholl das Bellen der Hunde, die in diesem Wirrwarr vergeblich nach ihrem Herrn gesucht hatten.

De Coninc trat mit Breidel in ein Haus, das am Wege stand und befahl den Bewohnern, ihm eine Stube anzuweisen. Mit der größten Ehrfurcht vor dem Dekan der Weber boten die Leute ihm das ganze Haus an und führten die beiden berühmten Brüggelinge in eine kleine Bodenkammer. De Coninc nahm die Lampe aus den Händen der Frau, die sie führte, und nachdem sie den Raum verlassen hatte, schloss er die Tür fest zu, damit niemand ihn beobachten oder überraschen möchte. Er gab Breidel einen Sessel und setzte sich neben ihn. Während der Beinhauer ihn neugierig ansah, begann er: „Zuerst will ich Euch erklären, warum wir die Stadt nächtlich und fliehenderweise verlassen haben. Es ist Eure Schuld durch die unvorsichtige Rache, die Ihr gegen Euer Versprechen an der Besatzung von Schloss Male genommen habt. Die Flammen, die himmelhoch über den Wald stiegen, verursachten, dass in der Stadt die Notglocke geläutet wurde, und die Einwohner sind voll Angst zusammengelaufen, denn in diesen traurigen Zeiten sehen sie den Tod stets vor Augen. Herr de Mortenau hat die fränkischen Söldner, nur um der eigenen Sicherheit willen, auf dem Markt versammelt. Man wusste nicht, was im Gange war, aber als etliche von Euren aus Male entkommenen Schlachtopfern zu ihm kamen und ungestüm um Rache an den Brüggelingen schrien, da gab es kein Zurückhalten mehr. Sie wollten alles morden und verbrennen. Herr de Mortenau musste sie mit der Todesstrafe bedrohen, um sie zu bündigem Ihr könnt Euch wohl denken, dass ich in dieser Not meine Weber versammelt hatte und mich zu blutiger Gegenwehr rüstete. Vielleicht wäre es uns sogar geglückt, die Franzen zu verjagen, aber der Sieg hätte uns nur schädlich werden können. Das will ich Euch sogleich beweisen. Ich ging dann unter freiem Geleit zu Herrn de Mortenau und erlangte von ihm, dass er die Stadt nicht schädigen solle, unter der Bedingung, dass wir alle sofort auszögen. Bei Sonnenaufgang will er alle Klauwaarts, die in der Stadt geblieben sind, hängen lassen."

Breidel erzürnte heftig, als er den Dekan der Weber die schändliche Bedingung mit kühlem Blut wiederholen hörte.

„Ist es möglich!", rief er, „wie konntet ihr das so feige hinnehmen? Ihr lasst euch gleich einer Herde dummer Schafe austreiben. Wäre ich zur Stelle gewesen, ihr solltet Brügge nicht verlassen haben…"

„Ja, wäret Ihr da gewesen! Wisst Ihr, was dann geschehen wäre? Die Straßen Brügges lägen voller Leichen und die verzehrenden Flammen würden unsere Häuser in Asche gelegt haben. Doch, mein hitziger Freund Jan, lasst mich erst weitläufiger über den Stand der Sachen sprechen, so werdet Ihr mir recht geben, das weiß ich. Es ist gewiss, Meister, dass die Stadt Brügge nicht frei und unabhängig bleiben kann, solange die anderen Städte des Landes in der Sklaverei der Franzen sind, denn so lange haben wir die Feinde dauernd vor unseren Mauern. Es ist auch nicht recht, das heilige Wort Vaterland über dem geringeren Wort Vaterstadt zu vergessen. Wir können die Bande der fränkischen Zwingherrschaft nicht anders brechen als mit Hilfe der flandrischen Städte, weil in jeder Stadt Feinde wohnen, die uns die erkämpfte Freiheit wieder rauben würden. Gewiss habt auch Ihr schon einmal an dies alles gedacht, aber in Euerm männlichen Eifer setzt Ihr über alle Hindernisse ohne sie aus dem Wege räumen zu wollen. Noch etwas Wichtigeres ist Euch entgangen, wollt Ihr mir auf diese Frage antworten: Wer gab uns die Macht, zu morden und zu brennen? Wer hat uns zu solchen Taten, die auf Erden mit dem Tod und bei Gott mit Verdammnis bestraft werden, bevollmächtigt?"

Breidel sah den Dekan mit Missvergnügen an und antwortete: „Aber, Meister, es scheint, als wolltet Ihr mich mit dieser hohen Rede verwirren. Wer gab uns die Vollmacht zu morden und zu brennen? Sagt, wer gab denn den Franzen diese Vollmacht?"

„Wer? Ihr König Philipp der Schöne und ihr Feldherr Chatillon. Die Fürsten tragen auf ihren gekrönten Häuptern auch Lohn oder Strafe ihrer guten oder bösen Taten. Durch Treue und Gehorsam kann ein Untertan nicht sündigen. Das vergessene Blut zeugt wider den Herrn, der gebietet, und nicht gegen den Diener, der gehorcht. Aber wir, die ohne Befehl und aus eigenem Willen zu Werke gehen, sind vor Gott und der Welt verantwortlich für unsere Taten. Auf unsere Häupter fällt das durch uns vergossene Blut."

Ein heftiger Zorn erfüllte den Dekan der Beinhauer. Die Erklärung de Conincs fiel ihm schwer aufs Herz, obgleich er nicht viel zu erwidern wusste, schmerzte es ihn doch sehr, sie anzunehmen. „Aber, Meister", fiel er ein, „Ihr scheint Reue zu haben, das wär eine Schande. Haben wir nicht Leib und Gut verteidigt, und war es nicht die Liebe zu unserm gesetzlichen Herrn, dem Löwen, die uns dazu trieb? Ich fühle mich frei von Schuld und ich hoffe auch, dass mein Beil sein letztes Schlachtopfer noch nicht gesehen hat. Aber obgleich ich geneigt wäre, Euer unverständliches Verhalten zu tadeln, wage ich dies doch nicht, denn Eure Wege sind verborgener, als sonst die sterblichen Menschen sind."

„Ihr denkt richtig. Es steckt etwas anderes dahinter, und das ist der Knoten, den ich Euch lösen will. Ihr habt stets geglaubt, dass ich zu nachgiebig und zu träg sei. Aber hört, was ich tat, während Ihr in Eurer Rachsucht das Blut der Feinde nutzlos strömen ließet. Ich habe unsere Bemühungen zur Befreiung unseres Vaterlandes unserm Grafen Gwide heimlich mitgeteilt und er hat sie mit seiner fürstlichen Zustimmung bekräftigt. Nun sind wir keine Empörer mehr, nun sind wir gesetzte Feldoberste unseres Landesherrn!"

„Habt Dank, Meister!", rief Breidel in ungestümer Freude, „jetzt versteh ich Euch! Wie stolz schlägt mein Herz bei diesem Ehrennamen! Ha, nun fühle ich mich als ein ganzer Krieger! Die Franzen sollen diese Änderung schon zu spüren haben!"

„Von dieser Vollmacht habe ich Gebrauch gemacht, um alle Freunde des Vaterlandes heimlich zu einem allgemeinen Aufstand aufzurufen und das ist mir geglückt. Auf die erste Aufforderung werden in allen Städten Flanderns mutige Klauwaarts wie aus der Erde sich erheben."

Der Dekan der Weber wurde von einer verheißungsvollen Vorahnung ergriffen, während eine Träne unter seinen

Lidern glänzte, drückte er die Hand Breidels und nahm dann seine unterbrochene Rede wieder auf: „Und dann, mein heldenhafter Freund Breidel, o, dann wird die Sonne der Freiheit in ganz Flandern keinen lebendigen Franzmann mehr bescheinen und aus Furcht vor unserer Rache werden sie uns den Löwen wiedergeben. Uns, den Söhnen Brügges, uns wird Flandern seine Freiheit danken. Ergreift nicht ein edler Stolz Euern Geist bei dieser Überzeugung?"

Breidel umarmte de Coninc mit ungestümer Freude.

„Freund, Freund!", rief er, „Eure Worte fließen so süß über mein Herz. Ein unbekanntes Gefühl ergreift mich! Ich bin der glücklichste Mensch auf Erden. O, Vaterland, wie groß machst du die Seelen derer, die dich lieben! Seht, Meister Pieter, in diesem Augenblick würde ich meinen Namen als Vlaming nicht gegen die Krone Philipps des Schönen vertauschen."

„Ihr wisst noch nicht alles, Meister. Der junge Gwide von Flandern und Jan, der Graf von Namen, haben sich mit uns verbündet. Herr Jan Borluut wird die Gentenaar anführen. In Oudenaarde haben wir den Herrn Arnold, in Aalst Boudewijn van Papenrode. Herr Jan van Renesse verspricht uns alle seine Vasallen aus Zeeland und noch andere mächtige Lehensherren werden uns beistehen. Was sagt Ihr nun zu meiner Fügsamkeit?"

„O, ich bewundere Euch, Freund, und danke Gott, dass er Euch so viel Verstand geschenkt hat. Nun ist's um die Franzen geschehen. Ich geb.' keine sechs Groschen für das Leben des Letzten."

„Es ist heute um neun Uhr morgens, dass die flämischen Herren zusammenkommen werden, um den Tag der Rache zu bestimmen. Der junge Gwide bleibt als Feldherr unter uns. Die andern kehren unmittelbar in ihre Lehen zurück, um ihre Mannen bereitzuhalten. Es wäre ratsam, dass Ihr auch mit dorthin ginget, dann werdet Ihr die beschlossenen Maßregeln nicht aus Unwissenheit vereiteln. Wollt Ihr mit mir nach Witbosch bij den Dale reiten?"

„Es sei nach Euerm Begehren, Meister, aber was sollen wir unseren Gesellen über unsere Abwesenheit sagen?"

„Dafür ist schon gesorgt. Ich habe ihnen meine Abreise mitgeteilt und den Oberbefehl an Dekan Lindens übertragen. Er soll sich mit unseren Leuten nach Damme begeben und uns dort erwarten. Kommt, wir gehen sofort, denn es wird heller Tag."

In aller Eile wurden zwei Sattelpferde gerüstet, und nachdem Breidel seinen Beinhauern die nötigen Befehle gegeben hatte, verließen die beiden Dekane das Dorf Sinte-Kruis. Während des schnellen Rittes war es ihnen nicht möglich, viel zu sprechen. Doch antwortete de Coninc mit kurzen Worten auf Breidels Fragen und breitete den großen Entwurf der allgemeinen Befreiung vor ihm aus. Nachdem sie wohl eine gute Stunde mit losem Zaum geritten waren, fahen sie die gebrochenen Türme von Nieuwenhove über das Gehölz sich erheben.

„Das da ist Nieuwenhove, wo der Löwe so viele Franzen erschlagen hat?", fragte Breidel.

„Ja, noch eine halbe Meile bis nach Witbosch."

„Ihr müsst bekennen, dass man unsern Herrn Robrecht nicht besser nennen konnte, denn er ist ein mutiger Löwe, wenn er das Schwert in der Faust hat."

Bevor Breidel diese Worte beendet hatte, kamen sie an den Platz, wo der schwarze Ritter mit den Mädchenräubern gekämpft hatte, und sahen die blutigen Leichen auf der Erde liegen.

„Es sind Franzen", brummte de Coninc und lenkte aus der Straße. „Komm fort, Meister, wir dürfen uns nicht aufhalten."

Breidel sah das grässliche Bild mit Freude. Er trieb sein Pferd hin und her über die ausgestreckten Leichen und nötigte das Tier, sie zu zertreten. Er achtete nicht auf den Ruf de Conincs und zerstampfte mit grausamer Gier einen Leichnam nach dem andern. Gegen seinen Willen musste der Dekan der Weber zu ihm zurückkommen.

„Aber, Meister Breidel", rief er, „was tut Ihr? Um Gottes willen, hört auf! Ihr nehmt eine ehrlose Rache."

„Lasst mich vollenden", antwortete Breidel, „Ihr wisst nicht, dass diese Söldner es waren, die mich ins Gesicht geschlagen haben... Aber was war das? Horcht! Hört Ihr aus den Ruinen von Nieuwenhove nicht Laute wie das Klagen einer Frau? O, welcher Gedanke! Sie haben das Fräulein Machteld von Male hergeführt." In demselben Augenblick sprang er von seinem Pferd und ohne es anzubinden, lief er aus aller Kraft der Ruine zu. Sein Freund folgte ihm, doch Breidel war schon auf dem Vorhof des Schlosses, bevor de Coninc von seinem Traber gestiegen war. Es dauerte noch etliche Augenblicke, bis er die Pferde bei der Straße angebunden hatte. Je näher Breidel den Ruinen kam, je deutlicher vernahm er das Klagen des Mädchens. Weil er an dem Ort, wo er sich befand, nicht schnell genug einen Eingang finden konnte, stieg er auf einen Steinhaufen und schaute durch das Fenster in den Saal. Er erkannte Machteld auf den ersten Blick, aber den schwarzen Ritter, der sie umhalsen wollte und gegen den sie sich verzweifelt wehrte, konnte er nur für einen Feind halten. Bei diesem Gedanken zog er sein Beil unter dem Koller hervor, stieg auf den Fensterstein und ließ sich gleich einem Stein auf den Saalboden fallen.

„Böser Räuber!", rief er dem schwarzen Ritter zu, „ehrloser Franzmann! Ihr habt lang genug gelebt. Ihr sollt nicht ungestraft Eure Hände an die Tochter des Löwen, meines Herrn, gelegt haben."

Der Ritter stand ob dieser plötzlichen Erscheinung wie, erstarrt und hatte die Drohung mit Staunen angehört, doch nachdem er seine Augen von dem Beinhauer dem Fenster zugewandt hatte, fasste er sich schnell und antwortete: „Ihr täuscht Euch, Meister Weiden ich bin ein Kind Flanderns. Beruhigt Euch, die Tochter des Löwen ist gerettet."

Breidel wusste nicht, was er denken sollte, er bebte noch vor Zorn, aber die Worte des Ritters, der ihm in flämischer Sprache antwortete und ihn beim Namen nannte, hatten Macht genug, um ihn zurückzuhalten.

Machteld hatte sich beim Erscheinen Breidels durchaus nicht erschreckt. In ihrem Irrsein schien sie überzeugt, dass der schwarze Ritter ihr Entführer sei, lachte freudig und rief: „Schlagt ihn tot! Er hat meinen Vater eingekerkert und will mich zu der bösen Johanna von Navara führen, der Falschen! Warum rächt Ihr das Blut Eurer Grafen nicht, Vlaming?"

Der Ritter sah das Fräulein mit schmerzlichem Mitleid an, und aus seinen Augen brachen strömende Tränen.

„Unglückliches Kind!", seufzte er.

„Ihr liebt und beklagt die Tochter des Löwen", sagte" Breidel und drückte die Hand des Ritters. „Vergebt mir, Herr, ich kannte Euch nicht."

In diesem Augenblick erschien de Coninc im Eingang des Saales. Er hob voll Erstaunen seine Hände über den Kopf, warf sich vor dem Ritter aufs Knie und rief: „Oh Himmel, der Löwe, unser Herr!"

„Der Löwe, unser Herr!", wiederholte Breidel, indem er sich neben den Dekan der Weber auf die Knie warf.

„Gott, was habe ich getan?"

Sie blieben voll Ehrfurcht tiefgebeugt vor dem Ritter knien, ohne zu sprechen.

„Steht auf, meine treuen Untertanen", sprach Robrecht van Bethune zu ihnen.

„Ich weiß, was ihr für euren Fürsten getan habt."

Nachdem sie sich aufgerichtet hatten, fuhr er fort: „Schaut da die Tochter eures Grafen und bedenkt, wie das

Herz eines Vaters bei diesem Anblick zerrissen sein muss. Und nichts, um ihr zu helfen, keine Nahrung und kein anderer Trank als das kühle Wasser aus dem Bache! Ihr seht, der Herr prüft mich durch viele Schläge."

„Beliebe es Euch, durchlauchtiger Herr, mir zu befehlen, dass ich das alles besorge?", fragte Breidel. „Darf ich, ein geringer Untertan, Euch darin dienen?"

Bei diesen Worten lief er schon zur Tür, doch ein gebietendes Zeichen des Grafen hielt ihn zurück.

„Ja", sprach er, „sucht einen Arzt, aber keinen Leliaart. Verlangt einen Eid von ihm, dass er nichts von dem, was er hören und sehen wird, ruchbar machen werde."

„Herr Graf", rief Breidel jubelnd, „ich weiß just einen meiner guten Freunde, den wärmsten Klauwaart Flanderns. Er wohnt in Vandamme. Ich werde ihn rasch bringen."

„Ich ersuche Euch, dass Ihr ihm den Löwen von Flandern nicht nennt und befehle euch beiden ewiges Schweigen. Geht!"

Breidel verließ den Saal. Nach vielen Fragen, die der Graf über die Lage des Landes an den Dekan der Weber gestellt hatte, sagte er: „Ja, Meister de Coninc, ich habe im Gefängnis durch Herrn die Vos und Adolf van Nieuwland von Euren vergeblichen Versuchen vernommen. Es bringt mir ein großes Genügen, noch solch treue Untertanen zu haben, während die meisten Edlen mich verlassen."

„Es ist wahr, durchlauchtiger Graf", antwortete der Dekan, „viele Herren haben sich gegen das Vaterland erklärt. Doch die Zahl der treugebliebenen Edlen ist größer als die der Bastarde. Meine Versuche sind auch nicht misslungene, wie Eure Gräfliche Hoheit das meint. Noch nie war Flandern der Freiheit so nahe. In der gewärtigen Stunde sind die Herren Gwide und Jan van Namen mit zahlreichen anderen Edlen im Witbosch bij den Dale versammelt, um ein mächtiges Bündnis zu schließen. Sie warten nur auf mich."

„Was sagt Ihr, Dekan, so nahe bei diesen Ruinen? Meine beiden Brüder?"

„Ja, Herr, Eure beiden durchlauchtigen Brüder und auch Euer treuer Freund Jan van Renesse."

„Oh Gott, und ich kann ihn nicht umhalsen! Herr die Vos hat Euch gesagt, auf welche Bedingung ich mein Gefängnis verlassen habe. Ich will das Leben dessen, der mir eine Zeitlang Freiheit schenkte, nicht in Gefahr stellen. Doch verlangt es mich, meine Brüder zu sehen. Ich will mit Euch gehen, doch mit geschlossenem Helm. Wenn ich es für nötig finden sollte, mich bekanntzugeben, will ich ein Zeichen geben, und Ihr sollt den anwesenden Rittern ihr Ehrenwort abverlangen, das sie meinen Namen geheim halten. Würden sie das verweigern, so sollen sie mich nicht erkennen. Ich werde auch nicht sprechen."

„Euer Wille soll geschehen, Herr, seid versichert, dass Ihr Euch auf mich verlassen könnt. Ich verstehe Eure Absicht gar wohl... Die kranke Machteld scheint zu schlafen. Die Ruhe wird ihr heilsam sein."

„Sie schläft nicht, das arme Kind, sie schlummert vor Ermüdung. Aber mich dünkt, ich höre die Schritte von Menschen. Jetzt, nachdem ich meinen Helm aufgesetzt habe, kennt Ihr mich nicht mehr. Vergesst das nicht."

Der Arzt kam mit Breidel in den Saal. Er grüßte den schwarzen Ritter mit Ehrfurcht und ging ohne ein Wort zu dem kranken Mädchen. Nachdem er die gewöhnliche Untersuchung vorgenommen hatte, sagte er, das Fräulein müsse gleich zur Ader gelassen werden, und gab ihr sogleich einen Pfriemeustich in den linken Arm, während die beiden Dekane sie auf dem Bette festhielten. Der Graf wandte den Kopf nach der andern Seite des Saales. Dieses Blut, das in einem tanzenden Strahl aus dem Arm seines unglücklichen Kindes sprang, lief ihm gleich bitterer Galle über das Herz und ließ ihn vor Schmerz zittern. Nachdem er seine Trübnis mit Mühe überwunden hatte, wandte er sich wieder seiner Tochter zu, aber er sah auf den Boden. Der Arzt hemmte das Blut des Fräuleins nicht, bis dass ihre Kräfte sie verlassen hatten. Sie atmete etliche Male heftig und fiel in krampfhaftes Zucken. Dann wurde ihr Arm verbunden und sie schien wieder zu schlafen.

„Herr", sagte der Arzt und wandte sich zu Robrecht, „ich versichere Euch, dass dem Fräulein keine Gefahr droht. Die Ruhe wird ihren Geist wiederherstellen."

Sobald der Graf diese tröstlichen Worte gehört hatte, winkte er den beiden Dekanen und ging mit ihnen aus dem Saal. Außerhalb der Ruinen sprach er zu Breidel: „Meister, ich befehle mein Kind Eurer Sorge. Geht zu ihr zurück und behütet die Tochter Eures Grafen bis zu meiner Rückkehr. Meister Pieter, wir reiten nach dem Witbosch."

Er holte seinen Traber und ritt aus den Ruinen. Der Dekan der Weber begleitete ihn zu Fuß und ließ sein Pferd an der Straße stehen, obgleich er mit dem Grafen dort vorbeikam, denn er wusste wohl, dass es ihm nicht geziemte, neben seinem Landesherrn zu reiten. Kurz vor dem Witbosch kamen ihnen etwa zehn Reiter entgegen. Diese erkannten de Coninc und kehrten mit ihm zurück in das Gehölz. Die vornehmsten von ihnen waren Jan, Graf von Namen, und der junge Gwide, beide Brüder Robrechts van Bethune. Wilhelm von Jülich, ihr Neffe, Priester und Propst zu Aachen, Jan van Renesse, der mutige Zeelander, Jan Borluut, der Held von Worringen, Arnold van Oudenaarde und Boudewijn van Papen ode. Die Gegenwart des unbekannten Ritters verursachte ihnen großes Misstrauen, und sie sahen de Coninc an, als ob sie eine sofortige Erklärung forderten.

Der Dekan der Weber trat in ihre Mitte und sprach: „Ihr Herren, ich bringe euch den größten Feind der Franzen, den edelsten Ritter Flanderns. Ein gewichtiger

Grund, an dem das Leben eines edelmütigen Menschen hängt, verbietet ihm für den Augenblick, sich Euer Edlen zu erkennen zu geben. Legt es ihm darum nicht übel aus, wenn er seinen Helm geschlossen lässt und nicht spricht, denn seine Stimme ist euch allen so wohlbekannt wie die Stimme eurer Mutter."

Die Ritter wunderten sich über diese sonderbare Erklärung und versuchten in ihrem Gedächtnis den Namen H des Unbekannten zu erraten, doch weil keiner von ihnen" die Gegenwart des Löwen für möglich gehalten hätte, blieb ihr Nachsinnen fruchtlos. Sie vertrauten aber völlig in die Vorsicht des Webers und schickten ihre Diener in verschiedener Richtung hinaus, um sich gegen einen unerwarteten Überfall zu sichern. Dann fing de Coninc also zu reden an: „Ihr Herren, die Gefangenschaft unserer durchlauchten Laudesherren ist den Brüggelingen sehr schmerzlich gewesen. Es ist wahr, sie haben sich oftmals gegen sie erhoben, wenn man unsere Vorrechte verletzen wollte und vielleicht habt ihr gedacht, dass wir mit dem Franzen halten würden. Aber bedenkt, dass ein edelmütiges, freies Volk keine fremden Herren dulden kann. Auch haben wir seit dem verräterischen Anschlag des Königs Philipp unser Leib und Gut manchmal gewagt. Mancher Franzmann hat die Übeltat seines Fürsten mit dem Leben bezahl, und das Blut der Vlaminge ist zu Brügge in Strömen geflossen. Bei diesem Stand der Sachen habe ich mich erkühnt, Euer Edlen die Möglichkeit einer allgemeinen Befreiung vorzustellen, denn es ist mein Urteil, dass das Joch hart verschlissen ist und darum mit einer kräftigen Anstrengung abgeworfen werden kann. Ein glücklicher Zufall ist uns wundervoll zu Hilfe gekommen. Der Dekan der Beinhauer hat das Schloss Male zerstört und darauf hat Herr de Mortenau alle Klauwaarts aus Brügge ausgewiesen und jetzt befinden sich die Zunftgesellen, über fünftausend stark, zu Damme. Siebenhundert Beinhauer haben sich uns angeschlossen, und ich kann Euer Edlen versichern, da diese letzteren unter ihrem Dekan Breidel vor zehnmal so viel Franzen nicht weichen würden. Es ist eine rechte Löwenschar. Wir besitzen nun ein Heer, das nicht zu verachten ist, und können sogleich in den Kampf gegen die Franzen ziehen, wenn uns von euch die nötige Hilfe aus anderen Städten zugesandt wird. Das ist's, was ich euch mitzuteilen habe. Es beliebe Euer Edlen nun, die nötigen Maßregeln zu bestimmen, denn der Augenblick ist günstig. Ich erwarte eure Befehle, um mich als ein getreuer Untertan danach zu halten."

„Mich dünkt", antwortete Jan Borluut, „dass eine allzu große Eile uns schädlich sein kann. Denn obgleich die Brüggelinge ausgezogen und zum Kampf bereit sind, ist es in den anderen Städten noch nicht so weit gediehen. Es wäre zu wünschen, dass wir die Rache noch etwas hinausschöben, um größere Kräfte dafür zu sammeln. Seid versichert, dass das Heer der Franzen durch eine große Zahl entarteter Vlaminge und Leliaarts verstärkt werden wird. Wir müssen bedenken, dass wir die Freiheit des Volkes bei diesem Spiel einsetzen, denn wenn wir den Kampf verlören, so würde sie für ewig verloren sein, und dann könnten wir die Waffen wohl an die Wand hängen

Da der edle Borluut als ein echter Vlaming und ein kundiger Kriegsmann berühmt war, wurde seiner Rede von vielen der anwesenden Ritter, auch von Jan van Namen, zugestimmt. Der junge Gwide trat vorwärts und sagte mit Eifer: „Überlegt doch, ihr Herren, dass jeder Aufschub eine Leidensstunde mehr ist für meinen alten Vater und meine unglücklichen Blutsverwandten bedenkt, welche Qual mein durchlauchtiger Bruder Robrecht erdulden muss. Ihn, der keinen kränkenden Gedanken zu ertragen vermochte, haben wir seit zwei Jahren ohne Hilfe seinen Feinden überlassen. Wir haben in feiger Fügsamkeit unsere

Schwerter rosten lassen und Schande auf unsere Häupter gesammelt. Wenn unsere gefangenen Brüder aus ihren Kerkern uns anrufen könnten und fragten: was habt ihr mit euren Degen getan, und wie habt ihr eure Ritterpflichten gehalten? Was sollten wir antworten? Nichts! Schamrot müssten unsere Wangen werden und unser Haupt sich beugen vor diesem Vorwurf. Nein, ich will nicht mehr warten. Das Schwert ist gezogen, und die Scheide soll es nicht wieder empfangen, bis es mit dem Blut der Feinde gefärbt ist. Ich hoffe, dass mein Neffe Wilhelm mir in diesem Vorhaben durch seinen Beistand zur Seite stehen wird."

„Je eher, je lieber", rief Wilhelm von Jülich, „wir haben die Leiden unserer Eltern nur allzu lang traurig angesehen. Es geziemt sich nicht, dass ein Mann sie so lang ohne Wehr und Rache reizen lässt. Ich habe den Harnisch angelegt, und nun bleibt er auf meinem Leibe bis zum Tage der Befreiung. Ich kämpfe mit meinem Vetter Gwide und will von keinem Aufschub bitten."

„Aber, ihr Herren," nahm Jan Borluut wieder das Wort, „erlaubt mir, euch darauf hinzuweisen, dass wir Zeit gebrauchen, um unsere Leute mit Bedacht zu rüsten, und dass euch diese Hilfe fehlen wird, wenn ihr ohne uns zu Felde ziehen wolltet. Herr van Renesse hat mir schon die gleiche Meinung angesprochen."

„Ich kann meine Lehensleute wirklich in weniger als vierzehn Tagen nicht unter Waffen bringen," sagte Jan van Renesse, „und ich möchte den Herren Wilhelm und Gwide raten, sich dem Vorschlag des edlen Borluut zu fügen. Es ist uns nicht möglich, die deutschen Reiter so schnell herzubringen. Was dünkt Euch, Meister de Coninc?"

„Wenn die Worte eines geringen Untertan vor seinen Laudesherren etwas gelten, so wollte ich ihnen auch empfehlen, es mit der Vorsicht zu halten, obgleich das gegen meinen Vorschlag ist. Wir sollten in diesem Falle unsere übrigen Brüder aus Brügge locken und so unser Heer verstärken. Mittlerweile könnten die Herren ihre Lehensleute versammeln und bereithalten, bis dass der Herr von Jülich mit seinen deutschen Reitern zurückgekommen ist."

Der schwarze Ritter gab oftmals durch Schütteln des Kopfes seine Unzufriedenheit zu erkennen, es war zu sehen, da er die größte Lust zu reden hatte. Endlich mussten Gwide und Wilhelm sich den anderen Herren fügen, denn diese waren insgesamt gegen den Vorschlag der beiden Vettern. Es wurde nun beschlossen, dass de Coninc sein Volk zu Damme und zu Aardenburg lagern solle. Wilhelm von Jülich musste nach Deutschland, um seine Reiter zu holen, und der junge Gwide sollte die Söldner seines Bruders, des Grafen von Namen, heranführen. Jan van Renesse reiste nach Zeeland und ebenso jeder der anderen Herren in seine Herrschaft, um alles für den allgemeinen Ausstand vorzubereiten.

In dem Augenblick, da sie einander die Hände drückten, um sich zu trennen, hielt der schwarze Ritter sie mit seinem Wink zurück und sprach: „Ihr Herren!"

Seine Stimme rief das Staunen auf die Gesichter der Ritter. Sie sahen einander mit einem flüchtigen Blick an, um jeder aus dem Gesicht des andern dessen Meinung zu lesen. Aber der junge Gwide sprang vorwärts und rief: „O, selige Stunde! Mein Bruder, mein lieber Bruder! Seine Stimme drang bis auf den Grund meines Herzens."

Mit ungestümer Gewalt riss er den Helm von dem Haupt des schwarzen Ritters und schlang die Arme mit Liebe um seinen Hals.

„Der Löwe, unser Graf!", war der allgemeine Ruf.

„Mein unglücklicher Bruder", fuhr Gwide fort, „Ihr habt so viel gelitten, ich habe Eure Gefangenschaft so sehr betrauert. Aber nun, o Heil! Nun kann ich Euch umarmen. Ihr habt Eure Ketten gebrochen, Flandern hat seinen Grafen zurück. Vergebt mir meine Tränen. Sie fließen ans Liebe zu Euch, aus trauriger Erinnerung an Euer Leid. Dem Herrn sei Dank für das unerwartete Glück."

Robrecht drückte den jungen Gwide mit Zärtlichkeit an sein Herz, dann wandte er sich zu seinem andern Bruder, Jan van Namen, und nachdem er ihn umarmt hatte, sprach er: „Ihr Herren, ich würde mich wegen gewichtiger Gründe nicht zu erkennen gegeben haben, aber ich hielt es für meine Pflicht, euch jetzt zu sagen, dass ihr euern Beschluss ändern müsst. Wisset, da der König von Frankreich alle seine Lehensleute mit ihren Knechten aufgerufen hat, um gegen die Mohren zu kriegen. Da er diesen Zug nur unternimmt, um den König von Mallorca wieder in den Besitz seines Reiches zu bringen, so ist gewiss, dass er dieses mächtige Heer viel eher benutzen würde, um Flandern zu behaupten!

Die Tagfahrt ist auf das Ende Juni festgesetzt, also nach einem Monat gebietet Philipp der Schöne über ein Heer von zwanzigtausend Mann. Bedenkt nun, ob es nicht ratsam sei, dass ihr die Befreiung vor diesem Zeitpunkt bewirkt. Später wird sie unmöglich. Ich befehle nichts, denn morgen muss ich in die Gefangenschaft zurückkehren."

Die Ritter erkannten, wie sehr dieser Rat begründet war, und stimmten überein, dass die größte Eile geboten sei. Das änderte ihren Plan in dieser Weise: sie wollten nicht länger warten und mit allem möglichen Beistand zu de Coninc kommen. Der junge Gwide wurde, als Robrechts nächster Verwandter, zum Oberbefehlshaber des Heeres ernannt, weil Wilhelm von Jülich wegen seiner Priesterschaft diese Würde nicht annehmen wollte. Jan van Namen konnte den Vlamingen nicht persönlich beistehen, denn bei den Ereignissen, die bevorstanden, hatte er genug damit zu schaffen, seine Grafschaft zu verteidigen, aber er sollte ihnen eine gute Schar Namenscher Reiter zuschicken.

Kurz darauf reisten die Herren ab, ein jeder in sein Gebiet. Robrecht blieb allein mit seinen Brüdern, seinem Neffen Wilhelm und dem Dekan der Weber.

„O Gwide", sprach Robrecht mit traurigem Ton, „o Wilhelm, ich bringe euch eine Kunde, so entsetzlich, dass meine Zunge es nicht auszusprechen wagt, dass schon der Gedanke meine Augen mit Tränen verdüstert. Ihr wisst, wie böslich die Königin Johanna unsere Schwester Philippa gefangengenommen hat. Sechs Jahre ist die Unglückliche in einem Kerker des Louvre eingeschlossen gewesen, und in dieser Zeit hat sie weder ihren Vater noch ihre Brüder sehen können. Ihr denkt, dass sie noch auf Erden sei, denn ihr bittet Gott um ihre Befreiung. Aber, weh! Eure Gebete sind nutzlos: unsere Schwester ist vergiftet worden und ihre Leiche in die Seine geworfen!"

Wenn die Trauer das Menschenherz gar zu hart trifft, raubt sie ihm für den Augenblick das Bewusstsein. So ging es auch mit Wilhelm und Gwide. Ihre Wangen erbleichten, und ohne zu sprechen, sahen sie niedergeschlagen zu Boden. Gwide erwachte zuerst aus seiner Bestürzung.

„Es ist also wahr", seufzte er, „Philippa ist tot! O, seliger Geist meiner Schwester, du magst in meinem Herzen lesen, welche Trauer mich drückt, welche Rachgier mich verzehrt. Du sollst gerächt werden! Ströme von Blut will ich zu deinem Gedächtnis vergießen!"

„Lasst Euch durch den Schmerz nicht irren, mein lieber Reffe", sprach Wilhelm von Jülich. „Betrauert Eure Schwester und betet für ihre Seele, aber kämpft für die Freiheit des Vaterlandes! Das gierige Grab gibt seine Toten nicht um Blut zurück."

„Meine Brüder", fiel Robrecht ein, „beliebt mir zu folgen. Wir gehen eure Nichte Machteld besuchen, die nicht weit von hier ist. Ich werde euch unterwegs noch traurigere Dinge erzählen."

Darauf erzählte Robrecht ihnen, wie wunderlich er sein Kind aus den Händen der Franzen erlöst und welche Qualen er in den Trümmern von Nieuwenhove ausgestanden hatte. Seine Trauer war doch sehr gelindert, denn er schenkte der Voraussage des Arztes Glauben. Die Hoffnung, dass Machteld ihn endlich erkennen würde, tröstete sein Herz, und die Gewöhnung, viel Unglück zu tragen, gab seiner Seele mehr Kraft, den Schmerz zu überwinden.

Sie kamen bald in den Saal, wo Machteld ruhig zu schlafen schien. Ihre Wangen waren weiß wie Alabaster und ihre Atemzüge so leicht, dass sie einer gefühllosen Leiche glich. Groß war die Bestürzung der Ritter, als sie das Blut sahen, das mit Schlamm vermischt ihre Kleider bedeckte. Sie schlugen in bitterem Mitleid die Hände zusammen. Trotzdem redeten sie nicht, denn der Arzt hatte ihnen, indem er den Finger auf den Mund legte, zu verstehen gegeben, dass die größte Ruhe geboten sei. Der junge Gwide umarmte seinen Bruder Robrecht und weinte mit traurigem Schluchzen an seiner Brust.

„Unheil!", seufzte er, „da liegt nun das Kind des Löwen."

Der Arzt winkte die Ritter nach dem Ausgang und führte sie ans dem Saal. Dann sprach er: „Das Fräulein hat ihren Verstand wieder, aber sie ist so schwach, so abgemattet. In eurer Abwesenheit ist sie erwacht und hat den Meister Breidel erkannt. Sie hat ihn nach vielen Dingen gefragt, um ihre Erinnerung zu sammeln. Er hat sie mit der Versicherung getröstet, dass ihr Vater sie besuchen kommen werde. Es ist nicht ratsam, ihr Herren, diese Hoffnung zu täuschen, darum rate ich, sie nicht zu verlassen. Auch ist es dringlich nötig, dem Fräulein andere Kleider und eine bessere Ruhestatt zu besorgen."

Weil Robrecht es nicht darauf ankommen lassen durfte, von mehr Personen erkannt zu werden, folgte er für den Augenblick der Vorschrift des Arztes nicht. Er kehrte mit seinen Brüdern zu Machteld zurück und schaute in stillem Schmerz in ihre farblosen Züge. Die Lippen des Mädchens bewegten sich, und von Zeit zu Zeit kam ein unverständlicher Laut ans ihrer Brust. Zweimal führte ein kräftiger Atem das Wort „Vater" gleich einem süßen Harfenton in Robrechts Ohr, und er brachte, von einem Gefühl glückseliger Liebe ergriffen, seinen Mund an die Lippen seiner träumenden Tochter. Der lange Kuss, bei dem zum zweiten Mal ein Teil der Vaterseele in den Busen, seines Kindes sank, gab dem Blut des Mädchens mehr Fluss und Leben. Ein Schimmer von Rot färbte ihre Wangen, und ihre Augen öffneten sich mit einem leisen und doch glückvollen Lächeln.

Unbeschreiblich war der Ausdruck ihrer Züge. Sie schaute ohne ein Wort in die Augen ihres Vaters und schiert in süßer Wollust versunken. Bald hob sie ihre Arme empor, und Robrecht beugte sich über sie, um sich umarmen zu lassen, aber das war nicht die Absicht des Mädchens.

Sie legte ihre beiden Hände auf das Gesicht ihres Vaters und strich schmeichelnd über seine Wangen. Beide waren von einer innigen Herzensfreude erfüllt und bildeten sich eine Welt seliger Gedanken. Der Vater bedauerte seine Qualen nicht, vielmehr dankte er Gott, der den Unglücklichen also auch mehr Junigkeit gibt, die Freude zu genießen.

Die Zuschauer waren nicht weniger ergriffen von diesem Schauspiel der Vaterliebe. Sie wagten es nicht, das feierliche Schweigen durch einen Seufzer zu stören, und wischten bedächtig die Tränen aus ihren Augen. Doch war ihre Haltung sehr verschieden. Jan van Namen, der seine Trauer besser zu beherrschen verstand, stand mit festem Blick und erhobenem Haupt im Saal. Wilhelm von Jülich, der Priester, kniete mit gefalteten Händen und betete.

Bei dem jungen Gwide und Jan Breidel mischte der Schmerz sich mit heißer Rachgier, was man an dem heftigen Zusammenpressen ihrer Lippen und an den geballten

Fäusten wohl merken konnte. De Coninc, der sonst in allen Lagen kühl blieb, war nun der Traurigste von allen. Seine Tränen flossen in Strömen über die Hand, mit der er sein Angesicht bedeckte. Es gab keinen Menschen in ganz Flandern, der seinen Landesherrn mehr liebte als der Dekan der Weber. Alles, was sein Vaterland groß machte, war dem edlen Bürger von Brügge heilig.

Endlich erwachte die junge Machteld aus ihrer stillen Versunkenheit, ihre Arme drückten das Haupt ihres Vaters mit feurigem Eifer gegen ihre wogende Brust, und sie sprach mit leiser Stimme: „O mein Vater, mein lieber Vater! Da liegt Ihr nun am Herzen Eures unglücklichen Kindes! Ich fühle Euer Herz an dem meinen klopfen... Sei gelobt, o Gott, der den Menschen solches Heil gegeben hat! Haltet mich so fest, mein Vater, denn Eure Küsse öffnen mir den Himmel!"

„Deine Liebe, o mein Kind", rief Robrecht, „vergütet mir allen ausgestandenen Schmerz. Du kannst nicht begreifen, wie peinvoll dein Irrsinn mir gewesen ist und darum weiß Gott allein, welche Freude er in dieser Stunde gleich einem Strom durch mein Herz fließen lässt. Ich will meine Küsse auf deinen Wangen vervielfachen, denn sie sind Balsam für die Wunden meiner Seele. Liebe Machteld, wie bitter war doch dein Los."

Inzwischen hatte der junge Gwide sich genähert, er stand mit offenen Armen an der Lagerstatt und schien auch um eine Umarmung zu bitten. Sobald Machteld ihn bemerkte, sagte sie zu ihm, ohne ihren Vater loszulassen: „Ach, mein lieber Ohm Gwide, seid Ihr auch hier! Ihr weint über mich? Und da sitzt Herr Wilhelm und betet, und Herr Jan van Namen! Sind wir denn auf Wijnendaal?"

„Meine unglückliche Nichte", antwortete Gwide, „Euer Leid bricht mir das Herz! O, lasst Euch doch umarmen, denn meine Seele verlangt nach Trost. Ich bin bis auf den Tod gerührt."

Machteld ließ ihren Vater los und bot sich dem liebreichen Gwide zur Umarmung. Dann gab sie ihrer Stimme etwas mehr Kraft und rief: „Herr von Jülich, gebt mir auch einen Kuss, und Ihr, mein schöner Ohm Jan, drückt mich auch an Eure Brust. Ihr liebt mich alle so feurig!"

Nun wurde sie von all ihren Blutsverwandten nacheinander geliebkost, und sie empfand eine selige Freude. Das erlittene Leid hatte keinen Raum mehr in ihrem Herzen. Als Wilhelm von Jülich zu ihr kam, besah sie ihn verwundert vom Haupt bis zu den Füßen und fragte: „Was ist das, Herr Wilhelm? Warum tragt Ihr den Harnisch über Euerm Priesterkleid, und warum begleitet der lange Degen einen Diener Gottes?"

„Der Priester, der das Vaterland verteidigt, kämpft auch für den Altar Gottes", war die Antwort.

De Coninc und Breidel standen mit entblößtem Haupt in etlichem Abstand von der Lagerstatt und nahmen teil an der allgemeinen Freude. Machteld schaute sie mit tiefer Dankbarkeit für ihre Liebe an. Sie zog das Haupt ihres Vaters nochmals an ihre Brust und fragte mit leiser Stimme: „Wollt Ihr mir etwas versprechen, mein vielgeliebter Vater?"

„Alles, mein Kind, deine Wünsche werden mich erfreuen."

„Gut, so bitt ich Euch, mein Herr Vater, dass Ihr die zwei treuen Untertanen nach Verdienst belohnt. Sie haben ihr Leben täglich für das Vaterland gewagt."

„Dein Begehren soll erfüllt werden, Machteld, ich werde schaffen, dass sie dich ein andermal auch sollen umhalsen können. Löse deine Arme von meinem Halse. Ich muss mit Gwide sprechen."

Er winkte seinem Bruder und führte ihn aus dem Saal auf den Vorhof.

„Mein Bruder", sagte er, „es geziemt sich, dass man eine

Liebe gleich der unserer beiden Dekane der guten Stadt Brügge nicht ungelohnt lasse. Ich gebe Euch deshalb die nötige Vollmacht, diesen meinen Wunsch zu erfüllen. Wenn Ihr im Feldlager und inmitten der Zunftgesellen sein werdet, so sollt Ihr nach meinem Willen de Coninc und Breidel in Gegenwart aller ihrer Gesellen zu Rittern schlagen. Also sei die Liebe zum Vaterland in ihnen geadelt. Haltet den Befehl geheim in Euerm Herzen, bis dass die Zeit gekommen ist. Lasst uns nun in den Saal zurückkehren, denn ich muss euch verlassen."

Robrecht näherte sich seiner Tochter, nahm ihre Hand in die seine und sprach: „Mein Kind, du weißt, wie ich mein Gefängnis verlassen habe. Ein edelmütiger Ritter wagt sein Leben für mich. Werde nicht traurig, Machteld. Unterwirf dich mit mir dem schmerzlichen Los…"

Machteld fiel ihm in die Rede und antwortete: „O, ich weiß, welches traurige Wort auf Euren Lippen liegt. Ihr wollt mich verlassen…"

„Du hast es gesagt, mein Kind, ich muss zurück in meinen Kerker. Ich habe bei meiner Treu versprochen, dass ich nur einen Tag in Flandern bleiben würde. Weine nicht. Das Unglück wird uns nicht lange mehr verfolgen."

„Ich werde nicht weinen, das wär eine große Sünde. Ich bin dem Herrn dankbar für so viel Trost und ich will mein Glück durch Geduld und Gebet vor ihm verdienen. Kommt, Vater, gebt mir noch einen Kuss und die Engel des Himmels mögen Euch auf Eurer Fahrt begleiten!"

„Dekane", sprach Robrecht, „ich übergehe Euch den Befehl über die Mannen von Brügge. Meister de Coninc sei der oberste Feldherr. Nun ersuche ich Euch, dass Ihr eine gute Frau zu meiner Tochter bringt. Besorgt Ihr auch andere Kleider. Nachher sollt Ihr sie an einen andern Ort bringen und sie vor jeder Kränkung bewahren. Ich stelle sie unter Euern Schutz, damit sie, geziemend dem Blute, dem sie entstammt, behandelt werde. Meister Breidel, beliebt, meinen Traber auf den Vorhof zu bringen."

Nachdem Robrecht von seinen beiden Brüdern Abschied s genommen hatte, umarmte er seine Tochter und schaute sie mit solch einer zärtlichen Andacht an, dass man gesagt haben sollte, er wolle das lang gekannte Bild seiner Erinnerung noch fester einprägen. Das Mädchen küsste ihn wiederholt und hielt ihn ängstlich fest.

„Nun, mein Kind", sprach Robrecht, „tröste dich. Ich werde bald wiederkommen für immer. In wenigen Tagen wird dein guter Bruder Adolf zu dir zurückkommen."

„O, sagt ihm, dass ich ihn bitten lasse, sich zu eilen. Seid versichert, dass er seinem Traber Flügel geben wird. Nun geht mit Gott, lieber Vater, ich werde bei Euerm Abschied nicht weinen."

Robrecht trennte sich endlich von seiner Tochter und stieg zu Pferde. Das taten auch die anderen Ritter. Sobald Machteld die Hufschläge der trabenden Pferde hörte, begannen die Tränen trotz ihres Versprechens über ihre Wangen zu fließen, aber das bereitete ihr kein Leid, denn sie fühlte sich gestärkt und getröstet. De Coninc und Breidel erfüllten die Befehle des Löwen, ihres Herrn. Sie holten eine Frau, und Machteld erhielt saubere Kleider. Gegen den Abend waren sie alle zu Damme im Lager der Brüggelinge.

Fünfzehntes Hauptstück

An den acht Tagen, die diesen Ereignissen folgten, verließen noch mehr als dreitausend Bürger die Stadt Brügge und begaben sich nach Aardenburg zu de Coninc oder nach Damme zu dem Dekan der Beinhauer. Durch die Entfernung der streitbaren Männer wurden die Franzen kühner gemacht und überließen sich allen Ausschreitungen und behandelten die gebliebenen Einwohner gleich gekauften Sklaven. Doch gab es noch viele Vlaminge, denen die Franzen nichts antaten und mit denen sie sprachen und fröhlich waren, als ob sie ihre Brüder wären. Doch das waren Vlaminge, die ihr Vaterland verleugnet hatten und die Gunst der Fremden durch Feigheit zu erwerben suchten. Sie rühmten sich auch des Namens Leliaart wie eines Ehrentitels. Die anderen waren Klauwaarts, echte Söhne Flanderns, die das Joch mit Ungeduld trugen, aber der Besitz, den sie mit dem Schweiß ihres Angesichts erworben hatten, war ihnen zu teuer, um ihn widerstandslos den Händen der ausländischen Plünderer zu überlassen.

Gegen diese Klauwaarts und gegen die Frauen und Kinder der Gebannten übten die Franzen eine herzlose Tyrannei. Nichts konnte sie darin von ihrer niedrigen Rache abhalten. Sie raubten alles, was ihnen gefiel, sie holten die Waren mit Gewalt aus den Läden und bezahlten mit Scheltworten und Lästerungen. Das erbitterte die unterdrückten Bürger so sehr, dass sie in ihre Läden nichts mehr zum Verkauf hängten und sich insgemein weigerten, den Franzen noch ein Stück Fleisch oder einen Laib Brot zu verkaufen. Sie vergruben die Lebensmittel in die Erde, um sie den Augen des Feindes zu entziehen. Nach vier Tagen waren die Truppen der Besatzung so ausgehungert, dass sie mit Haufen durch die Felder streiften, um etwas zu finden. Zu ihrem Glück wurde ein Teil von ihnen durch die Sorge der Leliaarts versehen, trotzdem blieben die Lebensmittel knapp in der Stadt. Die Häuser der Klauwaarts waren geschlossen, niemand trieb noch Kaufhandel, und alles, außer den unruhigen Söldnern und den feigen Leliaarts, schien für ewig zu schlafen. Die Zunftgesellen waren ohne Arbeit und konnten die Schatzung nicht aufbringen. Darum waren sie gezwungen, sich zu verbergen, um den Verfolgungen des Zollherrn Jan van Gistel zu entgehen. Wenn an den Samstagen die Zollknechte rundgingen, um den Weißpfennig zu empfangen, fanden sie keinen einzigen Mann daheim. Es war dann, als ob die Brüggelinge die Stadt verlassen hätten. Viele Zunftleute klagten bei Jan van Gistel, dass sie den Zoll nicht bezahlen könnten, weil sie nichts verdienten, aber der verkommene Vlaming hörte nicht auf diese Rede und wollte die Schatzpfennige mit Gewalt beitreiben. Eine große Zahl Bürger wurde ins Gefängnis geworfen und viele umgebracht.

Herr von Mortenau, der fränkische Stadtvogt und Oberste der Besatzung, war weniger hart als der Zollherr und wollte die Abgaben erleichtern. Mit dieser Absicht sandte er nach Kortrijk, um dem Feldherrn Chatillon die Hungersnot und die üble Lage der Besatzung zu melden und ihn so zur Abschaffung des Weißpfennigs zu bewegen. Jan van Gistel, der von seinen Landsleuten als ein Bastardvlaming verfemt und gehasst wurde, nahm diese Gelegenheit wahr, um den Feldherrn Chatillon zu noch größerer Strenge zu reizen. Er schilderte die Widerspenstigkeit der Brüggelinge in schwarzen Farben und rief um Strafe für ihren Eigensinn. Er gab vor, sie wollten nicht arbeiten, damit sie den Weißpfennig mit einem Schein von Recht weigern könnten.

Als Chatillon diese Botschaft empfing, entbrannte er in heftigem Zorn. Er sah mit Schmerz, dass alle Mühe, die er aufgewandt hatte, um die Befehle des Königs zu vollziehen, nutzlos blieb, denn das vlämische Volk war unbezähmbar. In den Städten kam es täglich zum Aufruhr, überall brach der Hass gegen die Franzen aus und an etlichen Orten, wie in Brügge, wurden die Diener des Königs Philipp des Schönen sowohl heimlich wie am hellen Tag um den Hals gebracht. Die umgestürzten Türme von Male waren auch noch nicht kalt und das Blut der gefallenen Franzen noch nicht von den Ruinen verschwunden. Die Quelle, aus der dieser für Frankreich so bittere .Strom über ganz Flandern strömte, entsprang zu Brügge. Da war es, wo das Feuer des Aufruhrs sich zuerst gezeigt hatte. Breidel und de Coninc waren die Häupter des Drachen, der sich nicht unter den Stab Philipps des Schönen bücken wollte· Bei dieser Überlegung beschloss Chatillon, einen kräftigen Versuch zu machen, um die Freiheit Flanderns im Blute der Widerspenstigen zu ersticken. Die schreiende Strafe sollte ihm als ein fürchterliches Abschreckmittel dienen. In Eile sammelte er siebzehnhundert Reiter aus dem Hennegan, der Pikardie und Wälsch-Flandern. Er fügte eine starke Schar Fußknechte dazu und zog voller Wut mit diesem Heer nach Brügge.

Unter den Lebensmitteln und anderen Gütern, welche den Zug begleiteten, waren auch etliche große Fässer mit Schnüren und Stricken. Diese hatte Chatillon zu einem schrecklichen und grausamen Werke bestimmt: de Coninc, Breidel und alle ihre Gesellen sollten daran gehenkt werden.

Um den Klauwaarts keine Zeit zum Aufstand zu lassen, hatte der fränkische Landvogt seine Ankunft dem Herrn von Mortenay nur heimlich mitgeteilt. Kein Mensch wusste etwas von der schrecklichen Rache, die geschehen sollte. Auf den achtzehnten Mai 1302 um neun Uhr des Morgens kam das Heer der Franzen mit fliegenden Fahnen in die Stadt. Chatillon ritt an der Spitze seiner siebzehnhundert Reiter. Seine Augen blickten drohend und hart, und die Herzen der Bürger erfüllten sich mit schmerzlicher Angst, denn schon sahen sie das Unglück voraus, das kommen musste. Die Klauwaarts konnte man an dem Ausdruck dieser Ahnung erkennen. Sie ließen die Köpfe hängen, und auf ihren Gesichtern zeigte sich die tiefste Trauer. Doch dachten sie noch nicht, dass ihnen jetzt noch etwas mehr als die Forderung des Weißpfennigs, sondern ein größeres Unglück bevorstehe.

Die Leliaarts hatten sich auf dem Vrijdagmarkt in Haufen zu der Besatzung geschart. Ihnen war die Ankunft des Landvogts sehr angenehm, denn er sollte sie für die Verachtung der Klauwaarts rächen. Sobald Chatillon sich ihnen näherte, riefen die feigen Bastarde wiederholt: „Heil Frankreich! Heil dem Landvogt!"

Durch Neugier getrieben, war das Volk in Menge herbeigelaufen und hatte sich in großen Scharen am Vrijdagmarkt versammelt. In allen Gesichtern sprach sich eine unsägliche Furcht und Beklommenheit aus. Die Frauen drückten ihre Kinder schweigend an die Brust, und manchem flossen die Tränen, ohne dass er den Grund wusste. Doch wie sehr sie die Rache des Landvogts auch fürchteten, so rief doch keiner von ihnen „Heil Frankreich!"

Der Hass gegen die Unterdrücker Flanderns glühte, wenn auch jetzt ohnmächtig, in ihren Herzen und trotz ihrer Niedergeschlagenheit glühten doch noch drohende Blicke gleich flüchtigen Strahlen in ihren Augen. Dann dachten sie an de Coninc und Breidel und träumten von Rache.

Während sie dem Aufzug der Franzen zuschauten, ordnete Chatillon seine Mannen in dieser Weise auf dem

Platze: eine lange Reihe Reiter stand an jeder Seite, und von beiden Seiten ragte ein Fähnlein Söldner in die Tiefe des Marktes nach den Reitern hin. Die andere Seite wurde absichtlich offen gelassen, damit die Bürger sehen könnten, was geschähe. Nachdem diese Weisungen gegeben und ausgeführt worden waren, wurden die übrigen Reiter und Söldner heimlich nach den Stadttoren gesandt, um diese zu schließen und zu bewachen.

Herr von Chatillon hielt mit etlichen Obersten inmitten seiner Reiter. Der Kanzler Pierre Flotte, der Stadtvogt Mortenau und Jan van Gistel, der Leliaart, schienen mit ihm zu verhandeln über das, was nun geschehen sollte. Ihre Gebärden zeigten die äußerste Erregung.

Obgleich sie leise genug sprachen, um nicht von den Bürgern verstanden zu werden, vermochten die fränkischen Anführer hin und wieder etwas aufzufangen und mancher brave Ritter sah mit bangem Mitleiden auf das Volk und mit Verachtung auf den Verräter van Gistel, der eben zu dem Landvogt sprach: „Glaubt mir, Herr, ich kenne meine eigensinnigen Landsleute. Eure Gnade würde ihren Trotz nur vermehren. Wärmt doch die Schlange nicht, die Euch beißen muss. Ich weiß es aus Erfahrung. Die Brüggelinge werden ihren Nacken nicht beugen, solang die Aufwiegler unter ihnen wohnen. Dieses Unkraut muss erstickt werden, oder man wird seiner nicht Meister."

„Es scheint mir", fiel der Kanzler lächelnd ein, „dass Herr van Gistel seine Landsleute nicht liebt, denn wenn man ihm folgen wollte, würde morgen keines lebende Seele mehr in Brügge sein."

„Fürwahr, ihr Herren", fuhr van Gistel fort, „es ist die Liebe zu meinem König, die mir diese Worte eingibt. Ich wiederhole es: nur durch den Tod der Anführer kann das Feuer des Aufruhrs in dieser Stadt gedämpft werden. Die Liste der hartnäckigsten Klauwaarts habe ich im Gedächtnis. Solange die Empörer in Brügge frei umhergehen dürfen, ist keine Ruhe möglich."

„Auf welche Zahl beläuft sich diese Liste?", fragte Chatillon.

„So um die vierzig", war die kalte Antwort.

„Was?", rief Mortenay mit Verwunderung, „Ihr wollt vierzig Bürger henken lassen? Es sind nicht die Hiergebliebenen, die solche schwere Strafe verdienen, sondern die Verbannten, die sich zu Damme aufhalten. Die Anführer de Coninc und Breidel mit ihren Anhängern sind es, die sich des Todes schuldig gemacht haben, nicht aber diese schwachen Bürger, die Ihr nur aus Rache henken lassen wollt."

„Herr von Mortenay", bemerkte Chatillon, „Ihr habt mir mitgeteilt, dass sie Euren Söldnern kein Essen verkaufen wollten. Ist das noch nicht genug?"

„Es ist wahr, Landvogt, sie haben sich des zu Unrecht geweigert, denn es war ihre Pflicht als Untertanen zu gehorchen. Aber meine Söldner haben seit sechs Monaten keine Bezahlung erhalten, und die Vlaminge wollen nur gegen klingende Münze verkaufen. Es würde mir wahrhaftig leidtun, wenn mein Sendbrief solche traurigen Folgen haben sollte."

„Diese Furcht kann der Krone Frankreichs sehr schädlich werden", sprach van Gistel. „Es wundert mich, dass Herr von Mortenay den aufrührerischen Brüggelingen beisteht."

Mortenay wurde bei diesem Verweis sehr zornig, denn I van Gistel hatte in einem beleidigenden Tone gesprochen. Der edelmütige Stadtvogt sah den Leliaart mit Verachtung an und sprach: „Wenn Ihr Euer Vaterland liebtet, würdet Ihr nicht den Tod Eurer unglücklichen Brüder verlangen, und ich, ein Franzmann, brauchte sie nicht zu verteidigen. Und hört, ich sage es, damit der Landvogt es erfahre: die Brüggelinge würden uns die Lebensmittel nicht verweigert haben, wenn Ihr ihnen den Weißpfennig nicht so unrechtlich und gewaltsam abgefordert hättet. Ihr tragt die Schuld an diesen Unruhen, denn Ihr trachtet nach nichts anderem, als Eure Landsleute zu bedrücken, und so flößt Ihr ihnen bitteren Hass gegen uns ein."

„Ihr alle seid mir Zeugen, dass ich die Befehle des Herrn von Chatillon getreulich ausgeführt habe."

„Dies war doch nicht Eure wahre Absicht", entgegnete Mortenay, „aber Ihr wolltet Euch für die Verachtung der Brüggelinge rächen. Es war ein großer Irrtum des Königs, unsers Herrn, dass er einen Mann, der von jedem verfemt ist, als Zollmeister über Flandern gesetzt hat."

„Herr von Mortenay", rief van Gistel im Zorn, „Ihr sollt mir Rechenschaft geben über diese Worte."

„Ihr Herren", fiel der Landvogt dazwischen, „ich verbiete euch, in meiner Gegenwart noch miteinander zu sprechen. Eure Degen mögen den Streit ausmachen. Ich sage Euch, Herr von Mortenay, dass Eure Rede mir missfällt, und dass der Zollmeister nach meinem Befehl gehandelt hat. Die Krone von Frankreich muss gerächt werden. Und wenn die Anführer die Stadt nicht verlassen hätten, sollten in Brügge mehr Galgen stehen, als Kreuzstraßen da sind. Als Hinweis darauf, dass ich die Aufrührer in Damme bestrafen werde, soll der Stadt ein abschreckendes Beispiel gegeben werden. Herr van Gistel, nennt mir die acht eigensinnigsten Klauwaarts, damit das Recht bald seinen Lauf nehme."

Um seiner Rache nicht verlustig zu gehen, ließ van Gistel seine Augen über das bestürzte Volk schweifen und suchte acht Männer aus der anwesenden Menge und nannte sie dann dem Landvogt. Hierauf wurde ein Waffenbote vor das Volk gesandt. Nachdem er durch seine Trompete alles zum Schweigen aufgefordert hatte, rief er: „Im Namen des mächtigen Königs Philipp, unsers Herrn und Meisters, werden auf stehendem Fuß vor meinen

Feldherrn Chatillon befohlen und gefordert die Bürger, deren Namen ich verkünden werde. Die sich nicht einfinden werden, sollen mit dem Tode bestraft werden, sonder Aufschub und sonder Gnade."

Diese List glückte völlig. Als die Namen ausgerufen wurden, kamen die Klauwaarts aus der Menge auf dem Markt und begaben sich ohne Hintergedanken vor Chatillon. Sie wussten wohl, dass sie nichts Gutes zu erwarten hatten und würden sich vielleicht durch die Flucht gerettet haben, wenn es möglich gewesen wäre. Die meisten von ihnen waren Männer um die dreißig Jahre. Auch ein einziger Greis kam mit langsamen Schritten und gebeugten Hauptes näher. Eine stille Ergebenheit sprach aus seinem Gesichte, und er gab nicht das geringste Zeichen der Furcht. Er blieb vor Chatillon stehen und sah ihn mit fragenden Blicken an, als ob er sagen wolle: Was verlangt Ihr?

Sobald der letzte der Gerufenen herangekommen war, machte der Landvogt ein Zeichen, und die acht Klauwaarts wurden trotz ihres Widerstandes mit Stricken gebunden. Ein klagendes Murren entstand unter dem Volk, aber eine Abteilung Reiter, die sich drohend in die Menge schob, unterdrückte die Unruhe bald. In wenigen Augenblicken war ein breiter Galgen auf dem Markt errichtet, und ein Priester kam zu den Verurteilten. Angesichts der schrecklichen Mordgeräte schrien die Frauen und Brüder der unglücklichen Klauwaarts um Gnade, und unter dem Volke entstand eine heftige Unruhe. Ein mächtiges Seufzen, gemischt mit Verwünschungen und Racheschreien, stieg aus der Schar der Bürger und lief gleich Vorboten des Aufruhrs über den Markt. Sogleich trat ein Trompetenbläser hervor und rief: „Es sei kundgegeben, damit man es wisse: der Widerspenstige, der das Gericht meines Herrn, des Landvogts, durch Rufen oder anderweit zu stören wagt, soll an den gleichen Galgen neben diese Empörer gehenkt werden."

Nach dieser Ankündigung erstarben die Klagen auf allen Lippen, und die Stille des Todes lag über dem bangen Volke. Die Frauen weinten und flehten mit himmelwärts gewandten Augen zu dem um Hilfe, der die Menschen noch versteht und hört, wenn der Tyrann ihnen zu reden verbietet. Die Männer verfluchten ihre Ohnmacht und brannten in fiebriger Wut. Sieben Klauwaarts wurden nacheinander an den Galgen gehängt und starben angesichts ihrer Mitbürger. Die Trauer der Bürger verwandelte sich in Verzweiflung. Jedes Mal, wenn einer von der Leiter gestoßen wurde, beugten sie ihre Köpfe zur Erde und wandten ihre Augen von dem grässlichen Schauspiel ab. Viele von ihnen hätten gewiss den Platz verlassen, wenn sie sich hätten rühren können, aber das war ihnen verboten und bei der geringsten Bewegung, die sich unter ihnen zeigte, kamen die Söldner mit bloßem Schwert, um sie zum Stillstehen zu zwingen.

Noch ein Klauwaart stand bei dem Herrn von Chatillon., die Reihe gehenkt zu werden, war nun an ihn gekommen. Er hatte gebeichtet und sich vorbereitet, doch man eilte sich nicht mit ihm. Der Landvogt hatte den Befehl noch nicht gegeben. Unterdes bemühte sich Mortenay, Gnade für den greisen Vlaming zu erlangen, aber van Gistel, der einen besonderen Hass gegen diesen Vlaming hegte, gab vor, dass er einer der Anführer sei und sich am meisten gegen die fränkische Herrschaft gesetzt habe. Auf Befehl des Landvogts sprach er den Vlaming also an: „Ihr habt gesehen, wie Eure Gesellen für ihre Widerspenstigkeit gestraft worden sind. Auch Ihr seid verurteilt, doch hat der Landvogt aus Ehrfurcht vor Euren weißen Haaren Euch gnädig sein wollen. Er schenkt Euch das Leben unter der Bedingung, dass Ihr Euch fortan als ein demütiger Diener Frankreich unterwerft. Darum sprecht mit mir und ruft: Heil Frankreich!"

Der Greis warf einen Blick voller Verachtung und Zorn auf den Bastard und antwortete mit einem bitteren Lächeln: „Das würde ich rufen, wenn ich wie Ihr wäre und ich meine weißen Haare mit Feigheit besudeln wollte. Aber nein, ich, Märtyrer, verachte und trotze Euch bis in den Tod. Ihr, Verräter, gleicht der Schlange, die die Eingeweide ihrer Mutter zerfrisst, denn Ihr überliefert das Land, das Euch genährt hat, den Feinden. Zittert, denn ich hab noch Söhne, die mich rächen werden und Ihr, Ihr werdet nicht auf Euerm Bett sterben! Ihr wisst, dass ein Mensch in seiner letzten Stunde nicht lügen kann."

Jan van Gistel erbleichte bei dieser feierlichen Weissagung des Greises. Nun reute ihn seine Rachsucht, und sein Herz war beklommen von düsteren Ahnungen. Ein Verräter fürchtet den Tod als den Racheboten des Herrn. Chatillon hatte in den Zügen des Klauwaarts genug lesen können, um zu verstehen, dass er hartnäckig blieb.

„Nun, was sagt der Empörer?" fragte er.

„Herr", antwortete van Gistel, „er höhnt mich und verachtet Eure Gnade."

„Dann henkt ihn!", war der Befehl des Landvogts.

Der Söldner, der das Amt des Henkers bekleidete, nahm den Greis beim Arme, und dieser folgte ihm gehorsam bis an den Fuß der Leiter. Es dauerte noch etliche Augenblicke, bis der Strick recht um seinen Hals gelegt war. Er empfing den letzten Segen des Priesters und setzte endlich seinen Fuß auf die Leiter, um bis zum, Galgen zu steigen."

Aber plötzlich entstand trotz dem Widerstand der Wachen ein ungestümes Drängen unter dem Volke. Von einem unerklärlichen Druck bewegt, wichen etliche gegen die Häuser zurück, andere wurden vorwärts gestoßen und ein Junge mit bloßen Armen drang durch die Menge bis auf den Markt. Sein Gesicht trug die Zeichen tiefster Erregung, der heftigsten Wut und der ängstlichsten Furcht.

Sobald er sich aus dem Gedränge der Bürger losgemacht hatte, warf er einen wilden Blick über den Markt, sprang wie ein Pfeil vorwärts und rief: „Mein Vater! o mein Vater! Ihr sollt nicht sterben!"

In dem Augenblick, in dem er diese wenigen Worte ausstieß, war er auf das Gerüst gestiegen, zog sein Kreuzmesser aus der Scheide und stieß es bis ans Heft in die Brust des Henkers. Dieser fiel mit einem Schmerzensschrei von der Leiter und rollte sterbend in seinem Blute. Derweil umfasste der junge Klauwaart seinen Vater, hob ihn auf und lief mit der heiligen Last unter das Volk. Die Franzen waren stumm vor Staunen und standen als regungslose Zuschauer dieses Schauspiels. Doch das dauerte nicht lange. Chatillon rüttelte sie bald aus ihrer Bestürzung aus. Ehe der Jüngling noch zehn Schritte weit gelaufen war, hatten mehr als zwanzig Söldner ihn eingeholt. Er stellte seinen Vater auf den Boden, und mit dem noch rauchenden Messer bedrohte er seine Feinde. Etwa fünfzig Vlaminge standen um ihn, denn er war so weit in die Menge eingedrungen, dass die Söldner, die ihn fangen wollten, rundum von Vlamingen umgeben waren. Wie groß war die Wut der Söldner, als sie ihre Kameraden einen nach dem andern zu Boden stürzen sahen. Denn ans einmal glänzten die Messer in den Händen der Klauwaarts, und die Söldner wurden unbarmherzig gestochen und gekerbt, aber auch mancher Vlaming ließ das Leben.

Plötzlich setzte sich die ganze Reiterei in Bewegung und sprengte mit Wut auf das fliehende Volk ein. Die großen Schlachtschwerter trieben die Scharen bald auseinander, und die Hufe der Pferde zerstampften die Widerspenstigen im Augenblick. Doch waren sie nicht ungerächt gestorben, denn sie hatten sich ein Bett von erschlagenen Franzen vorbereitet. Der Vater und der Sohn lagen aufeinander, der gleiche Degen hatte beide durchstochen, und ihre Seelen hatten sich auf der letzten Reise nicht verlassen. Gleich einem rollenden Strom floh das Volk mit bangem Geheul durch die Straßen hin, jeder begab sich in aller Eile in seine Wohnung, Türen und Fenster wurden geschlossen, und einige Augenblicke später sollte man gedacht haben, dass die Stadt keine Einwohner mehr habe.

Wütend und rasend über den Tod ihrer Kameraden und von Natur zu Gewalttaten geneigt, liefen die Söldner in Haufen mit dem Schwert in der Faust durch die volklosen Straßen und ließen sich von den Leliaarts die Häuser der Klauwaarts zeigen. Sie hieben Türen und Fenster in Stücke, raubten Geld und Gut und zerschlugen alles, was ihnen nicht wertvoll genug oder zu schwer vorkam. Die weinenden Mädchen, die man in Kellern oder in anderen Verstecken auffand, wurden grausam misshandelt. Die Männer, die ihre Ehefrauen oder Schwestern verteidigen wollten, waren bald von der rasenden Rotte überwältigt und ermordet. Hier und da lagen vor den Türen der geplünderten Häuser verstümmelte Leichen zwischen zerbrochenem Hausrat. Man hörte nichts als das Wutgeschrei der Söldner und das Heulen der unglücklichen Frauen. Lachend kamen die Plünderer aus den verwüsteten Wohnungen, die Hände voll geraubten Gutes und vlämischen Blutes. Wenn etliche, die satt gemordet und geraubt hatten, fortgehen wollten, wurden sie von anderen, die noch bösartiger waren, aufgehalten und so blieben die Franzen eine geraume Zeit an diesem schändlichen Werk. Die volle Reihe der Übeltaten, die losgelassene Kriegsknechte zu verüben pflegen, wurde von ihnen erschöpft.

In der Wohnung de Conincs blieb kein Stück ganz. Die Mauern selber würden nicht stehen geblieben sein, wenn die Plünderer Zeit dazu gehabt hätten. Ein anderer Haufen lief geradeswegs nach dem Hause des Dekans Breidel. In wenigen Augenblicken lag die Tür am Boden, und zwanzig

Söldner traten fluchend in den Laden. Sie fanden niemand, obgleich sie alle Ecken durchsuchten. Die Kästen wurden erbrochen und Gold und Geld geraubt und dann alles zu Stücken zerschlagen. Während sie müde und ermattet mit boshaftem Vergnügen auf die Trümmerhaufen schauten, kam einer ihrer Kameraden von oben her und sprach: „Ich habe etwas auf dem Söller gehört. Gewiss sind die Vlaminge unter dem Dach versteckt. Ich denke, dass wir dort bessere Beute finden werden, denn es ist anzunehmen, dass sie ihr Geld bei sich haben."

Die Söldner liefen hastig nach der Treppe, jeder wollte zuerst Hand an den Raub legen, aber die Stimme ihres Kameraden hielt sie zurück.

„Wartet, wartet!", rief er, „ihr könnt nicht hinauf. Die Falltür des Söllers liegt zehn Fuß hoch, und sie haben die Leiter hinaufgezogen. Aber das macht nichts. Ich habe auf dem Hof eine Leiter gesehen. Wartet ein wenig, ich werde sie holen." Er kam bald mit dem Gerät zurück und stieg mit seinen Gesellen hinauf. Die Leiter wurde unter die Falltür gestemmt, und man versuchte, diese zu heben, aber es glückte nicht, weil ein starker Riegel sie am Offenen hinderte.

„Los!", rief einer von ihnen, indem er ein schweres Stück Holz vom Boden aufnahm, „wenn sie nicht willig auftun, wollen wir ein anderes Mittel versuchen."

Hiermit hieb er gewaltig gegen die Falltür, doch sie hielt stand. Ein schmerzliches Klagen, ein so qualvoller Seufzer, als ob mit ihm das Leben aus einer Brust entflohen wäre, erscholl auf dem Söller"

„Ha, ha!", riefen die Söldner, „sie liegen auf der Falltür."

„Wartet!", rief eine andere Stimme, „ich werde sie bald austreiben, wenn ihr mir nur ein wenig helfen wollt."

Sie nahmen einen schweren Balken und hoben ihn gemeinsam in die Höhe, dann stießen sie mit solcher Kraft gegen die Falltür, dass die Platten losbrachen und herab stürzten. Mit einem wilden Jauchzen legten sie schnell die Leiter an und liefen alle hinauf. Hier blieben sie plötzlich stehen. Es schien, als habe ein seltsamer und feierlicher Anblick ihre Herzen ergriffen, denn die Flüche verstummten auf ihren Lippen, und sie sahen einander unschlüssig an.

In der Tiefe des Söllers stand ein Knabe, nicht über vierzehn Jahre alt, mit einem Schlachtbeil in der Hand bleich und bebend hielt er die Waffe gegen die Franzen erhoben, ohne dass ein Laut aus seiner Brust gekommen wäre. Aus seinen blauen Augen schossen Strahlen von Verzweiflung und Heldenmut. Es war zu sehen, dass heftige Erregung ihn ergriffen hatte, denn die Muskeln seiner zarten Wangen waren verzerrt und gaben ihm einen grässlichen Ausdruck. Er glich in seinem Ebenmaß dem Marmorbild eines Griechen. Hinter dem jungen Beinhauer knieten zwei Frauen am Boden, eine alte Greisin mit gerungenen Händen und zum Himmel gerichteten Augen und ein zartes Mägdlein mit offenem Haar. Das ängstliche Mädchen hatte ihr Gesicht in die Kleider ihrer Mutter verborgen und die Arme wie in Todesnot um sie geschlagen. So saß sie unbeweglich, wie leblos. Sie seufzte nicht, noch klagte sie.

Als die Söldner sich von ihrem ersten Erstaunen erholt hatten, kamen sie ungestüm näher zu diesen unglücklichen Frauen, brachen in Schelten aus und wollten Hand an sie legen, denn vor dem Knaben hatten sie nicht die geringste Furcht. Aber wie sehr gerieten sie in Zorn, als der junge Beinhauer seinen linken Fuß zurückstellte und in dieser festeren Haltung das Beil verzweifelt um sich schwang, so dass sie zusammenschraken. Einen Augenblick wurden sie an der Ausführung des bösen Anschlages verhindert, bis endlich einer von ihnen den Knaben anfiel, um ihn zu durchstoßen, aber der Beinhauer wehrte den Degen ab und hieb mit der Kraft der Verzweiflung in die Schulter seines

Feindes. Dieser fiel zurück in die Arme seiner Gesellen. Als wenn der Schlag alle Kräfte des Jünglings erschöpft hätte, stürzte er rücklings zu Boden und blieb regungslos neben den Frauen liegen. Die Söldner hatten sich sogleich um ihren verwundeten Kameraden geschart und entkleideten ihn unter fürchterlichem Rachegeschrei und Verwünschungen. Unterdessen weinte die alte Frau in der größten Angst und flehte in fränkischer Sprache um Gnade.

„O, ihr Herren", rief sie mit ausgestreckten Armen, „habt doch Mitleid mit uns armen Geschöpfen. Ermordet uns nicht, um der Liebe Gottes willen. Seht doch meine Tränen und erbarmt euch über unser Elend! Was nützt euch der Tod von zwei wehrlosen Frauen?"

„Es ist die Mutter des Beinhauers, der in Male so viele Franzen erschlagen hat!", rief einer der Söldner. „Sie muss sterben."

„Ach, nein! nein, Herr!", erwiderte die alte Frau, „taucht Eure Hände nicht in mein Blut! Ich bitte Euch bei dem bitteren Leiden unsers Seligmachers, lasst uns leben! Nehmt alles an Euch, was wir besitzen."

„Euer Geld, Euer Gold!", rief eine Stimme. Auf diese Worte fasste die alte Frau ein Kästchen, das hinter ihr stand, und warf es den Soldaten zu.

„Da, ihr Herren", sprach sie, „das ist alles, was uns auf der Welt übrigblieb. Ich schenke es euch willig."

Das Kästchen fiel offen, und eine Menge Goldstücke und köstliche Juwelen rollten auf den Boden. Während die Söldner einer den andern wegstießen, um die Beute zu fassen, hatte einer von ihnen das Mädchen am Arm ergriffen und schleifte sie grausam über den Boden.

„Mutter, o Mutter, helft mir!", seufzte das Mägdlein mit sterbender Stimme. Sinnlos von Verzweiflung und Liebe zu ihrem Kind, wurde die Mutter von der Raserei des Zornes ergriffen. Ihre Augen sanken tief unter den hohlen

Brauen und flammten gleich Wolfsaugen im Dunkeln. Ihre Lippen hoben sich zuckend und entblößten die Zähne, als wäre die Mutter in diesem grässlichen Augenblick von der Wut einer Tigerin überfallen worden. Sie sprang grimmig auf den Söldner, schlang ihre Arme um seinen Kopf, ergriff mit ihren Händen seine Wangen und trieb ihm die Nägel ins Fleisch und zerriss seine Backen in Fetzen. Schon flossen die Blutstropfen um sein Kinn.

„Mein Kind!", heulte sie, „mein Kind, Bösewicht!"

Die Nägel der rasenden Mutter verursachten dem Söldner unerträgliche Schmerzen, dies mochte man wohl aus seinen Zügen erkennen, denn die Augen quollen ihm aus dem Kopfe. Da er das Mädchen nicht loslassen wollte, zückte er seinen Degen gegen die Brust der Mutter und durchbohrte ihr grausam das Herz. Die unglückliche Frau ließ ihren Feind fahren und lehnte sich wankend gegen das Dach. Das Blut lief über ihre Kleider, ihre Augen erloschen, ihre Züge erstarrten, und ihre Hände suchten irrend nach einer Stütze. Der Söldner riss die goldenen Ohrgehänge aus den Ohren des schreienden Mädchens, löste die Perlenschnur von ihrem Hals und streifte die Ringe von ihren Händen. Dann stieß er ihr mit einem grausamen Lächeln den Degen in den Busen und sprach spottend zu der sterbenden Mutter: „Ihr sollt die lange Reise zusammen unternehmen, flämische Brut!"

Die Mutter stieß noch einen kummervollen Schrei aus, sprang auf und fiel dann schwer auf die Leiche ihres Kindes.

Um dieses herzzerreißende Schauspiel in all seinen Teilen zu beschreiben, hat die Erzählung länger als die Tat gedauert. Alle diese Vorfälle begannen und" endigten in wenigen Augenblicken, so dass die anderen Söldner noch dabei waren, die Kostbarkeiten aufzuheben, als die Mutter und die Tochter diese Erde schon für eine bessere Welt verlassen hatten.

Sobald die fremden Söldner alles, was einigen Wert hatte, von dem Söller geraubt hatten, gingen sie aus dem Hause und liefen nach anderen Stellen, um die Verwüstung dort fortzusetzen. Die armseligen Bürger, die nun aus ihren Wohnungen verjagt waren oder nicht darin zu bleiben wagten, irrten wie verloren in den Straßen und wurden von den Franzen mit Schimpfworten verfolgt. Wie qualvoll musste die Ohnmacht" doch den vlämischen Herzen sein! Wie bitter und verzweifelt verfluchten sie den Namen ihrer Feinde!

Gegen den Mittag sprengten Reiter in großer Zahl durch die Stadt, um die Söldner zu rufen, denn Herr von Chatillon hatte geurteilt, dass die Krone von Frankreich nun genug gerächt sei. Es wurde ausgerufen, dass man die Leichen begraben solle, und dass jedermann in seine Wohnung zurückkehren könne.

Einige Klauwaarts, die in das Haus des Dekans Breidel gegangen waren, hatten die Leichen der beiden Frauen vom Söller geholt und trugen sie auf einer Bahre bis vor die Dammepoort. Hier war noch ein trauriges Schauspiel zu sehen, das das Herz mit Mitleid erfüllte. Tausende von weinenden Frauen, heulenden Kindern und steifen Greisen baten kniend, die Stadt verlassen zu dürfen. Doch die Söldner, denen befohlen war, die Tore geschlossen zu halten, hörten auf kein Bitten und antworteten mit bittern Scherzen auf die Tränen der furchtsamen Bürger. Nachdem sie eine geraume Zeit nutzlos so gebeten hatten, kam einer Frau der glückliche Gedanke, den Wachen ihren Schmuck zu geben. Viele andere folgten ihr darin, und bald lagen köstliche Halsbänder, Schließen und Ohrringe mit anderem reichen Schmuck vor dem Tor.

Die Söldner griffen gierig nach den blinkenden Schmuckstücken und versprachen, die Tore zu öffnen, wenn man ihnen allen Schmuck schenke. Eilig warfen die Frauen Gold und Geld auf den Boden, und das Tor wurde geöffnet.

Ein frohes Jauchzen begrüßte die glückliche Befreiung. Die Mütter nahmen ihre Kinder auf den Arm, die Söhne unterstützten ihre alten Väter, und so strömten sie durch das Tor. Die Männer, welche die Leichen der Mutter und, der Schwester Breidels trugen, folgten den anderen auf der Flucht. Hinter ihnen schloss man die Stadt wieder zu.

Sechzehntes Hauptstück

Jan Breidel hatte sich mit den siebenhundert Beinhauern bei der Stadt Damme, eine Meile von Brügge, niedergelassen. Dreitausend Gesellen aus allen anderen Zünften waren gekommen, um sich unter seinen Befehl zu stellen. So befand er sich an der Spitze eines Heeres, das wohl gering war an Zahl, aber stark durch Mut und Unverzagtheit, denn die Herzen dieser Männer klopften feurig nach Freiheit und Rache. In dem Gehölz, das der Dekan zum Lagerplatz gewählt hatte, war der Boden eine Viertelstunde weit mit Feldhütten bedeckt.

Am Morgen des 18. Mai, kurz vor dem Chatillon in Brügge einzog, rauchten vor den regelmäßigen Linien dieses Lagers unzählige Feuer, doch bemerkte man wenig Volk vor den Hütten. Wohl standen genug Frauen und Kinder herum, doch nur selten ließ sich ein Mann blicken und dann war es zumeist eine Schildwache. In einigem Abstand vom Lager, hinter den Bäumen, die ihre Äste über die Hütten ausbreiteten, war ein Platz, der mit freundlichen Gewächsen umhegt war und auf dem keine Hütten standen. Da hörte man das Klingen und Rauschen vieler Stimmen, und schmetternde Schläge übertönten in regelmäßigen Pausen das eintönige Murren. Der Amboss dröhnte klingend unter den Hämmern der Schmiede, und die größten Bäume stürzten prasselnd nieder unter den Beilen der Beinhauer. Lange Stücke Holz wurden rund und glatt gemacht und mit spitzigen Eisen versehen.

Schon lagen große Haufen von solchen Goedendags auf

Sparren am Boden aufgestapelt. Andere Gesellen flochten Weidenruten zu Schilden und gaben diese weiter an die Ledererzunft, welche sie mit Ochsenhaut überzog. Auch die Zimmerleute bauten mancherlei schweres Kriegsgerät, um Städte zu bestürmen, besonders Springhalen und anderes Wurfzeug.

Jan Breidel lief von einer Seite zur andern und trieb seine Gesellen mit fröhlichen Worten an. Oftmals nahm er selber das Beil aus den Händen seiner Beinhauer, und dann hieb er zu ihrer Verwunderung mit einer erstaunlichen Kraft einen Baum in kurzer Zeit nieder.

An der linken Seite dieses offenen Platzes stand ein prächtiges Zelt von himmelblauem Tuch mit silbernen Borten. An seinem oberen Teile hing ein Schild, auf dem ein schwarzer Löwe im goldenen Feld stand. An diesem Wappen konnte man erraten, dass hier eine Person aus gräflichem Blut wohnte. Es war Machteld, die sich unter den Schutz der Zünfte gestellt hatte und unter ihnen wohnte. Zwei Frauen aus dem durchlauchtigen Hause van Renesse waren aus Zeeland gekommen, um ihre Hofdamen und Freundinnen zu sein. Nichts mangelte ihr. Der prächtigste Hausrat, die kostbarsten Kleider hatte das edle Haus ihr geschickt. Zwei Scharen Beinhauer mit blinkenden Beilen standen zu beiden Seiten des Zeltes und dienten der jungen Gräfin als Leibwache.

Der Dekan der Weber wanderte hin und her vor dem Eingang. Er schien in tiefes Nachdenken versunken, denn seine Augen blieben ständig zu Boden gerichtet. Die Leibwachen sahen ihn im Stillen an und wagten nicht zu sprechen, so sehr würdigten sie das Nachsinnen des Mannes, der für sie so groß und edel war. In seinen Gedanken war er beschäftigt, einen allgemeineren Plan für die Lagerung zu entwerfen. Damit es an nichts fehle, hatte er das ganze Heer in drei Haufen geteilt. Die Beinhauer und die Gesellen von verschiedenen Zünften hatte er unter dem Befehl Breidels zu Damme lagern lassen. Der Hauptmann Lindens hatte sich mit zweitausend Webern bei Sluis versammelt, und de Coninc blieb mit zweitausend anderen zu Aardenburg. Aber die nötige Entfernung zwischen den einzelnen Heerhaufen verdross ihn. Er hätte lieber vor der Rückkehr des Herrn Gwide alle Scharen vereinigt. Darum war er nach Damme gekommen und schon hatte er mit Jan Breidel über diese Frage verhandelt. Nun wartete er, bis dass es ihm erlaubt werde, die Tochter seines Herrn zu sehen und zu begrüßen.

Während er seinen Plan im Wandern noch überlegte, wurde der Zeltvorhang zur Seite gezogen, und Machteld schritt langsam über den Teppich, der vor dem Eingang lag. Sie sah bleich und leidend aus. Ihre kraftlosen eine trugen sie nur zur Not. Sie schwankte bei den wenigen Schritten und stützte sich schwer auf den Arm der jungen Adelheid van Renesse, die sie begleitete. Ihre Kleidung war reich, doch ohne Schmuck. Sie hatte jede Zierat verweigert und trug kein anderes Kleinod als die goldene Brustplatte mit dem schwarzen Löwen von Flandern.

De Coninc hatte vor seiner Landesherrin das Haupt entblößt und stand in ehrerbietiger Haltung vor ihr. Machteld lächelte mit einem ergreifenden Ausdruck und an ihren Wangen mischten sich bitterer Schmerz und leichte Zufriedenheit, denn sie war erfreut, dass sie den Dekan sah. Sie sprach mit schwacher Stimme: „Seid gegrüßt, Meister de Coninc, unser Freund. Ihr seht, ich finde mich nicht wohl, meine kranke Brust atmet so schwer. Aber ich kann doch nicht allzeit in meinem Zelte bleiben, denn in der engen Wohnung drückt die Trauer mich noch viel mehr. Ich will die treuen Untertanen meines Vaters am Werk sehen, wenn meine Füße mich so weit zu tragen vermögen. Ihr sollt mich begleiten. Ich bitt' Euch, Meister, antwortet auf meine Fragen. Eure Auskunft soll meinen kranken Geist erheitern. Ich wünsche nicht, dass die Wachen uns folgen. Die reine Morgenluft erquickt mich kräftig."

De Coninc folgte seiner Landesherrin und fing an, sie über viele Dinge zu unterhalten. Mit seiner gewöhnlichen Einsicht und Beredsamkeit wusste er tröstliche Worte für sie zu finden und vertrieb so für einen Augenblick die schwarzen Gedanken aus ihrem Geist. Als sie inmitten der Zunftleute angekommen waren, wurde das Fräulein überall mit jauchzenden Glückwünschen begrüßt. Bald war der Ruf allgemein: „Heil! Heil der edlen Tochter des Löwen!", und lief mit lautem Schall durch das Gehölz. Machteld empfand eine reine Freude bei den Zeichen dieser feurigen Liebe. Sie näherte sich nun dem Dekan der Beinhauer und sprach freundlich: „Meister Breidel, ich habe Euch von weitem gesehen. Ihr schafft mit mehr Eifer als der letzte Eurer Gesellen. Es scheint, dass die Arbeit Euch behagt."

„Meine Landesherrin", antwortete Breidel, „wir machen Goedendags, die das Vaterland und den Löwen, unsern Herrn, erlösen sollen. Das Werk freut mich aus den Maßen, denn mich dünkt, dass auf der Spitze eines jeden Goedendags, den wir fertigstellen, schon ein Franzmann stecke. Und dann wundert Euch nicht, durchlauchtige Gräfin, dass ich so eifrig in die Bäume hacke. Ich träume, dass ich auf den Feind schlüge, und diese eingebildete Rache lässt mein Herz von Mut schwellen."

Machteld bewunderte den Jüngling, dessen Blicke das helle Feuer, das sein Herz so überreichlich erfüllte, verrieten und dessen Angesicht gleich dem einer griechischen Gottheit die Kennzeichen eines edlen Herzens und heißer Leidenschaft trug.

Sie schaute mit Freuden in diese Augen, aus denen unter langen Wimpern männlicher Stolz funkelte und in die sanften Züge, welche als Spiegel einer reinen Seele in dem

Ausdrücke uneigennütziger Aufopferung und der Liebe zum Vaterland glänzten. Sie sprach mit einem lieblichen Lächeln: „Meister Breidel, Eure Gesellschaft würde mir sehr angenehm sein, wenn es Euch gefiele, uns zu folgen."

Jan Breidel warf das Beil fort, strich die blonden Locken hinter die Ohren, setzte zierlich seine Mütze auf und folgte dem Fräulein voll Stolz. Machteld flüsterte de Coninc leise zu: „Wenn mein Vater tausend solcher treuen und unerschrockenen Mannen in seinem Dienst hätte, sollten die Franzen nicht lang in Flandern bleiben."

„Es gibt nur einen Vlaming gleich Breidel", antwortete de Coninc. „Es ist selten, dass die Natur solch flammende Herzen in solch mächtigen Körpern geboren werden lässt und das ist eine weise Fügung Gottes. Anders würden diese Menschen im Bewusstsein ihrer Stärke hochmütig werden, gleich den Riesen des Altertums, die den Himmel erstürmen wollten…"

Er würde in seiner Rede fortgegangen sein, aber eine Schildwache mit Schild und Schwert kam außer Atem zu ihm gelaufen und sprach zu dem Dekan Breidel: „Meister, meine Kameraden von der Lagerwache haben mich zu Euch geschickt, um Euch zu melden, dass man vor dem Tore der Stadt eine große Staubwolke auf der Straße aufsteigen sieht und dass ein brausendes Geräusch gleich dem Getöse eines Heeres zu hören ist. Der verlässt die Stadt und kommt auf unsern Lagerplatz zu."

„Zu den Waffen! Zu den Waffen!", rief Breidel mit solcher Kraft, dass alle es hörten. „Jeder stelle sich in seine Schar! Macht schnell!"

Die Werkleute griffen ungestüm nach ihren Waffen und liefen wild durcheinander, aber das dauerte nur einen Augenblick. Die Scharen formten sich schnell und bald standen die Gesellen regungslos in ihren dichtgeschlossenen Gliedern. Breidel schickte fünfhundert auserlesene

Mannen um das Zelt Machtelds, und das Fräulein war eilends zurückgegangen. Ein Wagen und etliche lose Pferde wurden vor das Zelt geführt und alles zu ihrer Flucht vorbereitet. Dann ging Breidel mit seinen übrigen Gesellen in aller Eile vor das Gehölz und stellte sie in Schlachtordnung, um den Feind zu empfangen. Sie bemerkten bald, dass sie sich getäuscht hatten, denn der Zug, der den Staub aufwirbelte, kam ohne jede Ordnung näher. Frauen und Kinder liefen in Menge durcheinander. Die Frauen und Kinder führten ein grässliches Wehgeschrei um eine Tragbahre, die von Männern herangebracht wurde. Obgleich der Grund zur Kampfbereitschaft nun fortgefallen war, blieben die Zunftgesellen noch unter Waffen und erwarteten mit Neugier, zu erfahren, was dies bedeute. Während viele Frauen und Kinder sich in die Glieder drängten, um den Gatten oder den Vater zu umarmen, enthüllte sich vor der Mitte der Scharen ein schreckliches Schauspiel.

Vier Männer brachten die Tragbahre in die Nähe des Dekans der Beinhauer und setzten zwei Frauenleichen auf den Boden. Ihre Kleider waren mit Blut getränkt, ihre Gesichter konnte man nicht sehen, denn ein schwarzer Schleier bedeckte ihre Häupter. Während die Leichen der Bahre gehoben wurden, erfüllten die Frauen die Luft mit ihren Klagen. Das herzzerreißende: „Weh!" war alles, was man verstehen konnte. Endlich rief eine Stimme: „Die Franzen haben sie grausam ermordet!"

Dieser Ruf weckte den Zorn und die Rachlust der Zunftgesellen, die bis dahin bestürzt gestanden hatten, aber der Dekan Breidel kehrte sich zu ihnen und rief: „Der erste, der sein Glied verlässt, wird streng bestraft!"

Er wurde von einer schmerzlichen Unruhe gefoltert, als ob eine Vorahnung des Unglücks, das ihm geschehen war, sein Herz ergriffen habe. Mit Ungestüm lief er zu den Leichen und riss das Tuch von ihrem Angesicht.

Aber, oh Gott! Wie schrecklich war der unselige Anblick seinen Augen! Kein Seufzer kam aus seiner Brust, kein Glied rührte sich an ihm, und er stand wie vom Schlag getroffen. Er wurde bleicher wie die Toten. Die Haare auf seinem Kopfe sträubten sich. Wie erstarrt hielt er seine Augen auf die verglasten Augen der Toten gerichtet, seine Lippen zitterten und man sollte geglaubt haben, seine Todesstunde sei gekommen.

In dieser Haltung blieb er nur wenige Augenblicke. Bald rang sich ein Röcheln ans seiner Kehle. Er sprang verzweifelt auf seine Scharen zu, warf seine beiden Arme empor und schrie in seinem Schmerz: „O, Unglück! Unglück! meine alte Mutter! Meine arme Schwester!"

Mit diesen Worten warf er sich in die Arme de Conincs und hing kraftlos an der Brust seines Freundes. Mit irren Blicken schaute er um sich und ließ seine Gesellen vor Angst und Mitleid erzittern. In seiner dumpfen Wut brachte er das Beil, das er trug, an seinen Mund und biss wie ein Rasender mit solcher Kraft in den Stiel, dass ihm ein Stück Holz zwischen den Zähnen blieb, aber die gefährliche Waffe wurde ihm schnell genommen. De Coninc gebot den Gesellen, dass sie in Ruhe wieder an ihre Arbeit gehen sollten, bis dass ein Befehl sie wieder zu den Waffen riefe. Obgleich sie lieber sofort Rache genommen hätten, wagten sie doch nicht, sich dem Befehl zu widersetzen, denn es war ihnen mitgeteilt worden, dass der Dekan der Wollenweber durch den jungen Gwide zum allgemeinen Statthalter eingesetzt war. Sie gingen murrend in das Gehölz zurück und nahmen die Arbeit widerwillig aus.

Als die beiden Dekane in das Zelt Breidels gekommen waren, setzte der Dekan der Beinhauer sich ermattet und niedergeschlagen an den Tisch und ließ den Kopf schwer niedersinken. Er sprach nicht und sah de Coninc mit fremdem Gesicht an. Ein bitteres Lächeln stand in seinen

Zügen. Man sollte gesagt haben, dass er Spott triebe mit seinem eigenen Unglück.

„Mein unglücklicher Freund", redete de Coninc ihm zu, „beruhigt Euch um Gottes willen."

„Beruhigen! beruhigen!", wiederholte Breidel „bin ich nicht ruhig? Habt Ihr mich jemals so ruhig gesehen?"

„O, Freund", erwiderte der Dekan der Weber, „bitter ist dies Leid für Eure Seele! Ich sehe den Tod in Euerm Gesichte. Trösten kann ich Euch nicht, Euer Unglück ist zu groß. Ich weiß nicht, welcher Balsam solche Wunden heilen mag."

„Ich wohl", antwortete Breidel, „der Balsam, der mich heilen kann, ist mir bekannt, aber mir fehlt die Macht. O, meine arme Mutter! Sie haben ihre Hände in Euer Blut getaucht, weil Euer Sohn ein Vlaming ist...und dieser Sohn, o Unglück! Der Sohn kann Euch nicht rächen!"

Bei diesem Ausruf änderte sich der Ausdruck seiner Züge. Seine Zähne pressten sich so heftig auseinander, dass sie knirschten, seine Hände umfassten die Tischbeine, als ob er sie brechen wolle, doch beruhigte er sich wieder und sein Gesicht wurde wieder traurig.

„Nun, Meister, haltet Euch wie ein Mann", sprach de Coninc. „Überwindet die Verzweiflung, die Feindin der Seele. Seid mutiger gegen die bittern Schmerzen, die Euch heute trafen. Das Blut Eurer Mutter soll gerächt werden."

Ein grausiges Lächeln kam auf seine Lippen. Er antwortete: „Gerächt werden! Wie leicht versprecht Ihr etwas, das Ihr nicht halten könnt. Wer kann mich rächen? Ihr nicht. Glaubt Ihr, dass ein Strom fränkischen Blutes genüge, um das Leben meiner Mutter wiederzukaufen? Gibt das Blut eines Tyrannen das Leben seiner Schlachtopfer wieder? O nein, sie sind tot, und für immer, für ewig, mein Freund! Ich will still und ohne Klagen leiden. Nichts kann mich trösten. Wir sind zu schwach und unsere Feinde zu mächtig."

De Coninc antwortete nicht auf die Klagen Breidels und schien etwas Wichtiges zu bedenken. Auf seinem Gesicht erschien mehrmals ein Ausdruck, als ob er sich Gewalt anme, um eine innere Wut zu verbergen. Der Dekan der Beinhauer sah ihn neugierig an und dachte, dass in der Brust seines Freundes etwas Außergewöhnliches geschehe. Der zornige Ausdruck auf dem Angesicht de Conincs verschwand, er stand auf und sprach in feierlichem Ton: „Unsere Feinde sind zu mächtig, sagt Ihr? Morgen sollt Ihr das nicht mehr sagen. Sie haben Verrat und Bosheit zu ihrem Vorteil gebraucht und haben sich nicht gescheut, unschuldiges Blut zu vergießen, als stünde kein Racheengel mehr am Thron des Herrn. Sie wissen nicht, dass das Leben von ihnen allen in meinen Händen ist und dass ich sie vernichten kann, als ob die Macht mir von Gott geschenkt wäre. Sie suchen ihren Vorteil in Verrat und schändlicher Bosheit. Wohlan, ihr eigenes Schwert soll sie vernichten. Es ist gesagt!"

De Coninc glich in diesem Augenblick dem Propheten, der den Fluch des Herrn über das übeltätige Jerusalem ausspricht. Es war so viel Unaussprechliches im Ton seiner Stimme, dass Breidel mit frommer Ehrfurcht auf das Urteil über die Feinde horchte.

„Wartet ein wenig", fuhr de Coninc fort, „ich will einen von den Neugekommenen rufen, damit wir erfahren, was alles geschehen ist. Lasst Euch durch seine Aussage nicht erregen. Ich verspreche Euch eine Rache, die Ihr selber nicht zu fordern wagen würdet. Denn nun ist es doch so weit gekommen, dass Geduld Schande wäre."

Ein heftiger Zorn brachte das Feuer aus seinen Wangen.

Er, der sonst so ruhig war, loderte nun in heftigerem Zorn als Breidel, obgleich man dies in seinem Gesicht nicht so ganz merken konnte. Nachdem er das Zelt für etliche Augenblicke verlassen hatte, kam er mit einem Zunftgesellen zurück und ließ ihn die Ereignisse, die an dem Tag zu Brügge geschehen waren, mit aller Umständlichkeit erzählen. So erfuhren sie von ihm die Stärke von Chatillons neuem Heer, den Tod der Bürger und die schreckliche Plünderung der Stadt.

Breidel hörte der Vernehmung ruhig zu, denn alle diese Übeltaten waren ihm nicht so schmerzlich als der Mord derjenigen, die ihn in ihrem Schoße getragen hatte. De Coninc dagegen geriet immer mehr in Zorn, je mehr sich das entsetzliche Bild vor ihm entrollte. Für ihn waren die Umstände dieser Erzählung sehr traurig, denn er sah die Sache anders an. Vaterland und Befreiung waren die beiden Gefühle, die in ihm solchen Eifer wecken konnten. Nun erkannte er, dass es wahrlich Zeit war und dass man ohne Aufschub beginnen musste, denn diese grausame Rechtspflege konnte die Vlaminge erschrecken und ihnen den Mut nehmen.

Er schickte den Gesellen fort und stützte schweigend den Kopf in die Hand, während Breidel mit Ungeduld auf das wartete, was er sagen werde.

Plötzlich trat de Coninc auf Breidel zu und rief: „Freund, macht Euer Beil scharf, jagt die Traurigkeit aus Euerm Herzen! Wir werden alle Bande des Vaterlandes" brechen."

„Was wollt Ihr damit sagen?" fragte Breidel.

„Hört, ein Ackersmann wartet, bis dass die Morgenkühle alle Raupen im Nest versammelt hat, dann schneidet er das Nest von dem Baume, legt es unter seinen Fuß und zertritt das Ungeziefer auf einmal. Versteht Ihr das?

„Vollendet Eure Vorhersage", rief Breidel. „O, Freund, ein helles Licht vertreibt meine düstere Verzweiflung. Vollendet, vollendet!"

„Nun wohl, die Franzen haben sich auch gleich Ungeziefer in unserer Vaterstadt eingenistet. Auch sie sollen zerschmettert werden, als ob ein Berg auf sie gefallen sei. Freut

Euch, Meister Ian, sie sind verurteilt. Der Tod Eurer Mutter soll mit Wucher bezahlt werden, und das Vaterland wird sich, von seinen Ketten befreit, aus dem Blutbad erheben."

Breidel ließ seine Augen ungestüm im Zelte umhergehen, denn er suchte sein Beil. Dann erinnerte er sich, dass man es ihm genommen hatte. Gerührt fasste er de Conincs Hand.

„Mein Freund", rief er, „Ihr habt mich mehr als einmal gerettet, aber dann gabt Ihr mir nur das Leben. Nun finde ich durch Euch auch Glück und Freude wieder: sagt mir doch schnell, wie wir diese Rache ausführen werden, damit ich nicht mehr zweifele."

„Habt einen Augenblick Geduld, Ihr werdet es bald hören. Den Plan muss ich vor allen Dekanen entwickeln. Ich werde sie rufen lassen."

Er ging schnell aus dem Zelte und rief eine Schildwache, die er in den Busch sandte, um alle Dekane zu sich zu entbieten. Einige Zeit später standen sie alle, etwa dreißig an der Zahl, im Kreise vor dem Zelte.

De Coninc redete also zu ihnen: „Gesellen, die feierliche Stunde ist gekommen: wir wollen die Freiheit oder den Tod! Lange genug haben wir das Schandmal an unseren Stirnen getragen: Es ist Zeit, dass wir von unseren Feinden Rechenschaft fordern über das Blut unserer Brüder. Und wenn wir für das Vaterland sterben müssen, dann, Gesellen, denkt daran, dass die Sklavenketten am Rande des Grabes abfallen und dass wir, frei und ohne Schande, bei unseren Vätern ruhen werden. Aber nein, wir werden siegen, das weiß ich. Der schwarze Löwe von Flandern kann nicht unterliegen. Und schaut, haben wir nicht das Recht auf unserer Seite? Die Franzen haben unser Land ausgeplündert, unsern Grafen und die treuen Edlen eingekerkert. Philippa haben sie vergiftet, unsere Stadt Brügge haben sie verwüstet und die ehrlichsten unserer Brüder auf unserm eigenen Boden gehenkt. Die blutigen Leichen der

Mutter und der Schwester unsers unglücklichen Freundes Breidel ruhen zwischen uns. Die Leichen aller, die durch die Hände der fremden Zwingherren gefallen sind, gewannen Stimmen, die in euren Herzen um Rache schreien. Wohlan, verberget das, was ich euch sagen werde, in euren Herzen wie in einem Grabe! Die Franzen haben sich heute an einem bösen Werke müde gemacht, sie werden gut schlafen, aber der Schlaf soll für die meisten bis zum letzten Gericht dauern. Sagt euren Gesellen nichts! Aber morgen, zwei Stunden vor Sonnenaufgang führt sie bis hinter Sinte Kruis in den Eksterbosch. Ich gehe sofort nach Aardenburg, um meine Leute zu bereiten und den Hauptmann Lindens zu unterrichten, denn ich muss noch heute nach Brügge. Dies wundert euch, und doch werdet ihr zugeben, dass ein Franzmann in Brügge ist, den wir nicht töten dürfen, denn sein Blut würde über unsere Häupter kommen."

„Herr von Mortenay?", antworteten viele Stimmen.

„Der Ritter", fuhr de Coninc fort, „hat uns stets mit Güte behandelt. Er hat gezeigt, dass das Unglück unsers Vaterlandes ihm naheging. Oftmals hat er die Verfolgungen des erbarmungslosen van Gistel eingedämmt und Gnade für die Verurteilten erwirkt. Darum dürfen wir unsere Waffen nicht mit seinem Blute färben. Um dies zu verhindern, will ich nach Brügge gehen, wie gefährlich dies auch sei."

„Aber", fiel einer der Dekane ein, „wie werden wir denn morgen in die Stadt kommen, da doch die Tore bis Sonnenaufgang geschlossen sind?"

„Die Tore werden für uns geöffnet werden", antwortete de Coninc, „ich werde nicht aus der Stadt zurückkehren, bevor unsere Rache gewiss und unfehlbar ist. Ich habe euch genug gesagt. Morgens auf dem Versammlungsplatz werde ich euch weitere Befehle geben. Haltet eure Mannen bereit. Ich reise mit unserer jungen Gräfin ab. Sie soll das blutige Schauspiel nicht sehen."

Breidel hatte während dieser Rede nicht das geringste Zeichen von Zustimmung gegeben, aber eine heftige Freude glänzte auf seinem Gesicht. Sobald die Dekane fortgegangen waren, warf er sich de Coninc um den Hals und sprach, während zwei Tränen über seine Wangen rollten: „Ihr habt mich aus der Verzweiflung geweckt, teurer Freund! Nun werde ich ruhig weinen können bei den Leichen meiner Mutter und meiner Schwester und sie mit gottergebenem Gemüt zur Erde bestatten. Und dann, wenn das Grab über ihnen geschlossen sein wird... o, was bleibt mir dann in der Welt, das ich lieben kann?"

„Das Vaterland und seine Größe!", war die Antwort.

„Ja, ja, Vaterland, Freiheit und Rache! Denn jetzt, versteht Ihr, Freund, jetzt würde ich vor Zorn weinen, wenn die Franzen unser Land verließen. Dann würde mein Beil keine Köpfe mehr spalten können, und ich würde ihre Leichen nicht zerstampfen können, wie die Füße ihrer Pferde unsere Brüder zertreten haben. Die Freiheit allein würde ich verwerfen, der Anblick strömenden Blutes allein kann mir noch gefallen, nachdem sie das Herz, unter dem ich das Leben empfing, durchstochen haben. Reist schnell ab und mit Gott, auf dass alles gut ausfalle. Ich dürste nach der versprochenen Rache."

De Coninc verabschiedete sich mit den Worten: „Heimlich und vorsichtig, Freund!"

Bevor er den Lagerplatz verließ, ließ er alles für die Abreise der jungen Machteld zu rüsten, und nachdem er einige Augenblicke mit ihr gesprochen hatte, stieg er auf einen Traber und verschwand in der Richtung nach Aardenburg.

Unterdes waren die Leichen der Mutter und der Schwester Breidels durch die Frauen gewaschen und aufgebahrt worden. Sie hatten ein Zelt von innen mit schwarzen Tüchern behängt und die zwei Leichen in der Mitte auf ein Lager gelegt. Ein dunkles Totenkleid war ihre Decke, die nur die Angesichter bloß ließ. Rund um das feierliche Lager brannten acht gelbe Wachskerzen, ein Kreuzbild mit einem silbernen Weihwassergefäß und etlichen Palmzweigen stand am Kopfende. Weinende Frauen saßen dabei und murmelten Gebete.

Gleich nach der Abreise de Conincs ging Breidel in das Gehölz und befahl, die Arbeit einzustellen. Er sandte die Zunftleute in die Zelte, um zu ruhen, und kündigte ihnen an, dass sie am andern Morgen vor Taganbruch ausbrechen müssten. Nachdem er noch etliche weitere Maßregeln befohlen hatte, die die auf dem Lagerplatz bleibenden Frauen und Kinder betrafen, begab er sich in die Hütte, in der die Leiche seiner Mutter gebahrt war. Hier sandte er die Frauen fort und schloss die Tür dicht ab.

Mehr als einer der Anführer kam an das Zelt, um mit dem Dekan zu sprechen, um nach Anweisung oder Befehlen zu fragen. Aber wie sehr sie auch anklopften, bekamen sie doch keine Antwort. Fürs Erste achteten sie der Trauer, in die ihr Meister augenblicklich versunken lag, aber als sie schon vier Stunden vor der Tür gewartet hatten, ohne dass sie das geringste aus dem Leichenzelt gehört hatten, überfiel sie die Furcht. Sie wagten nicht, ihre Gedanken auszudrücken. War Breidel tot? Hatte das Beil oder der Schmerz seinen Lebensfaden zerschnitten?

Plötzlich ging die Tür auf, und Breidel zeigte sich vor schreckliche Ruhe herrschte in den Straßen, durch die er gehen musste. Bald blieb er vor einem geringen Haus hinter St. Donaaskerk stehen und wollte klopfen, doch er bemerkte, dass an dieser Wohnung keine Tür und der Eingang mit einem langen Stück Tuch verhangen war.

Das Haus und seine Gemächer mussten ihm wohl bekannt sein, denn er hob das Tuch auf, trat kühnlich in den Laden und ging schnell nach einer kleinen Hinterstube, die von der flackernden Flamme einer Lampe erleuchtet war. Zwischen dem zerbrochenen Hausrat, der auf dem Boden zerstreut lag, saß eine weinende Frau an dem Tisch. Sie hielt zwei kleine Kinder an ihre Brust gedrückt und küsste sie seufzend, als ob sie sich glücklich schätze, dass ihr wenigstens dieser Reichtum geblieben war. Weiter in einer Ecke, die nur schwach von der Lampe erhellt wurde, saß ein Mann, den Kopf in die Hand gestützt, und schien zu schlafen.

Bei dem unerwarteten Eintritt de Conincs schreckte die Frau so sehr zusammen, dass sie die Kinder fester an die Brust drückte und durch einen lauten Schrei ihre Bestürzung zu erkennen gab. Der Mann griff hastig nach seinem Kreuzmesser, doch als er seinen Dekan erkannte, stand er auf und sprach: „O Meister, welche Qual habt Ihr mir auferlegt, als Ihr mir gebotet, in der Stadt zu bleiben. Allein die Gnade Gottes hat uns vor einem schändlichen Tod gerettet. Unsere Häuser sind geplündert, unsere Brüder gehenkt und ermordet und Gott weiß, was morgen geschehen wird. O, gebt mir Urlaub, mit Euch nach Aardenburg zu gehen, ich bitt' Euch!"

De Coninc antwortete nicht auf die Bitte, er winkte dem Zunftgenossen mit dem Finger und trat mit ihm in den Laden, wo die größte Finsternis herrschte. Dann sprach er mit leiser Stimme: „Geeraart, als ich die Stadt verließ, habe ich Euch mit dreißig anderen Gesellen hier gelassen, damit Ihr die Anschläge der Franzen entdecktet. Euch hatte ich dazu erkoren, weil mir Euer Mut und Eure reine Liebe zum Vaterland bekannt sind. Vielleicht hat der Tod Eurer Gesellen Euer Herz mit Furcht erfüllt, wenn das so ist, gebe ich zu, dass Ihr noch heute nach Aardenburg zieht."

„Meister", antwortete Geeraart, „Eure Worte betrüben mich. Ich fürchte den Tod keineswegs, aber meine Frau und meine armen Kinder sind allem Unheil preisgegeben. Der Schrecken und die Angst machen sie krank. Sie weinen und beten den ganzen Tag, und die Nacht gibt ihnen keine Kräfte. Saht Ihr, wie bleich sie sind? Und sollte ich angesichts von all dem Leid, von all dieser Angst meine Tränen nicht mit den ihren fließen lassen? Ich bin doch ihr Vater und Beschirmer. Und ist es nicht von mir allein, von dem sie den Trost erstehen, den ich ihnen nicht geben kann? O Meister, glaubt mir, ein Vater leidet mehr, als seine Frau und seine Kinder leiden können. Dennoch bin ich bereit, für das Vaterland alles hinzugeben, auch mein Blut und wenn Ihr mich zu etwas gebrauchen wollt, so könnt Ihr auf mich bauen. Sprecht also, denn ich fühle, dass Ihr mir Wichtiges zu befehlen habt."

De Coninc ergriff die Hand des braven Geeraart und drückte sie gerührt. Noch eine Seele gleich der Breidels, dachte er. „Geeraart", sprach er, „Ihr seid ein würdiger Gesell. Habt Dank für Eure Treue und Euern Mut. Doch hört, denn ich habe wenig Zeit. Ihr werdet eilends zu Euren Gesellen gehen, um sie zu benachrichtigen. Diese Nacht sollt Ihr mit ihnen heimlich in das Peperstraatje gehen. Ihr allein werdet zwischen der Damme und der Kruispoort auf den Wall steigen. Legt Euch platt auf die Erde und richtet Eure Augen nach Sinte-Kruis. Sobald Ihr ein Feuer in dem Felde seht, fallt mit Euren Gesellen über die Torwache. Öffnet das Tor, es werden siebentausend Vlaminge davor stehen."

„Das Tor wird um die bestimmte Zeit offen sein, habt keine Furcht, ich bitt' Euch", antwortete Geeraart gelassen.

„Ist das ein Wort?"

„Es ist ein Wort."

„Guten Abend denn, werter Freund. Bleibt mit Gott!"

„Und er geleite Euch, Meister!"

De Coninc ließ den Zunftgesellen zu seiner Frau zurückkehren und trat selbst aus dem Hause. Bei der alten Halle kam er an eine prächtige Wohnung. Er klopfte, und es wurde ihm geöffnet.

„Was wollt Ihr, Vlaming?", fragte der Dienstknecht

„Ich wünsche Herrn von Mortenay zu sprechen."

„Ja, aber habt Ihr keine Waffen? Denn Euch Leuten ist nicht zu trauen."

„Was geht das Euch aus?" befahl de Coninc. „Gebt und sagt Euerm Herrn, dass de Coninc ihn zu sprechen wünscht."

„O Herr, mein Gott, Ihr seid de Coninc? Dann kommt Ihr gewiss mit einer bösen Absicht…"

Mit diesen Worten lief der Knecht eilends nach oben und kam nach einigen Augenblicken zurück.

„Ihr könnt hinaufgehen", seufzte er, „es beliebe Euch, mir zu folgen."

Er führte de Coninc die Treppe hinauf vor den Eingang einer Kammer. Mortenay saß an einem kleinen Tisch, auf dem sein Helm und Degen neben den eisernen Handschuhen lagen. Er sah den Dekan verwundert an. Dieser neigte sich vor dem Stadtvogt und sprach: „Herr von Mortenay, ich habe mich mit Vertrauen in Eure Ritterlichkeit her begeben und weiß, dass ich diese Kühnheit nicht zu bereuen haben werde."

„Wahrlich", antwortete Mortenay, „Ihr sollt zurückkehren, wie Ihr gekommen seid."

„Euer Edelmut ist ein Sprichwort unter uns geworden", erwiderte de Coninc, „und das ist auch der Grund, dass wir Euch zeigen wollen, dass wir Vlaminge einen ehrlichen Feind hochachten, und darum bin ich zu Euerm Edlen gekommen. Chatillon hat unsere Stadt der Wut seiner Söldner ausgeliefert und acht unserer unschuldigen Brüder henken lassen. Gesteht mir, Herr von Mortenay, dass es unsere Pflicht ist, ihren Tod zu rächen. Denn was konnte der Landvogt ihnen zur Last legen, als dass sie sich seinen tyrannischen Geboten nicht fügen wollten?"

„Der Untertan muss seinem Herrn gehorchen. Wie

streng die Strafe auch sei, es ist ihm nicht erlaubt, die Taten seiner Vorgesetzten zu beurteilen."

„Ihr habt Recht, Herr von Mortenay, so spricht man in Frankreich. Und da Ihr ein natürlicher Untertan des Königs Philipp seid, geziemt es Euch seine Befehle auszuführen. Aber wir sind freie Vlaminge und können die schändlichen Ketten nicht länger tragen. Nachdem der Landvogt seine Härte so weit getrieben hat, versichere ich Euch, dass in kurzem das Blut in Strömen vergossen werden wird und wenn das Los uns ungünstig sein sollte und Ihr Franzen den ‚Sieg behieltet, dann werden Euch wenig Sklaven bleiben, denn wir wollen sterben. Aber, wie es auch komme, so ist das die Ursache meiner Herkunft, Euch zu sagen, dass, was auch geschehen möge, kein Haar Eures Hauptes gekrümmt werden soll. Das Haus, in dem Ihr Euch befinden werdet, soll für uns geheiligt sein. Kein Vlaming wird den Fuß über die Schwelle Eurer Wohnung setzen. Empfangt darüber meine Bürgschaft."

„Ich danke den Vlamingen für ihre Liebe zu mir", antwortete Mortenay, „aber ich weigere mich, die Beschirmung, die Ihr mir bietet, anzunehmen, und werde keinen Gebrauch davon machen. Wenn irgendetwas vorfiele, würde ich mich unter dem Banner des Landvogts und nicht in meiner Wohnung befinden, und wenn ich sterbe, soll es mit dem Schwert in der Faust sein. Aber ich glaube nicht, dass es dazu kommen wird, denn der Aufstand würde bald gedämpft sein. Ihr, Dekan, verlasst das Land bald. Ich rate es Euch als Freund."

„Nein, Herr, ich verlasse mein Land nicht, das Gebein meiner Väter ruht in seiner Erde. Ich bitt Euch, erwägt, dass alle Dinge möglich sind und dass fränkisches Blut durch uns vergossen werden kann. Dann mögt Ihr Euch meiner Worte erinnern. Das ist alles, was ich Euer Edlen zu sagen hatte. Ich wünsche Euch Lebewohl. Gott nehme Euch in seine Hut!"

Mortenay überdachte die Worte des Dekans mit mehr Aufmerksamkeit und fand zu seinem größten Schmerz, dass sich ein schreckliches Geheimnis unter ihnen verbarg und er beschloss, am anderen Tage Chatillon zur Wachsamkeit zu ermahnen und selber etliche Maßregeln für die Sicherheit der Stadt zu befehlen. Und weil er nicht dachte, dass das Befürchtete so schnell eintreten werde, legte er sich zu Bett und schlief ruhig ein.

Siebzehntes Hauptstück

Hinter dem Dorf Sinte-Kruis, auf etliche Bogenschüsse von Brügge, lag ein kleines Gehölz, der Eksterbosch genannt und unter seinen schattigen Bäumen ergingen sich an Sonntagen die Stadtbewohner.

Die Stämme der Bäume standen ziemlich weit auseinander und ein weicher Rasen bedeckte den Boden wie mit einem blühenden Teppich. Schon um zwei Uhr in der Nacht war Breidel auf diesem Platz. Die Finsternis war undurchdringlich, der Mond hatte sich hinter schwere Wolken verborgen, leis und rauschend strich der Wind gleich einem Seufzer durch das Laub und das eintönige Rascheln der Blätter konnte die Schrecken dieser schrecklichen Nacht nur noch vermehren.

In dem Eksterbosch vermochte man auf den ersten Blick nichts wahrzunehmen, aber mit mehr Aufmerksamkeit würde man zahlreiche menschliche Gestalten auf dem Boden ausgestreckt bemerkt haben. Bei jeder dieser Gestalten glänzte ein flimmernder Stern, so dass der Rasen in ein Himmelsgewölbe verwandelt schien. Tausende von leuchtenden Punkten waren wie aus vollen Händen darüber gestreut: diese Sterne waren nichts anderes als die Beile, in deren Glätte sich das wenige Licht der Nacht spiegelte. Mehr als zweitausend Beinhauer lagen in Reihen in der gleichen Haltung am Boden, ihre Herzen klopften ungestüm, und ihr Blut lief schnell, denn die langersehnte Stunde, die Stunde der Rache und der Befreiung, war nahe. Das größte Schweigen herrschte unter den

Mannen, und etwas Geheimnisvolles und Erschreckendes hing wie ein Zauberschleier über dem schweigenden Heer.

Breidel lag tiefer im Gehölz, einer seiner Gesellen, den er wegen seiner Unerschrockenheit besonders liebte, hatte sich neben ihm auf den Boden ausgestreckt. Mit gedämpften Stimmen hielten sie das folgende Gespräch: „Die Franzen sind nicht gefasst auf das sonderbare Erwachen", flüsterte Breidel, „sie schlafen gut, denn sie haben ein hartes Gewissen, die Bösewichte. Ich bin neugierig, zu sehen, was für ein Grinsen auf ihr Gesicht kommen wird, wenn sie zu gleicher Zeit meine Waffe und den Tod sehen werden."

„O, mein Beil schneidet wie ein Pfriem. Ich habe es geschliffen, bis dass es ein Haar von meinem Arm wegnahm und ich hoffe, dass es diese Nacht wohl stumpf werden soll, oder ich werde es nicht mehr schleifen."

„Es ist zu weit gekommen, Mertijn. Die Franzen behandeln uns wie einen Haufen dummer Ochsen, und sie denken, dass wir vor ihrer Tyrannei uns beugen würden, aber Gott weiß, sie kennen uns nicht und betrügen sich, wenn sie uns nach den verfluchten Leliaarts beurteilen."

„Ja, die Bastarde rufen: ‚Heil Frankreich!' und sie schmeicheln dem Fremden, aber ihrer wartet auch etwas, denn als ich mein Beil mit so vieler Mühe schliff, habe ich sie nicht vergessen."

„Nein, Mertijn, Ihr dürft das Blut Eurer Landsleute nicht vergießen, de Coninc hat es verboten."

„Und van Gistel, der feige Verräter, soll er leben bleiben?"

„Jan van Gistel soll sterben. Er muss Rechenschaft über den Tod von de Conincs altem Freunde geben. Aber er sei der Einzige."

„Sollen die anderen Bastarde denn ungestraft bleiben? Seht, Meister, der Gedanke quält mich. Ich kann's nicht über das Herz bringen."

„Ihre Strafe soll groß genug werden. Scham und Verachtung werden ihr Teil sein. Wir werden sie verspotten und schmähen. Und sagt mir, Mertijn, bebt Ihr nicht bei dem Gedanken, dass jedweder Euch ins Angesicht spucken und sagen kann: Ihr seid ein Bastard, ein Feigling, Landesverräter! Das soll ihnen geschehen."

„O ja, Meister, Eure Worte jagen einen kalten Schauer über meinen Leib! Welch grässliche Strafe, wahrlich, tausendmal qualvoller als der Tod! Welche Hölle wird das für sie sein, wenn sie eine flämische Seele haben!"

Nun schwiegen sie einige Augenblicke und lauschten einem Geräusch, das gleich menschlichen Schritten aus der Ferne kam, doch es verstummte bald. Dann fuhr Breidel fort: „Die bösen Walen haben meine alte Mutter ermordet. Ich habe es gesehen: ein feindlicher Degen ist durch das Herz gegangen, das mich so sehr liebte. Sie haben kein Mitleid mit ihr gehabt, weil sie einen unbeugsamen Vlaming geboren hat, aber nun werde ich auch kein Mitleid mit ihnen haben, und zu gleicher Zeit werde ich mein Blut und das Vaterland rächen."

„Geben wir Lebensgnade, Meister? Machen wir Gefangene?"

„Unglück müsste ich haben, wenn ich einen finge oder ihm das Leben schenkte! Geben sie Lebensgnade? Nein, sie schöpfen Mut aus dem Morden, sie zertreten die Leichen unserer Brüder unter den Hufen ihrer Pferde.

Und denkt Ihr, Mertijn, da ich jetzt, wo der blutige Schein meiner ermordeten Mutter mir stets vor Augen schwebt, einen Franzmann sehen könnte, ohne dass mich eine tolle Raserei erfasste? Ha, ich werde sie beißen und mit den Zähnen zerreißen, wenn mein Beil von so vielen Schlachtopfern zerbrechen sollte. Aber das wird nicht geschehen, denn meine Waffe ist mir seit langer Zeit ein treuer Gesell."

„Horcht, Meister, das Geräusch wächst auf dem Weg von Damme! Wartet etwas!"

Er legte sein Ohr auf den Boden, erhob sich wieder und sprach: „Meister, die Weber sind nicht mehr weit von hier, noch vier Bogenschüsse."

„So kommt, wir stehen auf. Geht schweigend längs der Scharen und sorgt, dass sie sich nicht rühren. Ich gehe de Coninc entgegen, damit er weiß, wohin er seine Scharen legen kann."

Etliche Augenblicke später drangen viertausend Weber von verschiedenen Seiten in das Gehölz. Nach dem Befehl, den sie bekommen hatten, legten sie sich an die Erde und schwiegen. Die Ruhe wurde durch ihre Ankunft nur wenig gestört und bald hörte man nichts mehr. Nur dass man etliche Männer von einer Schar zur andern hinübergehen sah. Sie brachten den Anführern den Befehl, dass sie sich an den Ostrand des Gehölzes begeben sollten.

Als sie in großer Zahl dahin gekommen waren, scharten sie sich um de Coninc, um seine Anweisung zu empfangen. Der Dekan der Weber fing also an: „Brüder, heute muss die Sonne unseren Tod oder unsere Freiheit bestrahlen. Nehmt darum all eure Unverzagtheit zusammen, die euch die Liebe zum Vaterland eingeben kann. Denkt daran, dass ihr für die Stadt, in der die Gebeine eurer Väter ruhen, für die Stadt, in der eure Wiege stand, kämpfen werdet. Gebt niemand Lebensgnade, ermordet alle Franzen, die in eure Hände fallen, und lässt keine Wurzel des fremden Unkrautes unvertilgt. Wir oder sie müssen sterben! Ist einer unter euch, der noch ein Gefühl des Mitleids für diejenigen empfindet, die unsere Brüder so unbarmherzig gehenkt und erschlagen haben, für die Verräter, die unsern Grafen gefangen und sein Kind vergiftet haben?"

Ein Murren, so dumpf und rachsüchtig, dass der Ton allein hinreichte, um das Herz mit Schrecken zu erfüllen, schwebte für einen Augenblick unter dem Laubdach der Bäume.

„Sie sollen sterben!" war die Antwort der Anführer.

„Nun wohl", fuhr de Coninc fort, „heute noch werden wir frei sein, aber wir müssen unsern Mut bewahren, um die Freiheit zu verteidigen. Denn der fränkische König wird sicherlich mit einem neuen Heer nach Flandern kommen."

„Je mehr, je besser", fiel Breidel ein, „dann werden noch mehr Kinder ihre Väter beweinen, wie ich meine arme Mutter beweine. Gott habe ihre Seele!"

Die Worte des Dekans der Beinhauer hatten die Rede de Conincs unterbrochen. Dieser, der fürchtete, die Zeit für die nötige Anweisung könnte verstreichen, fuhr fort: „Schaut her, was ihr zu tun habt. Sobald die Glocke von Sinte-Kruis drei Uhr schlägt, sollt ihr eure Leute aufstehen lassen und sie in geordneten Scharen auf die Straße führen. Ich werde mit etlichen Gesellen bis an die Stadtmauer gehen. Wenige Augenblicke später, wenn das Tor von den Klauwaarts, die ich in der Stadt gelassen habe, aufgetan sein wird, sollt ihr alle schweigend einziehen und die folgende Richtung nehmen. Meister Breidel mit den Beinhauern wird die Speipoort einnehmen, diese besetzen und mit seinen Mannen in alle Straßen an der Snaggaartsbrugge gehen. Meister Lindens, nehmt Ihr die Eathelijnepoort und schickt Eure Mannen in alle Straßen bis an die Vrouwenkerk. Die Ledermacher- und Schuhmacherzunft soll die Gentpoorte bis an den Steen und den Burcht besetzen, die anderen Ambachten unter dem Dekan der Steinmetzen werden die Dammepoort einnehmen und sich rund um die St. Donaaskerk verbreiten. Ich mit meinen Webern werde mich nach der Boveriepoorte begeben, der ganze Stadtteil von da bis an die Ezelpoorte und den Grooten Markt soll von meinen zweitausend Mann umringt werden.

Wenn ihr dann die Torwachen überrumpelt haben werdet, dann verhaltet euch in den Straßen so still wie möglich, denn wir dürfen die Walen nicht eher wecken, bis dass alles bereit ist. Gebt wohl Acht. Sobald ihr den vaterländischen Schrei ‚Vlaanderen den Leeuw!' hören werdet, dann wiederholt ihn alle miteinander. Dies soll das Zeichen sein, dass eure Untergebenen euch im Dunkeln erkennen können. Dann sollt ihr die Türen der Häuser, in denen die Franzen wohnen, einrennen und alles ermorden."

„Ja, Meister", bemerkte einer der Anführer, „aber wir werden die Franzen nicht von unseren Stadtgenossen unterscheiden können, da sie zumeist im Bett und entkleidet sein werden."

„Es gibt ein bequemes Mittel, um darin jeden Irrtum zu vermeiden. Hört, was ihr zu tun habt. Wenn ihr mit dem ersten Blick nicht erkennen könnt, ob es ein Franzmann oder ein Vlaming ist, den ihr antrefft, befehlt ihm, dass er spreche: ‚Schild en vriend!' Jeder, der diese Worte nicht aussprechen kann, hat eine fränkische Zunge. Man soll ihn totschlagen."

Die Glocke von Sinte-Kruis sandte ihre Klänge dreimal über das Gehölz.

„Noch eins!" sprach de Coninc schnell. „Wisset, dass ich das Haus des Herrn de Mortenay unter meinen Schutz genommen habe. Ihr sollt ihm nichts antun, keiner setze seinen Fuß über die Schwelle der Wohnung dieses edlen Feindes. Geht nun rasch zu euren Mannen, teilt ihnen meine Befehle mit und tut, wie ich euch gesagt habe. Macht schnell! Nicht viel Lärm, ich bitt' euch."

Die Anführer begaben sich ein jeder zu seiner Schar und führten sie, eine nach der andern, an den Rand der Straße. De Coninc schickte eine große Zahl Weber bis nahe an die Stadt. Er allein näherte sich dichter dem Walle und drang mit seinem Auge durch die Finsternis.

Eine Lunte, deren brennendes Ende er in seiner Hand verbarg, schien mit roter Glut durch seine Finger. Er entdeckte einen Kopf, der sich über die Mauer erhob. Es war der Weber, den er am Abend zuvor bestichthatte.

Darauf nahm der Dekan ein Büschel Flachs aus seinem Koller, legte es auf die Erde und blies heftig auf die Lunte. Bald erhob sich eine leuchtende Flamme vom Boden, und der Kopf des Webers verschwand hinter der Stadtmauer. Das Zeichen war kaum einen Augenblick gegeben, als die Schildwache, die auf dem Walle stand, mit einem Schmerzensschrei zu Boden stürzte und über die Mauer geworfen wurde. Dann hörte man hinter dem Tor noch etwas Gerassel von Waffen und die Klagelaute sterbender Menschen, aber unmittelbar auf das Geräusch folgte eine Todesstille.

Mit der größten Ordnung zogen die Zünfte in Brügge ein. Jeder Anführer begab sich mit seiner Schar nach dem Stadtteil, der ihm durch de Coninc angewiesen worden war. Eine Viertelstunde später waren alle Torwachen erschlagen, und jede Zunft befand sich an ihrem Platz. Vor der Tür einer jeden Herberge, in der Franzen wohnten, standen acht Klauwaarts bereit, um sich mit Hammer und Beil einen Eingang zu schaffen. Keine einzige Straße war unbesetzt. Die Stadt war an allen Enden mit Klauwaarts erfüllt, die nur das Zeichen zum Anfangen erwarteten.

De Coninc stand mitten auf dem Vrijdagmarkt. Nach kurzem Überlegen sprach er den Fluch über die Franzen und rief: „Vlaanderen den Leeuw! Wat Walsch is, valsch is! Slaat al dood!"

Der Ruf, das Urteil der Fremden, lief durch fünftausend Kehlen. Es ist leicht zu denken, welch schreckliches Geheul, welch grässliches Durcheinander von Mordgeschrei da entstand. In dem gleichen Augenblick wurden alle Türen eingestoßen oder zerschlag Die Klauwaarts liefen voll Rachedurst in die Schlafkammern der Franzen und ermordeten alles, was die Worte ‚Schild en vriend' nicht aussprechen konnte. Weil in etlichen Häusern mehr Franzen, als man in so kurzer Zeit totschlagen konnte, geherbergt waren, hatten viele Zeit gesunden, sich anzukleiden und zu bewaffnen, und das war besonders in dem Stadtteil, in dem Chatillon mit seinen zahlreichen Wachen wohnte. Trotz der Wut Breidels und seiner Gesellen waren so ungefähr sechshundert Franzen zusammengelaufen. Auch viele, die dem Gemetzel verwundet entkommen waren, eilten aus den anderen Straßen zur Snaggaartsbrugge und vermehrten die Zahl der Flüchtlinge so, dass sie an tausend Mann stark wurden und beschlossen, ihr Leben teuer zu verkaufen."

Sie standen dichtgeschart vor den Häusern und wehrten sich verzweifelt gegen die Beinhauer. Viele von ihnen hatten Kreuzbogen und schossen manchen Klauwaart nieder, aber das vergrößerte nur die Wut der anderen, die ihre Kameraden fallen sahen. Man hörte die Stimme Chatillons, der die Seinen zum Widerstand ermutigte. Man bemerkte auch den Herrn von Mortenay, dessen Riesenschwert im Dunkel gleich einem Blitzstrahl leuchtete.

Breidel raste gleich einem Sinnlosen und hieb nach links und rechts unter die Franzen. Er stand schon etlichem Fuß hoch über dem Boden. Eine so große Zahl Feinde hatte er unter seine Füße geworfen. Das Blut strömte unter den Leichen, und der Schrei ‚Vlaanderen den Leeuw! Slaat al dood!' mengte sich in grässlichen Klängen mit dem letzten Stöhnen der Sterbenden. Auch Herr van Gistel befand sich unter den Franzen. Da er wusste, dass sein Tod unfehlbar war, wenn die Vlaminge siegten, so rief er ununterbrochen: „Heil Frankreich, heil Frankreich!", denn er dachte, die Söldner dadurch zu ermutigen. Aber Jan Breidel hörte seine Stimme. „Mannen", rief er, in toller Wut, „die Seele des Bastards muss ich haben! Vorwärts, es hat lange genug gedauert. Wer mich lieb hat, folge mir!"

Bei diesen Worten warf er sich mit dem Beil in die Mitte der Franzen und hieb in einem Augenblick die Umstehenden zu Boden. Als seine Gesellen dies sahen, fielen sie mit solcher Wut auf den Feind, dass sie ihn gegen die Mauer trieben und an fünfhundert seiner Mannen um den Hals brachten. In diesem äußersten Augenblick der schaurigen Todesstunde erinnerte Mortenay sich der Worte und des Versprechens de Conincs. Er freute sich, den Landvogt noch retten zu können, und rief: „Ich bin de Mortenay, man lasse mich durch!"

Die Klauwaarts ließen ihn mit Ehrfurcht vorbeigehen und hinderten ihn nicht.

„Hier vorbei, hier vorbei, folgt mir, Kameraden!" rief er den übriggebliebenen Franzen zu und glaubte, sie also zu retten. Aber die Vlaminge hieben schrecklich unter sie.

Die Zahl der Flüchtlinge war so gering, dass mit Chatillon nicht mehr als dreißig Personen in das Haus, des Herrn von Mortenay gelangen konnten. Die übrigen lagen zuckend am Boden. Breidel ließ seine Mannen vor der Tür des Stadtvogts einhalten und verbot ihnen, einzutreten. Er umstellte das Gebäude, damit niemand entfliehen könne, und hielt selber die Wache vor dem Eingang der Wohnung Mortenays. Während dieser Kampf stattfand, war de Coninc in der Steetisstraat bei St. Salvator noch dabei, den letzten Franzmann zu suchen. Das gleiche taten alle Zünfte in den Stadtteilen, die ihnen zugewiesen waren. Man warf so viele Leichen aus den Häusern, dass die Straßen damit bedeckt wurden und man in der Finsternis nur mit Mühe vorwärts konnte. Viele Söldner der Besatzung hatten sich verkleidet und glaubten, also durch dieses oder jenes Tor zu entkommen, aber das glückte ihnen nicht, da man ihnen befahl, die Worte ‚Schild en vriend' auszusprechen. Sobald man nur den Klang ihre Stimme hörte, fiel das Beil ihnen in den Nacken, und sie stürzten veröchelnd zu Boden. Aus allen Stadtteilen stieg der Ruf ‚Vlaanderen den Leeuw! Wat Walsch is, valsch is. Slaat al dood!' wild und donnernd empor. Hier und da lief noch ein Franzmann vor einem Klauwaart, der ihn verfolgte, aber dann fiel er bald unter der Waffe eines anderen und starb etliche Schritte weiter.

Die Rache dauerte, bis die Sonne schon aufgegangen war und die Leichen von fünftausend Franzen beschien und das vergossene Blut auftrocknete. Fünftausend Fremde wurden in der einen Nacht den Geistern der ermordeten Vlaminge geopfert. Es ist ein blutiges Blatt in den Chroniken Flanderns, die diese schreckliche Zahl getreulich aufgezeichnet haben.

Vor der Wohnung des Herrn von Mortenay war etwas Seltsames, Grausiges zu sehen. Tausend Beinhauer lagen auf dem Boden, mit ihren Beilen in der Faust und mit drohenden Augen voller Rachedurst. Ihre bloßen Arme und ihre Koller waren mit Blut gefärbt, und zwischen ihnen lagen zahlreiche Leichen ausgestreckt Etliche Gesellen von den anderen Zünftenschritten zwischen den Beinhauern hin und her und suchten die Leichen der gefallenen Vlaminge, um sie zur Erde zu bestatten.

Obgleich die Beinhauer von innerster Wut erfüllt waren, kam doch kein Scheltwort aus ihrem Mund. Gemäß dem gegebenen Worte war die Wohnung Mortenays ihnen heilig. Sie wollten das Versprechen, das de Coninc gegeben hatte, nicht brechen. Auch hatten, sie zu viel Achtung vor dem Stadtvogt und begnügten sich darum, den Stadtteil zu besetzen und zu bewachen. Herr von Chatillon und Jan van Gistel, der Leliaart, waren in das Haus Mortenays geflohen. Die größte Angst hatte sie ergriffen, denn ihnen schwebte ein unmittelbarer Tod vor Augen. Chatillon war ein mutiger Ritter, er erwartete sein Los mit kühlem Blute. Das gegen war Jan van Gistel bleich und bebte. Trotz der Gewalt, die er sich antat, konnte er seine Angst nicht verbergen und erweckte das Mitleid der anwesenden Franzen, auch Chatillons, der doch in der gleichen Gefahr stand. Die Herren waren in dem oberen Saale nach der Straße hin. Von Zeit zu Zeit gingen sie zum Fenster und schauten mit Entsetzen auf die Beinhauer, die vor der Tür lagen gleich einem Haufen Wölfe, die ihre Beute erwarteten. Als van Gistel auch an das Fenster gegangen war, bemerkte Jan Breidel ihn und drohte ihm mit seinem Beil. Eine ungestüme Bewegung entstand unter den Beinhauern. Alle hatten ihre Waffen erhoben gegen den Verräter, den sie töten wollten. Wie krampfte das Herz des Leliaarts sich zusammen, als er die tausend Beile gleich einem Todesurteil sich entgegenblinken sah! Er wandte sich zu den anderen Rittern und sprach in trübem Ton: „Wir müssen sterben, ihr Herren, es gibt keine Gnade für uns! Denn sie lechzen nach unserem Blute gleich durstigen Hunden. Sie werden nicht fortgehen. Was sollen wir tun?"

„Von den Händen dieses Pöbels zu sterben ist keine Ehre", antwortete Chatillon, „ich wünschte, dass ich als Ritter mit dem Degen in der Faust gefallen wäre, aber es ist nicht anders."

Die kühle Ruhe Chatillons betrübte van Gistel noch mehr.

„Es ist nicht anders!", wiederholte er, „ach Gott, welch schrecklicher Augenblick! Sie werden uns martern! Aber, Herr von Mortenay, ich bitt Euch um Gottes willen, Euch, die Ihr so viel über sie vermögt, fragt doch, ob sie uns das Leben für ein großes Lösegeld lassen wollen. Ich will nicht durch ihre Hände sterben und werde alles gehen, was sie verlangen, wieviel es auch sei."

„Ich werde sie fragen", antwortete Mortenay, „aber zeigt Euch nicht. Sie holen Euch sonst aus dem Hause."

Er öffnete das Fenster und rief: „Meister Breidel, Herr van Gistel lässt Euch fragen, ob Ihr ihm gegen ein großes

Lösegeld Freigeleit verleihen wollt. Verlangt, soviel Ihr wollt, bestimmt selber die Summe. Schlagt es nicht ab, ich bitt' Euch!"

„Mannen", rief Breidel seinen Leuten mit bitterem Spottlachen zu, „sie bieten uns Geld! Sie denken, dass die Rache eines Volkes mit Geld zu bezahlen sei. Sollen wir das annehmen?"

„Wir müssen den Leliaart haben!", heulten die Beinhauer. „Sterben muss er, der Verräter, der Bastardvlaming!"

Das Geschrei klang grässlich in den Ohren van Gistels, es war ihm, als gaben die Beile ihm schon den Todesschlag. Mortenay ließ das ungestüme Rachgeschrei vergehen und rief aufs Neue: „Ihr habt mir gesagt, dass meine Wohnung eine Freistatt sei. Warum brecht ihr nun das gegebene Wort?"

„Wir werden Eure Wohnung unversehrt lassen", antwortete Breidel, „aber ich versichere Euch, dass weder Chatillon noch van Gistel die Stadt lebendig verlassen werden. Ihr Blut soll das Blut unserer Brüder bezahlen, und wir werden von hier nicht fortgehen, bis dass unsere Beile ihnen den letzten Schlag in den Nacken gegeben haben."

„Darf ich denn die Stadt frei verlassen?"

„Ihr, Herr von Mortenay, mögt mit Euren Dienern gehen, wohin Ihr wollt. Kein Haar Eures Hauptes wird versehrt werden. Aber betrügt uns nicht, denn wir kennen die Leute wohl, die wir suchen."

„Nun, dann sage ich Euch, dass ich binnen einer Stunde nach Kortrijk ziehen werde."

„Gott habe Euch in seiner Hut!"

„Habt Ihr denn durchaus kein Mitleid mit wehrlosen Rittern?""

„Sie haben kein Mitleid mit unseren Brüdern gehabt. Ihr Blut muss fließen! Der Galgen, den sie aufgerichtet haben, steht noch da.".

Mortenay schloss das Fenster und sprach zu den Rittern: „Ihr Herren, ich beklage euch, sie wollen euer Blut vergießen. Ja, ihr steht in großer Gefahr, aber ich hoffe, dass ich Euer Edlen mit dem Beistand des Herrn noch werde retten können. Es ist ein Ausgang hinten am Hof, durch den es euch gelingen kann euren blutdürstigen Feinden zu entkommen. Verkleidet euch und steigt zu Pferde. Dann werde ich mit meinen Dienern zur Tür hinausgehen, und während ich so die Aufmerksamkeit der Beinhauer auf mich ziehen werde, sollt ihr eiligst hinten aus zum Wall fliehen. An der Smedepoort ist die Mauer abgebrochen. Es wird euch nicht schwer fallen, ins freie Feld zu gelangen, denn eure Pferde werden sie nicht aufzuhalten vermögen."

Chatillon und van Gistel nahmen das Mittel mit Freude an.

Der Landvogt nahm die Kleider seines Kaplans und van Gistel die eines geringen Dieners. Dreißig andere Franzen, die übriggeblieben waren, zogen dies Pferde aus dem Stall und rüsteten sich, mit ihrem Feldherrn zu flüchten.

Als sie alle aufgesessen waren, ging Herr von Montenay mit seinen Dienern auf die Straße, wo die Beinhauer lagen. Diese dachten nicht, dass man sie an einer andern Stelle täuschen könne, standen auf und besahen neugierig den Stadtvogt und seine Begleiter. Aber mit einmal wurde der Schrei! ‚Vlaanderen den Leeuw! Wat Walsch is, valsch is! Slaat al dood!' in einer andern Straße erhoben, und man hörte die Hufschläge von Pferden um die Ecke schallen. In der größten Schnelligkeit liefen die Beinhauer im Durcheinander nach dem Ort, woher das Geräusch sich hören ließ, aber es war zu spät. Chatillon und van Gistel waren entflohen. Von den dreißig Mannen, die sie begleiteten, wurden zwanzig niedergehauen denn überall, wo sie vorbeiritten, begegneten sie Feinden, die sie anfielen. Doch das Glück wollte, dass die beiden Ritter entkamen. Sie sprengten hinter Ste Elaren nach dem Stadtwalle und erreichten die Smedepoort. Hier setzten sie mit ihren Trabern in den Graben und durchschwammen ihn mit großer Gefahr, denn der Leibknecht Chatillons ertrank mit dem Pferde, das er ritt.

Die Beinhauer hatten die fliehenden Franzen bis ans Tor verfolgt. Als sie ihre zwei Erzfeinde in der Ferne zwischen den Bäumen verschwinden sahen, wurden sie von der heftigsten Wut ergriffen. Sie rasten vor Zorn, denn nun schien ihnen die Rache unvollkommen. Nachdem sie ihre Augen eine Zeitlang verdutzt auf die Stelle gerichtet hatten, wo Chatillon verschwunden war, gingen sie vom Walle unzufrieden nach dem Vrijdagmarkt.

Plötzlich ließ ein anderes Geräusch sie aufmerken. Inmitten der Stadt erhob sich eine Menge verwirrter Stimmen, die in Pausen die Luft mit schmetterndem Schall erfüllten, als ob ein Fürst seinen frohen Einzug hielte. Die Beinhauer konnten das siegprahlende Geschrei nicht verstehen, denn die Stimmen waren noch zu weit von ihnen. Allmählich nahte sich der Jubelstrom, und bald wurden die Rufe verständlich: „Heil dem blauen Löwen! Heil unserem Dekan! Flandern ist frei! Heil! Heil!"

Wie eine Gewitterwolke trieb eine unzählbare Menge von allen Einwohnern Brügges durch die Stadt. Das Jauchzen der befreiten Vlaminge brach sich an den Häusern und rollte gleich dumpfen Donner über der Stadt.

Frauen und Kinder liefen zwischen den bewaffneten Zunftgesellen und fröhliches Händeklatschen mengte sich mit dem unaufhörlichen Ruf: „Heil! Heil dem blauen Löwen!"

Aus der Mitte dieser Scharen ragte eine weiße Standarte, auf deren wogenden Falten ein steigender Löwe aus blauer Seide gestickt war. Es war die große Fahne der Stadt Brügge, die so lange den Lilien hatte weichen müssen. Nun war sie aus ihrem Versteck geholt worden, und die Rückkehr des heiligen Siegeszeichens wurde mit fröhlichem Jauchzen begrüßt.

Ein Mann von kleiner Gestalt trug das bejubelte Zeichen und presste es mit auf der Brust geschlossenen Armen gegen sein Herz, als ob es ihn mit inbrünstiger Liebe erfülle. Tränen strömten im Überfluss über seine Wangen, Tränen aus Glück und Vaterlandsliebe, und ein Ausdruck unsäglichen Glückes schwebte über seinen Zügen. Er, der beim größten Elend nie geweint hatte, vergoss jetzt Tränen, weil er den Löwen seiner Vaterstadt wieder auf den Altar der Freiheit gestellt hatte.

Die Augen der unzähligen Bürger wandten sich immer wieder nach diesem Manne, und dann wurde der Schrei ‚Heil de Coninc! Heil dem blauen Löwen!' mit mehr Kraft wiederholt. Sobald der Dekan der Weber mit der Fahne sich dem Vrijdagmarkt näherte, erfüllte eine tolle Freude die Herzen der Beinhauer. Auch sie wiederholten oftmals den jauchzenden Siegesruf und drückten einander mit feuriger Liebe die Hand. So entzündet das Gefühl der Vaterlandsliebe die Herzen in edlem Eifer. Breidel warf sich wie sinnlos vorwärts, kam unter die Standarte und erhob seine Hände mit ungestümer Ungeduld zu dem Löwen.

De Coninc bot die Fahne dem Dekan der Beinhauer und sprach: „Hier, Freund, das haben wir wiedergewonnen, das Sinnbild unserer freien Väter."

Breidel antwortete nicht, sein Herz war zu voll. Bebend vor Rührung schlang er seine Arme um das Fahnentuch und umarmte so den blauen Löwen, drückte sein Haupt in die Falten der Seide und blieb etliche Augenblicke unbeweglich. Dann ließ er die Fahne los und fiel mit dem größten Ungestüm an die Brust de Conincs.

Während die beiden Dekane einander feurig umarmten, hörte das Rufen des Volkes nicht auf. Es schwebte ein jauchzendes Rauschen, ein hinreißendes Schreien über den Tausenden von Häuptern und eine flutende Bewegung ließ die ungestüme Freude der Menge erkennen.

Der Vrijdagmarkt war nicht weit genug, um allen zuschauenden Bürgern Platz zu bieten, obgleich sie bis zum Ersticken sich zusammendrängten. Die Steenstraat war noch bis an die St. Salvatorskerk voller Menschen, und auch die Smede- und Boveriestraten waren noch bis zu einem gewissen Abstand mit ungestümen Frauen und Kindern bedeckt.

Der Dekan der Weber wandte sich zur Mitte des Marktes und näherte sich dem noch stehenden Galgen.

Die Leichen der gehängten Vlaminge waren herabgenommen und schon begraben, aber die acht Stricke hatte man mit Absicht daran gelassen als ein Denkzeichen der Zwingherrschaft. Die Standarte mit dem Löwen von Brügge wurde neben dem Galgen aufgepflanzt und mit neuen Jubelrufen begrüßt. Nachdem de Coninc seine Augen noch einmal zu dem wiedererkauften Wappen erhoben hatte, sank er zu Boden auf die Knie, ließ das Haupt sinken und betete mit gefalteten Händen.

Wenn man einen Stein in ein ruhiges Wasser fallen lässt, läuft die Bewegung in zitternden Kreisen über die ganze Wasserfläche. In der gleichen Weise verbreiteten sich der Gedanke und die Absicht de Conincs unter den Bürgern, obgleich die meisten ihn nicht sahen. Erst knieten und schwiegen die, welche um ihn standen, diese teilten den anderen die Bewegung mit, und so sanken nacheinander alle Häupter. Die Stimmen verstummten erst in der Mitte des weiten Kreises und verstummten mehr und mehr, bis dass die größte Stille entstandet war. Achttausend Knie berührten den noch blutigen Grund, und achttausend Häupter verdemütigten sich vor Gott, der den Menschen die Freiheit geschaffen hat Welche Harmonie musste in diesem Augenblick vor den Thron des Herrn erklingen!

Wie angenehm musste ihn das feierliche Gebet sein, das gleich einer stillen Huldigung seine Füße umfloss. Nach einer kurzen Zeit erhob sich de Coninc von der Erde, und während die Stille noch andauerte, sprach er mit lauter Stimme, so dass alle es hören konnten: „Brüder, heute hat die Sonne ein schöneres Licht für uns, die Luft ist rein in unserer Stadt, der Atem der Fremden kann sie nicht mehr verunreinigen. Die stolze Walen haben gedacht, dass wir ihre Sklaven sein und bleiben würden, aber nun haben sie auf Kosten ihres Lebens gelernt, dass unser Löwe wohl schlafen, aber nicht sterben kann. Wir haben das Erbteil unserer Väter wiedergewonnen und die Fußstapfen der Fremden mit Blut ausgetilgt, aber unsere Feinde sind noch nicht alle tot. Frankreich wird uns noch mehr gewappnete Heiterlinge senden, denn Blut fordert Blut. Doch das ist nichts, denn nun sind wir unüberwindbar. Doch dürft ihr auf dem gewonnenen Sieg nicht einschlafen. Haltet eure Herzen groß und tapfer, lasst das edle Feuer, das nun in euerm Busen lodert, nicht einschlafen. Jeder gehe in seine Wohnung und freue sich mit seinen Hausgenossen über die glückliche Befreiung. Jauchzt und trinkt den Wein der Fröhlichkeit. Denn heute ist der größte Tag, den ihr erleben werdet. Die Bürger, die keinen Wein haben, können zur Halle gehen. Dort wird man für jeden ein Maß austeilen."

Das Rufen, das allmählich wieder anwuchs, hinderte de Coninc, in seiner Ansprache fortzufahren. Er winkte den umstehenden Dekanen und ging mit ihnen nach der Ecke der Steenstraat. Die Scharen teilten sich ehrerbietig vor ihm, und überall begrüßte ihn das fröhliche Rufen der gerührten Bürger. Nun drängte sich ein jeder zur Fahne, die bei dem Galgen stand, nach und nach beschauten sie alle frohen Herzens den blauen Löwen und blickten auf das Wahrzeichen ihrer Stadt wie in das Gesicht eines Freundes, der nach langer Reise aus fernen Landen zu seinen Brüdern zurückgekehrt ist. Sie streckten ihre Hände empor und machten so fröhliche Gebärden, dass sie einem kalten und gleichgültigen Auge von ferne sinnlos vorgekommen wären.

Bald kamen Gesellen, die schon Wein geholt hatten, mit ihren Kannen auf den Markt und verbreiteten die fröhliche Kunde, dass man in der Halle jedem ein Maß ausschenke. Eine Stunde später hatte jeder ein Trinkgefäß in der Hand und so endete der fröhliche Tag ohne Ausschreitung und ohne Zank. Es war nur ein Gefühl in allen Herzen, das Gefühl, das die Seele eines Gefangenen erfüllt, wenn er die Sonne wieder über seinem Haupte stehen sieht und die weite Welt sein einziger Kerker ist.

Achtzehnter Hauptstück

Es waren nun zwei Jahre vergangen, seitdem der Fremdling seinen Fuß auf den Boden des Vaterlandes setzte und rief: „Beugt eure Häupter, Vlaminge! Ihr Nordlinge, gehorcht den Söhnen des Südens oder sterbt!"

Aber damals wussten sie nicht, dass in Brügge ein Mann geboren war, dessen Hirn mit Verstand erfüllt, dessen Geist groß war durch Heldenmut. Ein Mann, der gleich einem Licht unter seinen Zeitgenossen leuchtete und zu dem Gott wie zu seinem Boten Moses gesagt hatte: „Geh, und erlöse deine Brüder aus den Händen Pharaos!"

Sobald die verwüstenden Scharen der Franzen den Boden des Vaterlandes betreten hatten und der Horizont sich durch den aufliegenden Staub von den Hufen ihrer Rosse verdüsterte, klang eine geheime Stimme in der Seele de Conincs. Eine Stimme, die sagte: „Habe Acht. Diese suchen Sklaven!"

Bei diesem Ruf bebte der edle Bürger vor Schmerz und Verantwortung.

„Sklaven! Wir Sklaven?" war sein Seufzer. „O Herr, unser Gott, dulde es nicht! Das Blut unserer freien Väter hat für deine Altäre geströmt. Sie sind in dem sandigen Arabien mit deinem heiligen Namen auf den Lippen gefallen. O, dulde nicht, dass ihre Söhne in den Ketten der Fremden verkommen, damit die Tempel, die wir aufgerichtet haben, nicht von Sklaven erfüllt werden!"

De Coninc hatte dieses Gebet in seiner Seele gesprochen, aber das Menschenherz liegt offen vor seinem

Schöpfer. Er fand in dem Vlaming noch all den Edelmut und den Geist, aus denen er seine Seele geschaffen hatte, und er ließ einen unsichtbaren Glanz von sich ausgehen.

Und der Vlaming fühlte, plötzlich von einer geheimen Kraft erfüllt, seine Geisteskräfte sich verdoppeln, und rief in Verzückung: „Ja, Herr, ich habe deinen mächtigen Finger auf meiner Stirn verspürt. Ja, ich werde mein Vaterland bewahren! Ich werde die Gräber meiner Väter, deiner Diener, nicht zertreten lassen. Gepriesen bist du, oh Gott, der mich gerufen hat!"

Seit diesem Augenblick hatte de Coninc nur ein Gefühl, nur einen Seufzer in seinem Herzen behalten. Aus dem großen Wort „Vaterland" entstanden alle seine Gedanken, all seine Bemühungen. Vorteil, Verwandtschaft, Ruhe. Alles wurde vergessen, um die Liebe zu dem Löwenboden allein in dem weiten Busen wohnen zu lassen. Welcher Mensch war jemals edler als dieser Vlaming, der hundertmal sein Leben und seine Freiheit für die Freiheit Flanderns wagte? Welcher Mensch war mit mehr Verstand begabt? Trotz der Leliaarts und Bastarde, die Flandern verkaufen wollten, vereitelte er allein alle Anstrengungen des fränkischen Königs. Er allein war es, der seinen Brüdern selbst in den Ketten das Löwenherz wachhielt und so langsam die Befreiung vorbereitete.

Die Franzen wussten das wohl. Sie kannten den, der jeden Augenblick die Räder ihres Siegeswagens zerbrach. Sie würden den lästigen Wecker wohl aus dem Weg geräumt haben, aber neben seiner Vernunft besaß er die Vorsicht der Schlange. Er hatte sich eine Brustwehr aus seinen Brüdern geschaffen, und weil sie das wussten, wagten die Fremden es nicht, ihren Sprecher zu berühren, denn ein blutiger Ausstand würde ihn gerächt haben. Während die Franzen ganz Flandern unter den Stab ihrer Zwingherrschaft beugten, lebte de Coninc unter seinen Stadtgenossen und war der Herr seiner Herren. Sie fürchteten ihn mehr, als er sie fürchtete.

Nun hatten siebentausend Franzen die zweijährige Unterdrückung mit dem Leben gebüßt. Kein einziger Fremdling atmete mehr in dem befreiten Brügge. Das Volk freute sich der Befreiung, die Stadt hallte wider von fröhlichen Liedern, welche die Sänger auf dieses Ereignis verfasst hatten und die weiße Flagge wallte mit dem blauen Löwen in stolzen Wogen auf den Wachttürmen. Dieses Zeichen, das ehemals auf den Türmen Jerusalems geprangt hatte und solch glorreiche Taten bezeugte, machte die Herzen der Bürger groß. Seit diesem Tage wurde die Knechtschaft für Flandern unmöglich, denn die Brüggelinge erinnerten sich, wieviel Blut ihre Väter für die Freiheit vergossen hatten. Tränen flossen aus ihren Augen, Tränen, welche die Seele erleichtern, wenn sie voll des Feuers ist, in dem edle Liebe sie erglühen lässt.

Wohl hätte man denken können, dass der Dekan der Weber das Werk nun für vollendet gehalten hätte und sich damit beschäftige, seine geplünderte Wohnung wieder einzurichten. Nein, er dachte weder an seine Wohnung noch an den Reichtum, der ihm geraubt war. Das Wohlsein und die Ruhe seiner Bürger waren seine erste Sorge. Da er wusste, dass nur eine Nacht die Freiheit von der Gesetzlosigkeit trennt, ließ er noch an demselben Abend aus jeder Zunft einen Vertreter wählen und stellte diese mit Zustimmung des Volkes ans Regiment. Er wurde nicht zum Vorsitzer des Rates ernannt, er bekam keine Last, aber nahm alle auf sich. Keiner wagte etwas ohne ihn zu tun, sein Rat war Befehl in allen Dingen, und ohne dass er etwas zu befehlen brauchte, war sein Gedanke die einzige Richtschnur des Gemeinwohls. So stark ist die Herrschaft der Vernunft.

Das fränkische Heer war jetzt wohl vernichtet, aber man konnte gewiss sein, dass Philipp der Schöne neue und zahlreiche Scharen nach Flandern senden werde, um den Hohn, der ihm angetan worden war, zu rächen. Die meisten Bürger dachten wenig an diese furchtbare Gewissheit. Es war ihnen genug, nun frei und fröhlich zu sein. Aber de Coninc teilte die offenbare Freude nicht. Er hatte die Gegenwart schon vergessen, um das zukünftige Unglück abzuwehren. Es war ihm nicht unbekannt, dass Geisteskraft und Mut des Volkes mit der augenblicklichen Gefahr endigen. Darum gab er sich alle Mühe, um das Gedächtnis des Krieges dauernd in der Stadt gegenwärtig zu machen. Jedem Zunftgesellen wurde ein Goedendag oder eine andere Waffe gegeben, und die Fähnlein wurden aufs Neue eingeteilt und bekamen den Befehl, sich zum Kampf bereitzuhalten. Die Zunft der Maurer begann die Festungswerke wieder herzustellen, und in den Häusern der Schmiede war es verboten, etwas anderes als Waffen für die Gemeinde zu schmieden. Der Zoll wurde wieder eingerichtet und der Stadtpfennig erhoben. Durch diese weisen Maßregeln richtete de Coninc alle Anstrengungen auf ein Ziel und bewahrte seine Vaterstadt vor dem mannigfachen Unheil, das Zerfahrenheit trotz allen Edelmutes allzeit mit sich bringt. Man sollte gedacht haben, dass das neue Regiment in Brügge schon durch lange Jahre befestigt sei.

Unmittelbar nach der Befreiung, während das Volk noch in allen Straßen den Wein der Freude trank, hatte de Coninc einen Boten in das Lager zu Damme geschickt, um die übrigen Zunftgesellen mit den Frauen und Kindern in die Stadt zu rufen. Machteld war mit ihnen gekommen und man hatte ihr eine prächtige Wohnung im Prinsenhof angeboten, doch sie wählte das Haus van Nieuwland, den Ort, wo sie so manche trübe Stunde zugebracht hatte und an den all ihre Träume gefesselt waren. Hier fand sie in der guten Schwester Adolfs eine zärtliche Freundin wieder, in deren Herz sie die Liebe und die Bangigkeit ihres beklommenen Herzens ergießen konnte. Es ist so heilsam für uns, wenn Traurigkeit uns anfasst, jemand zu finden, der aus seinem eigenen Schmerz unser Leid verstehen kann, jemand, der liebt, was wir lieben, und dessen Klagen mit unseren Klagen zusammenklingen. So umarmen zwei schwache Weinranken einander und trotzen dem vertilgenden Orkan, der ihre stützlosen Häupter niederbrechen will. Für uns sind Trübnis und Schmerz ein Orkan, der durch seinen eiskalten Atem unsere Seelen des Feuers und Lebens beraubt und unsere Häupter vor dem Alter zu Grabe beugt, als ob die Jahre des Elendes dem Menschen doppelt zugerechnet würden.

Zum vierten Mal erhob sich die Sonne mit lichtreicher Glut über dem freien Brügge. Machteld saß allein in der Kammer, die sie ehemals im Hause Adolfs van Nieuwland bewohnt hatte. Der treue Vogel, ihr geliebter Falke, war nicht mehr bei ihr, er war tot. In die stillen Züge des Fräuleins waren Krankheit und Trostlosigkeit mit bleichen Farben gezeichnet. Ihre Augen waren matt, ihre Wangen ausgezehrt, und alles zeigte, dass der Sturm des Leidens an ihr nagte.

Die, welche lange einen bitteren Schmerz genährt haben, überlassen sich ihren Träumen und als wäre der Kummer der Wirklichkeit ihnen nicht genug, schaffen sie sich Spukgestalten, die sie noch mehr bedrücken. So tat auch die unglückliche Machteld. Sie bildete sich ein, dass das Geheimnis von der Freilassung ihres Vaters entdeckt sei. Sie sah den Mörder, den die Königin Johanna bezahlt hatte, das Gift in die Nahrung ihres Vaters mengen und dann lief ein Zittern über ihren Leib, und aus ihren Augen brachen Angsttränen. Adolf war für sie gestorben, er hatte seine Liebe und seinen Edelmut gebüßt. Die herzzerreißenden Bilder vergingen und erschienen immer wieder und quälten das arme Mädchen mit bitterem Schmerz.

In diesem Augenblick trat ihre Freundin Maria in das Gemach. Das Lächeln, das dann die Züge des armen Mädchens bedeckte, war gerade wie das Lächeln, das nach einem schmerzlichen Tod auf dem Angesicht mancher Leichen bleibt. Mehr Schmerz und Trauer war darin beschlossen als in der innigsten Klage. Sie sah die Schwester Adolfs mit einem Blick an, der sagte: „O, gib mir Trost und Labung!"

Marie näherte sich dem verzweifelten Mägdlein und drückte ihre Hand mit zärtlichem Mitleid. Sie gab ihrer Stimme jenen weichen Ton, der wie ein süßer Gesang in die Seele der Unglücklichen dringt, und sprach: „Eure Tränen fließen im Stillen, meine teure Herrin. Euer Herz schmilzt hinweg vor Trauer und Verzweiflung und nichts lindert Euer bitteres Los. O, Ihr seid so unglücklich!"

„Unglücklich, sagt Ihr, meine Freundin? Oh ja, es ist da in meinem Busen etwas, das mich hart anfasst und mich drückt. Wisst Ihr, welch schreckhafte Spukgestalten mir stets vor den Augen schweben? Und versteht Ihr, warum mir beständig die Tränen über die Wangen fließen? Ich habe meinen Herrn Vater an Gift dahinsterben sehen. Ich habe die Stimme eines Sterbenden gehört, eine Stimme, die sagte: ‚Fahr wohl, du mein geliebtes Kind.'„

„Ich bitt Euch, Herrin", fiel Maria ein, „verbannt die eitlen Bilder! Ihr macht mich zittern. Euer Vater lebt! Ihr versündigt Euch schwer durch die Verzweiflung. Vergebt mir diese kühnen Worte!"

Machteld ergriff die Hand Marias und drückte sie sanft, als wolle sie ihr zu verstehen geben, dass ihre Worte tröstlich für sie gewesen seien. Trotzdem fuhr sie in ihren trostlosen Reden fort und schien sich mit Behagen in ihr Leiden zu versenken. Die Klagen gepeinigter Seelen sind auch Tränen, die den Schmerz lindern. Sie fuhr fort: „Ich habe noch mehr gesehen, Maria. Ich sah den Henker, den die grausame Johanna von Navara gesandt hat, sein Beil über dem Haupt Eures Bruders erheben, und das Haupt habe ich auf den Boden des Kerkers fallen sehen!"

„O Gott", rief Maria, „welch schrecklicher Gedanke!"

Sie zitterte, und ihre Augen schimmerten unter den Tränen, die sich unter ihren Wimpern zeigten.

„Und seine Stimme habe ich gehört, eine Stimme, die sagte: ‚Fahr wohl, fahr wohl!'"

Von diesem grässlichen Bilde betroffen, warf Maria sich um Machtelds Hals und ihre Tränen rollten auf die pochende Brust der unglücklichen Freundin.

Die bangen Seufzer der beiden Mädchen erfüllten die Kammer mit Schmerzensklängen. Nachdem sie sich eine Zeitlang gefühllos in bitterem Schmerz in den Armen gelegen hatten, fragte Machteld: „Versteht Ihr nun mein Leid? Versteht Ihr, warum ich mich Verzehre und langsam sterbe?"

„Oh ja", antwortete Maria mit Verzweiflung, „ja, ich verstehe und fühle Euer Leid. O, mein armer Bruder!"

Ermattet und sprachlos setzten die beiden Mädchen sich nieder. Sie sahen einander lange Zeit in unaussprechlicher Trauer an, aber die Tränen, die sie vergossen, linderten allmählich ihren Schmerz und langsam kam die Hoffnung in die erleichterte Brust zurück. Maria, die älter und stärker gegen das Leid war, entriss sich zuerst dem düstern Nachdenken und sprach: „Warum, o meine Herrin, sollten wir uns so lang durch lügnerische Träume foltern lassen? Nichts bestätigt die schmerzliche Ahnung, die uns bedrückt. Ich bin gewiss, dass unserm Herrn Robrecht, Euerm Vater, nichts Böses geschehen ist, und dass mein Bruder schon auf dem Weg ist, um in das Vaterland zurückzukehren."

„Und Ihr habt geweint, Maria! Weint man, wenn einem die Rückkehr eines Bruders zulacht?"

„Ihr quält Euch selber, Herrin. Der Schmerz muss tiefe Wurzeln in Euerm Herzen geschlagen haben, dass ihr die schwarzen Bilder, die Euch betrüben müssen, mit so viel Liebe umfasset! Glaubt mir, Euer Vater lebt, und vielleicht steht seine Befreiung bevor. Denkt, welche Freude Euch erfüllen wird, wenn Ihr seine Stimme, die gleiche Stimme, die so schreckhaft in Euren Träumen ruft, Euch sagen wird: meine Ketten sind gebrochen, wenn sein zärtlicher Kuss Eure Stirn berühren und das Feuer der Liebe die Rosen auf Euren entfärbten Wangen wieder erblichen lassen wird! Das liebliche Schloss Wijnendaal wird Euch wieder empfangen. Herr van Bethune wird den Thron seiner Väter besteigen und dann werdet Ihr sein Alter durch Eure Liebe unterstützen und werdet an Euer jetziges Leid nicht anders mehr denken, als nur um Euch in dem Gedanken an das Ausgestandene zu erfreuen. Sagt mir nun, Machteld, meine Herrin, wollt Ihr keinen einzigen Hoffnungsstrahl in Euer Herz dringen lassen? Können diese seligen Voransichten Euch nicht trösten?"

Während dieser Worte war eine merkliche Veränderung in Machteld vorgegangen. Ihre Augen waren von stiller Freude belebt und ein süßes Lächeln schwebte auf ihren Lippen. „O, Maria", seufzte sie, während ihr ihren rechten Arm um den Hals der tröstenden Freundin legte, „wisst Ihr, welche Erquickung ich fühle, welches unverhoffte Glück Ihr gleich Balsam über mich ausgießet? So tröste Euch der Engel Gottes in Eurer letzten Stunde! Welch süße Worte hat die Freundschaft Euch eingeflößt, meine Schwester!"

„Eure Schwester!", wiederholte Maria, „dieser Name kommt Eurer Dienerin nicht zu, durchlauchtige Herrin. Ich bin genug belohnt dadurch, dass ich diese tödliche Traurigkeit von Euch gebannt habe."

„Nehmt diesen Namen an, liebe Maria. Ich liebe Euch so zärtlich, und ist Euer edler Bruder Adolf nicht mit mir aufgezogen worden? Ist er mir nicht als Bruder von meinem Vater geschenkt worden? Ja, wir gehören zu einer Familie... O, ich bete ganze Nächte, dass die heiligen Engel Adolf auf seiner gefährlichen Reise begleiten mögen! Er vermag es, mich zu trösten und zu erfreuen... Aber, was höre ich! Sollte mein Gebet erhört sein? Ja, ja, da ist er, unser lieber Bruder!"

Sie streckte die Arme aus und wies regungslos nach der Straße hin. Sie stand gleich einem steinernen Bilde und schien in dieser Haltung ein fernes Geräusch festhalten zu wollen. Maria erschrak. Sie dachte, das Fräulein habe den Verstand verloren. Aber in dem Augenblick, als sie reden wollte, hörte sie die schmetternden Hufschläge eines Pferdes vor dem Tor erschallen. Nun verstand sie den Sinn von Machtelds Worten. Die gleiche Hoffnung drang auch in ihren Busen und sie fühlte, dass die Schläge ihres Herzens sich verdoppelten.

Nachdem sie etliche Augenblicke ohne zu sprechen so gestanden hatte, war das Geräusch, das sie gehört hatten, plötzlich verstummt. Und schon begann die frohe Hoffnung beide zu verlassen, als die Tür des Gemaches mit Gewalt aufgestoßen wurde.

„Da ist er! Da ist er!", rief Machteld. „Hab Dank, oh Gott, dass meine Augen ihn sehen!"

Sie lief dem Ritter heftig entgegen, und auch Adolf kam von seiner Seite herangelaufen, doch ein plötzlicher Eindruck ließ ihn heftig zurückweichen.

Statt des jungen Mädchens, das er zu finden erwartete, sah er nun ein lebendes Gerippe vor sich stehen, mit ausgezehrten Wangen und tiefgesunkenen Augen.

Und während er sich selber fragte, ob dieser Menschenschatten Machteld sei oder nicht, lief ein eisiges Zittern über seine Glieder, und das Blut strömte aus seinen Wangen zu dem erschütterten Herzen zurück, und sein Gesicht wurde bleicher als das weiße Kleid seiner Freundin. Seine Arme sanken, und mit hartnäckig auf die magern Wangen Machtelds gerichteten Augen blieb er in dieser seltsamen Haltung. Plötzlich schlug er seine Augen nieder und ein Strom bitterer Tränen floss in hellen Tropfen über seine Wangen. Doch sagte er kein einziges Wort, keine Klage, kein Seufzer kam über seine Lippen. Vielleicht hatte er lange Zeit in stiller Verzweiflung geweint und sein Herz war zu sehr von Schmerzen zerrissen, um es durch Worte zu erleichtern.

Aber seine Schwester Maria, die sich bis jetzt aus Ehrfurcht vor Machteld zurückgehalten hatte, warf sich um seinen Hals und weckte ihn mit den Küssen, die sie, unterbrochen von zärtlichen Worten, auf die Wangen ihres geliebten Bruders drückte.

Die junge Edelfrau sah tief gerührt auf diesen Ausdruck schwesterlicher Zärtlichkeit. Sie zitterte und fühlte sich aufs tiefste niedergeschlagen. Die Blässe, die auf Adolfs Gesicht erschienen war, und das Entsetzen, das ihn so sichtlich befallen hatte, hatten ihr gesagt: Du bist hässlich, deine ausgezehrten Wangen, deine matten Augen flößen Schrecken und Abscheu ein. Sogar der Mann, den du deinen Bruder nennst, hat vor deinem Totenblick gezittert.

Während dieser düstere Gedanke sie heftig erschütterte, fühlte sie, dass ihre zitternden Glieder sie nicht mehr zu tragen vermochten. Sie bemühte sich zu einem Lehnstuhl und sank schlaff und ermattet nieder. Sie verbarg das Haupts in beiden Händen, als wenn sie sich einer abschreckenden Vorstellung entziehen wolle, und blieb in dieser Haltung sitzen. Nach etlichen Augenblicken hörte man nichts mehr in der Kammer. Die größte Stille umgab sie und sie bildete sich ein, dass man sie grausam verlassen habe.

Aber bald fühlte sie eine Hand, welche die ihre drückte, sie hörte eine zärtliche Stimme, die ihr schluchzend zurief: „Machteld! Machteld, oh meine unglückliche Schwester!"

Sie öffnete die Augen und sah Adolf weinend vor sich stehen. Tränen rollten im Überfluss von seinen Wangen und in seinen Augen glänzten feurige Zuneigung und tiefes Mitleid für sie. „Ich bin hässlich, nicht wahr, Adolf?", seufzte sie. „Ihr fürchtet Euch vor mir, Ihr werdet mich nicht mehr lieben wie früher."

Der Ritter stutzte bei diesen Worten. Er besah das Mädchen mit einem seltsamen Blick. Doch fasste er sich schnell und antwortete: „Machteld, wie habt Ihr an meiner Zuneigung zweifeln könne? O, Ihr tut nicht wohl. In Wahrheit, Ihr seid verändert. Welches Siechtum, welcher Schmerz hat Euch so erschöpft, meine arme Schwester, dass die Farben auf Euren Wangen verblichen sind? Ich habe geweint und bin erschrocken gewesen. Gewiss, aber es war aus Mitleid, aus Jammer über Euer Los, Fräulein. Immer, immer werde ich Euer Freund und Bruder sein, Machteld! Ich werde Euch trösten durch süße Kunde und Euch genesen machen durch frohe Nachrichten."

Das Fräulein hatte sich allmählich zu einer freudigeren Stimmung ermuntert. Adolfs Stimme hatte eine offenbare Macht über ihr Gemüt. Sie antwortete froh und aufgeräumt: „Gute Nachricht, sagt Ihr, Adolf? Gute Nachricht von meinem Vater? O, sprecht, sprecht, mein Freund!"

Währenddessen zog sie zwei Lehnstühle an ihren Sessel und wies Maria und ihren Bruder an, sich zu setzen.

Adolf gab die eine Hand Machteld und die andere seiner teuren Schwester. So saß er zwischen den beiden frohen Frauen als ein Geist des Trostes, dessen Worte man wie ein heiliges Lied erwartet.

„Freut Euch, Machteld, und dankt Gott für seine Güte! Euer Vater ist wohl traurig, aber in guter Gesundheit nach Bourges zurückgekehrt. Niemand als der alte Burgvogt und Diederik die Vos wissen von seiner vorübergehenden Freilassung. Er genießt noch Freiheit in seiner Gefangenschaft. Die Feinde, die ihn bewachen mussen, sind seine besten Freunde geworden."

„Aber wenn die böse Johanna von Navara den Hohn, der Frankreich angetan wird, an ihm rächen wollte, wer würde ihn dann vor ihrem Henker beschützen? Ihr seid nicht mehr bei ihm, mein edler Freund."

„Seht, Machteld, die Wachen, denen das Schloss von Bourges anvertraut ist, sind allzumal alte Krieger, die durch schwere Wunden außerstande sind, an weiteren Zügen teilzunehmen. Die meisten von ihnen haben die Waffentaten des Löwen von Flandern bei Benevent gesehen. Ihr könnt nicht begreifen, wieviel Liebe und Bewunderung ein rechter Kriegsmann für den fühlt, dessen Name ehemals Frankreichs Feinde zittern machte. Wenn Herr van Bethune ohne Urlaub des Burgvogts, ihres Herrn, entfliehen wollte, so würden sie ihn ohne Zweifel daran hindern. Aber ich versichere Euch, denn ich kenne den Edelmut dieser Krieger, die im Harnisch ergraut sind, dass sie das Blut, das ihnen noch blieb, für ihn vergießen würden, wenn man ein Haar des Hauptes, das sie verehren, versehren wollte. Fürchtet nichts, das Leben Eures Vaters ist sicher und wenn Euer neues Unglück ihn nicht so sehr betroffen hätte, würde er seine Gefangenschaft mit Geduld ertragen."

„Ihr bringt mir so gute Nachricht, mein Freund. Eure Worte senken sich so süß in meinen erquickten Busen! Ich fühle mich unter Euerm Lächeln aufleben. Sprecht weiter, damit ich den Klang Eurer Stimme hören möge!"

„Noch süßere Hoffnung hat der Löwe mir für Euch gegeben, Machteld. Vielleicht ist die Befreiung Eures Vaters nahe, vielleicht werdet Ihr in kurzem mit ihm und all Euren Blutsverwandten auf dem schönen Wijnendaal sein."

„Was sagt Ihr, Freund? Eure Zuneigung flößt Euch diese Worte ein. Schmeichelt mir doch nicht mit der Hoffnung auf ein unmögliches Glück."

„Seid doch nicht ungläubig, Machteld. Hört, worauf diese fröhliche Hoffnung sich gründet. Ihr wisst, dass Charles von Valois, der edelste Franzmann, der bravste Ritter, nach Italien gezogen ist. Am Hofe zu Rom hat er nicht vergessen, dass er unschuldiger Weise die Ursache der Verhaftung Eurer Blutsverwandten geworden ist. Es schmerzt ihn sehr, denken zu müssen, dass er selber, gleich einem Verräter, seinen Freund und Waffengefährten, den Löwen von Flandern, den Händen seiner Feinde überliefert hat. Darum gibt er sich alle mögliche Mühe, um seine Befreiung zu bewirken. Schon haben die Gesandten des Papstes Bonifazius sich bei Philipp dem Schönen angesagt und ihm dringlich die Freilassung Euers Vaters und aller Eurer Blutsverwandtenabgefordert. Der Heilige Vater spart keine Mühe, um Flandern seinen gesetzlichen Fürsten zurückzugeben. Der Hof von Frankreich hat sich zum Frieden willig gezeigt. Lasst uns diese tröstende Hoffnung nähren, Freundin.

„Sicher, Adolf, nähren wir die tröstenden Gedanken, aber vielleicht schmeicheln wir uns doch mit eitlen Erwartungen. Wird der König von Frankreich seine erschlagenen Söldner nicht rächen? Wird Chatillon, unser bitterer Feind, seine harte Nichte Johanna nicht aufreizen? Denkt doch, Adolf, welche Qualen die blutdürstige Frau erfinden kann, um uns für die Tapferkeit der Vlaminge zu strafen."

„Quält Euch nicht selber, Eure Furcht ist unbegründet. Vielleicht wird gerade die schreckliche Vertilgung seiner Söldner Philipp den Schönen begreifen lassen, dass die Vlaminge sich niemals den Franzen unterwerfen werden. Sein eigener Vorteil wird ihn zwingen, unsere Landesherren freizulassen. Anders verliert er das schönste Lehen seiner Krone. Ihr seht, edles Fräulein, dass alles uns zulacht."

„Ja, ja, Adolf, in Eurer Gegenwart verlässt mich mein Kummer gänzlich. Ihr sprecht so gut, Ihr könnt so süße Töne in meinem Herzen erklingen lassen."

Sie redeten noch lange in Ruhe über ihre Furcht und ihre Hoffnung. Als Adolf Machteld jede mögliche Erklärung gegeben hatte, sprach er in brüderlicher Zärtlichkeit auch mit seiner Schwester. Eine ruhige Unterhaltung entstand zwischen ihnen, die sie wunderbar aufgeräumt und froh machte. Machteld vergaß alles erlittene Unglück, ihre Brust atmete freier und mit mehr Kraft, und die Adern, die gleich den Fäden des Gewebes über ihren Wangen lagen, füllten sich mit warmem Blute.

Plötzlich hörte man ein Brausen und Tosen sich auf den Straßen erheben. Tausende von Stimmen stiegen über die Dächer der Häuser und die Freudenrufe der Menge klangen wirr durcheinander. Von Zeit zu Zeit konnte man etliche Rufe verstehen: „Vlaanderen den Leeuw! Heil, heil unserem Grafen!", rief das erregte Volk mit frohem Händeklatschen. Adolf war mit den Frauen an das Fenster getreten. Sie sahen die unzähligen Köpfe der strömenden Scharen wie eine Wolke nach dem Markte eilen. Auch Frauen und Kinder befanden sich in dem Strom, der wie mit rollenden Wogen an den neugierigen Frauen vorbeitrieb. Aus einer andern Straße hörten sie die schmetternden Hufschläge von vielen Pferden.

Alles ließ sie erraten, dass im Augenblick ein Reiterheer nach Brügge gekommen war. Während sie einander nach der wahrscheinlichen Ursache dieser Volksbewegung fragten, kam ein Dienstknecht und kündigte an, dass ein Bote um die Erlaubnis bitte, vor ihnen erscheinen zu dürfen. Sobald die zustimmende Antwort gegeben war, trat der Bote in das Gemach. Es war ein junger Edelknabe, ein liebliches Kind, auf dessen Gesichte Unschuld und Treue zu lesen waren. Seine Kleidung war geteilt von blauer und schwarzer Seide mit allerlei hübschen Verzierungen. Als er den Frauen bis auf einen kleinen Abstand näher gekommen war, entblößte er mit Ehrfurcht sein Haupt, verneigte sich tief ohne zu sprechen. „Welche gute Nachricht bringst du uns, lieber Knabe?", fragte Machteld mit Freundlichkeit

Nun erhob der Knabe das Haupt und antwortete mit süßer Kinderstimme: „An die durchlauchtige Tochter des Löwen, unsers Grafen! Ich bringe eine Botschaft von meinem Herrn und Meister Gwide, der in diesem Augenblick mit fünfhundert Reitern in die Stadt gekommen ist. Er lässt seine schöne Nichte, Machteld van Bethune, von seinetwegen grüßen und wird binnen wenig Stunden ihr seine feurige Zuneigung selber beweisen. Diese meine Botschaft sei Euch kundgetan, Edelfrau."

Hiermit trat er mit geneigtem Haupte zurück bis an die Tür und ging weg.

Der junge Gwide van Flandern war gemäß des Versprechens, das er im Gehölz bei den Ruinen von Nieuwenhove de Coninc gegeben hatte, mit der versprochenen Hilfe von Namen gekommen. Unterwegs hatte er das Schloss von Wijnendaal eingenommen und die fränkische Besatzung niedergemacht. Desgleichen hatte er das Schloss von Sijsseele bis auf den Grund zerstört, weil der Schlossvogt ein geschworener Leliaart war und den Franzen einen Stützpunkt in seinen Mauern gegeben hatte. Die siegreiche Ankunft Gwides erfüllte die Brüggelinge mit Freude und in allen Straßen jauchzte die Menge und wiederholte den Ruf: „Heil unserm Grafen! Vlaanderen den Leeuw!"

Sobald der junge Feldherr mit seinen Reitern auf den Vrijdagmarkt gekommen war, brachten die Beigeordneten ihm die Schlüssel, und also wurde ihm als zeitweiligem Grafen bis zur Befreiung Robrechts van Bethune, seines Bruders, gehuldigt. Die Brüggelinge hielten ihre Freiheit nun für vollkommen. Nun hatten sie einen Fürsten, der sie im Kriege führen konnte. Die Reiter wurden bei den vornehmsten Bürgern gehauset. Und so groß war der Zudrang, dass man kämpfte, um den Zaum eines Pferdes zu erlangen, denn jeder wollte einen von den Gefährten des Grafen bei sich haben. Man kann sich denken, wie herzlich und reichlich diese hilfreichen Reiter gehalten wurden. Als Gwide die von de Coninc eingesetzte Regierung bestätigt hatte, ging er ohne Warten nach dem Hause van Nieuwland, umhalste seine kranke Nichte mehrmals und erzählte ihr mit fröhlichen Worten, wie er die Franzen aus dem geliebten Wijnendaal verjagt habe.

Dann vereinigten sie sich alle bei einem köstlichen Mahle das Maria zur glücklichen Heimkehr ihres Bruders hatte bereiten lassen. Sie tranken den Wein der Freude auf die Befreiung der gefangenen Vlaminge und weihten auch der vergifteten Philippa eine Träne des Gedächtnisses.

Neunzehntes Hauptstück

Nach der schrecklichen Nacht, in der das Blut-der Franzen so überreichlich vergessen wurde, kamen Chatillon, van Gistel und etliche andere, die dem Tod entflohen waren, in die Mauern von Kortrijk. In dieser Stadt befand sich noch eine zahlreicheBesatzung, die sich auf dem starken Schloss für sicher halten konnte. Auf diesen Platz setzten die Franzen das größte Vertrauen wegen seiner unüberwindlichen Festungswerke.

Chatillon war verzweifelt über seine Niederlage, eine stumme Raserei der Rachegier loderte in seinem Busen.

Aus anderen Städten zog er noch einige Fähnlein Söldner nach Kortrijk, um die Stadt gegen jeden Anfall zu verstärken, und dann übergab er den Oberbefehl dem Burgvogt van Leus, einem Bastardvlaming. In aller Eile besuchte er noch die übrigen Grenzstädte und besetzte sie mit den noch bleibenden Truppen aus der Pikardie. Den Befehl in Rijssel gab er an den Kanzler Pierre Flotte, reiste dann nach Frankreich und kam nach Paris an den Hof des Königs, der die Niederlage seiner Kriegsknechte schon erfahren hatte. Philipp der Schöne empfing den Landvogt von Flandern mit Zorn und hielt ihm vor, dass seine Zwingherrschaft die Ursache von allem Unheil sei. Vielleicht wäre Chatillon für immer in Ungunst gefallen, aber die Königin Johanna, welche die Vlaminge nicht leiden konnte und sich über ihre Bedrückung gefreut hatte, wusste ihren Ohm so gut zu entschuldigen, dass Philipp sich zuletzt mehr zum Dank, als zu einem Verweis verpflichtet hielt. Nachdem die Sache sich so gewandt hatte, kehrte der fränkische Fürst seinen Zorn gegen die Vlaminge und schwor, dass er sich schwer an ihnen rächen wolle.

Schon war ein Heer von zwanzigtausend Mann bei Paris versammelt, um das Königreich Mallorca aus den Händen der Ungläubigen zu befreien. Dies waren die Scharen, deren Aufgebot Robrecht van Bethune den vlämischen Herren bekannt gemacht hatte. Mit diesem Heer hätte nun der Krieg gegen Flandern beginnen können, aber Philipp der Schöne wollte sich keiner Niederlage aussetzen und beschloss, die Rache noch einige Zeit aufzuschieben, um noch mehr Mannen ins Feld führen zu können. Also wurde durch außerordentliche Boten ein Aufruf durch ganz Frankreich verbreitet und den Bannerherren des Reiches kundgetan, dass die Vlaminge siebentausend Franzen erschlagen hätten und dass der Fürst seine Lehensmannen mit ihren Knechten so schnell wie möglich nach Paris riefe, um diese Schmach zu rächen. In dieser Zeit waren Krieg und Waffentaten die einzige Beschäftigung der Edelleute, die sich deshalb freuten, wenn es irgendwo Kampf gab und so ist es nicht zu verwundern, dass sie diesem Ruf folgten. Aus allen Teilen des weiten Frankreich kamen die Lebensherren mit ihren gewappneten Knechten zugelaufen, und in wenigen Tagen war das fränkische Heer über fünfzigtausend Mann stark.

Neben dem Löwen von Flandern und Charles von Valois war Robert von Artois einer der mutigste Kriegsobersten Europas. Dazu besaß er den Ruf der Unüberwindlichkeit und die Erfahrung, die er aus seinen Zügen geschöpft hatte. Niemals war die Rüstung länger als acht Tage von seinem Leib gewesen, und seine Haare waren unter dem Helm ergraut. Der unerbittliche Hass, den er den Vlamingen entgegenbrachte, weil sie seinen einzigen Sohn zu Beurne erschlagen hatten, trieb die Königin von

Navara an, ihn zum Seneschalkbefehlshaber des Heeres ernennen zu lassen. Dies kostete ihr keine Mühe, denn keinem stand dies ehrenvolle Amt mehr zu als Robert von Artois. Mangel an Geld, sowie die tägliche Ankunft der Lebensherren aus fernen Herrschaften hielt das Heer noch einige Zeit in Frankreich zurück. Die allzu große Eile, welche die Franzen gewöhnlich bei ihren Zügen an den Tag legten, war ihnen manchmal verderblich geworden. Sie hatten zu ihrem Schaden gelernt, dass die Vorsicht auch eine Macht sei, deshalb wollten sie diesmal alles vorsehen und mit mehr Überlegung zu Werke gehen.

Die böse Königin von Navara entbot Robert von Artois zu sich und trieb ihn an, Flandern mit aller Grausamkeit zu überziehen. Unter anderem gebot sie ihm, dass man den vlämischen Sauen die Brüste abschneiden und ihre Ferkel mit dem Schwert durchbohren und die Hunde von Flandern totschlagen solle. Die Hunde von Flandern waren die tapferen Mannen, die mit dem Stahl in der Faust für das Vaterland streiten würden. Diese schändlichen Worte, gesprochen von einer Königin, einer Frau, sind als Beweise ihrer Grausamkeit von den Chroniken aufbewahrt.

Während dieser Verzögerung verstärkten die Vlaminge sich beträchtlich. Jan Borluut hatte die Gentenaar gegen die Besatzung in Ausstand gebracht und die Franzen ans Gent vertrieben. Ihrer siebenhundert fielen bei dem Aufruhr. Auch Ondenaarde und mehr andere Gemeinden machten sich frei, so dass keine Feinde mehr übrigblieben als in den Städten, in denen die Franzen zusammengelaufen waren. Wilhelm von Jülich, der Priester, kam mit einer guten Schar Bogenschützen aus Deutschland nach Brügge. Sobald Herr Jan van Renesse mit vierhundert Zeeländern zu ihm gestoßen war, zogen sie beide mit ihrem Volk und einer guten Zahl Freiwilliger nach Kassel, um die fränkische Besatzung zu bestürmen und zu verjagen.

Die Stadt war ungemein stark befestigt und konnte nicht leicht genommen werden. Wilhelm von Jülich hatte auf die Mithilfe der Bürger gerechnet, aber diese wurden von den Franzen so gut bewacht, dass sie sich nicht zu rühren wagten. Das zwang Herrn Wilhelm, eine regelrechte Belagerung anzufangen. Es dauerte recht lange, bis er sich die nötigen Werkzeuge besorgt hatte.

Der junge Gwide war in den vornehmsten Städten Westflanderns mit frohem Zujauchzen empfangen worden, seine Gegenwart hatte vielen Mut gemacht und sie zur Verteidigung des Vaterlandes angespornt. In gleicher Weise hatte Adolf van Nieuwland die kleineren Flecken besucht, um das Volk zu den Waffen zu rufen.

In Kortrijk lagen an dreitausend Franzen unter dem Befehl des Kastellans van Leus. Anstatt sich mit den Bürgern zu vertragen, begingen diese zusammengerafften Kriegsknechte alle Arten von Gewalttaten, aber dessen waren die Korkrijker bald überdrüssig. Durch das Vorbild der andern Städte ermutigt, erhoben sie sich miteinander gegen die Franzen und erschlagen ihrer mehr als dieHälfte. Die übrigen flohen in aller Eile auf das Schloss und verschanzten sich gegen den Angriff des Volkes.

Um sich zu rächen, schossen sie brennende Pfeile in die Stadt und setzten die schönsten Gebäude in Brand. Alle Häuser um den Markt und der Beghineuhof wurden durch das Feuer bis auf den Grund vernichtet. Die Kortriiker belagerten das Kastell mit viel Mut und Unverzagtheit, aber es war ihnen nicht möglich, die Franzen ohne fremde Hilfe zu verjagen. In der traurigen Voraussicht, dass ihre Stadt bald gänzlich vernichtet werden würde, sandten sie einen Boten nach Brügge, um den Herrn Gwide dringend um Beistand zu bitten.

Der Bote kam auf den 5. Juli 1302 zu Gwide und gab ihm den kläglichen Zustand der guten Stadt Kortrijk zu erkennen und gelobte ihm im Namen der Bürger alle Hilfe und Untertänigkeit. Der junge Graf wurde durch diesen Bericht sehr betroffen und beschloss, sich ohne Verzug nach der unglücklichen Stadt zu begeben. Weil Wilhelm von Jülich alle Kriegsknechte nach Kassel geführt hatte, wusste Gwide kein anderes Mittel, als die Zünfte von Brügge aufzurufen. Unmittelbar ließ er alle Dekane auf den oberen Saal des Prinsenhofs entbieten und ging selber dorthin mit den Rittern, die stets bei ihm waren. Eine Stunde später waren alle die Dekane, etwa dreißig an der Zahl, in dem genannten Saal versammelt. Sie standen mit entblößtem Haupte an dem einen Ende und warteten schweigend auf das, was man ihnen sagen werde. De Coninc und Breidel standen, als die Häupter der beiden vornehmsten Zünfte, vornean.

Gwide saß in einem weiten Lehnstuhl an der Wand des oberen Teiles, um ihn standen die Herren Jan van Lichtervelde und der Herr van Henne, beide Beers[15] von Flandern, Herr van Gavere, dessen Vater von den Franzen vor Feure ermordet worden war, der Tempelritter Herr van Boruhem, der Herr Robrecht van Leeuwerghem, Boudewijn van Ravenschoot, Jvo van Belleghem, Hendrik, Herr von Lonchijn, ein Luxemburger, die Brabanter Goswijn van Goetsenhove und Jan van Cuuck, Pieter und Lodewijk van Lichtervelde, Pieter und Lodewijk Goethals van Gent und Hendrik van Petersham.

Adolf van Nieuwland befand sich an der rechten Seite des jungen Gwide und besprach sich mit ihm. Inmitten des Raumes zwischen den Dekanen und den Rittern stand der Bote von Kortrijk. Sobald jeder an seinem Platze war, befahl Gwide dem Boten, dass er seine Botschaft vor den

---

15 Beers, nach dem französischen „paiks", die zwölf als Ausschuss der Lehensträger der gräflichen Krone ernannten Adelsvertreter.

Dekanen wiederholen solle. Er gehorchte dem Gebot und sprach: „Ihr Herren, die guten Leute von Kortrijk lassen euch durch mich wissen, dass sie die Franzen aus ihrer Stadt verjagt und ihrer siebenhundert erschlagen haben. Der Verräter van Lens hat sich auf das Schloss begeben und schießt täglich mit flammenden Pfeilen auf die Häuser, und schon ist der beste Teil der Stadt in Asche gelegt.

Herr Arnold van Oudenaarde ist den Kortrijkern zu Hilfe gekommen, doch ihre Feinde sind zu zahlreich.

In diesem üblen Zustand bitten sie den Herrn Gwide insbesondere und ihre Freunde in Brügge im allgemeinen um Hilfe und hoffen, dass sie keinen Tag länger warten werden, um ihre bedrängten Brüder zu erlösen. Das ist es, was die guten Leute von Kortrijk euch sagen lassen."

„Ihr habt es gehört, Dekane" sprach Gwide, „eine unserer besten Städte ist in großer Gefahr, ganz vernichtet zu werden. Ich glaube nicht, dass der Ruf eurer Brüder von Kortrijk nutzlos sein wird. Es ist nicht der Zweifel, der mich so sprechen lässt, aber die Sache heischt Eile. Eure Mitwirkung allein kann sie aus der Bedrängnis retten. Deshalb ersuche ich euch, eure Zunftgenossen sofort zu den Waffen zu rufen. Wieviel Zeit habt ihr nötig, um euer Scharen für den Zug zu rüsten?"

Der Dekan der Weber antwortete: „Diesen Nachmittag, durchlauchtiger Herr, werden viertausend gewappnete Wollenweber auf dem Vrijdagmarlt stehen. Ich werde sie führen, wohin Ihr befehlt."

„Und Ihr, Meister Breidel, werdet Ihr Euch auch einfinden?"

Breidel trat mit stolzem Mut vorwärts und sprach: „Edler Graf, Euer Diener Breidel wird Euch nicht weniger als achttauseud Gesellen zuführen."

Unter den Rittern äußerte sich die größte Verwunderung.

„Achttausend!", riefen sie zugleich.

„Ja, ja, ihr Herren", wiederholte der Dekan der Beinhauer, „achttausend oder mehr. Alle Zünfte von Brügge, außer den Webern, haben mich zu ihrem Anführer erwählt, und Gott weiß, wie ich diese Gunst anerkennen werde. Schon heute Mittag, wenn Euer Edlen es befiehlt, wird der Vrijdagmarkt mit Euren treuen Brüggelingen bedeckt sein. Und ich kann sagen, dass Euer Edlen an meinen Beinhauern tausend Löwen in Euerm Heer haben werden, denn es gibt keine Mannen gleich den Schlächtern. Je eher, je lieber, edler Herr, denn unsere Beile beginnen zu rosten."

„Meister Breidel", sprach Gwide, „Ihr seid ein tapferer und würdiger Untertan meines Vaters. Das Land, dem solche Männer geboren werden, kann nicht lange in Sklaverei bleiben. Ich danke Euch für Euern guten Willen."

Ein freundliches Lächeln der umstehenden Ritter zeigte wie angenehm ihnen die Rede Breidels gewesen war. Der Dekan trat zu seinen Kameraden zurück und flüsterte de Coninc ins Ohr: „Ich bitt Euch, Meister, ärgert Euch nicht über das, was ich dem Herrn Gwide gesagt habe. Ihr seid und bleibt mein Oberster, denn ohne Euren Rat würde ich nicht viel Gutes anrichten."

Der Dekan der Weber drückte die Hand Breidels zum Zeichen der Freundschaft und Zustimmung.

„Meister de Coninc," fragte Gwide, „habt Ihr den Zünften meine Forderung kundgemacht? Werden mir die nötigen Gelder besorgt werden?"

„Die Zünfte von Brügge", war die Antwort, „stellen alle ihre Mittel zu Eurer Verfügung, edler Herr. Es beliebe Euch, etliche Diener mit einem schriftlichen Befehl auf das Pand zu senden. Es sollen ihnen so viel Mark Silber, als Euer Edlen belieben wird, ausgezahlt werden. Sie bitten Euch, dass Ihr nicht spart. Die Freiheit kann ihnen nicht zu teuer werden."

In dem Augenblick, als Gwide die Dienstwilligkeit der Brüggelinge mit dankbaren Worten anerkennen wollte, ging die Saaltür auf, und aller Augen richteten sich mit Staunen auf einen Mönch, der, ohne gerufen zu sein, kühnlich in den Saal trat und sich den Dekanen näherte.

Ein Koller von braunem Tuch war mit einem Strick um seine Lenden gebunden, eine schwarze Kappe hing über seinen Kopf und verbarg seine Züge, so dass man ihn nicht verkennen konnte. Er schien sehr alt, denn sein Rücken war gebeugt, und ein langer Bart hing auf seine Brust. Er besah die Ritter nacheinander mit einem flüchtigen Blick und sah mit kühnen Augen bis auf den Grund ihrer Herzen, wenigstens schien es, als wolle er das tun. Adolf van Nieuwland erkannte in ihm. denselben Mönch, der ihm den Brief von Robrecht van Bethune gebracht hatte, und wollte ihn mit lauter Stimme begrüßen. Aber die Bewegungen des Mönches waren so seltsam, dass die Worte auf den Lippen des jungen Ritters vergingen. Alle anwesenden Personen wurden von Zorn ergriffen. Die kühne Prüfung, die der Unbekannte ihnen auferlegte, war eine Kränkung, dies sie nicht willig ertrugen. Doch ließen sie ihren Zorn nicht merken, da sie sahen, wie das Rätsel sich löste.

Nachdem der Mönch seine Nachforschung geendet hatte, band er den Strick von seinen Hüften, warf seinen Koller und seinen Bart ab und blieb mitten im Saal stehen.

Er erhob den Kopf und zeigte sich als ein Mann von dreißig Jahren, von hübscher und kräftiger Gestalt, der die Ritter ansah, als ob er fragen wolle: Nun, erkennt ihr mich?

Aber die Umstehenden antworteten nicht rasch genug auf sein Begehren, so dass er rief: „Ihr Herren, es scheint Euer Edlen fremd, einen Fuchs unter dieser Kutte zu finden. Und doch sind's schon zwei Jahre, dass ich darunter wohne."

„Willkommen! Willkommen, unser teurer Freund Diederik!" riefen die Edlen zugleich. „Wir dachten, Ihr wäret lange tot."

„Dann mögt ihr Gott danken, dass ich auferstanden bin", fuhr Diederik die Vos fort, „aber nein, ich war nicht tot. Unsere gefangenen Brüder und Herr van Nieuwland können es bezeugen. Ich habe sie alle getröstet, denn als ein fahrender Priester konnte ich zu allen Gefangenen gehen. Der Herr vergebe mir das Latein, das ich gesprochen habe! Ich bringe Nachrichten von unseren unglücklichen Landsleuten für ihre Blutsverwandten und Brüder!"

Etliche Ritter wollten ihn über das Los der Gefangenen ausfragen, aber er wehrte das ab und fuhr fort: „Um Gottes willen, fragt mich darüber nicht, denn ich habe euch wichtigere Dinge zu berichten. Hört und zittert nicht, denn wie im Scherz bringe ich euch eine trübe Kunde. Ihr habt das Joch abgeworfen und seid nun frei durch Kampf. Ich bin traurig, dass ich das Fest nicht habe mitfeiern können. Ehre sei euch edlen Rittern und guten Bürgern, dass ihr das Vaterland erlöst habt. Und ich versichere euch, wenn die Vlaminge in vierzehn Tagen keine neuen Fesseln haben, dass dann alle Teufel der Hölle nicht imstande sein werden, ihnen die Freiheit zu nehmen. Aber daran zweifle ich stark."

„So erklärt Euch doch, Herr Diederik", rief Gwide, „begründet Eure Ahnung und ängstigt uns nicht durch unverständliche Worte."

„Nun, ich sage euch, dass vor der Stadt Rijssel zweiundsechzigtausend Franzosen gelagert sind."

„Zweiundsechzigtausend!", wiederholte Breidel und rieb seine Hände mit Vergnügen, „oh Gott, was eine schöne Herde!"

De Coninc beugte das Haupt nach vorn und versank in tiefes Nachdenken. Das war allezeit das erste, was der Dekan der Weber in bedrängten Umständen tat.

Dann berechnete er schnell die Gefahr und die Mittel, um sie abzuwehren.

„Ich versichere euch, ihr Herren", fuhr Diederik fort, „dass ihrer mehr als zweiunddreißigtausend Reiter und ebenso viele Fußknechte sind. Sie rauben und brennen, als ob sie den Himmel damit verdienen sollten."

„Seid Ihr dieser bösen Zeitung sicher?" fragte Gwide mit Angst. „Hat der, welcher es Euch gesagt hat, Euch nicht betrogen, Herr Diederik?"

„Nein, nein, edler Gwide, ich habe es mit meinen Augen gesehen und habe gestern Abend in dem Zelte des Seneschalks Robert von Artois gegessen. Er hat mir geschworen, dass der letzte Vlaming von seiner Hand sterben soll. Was mich betrifft, so werde ich aufs schnellste meinen Harnisch anlegen. Und wenn ich allein gegen die zweiundsechzigtausend verfluchten Franzen fechten müsste, wollte ich keinen Fuß zurückweichen. Ich will die Sklaverei Flanderns nicht mehr sehen."

Jan Breidel konnte sich keinen Augenblick stillhalten, er trat von einem Fuß auf den andern und bewegte unruhig die Arme. Wenn er hätte sprechen dürfen! Aber die Ehrfurcht vor den anwesenden Herren hielt ihn zurück. Gwide und die andern Edlen sahen einander mit ratloser Betäubtheit an: zweiunddreißigtausend Reiter.

Das schien ihnen zu viel, um Widerstand leisten zu können. Im vlämischen Heer zählte man nur die fünfhundert Namenschen Reiter, die Gwide mitgebracht hatte.

Was vermochte ihre kleine Zahl gegen die schreckliche Schar der Feinde.

„Was sollen wir tun?", fragte Gwide. „Wie sollen wir das Vaterland retten?"

Einige waren der Ansicht, sich in die Stadt Brügge einzuschließen, bis das fränkische Heer aus Mangel an Lebensmitteln abziehen würde. Andere wollten geradewegs gegen den Feind ziehen und ihn des Nachts überfallen. Noch andere Mittel wurden vorgeschlagen, aber die meisten wurden als schädlich verworfen, und die andern waren unausführbar.

De Coninc stand nachdenkend mit gebeugtem Haupte. Er hörte wohl auf das, was gesagt wurde, aber das hinderte ihn nicht in seiner Überlegung.

Endlich fragte Gwide ihn, welches Mittel er in dieser traurigen Lage angeben könne.

„Edler Herr," sprach de Coninc, indem er das Haupt erhob, „wenn ich Befehlshaber wäre, würde ich mich so verhalten: in aller Eile würde ich mit den Zünften von Brügge nach Kortrijk ziehen, um den Kastellan van Leus zu verjagen. Dann würden die Franzen diese Stadt nicht als einen Stützpunkt ihrer Unternehmungen in unserm Lande gebrauchen können. Auch würden wir eine sichere Zufluchtsstätte für unsere Frauen und Kinder wie für uns selber haben, denn Kortrijk mit dem Kastell ist stark, während Brügge in seinem jetzigen Zustand keinem einzigen Sturmlauf standhalten kann. Ich würde sofort in dieser Stunde dreißig Boten zu Pferde in alle Städte Flanderns senden, mit der Zeitung von der Ankunft der Feinde, nun alle Klauwaarts nach Kortrijk rufen. Desgleichen würde ich den Herrn von Jülich und den Herrn van Renesse dorthin kommen lassen. Auf diese Weise, edlere Graf, bin ich sicher, dass binnen vier Tagen dreißigtausend streitbare Vlaminge im Lager sein werden und dann brauchen wir die Franzen nicht so sehr zu fürchten."

Die Ritter lauschten mit einem feierlichen Schweigen. Sie bewunderten den außerordentlichen Mann, der in solch kurzen Augenblicken einen allgemeinen Kriegsplan entworfen hatte und solche heilsamen Maßregeln vorschlug. Obwohl sie an der Fähigkeit des Dekans nicht zweifelten, so kostete es ihnen doch Mühe, sich zu überzeugen, dass ein Weber, ein Mann aus dem gemeinen Volke, mit so viel Verstand begabt sein konnte.

„Ihr habt mehr Verstand als wir alle", rief Diederik die Vos. „Ja, ja, so muss es angefasst werden. Wir sind stärker, als wir dachten. Nun wendet sich das Blatt. Ich glaube, dass die Franzen ihr Kommen bereuen werden."

„Ich danke Gott, dass er Euch diesen Gedanken eingegeben hat, Meister de Coninc", fuhr der junge Gwide fort, „Eure großen Dienste sollen nicht unbelohnt bleiben. Ich will mich nach Euerm Rat halten, denn er entspringt aus der tiefsten Weisheit. Meister Breidel, ich hoffe, dass Ihr die Mannen, die Ihr uns versprochen habt, auch aufbringen werdet."

„Achttausend habe ich gesagt, edler Graf", fuhr Breidel aus. „Wohlan, nun sag ich zehntausend. Ich will nicht, dass ein einziger Gesell oder Lehrbub in Brügge bleibe. Jung und Alt muss mit dabei sein. Ich werde schon sorgen, dass die Franzen uns nicht über den Leib rentiert sollen.

Und die anderen Dekane hier, meine Freunde, werden dasselbe tun."

„Wahrlich, edler Herr", sagten die Dekane zugleich, „darauf soll's nicht fehlen, denn jeder verlangt nach dem Kampf."

„Die Zeit ist zu kostbar, uns noch länger aufzuhalten", sprach Gwide, „geht jetzt und versammelt schnell Eure Zünfte. In zwei Stunden werde ich bereit sein für die Fahrt und mich auf dem Vrijdagmarkt an die Spitze Eurer Scharen stellen. Geht, ich bin zufrieden mit Eurer Zuneigung und Euerm Mut."

Alle verließen den Saal. Gwide sandte sogleich eine große Zahl Boten mit Befehlen für die Edelleute, die dem Vaterlande noch treu geblieben waren, nach allen Richtungen. Desgleichen botschaftete er dem Herrn Wilhelm von Jülich, dass er mit Herrn Jan van Renesse nach Kortrijk kommen solle.

Die schreckliche Nachricht verbreitete sich in kurzer Zeit in der Stadt und in dem Maße, wie die Kunde von einem zum andern kam, wuchs die Zahl der Feinde wunderbarerweise, nachdem umlaufenden Gerücht waren die Franzen bald über hunderttausend Mann stark. Es lässt sich denken, wie bang und betrübt die Frauen und Kinder angesichts des kommenden Todes waren. In allen Straßen sah man weinende Mütter, die ihre geängstigten Töchter mit Liebe und Mitleid umarmten- Die Kinder schrien, weil sie ihre Mütter weinen sahen, und zitterten, ohne die drohende Gefahr zu verstehen. Die schmerzlichen Klagen und der Ausdruck der Todesangst, der auf den Gesichtern dieser schwachen Geschöpfe zu lesen stand, stritten seltsam mit der kühnen und ungeduldigen Haltung der Männer.

Von allen Seiten kamen die Zunftglieder mit ihren Waffen ausgelaufen. Das Rasseln der eisernen Platten, die manche auf dem Leib trugen, klang kreischend ins Ohr und mengte sich gleich einem Spottgesang mit dem üblen „Weh! Weh!", der geängstigten Frauen und Kinder.

Wo in den Straßen die Männer einander begegneten, blieben sie etliche Augenblicke stehen, um ein paar Worte zu wechseln, und dann mahnten sie einander, zu sterben oder zu siegen. Hier und da sah man vor den Türen der Häuser einen Hausvater nacheinander seine Gattin und seine Kinder umarmen, aber dann wischte er bald die traurige Träne aus seinen Augen und verschwand mit seinen Waffen in der Richtung nach dem Vrijdagmarkt. Die Mutter blieb lange auf der Schwelle des Hauses stehen und sah noch lange nach der Ecke, hinter welcher der Vater ihrer Kinder verschwunden war.

Das Lebewohl erschien ihr als ein Abschied für ewig und überreiche Tränen brachen aus ihren Augen. Dann hob sie die schluchzenden Kinder auf und lief voller Verzweiflung hinein.

Die Zünfte standen innerhalb kurzer Zeit in langen Reihen auf dem Vrijdagmarkt geschart. Breidel hatte sein Versprechen erfüllt. Er zählte zwölftausend Gesellen von den verschiedenen Zünften unter sich. Die Beile der Beinhauer glänzten gleich Spiegeln in der Sonne und blendeten die Zuschauer, denn man sah nicht ungestraft in diese breite Feuerglut. Über die Schar der Weber reckten zweitausend Goedendags ihre eisernen Spitzen. Auch eine Schar mit Kreuzbogen war unter ihnen.

Gwide stand inmitten des Platzes mit ungefähr zwanzig Rittern. Er wartete, bis die übrigen Gesellen, die noch nach Pferden und Karten in die Stadt gesandt worden waren, zurückkämen. Ein Weber, den de Coninc auf den Glockenturm geschickt hatte, kam in diesem Augenblick mit dem großen Banner der Stadt Brügge auf den Markt. Sobald die Zunftleute den blauen Löwen sahen, erhob sich ein furchtbares Schreien, ein ausgelassenes Jauchzen über ihre Scharen. Sie wiederholten ohne Aufhören den einen Ruf, der in der blutigen Nacht das Rachezeichen gewesen war: „Vlaanderen den Leeuw! Wat Walsch is, valsch is!" Und dann erhoben und schwangen sie die Waffen, als ob der Feind schon vor ihnen stünde. Als das Heergerät auf die Wagen geladen war, erhoben die Trompeten ihren schmetternden Klang, und die Brüggelinge verließen mit fliegendem Banner ihre Stadt durch die Gentpoort. Als die Frauen sich nun ohne jeden Beschützer sahen, wurden sie von noch größerer Angst befangen. Nun schien es ihnen, dass sie nichts mehr als den Tod zu erwarten hätten.

Am Nachmittag verließ auch Machteld mit all ihren Dienern und Frauen die Stadt. Diese Abreise weckte bei vielen den Gedanken, dass sie in Kortrijk sicherer wohnen könnten. Und sogleich packten sie alles zusammen und gingen mit ihren Kindern die Gentpoort hinaus.

Unzählige Familien liefen so mit wunden Füßen auf dem Wege nach Kortrijk und säten ihre Tränen unter das Gras, das am Straßenrand grünte.

In Brügge wurde es so still wie in einem Grab.

Zwanzigstes Hauptstück

Es war düstere Nacht, als Gwide mit etwa sechzehntausend Mann in Kortrijk ankam. Die Einwohner, die durch vorgesandte Reiter benachrichtigt waren, standen in Menge auf den Wällen der Stadt und empfingen ihren Landesherrn bei Fackelschein mit frohem Jauchzen. Sobald das Heer sich innerhalb der Mauern befand, brachten die Kortrijker Esswaren jeder Art. Sie schenkten ihren ermüdeten Brüdern ganze Fässer Wein und blieben die ganze Nacht bei ihnen draußen am Walle und umarmten ihre Freunde von Brügge unaufhörlich. Während dieses Ausbruches brüderlicher Liebe gingen viele andere den ermatteten Frauen und Kindern entgegen, um sie des mitgeführten Hausrats zu entlasten.

Etliche dieser schwachen Wesen, deren Füße vom Gehen versehrt waren, wurden auf den breiten Schultern der hilfsamen Bürger von Kortrijk stadtwärts getragen, und alle wurden geherbergt und sorgsam gespeist und getröstet.

Die Dankbarkeit der Kortrijkers und ihre Freundschaft vermehrten den Mut der Brüggelinge sehr, denn die menschliche Seele wird allezeit durch edles Empfinden gestärkt.

Machteld und Maria, die Schwester Adolfs van Nieuwland, mit einer großen Zahl anderer Edelfrauen aus Brügge, waren schon etliche Stunden in Kortrijk, bevor das Heer ankam. Sie hatten sich bei ihren Bekannten eingehauset und zugleich die Herbergen für die Ritter, ihre Blutsverwandten oder Freunde, vorbereitet, so dass die Edelleute, die mit Gwide kamen, gleich bei ihrer Ankunft das Nachtmahl nehmen konnten.

Des andern Tages am frühen Morgen ging Gwide mit etlichen vornehmen Einwohnern, um die Festungswerke der Burg zu besichtigen. Zu seiner größten Betrübnis fand er, dass sie ohne das schwerste Sturmgerät nicht einzunehmen waren. Die Mauern waren gar zu hoch, und von den Türmen, die sie überragten, konnte man viele Pfeile auf die Belagerer werfen. Er sah ein, dass der kleinste unüberlegte Versuch ihn tausend Leute kosten würde. Und als er dies mit Weisheit bedacht hatte, beschloss er, den Sturm nicht verwegen zu beginnen. Er befahl sogleich Sturmrammen und Falltürme zu bauen und alles in der Stadt befindliche Kriegsgerät zusammenzubringen. Das letztere bestand in etlichen Springhalen und einer kleinen Zahl Blieden. Es war begreiflich, dass man das Schloß nicht vor fünf Tagen bekennen können werde. Dieser Aufschub war den Kortrijkern nun nicht mehr so schädlich, denn seit der Ankunft des vlämischen Heeres hatte die fränkische Besatzung aufgehört, Brandpfeile in die Stadt zu werfen.

Wohl sah man die Posten mit ihren Kreuzbogen vor den Schatten der Türme bereitstehen, aber sie schossen nicht. Die Vlaminge wussten die Ursache hiervon nicht. Sie dachten, dass eine List dahinter verborgen sei und hielten von ihrer Seite sorgfältig Wache. Gwide hatte jeden Angriff verboten. Er wollte nichts wagen, bevor sein Sturmgerät klar und er des Sieges gewiss sein konnte.

Der Kastellan Van Lens war in der äußersten Not. Seine Schützen hatten nur noch eine kleine Zahl Pfeile übrig. So gebot die Vorsicht ihm, diese zur Abwehr eines Angriffes zu sparen. Auch die Nahrungsmittel waren so zusammengeschmolzen, dass er der Besatzung nicht mehr als die Hälfte der gewöhnlichen Kost geben konnte. Er hoffte, dass die Wachsamkeit der Vlaminge bald einschlafen und er dann

Gelegenheit finden werde, einen Boten in das fränkische Lager bei Rijssel zu senden.

Arnold van Oudenaarde, der etliche Tage früher mit dreihundert Mann Kortrijk zu Hilfe gekommen war, hatte sich unter den Stadtwällen auf dem Groeninger Konter[16] in der Nähe der Abtei mit seinem Volke gelagert.

Dieser Ort war sehr günstig für einen allgemeinen Lagerplatz, und in dem Kriegsrat, den Gwide berufen hatte, wurde er für das ganze Heer bestimmt. Schon am andern Tage, als die Zunft der Zimmerleute an dem Sturmgerät arbeitete, wurden die anderen Vlaminge aus der Stadt geführt, um Gräben um den Lagerplatz auszuheben. Die Weber und Beinhauer bekamen jeglicher einen Spaten oder eine Haue und machten sich mit rechtem Eifer ans Werk. Wie durch Zauberei erhob sich die Verschanzung, das ganze Heer wetteiferte mit Arbeiten- es war wie ein Kampf. Die Hauen und Spaten hoben und senkten sich so schnell, dass kein Auge ihnen folgen konnte, und die Erde flog in dicken Brocken auf die Verschanzung gleich den unzähligen Steinen, die eine belagerte Stadt auf den Feind wirft.

Als die Erdarbeiten soweit fertig waren, kamen andere, um die Zelte aufzuschlagen. Von Zeit zu Zeit ließen die Arbeiter ihr Werkzeug im Boden stecken und stiegen eilig auf die Verschanzung. Dann lief der allgemeine Willkommensruf durch das Lager, und der Schrei: „Vlaaderen den Leeuw! Vlaanderen den Leeuw!", ließ sich als Antwort aus der Ferne hören. Dies geschah jedes Mal, wenn Beistand aus anderen Städten ankam.

Das vlämische Volk hatte seine Edlen zum Teil ungerechterweise der Treulosigkeit und Feigheit beschädigt. Es ist wahr: ihrer eine große Zahl hatte sich offen für Frank-

---

16 Das Wort „conter" bezeichnet einen bebauten Acker, ursprünglich das senkrechtstehende Messer am Pfluge (niederrheinisch „Kolter"), das die Erdscholle abschneidet.

reich erklärt, aber die Zahl der Treugebliebenen war größer als die der Bastarde. Zweiundfünfzig der vornehmsten vlämischen Ritter saßen in Frankreich gefangen und gewiss war es die Liebe zu ihrem Vaterlande und zu ihrem Fürsten gewesen, die sie dahin gebracht hatte. Die anderen treuen Edlen, die in Flandern wohnten, hielten es nicht für ehrenhaft, sich mit einem aufständischen Volke zu verbinden. Ihnen waren Rennbahn oder Schlachtfeld die einzigen Orte für ihre Waffentaten. Die Sitten ihrer Zeit hatten ihnen diese Meinung gegeben, denn dazumal war der Abstand zwischen einem Ritter und einem Bürger so groß wie zwischen dem Herrn und seinem Dienstknechte. Solange der Streit innerhalb der Mauern der Städte und unter dem Befehl der Volksführer sich abspielte, blieben sie auf ihren Burgen und seufzten über die Unterdrückung des Vaterlandes, aber jetzt, wo Gwide als gesetzter Feldoberster über seine Untertanen gebot, kamen sie aus allen Herrschaften mit ihren Knechten zugelaufen.

Am Morgen des ersten Tages kamen die Herren Bondewijn van Papeurode, Heudrik van Raveschoot, Jvo van Belleghem, Salomon van Sevecote und der Herr van Maldeghem mit seinen zwei Söhnen nach Kortrijk.

Gegen Mittag wirbelte in der Richtung von Moorseele der Staub wie eine Wolke über die Bäume. Während die Brüggelinge auf ihrer Verschanzung heftig jubelten, kamen fünfzehnhundert Mann von Veurue in die Stadt, an ihrer Spitze der berühmte Krieger Eustachius Sporkijn. Eine Menge Ritter, die sie unterwegs eingeholt hatte, kam mit ihnen. Unter diesen waren Jan vau Anshoveu, Willem van Dakeman und sein Bruder Pieter, der Herr van Landeghem, Hugo van der Meere, Simon van Eaetere die vornehmsten. Auch Jan Willebaert van Thorhout hatte sich mit etlichen Mannen unter den Befehl Sporkijns gestellt. Alle Augenblicke kamen einzelne Ritter in das Lager, darunter sogar solche ans anderen Ländern und Grafschaften, die sich eben in Flandern aufhielten und nicht zögerten, au der Befreiung Fladerns zu helfen. So waren Hendrik van Lonchijn aus Luxemburg, Goswijn van Goetsenhove und Jan van Euvck, zwei edle Brabanter, schon bei Gwide, als die Mannen von Venrue in die Stadt kamen. All diese Mannen wurden sogleich, nachdem sie sich in Kortrijk erfrischt hatten, unter dem Befehl des Herrn van Reuesse im Lager untergebracht.

Den zweiten Tag kamen die Yperlinge zugelaufen.

Obgleich sie ihre eigene Stadt bewachen mussten, wollten sie doch nicht leiden, dass Flandern ohne sie erlöst werde. Ihre Schar war die schönste und reichste, die man sehen mochte. Es waren fünfhundert Keulenträger, ganz in Scharlach gekleidet und mit stolzen Federbüschen auf ihren blanken Hauben, auch hatten sie kleine Brustplatten und Kniescheiben, welche im Schein der Sonne blitzten. Siebenhundert andere Mannen trugen übergroße Kreuzbogen mit stählernen Federn. Ihre Kleidung war grün mit gelben Borden. Bei ihnen waren die folgenden Herren: Jacob van Yperm der Wappenträger des Grafen van Namen, Diederik van Vlamerdinghe, Josef van Hollebeke, Boudewijn van Paschendaele. Die Anführer waren Philips Baalde und Pieter Belle, die Dekane der zwei vornehmsten Zünfte von Ypern.

Am Nachmittag kam das übrige Volk aus dem Oost und Westvrije, den Dörfern um Brügge in der Zahl von zweihundert wohlgerüsteten Kriegsleuten.

Den dritten Tag, vor der None, kam Herr Wilhelm von Jülich, der Priester, mit Jan van Renesse von Kassel zurück. Fünfhundert Reiter, vierhundert Zeelander und eine Schar Brüggelinge traten mit ihnen zum Heere. Die aufgerufenen Ritter und Städte waren zumeist alle gekommen. Kriegsknechte aller Art waren nun unter dem Befehl Gwides. Die Freude, welche die Vlaminge während dieser Tage erfüllte, ist unaussprechlich. Nun sahen sie, dass ihre Landsleute nicht so sehr entartet waren und dass das Vaterland auf der ganzen Ausdehnung der vlämischen Erde noch mutige Mannen stellte.

Schon waren bei einundzwanzigtausend streitbare Krieger unter dem Banner des schwarzen Löwen gelagert, und noch unaufhörlich strömten kleine Scharen zu.

Obgleich die Franzen ein Heer von zweiundsechzigtausend Mann hatten[17], davon die Hälfte Reiter, konnte nicht die geringste Furcht im Herzen der Vlaminge aufkommen. In ihrer Fröhlichkeit verließen sie öfters ihre Arbeit, um einander zu umhalsen, und dann sprachen sie mit siegstolzen Worten, als ob nichts ihnen den Sieg entreißen könnte.

Gegen den Abend, als sie mit ihren Spaten zu den Hütten gingen, erhob sich der Schrei: „Vlaanderen den Leeuw!" aufs Neue über die Mauern von Kortrijk. Jeder lief zurück nach der Verschanzung, um zu sehen, was vorging. Sobald sie das Feld außerhalb des Lagers überschauen konnten, antworteten sie mit lauten und fröhlichen Rufen auf das Geschrei der Kortrijker. Sechshundert Reiter, ganz in Eisen gekleidet, sprengten unterlautem Jauchzen auf den Lagerplatz. Diese Schar kam von Namen und war von dem Grafen Jan, dem Bruder Robrechts van Bethune, nach Flandern gesandt worden. Durch die Ankunft dieser Hilfe wurde die Freude der Vlaminge noch lebhafter, denn es fehlte ihnen sehr an Reiterei. Obgleich sie wohl wussten, dass die Mannen ans Namen sie nicht verstanden, riefen sie ihnen allerlei Willkommensgrüße zu und brachten ihnen Wein im Überfluss. Als die fremden Krieger die große Freundschaft sahen, fühlten sie sich zur Gegenliebe getrieben und schworen, dass sie ihr Blut für diese guten Leute vergießen wollten.

---

17 Die Geschichtsforscher haben die von Conscience angegebenen Heeresstärken nachgeprüft und gefunden, dass beide Heere ungefähr gleich stark waren, etwa 40 000 Mann.

Die einzige Stadt Gent hatte auf den Ruf nicht geantwortet, noch kein einziger Gesell war von dort nach Kortrijk gekommen. Man wusste seit langem, dass Gent von Leliaarts wimmelte und dass der Magistrat ganz für die Franzen gesinnt war. Dennoch waren dort siebenhundert Söldner erschlagen worden und Jan Borlunt hatte seinen Beistand versprochen. In ihrem Zweifel wagten die Vlaminge, die sich beim Heere befanden, es nicht, ihre Brüder von Gent laut des Verrates zu beschuldigen. Doch hatten viele die Gentenaar im Verdacht und mancher vereinzelte Ausdruck des Tadels, dessen Meinung nicht eben leicht zu erraten war, wurde auf sie bezogen.

Des Abends nach Sonnenuntergang, als sie eine Stunde hinter dem Dorf Moorseele verschwunden war, hatten alle Arbeiter sich in die Zelte begeben. Man hörte hier und da Gesang, der etlichemal vom Klang der Becher gefolgt war und dessen Schlussvers viele Stimmen jauchzend wiederholten. In anderen Zelten wurde durcheinander geredet, und man hörte aus dem Ruf: „Vlaaderen den Leeuw!", dass die Sprechenden einander zur Unverzagtheit aufforderten und der Erhebung ihrer Seelen in wilden und freien Worten Ausdruck gaben. Inmitten des Lagers, in einem gewissen Abstand von den Zelten, brannte ein großes Feuer, das mit seiner roten Glut einen Teil des Lagers erleuchtete. Etwa zehn Männer waren dabei, es zu unterhalten. Man sah sie nacheinander mit großen Bannzweigen angeschleppt kommen, und dann hörte man die Stimme eines Obersten, der rief: „Vorsicht, Leute! Hört auf und schürt das Feuer nicht so stark! Treibt die Funken nicht so über das Lager!"

Etliche Schritte von diesem Feuer stand die Hütte der Lagerwache. Es war ein mit Ochsenhäuten bedecktes Dach, das auf acht schweren aufrechten Balken ruhte.

Die vier Seiten waren offen, so dass man den Lagerplatz nach allen Richtungen übersehen konnte.

Jan Breidel und fünfzig seiner Leute mussten in dieser Nacht wachen. Sie saßen alle auf kleinen Holzstühlen um einen Tisch unter dem Dache, das sie vor Tau und Regen beschützen sollte. Ihre Beile singen den Schein des Feuers auf und flammten in ihren Händen, als ob sie glühende Waffen getragen hartem Schildwachen, die sie ausgesetzt hatten, konnte man im Düstern wandeln sehen. Ein großer Krug Wein und etliche zinnerne Hanapse standen vor ihnen auf dem Tisch. Und obgleich das Trinken nicht verboten war, konnte man merken, dass sie es mit Maß taten, denn sie brachten den Hanaps selten an den Mund. Sie lachten und schwätzten fröhlich, um die Zeit zu vertreiben, und erzählten im Voraus, was für schöne Schläge sie den Franzen im Kamp austeilen wollten.

„Wohlan", sprach Breidel, „sage einer, dass die Vlaminge nicht ihren Vätern glichen, wenn ein Heer gleich dem unsern aus freien Stücken zusammenkommt. Nun lasst die Franzen nur ankommen mit ihren zweiundsechzigtausend Mann! Je mehr Wild, desto besser die Jagd.

Sie sagen, wir seien ein Hausen schlechter Hunde, aber sie können Gott bitten, dass sie nicht gründlich zerbissen werden, denn die Hunde haben gute Zähne."

Die Beinhauer lachten herzlich über diese Scherzworte ihres Dekans und sie sahen mit Absicht auf einen stockalten Gesellen, dessen grauer Bart die Zahl seiner Jahre bezeugte. Einer rief ihm zu: „Nun, Jacob, Ihr werdet nicht wohl mehr beißen können!"

„Wenn meine Zähne nicht so gut sind als die Euerm", brummte der alte Schlachten „so habe ich doch ein Beil, dem das Beißen gewohnt ist. Ich wollte zwanzig Maß Wein gegen Euch setzen, wer von uns beiden die meisten Franzen zur Hölle senden wird."

„Das soll gelten", rief der andere, „wir wollen sie gleich trinken. Ich werde sie holen gehen."

„Hoho!", fuhr Breidel auf, „wollt ihr euch still verhalten! Trinkt morgen, denn ich sage euch, den Ersten, der sich betrinkt, werde ich zu Kortrijk einsperren lassen, er soll dem Kampf nicht beiwohnen."

Diese Drohung traf die Schlächter heftig. Die Worte vergingen ihnen im Munde, und keiner von ihnen rührte noch ein Glied. Allein der Alte wagte noch zu sprechen.

„Beim Bart unsers Dekans!", rief er, „wenn mir das geschähe, ließ ich mich noch lieber im Feuer braten, wie es dem Herrn Sint-Laurens geschah, denn ein solches Fest werde ich nicht mehr erleben."

Breidel merkte, dass seine Drohung die ganze Gesellschaft mit Furcht und Trauer erfüllt hatte. Das gefiel ihm nicht, weil er selber zur Fröhlichkeit geneigt war.

Um wieder Mut und Freude unter ihnen zu erwecken, fasste er den Krug, goss die Hanapse nacheinander voll und sprach: „Nun, Leute, warum schweigt ihr! Da, nehmt und trinkt, dass der Wein euch die Sprache wiedergebe. Es reut mich, dass ich euch gedroht habe. Kenne ich euch nicht? Weiß ich nicht, dass Metzgerblut durch eure Adern strömt? Wohlan, ich trinke auf eure Gesundheit, Kameraden."

Der Ausdruck von Zufriedenheit kehrte gleich auf die Gesichter der Beinhauer zurück, und die Stille endete mit einem lauten Lachen, da sie sahen, dass die Drohung ihres Dekans eitel Scherz gewesen war.

„Trinkt nur!", fuhr Breidel fort und füllte seinen Becher, „ich schenke euch den Krug, ihr könnt ihn bis auf den Grund leeren. Euren Gesellen, die auf Posten stehen, wird ein neuer geholt werden. Jetzt, wo wir sehen, dass uns aus allen Städten Hilfe kommt und wir so stark geworden sind, dürfen wir das Glück wohl feiern."

„Ich trinke auf die Schande der Gentenaar!", rief ein Gesell. „Schon seit langem wissen wir, dass, wer sich auf sie verlässt, sich auf einen gebrochenen Stock stützt.

Aber das schadet nichts, sie mögen zu Haus bleiben, dann hat unsere Stadt Brügge allein die Ehre des Kampfes und der Befreiung."

„Sind die Gentenaar Vlaminge wie wir?", sprach ein anderer. „Schlägt ihr Herz wohl für die Freiheit? Und wohnen auch wohl Metzger zu Gent? Heil Brügge! Da ist der echte Stamm!"

„Ho!", rief Breidel, ,es wohnt ein Mann zu Gent, der ein Löwenherz hat. Kennt man Jan Borluut nicht in der ganzen Welt? Ich bin sicher, dass man finden wird, dass seine Väter Metzger oder etwas Ähnliches waren, wenn man der Sache auf den Grund ginge. Denn der Herr Jan gleicht einem Gentenaar wie der Stier einem Schaf."

Die Beinhauer brachen aufs Neue in ein schallendes Lachen aus.

„Und ich weiß nicht", fuhr Breidel fort, „warum der Herr Gwide ihre Ankunft wünscht. Es ist nicht so viel Nahrung im Lager, um noch mehr Esser zum Mahl zu rufen. Denkt der Feldherr, dass wir das Spiel verlieren würden? Man kann sehen, dass er in Namen gewohnt hat. Er kennt die Brüggelinge nicht, sonst würde er nicht nach den Gentenaaren verlangen. Wir haben sie nicht nötig. Dass sie zu Haus bleiben! Wir werden unsere Sache auch ohne sie wohl abmachen. Und dazu sind sie doch nur Wankeler!"

Als ein echter Brüggeling liebte Breidel die Gentenaar nicht. Die beiden vornehmsten Städte Flanderns standen von Geburt an in Gegensatz. Nichts dass die eine mutigere Mannen gehabt hätte als die andere, aber eifersüchtig suchten sie einander ihren Kaufhandel zu entreißen. Noch heute besteht der Hass zwischen den Einwohnern von Gent und Brügge, so schwer ist es, dem gemeinen Volk seine innerliche Überzeugung zu nehmen, dass dieses Gefühl der Eifersucht trotz aller Umwälzung bis aus unsere Tage geblieben ist.

Breidel fuhr fort, in dieser Weise mit seinen Gesellen zu reden, und manches kränkende Wort fiel gegen die Gentenaar, bis sie, dessen müde, das Gespräch wieder auf eine andere Sache brachten. Plötzlich wurde ihre Aufmerksamkeit durch ein fremdes Geräusch erregt. Sie hörten etliche Schritt hinter dem Zelte ein Gezänk, als ob zwei Männer sich stritten. Alle standen auf, um zu sehen, was es wäre, aber bevor sie das Zelt verlassen konnten, kam ein Metzger, der auf Posten gestanden hatte, mit einer andern Person, die er mit Gewalt fortzog, zu ihnen.

„Meister," sagte er, indem er den Fremdling in das Zelt stieß, „diesen Sänger habe ich hinter dem Lager gefunden, er ging und lauschte an allen Hütten und schlich wie ein Fuchs mit leisen Schritten durch das Dunkel. Ich habe ihn lange verfolgt und beobachtet. Gewiss steckt ein Verrat dahinter, denn schaut, wie der Schelm zittert."

Der Mann, den er ins Zelt gebracht hatte, war mit einem blauen Koller bekleidet und trug auf seinem Kopf eine Mütze mit einer Feder. Ein langer Bart bedeckte die Hälfte seines Angesichtes. In der linken Hand hielt er ein kleines Saitenspiel, das einer Harfe glich, als ob er darauf Liedchen zur Gesellschaft spielen wolle. Er zitterte vor Furcht, und sein Gesicht war bleich, als ob das Leben ihm entflöhe. Es war zu sehen, dass er dem Blicke Breidels auszuweichen suchte, denn er wandte das Gesicht zur Seite, damit der Dekan seine Züge nicht sähe.

„Was sucht Ihr in dem Lager?", fragte Breidel. „Warum lauscht Ihr an den Zelten? Antwortet schnell!"

Der Sänger antwortete in einer Sprache, die an Hochdeutsch erinnerte und vermuten ließ, dass er in irgendeinem andern Teil des Landes daheim sei.

„Meister, ich komme aus Luxemburg und habe dem Herrn von Lonchijn eine Botschaft nach Kortrijk gebracht. Man hat mir gesagt, dass einer meiner Brüder im Lager sei, und ich war gekommen, um ihn zu suchen. Ich bin ängstlich und furchtsam, weil die Schildwache mich für einen Späher angesehen hat, aber ich hoffe, dass Ihr mir kein Leid antun werdet."

Breidel, der sich von Mitleid für den Dichter eingenommen fühlte, sandte die Schildwache zurück, wies dem Fremdling einen Stuhl an und sprach: „Ihr müsst nach einer solchen Reise müde sein. Da, mein schöner Sänger, setzt Euch! Trinkt, der Hanaps ist Euer. Ihr sollt uns etliche Lieder singen, und wir wollen Euch einschenken. Habt Mut, Ihr seid unter guten Leuten."

„Vergebt mir, Meister", antwortete der Sänger, „ich kann hier nicht bleiben, denn Herr von Lonchijn erwartet mich. Ich denke, da Ihr dem Begehr dieses edlen Ritters entgegen mich nicht länger aufhalten werdet."

„Er muss ein Lied singen!", riefen die Beinhauer. „Er geht nicht fort, bis ein Lied gesungen ist."

„Macht schnell", befahl Breidel, „wenn Ihr uns nicht das Vergnügen machen wollt, uns ein paar Lieder hören zu lassen, dann halte ich Euch hier bis morgen. Hättet Ihr mit gutem Willen angefangen, so wäre es jetzt schon geschehen. Singt, ich befehle es Euch!"

Die Angst des Dichters vermehrte sich bei diesem dringlichen Befehl, nur mit Mühe vermochte er, die Harfe in der Hand zu halten, denn er zitterte so sehr, dass die Saiten des Spielzeugs sich an seinen Kleidern rieben und etliche schüchterne Töne das Ohr der Beinhauer erreichten. Das vermehrte ihr Verlangen nur noch.

„Wollt Ihr spielen oder singen!", rief Breidel. „Wenn Ihr nicht schnell macht, soll's Euch übel gehen."

Zum Tod erschrocken brachte der Sänger seine bebenden Finger auf die Harfe, aber er brachte nur einige verworrene Töne zu Gehör. Die Beinhauer bemerkten gleich, dass er nicht spielen konnte.

„Es ist ein Späher!", fuhr Breidel auf. „Entkleidet und untersucht ihn, ob ihr einen Verrat bei ihm findet."

In einem Augenblick waren ihm die Oberkleider vom Leibe gerissen, und obgleich er um Gnade bat, wurde er bei dieser ungestümen Untersuchung von einer Ecke in die andere gestoßen.

„Hier, hier, ich hab es!", rief ein Beinhauer, der seine Hand unter das Wams des Unbekannten gesteckt hatte.

„Hier ist der Verrat."

Er zog seine Hand aus dem Wams und zeigte ein Pergament, das drei- oder viermal gefaltet war und an dem ein Siegel hing, das zum Schutz gegen Brechen mit Flachs umwunden war. Der Dichter stand stumm, als ob er den Tod vor sich gescheit hätte. Er brummte etliche unverständliche Worte, die von den Beinhauern nicht gehört wurden, und sah den Dekan mit Angst an.

Jan Breidel ergriff das Pergament, faltete es auf und starrte es eine Zeit an, ohne etwas davon zu verstehen.

In den Zeiten gab es außer den Geistlichen wenige Personen, die lesen konnten, selbst die Edlen waren meistens in der größten Unwissenheit.

„Was ist das, Schelm?", schrie Breidel.

„Es ist ein Brief des Herrn von Lonchijn...", stammelte der falsche Dichter mit gebrochenen Worten.

„Wartet!", fuhr der Dekan fort, „das will ich bald sehen."

Er nahm sein Kreuzmesser und schnitt den Flachs von dem Siegel. Als er die Lilienblumen, das Wappen Frankreichs, erkannte, sprang er polternd vorwärts und fasste den Unbekannten am Bart, schleuderte ihn hin und her und rief aus: „Ist das ein Brief des Herrn von Louchijn, Verräter? Nein, es ist ein Brief des Kastellans van Lens, und Ihr seid ein Spion. Ihr sollt eines bitteren Todes sterben, Bösewicht!"

Während er das sagte, riss er mit solcher Gewalt an dem Barte, dass die Bänder, mit denen er an den Kopf gebunden war, brachen und jetzt erkannte Breidel das Gesicht. Er stieß ihn mit solchem Grimm zurück, dass er gegen einen der Zeltpfosten schlug.

„O, Brakels, Brakels! Eure letzte Stunde ist gekommen!" rief Breidel wie erschreckt über diese Begegnung.

Der alte Metzger, den man wegen seiner schlechten Zähne verspottet hatte, sprang auf Brakels, fasste ihn mit seinen Händen an der Kehle und drückte ihn so fest an den Pfosten, gegen den Breidel ihn geworfen hatte, dass die Augen sich in seinem Kopfe drehten, denn unter dem Würgen des Schlächters konnte der Verräter nicht mehr atmen. Er hätte bald ersticken müssen, wenn die Bewegungen, die er machte, um loszukommen, ihm nicht von Zeit zu Zeit erlaubt hätten, seine gepresste Brust zu entlasten.

Das Schreien der Beinhauer hatte eine Menge Leute geweckt, die voller Neugier ans allen Zeiten zugelaufen kamen, der eine ohne Keller, der andere ohne Wams.

Sobald sie die Ursache des Tumults erfahren hatten, begannen sie rasend nach dem Leben Brakels zu rufen.

„Gebt ihn uns!" schrien sie, „sein Blut! sein Leben!"

Breidel fasste den alten Metzger bei der Schulter, riss ihn von Brakels weg und rief: „Beschmutzt euch nicht mit dem Blute des Verräters! Er ist zu verächtlich, sonst würde er schon von meinen Händen gestorben sein."

„Nein!", rief der Metzger, sein Beil erhebend, „ich will mich an dem Spiel ergötzen. Man verdient sich einen Platz im Himmel, wenn man einen Landesverräter totschlägt. Lasst mich machen, ich bitt' euch um Gottes willen, nur einen Schlag!"

Brakels kniete auf der Erde und bat um sein Leben. Er kroch bis zu dem Dekan und flehte: „O, Meister, habt doch Mitleid mit mir... Ich werde dem Vaterland getreulich dienen... Tötet mich nicht!"

Breidel sah ihn mit Zorn und Verachtung an, setzte ihm

seinen Fuß in die Seite und stieß ihn mit einem Schub in die andere Zeltecke. Unterdessen hatten die Beinhauer die größte Mühe, die Tausende, die sich rachedurstig um das Zelt drängten und schrien, draußen zu halten.

„Gebt uns sein Leben!", schrie die wütende Schar. „Ins Feuer, ins Feuer!"

„Ich will nicht", sagte Breidel mit einem befehlenden Blick zu seinen Mannen, „dass das Blut dieser Schlange eure Beile netze. Man übergebe ihn dem Volke."

Er hatte den Befehl noch nicht vollendet, da drängte sich aus der Schar ein Mann, der einen Strick um den Hals von Brakels warf. Hunderte von Händen griffen nach dem Ende, zogen den Verräter rücklings nieder und schleppten ihn aus dem Zelte. Seine bangen Schreie erstickten in dem wilden Jauchzen der Menge. Nachdem sie ihn durch das ganze Lager geschleift hatten, kamen sie heulend zu dem Feuer und zogen ihn vier oder fünfmal dadurch, bis die Kohlen, die an seinem Gesicht hafteten, ihn unkenntlich gemacht hatten. Dann nahmen sie ihren Lauf wieder auf und verschwanden mit dem toten Körper in der Finsternis. Noch lange hörte man ihr Schreien in der Ferne, und noch lange misshandelten sie die Leiche des Verräters, bis sie nach einer Stunde, ganz entstellt, an einem Galgen beim Feuer zur Schau gehängt wurde. Jeder kehrte in sein Zelt zurück, und die größte Stille folgte dem wilden Tumult.

Einundzwanzigstes Hauptstück

Gwide hatte für den nächsten Tag den Befehl gegeben, dass das ganze Heer, ein jeder unter seinem Anführer, des Morgens auf dem Groeninger Konter vor dem Lagerplatz geschart stehen solle. Er wollte eine allgemeine Musterung halten. Nach dem Befehl hatten die Vlaminge sich auf dem angewiesenen Acker geschickt im Viereck aufgestellt. Jede Schar bestand aus acht aufgeschlossenen Gliedern. Die viertausend Weber de Conincs bildeten das obere Ende des rechten Flügels. Das erste Glied seiner Schar bestand aus Schützen, deren schwere Kreuzbogen über die Schulter getragen wurden, während eiserne Bolzen in einem Köcher an ihrer Seite hingen. Sie hatten keine andere Schutzwaffe als eine Eisenplatte, die mit vier Riemen auf der Brust befestigt war. Über die sechs tieferen Glieder ragten tausend Speere zehn Fuß in die Höhe. Diese Waffe, der berühmte Goedendag, wurde von dem Franzen am meisten gefürchtet, denn man konnte damit bequemlich ein Pferd durchbohren, kein Harnisch schützte gegen ihren gewaltigen Stoß. Jeder Reiter, der davon getroffen wurde, stürzte unfehlbar aus dem Sattel.

Auf dem gleichen Flügel standen auch die hübschen Yperlinge. In ihrem vordersten Gliede zeigten sich fünfhundert schwere Mannen, deren Kleidung so rot war wie die feinsten Korallen. Von ihren schönen Helmen sielen weiche Federbüsche auf ihre Schultern, große, mit eisernen Spitzen besetzte Keulen standen mit dem dicken Ende bei ihren Füßen, während sie den Griff mit der Faust an den Hüften hielten. An ihre Arme und Beine waren kleine eiserne Platten geriemt. Die anderen Glieder dieser schönen Schar waren alle in Grün gekleidet, und die stählernen Bogen erhoben sich entspannt über ihre Schultern.

Der linke Flügel bestand allein aus den zehntausend Mannen Breidels. An der einen Seite glänzten die unzähligen Beile der Beinhauer in die Augen der anderen Kriegsleute und diese wandten beständig ihr Haupt ab, denn die Glut der Sonne, die in diese stählernen Spiegel schien, drohte sie zu erblinden. Die Schlächter waren nicht hübsch gekleidet. Kurze braune Hosen und Koller von der gleichen Farbe waren ihre ganze Kleidung. Ihre Ärmel hatten sie bis an die Ellbogen ausgestreift, wie das ihre Gewohnheit war, denn sie waren stolz auf die kraftvollen Muskeln, die sie zeigen konnten. Viele hatten blondes Haar und waren braun gesengt. Lange Narben, die sie aus früheren Kämpfen davongetragen hatten, zogen tiefe Furchen über ihre Gesichter. Für sie waren es Lorbeerzweige, die ihre Tapferkeit bezeugten. Die Züge Breidels hoben sich seltsam ab von diesen finsteren und grimmen Gesichter. Während die meisten seiner Kameraden durch ihr gräuliches Aussehen Schrecken im Herzen der Zuschauer erregten, war das Angesicht Breidels angenehm und edel. Schöne blaue Augen flammten unter zarten Wimpern, lange blonde Locken rollten über seinen Hals, und ein weicher Bart verlängerte das hübsche Oval seines Antlitzes. Der Ausdruck seines Gesichtes war freundlich, denn jetzt war er froh und zufrieden, aber wenn der Zorn ihn ergriff, gab es kein Löwenhaupt, das ihn an Furchtbarkeit übertraf. Dann· bedeckten seine Wangen sich mit Fluchen-seine Zähne schlossen sich grimmig, und seine Brauen zogen sich in Haken und Falten über seine Augen.

Auf dem dritten Flügel standen die Mannen von Beurne mit den Waffenknechten Arnolds van Oudenaarde und

Boudewijns van Papenrode. Die Zünfte von Beurne zählten tausend Schleuderer und fünfhundert Helmhauer. Die ersteren standen in den vorderen Gliedern und waren ganz in Leder gekleidet, damit die Schleuder sich beim Schwingen nicht an einem Teil ihrer Ausrüstung fangen könne. Um ihre Hüften war ein langer lederner Darm als Gürtel gebunden, in dem die runden Kiesel lagen, die sie auf den Feind werfen sollten. In ihrer rechten Hand trugen sie einen Lederriemen mit einer Öffnung in der Mitte. Dies war die Schleuder, jene schreckliche Waffe, mit der sie ihre Feinde so sicher zu treffen wussten, dass die schweren Steine, die sie warfen, selten ihr Ziel fehlten. Hinter diesen standen die Helmhauer. Sie waren gut mit Eisenplatten bedeckt und trugen schwere Sturmhauben auf dem Kopfe. Ihre Waffe war das Kriegsbeil mit einem langen Stiel. Über dem Stahl des Beiles war eine dicke eiserne Spitze, mit der sie Helm und Harnische durchbohrten, und darum hießen sie die Helmhauer. Die Leute der Herren van Oudenaarde und Papenrode, die an derselben Seite standen, führten Waffen aller Art, doch waren die beiden ersten Reihen nur von Handbogenschützen gebildet. Die anderen hatten Speere, Keulen oder Schlachtschwerter.

Der letzte Flügel, der das Viereck schloss, bestand aus der ganzen Reiterei des Heeres, elfhundert Mann zu Ross, die Jan, Graf von Namen, seinem Bruder Gwide gesandt hatte. Diese Schar war eitel Eisen und Stahl. Nichts anderes konnte man sehen als die Augen der Reiter, die hinter den Gittern der Helme hervorschauten und die Füße der Pferde, die unter den eisernen Schienen herauskamen. Lange und breite Schwerter lagen auf den Schulterplatten ihrer Harnische, und wogende Federbüsche flatterten im Winde hinter ihren Rücken.

Auf diese Weise hatte das Heer sich nach dem Befehl des Feldherrn aufgestellt. Die größte Stille herrschte unter den

Scharen. Die Kriegsknechte fragten einander, was wohl geschehen möge, aber dann sprachen sie so leise, dass keiner als ihr Nebenmann es hören konnte.

Gwide und all die anderen Ritter, die keine Scharen herangeführt hatten, waren in Kortrijk untergebracht.

Das ganze Lager stand schon einige Zeit in der beschriebenen Ordnung, und noch war keiner von ihnen gekommen. Plötzlich sah man das Banner des Herrn Gwide unter dem Stadttor erscheinen. Herr van Renesse, der in Abwesenheit des Feldherrn Oberbefehlshaber des Heeres war, rief: „Die Waffen auf! Aufgeschlossen! Richtet die Glieder! Achtung!"

Bei dem ersten Gebot des edlen Herrn van Renesse brachte jeder seine Waffe an den rechten Ort, dann schlossen sie sich dichter auf und richteten sich in geraden Reihen. Dies war kaum geschehen, so öffnete die Reiterei ihre Glieder, um den Feldherrn mit seinem zahlreichen Zug in das Viereck zu lassen.

Voraus ritt der Fahnenträger mit dem Banner von Flandern: der schwarze Löwe im goldenen Felde rollte zierlich über dem Kopfe des Pferdes und schien seine Klauen gleich einem Siegeszeichen den frohen Vlamingen zu zeigen. Ein wenig dahinter kam Gwide mit seinem Neffen Wilhelm von Jülich. Der junge Feldherr trug einen blanken Harnisch, auf dem das Wappen von Flandern abgebildet war, auf seinem Helm war ein schöner Federbusch, der bis auf den Rücken seines Pferdes siel. Auf dem Harnisch Wilhelms von Jülich stand ein großes rotes Kreuz, unter seinem Waffenrock kam das Priesterkleid zum Vorschein und fiel über den Sattel. Sein Helm war ohne Feder und seine Rüstung kahl und ohne Schmuck. Unmittelbar nach diesen durchlauchtigen Herren folgte Adolf van Nieuwland. Sein Waffenzeug war prächtig: überall auf den Haften seiner Rüstung lagen vergoldete Knöpfe, die Helmfeder war grün,

und die eisernen Handschuhe waren vergoldet. Unter seinem Kettenhemd konnte man einen grünen Schleier hangen sehen. Das Geschenk, das ihm von der Tochter des Löwen zuteil geworden war als ein Andenken ihrer Dankbarkeit. Neben ihm ritt Machteld auf einem schneeweißen Zelter. Das durchlauchtige Fräulein war noch bleich, aber nicht mehr krank. Die Ankunft ihres Bruders Adolf hatte die Krankheit von ihr vertrieben. Ein himmelblaues Reitkleid aus dem feinsten Samt und mit kleinen silbernen Löwen übersät hing in langen Falten über ihre Füße bis zur Erde, und ein seidener Kopfschleier fiel von der Spitze ihrer Haube bis auf den Rücken ihres Pferdes.

Hierauf folgten noch etwa dreißig Ritter und Edelfrauen, alle auf das köstlichste gekleidet und so ruhig, als ob sie irgendeinem Stechen zuschauen wollten. Endlich folgten vier Schildknappen zu Fuß. Die beiden ersten trugen jeder einen Harnisch und ein Schlachtschwert auf ihren Armen, die anderen jeder einen Helm und einen Wappenschild. Während die Scharen in feierlicher Stille standen, kam der lustreiche Zug in die Mitte des Vierecks.

Gwide ließ seinen Waffenboten zu sich kommen und gab ihm ein Pergament, dessen Inhalt er verkünden sollte.

„Fügt den Kriegsnamen ‚Löwe von Flandern' bei, denn das freut unsere guten Brüggelinge", sagte er.

Die Neugier der Kriegsleute drückte sich durch eine augenblickliche Bewegung und die größte Aufmerksamkeit aus. Sie erkannten wohl, dass irgendein Geheimnis unter diesen feierlichen Formen verborgen lag, denn es war gewiss nicht ohne Absicht, dass alle die Edelfrauen sich so reich geschmückt hatten. Der Waffenbote kam vorwärts, stieß dreimal in seine Posaune und rief mit kräftiger Stimme: „Wir, Gwide van Namen, auf Befehl unsers Grafen und Bruders Robrecht van Bethune, des Löwen von Flandern, an alle, die dies lesen oder verkünden hören, Heil und Friede!"

„In Anbetracht..."

Plötzlich hörte er auf. Ein heftiges Gemurmel durchlief die einzelnen Scharen, und während jeder seine Waffe erhob, spannten die Schützen ihre Kreuzbogen, als ob ihnen eine Gefahr drohe.

„Der Feind! Der Feind!", wurde geschrien.

In der Ferne sah man ein zahlreiches Heer ankommen. Tausende von Mannen drängten in tiefen Gliedern vorwärts, man konnte das Ende nicht sehen. Doch zweifelte man bald stark, ob es der Feind sei oder nicht, da keine Reiterei dabei war. Bald sah man einen Reiter den unbekannten Zug verlassen und im vollen Trab dem Lagerplatz zureiten, er hatte sich so über den Hals seines Trabers gebeugt, dass man ihn nicht erkennen konnte. Als er dem erstaunten Heere noch näher gekommen war, rief er im Heranreiten: „Vlaanderen den Leeuw! Vlaanderen den Leeuw! Hier sind die Gentenaar!"

Man erkannte den alten Kriegsmann, und ein fröhliches Jauchzen antwortete auf seinen Ruf, und sein Name klang Von allen Lippen: „Heil Gent! Heil dem Herrn Jan Borluut! Willkommen, unsere guten Brüder!"

Als die Vlaminge sahen, dass ihnen ein so unerwarteter Beistand, ein so starkes Heer zur Hilfe kam, waren sie vor Freude nicht mehr zu halten. Die Anführer mussten alles aufbieten, um sie zu veranlassen, in ihren Gliedern zu bleiben. Sie bewegten sich ungestüm und waren außer sich vor Freude. Herr Borluut rief ihnen zu: „Habt Mut, Freunde! Flandern wird frei werden! Ich bringe fünftausend wohlbewaffnete und unerschrockene Mannen!"

Daran antworteten die fröhlichen Scharen: „Heil! Heil dem Helden von Worringen! Borluut! Borluut!"

Herr Borluut kam zu dem jungen Grafen und wollte ihn mit höflichen Worten begrüßen, aber Gwide sagte: „Lasst die Sprüche, Herr Jan. Gebt mir die Freundeshand. Ich bin so froh, dass Ihr gekommen seid. Ihr, die Ihr unter dem Harnisch gelebt und so tiefe Weisheit besitzt. Ich wurde schon unglücklich, dass Ihr nicht kamt. Ihr habt lang gewartet."

„O ja, edler Gwide," war die Antwort, „länger, als ich wollte, aber die feigen Leliaarts haben mich aufgehalten. Könnt Euer Edlen mir glauben, dass sie zu Gent einen Bund gemacht hatten, um die Franzen wieder in die Stadt zu bringen? Sie wollten uns nicht hinauslassen, dass wir unseren Brüdern hülfen, aber Gott sei Dank, es ist ihnen nicht gelangen, denn das Volk hasst und verachtet sie aus der Maßen. Die Gentenaar haben den Magistrat auf die Burg gejagt und die Stadttore aufgebrochen. Da kommen nun fünftausend unverzagte Mannen, die ebenso nach dem Kampf wie nach einer Mahlzeit lechzen. Sie haben heute noch keinen Bissen Brot gegessen."

„Ich dachte wohl, dass große Hindernisse Euch zurückhielten, Herr Borluut, und ich fürchtete, Ihr würdet nicht kommen."

„Wie, edler Gwide, ich sollte nicht nach Kortrijk gekommen sein? Ich, der sein Blut für die Fremden vergossen habe, sollte meinem Vaterland in der Not nicht beistehen? Das sollen die Franzen erfahren! Ich fühle mich keine dreißig Jahre alt, und meine Mannen, o Himmel...Wartet nur, edler Herr, bis die blutige Stunde gekommen sein wird, und achtet nur auf den weißen Löwen von Gent, wie Ihr da die Franzen werdet fallen sehen!"

„Ihr macht mich froh, Herr Borluut, all unsere Leute sind gleich mutig, gleich unverzagt, wenn wir den Streit verlieren sollten, würden nicht viele Vlaminge heimwärts ziehen, das versichere ich Euch."

„Verlieren, sagt Ihr? Verlieren, Herr Gwide? Das glaube ich nicht. Unsere Mannen haben zu guten Willen.

Und Breidel da? Der Sieg steht auf seinem Angesicht geschrieben. Seht, Herr, ich wollte meinen Kopf verwetten, wenn man Breidel gewähren ließe, dass er mit seinen Beinhauern sich durch die zweiundsechzigtausend Franzen durchhauen würde, wie man durch ein Kornfeld dringt. Gott und der Herr Sankt Jörg werden uns beistehen. Habt nur gute Hoffnung. Aber vergebt mir, Herr Gwide, das ist mein Heer. Ich verlasse Euch für einen Augenblick."

Die Gentenaar schritten nun schon auf dem Groeninger Konter. Sie waren müde und ganz mit Staub bedeckt, denn sie waren in der Sonnenhitze sehr schnell gereist.

Ihre Waffen waren von jeder Art: man sah unter ihnen von all den Kriegern, wie wir sie schon beschrieben haben. Ungefähr vierzig Edle ritten voraus, die meisten waren Freunde des alten Kriegsmanns Jan Borluut: Herr van Leene, Jan van Copeghem, Boudewijn Stegge, Simon Bette, Plauwel van Severen und sein Sohn Jan van Aerseele Jonkherr van Vijnkt, Thomas van Burselaere, Jan van Machelen, Willem und Robrecht Wenemaer und noch eine große Zahl andere. Über der Mitte des Heeres wehte das Banner von Gent mit seinem weißen Löwen. Die Brüggelinge, die nun fühlten, wie ungerecht ihre Scheltworte gegen die Gentenaar gewesen waren, riefen nun wiederholt: „Willkommen! Willkommen unseren Brüdern! Heil Gent!"

Inzwischen stellte Jan Borluut seine Mannen in regelmäßigen Scharen vor dem linken Flügel des Vierecks auf. Er wollte seine tapferen Gentenaar zur Schau stellen, damit die Brüggelinge sehen sollten, dass sie vor ihnen nicht an Vaterlandsliebe zurückstünden. Auf den Befehl Gwides verließ er dann den Lagerplatz und zog nach Kortrijk, um seine Leute in guten Herbergen die nötige Ruhe genießen zu lassen.

Sobald die Gentenaar abgezogen waren, kam Jan van Renesse in das Viereck und rief: „Waffen auf! Rahe!"

Der Zug, der sich inmitten des Heeres aufgestellt hatte, formte sich wieder wie vorhin, und auf den Befehl des Herrn van Renesse schwiegen alle und wandten ihre ganze Aufmerksamkeit wieder dem Waffenboten zu, der die drei Posaunenstöße wiederholte. Dann las er mit lauter Stimme: „Wir, Gwide van Namen, auf Befehl unsers Grafen und Bruders Robrecht van Bethune, des Löwen von Flandern, an alle, die dieses lesen oder verkünden hören, Heil und Friede!"

In Anbetracht der guten und treuen Dienste, die dem Lande von Flandern und uns selber durch Meister de Coninc und Meister Breidel von Brügge erwiesen wurden, des Willens, ihnen mit Wissen aller unserer Untertanen einen Beweis unserer guten Gunst zu geben, fernerhin des Willens, ihre edelmütige Liebe zum Vaterlande zu belohnen, als sich geziemt und gebührt, auf dass ihre treuen Dienste in ewigem Gedächtnis und Erinnern bleiben sollen, und nachdem unser Vater, Gwide von Flandern, uns die nötige Vollmacht dazu gegeben hat, tun kund und zu wissen: Pieter de Coninc, Dekan der Wollenweber, und Jan Breidel, Dekan der Schlachter, beide aus unserer guten Stadt Brügge, und ihre Nachkommen bis auf ewige Zeiten, sind und sollen bleiben von edlem Blute und genießen alle Vorrechte, die den Lehensherren in unserm Lande Flandern zustehen.

Und damit sie dessen mit Ehren sollen genießen können, wird ihnen jeder ein Zwanzigstel von unserm Zoll in unserer guten Stadt Brügge zum Unterhalt ihres Hauses zugestanden."

Bevor der Ausrufer geendet hatte, erstickte ein schallender Jubel der Weber und Beinhauer seine Stimme.

Die große Gunst, die ihren Dekanen bewiesen wurde, war auch eine Belohnung ihrer Tapferkeit. Ein Teil der Ehre, die daraus entsprang, musste auch den Zünften zufallen. Wenn sie nicht so sehr von der Treue und Volksliebe der Dekane überzeugt gewesen waren, würden sie die Adelung ohne Zweifel mit einem zornigen Auge und als eine staatskluge List der Edlen angesehen haben. Sie würden gesagt haben. So entreißen die Lehensherren uns die Verteidiger unserer Rechte und verleiten unsere Dekane zu ihren Gunsten. Denn also lassen die meisten sich durch Ehrbegier verleiten. Es ist das durchaus nicht verwunderlich, dass das Volk einen bitteren Hass trägt gegen diejenigen seiner Brüder, welche sich zu sehr erheben. Aus edelmütigen Volksfreunden, die sie waren, werden sie oftmals gemeine und feige Schmeichler und unterstützen die Macht, die sie geschaffen hat. Sie wissen, dass sie mit ihr steigen und fallen werden, und sehen voraus, dass das Volk, das sie verlassen haben, sie als Überläufer verstoßen und verachten würde.

Die Brügger Zünfte hatten zu großes Vertrauen in de Coninc und Breidel, um in diesem Augenblick solche Gedanken zu hegen. Nun waren ihre Dekane edel, nun hatten sie zwei Männer, die zum Rat des Grafen zugelassen waren und den Feinden ihrer Vorrechte unter die Augen treten und sie offenbar bekämpfen konnten. Sie fühlten, wie sehr ihre Macht dadurch wachsen musste, und überließen sich deshalb der herzlichsten Freude. Sie wiederholten ihre Jubelrufe so lange, bis ihre Lungen müde wurden. Dann erstarb das Geschrei, und die Freude war nur noch auf ihren Gesichtern und an ihren Bewegungen zu erkennen.

Adolf van Nieuwland kam zu den Dekanen und ersuchte sie, vor dem Feldherrn zu erscheinen: sie gehorchten und traten langsam vor den Ritterzug.

Auf dem Gesicht des Dekans der Weber war keine Freude zu lesen. Er näherte sich fest und ruhig, und sein Herz schien keinen Schlag mehr zu tun, doch war eine reine Freude und ein edler Stolz in seiner Brust, aber seine gewohnte Vorsicht hatte seine Gesichtszüge seinem Willen derart unterworfen, dass man seine innere Bewegung selten darin lesen konnte. Jetzt wollte er sich beherrschen, damit er später, wenn man von ihm etwas gegen die Macht des Volkes fordern sollte, den Fürsten sagen könnte. Wer hat um Eure Gunst gebeten? Was habt Ihr mir denn gegeben, um Unrecht von mir fordern zu dürfen?

So war es nicht mit dem Dekan der Beinhauer. Er hatte sich nicht so sehr in der Gewalt, die kleinste Erregung, das geringste Gefühl, die sein Herz bewegten, drückten sich auf seinem Angesicht aus, und man konnte ohne Mühe sehen, dass weiteste Offenherzigkeit eine seiner Tugenden war. Auch konnte er die Tränen, die jetzt aus seinen blauen Augen rollten, nicht zurückhalten. Er beugte das Haupt, um sie zu verbergen, und ging mit klopfendem Herzen neben seinem Freunde de Coninc.

All die Ritter und Edelfrauen waren abgesessen und hatten ihre Pferde den Schildknappen übergeben. Gwide ließ die vier Waffenträger vortreten und bot den Dekanen die köstliche Rüstung an. Der Harnisch wurde ihnen angelegt und der Helm mit der blauen Feder auf ihr Haupt geriemt.

Die Brüggelinge sahen dieser Feierlichkeit mit andächtiger Stille zu. Ihre Herzen waren mit Zufriedenheit erfüllt, und sie waren so gerührt, als ob diese Ehre einem jeden von ihnen selber widerfahren sei. Als die Dekane gewappnet waren, ließ man sie ein Knie auf den Boden beugen. Dann trat Gwide vor und erhob das Schlachtschwert über das Haupt de Conincs.

„Herr de Coninc," sprach er, „seid ein treuer Ritter, brecht Euer Wort nicht und erhebt Euer Schwert nicht anders als für Gott, das Vaterland und Eure Fürsten!"

Mit diesen Worten schlug er den Dekan der Weber mit dem Schlachtschwert leicht auf den Hals, gemäß dem Gesetz der Ritterschaft. Dasselbe geschah auch mit Jan Breidel, und auch er wurde zum Ritter geschlagen.

Zur gleichen Zeit kam Machteld aus dem Zug und trat vor die Dekane. Sie nahm die beiden Wappenschilde nacheinander aus den Armen der Knappen und hängte sie an den Hals der beiden geadelten Bürger. Viele der Zuschauer bemerkten, dass sie zuerst an Breidels Hals den Schild hängte und dass sie dies gewiss mit Absicht tat, weil sie dazu etliche Schritte zur Seite treten musste.

„Diese Wappenzeichen hat mein Vater Euer Edlen verliehen," sprach sie, indem sie sich mehr Breidel zuwandte, „ich weiß, edle Herren, dass ihr sie unbefleckt bewahren werdet, und es erfreut mich, dass ich an der Belohnung eurer Vaterlandsliebe mitwirken kann."

Breidel sah die junge Edelfrau mit tiefer Dankbarkeit an. In seinen Augen war der Schwur feurigster Zuneigung und Aufopferung zu lesen. Er würde sich ohne Zweifel dem Fräulein zu Füßen geworfen haben, aber die feierliche Haltung der umstehenden Ritter machte zu starken Eindruck auf ihn.

Er stand erstaunt, ohne Regung und Sprache, denn er konnte das Geschehene nicht fassen.

„Ihr Herren, nun könnt ihr zu euren Mannen zurückgehen", sprach Gwide. „Wir hoffen, dass ihr diesen Abend in unsern Rat kommen werdet, denn wir müssen eine lange Besprechung mit euch halten. Führt eure Scharen ins Lager zurück."

De Coninc beugte sich höflich und ging fort. So tat auch Breidel, aber kaum hatte er sich einige Schritte entfernt, so fühlte er die Last der Waffen, die seinen Leib überall einengten. Er kehrte eilig zu Gwide zurück und sprach: „Edler Graf, ich bitte noch um eine Gunst."

„Sprecht, Herr Breidel, sie so Euch zugestanden werden."

„Seht, durchlauchtiger Herr", fuhr der Dekan fort, „Ihr habt mir heute eine große Gunst erwiesen, aber Ihr wollt mich doch nicht hindern, gegen den Feind zu kämpfen?"

Die Ritter traten dichter zu Breidel, seine Worte setzten sie sehr in Erstaunen.

„Was wollt Ihr damit sagen?", fragte Gwide.

„Dass diese Waffen mich überall klemmen und kneifen, Herr Graf! Ich kann mich in dem Harnisch nicht rühren, und der Helm drückt mir so schwer auf dem Kopfe, dass ich meinen Hals nicht biegen kann. Ich versichere Euch, dass ich mich in diesem eisernen Käsig wie ein gebundenes Kalb werde totschlagen lassen müssen."

„Der Harnisch wird Euch vor den Schwertern der Franzen schützen", bemerkte ein Ritter.

„Ja", fiel Breidel ein, „aber das habe ich nicht nötig.

Wenn ich frei bin, mit meinem Beil in der Faust, dann fürchte ich nichts. Wahrlich, ich würde in einer schönen Haltung dastehen, so steif und beschämt. Nein, nein, ihr Herren, ich will nichts an meinem Leibe haben. Darum, Herr Graf, ersuche ich Euch, dass Ihr mir erlaubt, bis nach dem Kampfe Bürger zu bleiben. Dann will ich mit dem lästigen Harnisch Bekanntschaft machen."

„Ihr mögt tun, wie's Euch beliebt, Herr Breidel" antwortete Gwide, „doch seid und bleibt Ihr Ritter."

„Wohlan!", rief der Dekan fröhlich, „dann bin ich der Ritter mit dem Beil. Dank, Dank, durchlauchtiger Herr!"

Mit diesem Ausruf verließ er den Zug und lief zu seinen Mannen. Diese empfingen ihn mit lauten Glückwünschen und hörten nicht auf, ihre Freude durch allerlei Ausrufe zu erkennen zu geben. Breidel war noch etliche Schritte von den Gliedern seiner Beinhauer, als schon die ganze Rüstung am Boden lag. Er behielt nur den Wappenschild, den Machteld ihm an den Hals gehängt hatte.

„Aalbrecht, mein Freund", rief er einem seiner Mannen zu, „nimm die Waffen und trage sie in mein Zelt. Ich will kein Eisen an meinem Leibe, während eure bloße Brust das feindliche Eisen zu erwarten wagt: der Kirmes will ich im Metzgerrock beiwohnen. Sie haben mich edel gemacht, Gesellen. Aber das macht nichts aus. Mein Herz ist und bleibt ein Beinhauerherz, das werden die Franzen schon fühlen. Kommt, wir gehen ins Lager, ich werde den Wein mit euch trinken wie zuvor, ich schenke jedem von euch eine Maß. Und Heil dem schwarzen Löwen!"

Der Ruf wurde von allen Gesellen wiederholt. Es entstand einige Unordnung in den Gliedern, und sie wollten sich ungestüm ins Lager begeben. Das Versprechen des Dekans hatte sie mit Freude erfüllt.

„Hoho, Mannen!", rief Breidel, „nicht so! Jeder in sein Glied, oder wir werden üble Freunde."

Die andern Scharen waren schon in Bewegung und kehrten mit schallenden Posaunen und fliegenden Fahnen in die Verschanzung zurück. Der Ritterzug ritt zum Tor hinein und verschwand hinter den Wällen.

Etliche Zeit später standen die Vlaminge vor ihren Zelten und unterhielten sich über die Adelung ihrer Dekane. Eine große Zahl Beinhauer saß in seinem weiten Kreise, den Hanaps in der Hand, auf der Erde. Kannen voll Wein standen neben ihnen, und mit großer Kraft sangen sie das Lied von dem schwarzen Löwen. In ihrer Mitte, auf einer leeren Tonne, saß der geadelte Breidel, der als Vorsänger jeden Vers anfing. Er trank wiederholt auf die Befreiung des Vaterlandes und versuchte, durch mehr Zutraulichkeit seine Staudeserhöhung vergessen zu machen, denn er fürchtete, seine Gesellen möchten denken, dass er nicht mehr ihr Freund und Kamerad wie zuvor sein wolle.

De Coninc hatte sich in sein Zelt eingeschlossen, um den Glückwünschen seiner Weber zu entgehen. Die Beweise ihrer Liebe erregten ihn zu sehr, und er konnte seine Bewegung unmöglich verbergen. Darum blieb er den ganzen Tag allein, während das Heer sich der innigsten Freude überließ.

Zweiundzwanzigster Hauptstück

An geringer Entfernung von der Stadt Rijssel hatte das fränkische Heer sich auf einem außerordentlich großen Felde gelagert. Die unzähligen Zelte, die für so viele Menschen nötig waren, erstreckten sich wohl über eine halbe Meile weit. Da ein hoch aufgeworfenes Bollwerk den ganzen Raum umgab, sollte man von ferne geglaubt haben, eine feste Stadt vor sich zu haben, wenn nicht das Wiehern der Pferde, das Geschrei der Söldner, der Rauch der Feuer und die Tausende wehender Wimpel die Anwesenheit eines Heeres verraten hätten. Der Teil, in dem die edlen Ritter wohnten, war kenntlich an den köstlichen Standarten und gestickten Fahnen. Während hier Zelte aus Samt und Pavillons in bunten Farben standen, traf man in dem andern Teile nur geringe Hütten aus Leinwand oder Stroh. Man hätte es wohl verwunderlich finden mögen, dass ein so zahlreiches Heer nicht vor Hunger verging, da man in jenen Zeiten selten viel Lebensmittel mitführte. Dennoch war hier Überfluss an allem. Da sah man den Weizen im Schlamm liegen und die besten Nahrungsmittel wurden unter den Füßen zertreten. Die Franzen gebrauchten ein gutes Mittel, um sich alles zu verschaffen und sich zugleich bei den Vlamingen verhasst zu machen. Jeden Augenblick verließen starke Söldnerscharen die Verschanzung, um das Land zu überlaufen und zu plündern oder zu zerstören.

Die bösen Kriegsknechte hatten die Absicht ihres Feldherrn Robert von Artois völlig begriffen. Um dies auszuführen, begingen sie die gräulichsten Übeltaten, welche im Kriege zu geschehen pflegen. Zum Zeichen der Verwüstung, mit der sie das Land Flandern bedrohten, hatten sie allesamt kleine Besen an ihre Speere gehängt. Dadurch wollten sie zu erkennen geben, dass sie gekommen seien, um Flandern zu kehren und zu säubern. Und sie versäumten in der Tat nichts, um diese Absicht auszuführen. Nach wenigen Tagen stand im ganzen Südteil des Landes kein Haus mehr, nicht Kirche, Schloss oder Kloster, ja selbst kein Baum mehr. Alles war kahl gemacht oder vernichtet. Weder Alter noch Geschlecht wurde geschont, Frauen und Kinder wurden ermordet und ihre Leichen ohne Begräbnis den Raubvögeln überlassen.

Auf diese Weise begannen die Franzen ihren Zug.

Nicht die geringste Furcht noch Reue konnte die fremden Bösewichte bei ihren Übeltaten treffen: gestützt auf ihre übergroße Macht, hielten sie ihren Sieg für gewiss, aber umso feiger und schändlicher waren ihre Taten. Und ganz Flandern sollte das gleiche Los zuteil werden, das hatten sie geschworen.

An dem Morgen, den Gwide der Belohnung der treuen Dienste de Conincs und Breidels widmete, hatte der fränkische Feldherr seine vornehmsten Ritter zu einem prächtigen Gastmahl eingeladen.

Das Zelt des Grafen von Artois war ungemein lang und weit und in verschiedene Räume geteilt. Da waren Kammern für die Schildknappen und Wasserträger, für Leibdiener und Köche und für viele andere Personen seines Gefolges. In der Mitte war ein weiter Saal, der für dergleichen Gastmähler wie auch zu den Sitzungen des Kriegsrates bestimmt war und eine große Zahl von Rittern zu fassen vermochte. Die gestreifte Seide, die das Gezelt bedeckte, war mit unzähligen kleinen silbernen Lilien bestickt. Am Vordergiebel über dem Eingang hing der Wappenschild des Hauses von Artois und in einiger Entfernung wehte über einem ausgeworfenen Hügel das große Lilienbanner Frankreichs. In dem prächtigen Gemache, das mit reichen Teppichen ausgeschlagen war, hatte man lange geschnitzte Tische und samtene Sessel aufgestellt. Wahrlich, ein Palast konnte nicht mehr Reichtum und Pracht zeigen.

Am Kopf der Tafel saß Herr Robert, Graf von Artois.

Er stand bereits hoch in den Jahren, aber noch in der vollen Kraft des Lebens. Eine kleine Narbe, die seine rechte Wange etwas entstellte, zeugte von seiner Tapferkeit im Kriege und gab seinen Zügen noch mehr Härte.

Obgleich tiefe Furchen und braune Flecken seine Wangen durchzogen, glänzten seine Augen noch im vollen Feuer männlicher Kraft unter seinen schweren Brauen. Sein Aussehen war hart, und der wilde Blick seiner Augen verriet den unerbittlichen Krieger.

Zu seiner Rechten saß der greife Sigis, König von Melinde. Das Alter hatte sein Haar versilbert und sein Haupt gebeugt. Dennoch wollte er der Schlacht beiwohnen. In der Gesellschaft so vieler alter Kriegsgesellen fühlte er den Mut in sein Herz zurückkehren und er gelobte sich innerlich, noch etliche schöne Waffentaten zu vollbringen. Das Angesicht des alten Fürsten flößte die größte Ehrfurcht ein, es drückte Sanftmut und Seelenruhe aus. Sicherlich, der alte Sigis hätte nicht die Vlaminge bekämpfen wollen, wenn ihm der wirkliche Sachverhalt bekannt gewesen wäre, aber man hatte ihn wie viele andere betrogen und ihm vorgeredet, die Vlaminge seien schlechte Christen, und dass man ein gottgefälliges Werk tue, wenn man sie bis auf den letzten ausrotte. Es war in dieser Zeit des feurigsten Glaubens genug, jemand der Ketzerei zu beschuldigen, um ihm jeden zum Blutfeind zu machen.

An der linken Seite des Feldherrn saß Balthasar, der König von Mallorca, ein ungestümer und tapferer Krieger. Dies war auf seinem Gesichte wohl zu lesen, und es war nicht möglich, dem starren Blick seiner schwarzen Augen standzuhalten. Eine wilde Freude erhellte seine Züge, weil er hoffte, sein Reich, das die Mohren ihm entrissen hatten, nun wieder zu gewinnen.

Neben ihm saß Chatillon, der gewesene Landvogt von Flandern, der Mann, der als das Werkzeug der Königin Johanna die Ursache all des geschehenen Unheils war. Es war seine Schuld, dass in Gent und Brügge so viele Franzen erschlagen worden waren, er war die Ursache des Hinschlachtens vieler Menschen, das noch folgen musste. Welche Menge Blutes, das nach Rache schrie, hing nicht über dem Haupte dieses Tyrannei Er erinnerte sich, wie die Brüggelinge ihn, schandbeladen, aus ihrer Stadt verjagt hatten, und gelobte bei sich, keine kleine Widerrache zu nehmen. Es schien ihm unmöglich, dass die Vlaminge der vereinigten Macht so vieler Könige, Fürsten und Grafen widerstehen könnten, darum jauchzte er in seinem Herzen schon und zeigte ein fröhliches Gesicht.

Auf ihn folgte sein Bruder Gui von St.-Pol, nicht weniger rachsüchtig als er. Dann sah man Thibaut, den Herzog von Lothringen, zwischen den Herren Jean von Barlas und Regnault von Trie. Diese waren den Franzen mit sechshundert Pferden und zweihundert Bogenschützen zu Hilfe gezogen. Rudolf von Nesle, ein tapferer und edelmütiger Ritter, saß neben dem Herrn von Eigny an der linken Seite der Tafel. Missmut und Trauer lagen auf seinem Gesicht, und es war sichtlich, dass die harten Drohungen, welche die Ritter gegen Flandern aussprachen, ihm nicht behagten. Inmitten der rechten Seite, zwischen Louis von Elermont und dem Grafen Jean von Aumale, saß Godfried van Brabant, der den Franzen fünfhundert Reiter zugeführt hatte.

Neben diesen bewunderte man die große Gestalt des Zeelanders Hugo van Arckel. Sein Haupt überragte die anderen Ritter, und sein mächtiger Körper ließ genugsam erkennen, wie schrecklich ein solcher Kämpfer auf dem Schlachtfeld sein musste. Seit langen Jahren hatte der Ritter keine andere Wohnung als diesen oder jenen Lagerplatz gekannt. Er war wegen seiner Tapferkeit und seiner schönen Waffentaten überall berühmt, hatte eine Schar von achthundert unverzagten Mannen aufgebracht, mit denen er in alle Länder zog, wo es zu kämpfen gab.

Mehrmals hatte er durch seine Hilfe den Sieg auf die Seite des Fürsten, für den er stritt, gezogen, und wie alle seine Mannen, war er mit Narben bedeckt. Immerwährender Kampf war sein Leben und seine Lust, Ruhe vermochte er nicht zu ertragen. Er war zum fränkischen Heere gestoßen, weil er viele seiner Waffenbrüder darunter getroffen hatte und weil die Liebe zum Kriege der einzige Beweggrund für ihn war, er sich wenig darum bekümmerte, für wen und warum er kämpfte.

Außerdem bemerkte man unter anderen Anwesenden noch die Herren Simon von Piemont, Louis von Beaujeu, Froald, Kastellan von Dowav, und Alin von Bretagne.

Eine andere Art von Rittern traf man am unteren Ende der Tafel. Als ob die Franzen nichts mit ihnen hätten gemein haben wollen, saßen sie nebeneinander auf den geringsten Plätzen. Wahrlich, die Franzen hatten nicht unrecht, diese Ritter waren verächtlich, denn während ihre Vasallen als echte Vlaminge den Feind erwarteten, waren sie, ihre Lehensherren, im fränkischen Heere.

Welche Verblendung trieb die Bastarde, den Schoß ihrer Mutter gleich Schlangen zu zerreißen? Sie kämpften unter den Fahnen des Feindes, um das Blut ihrer Landsleute zu vergießen, vielleicht das Blut eines Bruders oder eines Busenfreundes, und warum? Um das Land, das ihnen das Leben gegeben hatte, zu einer Sklavenerde zu machen und den Fremden zu unterwerfen. Hatten die Bösewichte denn keine Seele, um die Schande und Verachtung zu empfinden, die über ihrem Haupte schwebten, spürten sie im eigenen Herzen nicht das Nagen des Wurmes? Die Namen dieser Bastardvlaminge sind den Nachkommen aufbewahrt: unter vielen anderen waren Hendrik Van Bautershem, Geldof van Winghene, Arnold van Eikhove und sein ältester Sohn, Hendrik van Wilre, Willem Van Redinghe, Arnold van Hofstad, Willem van Erauendonck und Jan van Raneel die vornehmsten.

Alle die Ritter aßen von Schüsseln aus getriebenem Silber und tranken den besten Wein aus goldenen Bechern.

Die Gefäße, die vor Robert von Artois und den beiden Königen standen, waren größer und schöner als die der anderen Herren. Ihre Wappenzeichen waren künstlich hineingeschnitten, und mehr als ein köstlicher Stein glänzte auf ihrem Rande. Während der Mahlzeit redeten sie viel über den Stand der Sachen, und aus den Worten der Gäste konnte man verstehen, welches schreckliche Los den verurteilten Vlamingen zugedacht war.

„Ja, ja", antwortete der Feldherr auf eine Frage Chatillons, „alles muss vernichtet werden. Die verfluchten Vlaminge sind nicht zu zähmen als durch Feuer und Schwert. Und warum sollten wir diesen Haufen Bauern leben lassen? Dann würden wir nie mit ihnen fertig werden, und das muss ein Ende haben. Ihr Herren, lasst uns kurzes Spiel machen, damit unsere Degen nicht länger mit dem gemeinen Blut befleckt bleiben."

„Fürwahr," sprach Jan van Raneel, der Leliaart, „fürwahr, Herr von Artois, Ihr habt recht, denn es ist nicht möglich, etwas mit den Empörern auszurichten, sie sind zu reich und würden sich uns bald wieder überlegen dünken. Schon jetzt wollen sie nicht mehr anerkennen, dass wir, die doch aus edlem Blut entsprossen sind, sie als unsere Untertanen behandeln dürfen. Als ob das Geld, das sie mit ihrer Hände Arbeit gewonnen haben, ihr Blut edler machen könnte.

Sie haben sich in Brügge und in Gent Häuser erbaut, die unsere Schlösser an Pracht übertreffen. Ist das kein Spott für uns?" Wahrlich, das dürfen wir nicht länger dulden."

„Wenn wir nicht alle Tage einen neuen Krieg haben wollen," bemerkte Willem van Eranendond, dann müssen alle Zunftleute erschlagen werden. Denn die Überlebenden würden nicht stillhalten. Darum finde ich, dass Herr von Artois das größte Recht von der Welt hat, niemand zu schonen."

„Und was werdet Ihr tun, wenn Ihr alle Eure Vasallen erschlagen haben werdet?", fragte der wuchtige Hugo van Arckel mit Lachen. „Bei meiner Treu, dann könnt Ihr selber Euern Acker pflügen. Wahrlich, eine schöne Aussicht!"

„Oho!", antwortete Jan van Raneel, „ich weiß ein gutes Mittel, um dem vorzubeugen: wenn Flandern von diesen Dickköpfen gereinigt sein wird, werde ich fränkische Freigelassene aus der Normandie kommen lassen und sie auf meinem Grund und Boden ansiedeln."

In dieser Weise würde Flandern gewiss ein echtes Stück Frankreich werden", fügte der Feldherr ein. „Das ist ein guter Vorschlag. Ich werde ihn dem König vorlegen, damit er auch die anderen Lehensherren zum Gebrauch dieses Mittels ermahne. Ich glaube, dass es keine Mühe machen wird."

„Sicher nicht, Herr. Findet Ihr meinen Gedanken nicht gut?"

„Ja, ja, das werden wir durchführen. Wir wollen damit anfangen, dass wir Platz für sie freimachen."

Die Züge Rudolfs von Nesle überzogen sich mit heftigem Zorn. Die Worte, die er hörte, missfielen ihm sehr, denn sein Edelmut empörte sich gegen eine solche Grausamkeit. Er sagte mit Heftigkeit: „Aber, ich frage Euch, Herr von Artois, sind wir Ritter oder nicht, und ist die Ehre uns nichts mehr, da wir ärger als die Sarazenen zu Werk gehen sollten? Ihr treibt die Strenge zu weit. Ich versichere Euch, das würde uns vor der ganzen Welt in Schande bringen.

Lasst uns das Heer der Vlaminge bekämpfen und überwinden, das sei uns genug. Und nennt dieses Volk nicht einen Haufen Bauern. Wir werden Mühe genug mit ihm haben. Und stehen sie nicht unter dem Sohne ihres Grafen?"

„Konstabler von Nesle", rief Artois ihm heftig zu, „ich weiß, dass Ihr die Vlaminge aus der Maßen liebt. Die Liebe ehrt Euch in der Tat! Es ist gewiss Eure Tochter, die Euch solche Gefühle der Liebe einflößt?"

„Herr von Artois", antwortete Rudolf, „dass meine Tochter in Flandern wohnt, hält mich nicht ab, ein ebenso guter Franzmann zu sein wie jeder andere. Mein Degen hat dies genugsam bewiesen. Und ich habe Gründe, zu glauben, dass diese Ritter Euren Scherzworten keinen Beifall geben werden. Aber etwas, das mir mehr am Herzen liegt, ist die Ehre der Ritterschaft und ich versichere Euch, dass Ihr diese in große Gefahr bringt."

„Was ist das?", rief der Feldherr, „sollte man nicht sagen, dass Ihr die Empörer entschuldigen wollt? Haben sie nicht den Tod verdient, weil sie siebentausend Franzmänner ohne Gnade ermordet haben?"

„Ohne Zweifel, sie haben sich des Todes schuldig gemacht und auch ich will die Krone meines Fürsten soweit wie möglich rächen, aber nur an denen, die mit der Waffe in der Hand betroffen werden. Ich frage alle diese Ritter, ob es sich geziemt, dass wir unsere Degen zu Henkerswerk gebrauchen und wehrlose Untersassen ermorden, während sie das Feld umpflügen?"

„Er hat Recht!", rief Rudolf van Arckel mit Zorn, „wir kämpfen nicht gegen die Mohren, ihr Herren und es ist ein schändliches Werk, das uns zugesonnen wird. Denkt, dass wir mit Christen zu tun haben! Auch in meinen Adern fließt noch niederländisches Blut, und ich werde nicht dulden, dass man meine Landsleute gleich Hunden behandele. Sie führen den Krieg im offenen Felde, und darum müssen sie nach Kriegsrecht bekämpft werden."

„Ist es wohl möglich", nahm Herr von Artois das Wort, „dass Ihr den schlechten Bauern das Wort redet? Unser guter Fürst hat doch schon alle Mittel versucht, um sie zu zähmen, aber es war alles umsonst. Sollten wir also unsere Mannen ermorden und unsern König verhöhnen lassen und dazu noch das Leben dieser aufständischen Bauern schonen? Nein, das wird nicht geschehen. Ich weiß, welche Befehle mir gegeben wurden, und werde sie ausführen und ausführen lassen."

„Herr von Artois", fiel Rudolf von Nesle mit heftigem Eifer ein, „ich weiß nicht, was für Befehle Ihr empfangen habt, aber ich sage Euch, dass ich ihnen nicht folgen werde, wenn sie der ritterlichen Ehre widersprechen. Der König selber hat kein Recht, mich zu zwingen, mein Wappen zu beflecken. Und hört, ihr Herren, ob ich recht habe oder nicht: diesen Morgen bin ich ganz früh aus dem Lager gegangen und habe überall Zeichen der schrecklichsten Verwüstung gefunden.

Die Kirchen sind verbrannt und die Altäre beraubt. Haufen Leichen von jungen Kindern und Frauen liegen auf den Feldern und werden von den Raben zerrissen.

Ist das die Art ehrlicher Krieger? das frage ich euch!"

Als er diese Worte gesprochen hatte, stand er von der Tafel auf und hob einen Teil der Zeltdecke auf.

„Seht, ihr Herren", fuhr er fort, indem er auf das Feld wies, „lasst eure Augen nach allen Seiten gehen: ihr seht überall die Flammen der Vernichtung. Der Himmel ist von Rauch verdunkelt, dort steht eine ganze Gemeinde im Feuer. Was bedeutet ein solcher Krieg? Es ist ärger, als ob die grausamen Normannen wiedergekommen wären, um die Welt zu einer Mördergrube zu machen."

Robert von Artois wurde rot vor Zorn, er bewegte sich ungeduldig auf seinem Sessel und rief: „Das hat lange genug gedauert! Ich werde nicht dulden, dass man in meiner Gegenwart so spreche. Ich weiß, was ich zu tun habe. Flandern muss ausgefegt werden. Ich kann's nicht ändern. Diese Reden missfallen mir sehr, und ich ersuche den Herrn Konstabler, sich nicht weiter in dieser Weise auszulassen. Er halte seinen Degen rein, wir werden es auch tun. Wie sollten die Taten unserer Söldner uns zur Schande gereichen? Lasst uns deshalb das zornige Gespräch abbrechen, und dass ein jeder sich an seine Pflicht halte."

Er erhob seine goldene Trinkschale und rief: „Auf die Ehre Frankreichs und die Vertilgung der Empörer!"

Rudolf von Nesle wiederholte: „Auf die Ehre Frankreichs!", und betonte die Worte mit Nachdruck. Jedermann verstand, dass er nicht auf die Vertilgung der Vlaminge trinken wolle. Hugo Van Arckel legte seine Hand an den Becher, der vor ihm stand, doch hob er ihn nicht vom Tische und sagte nichts. Alle anderen wiederholten eifrig den Ruf des Feldherrn und tranken auf die Vernichtung der Vlaminge.

Seit einigen Augenblicken hatte das Angesicht van Arckels einen sonderbaren Ausdruck bekommen: Verachtung und Zorn waren darauf zu lesen. Er sah fest auf den Feldherrn wie einer, der sich zum Trotzen bereitmacht.

„Ich würde mich schämen, noch auf die Ehre Frankreichs zu trinken!", rief er.

Robert von Artois entflammte in Wut. Er schlug mit seinem Becher so heftig auf den Tisch, dass die Trinkgefäße der anderen Ritter umstürzten, und rief: „Herr van Arckel, Ihr werdet auf die Ehre Frankreichs trinken … ich will es!"

„Herr", antwortete Hugo mit einer gemachten Kälte, „ich trinke nicht auf die Verwüstung eines Christenlandes. Ich habe lange in allen Ländern gekämpft, aber noch nie habe ich Ritter angetroffen, die ihr Gewissen mit solchen Übeltaten beschwert hätten."

„Ihr werdet mir Bescheid tun, ich will es, sage ich Euch!"

„Und ich werde es nicht tun!", antwortete Hugo. „Hört Herr von Artois, Ihr habt mir schon gesagt, dass meine Mannen zu hohen Sold fordern und dass sie Euch zu teuer kommen. Wohlan, Ihr sollt sie nicht mehr zu bezahlen haben. Ich will nicht länger in Euerm Heere dienen. Damit ist unser Streit zu Ende."

Alle die Ritter, sogar der Feldherr, waren bestürzt über diese Worte, denn sie sahen den Abzug Hugos als einen schweren Verlust an. Der Zeelander stieß seinen Sessel zurück, warf seinen Handschuh auf die Tafel und rief: „Ihr Herren, ich sage euch, dass ihr alle lügt. Ich lache euch ins Angesicht. Da ist mein Handschuh! Wer will, mag ihn aufnehmen, ich fordere ihn in die Schranken."

Die meisten der Ritter griffen ungestüm nach dem Handschuh, auch Rudolf von Nesle, aber Robert von Artois hatte sich so hastig vorgeworfen, dass er ihn vor den anderen gefasst hielt.

„Ich nehme Eure Herausforderung an", sprach er.

„Kommt, wir gehen."

Der alte König Sigis von Melinde richtete sich auf und erhob zum Zeichen, da er sprechen wollte, seine Hand über die Tafel. Die große Ehrfurcht, welche die beiden Streitenden vor ihm empfanden, hielt sie zurück.

Der Greis sagte: „Ihr Herren, beliebt, euern Eifer etwas sinken zu lassen und auf meinen Rat zu hören. Ihr, Graf Robert von Artois, seid in diesem Augenblick nicht Herr über Euer Leben. Wenn Ihr fallen solltet, würde das Heer Eures Königs ohne Feldherrn bleiben und darum durch Unordnung und Zersplitterung geschwächt werden. Das dürft Ihr nicht wagen. Euch, Herr van Arckel, frage ich, ob Ihr an der Tapferkeit des Herrn von Artois zweifelt?"

„Keineswegs", antwortete van Arckel „ich halte den Herrn Robert für einen unverzagten und mutigen Ritter."

„Wohlan", fuhr der König von Melinde fort, „Ihr hört es, Feldherr, dass man Eurer Ehre nicht zu nahe tritt. Da bleibt also nichts übrig, als die Kränkung, die der Ehre Frankreichs geschehen ist, zu rächen. Ich rate euch beiden, den Zweikampf auszusetzen bis auf den Tag nach der Schlacht. Ich frage euch, ihr Herren alle, ist mein Rat nicht aus Vorsicht gegründet?"

„Ja, ja", antworteten die Ritter, „es sei denn, dass der Feldherr einem von uns die Gunst bewilligen wollte, den Handschuh aufzuheben."

„Schweigt!", rief Robert von Artois, „ich will nichts davon hören."

„Herr van Arckel, stimmt Ihr dem Aufschub zu?"

„Das geht mich nichts an. Ich habe meinen Handschuh geworfen, der Feldherr hat ihn aufgenommen. Er bestimme die Zeit, die ihm gefällt, ihn mir wiederzugeben."

„Es sei so", sprach Robert von Artois, „wenn die Schlacht nicht bis Sonnenuntergang dauert, werde ich Euch noch am selben Tage aufsuchen."

„Gebt Euch die Mühe nicht", antwortete Hugo, „ich werde eher bei Euch sein, als Ihr denken mögt."

Sie warfen einander noch etliche Drohungen zu, doch das währte nicht lange.

„Ihr Herren", unterbrach sie der König Sigis, „es schickt sich nicht, dass wir länger darüber sprechen. Lasst uns die Becher noch einmal vollschenken, und vergesst euern Missmut. Setzt Euch, Herr van Arckel."

„Nein, nein" rief Hugo, „ich, setze mich nicht mehr. Sogleich verlasse ich das Lager. Fahrt wohl, ihr Herren, auf dem Schlachtfeld werden wir uns wiedersehen. Gott habe euch in seiner Hut!"

Damit ging er aus dem Zelte und rief seine achthundert Mannen zusammen. Kurze Zeit darauf hörte man das Schmettern der Heerhörner und das Waffenrasseln einer abziehenden Schar: Hugo van Arckel verließ den Lagerplatz der Franzen und kam noch auf denselben Abend zu den Vlamingen, denen er seine Dienste anbot. Es lässt sich denken, mit welcher Freude sie ihn empfingen, denn er und seine Mannen waren als unüberwindlich berühmt, und sie verdienten diesen Ruf.

Die fränkischen Ritter hatten sich wieder zu Tisch gesetzt und tranken rüstig. Während sie noch über Hugos Verwegenheit sprachen, trat ein Waffenbote in das Zelt der sich ehrerbietig vor den Rittern beugte. Seine Kleider und Waffen waren mit Staub bedeckt, und von seiner Stirn tropfte der Schweiß. Dies alles ließ erkennen, dass er sich auf seiner Reise sehr geeilt und sich schier außer Atem gelaufen hatte. Die, Ritter schauten mit Neugier auf ihn, währender unter seinem Harnisch ein Pergament hervorzog. Als er es dem Feldherrn überreicht hatte, sprach er: „Herr, dieses Schreiben bezeugt, dass ich durch den Herrn van Lens aus Komin zu Euch geschickt worden bin, um Euch unsere Not zu klagen."

„Wohlan, sprecht!", rief Artois mit Ungeduld. „Kann der Herr van Lens die Burg nicht gegen einen Haufen Fußknechte halten?"

„Es sei mir erlaubt, Euch zu sagen, dass Ihr Euch täuscht, edler Herr", antwortete der Bote. „Die Vlaminge haben ein Heer, das man nicht gering achten kann. Es ist, als wären sie zusammen gezaubert. Sie sind mehr als dreißigtausend stark und haben Pferde und Kriegsgerät im Überfluss. Sie bauen unzählige Sturmwerkzeuge, um das Kastell zu berennen. Unsere Lebensmittel und unsere Pfeile sind erschöpft, und wir haben schon angefangen, etliche von unseren schlechtesten Pferden zu essen. Wenn Eure Hoheit noch einen Tag länger warten sollten, um den Herrn van Lens zu entsetzen, würden alle Franzmänner in Kortrijk wohl erschlagen sein, denn es gibt keinen Ausweg zur Flucht. Die Herren van Lens, von Mortenay und von Ravecourt bitten Euch in Demut, dass es Euch beliebe, sie aus der Gefahr zu erretten."

„Ihr Herren!", rief Robert von Artois, „das ist eine schöne Gelegenheit, wir könnten sie nicht besser wünschen.

Alle Vlaminge sind bei Kortrijk zusammengelaufen. Wir werden sie überfallen, und da sollen ihrer nicht viel entwischen. Die Füße unserer Pferde sollen über dieses schlechte Volk richten. Ihr bleibt im Lager, Bote, morgen werdet Ihr mit uns in Kortrijk sein. Jetzt noch einen letzten Trunk, ihr Herren! Geht und rüstet eure Scharen für den Zug. Wir werden bald aufbrechen."

Nach einigen Augenblicken verließen sie alle das Zelt, um den Befehl ihres Obersten auszuführen. Von allen Seiten des Lagerplatzes klangen die Posaunen, um die Söldner aus dem Felde zu rufen. Die Pferde wieherten, die Waffen schlugen klirrend aneinander, und ein heftiges Lärmen erhob sich über den verschiedenen Teilen des Lagers. Etliche Stunden später waren die Zelte zusammengelegt und auf Trosswagen gepackt. Alles war fertig. Wohl fehlten noch viele Söldner, die sich hier und dort beim Plündern aufhielten, aber das konnte in einem so mächtigen Heere nicht bemerkt werden. Nachdem jeder Anführer sich an die Spitze seiner Scharen gesetzt hatte, vereinigten sich die Ritter zu zwei Haufen, und das Heer zog in der folgenden Ordnung aus der Verschanzung. Die erste Schar, die das Lager mit fliegenden Standarten verließ, bestand aus dreitausend der besten Reisigen auf leichten Trabern. Sie führten ein langes Helmbeil in der Hand, und lange Degen hingen an ihren Sattelknöpfen. Ihre Rüstung war nicht so schwer wie die der anderen Reiter, darum ritten sie vorauf, weil sie zum ersten Scharmützel bestimmt waren. Unmittelbar folgten ihnen viertausend Handbogenschützen zu Fuß. Sie schritten rüstig in dichten Gliedern voran und schützten ihr Gesicht mit großen viereckigen Schilden vor der Sonne. Ihre Köcher waren mit Pfeilen gefüllt, und ein kurzer Degen ohne Scheide glänzte an ihrem Gürtel.

Dies waren Kriegsleute aus dem Süden Frankreichs, mehr als die Hälfte von ihnen Spanier und Lombarden.

Jean von Barlas, ein mutiger Krieger, ritt hin und her zwischen diesen beiden Scharen, deren Anführer er war.

Die zweite Schar stand unter dem Befehl Regnaulds von Trie und zählte dreitausendzweihundert schwere Reiter. Sie waren auf hohen, starken Schlachtrossen gesessen und trugen ein breites blankes Schwert auf der rechten Schulter. Harnische von rohem Eisen bedeckten ihren Körper, und überall waren aus einem Stück geschmiedete Platten um ihre Glieder geriemt. Das Gebiet von Orleans hatte die meisten dieser Mannen geliefert.

Der Herr Konstabler von Nesle führte die dritte Schar.

Zuerst ritt ein Haufe von siebenhundert edlen Rittern mit schimmernden Rüstungen auf dem Leibe und lieblichen Wimpeln an ihren langen Speeren. Wogende Federbüsche fielen von den Helmen über ihre Rücken, und ihre Wappen waren in bunten Farben auf ihre Harnische gemalt. Die Pferde, die sie ritten, waren vom Kopf bis zu den Füßen mit Eisen bedeckt, und bunte Troddeln und Quasten baumelten überall an ihren Seiten.

Über der Schar wehten mehr als zweihundert gestickte Standarten. Es war in Wahrheit der schönste Ritterzug, den man in dieser Zeit hätte sehen können. Ihm folgten noch zweitausend berittene Söldner mit langen Martellen oder Waffenhämmern auf den Schultern und einem Schlachtschwert an den Sätteln. Sie waren aus den Fähnlein zusammengestellt, die zum stehenden Heere Philipps des Schönen gehörten."

An der Spitze der vierten Schar ritt der Herr Louis von Clermont, ein erfahrener Kriegsmann, als Anführer.

Sie bestand aus dreitausendsechshundert Speerreitern aus dem Königreich Navara. An ihrer gleichmäßigen Ausrüstung konnte man wohl bemerken, dass sie auserlesene und wohlgeübte Mannen waren. Vor dem ersten Glied ritt der Fahnenträger mit dem großen Banner von Navara.

Robert, Graf von Artois, der Oberfeldherr des Heeres, hatte die Mittelschar unter seinen Befehl genommen.

Alle Ritter, die keine Reisige zugebracht oder die ihre Leute in andere Scharen eingestellt hatten, waren bei ihm, und die Könige von Mallorca und Melinde ritten zu seinen Seiten. Thibaut II., Herzog von Lothringen, konnte man unter allen an seiner Rüstung erkennen. Desgleichen bemerkte man die reichen Standarten der Herren Jean, Grafen von Tarcanville, Angelin von Vimeu, Renold von Longueval, Faral von Reims, Arnold van Wesemaal, des Marschalls von Brabant, Robert von Montfort und einer endlosen Zahl anderer, die sich zu einer Schar geordnet hatten. Diese Schar übertraf die dritte noch an Pracht. Die Helme der Ritter waren versilbert oder vergoldet und die Gelenke ihrer Harnische mit goldenen Knöpfen verziert. Die Sonne, die ihre Strahlen auf den blanken Stahl ihrer Rüstungen schoss, verwandelte den herrlichen Zug in flammende Glut. Die Schlachtschwerter an ihren Sätteln schwankten hin und her und schlugen mit hellem Klingen an die eisernen Platten ihrer Pferde. So entstand ein sonderbares Läuten, das wie eine ununterbrochene kriegerische Musik den Zug begleitete. Auf die edlen Ritter folgten fünftausend andere Reiter mit Helmen und Waffenhämmern.

Auch noch sechzehntausend Fußgänger gehörten zu dieser Schar. Sie waren in drei Haufen geteilt: tausend Kreuzbogenschützen bildeten den ersten, sie führten nur eine stählerne Brustplatte und einen flachen, viereckigen Helm als Schutzwaffen, kleine Köcher mit eisernen Bolzen hingen an ihren Gürteln und lange Degen an ihren Seiten. Der zweite Haufe zählte sechstausend Keulenträger, deren Waffen an dem dicken Ende mit schrecklichen Stahlspitzen beschlagen waren. Der dritte Haufe bestand aus Helmhauern mit langen Beilen. Alle diese Mannen kamen aus der Gascogne, dem Languedoc und der Auvergne.

Herr Jacob von Chatillon, der Landvogt, hatte den Befehl über die sechste Schar. Ihre zahlreichen Glieder zählten dreitausendzweihundert Söldner zu Pferde. Auf die Wimpel ihrer Speere hatten sie flammende Besen gemalt, zum Zeichen, dass sie Flandern fegen wollten.

Ihre Pferde waren die schwersten im ganzen Heer, und doch vermochten sie unter der Last des Eisens, das sie bedeckte, kaum auszuschreiten.

Dann folgte die siebente und achte Schar, die eine unter dem Befehl des Grafen Jean von Anmale, die andere unter dem Herrn Ferry von Lothringen und jede Schar hatte zweitausendsiebenhundert Reiter, alle aus Lothringen, der Normandie und der Picardie.

Mit seinen eigenen Vasallen, siebenhundert wohlgerüsteten Reitern, bildete Herr Godfried van Brabant die neunte Schar.

Der zehnte und letzte Teil des Heeres war dem Herrn Gui von St.-Pol anvertraut. Er hatte die Nachhut zu führen und den Heertross zu bewachen. Dreitausendvierhundert Reiter aller Art ritten voraus. Darauf folgte noch eine Schar Fußgänger mit Handbogen und Schlachtschwertern, ihre Zahl belief sich auf siebentausend. Ein Teil von ihnen zerstreute sich nach allen Richtungen und lief mit brennenden Fackeln umher, um alles, was flammen konnte, zu vernichten.

Zuletzt folgten die unzähligen Lastwagen, mit den Zelten und dem Kriegsgerät beladen.

Also zog das fränkische Heer, in zehn Scharen eingeteilt und über sechzigtausend Mann stark, langsam durch die Felder auf der Straße nach Kortrijk. Das Auge konnte die Ausdehnung des Ungeheuern Heereszuges nicht erfassen. Die ersten waren schon am Horizont verschwunden, bevor die letzten die Verschanzung verließen. Es dauerte länger als eine Stunde.

Tausende von wogenden Wimpeln trieben im Winde über dem riesigen Heere, und die Sonne spiegelte sich mit flackernder Glut in den Rüstungen der trotzigen Scharen.

Die Pferde wieherten heftig und stöhnten unter ihrer Last. Die Waffen klangen und knirschten gegeneinander und aus all den verschiedenen Klängen entstand ein Getöse wie von dem Brausen der See in einem Sturm, es war aber so eintönig, dass es die Einsamkeit der Felder nicht störte. Überall, wo diese vernichtenden Krieger durchzogen, erhoben sich Flammen und dunkele Rauchwolken gen Himmel. Kein einziger Wohnplatz entging der Verwüstung, kein Mensch noch Tier wurde verschont. Die Chroniken bezeugen es. Am andern Tage, als die Flammen alles verbrannt und niedergeworfen hatten, konnte man weder Menschen noch Menschenwerk mehr antreffen. Flandern war von Rijssel und Doway bis nach Kortrijk so schrecklich verwüstet, dass die Franzen sich wohl rühmen konnten, sie hätten es wie mit Besen gefegt.

Tief in der Nacht erreichte das Heer des Herrn von Artois die Umgegend von Kortrijk. Chatillon kannte das Land sehr gut, denn er hatte lange in der Stadt gewohnt. Darum wurde er von dem Feldherrn beantragt, den Lagerplatz, den sie wählen wollten, zu bestimmen.

Nach einer kurzen Beratung schwenkten sie mit den verschiedenen Scharen etwas nach rechts ab und schlugen ihre Zelte auf dem Pottelberg und den umliegenden Feldern aus. Herr von Artois mit den beiden Königen und noch einigen vornehmen Herren herbergte in dem Schloss Hoog-Moscher das nahe bei dem Pottelberg lag. Zahlreiche Wachen wurden ausgestellt, und die übrigen begaben sich ohne Bedenken zur Ruhe. Sie verließen sich viel zu sehr auf ihre Überzahl, um zu erwägen, dass man es wagen würde, sie zu überfallen. Also befanden sich die Franzen etwa eine Viertelstunde weit von dem Lagerplatz der Zünfte und die Vorposten konnten einander im Dunkeln einherschreiten sehen.

Die Vlaminge wussten, dass der Feind gekommen war, hatten ihre Wachen verdoppelt und befohlen, dass man nur gewaffnet zur Ruhe gehen sollte.

Dreiundzwanzigstes Hauptstück

Die vlämischen Ritter, die in Kortrijk geherbergt waren, lagen alle zu Bett, als die Nachricht von der Ankunft der Franzen als schreckliche Zeitung durch die Stadt lief und sie weckte. Gwide ließ sogleich die Trompeten anheben und die Trommeln rundgehen.

Eine Stunde später waren alle Mannen, die in der Stadt lagen, unter den Wällen versammelt. Auch die Ritter waren in voller Rüstung herbeigelaufen, denn sie glaubten, die Franzen würden die Stadt unvermittelt angreifen.

Weil zu befürchten stand, der Kastellan van Lens werde die Stadt während des Kampfes überfallen, ließ man die Yperlinge aus dem Lager kommen, um die fränkische Besatzung zu bewachen und einen Ausfall zu hindern. An der Steenpoort wurde eine starke Wache aufgestellt, um die Frauen und Kinder in der Stadt zu halten. Denn die Angst unter ihnen war so groß, dass sie noch in derselben Nacht ins Feld flüchten wollten.

Der sichere Tod drohte ihnen: von der einen Seite konnte der Kastellan van Lens alle Augenblicke mit seinen grausamen Söldnern aus dem Schloss brechen, von der andern Seite war die Voraussicht noch grausiger, denn sie hatten nicht genug Vertrauen in die geringe Zahl ihrer bewaffneten Brüder, um zu hoffen, dass sie den Sieg erringen würden. Und wahrlich, wenn Heldenmut und Unverzagtheit die Vlaminge nicht abgehalten hätte, die Gefahr zu merken, würden sie auch wohl an ihr letztes Gebet gedacht haben, denn da das fränkische Heer allein an Fußvolk stärker war als das ihre, blieben obendrein noch zweiunddreißigtausend Reiter zu bekämpfen.

Die vlämischen Obersten berechneten die Möglichkeiten des Angriffes mit kühlem Blute. Wie groß ihre Tapferkeit und Kampflust auch waren, so konnten sie sich die Gefahr doch nicht verbergen. Der Heldenmut hindert den Menschen nicht, alle Gefahren eines Treffens vorauszusehen. Er lässt die angeborene Todesfurcht nicht vergehen, aber er verleiht dem Manne Kraft genug, die entkräftigenden Anwandlungen zu überwinden und ihnen zu trotzen. Nur auf diese Weise vermag die Seele den Körper zu s einer Vernichtung anzutreiben. Für sich selber fürchteten die vlämischen Herren nichts, aber der Gedanke an Vaterland und Freiheit, die man gegen eine so ungleiche Macht aufs Spiel zu setzen im Begriffe war, flößte ihnen ängstliche Bedenken ein. Trotz der geringen Hoffnung, die sie hegen durften, beschlossen sie, den Kampf anzunehmen und lieber als Helden auf dem Schlachtfeld zu sterben, als eine schmachvolle Unterwerfung anzubieten. Die junge Machteld mit der Schwester Adolfs und mehr anderen Edelfrauen wurden in die Abtei von Groeningen gesandt, um dort einen sichern Schutzplatz zu haben, wenn die Franzen Kortrijk überwänden Nachdem dies alles geschehen war, trafen die Ritter noch einige andere Maßregeln und begaben sich in das Lager.

Der Feldherr Robert von Artois war wohl ein erfahrener und tapferer Kriegsmann, aber er war gar zu verwegen. Er hielt es diesmal nicht für nötig, mit Vorsicht zu Werke zu gehen, und glaubte, das vlämische Heer mit dem ersten Anfall über den Haufen zu werfen.

Diese stolze Meinung war auch in den Herzen seiner Mannen, ja, das ging so weit, dass das fränkische Heer, während das Heer Gwides sich in der Finsternis zur Schlacht rüstete, so geruhsam schlief, als ob es irgendwo in einer

Freundesstadt geherbergt gewesen wäre. Im Vertrauen auf ihre zahlreiche Reiterei waren sie überzeugt, dass einem solchen Heere nichts widerstehen könne.

Wenn sie nicht so unbesonnen und mit solcher Verwegenheit zu Werk gegangen wären, würden sie das Feld, auf dem sie streiten mussten, erst besehen und die Vorteile und Nachteile seiner Lage berechnet haben. Dann würden sie gefunden haben, dass der Boden zwischen den beiden Lagern ihre Reiterei nutzlos machte. Doch wozu hätte diese überflüssige Sorge dienen können? Wog das vlämische Heer die Mühe auf, Vorsicht anzuwenden? Robert von Artois dachte nicht daran.

Das Heer der Vlaminge hatte sich auf den Groeninger Konter aufgestellt. In seinem Rücken, gegen Norden, floss die Leie, ein breiter Fluss, die jeden Angriff von dieser Seite unmöglich machte. Vor der Schlachtordnung floss die Groeningerbeek, welche durch ihre breiten und flachen sumpfigen Ufer der fränkischen Reiterei ein unüberwindliches Hindernis bot. Der rechte Flügel lehnte sich an jenen Teil der Wälle. von Kortrijk, bei denen Sint-Martenskerk liegt, der linke Flügel wurde von einer Biegung der Groeningerbeek umfasst, so dass die Vlaminge wie auf einer Insel standen und nur schwer angegriffen werden konnten. Der Raum zwischen ihnen und dem fränkischen Heere bestand aus niedrig gelegenen Weideflächen, die die Mosscherbeek gurgelnd durchströmte und aufgeweicht hatte. Also musste die fränkische Reiterei mindestens über zwei Bäche setzen, ehe sie etwas ausrichten konnte und es war nicht leicht, diese Hindernisse zu überwinden, da die Hufe der Pferde auf dem moorigen Boden keinen Halt finden konnten und bis zu den Knien einsinken mussten.

Der fränkische Feldherr traf seine Anordnung, als ob er auf festem und hartem Boden kämpfen sollte, und entwarf den Angriff auf eine Weise, die mit der Kriegskunst nicht übereinstimmte so wahr ist es, dass allzu großes Vertrauen den Menschen unvorsichtig macht.

Vor Taganbruch und ehe die Sonne-ihre glühende Scheibe über dem Horizont zeigte, standen die Vlaminge schon in Schlachtordnung hinter der Groeningerbeek.

Herr Gwide führte den Befehl über den linken Flügel und hatte die kleinen Zünfte von Brügge unter sich.

Eustachius Sporkijn mit den Leuten von Beurne stand in der Mitte dieses Treffens. Das zweite Treffen führte Herr Jan Borluut, und es zählte fünftausend Gentenaar. Die dritte Schar stand unter dem Herrn Wilhelm von Jülich und war aus den Webern und Freisassen von Brügge gebildet. Der rechte Flügel, der bis an die Wälle von Kortrijk reichte, bestand aus den Beinhauern mit ihrem Dekan Breidel und den zeeländischen Knechten. Herr Jan van Renesse führte ihn an.

Die anderen vlämischen Ritter hatten keinen festen Platz. Sie gingen, wohin es ihnen gutdünkte und wo ihre Hilfe nötig schien. Die elfhundert Namenschen Reiter waren hinter der Schlachtordnung aufgestellt, denn man wollte sie nicht gebrauchen, damit keine Unordnung unter das Fußvolk käme.

Endlich begann auch das fränkische Heer sich aufzustellen. Tausend Trompeten erhoben zugleich ihre durchdringenden Töne, die Pferde wieherten, und die Waffen klirrten so grauslich aneinander, dass die Vlaminge angesichts dieser Todesgefahr erschauerten. Welche Wolke von unzähligen Feinden würde sich auf sie stürzen! Für die mutigen Mannen bedeutete dies nichts. Sie gingen dem Tode entgegen, das wussten sie, aber was würde aus ihren ·verlassenen Frauen und Kindern werden? Fürwahr, in diesem feierlichen Augenblick dachten sie nur an das auf Erden, was sie am meisten liebten. Den Vater folterte es mit innigem Schmerz, dass er vielleicht seine Söhne den Fremden als Sklaven hinterlassen müsse. Und der Sohn seufzte wehmütig bei der Erinnerung an seinen greisen, kranken Vater, der nun allein der Tyrannei preisgegeben blieb. Zwei Gefühle wohnten in ihnen: die Unverzagtheit und die Angst. Wenn diese beiden Herzensgrundzüge miteinander verschmelzen, werden sie zur Raserei. So geschah es auch den Vlamingen. Ihre Augen wurden starr und unbeweglich, ihre Zähne pressten sich heftig aufeinander, ein brennender Durst stieg ihnen auf und trocknete ihren Mund, und der Atem, der aus ihren keuchenden Lungen kam, war kurz und schwer.

Eine grauenerweckende Stille lag über dem Heer, keiner sprach mit dem andern über seine Empfindung, denn alle waren sie in düsteres Nachdenken versunken. Sie standen schon seit einiger Zeit in ihrer langen Schlachtordnung, als die über den Horizont gestiegene Sonne das Heer der Franzen beleuchtete.

Der Reiter waren so viele, dass ein Kornfeld weniger Ähren trägt, als Speere aus den feindlichen Scharen aufragten. Die Pferde der vordersten Glieder stampften ungeduldig mit den Füßen und bespritzten ihre eisernen Decken mit weißen Schaumflocken. Die Heerhörner sandten ihre schmetternden Klänge wie Festjubel durch die seufzenden Bäume des Neerlanderbosch und kosend spielte der Wind in den flatternden Falten der Wimpel und Banner. Die Stimme des Feldherrn vermochte den kriegerischen Lärm für Augenblicke zu beherrschen, während zeitweise der Waffenruf: „Noël! Noël! Frankreich! Frankreich!", aus einer Schar aufstieg und jeden andern Schall erstickte. Die fränkischen Ritter waren ungeduldig und voll Mutes, sie stachelten ihre Schlachtrosse mit der Spitze der Sporen, um ihnen mehr Eifer einzuflößen. Und dann streichelten sie sie wieder und redeten ihnen zu, damit sie die Stimme ihres Herrn in der Schlacht besser erkennen sollten.

Wer wird die Ehre haben, den ersten Stoß zu tun? war der allgemeine Gedanke. Diese Ehre galt den Rittern als sehr groß, und wem sie bei einem großen Unternehmen zufiel, rühmte sich ihrer sein ganzes Leben als eines Beweises unbestreitbarer Tapferkeit, darum hielten alle ihre Pferde bereit und die Speere gefällt, um auf das geringste Zeichen des Feldherrn vorwärts zu sprengen.

In den Weiden, die das Lager umgaben, bewegten sich die fränkischen Fußknechte in windenden Scharen und schoben sich gleich einer schrecklichen Schlange in der größten Stille in Windungen durch das Feld.

Als Gwide sah, dass der Angriff begann, sandte er tausend Schleuderer unter dem Befehl Salomons, Herrn van Sevecote, gegen den Bach, um die fränkische Vorhut zu beunruhigen. Dann ließ er seine verschiedenen Treffen eine Schwenkung machen, welche sie in einem Viereck die Mitte des Schlachtfeldes bilden ließ. Dort war ein Altar aus Rasen errichtet. Die große Standarte Sankt Georgs, des Beschirmers der Krieger, entrollte den Drachentöter über dem Haupte eines Priesters, der in vollem Feiergewand auf den Stufen des Altars kniete und Gebete für den guten Ausgang des Kampfes sprach.

Nachdem er seine Anrufung geendet hatte, stieg er auf die oberste Altarstufe, kehrte sich dem Volke zu und streckte seine Hände über das Heer aus.

Plötzlich und mit der gleichen Bewegung sanken alle Scharen zu Boden und empfingen unter Todesstille den letzten Segen. Alle wurden von dieser Feier ergriffen, ein unbekanntes Gefühl ließ ihre Herzen in edler Selbstverleugnung entbrennen, und es schien ihnen, als ob die Stimme Gottes sie zum Martertod riefe. Von einem heiligen Feuer erfüllt, vergaßen sie alles, was ihnen auf Erden teuer war, und wurden im Geiste zu den Helden, ihren Vätern, entrückt. Dann wurde ihr Busen weiter, das Blut brauste ungestümer durch ihre Adern, und sie ächzten nach dem Kampf wie nach der Erlösung.

Als der Priester seine Hände zurückzog, standen sie stillschweigend auf. Der junge Gwide sprang von seinem Pferde, trat mitten unter sie und rief: „Männer von Flandern! Erinnert euch der ruhmreichen Taten eurer Väter. Sie zählten ihre Feinde nicht. Ihr unerschrockenes Blut erkämpfte die Freiheit, welche die fremden Zwingherrn uns rauben wollen. Auch ihr sollt heute euer Blut für dieses heilige Pfand vergießen. Und wenn wir sterben müssen, so sei es als ein freies und mannhaftes Volk, als nie bezwungene Löwensöhne. Denkt an Gott, dessen Tempel sie verbrannt haben, an eure Kinder, die sie morden wollen, an eure geängstigten Frauen, an alles, was ihr liebt. Und dann sollen unsere Feinde, wenn wir unterliegen sollten, sich des Sieges nicht rühmen, denn dann werden mehr Walen als Vlaminge auf unserm Boden gefallen sein. Gebt Acht auf die Reiter, steckt eure Goedendags den Pferden zwischen die Beine und verlasst eure Scharen nicht. Wer einen erschlagenen Feind plündert oder wer aus dem Streit laufen will, dem sollt ihr selber den Todesschlag geben. Das befehle ich euch. Wenn ein Feigling unter euch ist, dann sterbe er von euren Händen. Sein Blut komme auf mich allein!"

Er bückte sich und nahm mit Begeisterung ein wenig Erde vom Grunde, legte sie in den Mund, erhob seine Stimme und rief: „Bei dieser teuren Erde, die ich in mir tragen will: heute werde ich sterben oder siegen!"

All die Scharen bückten sich sogleich und aßen gleicherweise ein wenig Erde von dem vaterländischen Boden.

Die Erde, die in ihren Busen sank, erfüllte sie mit einem Gefühl stiller Raserei und dumpfer Rachelust. Der Blick ihrer starren Augen schien vergiftet, man sah ihre Gesichter abwechselnd rot und bleich werden, während ein totenähnlicher Ausdruck darin blieb. Ein dumpfes Murren gleich dem Brausen eines Orkans, der aus dem Schoß der Hölle losbricht, entstand aus der Ergriffenheit des Heeres. Alle Schreie und alle Eide vereinigten sich zu einem Getöse, aus dem man nichts verstand als die Worte: „Wir wollen und werden kämpfen!"

In aller Hast wurde die Schlachtordnung wieder aufgenommen und wie vordem gegen die Groeningerbeek gerichtet.

Unterdessen hatte Robert von Artois mit einigen fränkischen Feldherren dem vlämischen Heere bis auf einen kleinen Abstand sich genähert, um es zu erkunden. Zugleich wurden seine Bogenschützen gegen die Schlingenwerfer Gwides vorgeschickt, und schon sah man, wie die Vorhuten der beiden Heere sich etliche seltene Pfeile oder Steine zusandte, während Robert seine Reiter vordringen ließ. Als er gesehen hatte, dass Gwide sein Heer in einer einzigen Reihe aufgestellt hatte, teilte er das seine in drei Treffen. Das erste, unter Rudolf von Nesle, war zehntausend Mann stark, das zweite hielt er unter seinem eigenen Befehl und bildete es aus den besten Scharen in der Zahl von fünfzehntausend auserlesenen Reitern. Das dritte, das die Nachhut halten musste und zum Schutze des Lagers bestimmt war, ließ er unter der Führung Guis von St.-Pol. In dem Augenblicke, als er bereit war, um das vlämische Heer mit erdrückender Übermacht anzufallen, kam Herr Jean von Barlas, der Anführer der fremden Scharen, zu ihm und redete ihn also an: „Um Gottes willen, Herr von Artois, lasst mich mit meinen Mannen in den Kampf! Setzt die Blüte der fränkischen Ritterschaft nicht der Gefahr aus, von den Banden dieser zusammengerafften Vlaminge zu sterben. Es sind rasende Leute, die durch Verzweiflung von Sinnen gekommen sind. Ich kenne ihre Gewohnheit: sie haben ihre Vorräte in der Stadt gelassen. Bleibt Ihr hier in Schlachtordnung stehen, so will ich sie mit meiner leichten

Reiterei von Kortrijk abschneiden und mit kleinen Angriffen beunruhigen. Die Vlaminge essen viel und den ganzen Tag, sie bedürfen vieler Lebensmittel. Wenn wir ihnen diese abschneiden, werden sie bald vor Hunger abziehen müssen, und dann könnt Ihr sie an einer günstigeren Stelle überfallen. Alsdann könnt Ihr das Gesindel gänzlich vernichten, ohne viel edles Blut zu vergießen."

Der Konstabler Nesle und mehrere andere Herren stimmten diesem Rate zu, aber Robert, in seinem Grimm verblendet, wollte durchaus nichts davon hören und fuhr Jean von Barlas an, dass er schweigen solle.

Alle diese Vorbereitungen hatten viel Zeit in Anspruch genommen, und es war schon sieben Uhr morgens, als die fränkischen Reiter sich zwei Schleuderwürfe weit vom Feind befanden. Zwischen den Schützen der Franzen und den Steinwerfern der Vlaminge lag die Mosscherbeek, so dass sie einander nicht auf den Leib konnten und auf beiden Seiten nur wenige sielen. Da gab der Seneschall Robert von Artois Rudolf von Nesle, dem Anführer des ersten Treffens, den Befehl zum Angriff. Die erste Reiterschar sprengte mit ungestümem Eifer vorwärts und kam bis an die Mosscherbeek, aber hier sanken sie bis an den Sattel in den Schlamm. Einer rannte den andern über den Haufen, die vordersten stürzten von den Pferden und wurden von den Vlamingen totgeworfen oder erstickten im Morast. Die sich freimachen konnten, kehrten in aller Hast zurück und wagten es nicht mehr, sich so rücksichtslos aufs Spiel zu setzen.

Währenddessen stand das vlämische Heer bewegungslos hinter dem zweiten Bach und sah dem Fall der Feinde mit dem größten Schweigen zu.

Als der Konstabler Rudolf merkte, dass er mit seinen Reitern unmöglich hinübergelangen konnte, kam er zu dem Herrn von Artois und rief: „Fürwahr, ich sage Euch, Graf, dass wir unsere Leute in große Gefahr bringen, wenn wir sie also in den Bach jagen. Kein einziges Pferd will oder kann hinüber. Lasst uns lieber die Feinde aus ihrem Lagerplatz locken. Glaubt mir, so setzt Ihr alles aufs Spiel."

Aber der Feldherr war zu sehr durch Zorn und Wut beherrscht, um auf den weisen Rat zu achten. Voller Grimm schrie er: „Konstabler, das ist ein Lombardenrat! Fürchtet Ihr Euch vor diesem Haufen Wölfe, oder tragt Ihr Haar von ihnen?"

Dadurch wollte er ausdrücken, dass der Konstabler die Vlaminge liebe und sie zum Schaden Frankreichs vielleicht begünstigen wolle. Rudolf fühlte sich durch diesen Verweis verletzt und geriet in heftigen Zorn. Er ritt dichter an den Feldherrn und antwortete mit heftigem Nachdruck: „Ihr zweifelt an meinem Mut? Ihr wollt mich beleidigen? Aber ich frage Euch, wage Ihr es, mir stehenden Fußes in den Feind zu folgen? Ich werde Euch so weit führen, dass Ihr nimmer zurückkommen sollt..."

Einige Ritter warfen sich zwischen die beiden streitenden Feldherren und bewirkten durch ihre Worte so viel, dass sie sich beruhigten. Zugleich stellten sie dem Seneschall vor, dass der Übergang über den Bach unmöglich sei, aber dieser wollte nichts davon hören und gebot Rudolf, dass er aufs Neue vorgehe. Außer sich vor Zorn, sprengte der Konstabler mit seinen Scharen ungestüm gegen die Vlamen, aber an dem Bache stürzten alle Reiter der vorderen Glieder mit ihren Pferden. Der eine erdrückte den andern, und mehr als fünfhundert erstickten in dem Durcheinander, während die Vlaminge eine solche Menge Steine auf sie warfen, dass ihnen Helme und Harnische auf dem Leibe zerschmettert wurden. Als der Herr von Artois dies sah, war er gezwungen, die Scharen Rudolfs zurückzurufen.

Nur mit der größten Mühe konnte dieses Treffen wieder zu geordneten Scharen geformt werden, denn eine schreckliche Verwirrung war unter ihnen entstanden.

Inzwischen hatte Herr Jean von Barlas eine Stelle gefunden, wo man bequemer durch den ersten Bach waten konnte, und war mit zweitausend Kreuzbogenschützen hinübergegangen. Als er auf die Fläche gekommen war, wo die vlämischen Schleuderer standen, ordnete er seine Leute in eine dichtgeschlossene Schar und ließ so viele eiserne Bolzen auf die vlämischen Schleuderer werfen, dass die Luft dadurch verfinstert wurde. Ein großer Teil der Vlaminge fiel tot oder verwundet, und so gewannen die fränkischen Schützen viel Raum.

Herr Salomon van Sevecote hatte selber die Schleuder eines gefallenen Zunftmannes genommen und ermutigte seine Mannen durch sein Beispiel, aber ein eiserner Pfeil durchbohrte das Stirnstück s seines Helmes und warf ihn tot zur Erde. Als die Vlaminge ihren Anführer und so viele Kameraden gefallen sahen und auch keine Kiesel mehr hatten, wichen sie ohne Unordnung auf ihr Heer zurück. Nur ein einziger Schleuderer aus Beurne blieb allein mitten auf der Wiese stehen, als ob er den Bolzen der Franzen trotzen wolle. Regungslos stand er da, obgleich die Pfeile pfeifend über sein Haupt und rundum flogen. Mit einer langsamen Bewegung legte er einen schweren Kiesel in seine Schleuder und zielte mit fester Ruhe auf den Mann, den er treffen wollte. Nachdem er die Schlinge einige Male mit Kraft rundgeschwungen hatte, ließ er das eine Ende los, und der Kiesel flog heulend durch die Luft. Ein Schmerzensschrei entfuhr der Brust des fränkischen Anführers, und er stürzte leblos zu Boden, Helm und Hirn waren ihm zerschmettert. Herr Jean von Barlas lag darnieder in seinem Blute und so fielen die Anführer der beiden kämpfenden Scharen bei dem gleichen Angriff.

Auf diesen Angriff wurden die Franzen so wütend, dass sie ihre Kreuzbögen wegwarfen. Sie nahmen den Degen in die Faust, liefen den vlämischen Schleuderern mit Ungestüm zu Leibe und verfolgten sie bis an den zweiten Bach, der vor dem vlämischen Heere floss.

Herr Valepaiële, der bei Robert von Artois stand und den Fortschritt der Schützen sah, rief: „Seneschall, die schlechten Fußknechte werden so viel tun, dass sie allein die Ehre des Gefechtes haben werden! Wenn sie die Feinde auseinandertreiben, was können wir Ritter dann hier tun? Das ist eine Schande. Wir stehen hier, als ob wir nicht zu streiten wagten."

„Montjoie St. Denis!", schrie Robert. „Vorwärts, Konstabler, greift an!"

Auf diesen Befehl ließen alle Ritter des ersten Treffens die Zügel fahren und trieben ihre Pferde wie in Verzweiflung vorwärts. Jeder wollte der erste sein, um den Ehrenstoß zu tun. In ihrer Torheit ritten sie ihre Bogenschützen nieder und durchbohrten ihre eigenen Truppen. Hunderte von Fußknechten rangen mit dem Tode unter den Füßen der Pferde, die sie zertraten. Die übrigen flüchteten nach allen Seiten des Schlachtfeldes. So vernichteten die Ritter den errungenen Vorteil und ließen den vlämischen Schleuderern Zeit, sich wieder zu geschlossenen Scharen zu vereinigen. Aus dem Stöhnen der gefallenen Ritter entstand ein grässliches Todesgeschrei, das man von ferne wohl für das Jauchzen eines siegreichen Heeres hätte halten können. Die unglücklichen Ritter, über deren Leiber eine ganze Wolke Reiter vorstürmte, schrien, dass man sie doch nicht zertreten möge, aber da gab es kein Halten mehr. Schon war die Stimme derer, die zuerst gefallen waren, in einem letzten Todesschrei erstorben, aber die, welche sie niedergeritten hatten, wurden nun von den Nachdrängenden überrannt, so dass das Geheul anhielt. Die hinteren Scharen, die glauben mochten, dass der Kampf begonnen habe, trieben ihre Pferde mit dem Sporn gegen den Bach, an dessen Ufern dies geschah. Und noch viele von ihnen vermehrten die Zahl der Opfer der Unbesonnenheit des Feldherrn. So sielen in diesem Durcheinander ungemein viele Ritter und Fußknechte.

Die Vlaminge hatten sich noch nicht gerührt, regungslos und schweigend standen sie in ihrer langen Reihe und sahen diesem Schauspiel verwundert zu. Ihre Obersten gingen mit mehr Verstand und Vorsicht zu Werk. Jeder andere Krieger hätte diesen günstigen Augenblick zum Angriff benutzt und wäre vielleicht über den Bach und den Franzen auf den Leib gegangen, aber Gwide und Jan Borluut, auf dessen Rat der junge Feldherr hörte sahen, dass ihr Standort günstig war, und wollten diesen Vorteil nicht preisgeben. Im Heere herrschte die größte Stille, damit die Befehle von jedem verstanden würden.

Zuletzt waren die beiden Bäche mit Leichen von Menschen und Pferden gefüllt, und es glückte Rudolf von Nesle, mit ungefähr tausend Reitern hinüberzugelangen.

Er ordnete sie zu einem dichten Hausen und rief: „Frankreich! Frankreich! Vorwärts! Vorwärts!"

Mit Wut und Unverzagtheit stieß er auf die Mitte des vlämischen Heeres. Die Vlaminge hatten ihre Goedendags mit dem untern Ende gegen den Boden gestemmt und empfingen die fränkischen Reiter mit der Spitze dieser fürchterlichen Waffe. Bei dem Anprall stürzte eine Menge der Feinde aus dem Sattel und wurde niedergemacht. Aber Godfried van Brabant, der mit neunhundert schweren Reitern über den Bach gekommen war, stürzte sich mit solcher Gewalt auf die Schar Wilhelms von Jülich, dass er ihn mit seinen drei ersten Gliedern überrannte und eine Lücke in die vlämische Schlachtordnung brach. Hier begann ein erbitterter Kampf. Die fränkischen Reiter hatten ihre Speere niedergeworfen und hieben mit ihren schrecklichen Schlachtschwertern auf die Vlaminge ein. Diese wehrten sich tapfer mit Keulen und Helmbeilen und erschlugen auch eine Menge Reiter, doch Godfried van Brabant behielt den Vorteil. Seine Mannen hatten schon einen großen Haufen Leichen um sich niedergestreckt, und in der vlämischen Schlachtordnung klaffte eine weite Lücke. Durch diese drangen die Franzen, die über den Bach gelangt waren, in den Rücken der Vlaminge. Die Lage war für sie sehr verderblich, da der Feind sie von hinten anfiel, und von beiden Seiten bedrängt, hatten sie keinen Raum, wo sie ihre Goedendags gebrauchen konnten. So waren sie gezwungen, sich mit Keulen und Helmbeilen zu verteidigen. Was den fränkischen Reitern sehr zustatten kam, war der Umstand, dass sie hoch gesessen waren und von oben bequemlich auf die Vlaminge einhauen und mit jedem Schlag ein Haupt spalten oder ein Glied abhauen konnten.

Wilhelm von Jülich kämpfte wie ein Löwe. Mit seinem Fahnenträger und Filips van Hofstade hielt er wohl mehr als dreißig Feinden stand, die ihm sein Banner entreißen wollten, aber alle Arme, die sich darnach ausstreckten, waren unter seinem Schwerte gefallen.

Arthur von Mertelet, ein normannischer Ritter, sprengte in diesem Augenblick mit einer großen Zahl von Reitern über den Bach und siel Wilhelm von Jülich in vollem Trabe an. Die Ankunft dieser Schar musste die Lage der Vlaminge an dieser Stelle noch verschlimmern, denn nun wurde die Zahl der Feinde noch größer und der Angriff unwiderstehlich. Der Normanne, dem die Fahne Wilhelms von Jülich in die Augen siel, spornte sein Pferd wie einen Pfeil gegen ihn und legte den Speer ein, um den Fahnenträger zu durchbohren, aber Filips van Hofstade, der dies bemerkte, sprengte über mehrere fränkische Fußknechte und Mertelet entgegen. Der Zusammenstoß der beiden Reiter war so gewaltig, dass ihre beiden Speere durch die Brust eines Feindes drangen. In das Herz eines jeden Ritters hatte das mörderische Eisen eine Wunde gestoßen.

Die Kämpfer und ihre Pferde standen regungslos, als ob eine übernatürliche

Gewalt ihre Wildheit plötzlich gezähmt hätte. Man hätte glauben können, dass sie einander mit Aufmerksamkeit ansähen, und dennoch drückten sie noch mit der vollen Wucht ihrer ganzen Körper gegen den Speer, als ob ein jeder mit größerer Bosheit und neidischer Freude seinen Feind quälen wolle. Aber das währte nicht lange. Das Pferd Mertelets machte bald eine Bewegung, und zwei Leichen stürzten aus dem Sattel zu Boden.

Herr van Renesse, der auf dem rechten Flügel kämpfte und die Gefahr Wilhelms von Jülich bemerkte, verließ seinen Platz, lief hinter der Schlachtordnung her und fiel mit Breidel und seinen Beinhauern die Franzen von der Seite an. Den Mannen gleich den Schlächtern von Brügge konnte nichts widerstehen. Sie warfen sich mit bloßer Brust zwischen die Waffen und empfingen den tödlichen Stich oder Schlag, der sie traf, ohne auch nur den Kopf zurückzuziehen. Sie wagten es wirklich, dem Tod in die Augen zu sehen, und sobald sie angriffen, warfen sie alles unter ihre Füße. Ihre Beile hackten die Beine der Pferde ab und stürzten die Ritter ans dem Sattel. Das gleiche Beil klob durch das Haupt des Ritters. Einen Augenblick, nachdem sie zu Hilfe gekommen waren, war der Platz derart geräumt, dass nur noch etwa zwanzig Franzmänner hinter der Schlachtordnung übrigblieben. Unter diesen befand sich Godfried van Brabant, der für die Feinde seiner Sprach- und Stammgenossen stritt. Herr van Renesse, der ihn bemerkte, rief ihm zu: „Godfried! Godfried! Gebt Acht, Ihr müsst sterben!"

„Das habt Ihr von Euch selber gesagt!", antwortete Godfried und gab dem Herrn Jan einen gewaltigen Schlag an das Haupt, aber dieser schwang sein Schwert mit einer gewaltigen Wendung von unten nach oben und traf Godfried derart gegen das Kinn, dass er ans dem Sattel stürzte. Sogleich stürzten sich zwanzig Beinhauer auf ihn, und er empfing zwanzig Wunden, von denen die geringste tödlich war. Inzwischen war Jan Breidel mit etlichen seiner Mannen tiefer in den Feind gedrungen und hatte so lange gefochten, bis er die Standarte von Brabant gewonnen hatte. Und als er kämpfend mit ihr in die Schlachtordnung zurückgekommen war, riss er das Tuch in Stücke, warf den Schaft weg und rief: „Schande! Schande über die Verräter!"

Die Brabanter, die diesen Hohn rächen wollten, sielen den Feind mit größerer Wut an und machten unerhörte Anstrengungen, um das Banner Wilhelms von Jülich zu zerreißen und dadurch den erlittenen Schimpf zu rächen. Aber der Fahnenträger Jan Ferrand focht mit einer tollen Raserei gegen alles, was sich ihm näherte.

Viermal wurde er zu Boden geworfen, und viermal stand er mit der Standarte wieder auf, obwohl er mit Wunden ganz bedeckt war.

Wilhelm von Jülich hatte schon eine große Zahl Franzen zu seinen Füßen ausgestreckt. Jeder Schlag seines Riesenschwertes gab einem Feind den Tod. Von all den gewaltigen Anstrengungen ermattet und am ganzen Leib von Schlägen verbeult, sprang ihm das Blut aus Mund und Nase. Er erbleichte und fühlte, dass die Kraft ihn verließ. Von bitterem Grimm erfüllt, wich er hinter die Schlachtordnung zurück, um sich zu erholen.

Jan de Vlamynd, sein Schildknappe, löste die Riemen seines Harnisches und entlastete ihn von seinen Waffen, damit er freier atmen könne.

In der Abwesenheit Wilhelms hatten die Franzen wieder etwas Raum gewonnen, und die Vlaminge schienen weichen zu wollen. Als Wilhelm das sah, drückte er seine Trauer durch verzweifelte Klagen aus. Jan Vlamynd ersann schnell eine sonderbare List, die von der berühmten Tapferkeit seines Herrn zeugt. Er legte alle Waffen des Herrn Wilhelm an, warf sich mitten unter die Feinde und rief: „Zurück, Franzmänner! Hier ist Wilhelm von Jülich wieder!"

Zugleich hieb er wacker auf die bestürzten Feinde ein und warf ihrer eine große Zahl zu Boden. Die übrigen wichen zurück und gaben so den Gliedern Zeit, sich wieder zu schließen.

Rudolf von Nesle war mit der größten Zahl seiner Reiter auf die fünftausend Gentenaar des Herrn Borluut gefallen. Vergebens hatte der mutige Franzmann versucht, die Schar zu durchbrechen. Schon dreimal hatten die Gentenaar ihn mit Verlust vielen Volkes abgewiesen, ohne ihre Glieder zu lösen. Jan Borluut erwägte, dass es sehr schädlich sein würde, wenn er seine Stellung verließe, um die Mannen Rudolfs anzugreifen, und verfiel auf ein anderes Mittel. Von seinen hintersten Gliedern vereinigte er schnell drei zu zwei neuen Scharen, die er hinter der Schlachtordnung so aufstellte, dass sich ihr einer Flügel an den Rücken des Heeres anlehnte und der andere ins freie Feld hinauslief. Dann gebot er dem Mitteltreffen, das sich zwischen den neuen Scharen befand, dass es beim ersten Anprall der Franzen zurückweichen solle.

Rudolf von Nesle, der seine Reiterei wieder geordnet hatte, stürmte aufs Neue in vollem Rennen gegen die Gentenaar. Sogleich wich das Mitteltreffen zurück, und die Franzen, welche glaubten, dass sie die Schlachtordnung gebrochen hätten, erhoben den frohen Ruf: „Noël, Noël! Sieg! Sieg!"

Sie drängten sich mit Haufen durch die Lücke und wollten das Heer von hinten anfallen, aber das gelang nicht, denn überall trafen sie auf eine Mauer von Speeren und Helmbeilen. Jan Borluut ließ die beiden Flügel seiner Schar gegeneinander schwenken, so dass seine fünftausend Gentenaar einen geschlossenen Kreis bildeten in dem mehr als tausend Franzen gefangen waren. Nun begann ein grässliches Gemetzel. Eine Viertelstunde wurde gehauen, gekerbt, gestochen und geschmettert, ohne dass man sehen konnte, wer wich oder siegte. Die Pferde und die Mannen lagen rücklings durcheinander, schreiend, wimmernd, heulend und wiehernd. Man hörte und sah nichts, es war ein einziges Blutbad.

Rudolf von Nesle kämpfte noch lange über den Leichen, mit Wunden bedeckt und von seinem eigenen Blute und dem der Seinen besprengt. Sein Tod war sicher. Als Jan Borluut das sah, fühlte er ein inniges Mitleid mit dem heldenhaften Ritter und rief ihm zu: „Ergebt Euch, Herr Rudolf, ich würde Euch nicht gern sterben sehen!"

Rudolf war aus Verzweiflung und Raserei von Sinnen. Er verstand die Worte Borluuts wohl, und vielleicht rührte ein dankbares Gefühl sein Herz, aber der Verweis wegen Einverständnis mit dem Feinde, den der Seneschall Robert ihm gemacht hatte, hatte ihn mit solch bitterer Zorn erfüllt, dass er nicht länger mehr leben wollte. Er machte ein Zeichen mit der Hand, als ob er Jan Borluut ein letztes Fahrwohl wünsche, und erschlug plötzlich noch zwei Gentenaar. Endlich traf ihn eine Keule auf das Haupt, und er stürzte leblos auf die Leiche seines schon vorher gefallenen Bruders. Viele Ritter, die von ihren Pferden gestürzt waren, wollten ihre Waffen abgeben, aber man hörte nicht auf sie, kein einziger Franzmann entkam aus dem Ringe.

Während die Schar Jan Borluuts dieses Gemetzel ausrichtete, wurde auf der ganzen Länge der Schlachtfront gleich heftig gefochten. Von der einen Seite hörte man das Geschrei: „Noël! Noël! Montjoie St.-Denis!" Daran konnte man verstehen, dass an der Stelle, wo dieser Ruf erhoben wurde, die Franzen den Vorteil hatten. An der andern Seite aber stieg der Ruf „Vlaanderen den Leeuw! Wat Walsch is, valsch is! Staat al dood!" in kräftigem Schall gegen den Himmel, was den Untergang einer fränkischen Schar erkennen ließ.

Die Groeningerbeek war mit Blut und Leichen angefüllt. Das grässliche Stöhnen der Sterbenden wurde von dem Klirren der Waffen erstickt. Man hörte ein schreckliches Tosen, das gleich einem immer rollenden Donner über den Kämpfern schwebte. Die Speere und Keulen brachen in Stücke, und überall lagen Haufen von Leichen gleich einem Deich vor der Schlachtreihe. Die Verwundeten waren des Todes sicher. Keiner wurde aufgehoben, und so mussten sie auf dem Felde umkommen, oder sie wurden von den Pferden zertreten.

Unterdessen war Hugo van Arckel mit seinen achthundert unerschrockenen Mannen bis in die Mitte der Franzen gedrungen. Er war von allen Seiten her von den Feinden umringt, dass es den Vlamingen unmöglich gewesen wäre, ihn noch zu sehen. Er kämpfte so tapfer und mit solcher Geschicklichkeit, dass die Menge der Feinde, die ihn angriff, seine Schar, wie klein sie auch war, nicht durchbrechen konnte. Rund um ihn lag eine große Zahl der Feinde am Boden und alle, die ihm nahen wollten, bezahlten es mit ihrem Leben. Allmählich drang er immer mehr gegen den Lagerplatz der Franzen vor, und es schien, als wolle er diesen angreifen.

Das war aber nicht seine Absicht, denn als er bis in, die Mitte der fränkischen Scharen gekommen war, sprang er seitwärts auf die Standarte von Navara zu und riss sie aus der Hand des Fähnrichs. Die Schar der Navaresen stürzte sich wütend auf ihn und hieb viele seiner Mannen nieder, doch er verteidigte das gewonnene Banner so geschickt, dass die Franzen es seinen Händen nicht mehr zu entreißen vermochten. Da gab Louis von Forest ihm einen so wuchtigen Schlag auf die Schulter, dass er ihm den linken Arm abhieb. Man sah das erstarrte Glied neben seinem

Harnisch hangen, das Blut sprang in dicken Strahlen aus seiner Seite, und eine bleiche Todesfarbe verbreitete sich über seine Wangen, doch die Standarte ließ er nicht los. Louis von Forest wurde von einem andern Vlaming totgeschlagen, und Hugo Van Arckel kam beinahe leblos mit dem Banner von Navara in die Mitte des Heeres. Er versuchte, den Schrei „Vlaanderen den Leeuw!" noch einmal zu wiederholen, aber seine Stimme versagte ihm, und mit dem Blut, das seiner Wunde entfloss, war ihm auch das Leben vergangen. Er stürzte mit der gewonnenen Standarte zu Boden. Auf dem linken Flügel, vor der Schar des Herrn Gwide, wurde noch heftiger gekämpft. Jacques von Chatillon hatte mit etlichen tausend Reitern die Zünfte von Beurne angefallen und hatte schon an die hundert Mannen niedergehauen. Eustachius Sporkijn lag schwerverwundet hinter der Schlachtordnung und schrie seiner Schar zu, dass sie nicht weichen möge, aber die Macht, die sie zurücktrieb, war zu groß, sie mussten weichen. Gefolgt von einer großen Schar Reiter, durchbrach Chatillon die Schlachtordnung und man fing an, über dem Kopfe des daliegenden Sporkijn zu kämpfen, so dass er auch bald den Geist aufgab.

Adolf van Nieuwland hatte allein mit Gwide und dessen Fahnenträger standgehalten, so da sie vom Heer getrennt waren und einen sicheren Tod zu erwarten hatten.

Chatillon versuchte alles Mögliche, um das große Banner von Flandern zu ergreifen, aber obgleich Segher Lonke, der das Banner trug, schon mehrmals niedergeworfen worden war, konnte Chatillon sein Ziel nicht erreichen. Er raste und schrie seine Mannen wütend an und hieb wie ein Unsinniger auf die Rüstung der drei unüberwindlichen Vlaminge. Sicherlich hätten diese nicht mehr lange ausgehalten, um sich gegen eine Wolke mutiger Feinde zu wehren, aber sie hatten vorher so viele niedergehauen, dass die um sie aufgehäuften Leichen einen hohen Wall bildeten, der die Annäherung der anderen Reitermühsam machte und ihnen als Brustwehr diente.

Von Wut und Ungeduld ergriffen, nahm Chatillon aus den Händen eines seiner Reiter einen langen Speer und sprengte damit auf Gwide ein. Er würde den jungen Grafen gewiss getötet haben, denn dieser kämpfte gegen mehrere andere Ritter und sah seinen neuen Feind nicht kommen. Schon schien der Speer zwischen Helm und Harnisch in seinen Hals zu dringen, als Adolf van Nieuwland sein Schwert wie einen Blitz erhob und den Speer in zwei Stücke hieb und damit das Leben seines Feldherrn rettete.

In dem gleichen Augenblick und bevor Chatillon Zeit fand, sein Schwert wieder zu ergreifen, sprengte Adolf durch die Leichen, kam vor den fränkischen Ritter und hieb ihn so fürchterlich auf das Haupt, dass ein großes Stück der Wange samt einem Teil seines Helmes abgetrennt wurde. Das Blut floss auf seine Schultern, und er wollte sich noch wehren, aber zwei kräftige Schläge warfen ihn aus dem Sattel zwischen die Füße der Pferde. Die Vlaminge zerrten ihn hervor, schleppten ihn hinter die Schlachtordnung und hieben ihn zu Stücken, während sie ihm wütend seine grausame Verfolgung verwiesen.

Inzwischen war Arnold van Oudenaarde vom linken Flügel zu Hilfe gekommen, wodurch der Stand der Sachen sich völlig veränderte. Die Zunft von Beurne hatte sich mit den neuen Scharen wieder vorgeworfen und die Franzen über den Haufen gerannt. Pferde und Reiter stürzten in großer Zahl zu Boden, und die Verwirrung unter ihnen war so groß, dass die Vlaminge den Kampf für gewonnen hielten und auf der ganzen Linie in den jubelnden Ruf einstimmten: „Sieg! Sieg! Vlaanderen den Leeuw! Wat Walsch is, valsch is! Slaat al dood!"

Der Zuschauer, der in diesem Augenblick die Beinhauer hätte sehen können, ohne ihren Hieben ausgesetzt zu sein, würde vielleicht vor Schreck und Grausen gestorben sein. Man sah die Schlächter mit bloßer Brust, bloßen Armen und mit rotgefärbten Beilen über die Leichen von Pferden und Menschen laufen und springen, alles niederhauen, ganz mit Blut und Hirn bespritzt, mit verworrenem Haar und unkenntlich von Blut und Schweiß.

Und unter all diesem Grässlichen noch ein grimmes Lächeln, in dem der bittere Hass gegen die Franzen und die Kampfesfreude sich ausdrückten.

Die Walen, die in ihrer Beschränktheit von dem Vlamingen gesprochen hatten, als ob sie diese im ersten Angriff erdrücken würden, erfuhren zu ihrer Schande, dass man auf dem Schlachtfeld mit eitlem Geschwätz nicht viel anrichtet. Sie betrauerten die Folgen ihrer Unbesonnenheit und merkten an den Schlächtern, welchen Volksschlag sie vor sich hatten. Dennoch gaben sie den Mut nicht auf, waren sie doch noch viel zahlreicher als die Vlaminge und besaßen noch genug Scharen, die nicht gekämpft hatten.

Während das erste Treffen des fränkischen Heeres also eine Niederlage erlitt, hielt der Seneschall von Artois mit dem zweiten Treffen fern vom vlämischen Heer.

Weil die Schlachtordnung des Feindes nicht breit genug war, um mit so vielen Scharen bekämpft zu werden, hatte er noch nicht ins Gefecht kommen können. Da er nicht wusste, wie es mit dem Streite stand, stellte er sich vor, dass seine Mannen ohne Zweifel die Oberhand hätten, denn er sah keine zurückkommen. Unterdessen sandte er den Herrn Louis von Clermont mit viertausend normannischen Reitern über den Neerlander, um die vlämische Schlachtordnung auf dem linken Flügel anzugreifen. Es glückte Elermont, an dieser Seite einen festen Grund zu finden. Er kam mit allen seinen Reitern über den Bach und stürzte sich plötzlich auf die Scharen Gwides. Diese, von neuen Feinden im Rücken angefallen, während die Leute

Chatillons ihnen vorne genug zu schaffen machten, konnten nicht länger Widerstand leisten. Die ersten Glieder wurden überrannt und zu Stücken gehauen, die übrigen kamen in Verwirrung, und dieser ganze Teil des vlämischen Heeres wich in Auflösung zurück. Wohl gab die Stimme des jungen Gwide, der sie beim Vaterland beschwor, standzuhalten, ihnen Mut genug, aber das half nicht, die Gewalt war zu groß, und alles, was sie auf die Bitte ihres Feldherrn tun konnten, bestand darin, ihren Rückzug so langsam als möglich auszuführen.

Das Unglück wollte, dass Gwide in diesem Augenblick einen so schweren Schlag auf den Helm bekam, dass er vornüber auf den Hals seines Pferdes stürzte und das Schwert fallen ließ. In diesem Zustand der Betäubung konnte er sich nicht wehren. Es wäre um ihn geschehen gewesen, hätte Adolf ihm nicht beigestanden.

Der junge Ritter sprengte vor das Pferd Gwides und schwang seine Waffe so kühn und unverzagt in die Runde, dass die Franzen an ihm ein Hindernis fanden, den jungen Grafen zu erreichen. Nach etlichen Augenblicken solcher Anstrengung wurde sein Arm schwach und müde, was man wohl an den Wendungen seines Schwertes, die immer langsamer und matter wurden, merken konnte.

Es regnete Schläge und Hiebe auf seine Rüstung, er fühlte, wie sein Fleisch unter dem Harnisch zerquetscht wurde, und richtete schon ein letztes Lebewohl an die Welt, denn er sah vor sich den Tod, der ihm winkte.

Während dieser Zeit war Gwide hinter die Schlachtordnung gelangt und hatte sich von seiner Betäubung erholt. Mit Angst bemerkte er die Gefahr seines Retters, ergriff ein anderes Schwert, kam an seine Seite und begann aufs Neue zu fechten. Mit ihm waren noch einige der Stärksten hinzugesprungen, und die Franzen wurden noch zurückgehalten, bis neue Feinde über den Neerlander ihnen zu Hilfe kamen. Die Unverzagtheit der vlämischen Ritter konnte die Franzen in ihrem Vordringen nicht abhalten. Der Schrei „Vlaanderen den Leeuw!" wurde durch einen andern verdrängt. Nun waren es die Franzen, die riefen: „Noël! Noël! Vorwärts! Unser der Sieg! Schlagt tot die Fußgänger!"

Die Vlaminge wurden niedergerannt und auseinander getrieben. Trotz der wunderbaren Anstrengungen Gwides konnte er den Rückzug seines Volkes nicht aufhalten, denn da waren wohl drei Reiter gegen einen Vlaming.

Die Pferde traten sie nieder und drängten sie mit unwiderstehlicher Gewalt zurück. Da kam Unordnung unter ihre Glieder und die eine Hälfte des vlämischen Heeres musste. vor dem Feind flüchten. Eine große Zahl wurde erschlagen, und die anderen wurden so zersprengt, dass sie den Reitern keinen Widerstand bieten konnten und von den. Franzen bis an die Leie verfolgt wurden, wo ihrer viele ertranken. Am Ufer des Flusses hatte Gwide seine Mannen wieder zu geschlossenen Gliedern scharen können, aber die Zahl der Feinde war zu groß. Die Leute von Beurne kämpften mit einer tollen Verzweiflung, obgleich sie zerstreut waren. Der Schaum stand ihnen vor dem Munde, und das Blut lief überall von ihrem Leib herab, aber dieser Heldenmut konnte ihnen nicht helfen. Jeder von ihnen hatte schon drei oder vier Reiter erschlagen, aber ihre Zahl verminderte sich schnell, während die ihrer Feinde noch immer wuchs. Mit Ehre und Rache zu sterben war ihr Gedanke. Gwide, der die Niederlage seines Heeres sah und die Schlacht für verloren hielt, möchte vor Schmerz geweint haben, aber in seinem Herzen war kein Raum für Trauer geblieben, denn eine dumpfe Raserei hatte sich seiner bemächtigt. Gemäß seinem Eid wollte er nicht länger leben, und als ein Sinnloser trieb er sein Pferd mitten unter die siegreichen Feinde. Adolf van Nieuwland und Arnold van Oudenaarde folgten ihm dicht. Sie kämpften so wütend, dass die Feinde über ihre Wundertaten erschraken. Die Reiter sielen vor ihren Schwertern wie durch Zauberei. Die meisten Vlaminge waren nun gefallen, und die Franzen schrien mit Recht: „Noël! Noël!", denn nichts schien die Scharen Gwides retten zu können. In diesem Augenblick sah man in der Richtung von Oudenaarde hinter der Gaverbeek etwas, das grell in der Sonne glänzte, sich unter den Bäumen bewegen. Diese wunderbare Erscheinung näherte sich schnell und kam endlich auf das offene Feld: zwei-Reiter zeigten sich und sprengten in vollem Lauf dem Schlachtfeld zu. Der eine war ein Ritter, das konnte man an seiner prächtigen Ausrüstung sehen. Sein Harnisch und alles Eisen, das sein Pferd bedeckte, waren vergoldet und schimmerten wunderbar. Ein großer blauer Federbusch flatterte im Winde hinter seinem Rücken. Das Leder seines Reitzeugs war ganz mit silbernen Schuppen bedeckt, und aus seiner Brust war ein rotes Kreuz gezeichnet. Über diesem Zeichen war auf-schwarzen Grund das Wort Vlaanderen in großen silbernen Buchstaben zu lesen.

Kein Ritter auf dem Schlachtfeld war so prächtig ausgerüstet wie dieser Unbekannte, aber was ihn am meisten unterschied, war seine Gestalt: er war um Haupteslänge größer, als der stärkste Mann, und so kräftig an Leib und Gliedern, dass man ihn für einen Riesensohn hätte halten können. Das Pferd, das er ritt, fügte dieser Größe noch ein Stück zu, denn es war auch aus den Maßen groß und stark. Lange Schaumflocken flogen um den Mund des prächtigen Tieres, und zwei dampfende Atemstrahlen blies es aus seinen Nüstern. Der Ritter führte keine andere Waffe als einen schrecklichen Martell oder Waffenhammer, dessen Stahl sich im gelben Glanz seiner Rüstung spiegelte.

Der andere Reiter war ein Mönch in schlechter Rüstung. Sein Helm und Harnisch waren so sehr verrostet, dass sie rot gefärbt schienen. Sein Name war Bruder Willem von

Saaftinge. In seinem Kloster zu Ter Doest hatte er vernommen, dass man bei Kortrijk gegen die Franzen kämpfen werde. Darauf nahm er zwei Pferde aus dem Stall und verhandelte das eine gegen die verrosteten Waffen, die er führte. Mit dem andern kam er nun angeritten, um an dem Streite teilzunehmen. Er war außergewöhnlich stark von Gliedern und unverzagten Herzens. Ein langes Schlachtschwert glänzte in seiner Faust, und seine Augen ließen genugsam erkennen, dass er ein fürchterlicher Kämpe sein musste. Er hatte den wunderbaren Ritter soeben getroffen und da sie beide dem gleichen Orte zustrebten, waren sie zusammen weitergeritten.

Die Vlaminge richteten ihre Augen mit froher Hoffnung nach dem goldenen Ritter, der in der Ferne angeritten kam. Sie konnten das Wort „Vlaanderen" noch nicht lesen und konnten nicht wissen, ob er ihnen Freund oder Feind sei, aber in ihrer äußersten Bedrängnis träumten sie, dass Gott ihnen einen seiner Heiligen in dieser Gestalt zusende, um sie zu befreien. Alles war dazu angetan, sie das glauben zu machen, seine glänzende Rüstung, seine außergewöhnliche Größe und das rote Kreuz, das er auf seiner Brust trug.

Gwide und Adolf, die sich inmitten der Feinde verteidigten, sahen einander mit der größten Erleichterung an. Sie hatten den goldenen Ritter erkannt. Nun schien es ihnen, dass die Franzen verurteilt waren, denn sie hatten volles Vertrauen in die Macht und Kunst dieses neuen Kriegers. Die Blicke, die sie einander zuschickten, sagten: „O Glück, da ist der Löwe von Flandern!"

Der goldene Ritter näherte sich endlich der fränkischen Schar. Ehe man fragen konnte, wen er bekämpfen werde, stürzte er sich auf den dichtesten Reiterhaufen und schlug mit seinem Hammer so wüst und fürchterlich unter ihn, dass sie, von Furcht ergriffen, einander niederrannten, um seinen Schlägen zu entgehen. Alles fiel unter seinem zerschmetternden Hammer, und hinter seinem Pferde blieb in den feindlichen Scharen eine Spur wie hinter einem segelnden Schiffe. Und während er so alles niederwarf, was er erreichen konnte, kam er mit wunderbarer Geschwindigkeit zu den Scharen, die bis an die Leie zurückgetrieben worden waren, und rief: „Vlaanderen den Leeuw! Folgt mir! Folgt mir!"

Indem er diese Worte rief, stürzte er eine große Zahl Franzen in den Schlamm und fuhr so wunderbar fort zu kämpfen, dass die Vlaminge ihn für ein übernatürliches Wesen ansahen.

Nun kehrte der Mut in ihre Herzen zurück. Sie warfen sich mit einem freudigen Geschrei vorwärts und folgten dem goldenen Ritter in Wundertaten nach. Die Franzen konnten diesem unerschrockenen Löwen nicht länger widerstehen, die vordersten wandten sich, um zu flüchten, aber sie stießen auf die Pferde ihrer Kameraden und ritten einander zu Boden. Ein allgemeines Gemetzel begann auf der ganzen Länge der Schlachtordnung. Nun wurde nicht mehr „Noël!" geschrien, der Ruf „Vlaanderen den Leeuw!" beherrschte jeden andern Laut und betäubte die Streiter so sehr, dass sie die Schläge ihrer eigenen Waffe nicht mehr zu hören vermochten. Bruder Willem, der Mönch, war von seinem Pferde gestiegen und kämpfte zu Fuß. Alles, was in seinen Bereich kam, wurde von seinem tödlichen Schlage getroffen. Er schwang sein Schwert, als ob es eine Feder sei, und lachte spöttisch über die Feinde, die ihn angriffen. Man hätte denken können, dass er sich an diesem Spiel erlustige, denn er war so froh und sagte so ausgelassene Scherzworte, als ob er mit Kindern zu kämpfen hätte. Aber trotz seiner Behändigkeit traf manches Schwert seinen verrosteten Harnisch. Doch während eines anderen unter jedem dieser Schläge gefallen wäre, stand Bruder Willem unerschütterlich über seinen gefallenen Feinden. Jeder, der das Unglück hatte, ihn zu treffen, fiel in demselben Augenblick unter seinem Riesenschwerte und bezahlte es mit dem Leben. Plötzlich sah er etwas weiter den Herrn Louis von Elermont mit seinem Banner halten.

„Vlaanderen den Leeuw!" rief Bruder Willem. „Die Standarte ist mein!"

Er ließ sich zu Boden fallen, als ob er tödlich getroffen sei, kroch auf Händen und Füßen unter den Pferden durch und stand dicht neben Louis von Clermont. Von allen Seiten sielen die Schwerter auf ihn, doch er verstand sich sowohl zu verteidigen, dass er nur einige schwere Quetschungen davontrug. Dass er es auf die Fahne abgesehen hatte, ließ er sich nicht merken, ja kehrte ihr sogar den Rücken zu. Aber plötzlich wandte er sich um, hieb mit einem Schlage den Arm des Fähnrichs ab und riss das gefallene Banner in Stücke.

Gewiss hätte der Mönch hier seinen Tod gefunden, doch nun war die ganze Schlachtreihe schon bis zu ihm vorgedrungen und die Franzen, die ihn umgaben, wurden über den Haufen gerannt. Der goldene Ritter hatte die Feinde, die den jungen Gwide umringten, in wenigen Augenblicken zerstreut und drang unaufhaltsam vorwärts. Mit seinem Hammer zerschmetterte er Helme und Sturmhauben und fand keinen, der ihm zu widerstehen vermochte. Alle, die von seinen Schlägen betäubt zu Boden stürzten, wurden von den Hufender Pferde zertreten. Gwide näherte sich ihm und sprach: „O Robrecht, mein Bruder, wie danke ich Gott, dass er dich uns gesandt hat! Du hast das Vaterland gerettet…"

Der goldene Ritter antwortete nicht, sondern brachte seinen Finger an den Mund, als ob er sagen wolle „Geheim! Geheim!"

Auch Adolf hatte das Zeichen gesehen und beschloss sich zu halten, als ob er den Grafen von Flandern nicht kenne.

Unterdes brachten die Franzen einander ins Gedränge, die vlämischen Scharen drangen gewaltig auf den weichenden Feind ein und erschlugen die gestürzten Ritter mit Keulen und Helmbeilen. Tausende von Pferden lagen halbversunken in dem zertretenen Boden, und die Leichen der Feinde bedeckten die Erde in solcher Menge, dass die Streitenden nicht mehr auf dem Rasen, sondern auf einem Bett von Leichen und gebrochenen Waffen kämpften. Die Groeningerbeek konnte man nicht mehr sehen. Die Leichen, mit denen sie angefüllt war, bildeten einen einzigen Haufen mit denen, die ihre Ufer bedeckten, doch hätte man den Bach wohl an dem Blutstrom erkennen können, aber Blut stand überall in großen Lachen. Das Stöhnen der Sterbenden, die Klagen der Erstickten mengten sich mit dem Jauchzen der siegreichen Vlaminge zu einem grausigen Getöse. Dazu der Klang der Heerhörner, das Klirren der Schwerter auf den Harnischen und das schmerzliche Wiehern der getroffenen Pferde... Ein Vulkan, der ausbricht und mit Donnerrollen das Eingeweide der Erde zerreißt, kann allein eine Vorstellung von solchem Todeslärm geben. Es war, als sei der Jüngste Tag gekommen.

Neun Uhr schlug es auf dem Hallenturm von Kortrijk, als die weichenden Reiterscharen Nestles und Chatillons auf ihrer Flucht zu dem Treffen des Seneschalls Robert von Artois stießen. Als Robert die Niederlage der Seinen erfuhr, entbrannte er in blinder Wut und wollte sich mit dem starken Haufen, den er unter sich hatte, auf das vlämische Heer stürzen. Die anderen Ritter versuchten, ihn von diesem unvorsichtigen Vorhaben abzuhalten, indem sie vorgaben, auf dem Kampffelde könne kein Pferd sich bewegen. Aber er wollte auf keinen hören und sprengte, von all den Mannen gefolgt, quer durch die Fliehenden hin. Die Reiter, die aus der ersten Niederlage entkommen waren, wurden durch den Seneschall und seine neuen

Scharen überrannt und sprengten in Unordnung nach allen Seiten des Schlachtfeldes, um aus dem Gedränge zu kommen. Die vorderen Scharen wurden von den hinteren vorwärtsgestoßen. Und so stürzte die Wolke frischer Truppen sich mit der größten Verwegenheit auf die vlämische Schlachtordnung. Beim ersten Anprall wurde das Heer Gwides genötigt, hinter die Groeningerbeek zu weichen, aber dort dienten die gefallenen Pferde ihnen zur Brustwehr, als ob sie sich hinter eine Verschanzung zurückgezogen hätten.

Die fränkischen Reiter konnten sich in dem moorigen Boden nicht aufrechthalten, sie sielen der eine über den andern und töteten einander im Fallen. Als Herr von Artois dies sah, geriet er außer sich, setzte mit einigen unverzagten Rittern über den Bach und fiel die Scharen Gwides an. Nach einem kurzen Kampfe, in dem viele Vlaminge sielen, fasste Robert von Artois das Tuch des großen Banners von Flandern und riss ein Stück mit der vordersten Klaue des Löwen davon. Ein rasendes Gebrüll erhob sich aus den umstehenden vlämischen Scharen. „Slaat dood! Slaat dood!" war der allgemeine Schrei.

Der Seneschall versuchte, die Standarte den Händen des Fahnenträgers Segher Lonke zu entreißen, aber Bruder Willem warf sein Schwert weg und sprang am Pferde des Herrn von Artois hinauf, schlang seine zwei Arme um den Hals des Feldherrn, stemmte seine Füße gegen den Sattel und zog mit solcher Kraft am Kopfe Roberts, dass er ihn vom Pferde riss. Inzwischen waren die Beinhauer herzu gelaufen, und Jan Breidel, der die Schmach, die dem Banner von Flandern geschehen war, rächen wollte, hieb Robert mit einem Schlag den Arm ab. Der unglückliche Seneschall, der den Tod vor Augen sah, fragte, ob kein Edelmann da sei, dem er seinen Degen übergeben könne, aber die Beinhauer brüllten, dass sie diese Sprache nicht verstünden, und hieben und schlugen so lange auf ihn, bis er den Geist aufgab.

Unterdessen hatte Bruder Willem Pierre Flotte, den Kanzler, auch zu Boden geworfen, um ihm das Haupt zu spalten. Der Franzmann flehte um Gnade. Bruder Willem lachte spottend und hieb ihm in den Nacken, so dass er leblos mit dem Gesicht zur Erde in das geronnene Blut stürzte. Die fränkischen Herren von Tarranville und von Aspremont wurden vom Hammer des goldenen Ritters zerschmettert. Gwide zerklob das Haupt des Renold von Longueval mit einem Hieb. Adolf van Nieuwland warf Raoul von Nortfort aus dem Sattel.

In wenigen Augenblicken fielen mehr als hundert Edelleute.

Herr Rodolf l., Herr von Gaucourt, die zwei Könige Balthasar und Sigis mit noch siebzehn auserlesenen Rittern hatten sich lange gegen die Gentenaar Jan Borluuts verteidigt. Rodolf stand noch aufrecht, als die beiden Könige und alle andern Ritter gefallen waren und sein Pferd ihm erschlagen worden war.

Mit einer wunderbaren Unverzagtheit wehrte er sich geschickt gegen die Gentenaar und trieb sie mit schrecklichen Schlägen von sich. Als er einen Haufen von vierzig Rittern ersah, sprang er zu diesen hin. Jan Borluut verfolgte sie mit einer großen Schar Gentenaar. Die vierzig Ritter waren bald erschlagen, und noch immer wehrte Herr von Gaucourt sich mit gleichem Mute. Von Wunden und Müdigkeit ermattet, sank er zuletzt auf die Leichen seiner Waffenbrüder, und die Gentenaar liefen herbei, um ihn zu töten. Aber Jan Borluut wollte den tapferen Franzmann nicht sterben sehen. Er ließ ihn hinter die Schlachtordnung tragen und nahm ihn unter seinen Schutz.

Obgleich die vordersten Linien der Franzen in diesem Kampfe eine Niederlage erlitten, kamen die vlämischen

Reihen doch nur wenig vorwärts, weil fortwährend neues Feinde zuströmten und die Gefallenen ersetzten.

Der goldene Ritter kämpfte wie ein Löwe auf dem linken Flügel gegen eine ganze Schar Reiter. Mit gleichem Mut stritten an seiner Seite der junge Gwide und Adolf van Nieuwland. Dieser warf sich immer wieder unter die Feinde und kam so manchmal in Lebensgefahr. Es schien, als ob er beschlossen habe, unter den Augen des goldenen Ritters zu sterben.

„Der Vater Machtelds sieht mich!", dachte er, und dann fühlte er in seinen Lungen mehr Luft, in seinen Muskeln mehr Kraft und in seiner Seele mehr Todesverachtung. Der goldene Ritter rief ihm mehrmals zu, sich nicht so sehr aufs Spiel zu setzen, aber diese Worte, die wie ein Lob in Adolfs Ohren klangen, hatten den gegenteiligen Erfolg, denn bei jedem Ruf des goldenen Ritters sprengte das Pferd des tapferen Sängers weiter vorwärts und drang tiefer unter die Franzen. Ein Glück für den Jüngling, dass ein starker Arm über sein Leben wachte und dass jemand neben ihm war, der aus väterlicher Liebe geschworen hatte, ihn zu behüten.

Über dem ganzen fränkischen Heere stand nur noch eine Standarte aufrecht: die große Kronfahne rollte noch ihre schimmernden Wappenzeichen, die silbernen Lilien und die funkelnden Perlen, aus denen das Sinnbild geformt war. Gwide wies mit der Hand nach dem Orte, wo der Fahnenträger stand, und rief dem goldenen Ritter zu: „Das müssen wir haben!"

Darauf versuchten sie, ein jeder von seiner Seite her, durch die fränkischen Scharen zu dringen. Doch das glückte ihnen erstlich nicht, wie unermüdlich sie auch die Feinde niederwarfen und auseinander sprengten. Adolf van Nieuwland, der eine günstige Stelle gefunden hatte, drang allein durch die Reiter und gelangte nach langem Kampfe bis an die große Standarte.

Welche feindliche Hand, welch neidischer Geist trieb den Jüngling also in den Tod! Wenn er gewusst hätte, wieviel bittere Tränen in diesem Augenblick für ihn vergossen wurden, wie oftmals sein Name im Gebet aus dem Munde einer Frau zum Himmel gesandt wurde, o, dann würde er sich nicht so ruchlos dem Tode preisgegeben haben. Er wäre wahrlich nicht als ein Feigling zurückgekommen.

Die Kronfahne war von einer großen Zahl Ritter umgeben. Sie hatten bei ihrer Ehre und Treue geschworen, lieber unter diesem letzten Feldzeichen zu sterben, als es rauben zu lassen. Was vermochte Adolf gegen diese mutigen Kämpen? Und sobald er sich zeigte, wurde er mit scherzenden Worten begrüßt, und zugleich schwebten die Schwerter über seinem Haupte. Von allen Seiten war er von dem Ring seiner Feinde umschlossen. Unaufhörlich sielen die Schläge auf seine Rüstung, und trotz seiner wunderbaren Geschicklichkeit vermochte er nicht mehr, sich zu verteidigen.

Das Gesicht verging ihm, seine Muskeln waren unter den vielen Schlägen erlahmt. Von einer rasenden Verzweiflung erfüllt und fühlend, dass sein letzter Augenblick gekommen war, rief er mit lauter Stimme, so dass die Franzen es hörten: „Machteld! Machteld! Fahr wohl!"

Mit diesem Ruf sprengte er quer durch die Schwerter der Feinde bis zu der Standarte und riss sie aus der Faust des Fähnrichs, aber zehn Hände entrissen sie ihm wieder. Es regnete Schläge auf seinen Leib, und er stürzte kraftlos auf den Rücken seines Pferdes.

Die Bewegung, die in diesem Augenblick unter den Kämpfern entstand, ließ dem goldenen Ritter die Gefahr Adolfs erkennen. Da dachte er an den Schmerz, den seine unglückliche Machteld treffen würde, wenn Adolf von den Händen der Feinde sterbe. Er wandte sich zu den Scharen, die ihm folgten und rief mit einer Stimme, die gleich dem

Donner das ganze Kampfgetöse beherrschte: „Vorwärts, Mannen von Flandern! Heran! Heran!"

Gleich der rasenden See, die ihre Ufer mit unmessbarer Gewalt überschreitet, wenn sie nach einem langen Kampfe den Deich unter einer himmelhohen Woge zerschmettert hat, und nun ihre schäumenden Wellen über die Felder rollt, die Wälder entwurzelt und die Wohnstätten umstürzt, so drang die vlämische Löwenschar bei dem Ruf des unbekannten Ritters vorwärts.

Die Franzen wurden mit solcher Wut angefallen, dass bei dem ersten Stoß ganze Scharen überrannt wurden.

Die Keulenschläge und die Hiebe der Helmbarten sielen so dicht auf sie wie der Hagel, der die Früchte der Erde vertilgt. Noch nie sah man einen so hartnäckigen Kampf. Alle Streiter waren mit Blut bedeckt, und viele hielten die Waffen noch in der Hand, obgleich sie die tödliche Wunde schon lange empfangen hatten. Es war ein unbeschreiblicher Wirrwarr von Menschen und Pferden.

Die grässlichsten Todesschreie, die schmerzlichsten Klagen bildeten ein einziges Seufzen, ein wildes Rufen, das die Herzen zu noch größerer Wut entfachte. Die fränkischen Reiter vermochten sich nicht mehr zu bewegen, denn die hintersten Scharen wurden von allen Seiten bedrängt, während die vordersten Glieder nacheinander von Beilen und Schwertern niedergehauen wurden.

Der goldene Ritter hatte sich mit seinem alles vertilgenden Waffenhammer einen Weg durch den Feind gebahnt und war der Kronfahne Frankreichs nahe gekommen. Gwide und Arnold van Oudenaarde mit noch einigen der mutigsten Vlaminge folgten dicht hinter ihm.

Er versuchte, in dem Getümmel die grüne Feder Adolfs van Nieuwland bei dem Banner zu entdecken, aber vergebens. Einen Augenblick später schien es ihm, als ob er sie weiter unter den Vlamingen gewahre. Die vierzig auserlesenen Ritter, die noch bei der Fahne hielten, sprengten als wahre Helden gegen den goldenen Ritter, aber er schwang seinen Hammer so behände um sich, dass kein Schwert ihn berührte. Das erste Mal, als er seine Waffe wie ein Felsstück niedersausen ließ, zerschmetterte er das Haupt Alins von Bretagne, mit dem zweiten Schlage zerbrach er den Harnisch Richards von Falais und die Rippen des Trägers. Zugleich stritten auch die übrigen Vlaminge mit nicht geringerem Mute. Arnold van Oudenaarde empfing eine Wunde am Kopfe, und mehr als zwanzig seiner Mannen wurden von den Franzen niedergehauen.

Der goldene Ritter zerschmettern alles, was er erreichen konnte. Schon lagen die Herren Jean von Emmery, Arnold von Wahain und Hugo von Vienne vor seinen Füßen. Das Auge konnte den Wendungen seines Hammers nicht folgen, so schnell schwang er ihn von einem Feind aus den andern. Der Fahnenträger bemerkte bald, dass das Banner an dieser Stelle nicht mehr geschützt werden konnte, und flüchtete rückwärts, aber als der goldene Ritter das sah, warf er mit wunderbarer Kraft drei oder vier Feinde aus dem Weg und verfolgte den Fahnenträger durch die Mitte der Franzen bis zu einer großen Entfernung von der Schlachtreihe.

Als er ihn eingeholt hatte, kämpfte er so lange und unverzagt, dass er endlich das Banner eroberte. Eine ganze Schar Reiter hatte sich auf ihn gestürzt, um es wiederzugewinnen, doch der goldene Ritter pflanzte es wie einen Speer in den Stegreif und begann gleich so wild um sich zu schlagen, dass er viele um den Hals brachte.

Also durchbrach er kämpfend die Reihen der Feinde und kam wieder mitten unter das vlämische Heer. Er hob die gewonnene Standarte empor und rief: „Vlaanderen den Leeuw! Unser der Sieg! Heil! Heil!"

Die Scharen antworteten mit lautem Jubel und schwangen ihre Waffen zum Zeichen der Freude. Ihr Mut wuchs beim Anblick des gewonnenen Feldzeichens. Gui von St.-Pol stand noch am Pottelberg mit ungefähr zehntausend Fußknechten und einer starken Schar Reiter.

Er hatte schon die köstlichsten Güter auf dem Lagerplatz zusammenpacken lassen und wollte seine Leute durch die Flucht retten, aber Pierre Lebrum, einer der Ritter, der bei der Kronfahne gefochten und sich wegen einer Betäubung vom Schlachtfeld zurückgezogen hatte und St.-Pols Vorbereitung sah, kam zu ihm und sprach: „O, St.-Pol, könnt Ihr das wohl verantworten? Wollt Ihr als ein Feigling den Tod des Herrn von Artois und unserer Brüder ungerächt lassen? O, ich bitt Euch bei der Ehre Frankreichs, tut das nicht! Lasst uns lieber sterben, um der Schande zu entgehen. Führt Eure Scharen vorwärts. Vielleicht können wir mit den frischen Truppen den Sieg erkämpfen."

Gui von St.-Pol wollte nichts vom Kampf wissen, die Furcht hatte ihn befallen. Er antwortete: „Herr Lebrum, ich weiß, was ich zu tun habe. Den Heertross werde ich nicht rauben lassen. Es ist besser, dass ich die noch übrigen Mannen nach Frankreich zurückbringe, als sie nutzlos erschlagen zu lassen."

„Werdet Ihr denn alle, die noch mit dem Schwert in der Faust fechten, dem Feinde ausliefern? O, das ist ein verräterisches Werk! Wenn ich heute überleben werde, werde ich Euch beim König wegen Feigheit anklagen."

„Die Vorsicht gebietet mir den Abzug, Herr Lebrum. Ich werde abziehen, was Ihr auch sagen möget, denn Euer Rat ist von der Erregung eingegeben, Ihr seid zu sehr in Wut gekommen."

„Und Ihr zu sehr von Furcht befangen! Aber es sei, wie Ihr wollt. Um Euch zu zeigen, dass ich mit mehr Vorsicht zu Werke gehe als Ihr, werde ich mit einer Schar Fußknechte vorausgehen, um den Abzug zu decken und bequem zu machen. Zieht nur ab, ich werde den Feind zurückhalten."

Er nahm eine Schar von zweitausend Fußknechten und führte sie auf das Schlachtfeld. Inzwischen war die Zahl der kämpfenden Franzen so zusammengeschmolzen, dass in ihrer Schlachtordnung viele Lücken entstanden waren. Dies gestattete den Vlamingen, sie von vorn und hinten anzugreifen. Der goldene Ritter, der durch seine eigene Gestalt und durch die Höhe seines Pferdes das ganze Schlachtfeld übersehen konnte, bemerkte die Bewegung Lebrums und erriet seine Absicht. Es schien ihm klar, dass St.-Pol mit dem Tross entkommen wolle, darum näherte er sich Gwide und teilte ihm das Vorhaben des Feindes mit. Sogleich wurden etliche Reiter hinter die Schlachtordnung gesandt, um Befehle der Obersten dorthin zu bringen. Wenige Augenblicke später bewegten sich mehrere Scharen und verbreiteten sich nach allen Seiten über das Feld. Herr Borluut eilte mit seinen Gentenaaren längs der Wälle von Kortrijk und griff Lebrum von der Seite an. Die Beinhauer mit ihrem Dekan Breidel schwenkten um das Schloss von Redermosschere und fielen das fränkische Lager von hinten an.

Die Scharen St.-Pols erwarteten keinen Angriff. Sie waren dabei, die kostbarsten Güter zusammenzutragen, als sie plötzlich die Beile der Beinhauer und zugleich den Tod über ihren Häuptern sahen. Das furchtbare Geschrei der angreifenden Vlaminge erschreckte sie so sehr, dass sie wild durcheinander liefen und nach allen Seiten in die Felder entflohen. Die Beinhauer hieben und stachen schrecklich unter sie. Gui von St.-Pol, der auf einem guten Traber gesessen war, entkam mit Lebensgefahr und sprengte schnell von dannen, ohne sich noch um sein Volk zu kümmern. Der Lagerplatz war bald gesäubert, und nach einigen Stunden war kein lebender Franzmann mehr darauf. Also gewannen die Vlaminge die köstlichen goldenen und silbernen Gefäße und mehr unendliche Schätze, die der Feind mit sich geführt hatte.

Auf dem Schlachtfeld war der Streit noch nicht zu Ende. Ungefähr tausend Reiter verteidigten sich noch in einem Haufen und fochten wie die Löwen, obgleich sie mit Wunden bedeckt waren. Unter ihnen waren mehr als hundert edle Ritter, die diese Niederlage nicht überleben wollten und mit toller Wut unter die Vlaminge hieben. Allmählich wurden sie unter die Wälle der Stadt in die Bittermeersch getrieben. Hier stürzten ihre Pferde in die Ronduitebeek und versanken an ihren Ufern. Die Ritter konnten sich ihrer nicht mehr bedienen, sie sprangen einer nach dem andern auf den Boden, scharten sich wieder in einen Kreis, kämpften zu Fuß weiter und erschlugen noch manchen Vlaming, während viele von ihnen in den Schlamm gerieten. Die Bittermeersch war nur eine einzige Lache Blut, das die Füße der Kämpfenden bedeckte. Köpfe, Arme, Beine lagen gemischt mit Helmen und zerbrochenen Schwertern auf dem Grunde.

Einige Leliaarts, darunter auch Jan van Gistel mit einer Anzahl Brabanter, die einsahen, dass es kein Entkommen mehr gab, kamen unter die Vlaminge gelaufen und riefen: „Vlaanderen den Leeuw! Heil, heil Flandern!"

Sie meinten sich dadurch zu retten, aber ein Weber kam sogleich aus der Menge zu Jan van Gistel gelaufen und gab ihm einen so schweren Schlag auf den Kopf, dass er ihm den Schädel zu Stücken schlug. Der Weber brummte mit dumpfer Stimme: „Mein Vater hat Euch gesagt, dass Ihr nicht auf Euerm Bette sterben werdet, Verräter!"

Auch die andern wurden an ihren Wappen erkannt und als Bastarde niedergehauen und zerstückelt.

Der junge Gwide empfand Mitleid mit den noch übrigen Rittern, die sich so mutig wehrten. Er rief ihnen zu, dass sie sich ergeben sollten, auf dass sie das Leben behielten. Da sie überzeugt waren, dass Mut und Unverzagtheit ihnen nicht mehr helfen konnten, übergaben die

Ritter sich und wurden entwaffnet. Jan Borluut nahm sie in seine Hut.

Der vornehmste dieser edlen Kriegsgefangenen, deren Zahl sich auf sechzig belief, war Thibaud ll., nachmals Herzog von Lothringen. Die übrigen waren alle von hohem Stamme und als tapfere Krieger berühmt.

Nun blieb kein einziger Feind mehr zu bestreiten auf dem Schlachtfeld, aber nach allen Richtungen sah man die Fliehenden fortlaufen, um der Gefahr zu entkommen.

Die Vlaminge, die ganz verwundert waren, dass sie nicht mehr zu kämpfen hatten und noch ganz von Kampfeswut erfüllt, liefen in Haufen durch die Felder, um die Flüchtlinge zu verfolgen. Bei Sinte-Magdalenas Pesthaus überholten sie eine Schar von den Leuten St.-Speis und schlugen sie alle tot. Ein wenig weiter fanden sie Willem van Mosschere, den Leliaart, der mit noch einigen anderen aus dem Streit entkommen war. Als er sich umringt sah, bat er um Gnade und gelobte, dass er Robrecht van Bethune als ein treuer Untertan dienen wolle, aber darauf wurde nicht gehört. Die Beile der Beinhauer nahmen ihm Sprache und Leben.

Das dauerte den ganzen Tag, bis kein einziger Franzmann oder Franschgesinnter mehr zu finden war.

Vierundzwanzigstes Hauptstück

Obschon ein großer Teil der vlämischen Heerscharen den Feind über die Felder verfolgte, blieben doch noch einige regelmäßige Scharen auf dem Schlachtfelde.

Jan Borluut hatte seine Mannen zurückgehalten, um nach Kriegsgebrauch das Schlachtfeld bis zum nächsten Tag zu bewachen, nur wenige hatten diesen Befehl in ihrer Erregung nicht beachtet. Die Schar, die er noch bei sich hatte, bestand aus dreitausend Gentenaar. Auch waren noch sehr viele Mannen von anderen Scharendie durch Wunden oder Müdigkeit erschöpft waren und den Feind nicht verfolgen konnten, auf dem Schlacht-feld geblieben. Jetzt, wo der Streit gewonnen und die Banden des Vaterlandes gebrochen waren, jauchzten die entzückten Vlaminge mit frohen Rufen: „Vlaanderen den Leeuw! Wat Walsch is, valsch is! Sieg! Sieg!"

Und dann antworteten die Yperlinge und Kortrijker von den Stadtwällen mit noch kräftigeren Rufen, denn auch sie durften Sieg rufen, denn während die beiden Heere einander auf dem Groeninger Konter bekämpft hatten, war der Kastellan van Lens mit hundert seiner Mannen aus dem Kastell in die Stadt gefallen und würde diese vielleicht gänzlich verbrannt haben, aber die Yperlinge schlugen so unverzagt unter seine Schar, dass die Franzen nach einem langen Gefecht in Unordnung auf das Kastell zurück stoben. Als Herr van Lens seine Mannen zählte, fand er, dass kaum der zehnte Teil der Wut der Bürger entkommen war.

Die meisten Anführer und Edlen waren auf den Lagerplatz gegangen und hatten sich um den goldenen Ritter geschart. Alle drückten ihm ihre Dankbarkeit durch Worte aus, doch weil er fürchtete, sich zu verraten, antwortete er kein Wort. Gwide, der bei ihm stand, kehrte sich zu den Rittern und sprach: „Ihr Herren, der Ritter, der uns alle und das Land Flandern so wunderbar gerettet hat, ist ein Kreuzfahrer und verlangt, unerkannt zu bleiben. Der edelste Sohn Flanderns trägt seinen Namen."

Die Ritter sagten nichts, doch jeder versuchte zu erraten, wer er doch sein könne, der so tapfer und stark von Körper sei. Die, welche der Zusammenkunft in dem Holz ten Dale beigewohnt hatten, wussten schon lange, wer er war, aber sie wagten es nicht, ihre Kenntnis verlauten zu lassen, weil sie feierlich gelobt hatten, zu schweigen.

Unter den anderen waren viele, die nicht zweifelten, dass er der Graf von Flandern selber sein müsse. Es war ihnen genug, dass Gwide sein Verlangen bekanntgegeben hatte, um ihnen das Schweigen zur Pflicht zu machen. Nachdem Robrecht einige Zeit leise mit Gwide gesprochen hatte, überblickte er alle rundum stehenden Scharen. Als er gleicherweise über das weite Schlachtfeld geschaut hatte, näherte er sich Gwide und sprach: „Ich sehe Adolf van Nieuwland nicht. Die Angst lässt mich zittern. Sollte mein junger Freund unter dem Feindesschwert gefallen sein? O, das wäre mir eine ewige Trauer! Meine arme Machteld, wie würde sie ihren guten Freund beweinen!"

„Gefallen wird er nicht sein, Robrecht, mich dünkt, dass ich seine grüne Feder noch soeben unter den Bäumen des Nederlanderbosch gesehen habe. Gewiss jagt er jetzt den letzten Feinden nach. Du hast gesehen, mit welchem unwiderstehlichen Eifer er sich stets mitten unter die Franzen stürzte. Fürchte nichts, Gott wird es nicht zugelassen haben, dass er starb."

„O, Gwide, sagtest du die Wahrheit! Mein Herz bricht unter der Voraussicht, dass mein unglückliches Kind sich an diesem fröhlichen Tage nicht sollte freuen können. Ich bitt' dich, mein Bruder, lasse die Mannen des Herrn Borluut über das Schlachtfeld gehen und suchen, ob die Leiche Adolfs nicht zu finden sei. Ich gehe, meine kranke Machteld zu trösten. Die Gegenwart ihres Vaters bereite ihr wenigstens einen frohen Augenblick."

Er grüßte die anwesenden Ritter mit der Hand und sprengte schnell in der Richtung nach der Abtei von Groeningen. Gwide befahl Jan Borluut, dass er seine Mannen über das Schlachtfeld aussende, um die Verwundeten zwischen den Leichen aufzusuchen und die toten Ritter ins Lager zu bringen.

Als die Gentenaar auf das Schlachtfeld kamen, blieben sie plötzlich stehen, als ob sie über einem grässlichen Anblick erstarrt wären. Jetzt, nachdem die Erregung des Kampfes vergangen war, irrten ihre Augen mit Entsetzen über dieses ausgedehnte Blutfeld, auf dem die zerschmetterten Leichen, die Pferde, die Standarten, gemischt mit den Gliedern von so vielen tausend Menschen zu schwimmen schienen. In der Ferne sah man hier und dort einen Sterbenden den Arm wie im Notgebet erheben und bittend ausstrecken. Ein ergreifendes Wimmern, hundertmal entsetzlicher als die größte Stille, schwebte über den aufgehäuften Leichen. Es waren die Stimmen der Verwundeten die riefen: „Trinken, trinken ... um Gottes willen, trinken!"

Die Sonne brannte in heftiger Glut auf ihren bloßen Leib und peinigte sie mit unerträglichem Durst, ihre Lippen klebten aufeinander, und mit Mühe verröchelten sie in Todesklagen. Die Luft war erfüllt von schwarzen Raben wie von einer Wetterwolke. Das krächzende Schreien dieser fressgierigen Raubvögel klang wie der Ruf des Todes über dem Schlachtfeld und erfüllte die Herzen der Lebenden mit dumpfer Niedergeschlagenheit.

Bald stießen die kreischenden Vögel auf die Leichen nieder und rissen mit ihren Klauen die noch zitternden Muskeln ab. Die Verwundeten bemühten sich ängstlich, die abscheulichen Feinde abzuwehren, und erbebten vor Schrecken in dem Gedanken, dass jedes dieser Tiere ein Stück von ihrem Fleische verzehren würdet kein anderes Grab für sie als der Bauch der Raben, keine Ruhestatt für sie nach dem Tode, keine geweihte Erde, um bis zum Jüngsten Tage zu schlafen! Welche schreckliche Aussicht! Welch herzzerreißender Gedanke!

Unzählige verhungerte Hunde waren nach dem Blutgeruch aus der Stadt gekommen. Sie liefen von einer Leiche zur andern und heulten in langen Lauten einander so furchtbar an, dass man gedacht haben sollte, die Hölle habe ihre Teufel ausgesandt, um die Ankunft so vieler Seelen zu besingen. Dennoch berührten die Tiere die Leichen nicht. Es schien sogar, als ob sie diese Misstöne aus Trauer um die Gefallenen ausstießen.

Und wenn sie auch hier und da das Blut der Menschen mit dem Blut der Pferde aufschlürften, so kämpften sie doch eifersüchtig gegen die Raben und beschützten so viele Leichen per ihren schändlichen Klauen Zu all diesen schrecklichen Tönen vereinigte sich das dumpfe Wiehern oder Heulen der sterbenden Pferde und das jauchzende Siegesgeschrei der Mannen, die in der Stadt waren.

Abscheulich, grässlich war der Anblick von so vielen gefallenen Tapferen, die nun mit der blauen Farbe des Todes auf dem Angesicht unter ihren zerstreuten Gliedern für ewig schliefen.

Sowie die Gentenaar sich über das Schlachtfeld verbreiteten, flogen die Raben vor ihnen auf, um sich etwas weiter auf eine neue Beute zu stürzen. Man suchte unter den

Daliegenden die heraus, deren Herz noch klopfte, und trug sie in das Lager, um sie ins Leben zurückzurufen. Eine zahlreiche Schar war mit Gesäßen aller Art an die Gaverbeek gegangen, um Wasser zu schöpfen und die noch Lebenden damit zu laben. Es war schön und ergreifend, zu sehen, wie gierig die Verwundeten das kühle, lebenspendende Wasser einsogen und wie dankbar, mit einer blinkenden Freudenträne im Auge, sie die Labung aus den Händen ihrer Brüder oder Feinde empfingen. Wenn man sich so um den einen bemühte, erhob sich in der Nähe mancher Arm, und viele schwache Stimmen seufzten: „O, labt mich auch, einen einzigen Tropfen Wasser! Beim Leiden unseres Seligmachers, Brüder, befeuchtet meine Lippen und rettet mich vor dem Tode!"

Die Gentenaar hatten den Befehl empfangen, die vlämischen Ritter, die sie fänden, tot oder lebend ins Lager zu tragen. Schon hatten sie fast die Hälfte der Leichen aufgehoben und ein gutes Stück des Schlachtfeldes durchsucht. Die Leichen der edlen Herren Salomon van Sevecote, Filips van Hofstade, Eustachius Sporkijn, Jan van Severen, Pieter van Brügge waren schon fortgetragen und sie waren eben dabei, den Harnisch des verwundeten Jan, Herrn van Machelen, zu lösen. Jetzt waren sie dem Orte nahe gekommen, wo man am hartnäckigsten gekämpft hatte, denn hier lagen die blutigen Leichen in großen Haufen umher. Während sie den Herrn van Machelen labten, hörten sie plötzlich einen röchelnden Seufzer wie aus der Tiefe aufsteigen. Sie lauschten, aber hörten nichts mehr. Kein einziger der hier herumliegenden Körper gab noch das geringste Lebenszeichen. Sie legten die Toten von der Stelle, um den Stöhnenden zu suchen, und dabei hörten sie das Stöhnen wieder, dass es ein wenig weiter zwischen den Pferden aufstieg. Sogleich liefen sie dorthin, um zuzugreifen. Nach einiger Anstrengung zogen sie die Pferde zur

Seite und fanden den sterbenden Ritter. Er lag auf dem Rücken ausgestreckt. Das Blut strömte gurgelnd unter ihm her und floss als ein windender Born nach der Groeningerbeek. Rundum lagen abgehauene Glieder verstreut, sein Harnisch war unter dem Pferde eingedrückt worden. Seine Rechte hatte das Schlachtschwert nicht fahren lassen, während er mit seiner Linken einen grünen Schleier festhielt. Seine Wangen waren bleich und trugen die Zeichen des nahenden Todes, und sein Blick siel wirr und schwach auf die Männer, die ihn befreien kamen. Seine schwachen Wimpern besaßen nicht mehr die Kraft, die schon vom Tod verdunkelten Augen vor dem glühenden Sonnenlicht zu schützen. Jan Borluut erkannte den unglücklichen Adolf van Nieuwland. In aller Eile wurden die Riemen seines Harnisches gelöst, man hob sein Haupt aus dem Schlamm und feuchtete seine Lippen mit erquickendem Wasser. Seine sterbende Stimme flüsterte einige unverständliche Worte, und seine Augen schlossen sich diesmal gänzlich, als ob seine Seele dem zerdrückten Leibe entflohen wäre. Die frische Luft und die Labung hatten ihn stark angegriffen und er blieb einige Augenblicke in völliger Ohnmacht.

Dann erwachte er wieder, und obgleich noch schwach, nahm er die Hand des Herrn Borluut und sagte so langsam, dass nach jedem Wort eine Pause blieb: „Ich sterbe, Ihr seht es, Herr Jan, meine Seele soll nicht mehr auf Erden bleiben. Aber beweint mich nicht. Ich sterbe gern, weil das Vaterland gerettet ist…"

Sein Atem war zu kurz, um ihm längeres Sprechen zu erlauben. Er ließ sein Haupt auf den Arm Jan Borluuts niederfallen und brachte den grünen Schleier langsam an seine Lippen. In dieser Haltung verlor er alles Bewusstsein und lehnte gleich einem Toten gegen die Brust des Herrn Borluut. Aber sein Herz schlug weiter, und die Lebenswärme verließ seinen Körper nicht. Der Gentsche Feldherr behielt noch einige Hoffnung und ließ den verwundeten Ritter mit aller möglichen Vorsicht nach dem Lagerplatz bringen.

Machteld hatte sich vor dem Gefecht mit der Schwester Adolfs in eine Zelle der Abtei von Groeningen zurückgezogen. Gewiss gab es in diesem Augenblick niemand in Flandern, der von größerer Angst gepeinigt wurde, als die unglückliche Jungfrau. Alle ihre Blutsverwandten, ihr Freund Adolf waren in dem Kampf. Von dieser Schlacht der Vlaminge gegen eine überlegene Macht hing die Freiheit ihres Vaters ab. Sie würde den Thron von Flandern wiederherstellen oder für alle Zeiten zerstören. Wenn die Franzen den Sieg gewannen, hatte sie den Tod aller, die ihr teuer waren, zu erwarten und ein schreckliches Los für sich selber.

Sobald das Heerhorn seine Klänge über das Schlachtfeld sandte, erzitterten und erbleichten die beiden Frauen, als ob sie ein tödlicher Schlag getroffen hätte. In diesen bangen Augenblicken war es ihnen unmöglich, die Bewegung ihrer Seelen auszudrücken, denn jedes Wort hätte in ihnen schlimmere Ahnungen erregt. So waren sie gleichzeitig auf die Kniebank niedergesunken. Ihre Häupter ruhten auf dem Lesepult, und ihre Tränen flossen still über ihre Wangen. Da saßen sie, regungslos und in feurigem Gebete, als ob sie in tiefen Schlaf versunken wären, und nur, wenn von Zeit zu Zeit das Schlachtgetöse sich stärker erhob, kam ein dumpfes Schluchzen aus ihrer Brust, und dann seufzte Maria: „O allmächtiger Gott, Herr der Heerscharen, erbarme dich unser! Steh uns bei in der Not, o Herr!"

Und Machtelds seine Stimme antwortete: „O süßer Jesu, Seligmacher, behüte ihn, und rufe ihn nicht zu dir, o langmütiger Gott!"

„Heilige Mutter Gottes, bitt' für uns."

„O Mutter Christi, Trösterin der Betrübten, bitt' für ihn!"

Dann klang der dumpfe Kriegslärm näher und grässlicher in ihre erschütterten Herzen, und ihre Hände bebten vor

Schrecken gleich den zitternden Blättern der Pappeln. Ihre Häupter neigten sich tiefer, die Tränen flossen ungestümer aus ihren Augen und ihr Gebet wurde wieder unhörbar.

Der Kampf dauerte lange, das grausige Schreien der gegeneinander stürmenden Scharen schwebte lang über der Abtei von Groeningen, aber noch länger dauerte das stille Gebet der Frauen, denn schon pochte der goldene Ritter an die Klosterpforte, da waren sie noch nicht von der Kniebank ausgestanden. Schallende Männerschritte, die in dem Gang der Zelle klangen, veranlassten sie, das Haupt zu wenden. Sie blickten nach der Tür und erzitterten beide in süßer Ahnung.

„Adolf, kommt wieder!", seufzte Maria."O, unser Gebet ist erhört worden!"

Machteld lauschte mit größerer Aufmerksamkeit und antwortete traurig: „Nein, nein, er ist es nicht. Sein Tritt ist nicht so schwer. O, Maria, ich fürchte, es ist ein Unglücksbote."

In diesem Augenblick hörte man die Zellentür in ihren Kugeln kreischen. Eine Nonne öffnete sie und ließ den goldenen Ritter eintreten."

Machtelds zarter Körper erzitterte, ihre Augen richteten sich zweifelnd auf den Mann, der vor ihr stand und seine Arme öffnete, sie zu umfangen. Ihr war es, als ein Lügentraum sie irre, aber diese Bewegung war flüchtiger als ein Blitz, der leuchtet und vergeht. Sie stürzte sich ungestüm vorwärts und fiel jauchzend an die Brust des goldenen Ritters.

„Vater!", rief sie, „mein teurer Vater! Ich sehe Euch wieder ohne Ketten! Lasst mich Euch ins meine Arme schließen! O Gott! Wie groß ist deine Güte!"

Robrecht van Bethune umhalste sein zartes Kind mit freudigem Entzücken und drückte sie an seine Brust, bis die Erregung ihrer Herzen etwas gesunken war. Dann legte er seinen Helm und seine eisernen Handschuhe aus der Kniebank und zog einen Sessel herbei, in den er sich ermattet niedersinken ließ. Die liebreiche Machteld umfing seinen Hals mit beiden Armen und schaute mit bewundernder Ehrfurcht in das Angesicht, dessen Anblick für sie so beseligend war wie der Anblick Gottes, auf den Mann, dessen edles Blut auch in ihren Adern floss und der sie zärtlich und innig liebte. Sie lauschte mit wogendem Busen auf die süßen Worte der geliebten Stimme, die in ihren Ohren erklang.

„Machteld", sprach er, „mein edles Kind, der Herr hat uns lange geprüft, aber nun hat unser Leid ein Ende. Flandern ist frei, das Vaterland ist gerächt, der schwarze Löwe hat die Lilien zerrissen. Fürchte nichts mehr! Alle Fremden sind erschlagen, die bösen Söldner, die Johanna von Navara gesandt hat, sind tot."

Das Mägdlein las die Worte mit ängstlicher Gier von den Lippen ihres Vaters, sie blickte ihm verwirrt in dii Augen und lächelte mit einem sonderbaren Ausdruck. Die Freude rührte sie so sehr, dass sie regungslos lag, als hätte jedes Bewusstsein sie verlassen. Nach einigen Augenblicken bemerkte sie, dass ihr Vater nicht mehr sprach

„O Gott!", rief sie, „das Vaterland ist frei! Die Franzen sind erschlagen! Und ich besitze Euch wieder, Vater Dann werden wir auch auf unser schönes Wijnendaal zurückkehren, die Trübsal wird nicht Eure alten Tage verbittern, und ich werde mein Leben froh und selig in Euren Armen zubringen. Dieses Glück konnte ich nicht erhoffen, ich wagte nicht, es in meinen Gebeten von Gott zu verlangen."

„Höre wohl, mein Kind, und werde nicht traurig, ich bitt dich. Noch heute muss ich dich wieder verlassen. Der edelmütige Kriegsmann, der mich noch dieses Mal aus den Banden entlassen hat, empfing mein Ehrenwort, dass ich zurückkehren würde, sobald die Schlacht geliefert sei."

Das Mägdlein ließ in tiefster Trauer das Haupt auf die Brust sinken und seufzte: „Sie werden Euch ermorden, unglücklicher Vater."

„Sei doch nicht so furchtsam, Machteld," fuhr Robrecht fort, „mein Bruder Gwide hat sechzig fränkische Ritter von edlem Blute gefangen genommen. Man wird Philipp den Schönen wissen lassen, dass ihr Leben für das meine verpfändet ist, und er wird es nicht wagen, diese Tapferen seiner Rachgier zu opfern. Ich habe nichts mehr zu fürchten. Flandern ist mächtiger als Frankreich, darum bitte ich dich, dass du nicht weinest. Sei fröhlich, denn die schönste Zukunft erwartet uns. Ich werde das Schloss Wijnendaal wiederherstellen lassen, damit es uns alle empfange. Dann werden wir wieder zusammen auf die Falkenjagd reiten. Verstehst du, wie fröhlich unser erster Zug sein wird?"

Ein Lächeln unaussprechlichen Glückes und ein Kuss süßer Liebe waren Machtelds Antwort, aber plötzlich schien sich ein schmerzlicher Gedanke in ihrem Bewusstsein zu erheben. Ihre Züge wurden traurig, und sie blickte schweigend zu Boden wie eine, die sich schämt.

Robrecht richtete einen fragenden Blick auf seine Tochter und sprach: „Machteld, mein Kind, warum verdüstert sich dein Gesicht auf einmal?"

Die Jungfrau erhob den Kopf ein wenig und antwortete leis: „Aber Herr Vater, Ihr sagt mir nichts von Adolf. Warum kam er nicht mit Euch?"

Es verging ein kurzer Augenblick, bevor Robrecht ihre Frage beantwortete. Es schien ihm, dass er in Machteld ein feuriges Gefühl entdeckt habe, das, ihr selber unbekannt, in ihrem Herzen seit langem verborgen war. Nicht ohne Absicht sprach er: „Adolf wird noch von etlichen Sorgen ferngehalten, mein Kind. Noch irren zerstreute Feinde durch die Felder, die er gewiss verfolgt. Machteld, ich darf dir sagen, dass unser Freund Adolf der edelste und mutigste Ritter ist, den ich kenne. Noch nie sah ich einen sich so mannhaft halten. Zweimal hat er deinen Ohm Gwide das Leben gerettet. Bis unter die Kronfahne Frankreichs sielen die Feinde in Haufen unter seinem Schwerte. Alle Ritter rühmen seine Tapferkeit und zählen ihm einen großen Anteil an der Befreiung Flanderns zu."

Während dieser Worte hielt Robrecht die Augen auf seine Tochter gerichtet und folgte jeder Regung ihres Herzens in ihren Zügen. Er sah Freude und Stolz sich nacheinander in ihnen ausdrücken und zweifelte nicht mehr an der Wahrheit seiner Ahnung.

Maria stand entzückt vor Robrecht. Sie lauschte mit Rührung auf das Lob für ihren Bruder.

Während die junge Machteld ihren Vater voller Freude ansah, hörte man am Außentor des Klosters lauten Lärm und Durcheinanderreden. Das währte nur einige Augenblicke, dann wurde alles wieder. still. Bald wurde die Tür der Zelle geöffnet, und Robrechts Bruder Gwide trat langsam und mit niedergeschlagenem Gesicht herein.

Er näherte sich seinem Bruder und sprach: „Ein großes Unglück trifft uns heute in einem Manne, der uns allen teuer ist. Die Gentenaar haben ihn auf dem Schlachtfeld aus den Toten aufgehoben und ins Kloster gebracht. Seine Seele schwebt auf seinen Lippen, und vielleicht ist seine Todesstunde nah. Er bittet, Euch noch einmal zu sehen, bevor er von der Welt scheidet. Ich bitt Euch, mein Bruder, beweist ihm diese letzte Gunst."

Dann wandte er sich zu der Schwester Adolfs und fügte hinzu: „Er ruft Euch gleicherweis, Edelfrau."

Ein einziger Schrei, die gleiche Klage entfloh der Brust der beiden Frauen. Machteld fiel kraftlos in die Arme ihres Vaters und schien zu sterben. Maria stürzte, ohne auf etwas zu hören, mit herzzerreißendem Schrei nach der Tür nhd. verließ das Gemach. Auf ihren Notschrei kamen zwei

Nonnen herein und empfingen die arme Machteld aus den Armen des goldenen Ritters.

Dieser küsste seine Tochter noch einmal und wollte den sterbenden Adolf besuchen gehen, aber die Jungfrau, die ihre Augen aufschlug und die Absicht ihres Vaters verstand, riss sich aus den Händen der Nonnen, klammerte sich an Robrecht und rief:

„Lasst mich mit Euch gehen, Vater! Dass er mich noch einmal sehe. Weh mir! Welch Schmerzensschwert geht durch meine Brust! Vater, ich sterbe mit ihm, schon fühle ich den Tod in mir. Ich will ihn sehen. Eilt Euch, o, kommt schnell! Er stirbt! Er, Adolf!"

Robrecht sah seine Tochter mitleidig an. Nun blieb ihm kein Zweifel mehr über das Gefühl, das langsam und in der Stille im Herzen seiner Tochter Wurzel gefasst hatte. Diese Gewissheit verursachte ihm keine Erregung, keinen Zorn. Unfähig, seine Tochter mit Worten zu trösten, drückte er sie fest an seine Brust, aber Machteld entrang sich schnell den zärtlichen Armen. Sie zog Robrecht mit der Hand fort und rief: „O Vater, erbarmt Euch meiner! Kommt, damit ich noch einmal die Stimme meines guten Bruders höre, dass seine Augen mich noch einmal lebend ansehen!"

Sie kniete vor ihm nieder, und während ihre Tränen gleich zwei Brünnlein über ihre Wangen liefen, fuhr sie fort: „Ich bitt Euch, verwerft meine Bitte nicht! Hört mich an, o Herr und Vater!"

Robrecht hätte sein Kind am liebsten den Nonnen überlassen, denn er fürchtete mit Recht, dass der Anblick des Sterbenden sie zu sehr ergreifen würde, doch konnte er den dringenden Bitten Machtelds nicht länger widerstehen. Er nahm sie bei der Hand und sprach: „Wohlan, meine Tochter, geh mit mir den unglücklichen Adolf besuchen. Aber ich bitt dich, betrübe mich nicht so sehr durch deine Verzweiflung. Denk, dass Gott uns heute viel große

Gunst bewiesen hat und dir wegen deiner Verzweiflung zürnen mag."

Sie waren schon auf dem Flur und aus der Zelle, als er diese Worte endigte.

Man hatte Adolf in den großen Speisesaal getragen. Ein Federbett war auf den Boden gelegt und er vorsichtig darauf ausgestreckt worden. Ein in der Heilkunde sehr erfahrener Priester hatte seinen Körper mit großer Sorgfalt untersucht und keine offenen Wunden daran gefunden. Lange blaue Streifen kennzeichneten die empfangenen Schläge auf seiner Haut, und durch die schweren Quetschungen war das Blut unter ihnen zusammengelaufen und geronnen. Gleich nach einem Aderlass wurden seine Glieder gewaschen und mit stärkendem Balsam eingerieben. Durch die geschickten Maßnahmen des Arztes war er etwas gestärkt worden, doch schien er noch immer dem Tode nahe, obgleich seine Augen nicht mehr so aschfarbig und verglast waren.

Rund um sein Krankenbett standen viele Ritter, die schweigend über ihren Freund trauerten. Herr Jan van Renesse, Arnold van Oudenaarde und Pieter de Coninc halfen dem Priester bei seinen Verrichtungen. Wilhelm von Jülich, Jan Borluut und Boudewijn van Papenrode befanden sich an der linken Bettseite, der junge Gwide mit Jan Breidel und andere vornehme Ritter standen mit gebeugten Häuptern am Fußende und schauten auf den Verwundeten.

Breidel war grässlich anzusehen. Seine Wangen waren ausgerissen, und ein blutiges Tuch bedeckte die eine Hälfte seines Gesichtes. Seine Arme und seine Kleider waren beschmutzt, und sein stumpfgehauenes Beil hing an seiner Seite. Auch die anderen Ritter hatten das eine oder andere Glied mit Tüchern umwickelt, und die Rüstung aller war schrecklich verbeult und zerschlagen. Maria kniete weinend neben ihrem Bruder. Sie hatte eine seiner Hände ergriffen und bedeckte sie mit Tränen, während Adolf sie schwach und verwirrt ansah."

Sobald Robrecht mit seiner Tochter in den Saal trat, wurden alle Ritter von Bewegung und Verwunderung ergriffen. Er, der ihnen als geheimnisvoller Erlöser in der Not zugekommen, war der Löwe von Flandern. Alle ließen sich mit tiefster Ehrfurcht auf die Knie und sprachen: „Ehre dem Löwen, unserm Grafen!"

Robrecht ließ seine Tochter los, hob die Herren Jan van Renesse und Jan Borluut vom Boden und küsste sie beide auf die Wange. Dann gab er den anderen ein Zeichen, dass sie aufstehen sollten und sprach: „Meine treuen Untertanen, meine Freunde, ihr habt mir heute bewiesen, wie mächtig ein Heldenvolk ist. Meine geringe Krone trage mir nun mit mehr Stolz als Philipp der Schöne die von Frankreich, denn auf euch kann ich mit Recht stolz sein."

Dann ging er zu Adolf, ergriff seine Hand und sah ihn lange an, ohne ein Wort zu sagen. Unter jedem Augenlid des Löwen blinkte eine Träne, die sich allmählich vergrößerte, sich löste und wie eine glänzende Perle zu Boden rollte. Machteld saß schon einige Zeit auf beiden Knien beim Haupte Adolfs. Sie hatte ihm den grünen Schleier, der jetzt beschmutzt und blutig war, genommen und vergoss nun ihre Tränen auf dieses Zeichen ihrer Neigung und seiner Aufopferung. Sie sprach kein Wort, noch sah sie ihn an, denn sie hatte ihre beiden Hände vor das Gesicht geschlagen und schluchzte in dumpfer Trauer ohne sich zu rühren.

Auch der Priester stand regungslos und schaute auf den verwundeten Ritter. Es schien ihm, als ginge in seinem Gesichte etwas Wunderliches vor, als käme mehr Leben hinein. Und wirklich, seine Augen wurden klarer, seine Züge verloren nach und nach die Kennzeichen des nahenden Todes. Er richtete bald einen liebevollen Blick ans Robrecht und sprach langsam und mit schmerzlicher

Stimme: „O, mein Herr und Graf, Eure Gegenwart ist mir ein süßer Trost. Ich darf sterben! Das Vaterland ist frei! Ich verlasse die Welt mit Freuden, da die Zukunft Euch nhd. Euerm edlen Kinde ein langes Glück verspricht. O, glaubt mir in meiner Sterbestunde: Euer Unglück war mir, Euerm unwürdigen Diener, schmerzlicher als Euch selber. Ich habe in manchen Nächten mein Bettlager heimlich mit Tränen benetzt, wenn ich an die traurige Lage der armen Machteld und an Eure Gefangenschaft dachte..."

Er wandte das Haupt etwas zu Machteld und lockte ihre Tränen heftiger auf ihre Wangen, indem er sprach: „Weint nicht, Edelfrau, ich verdiene dieses liebevolle Mitleid nicht. Es gibt noch ein anderes Leben! Dort werde ich meine gute Schwester wiedersehen. Bleibt Ihr auf Erden als Stütze der alten Tage Eures Vaters und denkt in Euren Gebeten bisweilen an Euern guten Brüder, der Euch verlassen muss."

Hier hörte er plötzlich auf zu sprechen und schaute verwundert um sich. „Aber, mein Gott!", rief er und sah dem Priester fragend ins Gesicht, „was ist das? Ich fühle neue Kraft! Das Blut strömt freier durch meine Adern!"

Machteld stand auf und sah ihn in ängstlicher Erwartung an.

Alle sahen den Priester mit Spannung an. Dieser hatte den Kranken während des Vorfalles mit scharfen Blicken angesehen und alle seine Regungen verfolgt. Er nahm Adolfs Hand und prüfte sie mit einer besonderen Absicht, während alle Anwesenden seinen Bewegungen ängstlich folgten. Sie lasen auf dem Gesicht des Priesters, dass noch nicht alle Hoffnung auf die Rettung des Verwundeten verloren war. Der Geistliche fuhr schweigend fort in seiner Untersuchung. Er hob die Augenlider des Kranken und ließ die Hand über seine bloße Brust gleiten. Nachdem dies getan war, kehrte er sich zu den umstehenden Rittern und sprach im Tone der innersten Überzeugung: „Ich sage euch, ihr Herren, das Fieber, das diesem jungen Ritter den Tod bringen musste, ist vorüber. Er wird nicht sterben!"

Alle Ritter wurden von einer seltsamen Bewegung ergriffen, und man sollte geglaubt haben, dass ein Todesurteil aus dem Mund des Priesters gefallen wäre, aber die heftige Regung des Staunens führte bald zu Ausdrücken und Gebärden der Freude.

Maria hatte auf die Ankündigung des Priesters mit einem lauten Schrei geantwortet und ihren Bruder voll Entzücken umarmt. Machteld fiel wieder auf die Knie, hob ihre Hände empor und rief mit lauter Stimme: „Ich danke dir, o langmütiger und barmherziger Gott, dass du das Gebet deiner unwürdigen Dienerin erhört hast!"

Nach dieser kurzen Danksagung sprang sie auf und warf sich mit der ungestümen Freude in die Arme ihres Vaters.

„Er wird leben! Er wird nicht sterben!", rief sie. „O, nun bin ich glücklich!"

Und sie ruhte einen Augenblick an der Brust Robrechts. Aber ebenso schnell wandte sie sich zu Adolf zurück und sagte fröhliche Worte zu ihm. Was sie alle für ein Wunder ansahen, war eine Folge von Adolfs Zustand. Er hatte keine tiefen oder offenen Wunden, aber wohl mancherlei Quetschungen. Die qualvollen Schmerzen, welche diese verursachten, hatten ihm ein gefährliches Fieber zugezogen, das ihn in Gefahr brachte, aber die Gegenwart Machtelds hatte die Kräfte seiner Seele verdoppelt und jagte das Todesfieber von ihm, und so entging er dem Grabe, das schon nach ihm gähnte.

Robrecht van Bethune ließ seine Tochter, die vor Glück außer sich war, neben dem Bette Adolfs kniend, trat vor die Ritter und sprach: „Ihr, edle Männer Flanderns, habt heute einen Sieg errungen, der als ein Beweis eurer hohen Mannhaftigkeit auf unsere Söhne kommen wird. Ihr habt es der ganzen Welt gezeigt, was es den Fremden kostet, seinen Fuß auf unsern Löwenboden zu setzen. Die Liebe zum Vaterland hat eure Heldenseelen zu unbekannter Unverzagtheit entflammt, und eure Arme haben, von gerechter Rachegier gestählt, die Tyrannen erschlagen. Die Freiheit ist einem Volke, das sie mit dem Blute besiegelt hat, teuer, darum werden alle Fürsten des Südens die Vlaminge für keinen Augenblick mehr zu Sklaven machen können, denn ihr alle würdet lieber sterben, ehe ihr euch besiegen ließet. Aber das dürfen wir nicht mehr fürchten.

Flandern hat sich heute über alle Völker erhoben, und euch, edle Mannen, schuldet das Vaterland dafür seinen Dank. Nun wollen Wir, dass Friede und Ruhe Unsere Untertanen für ihre Treue belohne. Es wird Uns ein Glück sein, von ihnen allen mit dem Namen Vater begrüßt zu werden, wenn Unsere sorgende Liebe und Unsere unaufhörlichen Bemühungen Uns diesen Namen verdienten. Und geschähe es dennoch, dass die Franzen es wagen würden, wiederzukommen, so würden Wir auch dann noch als Löwe von Flandern euch mit Unserm Hammer wiederum zum Streite führen. Wir bitten euch, ihr Herren, sobald ihr in eure Herrschaften zurückgekehrt sein werdet, besänftigt die Gemüter und bringt alles zum Frieden, auf das der Sieg nicht durch Aufruhr befleckt werde. Und leidet besonders nicht, dass das Volk noch mehr Verfolgung gegen die Leliaarts anfange. Es gebührt Uns, über sie zu richten. Wir müssen euch verlassen! In Unserer Abwesenheit sollt ihr Unserm Bruder Gwide als euerm Herrn und Grafen gehorsamen."

„Uns verlassen?", rief Jan Borluut ungläubig. „Ihr wollt nach Frankreich zurückkehren? Tut es nicht, edler Graf, sie werden ihre Niederlage an Euch rächen!"

„Ihr Herren", siel Robrecht ein, „ich frage euch: Wer unter euch würde aus Furcht vor dem Tode sein Ehrenwort und seine Rittertreue brechen?"

Sie senkten alle das Haupt und sprachen kein Wort, denn sie verstanden mit Schmerz, dass nichts ihren Grafen zurückhalten konnte. Dieser fuhr fort: „Herr de Coninc, Eure tiefe Weisheit ist Uns von großem Nutzen gewesen und wird es noch sein. Wir rufen Euch in Unseren Rat und begehren, dass Ihr bei Uns an Unserm gräflichen Hofe verbleibt. Herr Breidel, Eure Tapferkeit und Treue verdienen eine große Belohnung. Seid von nun an und für alle Zeit Oberbefehlshaber über alle Eure Stadtgenossen. Wir wissen, wie ehrenvoll Ihr dieses Amt bekleiden könnt. Dazu sollt Ihr auch zu Unserm Hofe gehören und daran wohnen, wenn es Euch gefällt. Und Ihr, mein Freund Adolf, Ihr verdient eine größere Belohnung. Wir alle waren Zeugen Eurer Unverzagtheit. Ihr habt Euch des edlen Namens Eurer Vorfahren würdig gemacht. Ich habe Eure Aufopferung nicht vergessen. Ich weiß, mit welcher Sorge, mit welcher Liebe Ihr mein unglückliches Kind beschirmt und getröstet habt. Ich weiß, welch reines und inniges Gefühl in Euren Herzen unbekannt gewachsen ist. Wohlan, ich will Euch an Edelmut gleichkommen. Das durchlauchtige Blut der Grafen von Flandern mische sich mit Blute der Edelherren van Nieuwland. Der schwarze Löwe glänze auf Euerm Schilde! Ich gebe Euch mein teures Kind, meine Machteld, zum Weibe!"

Aus der Brust Machtelds kam nur ein einziger Ton, der Name Adolfs. Aber sie ergriff seine Hand mit Bestürzung, zitterte heftig und sah ihm tief in die Augen. Dann begann sie noch stärker zu weinen, aber nun war es die Freude, die sie erschütterte. Auch der junge Ritter sagte kein Wort. Sein Glück war zu tief, zu groß, um ausgesprochen zu werden. Nur dass er seine leuchtenden Augen voller Liebe auf Machteld, voller Erkenntnis auf Robrecht und dann voller Dank gegen Gott richtete.

Seit einer Zeit hörte man einen lauten Lärm am Vordertor der Abtei. Es war, als ob ein Volksauflauf stattfände. Dieser Lärm wuchs immer mehr, und von Zeit zu Zeit erhob sich ein lautes Jauchzen. Eine Nonne kam und kündete an, dass eine große Volksmenge vor dem Tor stehe und unaufhörlich schrie, dass, sie den goldenen Ritter sehen wolle. Da die Tür des Saales offen stand, klang das Jauchzen vernehmlich in die Ohren der Ritter: „Vlaanderen den Leeuw! Heil unserem Erlöser! Heil! Heil!"

Robrecht wandte sich zu der Nonne und sprach: „Beliebt ihnen zusagen, dass der goldene Ritter, den sie rufen, in wenigen Augenblicken unter sie kommen wird."

Dann trat er zu dem kranken Ritter, ergriff seine noch schwache Hand und sprach: „Adolf van Nieuwland, meine teure Machteld wird Euer Ehegemahl! Der Segen des Allmächtigen komme auf Eure Häupter und gebe Euren Kindern die Tapferkeit ihres Vaters und die Tugend ihrer Mutter. Ihr habt mehr verdient, aber es liegt nicht in meiner Macht, Euch ein köstlicheres Geschenk zu geben als das Kind, das der Trost und die Stütze meiner alten Tage sein soll."

Während überreiche Danksagung aus dem Munde Adolfs kam, trat Robrecht eilig zu Gwide.

„Mein lieber Bruder", sprach er, „ich begehre, dass diese Hochzeit so bald wie möglich mit Pracht gefeiert und durch den gewöhnlichen feierlichen Gottesdienst bekräftigt werde. Das ist mein innigster Wunsch. Ihr Herren, ich verlasse euch in der Hoffnung, dass ich bald frei und ungehindert für das Glück meiner treuen Untertanen möge wirken können."

Nach diesen Worten ging er zu Adolf und küsste ihn auf die Wange. „Fahr wohl, mein Sohn!", sagte er.

Dann drückte er seine Machteld an die Brust und sprach: „Fahr wohl, meine geliebte Machteld! Weine nun nicht mehr über mich. Ich bin glücklich, da das Vaterland gerächt ist. Ich werde bald zurück sein."

Er umhalste noch seinen Bruder Gwide, Wilhelm von Jülich und einige andere Ritter, seine Freunde. Dann drückte er allen anderen bewegt die Hand und rief im Fortgehen: „Fahrt wohl, fahrt wohl, ihr alle, edle Söhne Flanderns, meine treuen Waffenbrüder!"

Auf dem Vorhof stieg er zu Pferd, legte seine Rüstung an, ließ das Vorstück seines Helmes fallen und ritt aus dem Tor. Eine unzählbare Volksmenge hatte sich vor diesem versammelt. Sobald sie den goldenen Ritter sahen, teilten sie sich nach beiden Seiten, um ihn durchzulassen, und begrüßten ihn mit mancherlei Jubelrufen.

„Heil dem goldenen Ritter! Sieg! Sieg unserm Erlöser!", wurde hundertmal mit immer neuer Kraft gerufen. Sie winkten mit den Händen zum Zeichen ihrer Freude und hoben aus den Hufschlägen seines Pferdes die Erde als ein Heiligtum auf. In ihrem Aberglauben dachten sie, dass Sankt Georg, den man während des Kampfes in allen Kirchen von Kortrijk angerufen hatte, ihnen in dieser Gestalt zu Hilfe gekommen sei. Der langsame Schritt des Reiters und sein Stillschweigen bestärkten diesen Glauben, und manche sielen, während er vorbeiritt, kniend auf die Erde. Sie folgten ihm eine Weile jubelnd durch die Felder und schienen ihre Augen nicht an ihm sättigen zu können, denn der goldene Ritter wurde ihnen je länger je wunderbarer. Ihre Einbildung erhob ihn so, dass sie ihn für einen Heiligen hielten.

Ein Zeichen von Robrecht wäre genug für sie gewesen, um die entzückten Menschen zu seinen Anrufern zu machen. Endlich gab er seinem Pferd den Sporn und verschwand wie ein Pfeil zwischen den Bäumen des Waldes.

Das Volk versuchte noch, seinen goldenen Harnisch zwischen dem Laub zu entdecken, aber vergebens. Der Traber hatte seinen Herrn schon weit fort aus dem Bereich ihrer Augen geführt. Dann sahen sie einander an und seufzten traurig: „Er ist in den Himmel zurückgekehrt!"

Historischer Verlauf bis zur Befreiung Robrechts van Bethune, des dreiundzwanzigsten Grafen von Flandern

Von den sechzigtausend Mann, die Philipp der Schöne gesandt hatte, um Flandern zu verwüsten, entkamen nur ungefähr siebentausend, die in aller Eile auf verschiedenen Wegen nach Frankreich zu gelangen suchten.

Gui von St.-Pol hatte fünftausend von ihnen bei Rijssel gesammelt und wollte mit ihnen heimziehen, aber er wurde von einem Teil des vlämischen Heeres angegriffen und in einem blutigen Gefecht geschlagen. Da fanden die meisten von seinen Mannen den Tod, der sie bei Kortrijk verschont hatte. Die Excellente Cronike sagt uns, wie viele Franzen in ihr Vaterland zurückkehrten.

„Und von allen, die entkamen, mochten ungefähr tausend Mannen sein von all der großen Menge, die da gekommen waren, um Flandern gänzlich zunichte zu machen und die mochten die neue Märe tragen von ihrem Abenteuer, das so düster war."

Die vornehmsten Edlen, die tapfersten Ritter waren vor Kortrijk gefallen. Ihre Zahl war so groß, dass gemäß den Berichten kein Schloss, keine Herrlichkeit in Frankreich blieb, wo man nicht Trauer anlegte. Überall wurden Tränen vergossen über den Tod eines Gemahls, eines Vaters oder eines Bruders, und das ganze Land war von Klagen erfüllt.

Durch die Sorge der vlämischen Feldherren wurden die gefallenen Könige und durchlauchtigen Landesherren in der Abtei von Groeningen begraben, wie eine alte Malerei, die in der St.-Michielskerk zu Kortrijk noch erhalten ist, bezeugt. Sie trägt die folgende Inschrift: „Die Schlacht von Groeninghe, geschlagen auf den XI. Julius 1302 und ausgefochten auf dem Groeninger Konter, wo die Oudenaarsche Straße durchgeht, bei der Stadt Kortrijk. Dies sind die Namen der Edlen, die in dem Streit erschlagen und im Kloster zu Groeningen begraben wurden: „Erst der König von Majorke, der König von Melinden, der Herzog von Corcinen, der Herzog von Brabant, der Bischof von Beauvais, der Graf von Artois, der Prinz von Aspermont, Jacob van Simpel, der Graf von Clermont, der Prinz von Champaigne, der Graf von Melli, der Graf von Trappe, der Graf von Lingui, der Graf von Bonnen, der Graf von Henegauwe, der Graf von Frion, der Graf de la Marche, der Graf von Bar. Item, seine drei Brüder, der Herr van Bentersam, der Herr van Wenmele, der Kastellan van Rijssel, der Herr von Flines, Clarison, des Königs von Melinden Bruder, Mijnheer Jan Ereky, der Herr van Merle, der Graf von Lingui in Barrois, der Herr von Marloos, der Herr von Albemarke, des Bischofs von Beauvais Bruder, der Herr van Versen, der Herr von Rochefort, Mijnheer Gillis von Oligny, der Herr von Montfort, Godefroids, des Herrn von Bonnen Bruder und mehr denn siebenhundert vergoldete Sporen. Gott sei allen gläubigen Seelen gnädig!"

Es gibt in dem Büchersaal des Herrn Goethals-Vercruyssen zu Kortrijk noch einen Stein, der auf dem Grab des Königs Sigis gelegen hat und, nebst seinem Wappen, die folgende Inschrift trägt: „In't jaer ons Here MCCCII up sente Benedictus dach in Hoymaent was de stryt te cuttruke. Ouder dete es gegraven de conync sigis. Bidt God voor alle zielen. Amen MCCCII."

Außer den goldenen Gefäßen, köstlichen Stoffen und reichen Waffen fand man auf dem Schlachtfeld siebenhundert vergoldete Sporen, welche nur die Edlen tragen durften. Man hing sie mit den gewonnenen Standarten an das

Gewölbe der Vrouwenkerk zu Kortrijk, und danach wurde der Kampf die Schlacht der Goldenen Sporen genannt. Auch etliche tausend Pferde sielen den Vlamingen in die Hände, die sich ihrer in"den folgenden Kriegen mit großem Vorteil bedienten.

Außerhalb der Gentpoort, nicht weit von Kortrijk, hat man inmitten des Schlachtfeldes 1831 eine Kapelle zu Ehren Unser Lieben Frauen van Groeningen erbaut. Auf dem Altar liest man die Namen der gefallenen fränkischen Feldherren, und in der Mitte des Gewölbes ist einer der echten vergoldeten Sporen aufgehängt.

In Kortrijk wurde der Festtag alle Jahre durch eine öffentliche Feier und durch Volksunterhaltung begangen. Die Erinnerung an dieses Fest ist bis auf den heutigen Tag in einer Kirmes, die man Vergaderdagen nennt, erhalten geblieben. Jedes Jahr im Monat Juli gehen die armen Leute von Haus zu Haus und fragen nach alten Kleidern, um sie zu verkaufen, gerade wie man 1302 mit der reichen Beute getan hat. Von einem Geigenspieler begleitet, gehen sie dann auf den Pottelsberg, den alten Lagerplatz der Franzen, und erlustigen sich dort bis zum Ende des Tages. Als die Nachricht von der Vernichtung des Heeres nach Frankreich kam, verfiel man am Hof in eine große Trauer. Philipp der Schöne entbrannte in Wut gegen seine Gemahlin Johanna, deren Bosheit das Unheil verschuldet hatte. Er verwies ihr dies mit bittern Worten, wie Lodewijk van Veltmen, ein Dichter, der in dieser Zeit lebte, damals in seinem Spiegel Historiael mit den folgenden Worten schrieb: „Da warf der König ihr in den Schoß einen Brief von Blute rot, wann durch den, der ihn schrieb lernt er, dass Artois tot blieb, mit großen Schmerzen verwundt."

Und etwas weiter: „Er sagte: Königinne, Fraue! mäßigt euch selber in euerm Schmerz. Hättet ihr zuvor bedacht, was ihr euch selber zugebracht."

Man findet in den meisten fränkischen Geschichtsbüchern Johanna von Navara durchaus nicht als böse geschildert.

Der fränkische Volkscharakter, den wir für sehr löblich halten, entschuldigt gern die Untugenden seiner Fürsten (wenn sie tot sind). Aber die Wahrheit unserer Chroniken ist zu greifbar, um an dem gehässigen Wesen Johannas zu zweifeln.

Die Ratsherren von Gent, die alle Leliaarts waren und dachten, Philipp der Schöne werde in aller Eile ein neues Heer nach Flandern senden, wollten ihre Tore geschlossen halten und die Stadt für die Franzen retten.

Aber sogleich wurden sie von den Gentenaaren für diese verräterische Absicht bestraft: das Volk lief zu den Waffen, Ratsherren und Leliaarts wurden ermordet, und die vornehmsten Bürger brachten die Schlüssel der Stadt dem jungen Gwide, dem sie ewige Treue schworen.

Unterdes kam Jan, Graf van Namen und Bruder Robrechts van Bethune, nach Flandern und nahm die Verwaltung des Landes in die Hand. Er bildete schnell ein neues, mächtiges Heer, um den Franzen begegnen zu können, und brachte die Verwaltung der Städte in Ordnung. Ohne seinen Scharen lange Ruhe zu lassen, zog er nach Rijssel, das sich nach einigen Sturmläufen übergab. Von da zog er nach Dowaai und gewann auch diese Stadt und nahm die Besatzung gefangen. Die Stadt Kassel ergab sich auf gewisse Bedingungen. Nachdem er den Franzen noch etliche andere feste Plätze genommen hatte und sah, dass keine neuen Feinde ans Frankreich kamen, sandte Jan van Namen den größten Teil seines Heeres heim und behielt nur einige auserlesene Scharen von erfahrenen Kriegsleuten.

Das Land genoss Ruhe, und der Kaufhandel begann aufs Neue zu blühen. Mit besserer Hoffnung auf eine gute Ernte wurden die verwüsteten Äcker wieder besät und es schien, als ob Flandern neues Leben und neue Kraft gewonnen habe. Man dachte mit einigem Grund, dass Frankreich nun genug gelernt habe, wie van Velthem singt: „Hütet euch vor gleichem Spiele, ihr Franzen seid hier entehrt, seid für ein andermal gelehrt."

Philipp der Schöne hatte in der Tat nicht viel Lust, den Krieg wieder anzufangen, aber der Ruf nach Rache, der sich aus allen Teilen Frankreichs hören ließ, die Klagen der Ritter, deren Brüder vor Kortrijk gefallen waren, und vor allem das Hetzen der rachsüchtigen Königin Johanna trieben ihn endlich zum Kriege. Er versammelte also ein Heer von achtzigtausend Mann, in dem sich zwanzigtausend Reiter befanden, doch war es bei weitem nicht so ansehnlich als das erste, das er verloren hatte, da es meist aus gemieteten und gepressten Soldaten bestand. Der Oberbefehl wurde dem König Louis von Navara übertragen. Dieser musste, bevor er eine Schlacht wagen konnte, versuchen, Dowaai und die fränkischen Grenzstädte aus den Händen der Vlaminge zu befreien.

Als dieses Heer nach Flandern gekommen war, schlug es im Felde von Vitrij, zwei Stunden von Dowaai, seine Zelte auf.

Sobald man in Flandern vernommen hatte, dass ein fränkisches Heer gebildet werde, lief der Schrei „Zu den Waffen, zu den Waffen!" durch das ganze Land.

Noch nie sah man einen solchen Eifer, eine solche Entschlossenheit: aus allen Städten, aus den kleinsten Dörfern kamen große Haufen Volkes mit allerlei Waffen zugelaufen und man zog mit Singen gegen den Feind, so dass Jan van Namen fürchtete, es werde Mangel an Lebensmitteln entstehen, weshalb er eine große Schar zurücksenden musste. Die als Leliaarts bekannt waren, wollten ihr früheres Verhalten vergessen machen und baten dringend, dass man ihnen erlaube, zum Beweise ihrer Bekehrung ihr Blut für das Vaterland zu vergießen, was ihnen denn auch mit

Freuden zugestanden wurde. Unter dem Feldherrn Jan van Namen befanden sich die meisten der Ritter, die sich in der Schlacht bei

Kortrijk hervorgetan hatten: der junge Gwide, Wilhelm von Jülich, Jan van Renesse, Jan Borluut, Pieter de Coninc, Jan Breidel und andere. Adolf van Nieuwland, der noch nicht wiederhergestellt war, konnte an dem Zuge nicht teilnehmen.

Nachdem das Heer in verschiedene Scharen eingeteilt war, zogen die Vlaminge bis auf zwei Meilen auf den Feind und stellten sich da auf. Sie blieben aber nur kurze Zeit hier, sondern zogen bis an die Scarpe bei Flines und forderten täglich die Franzen zum Kampf heraus. Doch weil sowohl die fränkischen als die vlämischen Feldherren dem Kampf ausweichen zu wollen schienen, wurde nichts ausgerichtet. Die Ursache dieses Stillstandes war, dass Jan van Namen, um die Befreiung seines Vaters und seiner Brüder zu bewirken, Boten nach Frankreich geschickt hatte, um zu erfahren, ob sich mit Philipp dem Schönen ein Friede zustande bringen ließe. Es scheint, dass man sich am fränkischen Hofe über die Bedingungen nicht einig werden konnte, denn die Boten blieben aus, und man erhielt nur ungünstige Antworten.

Das vlämische Heer begann zu murren und wollte trotz des Verbotes seines Feldherrn den Franzen eine Schlacht liefern. Dies dauerte so lange und der Wille der Truppen machte sich so ernsthaft bemerkbar, dass Jan van Namen gezwungen wurde, über die Scarpe zu ziehen, um den Feind anzugreifen. Auf fünf Schuiten wurde eine Brücke über den Fluss geschlagen, und das vlämische Heer, vergnügt, weil es zum Kampfe ging, zog singend und voller Freude hinüber. Dann aber kamen zweifelhafte Nachrichten aus Frankreich, welche es noch etliche Tage aufhielten. Zuletzt wollten die Truppen sich durchaus nicht mehr zurückhalten lassen und drohten mit offenbarem Aufruhr. Nun wurde alles zum Angriff bereitet, und die Vlaminge zogen gegen die Franzen. Diese durfte die Schlacht nicht wagen, brachen ihr Lager ab und zogen in Unordnung ab.

Die Vlaminge fielen den fliehenden Feinden auf den Leib und erschlugen ihrer eine ansehnliche Zahl. Weiter nahmen sie das Kastell von Harne ein, wo der König von Navara die Heeresvorräte niedergelegt hatte. Die Vorräte, die Zelte, alles, was das fränkische Heer mitgebracht hatte, fiel in die Hände der Vlaminge. Darnach kam es noch zu einigen kleinen Gefechten, deren Ergebnis war, dass die Franzen, mit Schande überladen, bis tief in Frankreich hinein gejagt wurden. So singt unser vaterländischer Dichter Duyse mit Recht zu dieser Gelegenheit: „Triumph, mein Vaterland, rühm dich der Väter Tat Unsterblich grüne euer uraltes Lorbeerblatt!Die Fama mache euren Ruhm nach den vier Winden kund. Bleibt so verherrlicht bis zur Erdenabendstund!"

Als die vlämischen Feldherren sahen, dass kein Feind mehr im offenen Felde zu bekämpfen war, entließen sie einen Teil des Heeres und behielten nur so viel Leute als nötig waren, um die Besatzungen der fränkischer Grenzstädte am Rauben und Brennen zu verhindern.

Aus dem Städtchen Lessen an der Grenze von Hennegau sielen täglich Haufen fränkischer Söldner in Flandern ein und taten den Bewohnern des offenen Landeviel Böses an. Als Jan van Namen das erfuhr, zog er mit etlichen Scharen dorthin, bestürmte, eroberte und verbrannte Lessen, das dem Grafen von Hennegau gehörte."

Inzwischen zog Wilhelm von Jülich mit den Zünften von Brügge und Kortrijk nach St.-Omaar, um diese Stadt den Franzen zu entreißen. Als er dort angekommen war, wurde er von der fränkischen Reiterei, die viel stärker an Zahl war, mit Ungestüm angefallen. Da er keinen Ausweg sah, ordnete er seine Mannen in einem Ring und wehrte sich so lange, bis die Dunkelheit ihm erlaubte, sich zurückzuziehen und so einer sichern Niederlage zu entgehen.

Einige Tage später kam Jan van Namen von Lessen zurück zu Wilhelm, was ihre vereinigten Scharen ungefähr dreitausend Mann stark machte. Sie griffen das fränkische Heer an und schlugen es in die Flucht und hieben die feindlichen Scharen nieder.

Man begann, St.-Omaar zu bestürmen. Täglich wurde die Stadt mit außerordentlichem Mut von verschiedenen Seiten angegriffen, doch weil die Besatzung sehr stark war, wurden die Belagerer oftmals mit starken Verlusten zurückgeschlagen. Das hinderte sie nicht, eine Menge schwerer Steine über die Wälle zu werfen und die meisten Häuser zu beschädigen. Auch wurden viele Einwohner von St.-Omaar von diesen Steinen zerschmettert. Die Franzen, die für die Sicherheit der Stadt fürchteten, entschlossen sich zu einem kräftigen Unternehmen: sie bewaffneten alle Bürger und bildeten so eine ansehnliche Kriegsmacht, welche sie in zwei Haufen teilten. In einer Nacht, als eine undurchdringliche Finsternis die Felder bedeckte, gingen sie bedachtsam aus der Stadt und führten die Hälfte ihrer Macht in einen dichten Wald, der an der Seite des vlämischen Lagers war. Der andere Haufen zog bis zu dem Kastell von Arques, das auch durch die Vlaminge belagert wurde. Mit Sonnenaufgang setzte der Angriff bei Arques mit solcher Gewalt ein, dass die überraschten Vlaminge fliehen wollten. Doch die Stimme ihrer Feldherren gab ihnen den Mut zurück. Sie trieben die Franzen zurück, und der Sieg schien sich auf ihre Seite zu neigen, bis dass eine große Reiterschar, die sie von hinten anfiel, beim ersten Stoß mehrere Glieder überrannte und die Vlaminge nach einem hartnäckigen Kampf auseinander und in die Flucht trieb.

Der andere Teil des vlämischen Heeres, der unversehens von den im Busch verborgenen Soldaten angegriffen wurde, stellte sich hastig in Schlachtordnung und zog sich ohne Verwirrung zurück. Vielleicht wären sie ohne große Verluste entkommen, aber ein beklagenswertes Unglück sollte ihre Niederlage herbeiführen. Als sie an den Fluss Aa gekommen waren, begaben sie sich in großer Zahl und in so dichtgeschlossener Masse auf die Brücke, dass diese das Gewicht so vieler Menschen nicht tragen konnte und mit entsetzlichem Krachen in den Fluss stürzte.

Das Schreien und Heulen derer, die zerschmettert ins Wasser sielen, brachte Mutlosigkeit unter die vlämischen Scharen, die noch nicht über den Fluss waren. Sie hörten nicht mehr auf die Stimme ihrer Obersten, ergriffen die Flucht und zerstreuten sich über das Schlachtfeld. Diese Niederlage kostete die Vlaminge an viertausend Mann.

Als Jan van Namen und Wilhelm von Jülich sahen dass der Feind die Verfolgung aufgab, um das verlassene Lager zu plündern, sammelten sie die Flüchtlinge, so gut sie konnten. Nachdem sie ihnen die Schande dieser Niederlage vor Augen geführt hatten, erregten sie in ihren Herzen das Verlangen nach einer schnellen Vergeltung.

Dann wandten sie sich wieder gegen den Feind, überraschten ihn bei der Plünderung des Lagers und fielen ihm unversehens mit großem Geschrei auf den Leib. Die meisten Plünderer wurden erschlagen und die übrigen in die Stadt getrieben. Also retteten die Vlaminge mit ihrem Gut auch den Sieg dieses Tages.

Während man einen langwierigen und wenig bedeutenden Krieg gegen Frankreich führte, war Zeeland durch Todesfall herrenlos geworden. Willem van Hennegau wollte das Land in Besitz nehmen, indem er vorgab, dass es ihm nach Erbrecht zustehe, aber auch die Söhne des Grafen von Flandern erhoben Anspruch auf diesen Besitz.

Jan van Namen rüstete rasch eine Flotte aus und landete mit einem vlämischen Heer auf der Insel Cadsand. Nach einem kleinen Gefecht setzte er seinen Zug fort nach Walcheren und nahm ter Vere ein. Auch Willem van Hennegau hatte ein Heer aufgebracht und kam damit nach Zeeland, wo er Jan van Namen eine Schlacht anbot. Die Vlaminge überwanden ihn in einem furchtbaren Kampfe und verfolgten ihn auf der Flucht bis nach Arnemuiden. Willem van Hennegau, der dort frische Hilfstruppen fand, sammelte sein zerstreutes Heer und zog aufs Neue gegen die Vlaminge, aber diesmal war seine Niederlage noch schrecklicher, denn er wurde gezwungen, auf die Insel Schouwen zu fliehen. Kurz darauf eroberten die Vlaminge die Stadt Middelburg und noch viele andere Städte. Das veranlasste Willem van Hennegau zu einem vorläufigen Vertrag, durch den der größte Teil von Zeeland an die Vlaminge abgetreten wurde. Philipp der Schöne sammelte unterdessen ein noch mächtigeres Heer, um sich für den Schlag von Kortrijk zu rächen. Er übertrug den Oberbefehl an Walter von Chatillon und befahl ihm, bei seiner Ankunft alle Besatzungen aus den Grenzstädten an sich zu ziehen, wodurch sein Heer über hunderttausend Mann stark werden musste.

Als Philips, einer von den Söhnen des Grafen von Flandern, der in Italien die Grafschaften Tvetta und Lorette geerbt hatte, die Aufstellung des fränkischen Heeres erfuhr, kam er mit etlichen Scharen Hilfstruppen nach Flandern, wo er von seinen Brüdern zum Oberbefehlshaber gewählt wurde. Er verstärkte das Heer, das in Zeeland gekriegt hatte, und brachte seine Macht auf fünfzigtausend Mann, zog bis nach St.-Omaars, um die Franzen zu erwarten, und überrumpelte das Kastell von Arques.

Die feindlichen Heere stießen bald auseinander. An den beiden ersten Tagen fanden mehrere Einzelgefechte statt, in denen Pierre von Coutrenel, einer der fränkischen Feldherren, mit seinen Söhnen siel und die Franzen viel Volk verloren. Walter von Chatillon wagte aus Furcht nicht, eine allgemeine Schlacht anzunehmen, sondern zog des Nachts mit seinem Heer auf Atrecht, und das mit solcher Vorsicht, dass die Vlaminge, die von diesem Abzug nichts gemerkt hatten, des Morgens verwundert und erstaunt waren, dass sie keinen einzigen Franzmann mehr sahen. Philips machte sich den Abzug des Feindes zunutze, bestürmte und nahm die Städte Terwanen, Lens, Lillers en Bassie. Und zur Vergeltung für das, was die Franzen vor der Schlacht von Kortrijk in Flandern getrieben hatten, wurde das ganze Land in der Umgegend von den Vlamingen verwüstet und verdorben und dann kehrten sie, mit reicher Beute beladen, nach Flandern zurück.

Da der König von Frankreich durch so zahlreiche Niederlagen überzeugt worden war, dass es unmöglich sei, Flandern durch die Waffen wiederzugewinnen, sandte er Amadeus von Savoyen als Friedensgesandten an den vlämischen Feldherrn Philips. Die Kinder des gefangenen Grafen, die nichts mehr wünschten als die Befreiung ihres Vaters Gwide und ihres Bruders Robrecht, verlangten innig nach Frieden mit Frankreich und schritten gern über etliche Schwierigkeiten hinweg. Es wurde ein Waffenstillstand abgeschlossen, bis die gegenseitigen Bedingungen des Friedens angenommen worden wären.

Unterdessen wurde am fränkischen Hof ein Friedensvertrag aufgestellt, der verschiedene für Flandern nachteilige Bedingungen enthielt, dennoch hoffte Philipp der Schöne, sie durch eine List zur Annahme zu bringen.

Er ließ den achtzigjährigen Grafen von Flandern aus seinem Gefängnis in Compiègne nach Flandern gehen und nahm sein Ehrenwort von ihm, dass er im Mai des folgenden Jahres in seinen Kerker zurückkehren werde, wenn er den vom fränkischen Hofe aufgestellten Vertrag nicht zur Annahme bringen könne.

Der alte Graf wurde von seinen Untertanen mit Pracht eingeholt und nahm Wohnung auf Schloss Wijnendaal.

Die Bedingungen des von Frankreich angebotenen Vertrages wurden im Allgemeinen von den Städten verworfen. Doch weil der alte Graf noch Zeit vor sich hatte, hoffte er, dass er ihre Zustimmung mit größerer Mühe noch erlangen werde.

Als der Waffenstillstand mit Willem van Hennegau abgelaufen war, vernahm der Graf, dass ein holländisches Heer aufgebracht werde, um Zeeland einzunehmen. In aller Eile wurden Jan van Renesse und Florens van Borsele dorthin gesandt, um dem neuen Feind die Spitze zu bieten. Die Vlaminge besiegten die holländische Flotte in einer Seeschlacht, in der die Holländer und Hennegauer mehr als dreitausend Mann und die meisten ihrer Schiffe verloren. Man nahm den Bischof von Utrecht, den Feldherrn der Utrechter, gefangen und brachte ihn nach Wijnendaal, wo er behalten wurde. In der gleichen Schlacht fielen Willem van Hoorn, Diederik van Haarlem, Diederik van Zulen und Zuederus van Beverenweerdt. Die Vlaminge zogen siegreich durch ganz Nordholland und eroberten die meisten Städte außer Haarlem, das sich hartnäckig wehrte. Die vornehmsten Einwohner Nordhollands wurden als Geiseln nach Gent gebracht. Während der Graf von Hennegau seine Sache aufgab und Holland den Vlamingen überließ, stand in Dordrecht ein tapferer Mann auf mit Namen Niklaas van den Putte. Dieser wollte sein Vaterland befreien, versammelte seine Kriegsscharen, warf sich mit ihnen auf einen Teil der Vlaminge und erschlug bei zweitausenst von ihnen in einem langdauernden Gefechte. An der anderen Seite brachte Witte van Haamstede, auch ein tapferer Mann, gleichfalls viele Krieger zusammen, und als er kurz darauf einem vlämischen Heerhaufen bei Hillegom begegnete, erschlug er sie bis auf den letzten Mann. Diese einzelnen Gefechte änderten aber wenig an dem allgemeinen Stand der Sachen und hinderten nicht, dass man in der Belagerung von Zierikzee rüstig fortfuhr.

Unterdessen nahte sich das Ende des Waffenstillstandes mit Frankreich, und alles schien auf einen neuen Krieg hinzudeuten. Denn weil die Bedingungen den Vlamingen ungünstig waren, hatte man sich auf keinen Frieden einigen können. Vor dem letzten Tag des Monats April kehrte der alte Gwide wie ein zweiter Regulus in die Gefangenschaft nach Frankreich zurück. Philipp der Schöne hatte während des Waffenstillstandes alle möglichen Mittel aufgewandt, um ein unsäglich großes Heer zusammenzubringen: in allen Ländern hatte man auf seine Kosten Hilfstruppen angeworben, und verschiedene neue Schatzungen waren dem Volke aufgelegt worden, um die Kosten für den Krieg aufzubringen. Ende Juni kam der König selber mit dem Heere an die vlämischen Grenzen.

Obgleich er die größte Kriegsmacht anführte, die Frankreich jemals besessen hatte, kam auch noch eine schiffreiche Flotte unter Renier Grimaldi aus Genua an die vlämische Seeküste, um den jungen Gwide und Jan van Renesse, die in Zeeland waren, zu bekämpfen. Philips van Flandern hatte unterdessen auch einen Ruf an das Land ergehen lassen und viele Heerhaufen unter seinem Befehl versammelt. Mit diesen zog er vor das fränkische Heer, um Philipp dem Schönen die Schlacht anzubieten. Die beiden Heere waren so dicht beieinander, dass man aus jedem die feindlichen Fahnen wehen sehen konnte. Am ersten Tage kam es zu einem Gefechte, in dem ein fränkischer Anführer mit all seinen Mannschaften erschlagen wurde. Die Vlaminge, die ungeduldig nach dem Kampf riefen, stellten sich des andern Tages in Schlachtordnung und rüsteten sich auf einen gewaltigen Angriff, aber als die Franzen dies bemerkten, zogen sie in aller Hast nach Atrecht ab und ließen ihr Lager den Vlamingen zum Raube, die große Beute machten und alle Werke, welche die Franzen erbaut hatten, abbrachen und vernichteten. Die Stadt Bassee wurde zum zweiten Mal von ihnen erobert und die Vorstädte der Stadt Lens niedergebrannt.

Nun wollte Philipp der Schöne die Vlaminge von der Hennegauischen Grenze her angreifen und zog mit seinem Heer nach Doornijk. Aber schon auf den ersten Tag seiner Ankunft waren die Vlaminge bei ihm. Er war nicht gesonnen, die Schlacht anzunehmen, bevor er erfahren hatte, was seine Flotte in Zeeland ausgerichtet hätte.

Um nicht handgemein zu werden, brach er fast jede Nacht sein Lager ab und schlich, von den Vlamingen stets verfolgt, von einer Seite zur anderen.

Am 10. August 1304 war die Seeschlacht zwischen den beiden Flotten der Kampf dauerte zwei Tage, vom Morgen bis zum Abend. Den ersten Tag war der Vorteil auf der Seite der Vlaminge, und vielleicht würden sie einen völligen Sieg gewonnen haben, aber da ihre Schiffe des Nachts auf einer Sandbank festfuhren, wurden sie am andern Tage von den Franzen unter dem berühmten Admiral Grimaldi geschlagen, ihre Schiffe wurden verbrannt, und der junge Gwide siel mit vielen anderen in die Hände des Feindes. Jan van Renesse, der mutige Zeelauder, der mit geringem Volk Utrecht verteidigte, wollte die Stadt verlassen und begab sich auf eine Schuite, um über die Lek zu fahren, aber das Schiff, das zu schwer beladen war, sank mitten auf dem Flusse, und der edle Ritter Jan fand ein beklagenswertes Ende: er ertrank. Die Vlaminge, welche durch Flüchtlinge von dem Unglück erfuhren, betrauerten ihn mit trüben Klagen und schworen, dass sie ihn nicht ungerächt lassen würden.

Als die Nachricht von dem Ausgang der Seeschlacht in das fränkische Lager kam, befand es sich auf dem Peuvelberg bei Rijssel. Philipp der Schöne zog ein wenig zur Seite und gab den günstigen Platz auf, der denn auch gleich von den Vlamingen besetzt wurde. Diese wollten die Schlacht nicht mehr länger aufschieben. Es war den Feldherren nicht möglich, sie noch länger zurückzuhalten, und sie stellten sich auch in Schlachtordnung, um den Feind anzugreifen. Als Philipp der Schöne das sah, sandte er einen Boten mit Friedensvorschlägen aber die Vlaminge wollten durchaus nichts davon hören und schlugen den Boten tot. Kurz darauf stürzten sie sich mit grässlichem Geschrei und donnerndem Geheul auf das fränkische Heer, das erstaunt und erschreckt durcheinanderlief. Beim ersten Stoß wurden die vordersten Scharen überrannt und zerschmettert. Unter den Vlamingen war eine noch größere Raserei als in der Schlacht bei Kortrijk, und die Franzen konnten ihnen nur schwachen Widerstand leisten, obwohl sie mit dem gleichen Mut kämpften. Philips van Flandern und Wilhelm von Jülich drangen durch alle feindlichen Scharen bis zu dem König Philipp dem Schönen, der dadurch in große Gefahr geriet.

Seine Leibwachen wurden rund um ihn niedergehauen, und er wäre gewiss gefangen oder getötet worden, wenn man ihm nicht seinen Mantel und die anderen königlichen Zeichen genommen hätte. Also unkenntlich gemacht, flüchtete er sich von dem Platze und empfing eine leichte Wunde von einem eisernen Bolzen. Dieser lange Kampf endete damit, dass das fränkische Heer in die Flucht geschlagen wurde und die Vlaminge den Sieg behielten.

Die fränkische Kronfahne (Oriflamme) wurde in Stücke zerrissen, wie die Cronijke van Vlaanderen mit den folgenden Worten bezeugt: „Hier wierd de iransche Oriflamme, op dewelcke zij zoo zeer gewoon waren te weinen, geschenkt en den standaerddrager cherosius gedood." In dieser Schlacht verlor Wilhelm von Jülich, der Priester, das Leben. Die Vlaminge hielten sich bis zum Abend dabei, das Zelt des Königs und die anderen köstlichen Güter zur Beute zu machen, dann kehrten sie nach dem Peuvelberg zurück, um etwas zu essen, doch weil sie dort nichts fanden, zogen sie nach Rijssel. Des andern Tages ging jeder nach Haus. Die Schlacht geschah auf den 15. August 1304.

Fünfzehn Tage danach kam Philipp der Schöne wieder mit einem Heer nach Flandern, um Rijssel zu belagern. Die vlämischen Bürger schlossen ihre Läden und griffen in Menge zu den Waffen. Als Philips van Flandern sie zu Kortrijk versammelt hatte, zog er etliche Tage später nach Rijssel den Franzen unter die Augen. Als Philipp der Schöne ihre große Zahl sah, rief er mit Verwunderung aus: „Mich dünkt, dass Flandern Kriegsleute speit oder regnet."

Da er keine Niederlage mehr wagen durfte, bot er nach einigen Scharmützeln Frieden an, und man trat in Unterhandlung, während welcher ein Waffenstillstand festgesetzt wurde. Es dauerte recht lange, ehe man auf beiden Seiten die Bedingungen annahm.

Während dieser Zeit starb der alte Graf Gwide in seinem Gefängnis zu Compiègne. Auch Johanna von Navara verschied.

Endlich wurde der Friede zwischen Philips van Flandern und Philipp dem Schönen geschlossen und unterzeichnet.

Robrecht van Bethune, sowie seine beiden Brüder Willem und Gwide und all die anderen gefangenen Ritter wurden freigelassen und in das Vaterland zurückgesandt.

Das Volk war über die Bedingungen des Vertrages nicht zufrieden und nannte ihn den Verband van Ongerechtigheid. Doch hatte diese Unzufriedenheit für den Augenblick keine Folgen.

Als Robrecht van Bethune nach Flandern gekommen war, wurde ihm mit außergewöhnlicher Pracht als Grafen gehuldigt. Er lebte noch siebenzehn Jahre, hielt die Ehre und den Ruhm Flanderns aufrecht und entschlief im Herrn den 18. September 1322.

Du, Vlaming, der du dies Buch gelesen hast, erwäge bei den ruhmreichen Taten, die es berichtet, was Flandern vorzeiten war, was es jetzt ist, und noch mehr, was es werden wird, wenn du die heiligen Vorbilder deiner Väter vergissest.

Ende

Hendrik Conscience

Das Erste: Dass er, trotz seines Namens, ein Vlaming ist, dass Wert und Wirkung seines Schrifttums in seinem reinen Vlamentum begründet sind. Seine Landsleute haben sich ein Symbol für diese Tatsache geschaffen, das sich nicht missdeuten lässt. Kein bewusster Vlame spricht seinen Namen Französisch aus. Das heißt viel in einem Lande, wo sogar Dienstboten und Hunde Französisch angesprochen werden.

In Deutschland ist man hier und da der Meinung, Conscience habe, wie seine späteren Landsleute De Coster und Verhaeren, französisch geschrieben und wer zum ersten Mal in der niederländischen Originalausgabe des „Löwen von Flandern" liest, kann leicht in diesem Irrtum bestärkt werden durch den ungeschickten, dem Französischen nachgebildeten Satzbau. So übel behandelte der berühmte Vlame seine Muttersprache. Und doch verdankt sie ihm mehr als einem anderen ihrer Vorkämpfer. Der Mangel erklärt sich sehr leicht. Ein rechter vlämischer Sprachunterricht ist Conscience nicht zuteil geworden, und in seiner Jugend wird er außer Kalendern, der Postille und dem Gebetbuch kaum niederländische Bücher haben lesen können. Auch an mündlichem Verkehr mit gebildeten Vlamen, von deren Munde er die niederländische Sprache hätte lernen können, hat es ihm lange gefehlt.

Sein Vater, ein Vollblutfranzose, der in der Napoleonischen Zeit eine kleine Anstellung am Antwerpener Hafen gefunden und ein Mädchen aus dem Volke geheiratet hatte, sprach und las nur Französisch. Die Mutter starb bald. Und doch: alles, was den armen Antwerpener Volksjungen aus der Enge empor riss, muss er von seinen Eltern ererbt haben. Besonders vom Vater den Trieb aus der Enge ins Weite, die Liebe zu fernen Ländern und Zeiten und zur Natur. Und aus dem reinen Vlamenblut der Mutter den frischen, sprudelnden Impuls, der ihn aus beschaulichen Träumen zu Taten führte.

Der Vater Conscience muss ein guter Erzähler gewesen sein. Manche Abendstunde saß er vor dem kleinen Haus, das er nach dem Tode seiner Frau und dem Verlust seines Amtes auf einem gemieteten Fleckchen Erde vor den Stadttoren aus Schifftrümmern gebaut hatte, neben dem kränklichen, fast verkrüppelten Jungen und erzählte von seinen Matrosenfahrten und Schiffbrüchen. Den Unterhalt erwarb er durch Handel mit Altgut, das er von den Schiffern erstand. Die Kinder, unter denen Hendrik das schwächste war. Er hatte erst in seinem fünften Jahr an Krücken gehen gelernt –, blieben bei seinen langen Gängen sich selber überlassen. Dafür brachte der heimkehrende Vater ihnen mancherlei Seltsamkeiten mit, darunter auch wahllos gekaufte Bücherfranzösische Romane, niederländische Reisebücher mit Kupfern und Karten. In ihnen fand Hendrik bald sein paradiesisches Traumland. Denn etwas Lesen hatte er in den Antwerpener Jahren doch gelernt.

Glücklich und unbewusst vergingen die Knabenjahre im Umgang mit den Büchern und mit der Natur, die in den vielen einsamen Tagen stark auf ihn wirkte. Doch einmal kam der Tag des Erwachens, wenn auch nicht in einer Art, die seinen Zukunftsweg zu verkünden schien.

Wohl hatte er in diesen Jahren einen Freund fürs Leben gefunden, den Sohn einer gutbürgerlichen Antwerpener Familie, deren Landhaus unweit der rustikalen Siedlung des alten Conscience gelegen war. Seit seinem fünfzehnten Jahr verband ihn herzliche Freundschaft mit Jan De Laet. Die gemeinsame Liebe zur Natur, die Leidenschaft für Blumen und Insekten hatte die Knaben zueinander geführt.

Da heiratete der Vater wieder, und mit der jungen Frau zog, außer einem wachsenden Segen an Kindern, hauswirtschaftlicher Sinn, Betriebsamkeit in das verträumte Hauswesen. Sie zogen wieder in die Stadt. Hendrik sollte verdienen, einen Beruf wählen. Er hätte Naturforscher werden mögen, wollte kein Handwerk lernen. In einer Bürgerschule lernte er schreiben und fremde Sprachen, besonders Englisch, und wurde bald Hilfslehrer. Jetzt erst lernte er seine Muttersprache besser kennen. Kurze Seit darauf besuchte er eine gute französische Schule.

1830 kam mit dem belgischen Ausstand für Antwerpen das Ende der den Vlamen noch günstigen holländischen Herrschaft. Auch Hendrik trat als Freiwilliger ins belgische Heer. Er war eben achtzehn. Unter den Kameraden fällt er durch seine „geleerdheid" auf, sein Geschick, mit der Feder zu hantieren. Nach wenigen Wochen ist er Fourier geworden. Aber für das Heer kommen trübe Tage: schlechte Verpflegung, Zuchtlosigkeit. Man kampierte in den Dörfern und Heiden um Antwerpen. Hendrik wurde krank und verließ zeitweilig das Lager, lebte bei den armen Bauern und am Herzen der Natur. Er vernachlässigt den Dienst, verbummelt, wird 1835 degradiert.

Dies traf ihn nicht sonderlich, denn inzwischen war er zu seinem Beruf gekommen. 1834 hatte er in Antwerpen seinen Freund De Laet besucht. Er fand ihn, wie er französische Verse schrieb, französische Dichter las: Lamartine und Viktor Hugo. Als Hendrik ins Lager zu Venloo zurückgekehrt war, schrieb er seine Briefe an De Laet in französischen Versen. Er versucht sich in Lamartineschen Stimmungen. Man schickt ihn als Lehrer an eine Regimentsschule nach Dendermonde. Nun ist er seiner Vaterstadt und den Freunden näher.

In dieser Zeit macht er seine größte Erfahrung: er vernimmt, dass es Dichter gibt, die in der vlämischen Muttersprache schreiben. Er sinnt darüber nach und ist erschüttert. Das Blut der vlämischen Mutter, diese Urkraft einer unverwüstlichen Rasse ist über Nacht lebendig und wirksam geworden. Das Französische ist nun abgetan für immer. Es war kein leichter Schritt für ihn. Die sechs Jahre Heeresdienst hatten ihn das Vlämische fast vergessen lassen. Diese Einsicht beschämt ihn, hält ihn fast ab, sich an die jungvlämischen Dichter, an den Antwerpener van Rijswijk, an van Duyse zu Dendermonde zu wenden.

Und doch fand die jungvlämische Bewegung, die von dem Augenblick an emporwuchs, als die Gründer des „Belgischen Staates" darangingen, das vlämische Volkstum auszurotten, in Conscience ihren erfolgreichsten, wenn auch nicht bedeutendsten Kämpfer. Noch hat er nicht Ziel und Plan. Aus dem Heere entlassen, kommt er 1836 nach Antwerpen. Er arbeitet ernsthaft an seiner historischen und literarischen Bildung, studiert besonders die romantischen Dichter. Daneben bereitet er sich auf ein Staatsexamen vor. Kurz davor bricht er körperlich zusammen. In der Genesung kommt ihm eine Chronik aus den Antwerpener Religionskämpfen in die Hand. Er liest und liest, stockt und sinnt, legt das Buch beiseite und schreibt. Das Geschriebene muss er vor dem Vater, der um seine Gesundheit sorgt, verbergen, aber abends trägt er es zu seinen Freunden, zu De Laet und in den Kreis der jungen Maler De Brackeleer und Wappers, die mit ihm für den Glanz vlämischer Vergangenheit brennen. Sie jubeln und bestimmen ihn, sein Werk drucken zu lassen. Der Vater erfährt davon, dass sein Sohn – der Sohn eines alten Soldaten Napoleons – ein Buch drucken lassen will, das der Vater nicht versteht. Eine heftige Szene, nach der Hendrik das Vaterhaus verlässt. Die Freunde bringen ihn in einem Gasthaus unter. Das Buch „Ja't Wonderjaar" wird gedruckt, die streitlustigen Jungvlamen begrüßen es mit ungestümem Jubel. Die vaterländische Sache hat ihren Verkünder gefunden, dessen Stimme gehört werden wird.

Ein Jahr später (1838) erscheint „De Leeuw van Vlaanderen". Damit ist sein Ruf als vlämischer Dichter und Patriot begründet, sein Name zum Schild der Vlaminge geworden, seine Person zum Zentrum der vlämischen Bewegung in Antwerpen und bald im ganzen Lande.

Nicht so schnell bessern sich seine äußeren Verhältnisse. Die Landesregierung zahlte ihm zwar nach dem Erscheinen des „Wonderjaar" einen geringen Ehrensold, aber eine Anstellung im orangistisch regierten Antwerpen findet er jetzt noch nicht. Die Werbearbeit der Jungvlamen, die belgisch gesinnt sind, ist den Stadtherren nicht genehm.

Mangel und Enttäuschung treiben ihn noch einmal in die ländliche Einsamkeit, wo er seinen Unterhalt mit Tagelöhnerarbeit erwirbt. Der Erfolg einer Grabrede, die er einem Freunde hält, zieht ihn in die Stadt zurück.

Nun wächst sein Ruhm wie das flandrische Korn im Mairegen. Als Redner und Gründer vlämischer Vereine durchreist er das Land. 1842 wird er Grifsier der Akademie der Schönen Künste in Antwerpen. Er ist ein großer Mann.

Die Fruchtbarkeit des Schriftstellers gibt jedes Jahr neue Ernte: historische, idyllische und belehrende Bücher.

Sein politischer Einfluss bringt ihn in die Kammer. Aber die Feinde im eigenen Volk, die Lauen und „Franschgesineden", sind auch nicht müßig. Streitigkeiten an der Akademie veranlassen den Leiter Wappers und Conscience ihre Ämter niederzulegen. Von 1854 bis 1856 lebt er zurückgezogen von dem Ertrag seiner Werke. Da ernennt die Regierung ihn zum Arrondissementss Commissaris in

Kortrijk. Das neue Amt hemmt seine Fruchtbarkeit nicht. Aber die Stimmung ist durch das Getrenntsein von den Freunden gestört. 1865 schreibt er einem von ihnen, dass „seine Arbeitsamkeit wahrscheinlich sein Talent überdauern werde". Inzwischen ist sein Ruhm über die belgischen Grenzen gedrungen. König Leopold, Viktor Hugo, Alexander Dumas besuchen ihn. 1867 zieht er als Konservator der Königlichen Museen nach Brüssel.

Er war Mode geworden, sogar an deutschen Höfen. Unverdrossen, unerschöpflich an Stoffen und Entwürfen schafft er bis zu seinem Tode am 10. September 1883.

In der Bewegung, die den Antwerpener Volksjungen in die Literatur führte, sind zwei Ströme: Die allgemeine romantische Zeitstimmung, die sich in dem Kreis der jungen Antwerpener besonders durch die Werke von Delacroix, Lamartine, Viktor Hugo und Walter Scott auswirkte und die jungvlämische. Nur aus dem Stoß dieser beiden Kräfte, die sich zufällig vereinigten, ist das Werk von Conscience zustande gekommen. Dazu geben persönliche und lokale Umstände besondere Farben.

Auch die jungvlämische Bewegung war im Ursprung romantisch, doch nicht philosophisch-romantisch, sondern historisch-national wie das Werk der Grimm und Uhlands.

Sie begann in den zwanziger Jahren mit den Schriften von Jan Frans Willems, der die Niederländer für Reichtum und Schönheit ihres alten Sprachgutes, ihrer Lieder und Sagen zu gewinnen suchte. Dass er und s eine Freunde später auch politisch tätig wurden, war eine Folge der belgischen Revolution. Unter der niederländischen Herrschaft waren den vlämischen Romantikern keine Schwierigkeiten entstanden, vielmehr fand das Niederländische in Leben und Schule Raum und Pflege. Die belgische Regierung war nach Herkommen und Wesen Französisch, sie hatte kein

Herz für ihre vlämischen Untertanen und deren Belange, ja bekämpfte und benachteiligte sie offen und geheim. Der vlämische (niederländische) Unterricht wurde vernachlässigt oder abgeschafft, die vlämischen Inschriften entfernt, die gesetzlich bestimmte Gleichberechtigung des Vlämischen hämisch und nichtsnutzig verletzt.

Das war nur durch Untätigkeit und Gleichgültigkeit der meisten Vlamen- möglich und brachte die Jungvlamen auf die politische Bahn. Wie wenig es ihnen darum zu tun gewesen war, politisch zu wirken, zeigt sich darin, dass vor 1830 viele ihrer Arbeiten Französisch geschrieben worden waren. Nun aber sahen sie bald ein, dass ihre wichtigste Aufgabe in der Werbung für die teure Muttersprache im Unterricht wie im Leben bestand.

Um das Vlämische sah es traurig aus. Das eigentliche Volk war ohne Schulbildung, ohne Verständnis und Anteil für kulturelle Fragen. Den halbgebildeten Bürgern war die Muttersprache als „Bauernsprache" verächtlich. Wirklich stand sie auch als Schrift- und Verkehrssprache an Gebrauchsfähigkeit und Verbreitung hinter dem Französischen zurück und war verkommen. Sie besaß keine Literatur, die das Volk hätte ergreifen und für sich einnehmen können, keine anerkannten Dichter, nicht einmal schlichte Erzählen. In den Schulen herrschte das Französische und breitete seine Herrschaft immer noch aus. Für die Schönheit der altvlämischen Dichtung war höchstens ein Teil der akademischen Jugend zu gewinnen. So blieb dieser Teil des Werkes von Willems, Snellaart und Duyse für das Volk unfruchtbar.

Helfen konnte hier – neben dem Redner und der Presse – nur der Dichter. Der Dichter, der die völkische Eigenart nicht nur zum Bewusstsein weckt, sondern das Eigene, Ursprüngliche als stark und dem Fremden überlegen darzustellen vermag. Die Vlaminge besaßen ein

Gut, das ihre ursprüngliche Kraft und Größe bewies mit dem Gewicht des Tatsächlichen, des Ereignisses. Die Geschichte ihres „Volkes, seiner Städte und Zünfte. Hierin lag ein Überzeugungsmittel, gegen das steinerne und literarische Dotamente zurücktraten. Der Dichter, den die Stunde forderte, konnte nur der Herold der vlämischen Heldenzeit sein.

Die belgische Revolution hatte auch das Selbstbewusstsein des vlämischen Volksteiles zunächst gehoben und ihm sein seit zweieinhalb Jahrhunderten von den Niederländern getrenntes Schicksal in" Erinnerung gebracht. So fühlten sich auch die Vlaminge als Belgier. Nicht aus Neigung· zum Walen oder Franzmann. Doch glaubten sie, und viele täuschen sich noch heute mit diesem Glauben , dass sie an dem neuen Staat das Gebilde gefunden hätten, das Holland ihrer Eigenart nicht hatte bieten können und das sie doch zu ihrer Stütze bedürften. Es war ein grimmes Zufallsspiel, das Walen und Vlamen 1830 in einen Zweckverband brachte und aus dieser Notsache wurde eine böse Lebensgemeinschaft, in der die Vlamen immer mehr um ihr Recht und Gedeihen betrogen und vergewaltigt wurde.

Ohne das Werk Conciecnes wäre die vlämische Sache damals schnell verspielt gewesen. Und heute noch ist er ihre stärkste Stütze. Unter seinen Zeitgenossen und mehr noch unter seinen Nacheiferern sind viele bessere Künstler, denen die Sprache als Ausdrucksmittel viel mehr verdankt als ihm. Doch wenn und wo ihre Werke wirksam sind – wenn die Verse eines Guido Gezelle in jedes Bürgerhaus dringen konnten –, verdanken sie es Hendrik Conscience. Seine Bücher bahnten der vlämischen Literatur den Weg. Sie hatten ergriffen und überzeugt durch die Darstellung der vlämischen Kraft gegen Walen- und Spaniertum. Die Sprache, die zu so gewaltiger Wirkung fähig war, brauchte hinter der französischen nicht zurückzustehen.

Die Schriften Consciences erfüllten die Forderung des Augenblicks. Sie weckten und erhielten den Willen zur Selbstbehauptung. Er hatte Ziel und Weg erkannt und sich mit vollem Bewusstsein und innigster Anspannung dafür eingesetzt. Wie klar es ihm vor Augen stand, sagen die Schlussworte des „Löwen von Flandern". Die Geschichte hat es gewollt, dass sein Werk auch heute, nach achtzig Jahren, noch als mächtiger Schutz und Trutz dasteht im Kampf für vlämische Volksbelange. Es ist nicht nur lebendiger Besitz, es ist noch werbend und wirksam: seine Bücher sind unter den wenigen, die auch während des Krieges gedruckt und in allen Zeitungsständen gehalten und gekauft werden.

In Conscience treffen und vereinigen sich zwei Anlagen: die historisch-romantische als allgemeine Stimmung der Zeit und sie äußerte sich im Augenblick seines Auftretens, gereizt durch das Trugbild der wieder gewonnenen belgischen Freiheit, stärker als die zweite. Diese andere kam aus dem eigentlichen Wesen des Schriftstellers, das eine starke Ausprägung vlämischen Charakters ist. Es ist die Liebe zur Natur, der innig-zärtliche vlämische Familienstand, der zur Idylle führt. Künstlerisch stehen die Erzählungen aus dem vlämischen Volksleben (der Loteling, Rikke-tikke-tak) weit über seinen großen historischen Romanen, besonders über dem berühmtesten, dem „Leeuw van Vlaanderen".

Conscience empfing die Prägung seines Wesens und seiner Kunst in einer ungebildeten Umgebung, aus dem Volke, dem er entstammte. Geordnete historische und literarische Kenntnis, die Urteil und Selbstkritik schafft, hatte er nicht erwerben können. Wohl lernte er mit Fleiß und hatte an seinen Freunden berufene Berater in wissenschaftlichen Dingen. Aber langsam und bedächtig war nicht seine Art. Sein Ungestüm, dem Augenblick zu dienen – es erklärt mehr als äußere Not seine Fruchtbarkeit –, duldete kein Überwägen und Vorbereiten.

Seine beiden ersten Romane sind in kaum mehr als einem Jahre entstanden. Der Autodidakt ist mit seinem Weltbild immer schneller fertig als der Zünftige. Auch Conscience hat seine späteren Romane sorgfältiger gebaut, besonders das Historische mit dem Psychischen glücklicher ineinander gearbeitet. Aber das Starre, das von außen, nicht aus dem Innern bewegte Leben seiner Helden, ihr Mangel an Wandlung und Entwicklung bleibt immer die große Schwäche seiner Erzählung." Dies tat der Wirkung seiner Schriften keinen Abbruch, und es wird ihnen auch ihre Dauer im vlämischen Schrifttum nicht streitig machen. Sie leben, weil sie unliterarisch sind, leben wie die auch unliterarischen Volksbücher des Mittelalters, wie Magelona und Haimonskinder. Wir lächeln über sein Unvermögen, über den armen, unbeholfenen Ausdruck seiner Marionetten sie senken das Haupt, seufzen und weinen, ballen die Fäuste, knirschen mit den Zähnen. Kinder des Volkes, mit des Volkes Augen gesehen und mit seinen Mitteln dargestellt. Als historischen Personen fehlt ihnen jede Beziehung, jede Abhängigkeit von der Realität des Lebens. Ihre Gesten sind oft absurd, ihre Intrigen plump, ihre Empfindung gemacht und sentimental. In den Szenen ist, gerade wie in den großen Gemälden seiner Freunde, die den Schriftsteller stark beeinflussten, Theater, immer wieder Theater. Die Komposition ist von Walter Scott so sehr beeinflusst, dass man manche Szenen in seinen frühen Romanen auf Scottsche zurückführen kann.

Keines seiner Werke zeigt diese Schwächen mehr als ein bedeutendes, „De Leeuw van Vlaanderen". Keines aber ist farbiger, lebendiger, leidenschaftlicher, größer und unvergänglicher. Einen Roman sollte man es nie nennen.

Die romantische, verzerrte Liebesgeschichte der blutleeren Machteld (Thekla) und des braven Adolf (Max) liegt wie ein trüber Hauch auf den Blättern dieser wuchtigen Chronik von Flanderns größter Zeit. Das vlämische Volk in seiner reinen Urkraft (durch Breidel recht übel verbildet), geleitet von der großen Klugheit seiner Führer (de Coninc ist die beste Figur im Werke Consciences, eine der besten in der historischen Dichtung überhaupt), das ist der Vorwurf, der gestaltet werden sollte. Und er ist gestaltet, trotz zahlreicher Anachronismen, trotz der ganz schiefen Darstellung des Verhältnisses zwischen dem Volk und seinem in Wirklichkeit ganz unvlämisch gesinnten Fürstenhaus. Robrecht van Bethune war alles andere als ein Volksfreund. Er ist auch als „Löwe von Flandern" nur Aushängeschild, ein unbeholfen zugehauenes Symbol für das, was in der Handlung wirkt. Die von der Klugheit geleitete Heldenkraft des Volkes.

Wo immer Robrecht auftritt, bricht er den Fluss der Erzählung und zermürbt die Gestaltung. Sogar als Vater ist er kaum erträglich. Darum sind Kraft der Handlung und Geschlossenheit der Stimmung am stärksten in den Bildern, in denen die Personen wenig aus der Handlung treten. Aber auch viele Einzelbilder stehen glücklich neben dem breiten Bett des Epischen. Rein und reizvoll, mit den Linien und Farben Schwinds und der Nazarener sind die kleinen delle gezeichnet, in die Natur und häusliches Leben gebettet. Der Morgenritt der Franzosen gen Wijnendaal, die Jagd, die Familienszene im Grafenschloss, das nächtliche Bild, wie Maria die schlafende Machteld weckt, die während der Schlacht im Kloster betenden Frauen. In eherner Wucht steht die Schilderung der Brügger Maimette und der erste Teil der Sporenschlacht über dem in schönem Gleichmaß fließenden Strom der Handlung , gleich den trotzigen Belfrieden der vlämischen Städte über dem Meer der Bürgerhäuser und Gassen.

An ihnen empfindet auch der nichtvlämische Leser, warum der Vlaming seinen Conscience liebt und an ihm festhält, auch wenn er weiß, dass er eigentlich doch für große und kleine Kinder schrieb. Conscience selber wusste um den tiefsten Grund der Liebe seines Volkes.

„Ihr liebt mich", sagte er ihnen, „weil ich euch wiedergab, was euch gehört, weil ich das Leben eurer Vorfahren geschildert und euch als Spiegel des eigenen Wesens vorgehalten habe."

Was Conscience und mit ihm all die heißen und kindlich frommen Vlamenherzen, die sein Werk fortsetzen, ihrem Volke schaffen wollten, ist auch heute nicht mehr als Traum und Hoffnung. Solange es nicht Erfüllung wurde, solange Flandern noch leidet und kämpft, nie war das Leiden schwerer und der Kampf bitterer, so lange bleibt das Werk seines großen Sohnes die leuchtende Morgenröte seines kommenden Tages.

Gent in Flandern, im Juni 1916.

Severin Rüttgers.